suhrkamp taschenbuch 5361

Mateusz und Adam, die gemeinsam im polnischen Untergrund gegen das kommunistische Regime gekämpft und sich dort »Blutsbrüderschaft« geschworen haben, gehen nach dessen Zusammenbruch getrennte Wege. Mateusz macht innenpolitisch Karriere und wird schließlich polnischer Ministerpräsident. Adam geht nach dem EU-Beitritt Polens nach Brüssel, wo er in der Europäischen Kommission in der Generaldirektion für Erweiterung arbeitet. Im Streit um den Beitritt Albaniens in die Europäische Union wird aus der einstmals tiefen Verbundenheit der beiden Männer eine unversöhnliche Feindschaft von schicksalhafter Dimension. Auf dem schwankenden Boden eines albanischen Kreuzfahrtschiffs kommt es zum Showdown.

»Ein gewitztes, fesselndes Werk über die Westbalkan-Politik der EU.« *orf.at*

Robert Menasse, geboren 1954 in Wien, lebt dort als Romancier und Essayist. Für seinen Bestseller *Die Hauptstadt* (st 4920) wurde er mit dem Deutschen Buchpreis ausgezeichnet.

Weitere Titel des Autors im Suhrkamp Verlag: *Die Vertreibung aus der Hölle.* Roman (st 4863), *Ich kann jeder sagen.* Erzählungen vom Ende der Nachkriegsordnung (st 4205), *Don Juan de la Mancha oder Die Erziehung der Lust.* Roman (st 4040).

Robert Menasse

DIE ERWEITERUNG

Roman

Suhrkamp

Erste Auflage 2023
suhrkamp taschenbuch 5361

Karten: Peter Palm
Umschlaggestaltung: Rothfos & Gabler, Hamburg
Umschlagabbildung: Tatsiana Tsyhanova/Shutterstock
Druck und Bindung: CPI books GmbH, Leck
Printed in Germany
ISBN 978-3-518-47361-0

www.suhrkamp.de

Für meine Enkel Janek und Kamil.
Irgendwann werden sie Fragen stellen.
Ich werde nicht mehr antworten können, aber ich kann
ihnen diese Erzählung hinterlassen,
über »damals«,
mein Jetzt.

Prolog

Zwerge haben die Welt erobert. Tomislav »Tommy« Vysoky war verblüfft, als ihm das klar wurde. Er war ein zwei Meter fünf großer junger Mann, der Transkulturelle Kommunikation an der Universität Wien studierte, wo er auch bei den *Uni Wien Emperors* Basketball spielte. Um sein Studium zu finanzieren, nahm er immer wieder Halbtagsjobs an, seit einer Woche arbeitete er als Saalaufsicht im Weltmuseum, einer Dependance des Kunsthistorischen Museums in der Wiener Hofburg. Dienstag und Mittwoch am Vormittag, Freitag am Nachmittag, das konnte er gut mit Studium und Training verbinden. Diensteingeteilt war er in der Rüstkammer, der bedeutendsten historischen Waffensammlung Europas, deren Objekte alle im Zusammenhang mit hochpolitischen Ereignissen entstanden waren, wie Reichstagen, Krönungen, Feldzügen, und die vom Aufstieg und Fall von Dynastien und Wendepunkten der europäischen Geschichte »erzählten«, wie es im Katalog hieß. Tommy Vysoky fand, dass das eine unsinnige Formulierung war, die Objekte erzählten gar nichts, die Reihen von Rüstungen standen stumm da, man müsste jemanden danebenstellen, der erzählen konnte. Aber das war nicht seine Aufgabe. Er sollte nur aufpassen, dass niemand den Rüstungen zu nahe trat. Kernstück seines Aufsichtsbereiches war die »Heldenrüstkammer«, eine Sammlung von Schwertern, Hellebarden, Helmen, Harnischen, Rüstungen und Kriegstrophäen, vor allem Fahnen und Standarten, der berühmtesten Feldherrn des 15. und 16. Jahrhunderts, Eroberern und Verteidigern der abendländischen Welt. Aber für Tommy Vysoky strahlten diese glänzenden und schimmernden Objekte nicht die Aura von mächtigen, starken Männern aus, von Siegern in unzähligen Schlachten, von Herrschern über die damals bekannte Welt, ihn wunderte vielmehr, wie klein diese Männer gewesen waren. Sah man ihre Rüstungen, konnten sie kaum größer als einen Meter sechzig gewesen sein. Im Grunde Zwerge.

Würde man ihn einen Kopf kürzer machen, dachte Tommy, rein bildlich natürlich, er wäre immer noch größer als zum Beispiel dieser Kriegsherr namens Skanderbeg, vor dessen Helm, der wie für einen Kinderkopf gemacht schien, jetzt gerade mit großer Ehrfurcht ein deutscher Tourist stand.

Severin Osterkamp aus Darmstadt, Musiklehrer am dortigen Ludwig-Georgs-Gymnasium, war verblüfft. Er war nur deshalb in die Rüstkammer gegangen, weil es seinem Selbstverständnis und seinem Anspruch entsprach, beim Besuch eines bedeutenden Museums durch jeden Raum zu wandern, durch jeden! Schließlich hatte er Eintritt für das ganze Haus bezahlt. Und man konnte nie wissen, ob nicht irgendwo eine Überraschung wartete, auf die sein Reiseführer nicht hinwies. Und da war sie. Die Überraschung. Der Helm des Skanderbeg. In einer Vitrine, die ihn sofort bei Betreten des Raums angezogen hatte, weil sie, von innen beleuchtet, diesen Helm glitzern und strahlen ließ. Die anderen hier ausgestellten Helme lagen im Schatten, hinter Kordeln. An denen ging Professor Osterkamp einfach vorbei.

Er las die Legende und staunte. Als Musikprofessor kannte er natürlich die Vivaldi-Oper »Skanderbeg«. Erst vor wenigen Wochen hatte es eine konzertante Aufführung am Staatstheater Darmstadt gegeben. Aber Skanderbeg war für Professor Osterkamp einfach eine Figur der Opernliteratur, er hätte nie gedacht, eines Tages vor einem Helm zu stehen, den diese Figur wirklich in Schlachten getragen hatte.

Er zückte sein Smartphone, schaute fragend zur Saalaufsicht, die aufmunternd nickte, und fotografierte diesen eigentümlichen Helm mit dem Ziegenkopf auf dem Helmscheitel. Dann hastete er weiter, es gab noch so viele Säle und Räume in diesem Museum.

So historisch bedeutend die Rüstkammer des Kunsthistorischen Museums auch war, ein Touristenmagnet war sie nicht. Tommy Vysoky konnte oft zwanzig oder dreißig Minuten ungestört mit seiner Freundin oder den *Emperors* whatsappen, bis der nächste Besucher kam. Aber heute, es war seltsam, da kam schon der nächste.

David Bryer aus London, Journalist der BBC im Ruhestand, machte, frustriert vom Brexit, eine ausgedehnte *sentimental journey* auf dem Kontinent.

Er war von der Ringstraße unterwegs über den Heldenplatz zur berühmten Konditorei Demel auf dem Kohlmarkt, vom Reiseführer dringend empfohlen, wo er diese köstlichen *viennese Mehlspeisen* probieren wollte, bevor er am nächsten Tag nach Prag weiterreiste. Ein Wolkenbruch, gerade als er am Weltmuseum vorbeiging, ließ ihn ins Museum flüchten. Beeindruckt von der imperialen Pracht der Hofburg, ging er die Marmorstiege hinauf, befand sich plötzlich in der Rüstkammer, ging an einer Armee von Rüstungen vorbei und stand schließlich vor der Vitrine, in der dieser seltsame Helm mit dem Ziegenkopf schimmerte. Das war im Unterschied zu allen anderen Helmen in diesem Raum sozusagen seine *unique selling proposition.* Wer setzt sich eine Ziege auf den Kopf, dachte David Bryer und las die Legende. Er staunte nicht schlecht.

Er wohnte in London in Inverness Terrace, wo er täglich an der Ecke zu Porchester Gardens am Skanderbeg-Denkmal vorbeikam. Zumindest wusste er, dass auf dem Sockel dieses Denkmals der Name Skanderbeg stand. Und vor vierzig Jahren, nein, noch länger her, hatte er sich dort mit Mädchen verabredet. Treffen wir uns beim Skanderbeg! Aber dass dieser Skanderbeg eine Art General Wellington des Spätmittelalters war, das hatte er nicht gewusst. Er wird, zurück in London, das Denkmal an der Ecke seiner Straße mit anderen Augen sehen. Oder überhaupt: sehen.

Tommy Vysoky war verwundert. Da kam schon wieder jemand. Eine zierliche Person, sie, ja sie, würde sogar in eine der hier ausgestellten Rüstungen passen. Eins sechzig, schätzte er. Sie hatte langes nasses Haar, das sie hin und her warf, dass die Tropfen nur so flogen, Tommy Vysoky machte sie auf Englisch darauf aufmerksam, dass sie das bitte unterlassen möge, die eisernen Rüstungen könnten durch Flugrost Schaden nehmen. Das war ein Gedanke von ihm, er wusste nicht, ob das wirklich so war, ob es das hier gab: Rost. Sie bat um Entschuldigung, yes, scusi, Tommy reichte ihr ein Papiertaschentuch, grazie, mit dem sie sich das Gesicht abwischte. Sie trug einen großen Rucksack, was hier eigentlich verboten war, aber Tommy dachte, wenn sie unten damit durchgekommen ist, was sollte er sich hier jetzt wichtig machen, sie wird schon keinen Helm stehlen wollen.

Patrizia Barella war eine Musikstudentin aus Rom, die nach Wien gekommen war, um ihr Violine-Studium durch Privatstunden bei Professor Höllerer zu krönen beziehungsweise durch den Eintrag in ihrer Biographie »Studium in Wien bei Professor Höllerer« ihre Zukunftschancen zu verbessern. Man sagte, dass jeder Violinist vor einer internationalen Karriere an diese Weggabelung kommt: »Zur Hölle oder zu Höllerer«. Als sie an einer Reihe von Rüstungen, Schwertern und Helmen vorbeigegangen war, bei denen die schiere Menge faszinierend war, aber kein einzelnes Objekt als solches, stand sie vor diesem Helm mit dem Ziegenkopf, der definitiv anders war und anders präsentiert wurde, in einer eigenen Vitrine als Solitär, auf eine Weise beleuchtet, als würde ein Mann, der diesen Helm aufsetzte, dadurch auch einen Heiligenschein haben.

Patrizia las die Legende und rief so ekstatisch, dass Tommy erschrak: Mannaggia, non posso crederci! Ich glaub's nicht, Wahnsinn!

Scusi, scusi, alles gut! Patrizia wohnte in Rom bei ihren Eltern auf der Piazza Albania, und dort gab es ein Denkmal »Athleta Christi Skanderbeg«. Sie hatte keine Ahnung gehabt, wer das war, aber sie hatte seinerzeit in der Schule einen Aufsatz zum Thema »Ich erforsche mein Viertel« schreiben müssen, und da hatte sie geschrieben (woran sie sich jetzt erinnerte): »Auf dem Platz steht ein Denkmal von einem Mann mit Hörnern auf dem Kopf. Meine Eltern wissen nicht, wer das war, aber er muss wichtig gewesen sein, weil sonst würde er nicht auf unserem Platz stehen.« Sie machte ein Foto, das musste sie ihren Eltern schicken, und ihrer besten Freundin Lina, mit der sie so oft am Fuß des Denkmals gesessen hatte.

Da kam ein Mann zielstrebig in den Saal geeilt, es war eindeutig, dass er wusste, was er sehen wollte. Das war Fatos Velaj, ein bildender Künstler aus Albanien, der eine große Ausstellung in einer Wiener Galerie hatte. Er war an diesem Tag aus Tirana gekommen und wollte unbedingt noch vor der Vernissage den Helm des Skanderbeg sehen, aus purem Nationalstolz, für ihn war dieser Helm ein Symbol für die Bedeutung der Skipetaren für Europa. Er dachte –

In diesem Moment sagte Tommy Vysoky: Wir schließen in fünf Minuten. Bitte begeben Sie sich zum Ausgang. Wir schließen.

Aber –

Wir schließen in fünf Minuten!

Fatos Velaj machte noch in derselben Nacht im Hotelzimmer eine Gouache mit dem Titel »Europa: Wir schließen in fünf Minuten«.

Erster Teil

Das Ganze und seine Gegenteile.

I

Diesen Namen wird man sich merken müssen: Fate Vasa. Am 6. September 2019 schrieb er Geschichte. Zumindest eine Geschichte, wie sie ein Dichter in der Welt, die den Staatenführern entglitt, schreiben konnte. Er hatte eine Idee – und keine Ahnung, welche Dynamik diese Idee entwickeln würde.

Er war dabei, als der albanische Ministerpräsident mit dem französischen Präsidenten telefonierte.

Avec respect, Monsieur le Président, brüllte der Ministerpräsident ins Telefon, *Ta dhjefsha surratin!*

Das war ein in Albanien gebräuchlicher, oft leichthin gesagter, aber zwischen Staatsmännern unfassbar zotiger Fluch, den man vorsichtig mit »Ich scheiße in dein Gesicht!« übersetzen kann. Dagegen war der nächste Satz, nicht mehr gebrüllt, sondern nur noch gezischt, geradezu kultiviert: *T'u harroftë emri!* – Dein Name soll vergessen werden!

Excusez. Je ne comprends rien à vos simagrées.

Dieses Telefonat führte allerdings zu keinen diplomatischen Verwicklungen, zumindest zu keinen, die größer waren als die Verstimmung zwischen den beiden Ländern, die ohnehin schon bestand. Das lag natürlich daran, dass der albanische Ministerpräsident in seiner Muttersprache fluchte, während der französische Präsident zu diesem Telefonat zwar den *Sherpa,* also seinen diplomatischen Berater, den Balkan-Experten des Außenministeriums, sowie den für Europapolitik zuständigen Minister zugezogen hatte, aber keinen Dolmetscher aus dem Albanischen. Schließlich war im Élysée bekannt, dass der albanische Ministerpräsident perfekt Französisch sprach, das war Standard in Albanien, wo man vom anarchistischen

Künstler bis zum Diktator nichts werden konnte, ohne in Paris studiert zu haben.
Der Ministerpräsident, von seinem engeren Kreis ZK (*Zoti Kryeministër*) oder einfach Chef genannt, beendete das Telefonat abrupt und stellte mit großer Erregung sofort die Frage an die Runde seiner Berater, wie der Name des französischen Präsidenten laute. Sein Gesichtsausdruck und seine abwehrend nach vorn gestreckten Handflächen signalisierten, dass er keine Antwort wünschte. Alle im Raum Anwesenden schwiegen. Er nickte befriedigt. *T'u harroftë emri!*
Der französische Präsident hatte am Tag davor durch ein Veto im Europäischen Rat verhindert, dass die Union Beitrittsverhandlungen mit Albanien aufnahm. ZK hatte Wahlen mit dem Versprechen gewonnen, Albanien in die Europäische Union zu führen. Nun aber blieb Albanien Kandidat ohne konkrete Perspektive und sollte erst weitere Bedingungen erfüllen, Monitorings noch und noch, Evaluierungen von Reformen durch EU-Delegationen, konfrontiert mit neuen Listen mit Forderungen, denen nachzugeben von den Nationalisten heftig kritisiert werden würde.
Und dann fragte der Ministerpräsident, wie der Staatspräsident Chinas heiße, und er forderte mit aufmunternden Handbewegungen dazu auf, dessen Namen zu nennen. Eilfertig antworteten die Anwesenden im Chor:
Xi! Xi!!! Xi Jin! Ping!
Ja! China. Ganz richtig, sagte Pressesprecher Ismail Lani, Albanien habe da ja eine eigene Geschichte, eine gewisse Tradition –
»Tradition?«, rief der Ministerpräsident erregt, »Ich scheiße auch auf die Tradition. Die albanische Geschichte ist doch nur ein langer Albtraum von Fremdbestimmung und Unterdrückung, Besatzung durch Türken, Griechen, Italiener, Deutsche! Und kommunistische Diktatur. Ein Diktator, der chi-

nesischer als Mao Zedong sein wollte, ist doch auch keine Tradition. Und dann die Mafia –«

Interessant, dass er auch die Mafia erwähnte, eigentlich ein Tabu. »Nein, wir haben keine Tradition«, setzte er fort, »wir sind aus einem langen Albtraum aufgewacht, nur um von Europa so vor den Kopf gestoßen zu werden, dass wir benommen gleich in den nächsten sinken. China ist jetzt einfach eine realpolitische Karte in diesem Spiel. Aber –«

Die Vertrauten von ZK, die in seinem Büro versammelt waren, sahen sich schweigend an.

Aber?

Bevor der Ministerpräsident weitersprechen konnte, warf Ismael Lani ein:

»Aber ... aber ... das können Sie so nicht sagen, *Zoti Kryeministër* ... nicht laut sagen ... keine Tradition ... keine Geschichte ... ich sage nur: Skanderbeg. Unser Nationalheld! Das ist doch unsere Geschichte, die Erinnerung an ihn, unsere Identität, die stolze Tradition, an der sich die Nation immer wieder aufrichtet!«

Der Chef machte eine verächtliche, wegwischende Handbewegung. »Skanderbeg. Aha. Lieber Ismail, geh bitte zum Fenster und schau hinaus.«

»Ja. Und?«

»Sag mir, was du siehst. Siehst du den Skanderbeg?«

»Ja, ich kann ihn sehen.«

»Und was macht er?«

»Nichts. Was soll er machen?«

»Er macht also nichts? Eben. Was soll er auch machen? Er ist doch nur ein Denkmal draußen auf dem Platz, an dem die Menschen vorbeirennen. Siehst du einen Passanten, der zu ihm aufschaut? Und sein Helm und sein Schwert liegen in einem Museum in Wien. Ein Mann aus dem 16. Jahrhundert –«

»15. Jahrhundert!«, warf Ismail Lani ein.
»Ein Mann aus dem 15. Jahrhundert – damit soll ich das Land in die Zukunft führen? Soll ich jetzt vielleicht noch ein Schwert erheben?«
Schweigen. Bis der scheue Fate Vasa, der weltweit erste Lyriker im Think-Tank eines Staatschefs (in seiner Personalpolitik war der Premierminister eigen, in seinem Beraterstab gab es fünf Künstler!), mit einem Einwurf befreites Gelächter und Beifall auslöste: »Schwert natürlich als Metapher! Skanderbegs Helm und Schwert, wofür steht das? Für die Idee eines geeinten Albaniens. Darum ist er ja unser Nationalheld: weil er der Erste war, der die albanischen Stämme geeint hat. Und jetzt geht es doch nur um dieses Signal, ich betone Signal: Wenn den Europäern Albanien heute zu klein ist, um es ernst zu nehmen, dann musst du sozusagen Skanderbegs Schwert zücken, symbolisch, verstehst du, als Gestus: Großalbanien! Die Deutschen durften sich vereinigen, und wir sollen es nicht dürfen? Mit den Albanern im Kosovo und den Albanern in Mazedonien ... Wir stellen diesen Anspruch – und was wird passieren? Kann die EU das wollen? Eine neue Lunte am Pulverfass Balkan? Sie wird blitzschnell doch bereit sein, Zugeständnisse zu machen und Beitrittsgespräche mit uns aufzunehmen.«
Der Chef sah Fate nachdenklich an, diesen seltsamen Menschen, der die schönsten Gedichte schrieb, vollendete Kunst, und der so hässlich war, ein Missgeschick der Natur, lange sah er ihn an, dann nickte er.
Pressesprecher Ismail Lani sagte: Aber –
Der Chef schüttelte den Kopf und Ismail schwieg.

Das war der Beginn der Geschichte. Wenige Monate vor der großen europäischen Balkankonferenz in Poznań, Polen. Eine Lunte.

2

Bereits wenige Tage nachdem seiner Frau die Gottesmutter Maria erschienen war, wusste Jaroslaw, dass er sich scheiden lassen musste. Mit dieser Frau, das war ihm klar, konnte ein Mann nicht mehr glücklich werden – und nicht einmal in Polen politische Karriere machen. Aber just der Auslöser für seinen Wunsch, sich endlich scheiden zu lassen, war zugleich das Hindernis: die ehemals so zynische Frau, die jederzeit zu jedem Agreement bereit gewesen war, wenn es nur ihr Leben in Luxus garantierte, wollte nun, von der Gottesmutter erleuchtet, keine Zustimmung geben, die vor Gott in einem heiligen Sakrament geschlossene Ehe zu trennen.

Adam Prawdower schlug das Buch zu. Wollte er das weiter lesen? Der Roman war Tagesgespräch, ein Schlüsselroman über die politischen Eliten in der Hauptstadt. Ist ein gewisser Abgeordneter schwul und deshalb erpressbar? Es war nicht klar, wer dieser Abgeordnete war, aber jeder hatte seine Vermutung. Ist ein hochrangiger Beamter im Ministerium für wirtschaftliche Entwicklung wirklich korrupt? Leitete er EU-Fördergelder an eigene Firmen weiter, die von Strohmännern für ihn geführt wurden? Wer war damit gemeint? Hat ein Regierungsmitglied – welches? Jeder wusste: Der! Nein: Der! – ein Verhältnis mit einer Parteisekretärin, die plötzlich bei der polnischen Bahn einen hochdotierten Verwaltungsposten bekommen hatte?

Es war ein Schundroman voll von Verleumdungen, aber unangreifbar, weil die Verleumdeten nicht eindeutig identifizierbar waren, Fiktion, die sehr simpel weit verbreitete Vorurteile bediente, ein Spiel mit Phantasien, das weitergespielt wurde in den sozialen Netzwerken, blubbernden Blasen – wer ist der Politiker, dessen Frau eine Marienerscheinung hatte? Wer ist der schwule Abgeordnete?

Darüber diskutierte ganz Warschau? Über Gerüchte! Adam war fassungslos. Aber niemand sprach über den wirklichen Skandal, der sich doch vor aller Augen abspielte: nämlich den politischen Verrat des Ministerpräsidenten. Die Ideale ihrer Kampfzeit, alle verraten und verkauft. Was sie erkämpft, was sie errungen hatten, wird Schritt für Schritt wieder zurückgenommen und zerstört. Aber die Wähler diskutieren, wer der Politiker war, dessen Frau eine Marienerscheinung hatte. Es war deprimierend.

Dorota machte sich Sorgen. Adam war verschlossener und nachdenklicher als sonst. Fürst der Finsternis, sagte sie, aber er lachte nicht. Wann hatte sie ihn das letzte Mal lachen gesehen? Am Samstag vor drei Wochen, als er nach einem langen Spaziergang mit einem Hundewelpen nach Hause kam.
Was ist das?
Eine polnische Bracke, *Ogar Polski*. Du kennst doch diese Hundeboutique *Une vie de chien* in der Avenue de la Chasse. Ich bin vorbeigekommen, dort sah ich ihn in der Auslage.
Er setzte den kleinen Hund auf den Terrassenboden, schubste ihn und lachte. Er lachte, als der Hund umfiel und sich wieder aufraffte.
Dorota war wütend.
Ich bin nur noch drei Monate in Karenz, sagte sie. Und dann?
Der Jagdhund der Könige, sagte er. Er wird euch beschützen.
Euch? Wer ist euch? Unser Sohn und ich? Warum sagst du nicht uns?
Er schubste den Welpen und lachte.
Jetzt hatten sie auch noch einen Hund, der ins Haus pinkelte. Adam kümmerte das nicht, er kam spät von der Arbeit, dann saß er noch lange auf der Terrasse oder in seinem Zimmer,

grübelte in seiner typischen Haltung, den Kopf gesenkt, die linke Hand auf sein verstümmeltes Ohr gelegt, oder er las und machte Notizen.
Dorota liebte ihren Mann. Seine distanzierte Art, selbst wenn er »Ich dich auch!« sagte, seine Schwierigkeiten mit unbeschwerter Vertrautheit – das musste sie verstehen. Und sie verstand es, aber manchmal fragte sie sich doch, warum? Warum musste sie das verstehen? Müssen, das ist doch keine Kategorie der Liebe. Aber dann kam wieder ein Moment, wo er Sätze sagte, die ihr das Gefühl gaben, ihrem Mann wieder nähergekommen zu sein, und schon war sie wieder gefangen in der Falle des Verstehens. Dann wieder sein Schweigen. Und was sie nicht verstehen wollte und nie verstehen würde, war sein Hass, in den er seit einiger Zeit geradezu vernarrt war. Er ließ nicht zu, dass er abkühlte, jedes Wort der Vernunft oder der Besänftigung wischte er weg.

»Nein, es ist nicht Hass. Es ist Treue. Wir haben einen Eid geleistet.«

Der Hass vergiftete seine Seele und würde womöglich noch ihre Ehe, wenn nicht gar ihre Existenz zerstören. Dieser ihrer Meinung nach völlig irrationale Hass auf seinen ehemals besten Freund Mateusz, den durch einen Eid in Kindertagen auf ewig mit ihm verbundenen »Blutsbruder« – den heutigen Ministerpräsidenten der Republik Polen.

Dorota fand es verrückt, sinnlos, völlig unnötig, eine Lebensfreundschaft zu zerstören wegen des Vorwurfs eines Verrats, der für sie nicht wirklich nachvollziehbar war. Ist es wirklich ein Verrat, wenn sich zwischen den politischen Idealen der Jugend und dann den Möglichkeiten der Realpolitik eine Differenz ergibt? Ist es wirklich erwiesener Verrat, wenn man einem Jugendfreund, der Karriere gemacht hatte, Absichten unterstellt, die nie von ihm geäußert wurden?

»Er hat sie geäußert! Er hat es klipp und klar gesagt!«
»Klipp und klar? Wahlkampfrhetorik!«

Sie hatten doch mit polnischer Innenpolitik nichts zu tun. Sie lebten in Brüssel, in einem komfortablen Haus mit einem schönen Garten nach hinten hinaus, in Merode, Rue d'Oultremont, große Rosenstöcke im Garten, der Verkäufer des Hauses ist besonders stolz auf die Rosen gewesen. Hier: die Rose »Doktor Kurt Waldheim«, benannt nach dem früheren UNO-Generalsekretär, der eine Botschaft an Außerirdische ins Weltall gesendet hat, erinnern Sie sich? Nein? War wohl vor Ihrer Zeit. Hier, diese Rose heißt »Doktor Wolfgang Schüssel«, die habe ich von daheim mitgebracht, aus Niederösterreich, leider sehr anfällig für Läuse, man kann sie zunächst ganz gut behandeln mit Brennnessel-Sud, aber dann braucht man stärkeren Tobak.
Haben alle Ihre Rosen einen Doktortitel?, fragte Dorota.
Diese hier nicht, mein absoluter Liebling, die Rose »Wiener Blut«, tiefrote Blüten, keine Dornen. In diese Rosen können Sie sich hineinlegen wie in ein weiches Bett.
Also in Blut schwimmen?
Der Verkäufer lachte. Er ließ noch einen Kanister Gift zurück, mit dem man Waldheim, Schüssel und Wiener Blut behandeln musste, »um immer eine Freude mit ihnen zu haben«, und Dorota liebte den Garten, die Rosen, die Waschbeton-Terrasse mit dem Grill, der im Brüsseler Regen verrostete, aber immer noch seinen Dienst tat, wenn Adam die Würste vom Boucher Lanssens mitbrachte, die besten Grillwürste Brüssels. Sie hatten nicht nur das Gefühl, Glück gehabt zu haben und ein gutes Leben zu führen, sondern auch ein sinn-

volles Leben, weil sie nicht bloß irgendwelche Jobs hatten, sondern berufliche Aufgaben, mit denen sie sich identifizierten. Adam arbeitete in der Europäischen Kommission, in der Generaldirektion für Nachbarschaftspolitik und Erweiterung, wo sie ihn kennengelernt hatte, als sie nach ihrem Jura-Studium in Bologna und ihrem Master-Abschluss in *European and Transnational Law* an der Universität Göttingen als Trainee nach Brüssel gekommen war. Ihr Vater war Pole, der nach Verhängung des Kriegsrechts in den Westen geflüchtet war, ihre Mutter Italienerin. Dorota war knapp sieben Jahre alt, als der Eiserne Vorhang fiel. Ihre Großeltern in Polen hatte sie ein paar Mal besucht, zunächst mit ihren Eltern, später auch alleine, sie war Italienerin, fühlte sich allerdings irgendwie auch als »Herkunfts-Polin«, aber polnischer Patriotismus oder Nationalismus waren ihr völlig fremd. Sie erinnerte sich, mit welch großem Befremden sie ihrem Großvater gegenübersaß, als er eine Hasstirade auf »die Deutschen« geradezu spuckte, während sie in Göttingen studierte und einen Kommilitonen liebte, der Hermann hieß. Wie glücklich die Großeltern waren, als sie wenig später Adam heiratete, einen Polen aus einer berühmten Familie. Dass sie das noch erleben konnten.

Du bist europäischer Beamter! Du spielst keine Rolle mehr in Warschau! Was kümmert dich polnische Innenpolitik?
Innenpolitik? Dorota, bitte, wir bereiten die Balkankonferenz in Poznań vor. Das ist Europapolitik. Und Mateusz ist da natürlich der Gastgeber. Wenn du wüsstest, wie oft da interveniert wird. Anrufe, Mails …
Der Ministerpräsident ruft dich an?
Nicht er selbst. Er hat seine Leute. Er dirigiert sie wie eine Armee. Und eine Armee kommt nicht in friedlicher Absicht.

Adams und Mateusz' Familien waren seit Generationen eng miteinander verbunden. Schon seit dem Januaraufstand von 1863, als die Großväter ihrer Großväter gemeinsam in derselben Partisaneneinheit gegen die Russen gekämpft hatten. So weit gingen die Geschichten zurück, die in ihren Familien erzählt wurden. Dann waren ihre Großväter väterlicherseits im Untergrund, in der *Armia Krajowa*, der Heimatarmee, im Kampf gegen die Nazis. Dann die Väter, ab 1981 wieder im Untergrund, im Kampf gegen die Kommunisten, die das Kriegsrecht ausgerufen hatten und die *Solidarność* niederschlugen. Sie bauten die Untergrundarmee *Kämpfende Solidarność* auf, eine Waffenwerkstatt, einen Piratensender, einen Nachrichtendienst. Sie wechselten von Versteck zu Versteck, sie organisierten Sabotage-Akte, Sprengstoffanschläge, entführten und töteten Offiziere des *Służba Bezpieczeństwa*, des polnischen Geheimdiensts, in dessen Kellern gefoltert und gemordet wurde. Die fremden Väter. Adam und Mateusz waren beide dreizehn, als die Väter untertauchten, ihre Mütter sahen ihre Männer danach nur einige wenige Male, in konspirativen Wohnungen oder in einem Waldversteck, in das sie von Mitkämpfern gebracht wurden. Adams Mutter wurde schwanger, ein halbes Jahr später die Mutter von Mateusz. Beide brachten Töchter zur Welt, die wie Schwestern aufwachsen sollten. Adam und Mateusz aber wurden damals zu den Schulbrüdern in Poznań gebracht, das war der beste Schutz für die Söhne der mittlerweile vom SB identifizierten Untergrundkämpfer, ihre Überstellung in das Reich der heiligen römischen Kirche, in das auch der Geheimdienst nicht so einfach Zugriffsmöglichkeiten hatte, ihre Ausbildung zum Priesteramt. Adams jüdischer Vater wurde verschwiegen, Adam war getauft, so stand es in seinen Papieren, das genügte. Und hier begann, von beiden noch lange Zeit unbemerkt, die Entfremdung der beiden jungen Männer, die sich am Ende zu Hass steigern sollte. Aber rückblickend ging alles auf diese Periode zurück.

Als sie vierzehn wurden, sprachen sie den Eid der *Kämpfenden Solidarność* vor einem Vertreter des Untergrunds, den ihre Väter geschickt hatten. Nach einem Segen des Pater Prior wurden sie mit diesem Mann, der sich Konrad nannte, alleine gelassen.

Mit ihm stiegen sie hinab in die Katakomben der St.-Peter-und-Paul-Kathedrale, zum Sarkophag von Bolesław VI., Herzog von Großpolen. War es Zufall oder wusste Konrad von der jüdischen Herkunft Adams? Bolesław hatte 1264 das Statut von Kalisch erlassen, ein Toleranzpatent, das die Stellung der Juden in Polen definierte und die Grundlage für deren relativ autonome Existenz schuf, die bis zum Ende des 18. Jahrhunderts wirkte. Mit dem Statut wurden unter anderem Strafen für die Schändung von jüdischen Friedhöfen und Synagogen angedroht. Das Statut enthielt Vorschriften zur Bestrafung jener, die Juden des Ritualmords beschuldigten. Es regelte die Handelstätigkeit durch die Juden und sicherte ihnen die Unantastbarkeit des Lebens und des Besitzes zu.

Wenn Adam später daran zurückdachte, konnte er nicht glauben, dass es Zufall gewesen sein sollte, dass sie ihren Eid vor den Gebeinen dieses judenfreundlichen Herzogs von Großpolen abgelegt hatten. Die Männer des Untergrunds, die Kämpfer für ein freies Polen, überließen nichts dem Zufall. Wenn sie Waffen einsetzten, dann immer geplant und wohlüberlegt, niemals spontan, und genauso bewusst gingen sie mit Symbolen um, mit den Zeichen, die sie setzten. Diese Gewissheit war für Adam von größter Bedeutung.

Konrad eröffnete ihnen, dass sie natürlich nicht für das Priesteramt bestimmt seien, ihre Berufung sei eine andere.

Es war kalt, sehr kalt, und Adam und Mateusz hatten nur ihre weißen Seminaristenhemden an, aber sie glühten in ihrem Wunsch, hier im Untergrund des heiligen Polens in die Armee ihrer Väter aufgenommen zu werden. Sie legten einander die Arme um die Schultern, dann begann die Einschulung und Konrad sprach von – Mädchen.

Es sei nun die Zeit gekommen, sagte er, da sie vorbereitet sein müssten. Sie werden beginnen, sich für Mädchen zu interessieren, sie werden sich verlieben, erste Enttäuschungen erleben, hadern mit ihrer Unsicherheit, leiden unter Ängsten, aber all diese Schmerzen werden nichts anderes sein als die Geburtsschmerzen der Freiheit, die ihnen geblieben ist: der Freiheit zu lieben. Die Liebe hat vielerlei Gestalt, man muss sich dafür bereithalten, aber man kann sich nicht darauf vorbereiten, seine Reaktionen nicht planen, ausgenommen die eine: sich immer zu fragen, ob die Liebe ein Gefühlssturm ist, der zum Verlust von Kontrolle zu führen droht, oder die Grundlegung bedingungsloser Solidarität. Wie sicher kann ich sein, dass mich nicht ausgerechnet der Mensch, den ich liebe, verrät, aus Angst um das eigene Leben oder aus Enttäuschung oder aus Rachsucht wegen erlittener Kränkungen? Im Zweifelsfall müssen sie schweigen, auch wenn sie lieben. Dazu gibt es nichts anderes zu sagen. Worauf sie aber vorbereitet sein müssen –

Er machte eine Pause, sah sie an, stieß seinen Zeigefinger in Richtung Adam und fragte: Welche Farbe hat der Himmel?

Blau.

Falsch, sagte Konrad, ganz falsch.

Erstaunt, verwirrt drückten sich Adam und Mateusz fester aneinander.

Worauf ihr vorbereitet sein müsst, sagte Konrad, sind die Verhöre. Und wenn ihr verhört werdet, dann muss klar sein: Ihr wisst nichts. Das müsst ihr mit aller Konsequenz befolgen: Ihr

wisst nichts. Welche Farbe hat der Himmel? Ihr wisst es nicht. Sie sollen aus dem Fenster schauen, aber ihr wisst es nicht. Vielleicht ist er blau, vielleicht ist er grau, vielleicht ist er schwarz, weil Gewitterwolken aufziehen, woher wollt ihr in der Verhörzelle wissen, welche Farbe der Himmel hat? Sie sollen aus dem Fenster schauen. Sie können sich die Antwort selbst geben. In dem Augenblick, wo ihr beginnt, ganz unschuldige Fragen zu beantworten, seid ihr schon dabei, Fragen zu beantworten, und bald auch solche, bei denen ihr euch in ihren Augen und ihren Protokollen schuldig macht. Das muss klar sein: Ihr wisst nichts. Und beginnt damit, dass ihr nicht einmal die Farbe des Himmels kennt, wenn sie danach fragen. Sollen sie aus dem Fenster schauen. Dann haben sie die Antwort. Wer sind deine Freunde? Na komm, sag schon, wer sind deine Freunde – er zeigte auf Mateusz.
Mateusz sagte: Meine Freunde …, er sah Adam an und –
Das weißt du nicht, sagte Konrad scharf. Das weißt du nicht. Wer weiß schon, wer seine Freunde sind, echte und treue Freunde, falsche Freunde, Verräter, die sich deine Freundschaft erschleichen, das alles wissen die besser. Du kannst und darfst keine Antwort geben. Sollen sie in ihren Akten nachschauen, sie haben Zuträger, Spitzel, sie wissen besser als du, wer deine Freunde sind. Du weißt es nicht. Du kannst keine Antwort geben. Keine Antwort, verstehst du? Das ist der Trick: Sie beginnen mit einfachen, ganz banalen Fragen, und du glaubst, ach, das ist doch einfach und unverfänglich, das beantworte ich und zeige gleich meinen guten Willen, den Anschein von Kooperationsbereitschaft, dann bin ich glaubwürdiger, und genau das ist der Fehler, das Hineintappen in die Falle der Kooperationsbereitschaft. Also, ihr müsst von allem Anfang an klarmachen: Ihr wisst nichts. Dann kommen Drohungen. Wir haben deine Schwester. Was sagst du?

Bitte –
Nein, du bittest nicht. Du sagst nichts. Nichts. Du musst klarmachen, dass du nichts sagst. Wenn du nichts weißt, warum sollst du etwas wissen, weil sie deine Schwester haben? Du musst klarmachen, dass du lieber tot bist, als zu sagen, welche Farbe der Himmel hat. Und dass auch die Ermordung deiner Schwester keine Frage beantwortet. Nur so machst du ihnen ein Problem. Wenn sie begreifen, dass dir der Tod nichts bedeutet. Dass sie also auch mit den größten Drohungen nichts erreichen werden. Sie wollen Antworten? Von einem Toten werden sie keine bekommen.
Meine Schwester –, sagte Adam.
Was ist mit deiner Schwester?, sagte Konrad. Ich erzähle euch eine Geschichte.

Es war eine Geschichte, die nach Adams Ansicht aus dem Helden ein Monster machte. Adam und Mateusz leisteten den Eid »aufs Leben«. Aber ein Rätselrest, ein schwarzes Loch in Adams Seele blieb zurück.

Da gab es einen Bauern namens Erasmus, erzählte Konrad. Es kam die Gestapo und fragte nach den Partisanen. Aber Erasmus schwieg. Vor seinen Augen brachten sie seinen Sohn um. Erasmus schwieg. Sie brachten seine Tochter um. Erasmus sagte kein Wort. Nicht einmal ein Seufzer war von ihm zu hören. Sie brachten seine Frau um. Erasmus schwieg.
Er hat Leben gerettet, schloss Konrad, das Leben seiner Kameraden.
Um diese Opferbereitschaft ging es. Das hatten die beiden Jungen verstanden. Hand in Hand sagten sie: Ich schwöre.
Aber –

Lange Zeit hatte Adam es sich nicht bewusst gemacht, wie sehr Zweifel in ihm nagten, Zweifel, deren Symptome seine Lehrer bemerkten, aber falsch verstanden. Sie dachten, dass er, so wie einige andere Seminaristen auch, an seiner Berufung zum Priesteramt zweifle, und sie begegneten ihm mit einem milden Lächeln. Wussten sie doch, dass er nicht zum Priester, sondern zum Soldaten bestimmt war. Aber in ihm arbeitete der Zweifel an dem Schwur, den er mit Mateusz geleistet hatte. Wie konnte man diesen Treueschwur leben, der zu solch unmenschlicher Kälte gegenüber dem Tod jener verpflichtete, denen man doch auch etwas geschworen hatte, nämlich Liebe und Treue? Könnte er zum Beispiel reglos und schweigend zuschauen, wie Mateusz vor seinen Augen hingerichtet wird? Könnte er das wirklich, solange er noch den Funken einer Hoffnung spürte, dessen Leben retten zu können, und sei es durch einen Verrat, der eine List sein konnte? Und umgekehrt: Würde sein bester Freund und Kampfgenosse Mateusz wirklich schweigend zuschauen, wenn –
Er stellte Mateusz diese Frage, eines Nachts, Bett an Bett. Könntest du das wirklich?
Es war eiskalt im Schlafsaal. An manchen Wintertagen wachten die Seminaristen in der Früh auf und hatten vor ihren Nasen Raureif auf den Decken und Kissen. Aber nie hatte er größere Kälte gespürt als in diesem Moment. Als Mateusz antwortete: Ich würde dich eigenhändig erschießen, wenn du auch nur sagen würdest, welche Farbe der Himmel hat.
Adam erschrak. Zugleich empfand er augenblicklich Scham, ein brennendes schlechtes Gewissen.

Natürlich verstand er, dass es um den Schutz der Mitkämpfer ging, nicht um das Glück des Freundes, sondern um die Freiheit Polens, das Glück des Volkes. Aber –
Damals hatte er keine Worte dafür, aber er spürte ein starkes

Unbehagen, Ängste, Verwirrung, angesichts dieses unerträglichen Widerspruchs: Es brauchte Helden zur Herstellung einer menschengerechten Welt, aber wie menschlich würde die Welt sein, wenn sie Unmenschliches von den Helden verlangte?

Es durfte keine Verräter geben. Das war ihm klar. Daran durfte es keinen Zweifel geben, da gab es keinen Kompromiss. Er wusste damals, er würde Mateusz nie verraten. Aber er wusste auch, Mateusz würde nicht einen Groschen für ihn zahlen, falls er entführt und Lösegeld für ihn verlangt werden sollte, denn »man zahlt nicht für das Böse«.

Das hat er klipp und klar gesagt. Aber gäbe es da nicht doch einen Kompromiss? So verrückt es klingen mag, einen Kompromiss, der keinen Zweifel an ihrer Kompromisslosigkeit ließe?

Adam hatte schlaflose Nächte. Er stellte den Schwur nicht in Frage, aber zugleich spürte er, wie ihm Mateusz seit diesem Schwur, der sie auf Leben und Tod verband, immer fremder wurde.

Erst rund dreißig Jahre später verstand er. Oder glaubte zu verstehen. Nicht seine Ängste und Selbstzweifel sind das Problem gewesen, sondern Mateusz' Unfähigkeit zu zweifeln, sein Dogmatismus, seine geradezu heilige Selbstgerechtigkeit, seine Bereitschaft, Familie und Mitkämpfer zu opfern, mit dem großen Gestus, dadurch kein Verräter des Volks zu sein. So wie er damals, eiskalt und ohne ein Wort zu sagen, ja nicht einmal zu seufzen, zugeschaut hätte, wenn seine Schwester vor seinen Augen erschossen worden wäre, so würde er heute zuschauen, wenn ein antisemitischer Mob ihn, Adam, verprügelte und bespuckte.

Mateusz befeuerte als Ministerpräsident den Antisemitismus, »in Verteidigung des polnischen Volks«. Polen waren grundsätzlich unschuldig. Deutsche und Juden wollten dem polnischen Volk die Schuld am Holocaust anhängen, aber Juden seien Mittäter gewesen. Der Satz von den *»jüdischen Mittätern«*, das politische Spiel mit Antisemitismus, war für Adam ein Skandal. Das war der Moment, wo er merkte, dass er von dem Mann verraten wurde, dem er im Untergrund sein Leben geopfert hätte. Hatte Mateusz vergessen, an welchem symbolischen Ort sie ihren Schwur geleistet hatten? Vor dem Sarkophag des Judenbeschützers Bolesław VI. Und Adams Vater, ein Jude, hatte zusammen mit Mateusz' Vater in der Untergrund-Armee gekämpft. Hatte er das vergessen? Adam war jüdischer Herkunft, das hatte Mateusz gewusst, als er gemeinsam mit ihm den Eid der *Kämpfenden Solidarność* ablegte. Er hatte alles vergessen, alles verraten. Sie waren beschützt worden, damals bei den Schulbrüdern in Poznań, das Priesterseminar war Tarnung und nicht Einschulung in religiösen Fanatismus. Mateusz' militanter Katholizismus, seine Verachtung der Juden, sein Hass auf Moslems, auf alle Andersgläubigen zeigte nicht, dass er seinem Schwur treu war, sondern, dass er ihn verriet, seinen Schwur auf das Einstehen für Freiheit. Ja, sie hatten für die Freiheit gekämpft. Und jetzt, aufgestiegen zum Regierungschef, führte er das Land so, als wäre es noch immer oder wieder besetzt und fremdbestimmt. Von jüdischen Bankern und von Brüssel. Das war nicht Treue zum Schwur des Freiheitskampfs, das war Verrat an der Freiheit, die sie errungen hatten.

Er ist wahnsinnig, er ist gemeingefährlich!
Wer?
Da! Ein Interview mit Mateusz. Hör zu:
Ich möchte daran erinnern, die Polen waren die Ersten, die sich dem Faschismus aktiv entgegengesetzt haben. Die Polen haben als Erste den Kommunismus gestürzt, der Fall der Berliner Mauer ist auch unser Verdienst, und ich sage, wenn wir weiter-

hin von der Europäischen Kommission für unsere souveränen Entscheidungen gemaßregelt und in unserer Entwicklung behindert werden, dann wird Polen auch für das Ende der Europäischen Union sorgen.
Das Ende der Europäischen Union! Bitte, Adam! Er ist ein Großmaul! Wer nimmt das ernst?
Zum Beispiel diese Zeitung: die *Financial Times.*

Adam war wieder einmal spät nach Hause gekommen, sein Sohn Romek lag schon im Bett. Er setzte sich mit der Zeitung auf die Terrasse, sagte, dass er bereits bei *Exki* ein Sandwich »*Gezond*« gegessen und keinen Hunger habe. Aber ein *Wyborowa* täte ihm jetzt gut. Der Hund, den er Maladusza nannte, sprang auf seinen Schoß, Adam kraulte ihn hinter den Ohren und Dorota sagte: Willst du nicht noch bei Romek reinschauen? Er schläft schon. Gib ihm einen Kuss. Damit er wenigstens den Geruch seines Vaters nicht vergisst.
Dann saßen sie auf der Terrasse, es war einer der letzten lauen Abende des Jahres, beide wollten nicht aufstehen und reingehen, ins Bett, die Kerze im Windlicht ging aus, da sprangen die Lichtpünktchen am Himmel an, und Adam sagte:
Das Problem ist: Erasmus ist für Mateusz ein polnischer Bauer.

3

Dass sich die Entfremdung zwischen den Blutsbrüdern schließlich zu Hass steigerte, ging auf den 19. Oktober 2017 zurück.
An diesem Tag betrat ein Mann die Postfiliale Plac Defilad im Zentrum von Warschau, in der linken Hand trug er einen Kanister mit Brandbeschleuniger, in der rechten einen klobi-

gen Ghettoblaster, an seiner Schulter hing eine Umhängetasche aus Leinen mit dem Aufdruck »*Nikt nie ma prawa być posłusznym*«, ein Werbegeschenk der Buchhandlung Tarabuk. Vor dem Schalter stellte er Kanister und Musikgerät bedächtig ab und zog ein Dutzend Briefe aus der Umhängetasche, die, zum Erstaunen des Postbeamten, an die Ministerpräsidentin, ihren Stellvertreter, an die Mitglieder der Rada Ministrów, der polnischen Regierung, und an die Chefredakteure von *Gazeta Wyborcza* und *Rzeczpospolita* und andere führende Journalisten adressiert waren. Der Schalterbeamte legte pedantisch jeden einzelnen Brief auf die Waage, obwohl sie eindeutig alle gleich groß und gleich schwer waren, und studierte die Namen der Adressaten.

Der Mann sah geduldig zu, wie die Briefe gewogen, mit Marken versehen und schließlich so sanft gestempelt wurden, als wollte der Beamte die hohen Empfänger der Briefe nicht verletzen.

Dass dieser Mann einen Benzinkanister mit sich trug, sei ihm nicht aufgefallen, sagte der Postbeamte später der Polizei. Als er am Schalter vor ihm stand, habe er den Kanister schon abgestellt gehabt, und als er dann gegangen ist, habe er ihm nicht nachgeschaut, auch weil er selbst dann sofort zu seinem Vorgesetzten gelaufen sei. Aber verdächtig, ja, verdächtig sei ihm der Mann natürlich gewesen, absolut, wegen der Empfänger der Briefe, die er aufgegeben habe. Wer schreibt schon Briefe an die Regierung, nicht wahr? Spinner oder Wichtigmacher, oder? Vielleicht gar ein Attentäter. Und seine Umhängetasche. Er habe nur das Wort *posłuszny* lesen können, gehorsam, und das habe er auch seltsam gefunden. Jedenfalls sei er mit den Briefen gleich zum Filialleiter, seit 2008 müssten sie ja in solchen Fällen Empfänger und Absender scannen und der Agencja Bezpieczeństwa Wewnętrznego, dem Inlands-Geheimdienst, melden.

In welchen Fällen?
In solchen. Wenn etwas seltsam ist. Er sei ja nur ein kleiner Beamter, er könne das natürlich nicht beurteilen, darum sei er gleich zum Filialleiter, damit von höherer Stelle …
Sie fanden es also nicht notwendig, bei einem Mann, der mit einem Benzinkanister vor Ihnen steht, sofort den Alarm auszulösen?
Den Kanister habe ich nicht gesehen, ich schwöre, ich habe ihn nicht gesehen, bei der Heiligen Jungfrau Maria. Aber ich habe sofort bei höherer Stelle …
Die Briefe jedenfalls kamen nie an.
Der Mann, der laut Absender Piotr Szczęsny hieß, zahlte mit einem großen Geldschein, nahm aus seiner »Gehorsam«-Umhängetasche einige Blätter heraus, Flugblätter mit der Überschrift »Ich protestiere«, sagte: Für Sie!, nahm den Kanister und den Ghettoblaster und verließ das Postamt.
Er zahlte mit einem Zygmunt, so der Beamte, mit einem 200-Zlotych-Schein, und ließ das Wechselgeld einfach liegen. Er habe das natürlich sofort dem Vorgesetzten und dann in der Tagesabrechnung, natürlich …, er habe sich das wirklich nicht behalten …, beeilte er sich zu sagen. Jedenfalls – Piotr Szczęsny stellte sich auf dem Defilad-Platz vor dem Kulturpalast auf und verteilte seine Flugblätter. *Ich protestiere.* In 15 Punkten warf er der regierenden PiS-Partei vor, Bürgerrechte einzuschränken, gegen Minderheiten zu hetzen, die Medien zu knebeln, die Verfassung zu brechen, die Gewaltenteilung aufzuheben und die unabhängige Justiz zu zerstören.
Piotr war fünf Jahre älter als Mateusz, damals der stellvertretende Ministerpräsident, der keine drei Monate später Ministerpräsident werden sollte. Er kannte ihn aus der Zeit der *Kämpfenden Solidarność*, den letzten Monaten des Untergrunds vor der Wende.

Dafür haben wir nicht gekämpft, Mateusz. Du warst mir, dem Älteren, anvertraut. Wir haben gegen ein autoritäres Regime für die Freiheit gekämpft. Als der Kommunismus besiegt war, hätte ich nie geglaubt, dass er jemals wieder zurückkommt. Jetzt habe ich begriffen, das autoritäre System kommt nicht als Kommunismus, sondern als Antikommunismus wieder.

Aber dieser Brief, wie auch alle anderen, die Piotr Szczęsny aufgegeben hatte, wurde nicht zugestellt und verschwand im Archiv des Geheimdiensts.
Piotr Szczęsny drückte auf die Play-Taste des Musikgeräts und drehte auf volle Lautstärke. Während das Lied *Kocham wolność* über den Platz dröhnte, »Ich liebe die Freiheit«, nahm Piotr Szczęsny den Kanister, schraubte den Verschluss auf, ließ den Kanister noch einmal sinken und wischte sich mit Handrücken und Unterarm übers Gesicht. Dann riss er den Kanister hoch und schüttete den Brandbeschleuniger über seinen Kopf, er hielt den Kanister vor seine Brust, ließ die Flüssigkeit an seiner Kleidung hinunterrinnen, er stemmte ihn wieder hoch, ein Schwall auf sein Gesicht, er spuckte und keuchte, tief Luft holend, schüttelte er den Kanister, die Flüssigkeit plätscherte und gluckerte, wie lange es dauerte, bis zwanzig Liter ganz herausgeronnen waren. »Ich kann so wenig machen / ich liebe und verstehe die Freiheit / ich kann sie nicht aufgeben«, er stemmte den Kanister in die Höhe, schüttelte ihn immer wieder, die Flüssigkeit ätzte seine Augen, seine Lippen, die Schleimhäute in seinem Mund, das waren jetzt seine Tränen, diese scharfe Flüssigkeit, die über sein Gesicht lief. »Ich hatte so wenig / ich habe so wenig / ich kann alles verlieren / ich kann –«, verschwommen und verzerrt sah er graue Gestalten in der Dämmerung, niemand schaute her, Piotr sang leise nur diese Zeile mit, »– alleine bleiben. Ich liebe die Freiheit«.

Er stellte den leeren Kanister ab. Die Menschen in der hereinbrechenden Dunkelheit nur dunkle Geister, die Konturen der Autos wie riesige schwarze Käfer mit leuchtenden, suchenden Augen. Plötzlich schimmerte der Platz rötlich violett, als würde sich ein giftiger Dunst über die Szene legen. Das kam von den Scheinwerfern, die nun den Kulturpalast mit violettem, blauem und rotem Licht anstrahlten. Der Kulturpalast, »Stalins Geschenk für die Polen«, in seinem Rücken. Und vor sich, am Ende des Platzes, die Neon-Lichter der geschäftigen Ulica Marszałkowska.

Sehr geehrter Herr Chefredakteur! Ich habe im Untergrund für die Freiheit Polens gekämpft. Dieser Kampf war selbstverständlich auch ein Kampf für die Freiheit der Presse. Es haben unzählige Menschen, die besten, ihr Leben dafür geopfert, und ich glaube nicht, dass sie dazu bereit gewesen wären, wenn sie gewusst hätten, dass am Ende dieses Kampfes die Freiheit der Lüge durchgesetzt ist, die sich noch dazu kaum unterscheidet von der gegängelten Parteipresse der Zeiten der Diktatur. Sie, Herr Chefredakteur, bezeichneten die Aufhebung der Gewaltenteilung als »patriotische Tat«, die Zerstörung der mit vielen Opfern erkämpften, unabhängigen Justiz als »Volkswille« – woran erinnert Sie das? Und was sehen Sie, wenn Sie in den Spiegel schauen? Noch können Sie kämpfen, und ich will Sie dazu ermutigen. Sie haben weniger zu befürchten als die Untergrundarmee, die für Ihre Freiheit gekämpft hat – die Sie nun verraten.
Auch dieser Brief wurde nicht zugestellt.

Das Lied endete mit einem leisen Rauschen, die Tonbandkassette lief leer weiter, Piotr hatte nur *Kocham wolność* aufgenommen. Das Geräusch der Stille, dann klickt ein Feuerzeug.
Nur wenige Menschen hatten den gellenden Schrei gehört,

den kurzen, schrillen, sirenenartigen Ton, den Piotr Szczęsny ausstieß, während er sich in einen grotesk tanzenden kohleschwarzen Körper im Mantel wilder Flammen verwandelte. Wer ihn gehört hatte, sollte ihn nie wieder vergessen.
Die Passanten, die sich in der Nähe befanden, erstarrten, nur ein Mann versuchte, sich dem brennenden Menschen zu nähern, es war ein verrücktes Bild, wie dieser Mann nach vorn sprang, mit seiner Aktentasche zwei Mal auf den brennenden Menschen schlug, als könnte er die Flammen auf diese Weise niederschlagen, dann zurücksprang, nochmals nach vorn, wieder seine Aktentasche schwenkend, bis der Ärmel seines Mantels zu brennen begann, worauf er sich zu Boden warf und sich wälzend den Mantel auszog.

An diesem Tag war Adam Prawdower von Brüssel nach Warschau gekommen, um als Vertreter der Europäischen Kommission, Generaldirektion für Erweiterung, mit Regierungsvertretern und Vertretern der Opposition an einer Diskussionsveranstaltung teilzunehmen: »Die Zukunft der EU: Erweitern, vertiefen oder zurückbauen?«
Auf dem Weg zum Kulturpalast sah er den brennenden Menschen. Er sah die Menge, die da zusammengelaufen war, hörte Schreie und Sirenentöne, rotierendes Blaulicht wischte über die Szene, die Flammen loderten und züngelten in giftigen Farben auf einem schwarzen Körper, der sich aufbäumte und zusammensank. Nein, das war kein Mensch, konnte kein Mensch sein, das musste eine Puppe sein, die da verbrannt wurde. War das eine Demonstration, eine Protestveranstaltung? Opposition? Anarchisten? Wen stellte die Puppe dar? Den Präsidenten Polens? Oder die deutsche Kanzlerin? Oder wurde hier symbolisch der russische Ministerpräsident verbrannt?
Nein. Hier brannte tatsächlich ein Mensch. Die Sirene, das

Blaulicht, nun waren sie da, die Feuerwehr, die Polizei. Er sah, wie andere versuchten, mit ihren Mänteln, mit einer Decke, mit Wasserflaschen den Mann zu löschen. Sie sprangen hin, wichen sofort zurück. Es war aussichtslos. Da lief Adam nach vorn, da war er wieder der Soldat, der bereit war, sein Leben … und warf sich auf den brennenden Mann, um mit seinem Körper die Flammen zu ersticken, just in dem Moment, als die Feuerwehr, die inzwischen herangerast war, die beiden mit einem Teppich von Löschschaum überzog.
So kam Adam mit versengten Haaren und Augenbrauen davon, die wieder nachwuchsen, dazu eine Brandwunde vom Ohr bis zum Hals, im Grunde eine größere Brandblase, so wie die Brandblasen an den Handflächen, die vollständig abheilten, »Restitutio ad integrum«, sagte Doktor Rensenbrink zufrieden, der Spezialist vom Europa-Spital Brüssel, der Adam nach seiner Rückkehr behandelte. Sie haben Glück gehabt, Meneer Prawdower. Und die Fläche, wo sich doch Narbengewebe gebildet hat, hier am Ohr und unter der Ohrmuschel – nun, lassen Sie es mich so sagen: Sensibilität am Ohrläppchen ist nicht unbedingt lebensnotwendig! Oder –
Adam sah den Doktor erstaunt an. Dieser lachte:
Jedenfalls ist es zu wenig, um Sie ein Schlitzohr zu nennen.
Flämischer Humor, dachte Adam milde, beinahe gerührt.

Adam hatte Piotr nicht erkannt, als er sich auf ihn geworfen hatte. Und auch in den nächsten beiden Tagen, die er im Spital zur Behandlung seiner Brandwunden verbrachte, erfuhr er nicht, wer der Mann war, dem er das Leben zu retten versucht hatte. Er erfuhr nicht, dass dieser in den Zeitungen nur mit seinen Initialen genannte Mann ein Mitkämpfer aus den Zeiten des Untergrunds war, der ihm, Adam, einmal das Leben gerettet hatte. Kann es eine stärkere Bindung an einen Menschen geben als diese: Er hat mein Leben gerettet!? Aber

Adam wusste nicht, dass dieser Mann, auf den er sich geworfen hatte, um ihn zu retten, sein Kamerad Piotr war. Was er allerdings in den Zeitungen las, als er im Spital lag, erboste ihn. Piotr S., so stand zu lesen, sei ein »Geisteskranker« gewesen, amtsbekannt als »Irrer«, als »klinisch labil«. Und Mateusz, der kommende Regierungschef Polens, beschuldigte in einem Interview in der *Gazeta Wyborcza* die Opposition, »labile Menschen durch ihre Hysterie wegen einer drohenden Diktatur in den Tod zu treiben«.

Dann aber erfuhr Adam, wer der »Irre« war: Piotr Szczęsny, sein und Mateusz' Kampfgefährte aus den Zeiten des Untergrunds, und er konnte nicht glauben, dass Mateusz dies nicht wusste. Eine gute Bekannte Adams, die Stadtratsabgeordnete Paulina Piechna-Więckiewicz von der liberalen Partei, die gerade aus einer Sitzung gekommen war, als Piotr als lebende Fackel auf dem Platz brannte, hatte eines der Flugblätter aufgehoben, die da lagen, es auf Twitter veröffentlicht, und auch ein Foto von Piotrs Umhängetasche, auf der stand: »Keiner hat das Recht zu gehorchen. Hannah Arendt«, darunter das Logo der Buchhandlung Tarabuk.

Paulina besuchte Adam im Spital.

Du kanntest Piotr, sagte sie.

Ja. Wie geht es ihm? Wird er überleben?

Er lebt. Aber die Prognose ist nicht gut.

Was können wir tun? Aber komm mir nicht mit Phrasen: Wir müssen sein Andenken –

Wir können froh sein, wenn das bleibt, sein Andenken.

Nach zehn qualvollen Tagen starb Piotr Szczęsny. Zehn Tage, in denen die Medien täglich trommelten, dass er geisteskrank gewesen sei, unzurechnungsfähig, depressiv, manisch, von Verschwörungstheoretikern beeinflusst, die letztlich an seinem erschütternden Tod schuld seien …

Als Adam das Spital verließ, schrieb er einen Brief an den stellvertretenden Ministerpräsidenten, seinen alten Freund Mateusz. Eigentlich war es kein Brief. Er schickte ihm eine Zeitungsseite mit Mateusz' Interview, Adam hatte darauf eine Reihe von Sätzen unterstrichen und am Rand notiert: Glaubst du das wirklich? Oder: Hast du vergessen, was Piotr für uns getan hat, für mich? Oder: Das sagst du über einen mutigen Kämpfer? Und ganz am Ende des Interviews, wo Mateusz über Patriotismus spricht und darüber, dass Juden nicht wüssten, was das sei, sie aber auch durch Selbstverbrennung den Polen kein schlechtes Gewissen machen können, schrieb Adam an den Rand: Sag mir das ins Gesicht!

Er steckte das Blatt in einen Umschlag, ging zum Postamt Plac Defilad. Der Schalterbeamte nahm den Brief entgegen, las den Empfänger und zupfte sich nachdenklich am Ohr. Er machte dies nicht bewusst, aber es wirkte so, als parodierte er Adam, der am Verband seiner juckenden Brandwunde am Ohr vorsichtig zupfte und rieb. Sehr langsam legte der Beamte den Umschlag auf die Waage, klebte die Marke und stempelte sie vorsichtig. Er sah Adam lange an, während er den Betrag für das Porto kassierte. Dann schloss er den Schalter, stellte ein Schild hin: »Wenden Sie sich bitte an den nächsten geöffneten Schalter.«

4

Impossible, Monsieur, sagte Catherine, das System akzeptiert das leider nicht.
Wie? Akzeptiert das nicht. Was meinen Sie?
Wenn ich »Dienstreise nach Albanien« eingebe, dann kann ich in der Abrechnung kein Flugticket nach Griechenland

eintragen, Monsieur, ohne Anschlussflug nach Albanien, dann kommt sofort – sehen Sie: *Erreur!* Eingabe nicht möglich. Abgesehen davon: Sie hatten auch keine Bewilligung, Sie hätten das Wochenende vorher bewilligen lassen müssen.

Ein privates Wochenende muss ich bewilligen lassen?

Im Zusammenhang mit einer Dienstreise ja, Monsieur Auer.

Sie sprach seinen Namen so aus, dass es, gemäß seinem österreichischen Ohr für das Französische, wie *Gruyère* klang – Auer mochte das gar nicht. Machte sie das mit Absicht? Fand sie das lustig?

Die Gespräche in Tirana fanden Montag bis Mittwoch statt, sagte er irritiert. Ich bin am Samstag davor nach Korfu geflogen, mit der Fähre hinüber nach Südalbanien, nach Saranda, ich dachte, das wäre eine Gelegenheit, ein Wochenende an der albanischen Riviera ... privat ...

Aber das war nicht bewilligt! Wenn Sie im Auftrag der Kommission zu politischen Gesprächen in ein bestimmtes Land reisen, dann können Sie dort nicht einfach ein Wochenende anhängen, das sind die Regeln. Wen treffen Sie, mit wem reden Sie dort, wie kann man ausschließen, dass Sie nicht Interessen verfolgen, die im Zusammenhang mit –

Privat, Catherine, ich bitte zu berücksichtigen, dass –

Ich erlaube mir, daran zu erinnern, dass –

Bitte freundlichst, zur Kenntnis zu nehmen, dass –

Mit ausgesuchter Höflichkeit und mühsam bewahrter Geduld insistierte er darauf, dass ein privates Wochenende am Meer nichts mit seiner Dienstreise zu tun hatte, die Anreise aber sehr wohl der Dienstreise angerechnet werden müsse.

Ich war einfach ein Wochenende am Strand! Alleine! Ich hätte auch über das Wochenende hier nach Knokke an den Strand fahren können und dann am Montag in der Früh

von Brüssel nach Tirana fliegen, was wäre der Unterschied gewesen?
Karl Auer machte auch noch geltend, dass das Ticket nach Korfu billiger gewesen sei als ein Ticket nach Tirana, zumal es von Brüssel keinen Direktflug nach Tirana gab, und dass er die Fähre von Korfu nach Saranda, ebenso wie dann das Mietauto nach Tirana aus eigener Tasche –
Je suis désolée, Monsieur. Je n'ai pas fait les règles. Je ne peux pas changer le système de MIPS.
Es hatte sich einiges geändert. Und das Geringste war, dass Catherine seit dem Brexit mit den Kollegen, statt wie früher auf Englisch, jetzt auf Französisch kommunizierte – *L'anglais est maintenant une petite langue en Europe*, sagte sie, *Qui d'autres que les rares Irlandais parlent anglais dans l'UE.*

Ja, es hatte sich einiges geändert. Nach der letzten EU-Wahl, bei der Millionen Europäer ihre Stimme abgegeben hatten, wurde eine neue Kommissionspräsidentin, die bei der Wahl gar nicht kandidiert hatte, mit nur zwei Stimmen gewählt: einer des französischen Präsidenten und einer der deutschen Kanzlerin. Die Europawahl wurde dadurch zu einer Farce gemacht, und die neue Kommissionspräsidentin brachte sofort alles ins Rutschen, die Kommission glich einem Kaleidoskop, an dem beherzt gedreht wurde und das schließlich ein neues Muster zeigte. Kompetenzen wurden zwischen Ressorts verschoben, Aufgaben neu definiert, Generaldirektionen umbenannt, altgediente Beamte saßen in immer längeren Mittagspausen in den Restaurants in der Rue Stevin oder Rue Archimède, erzählten den »Eleven«, den neuen Beamten oder den jungen »Trainees«, von den goldenen Zeiten, als Jacques Delors Kommissionspräsident war, oder sie erzählten von der Barroso-Zeit, da war es manchmal zumindest unfreiwillig komisch, allerdings auch nur im sentimentalen Rückblick! Und

Karl Auer fand sich nach Jahren in der Generaldirektion COMP, Wettbewerb, nun in der neu geordneten Kommission in der Generaldirektion NEAR wieder, Nachbarschaft und Erweiterung. Für ihn zunächst nicht unbedingt ein Wunschkonzert. Auch wenn natürlich erstklassige Juristen für das Monitoring der Justizreformen der Beitrittskandidaten benötigt wurden. Von der Position her war es für Auer allerdings ein Karrieresprung. Aber darum ging es ihm nicht. Er war kein Karrierist, er wollte sich mit seiner Arbeit identifizieren können. Das galt manchen als altmodisch.

Schaut euch nur seinen Anzug an, sagte Catherine einmal in der Kantine zu Kollegen. Monsieur Gruyère hat Anzüge, die gibt es eigentlich gar nicht mehr. Mit Bundfaltenhose, sie kicherte, und mit Kunstledergürtel. Und die breiten Revers, das ist, keine Ahnung, irgendwie *grand-père*. Und dann kommt er immer mit seinen *grand-père-bonmots* … Es schüttelte sie geradezu.

Karl Auer hatte nicht viel Zeit gehabt, sich einzuarbeiten, als schon diese Dienstreise anstand: Albanien, das halbjährliche Meeting von EU-Verhandlern mit dem Beitrittskandidaten auf höchster Ebene. Von Kommissionsseite der Direktor der NEAR mit drei hohen Beamten, von albanischer Seite der Ministerpräsident, die Fachminister (Außen, Innen, Justiz, Wirtschaft), und schließlich gab es auch Gespräche mit Vertretern der Opposition und von NGOs. Da hatte Auer die Idee, statt Montag schon Samstagmorgen anzureisen, um davor ein entspanntes, zugleich vielleicht interessantes Wochenende an einem albanischen Strand zu verbringen.

Just zu dieser Zeit eröffnete das Europäische Amt für Betrugsbekämpfung OLAF Ermittlungen gegen den polnischen Kommissar Janusz Wojciechowski, wegen des Verdachts, dass er Reisen nicht korrekt abgerechnet hatte. Er soll 11 250,– Euro für nicht dokumentierte Reisekosten erhalten haben.

Es war läppisch. Dass ein Mann seiner Position und seines Einkommens das nötig hatte! Aber: Die Kommission ist sauber. Daran darf es keinen Zweifel geben!
Auer zahlte also den Flug aus eigener Tasche, bekam nur das Hotel in Tirana und den Tagessatz für drei Tage, Montag bis Mittwoch, überwiesen.

Er bemühte sich, keine Verärgerung zu zeigen, als er sich von Catherine mit einer leichten Verbeugung verabschiedete und zurück in sein Arbeitszimmer ging. Es ging ihm nicht um die vier- oder fünfhundert Euro, die er für eine Dienstreise aus formalen Gründen nun aus eigener Tasche zu zahlen hatte. Was ihn bedrückte, war, dass es da etwas gab, was er Catherine nicht sagen konnte, obwohl er das Gefühl hatte, dass sie etwas wusste oder zumindest ahnte. Hatte sie nicht eine Anspielung gemacht?
Nein, sie konnte nichts wissen, nicht einmal ahnen, wie auch?
Aber das Unausgesprochene war da, und er wusste, er konnte es Catherine nicht sagen, es keinem Kollegen erzählen, er konnte sich niemandem anvertrauen, er musste es einhegen in seinem Kopf, auch wenn er zunächst dachte: in seinem Herzen – aber das klang ihm zu pathetisch. Wenn er schon darüber nachdachte, dann war der Kopf zuständig. Da war er ganz Beamter: Zuerst kam die Zuständigkeit, erst dann die Frage der Kompetenz.

Karl Auer war nicht leichtlebig. Einmal vor langer Zeit, einen kurzen Moment, hatte das Bild eines sinnlichen, intensivromantischen Lebens vor seinen Augen geschimmert, bunt und doch dunkel, wie die Bleiglasfenster in der Stiftskirche. Er war damals sechzehn oder siebzehn Jahre alt, Zögling am Stiftsgymnasium Zwettl, und hatte die Aufgabe, wie jedes

Jahr nach den Sommerferien einen Aufsatz »Mein schönstes Ferienerlebnis« zu schreiben. Neben der regelmäßigen Ohrenbeichte waren diese Aufsätze sozusagen die Cookies, mit denen die Erzieher seinerzeit an die Daten ihrer Zöglinge kamen. Völlig naiv berichtete der junge Karl Auer, dass er im Stadtkino, im Rahmen einer Fellini-Retrospektive, den Film »Das süße Leben« gesehen hatte.

Er ist sich nicht sicher gewesen, ob er den Film wirklich verstanden hatte, die Bilder waren an ihm vorbeigerauscht, aufgeregt hatte er sich an den Armlehnen seines Sitzes festgeklammert, als befände er sich im Wagen einer Hochschaubahn, aber Anita Ekberg im Trevi-Brunnen und überhaupt der Filmtitel: Das süße Leben – das war ihm sofort klar gewesen, da hatte er keinen Zweifel: Das stand in Opposition zu seinem strengen Leben.

Und so hatte er es in seinem Aufsatz berichtet, fast im Stil eines Besinnungsaufsatzes und zugleich in sehr bürokratischen Formulierungen, die den späteren Juristen ahnen ließen: dass es *in Kenntnis von … unter Berücksichtigung von … in Abwägung der …* und dann kamen zwei Begriffe, die er wahrscheinlich zum ersten Mal in seinem Leben in einem Aufsatz verwendete: *Lebensentwurf* und *Faszination.*

Das süße Leben, aha. Als Pater Gottfried die Hefte mit den benoteten Aufsätzen an die Schüler verteilte, ließ er Karl vortreten.

Du willst also ein süßes Leben, ja? Dann merke dir eines: Arbeit macht das Leben süß (dazu gab es einen Klaps auf den Hinterkopf), und nicht eine halbnackte Frau in einem römischen Brunnen! (Der Lehrer hatte den Film sicherlich nicht gesehen, aber diese Szene war so berühmt, dass selbst er sie sofort mit dem Filmtitel assoziierte.) Du musst Verantwortung für dein Leben übernehmen und nicht solchen Flausen nachhängen. Aber wenn du dich – er lächelte –, wenn du dich

schon für römische Brunnen interessierst: Du lernst das Gedicht *Der römische Brunnen* von Conrad Ferdinand Meyer auswendig. Bis morgen. Die Meyer-Ausgabe findest du in der Schulbibliothek. Wenn ich mich recht erinnere, enthält sie die 7. Version des Gedichts. Du hast Glück, es ist die kürzeste.
Der Pater hatte gesprochen, und schon war der Trevi-Brunnen nichts anderes mehr als ein historisches Kulturdenkmal, entweiht durch Fellini, während der Brunnen Fontana dei Cavalli Marini in der Villa Borghese geadelt war durch Conrad Ferdinand Meyers Gedicht aus dem Jahr 1882, das Karl am nächsten Tag brav aufsagte.

Zurück in seinem Arbeitszimmer, er nannte es: die Zelle – die Arbeitsräume selbst der höheren Beamten waren relativ klein und billigst eingerichtet –, fiel sein Blick auf den Wandkalender mit dem Sinnspruch des Tages: *»Lebe jeden Tag deines Lebens, als wäre er dein letzter!«*
Was hätte die Bürokratie im Haus dann noch für eine Bedeutung? Als Karl Auer an seinem Schreibtisch saß, den Computer einschaltete und auf den Bildschirm schaute, ertappte er sich dabei, tatsächlich darüber nachzudenken, was er tun würde, wenn er wüsste, dass dies der letzte Tag seines Lebens wäre. Er säße garantiert jetzt nicht hier. Wer würde zur Arbeit gehen, wenn er wüsste, dass es sich um den letzten Tag seines Lebens handelte? Aber was auch immer er sich jetzt vornehmen würde, es wäre ein ungeheurer Stress – was noch alles erlebt werden müsste, sollte, wollte. Oder eben nicht. Nur ausgewählte Genüsse. Erst recht Stress, alles in 24 Stunden unterzubringen, in weniger, wenn er wie üblich um 6:30 aufstand, da waren ja schon sechseinhalb Stunden verschlafen. Und dann die Frage: Wäre alles, was er würde genießen wollen, auch sofort erhältlich, zugänglich, möglich? Wahrscheinlich bekäme er

an diesem Tag nicht einmal einen Tisch in seinem Lieblingsrestaurant, wenn er nicht schon früher, bevor er wusste, dass es sein letzter Tag sein werde, reserviert hätte. Wenn er allerdings wüsste, er hätte nur noch zehn Jahre zu leben, immer noch deutlich unter seiner Lebenserwartung, das könnte er eher akzeptieren. Darüber nachzudenken wäre sogar lohnend: wie er diese verbleibende Zeit gestalten würde. Jedenfalls würde er nicht mehr zur Arbeit gehen. Was hieße das? Privatleben. Bis zum letzten Tag.

Privat. Er hatte zu Catherine gesagt, dass das Wochenende am Strand, vor den Meetings in Tirana, privat gewesen sei. Ja, privat im Sinn von einsam und freudlos. Als er mit der Fähre in Saranda ankam, war er entsetzt. Was immer dieser Ort früher gewesen war – ein Fischerdorf? Davon war nichts mehr zu sehen. Ein Hafen? Bedeutend konnte er nicht gewesen sein, die Hafenanlage war klein und sah eher wie ein Busparkplatz aus, der wichtige Hafen Albaniens war Durrës – der Ort Saranda selbst war völlig zerstört durch planlos hochgezogene Bauten, Hotels, Apartmenthäuser, dazwischen Ruinen halbfertiger Häuser, deren Fertigstellung abgebrochen wurde, weil den Bauherren wohl das Geld ausgegangen war oder sie für nachträgliche Bewilligungen nicht zahlen konnten oder wollten, es war ein potemkinsches Gipskarton-Manhatten, mit einer Straßenschneise mittendurch, in der er im Taxi für die knapp 800 Meter zu seinem Hotel im Stau langsam vorrückend vierzig Minuten brauchte. Vor dem Hotel, wenn man um eine Baustelle herumging, befand sich der Strand mit einer Strandbar, aus der Disco-Musik in ohrenbetäubender Lautstärke dröhnte. Wenn er den Strand weiterwanderte, um diesem Lärm zu entgehen, gelangte er in den Bereich der nächsten Strandbar mit wieder anderer Disco-Musik, wobei es dort, wo die beiden Beschallungen aufeinandertrafen, nach einer Baustelle mit Presslufthämmern klang, was zwischen all den Baukränen und Rohbauten irgendwie stimmig wirkte, aber letztlich brutalste Touristenfolter war. Auer hatte Lust, sich in der Hotelbar zu betrinken, aber das widersprach allzu sehr seinen Gewohnheiten. Er begnügte sich mit einem Glas Weißwein, bekam einen schauerlich parfümierten Sauvignon, noch dazu 0,1 – was für einen Österreicher keine Maßeinheit für Wein, sondern für Schnaps war. Nach Servieren des Getränks verschwand der Barkeeper spurlos. Nachdem Auer das leere Glas, die leere Nüsschenschale und die vor blauer Hintergrundbeleuchtung schimmernden Spirituosen an der Rückwand der Bar zwanzig Minuten lang studiert hatte, ging er zur Rezeption, um die zweite Nacht in diesem Hotel zu stornieren und für den nächsten Tag um 9 Uhr einen Mietwagen mit Fahrer zu bestellen. Dann fragte er, ob man ihm ein Restaurant für das Abendessen empfehlen könne, gute Küche, ruhige Atmosphäre, bitte keine Pizzeria – er hatte auf dem Weg zum Hotel ein gutes Dutzend Pizzerien gesehen –, kein Junkfood!

Die Rezeptionistin machte ein Kreuz auf einem Stadtplan, den sie ihm dann zuschob, sagte etwas, das klang, als würde sie niesen –

Wie bitte?

Sie schrieb den Namen des Restaurants auf den Stadtplan: »Haxhi«, sehr nett, sagte sie, ausgezeichnete Küche, auf der Promenade –

Wie weit ist das von hier?

Dreißig Minuten zu Fuß, vierzig mit dem Taxi, und das Taxi kann gar nicht ganz ranfahren, nur bis zum Beginn der Promenade, sagte sie mit furchteinflößender Heiterkeit. *You are welcome.*

Karl Auer, wenngleich manchmal schwermütig, neigte nicht zu Depressionen. Aber als er nach einem langen Fußmarsch

durch Lärm und Abgase schließlich im *Haxhi* auf das Foto von *Moules et frites* auf der Speisekarte zeigte und sich fragte, warum er ausgerechnet in Albanien etwas bestellte, wovon er sich in Brüssel mehr als satt gegessen hatte, war er – vorsichtig formuliert – doch etwas gefährdet. Er fragte den Kellner, ob er ihm ein Glas Weißwein dazu empfehlen könne, der Kellner nickte, führte seine Fingerspitzen zum Mund, küsste sie, verschwand – und brachte eine Flasche. Auer war von sich selbst überrascht, als er eine Dreiviertelstunde später feststellte, dass er die Flasche ausgetrunken hatte.
Am nächsten Tag fuhr er mit dem *Driver* nach Durrës, zunächst aber, der Empfehlung des *Drivers* nachgebend, zu der zwanzig Kilometer entfernten antiken Ruinenstadt Butrint. Auer, humanistisch gebildet, war wahrlich kein Banause, aber er fragte sich doch, warum er da unter sengender Sonne zwischen Tausenden Touristen in römischen und griechischen Ausgrabungen herumstolperte, ein Vierteljahrhundert nachdem er mit Interrail in Rom im Forum Romanum gewesen war, *Vend i Trashëgimisë Botërore*, sagte der *Driver,* wie bitte? *Vend i Trashëgimisë Botërore,* how do you say?
Keine Ahnung. Überhaupt: Tausende Touristen. Das hatte ihn schon in Saranda erstaunt. Wieso war dieses Land so überlaufen, von Touristen aus aller Welt, während es doch das Image hatte, ein schwarzes Loch mitten in Europa zu sein, *terra incognita*, nach Jahrzehnten der Abschottung völlig unbekannt, man sagte Albanien, und kein Mensch hatte eine Vorstellung, eine Ahnung, und wenn, dann dachte man an Mittelalter oder an Schrullen, wie die Tausenden kleinen Bunker, die ein verrückter Diktator hatte errichten lassen, aber wenn man das erwähnte, galt man schon als Albanien-Spezialist … Es war so rätselhaft wie ermüdend.
Auer war froh, als er in Durrës ankam. Er war nicht interessiert, etwas zu sehen, wollte gleich zu einem Hotel gebracht

werden. Der *Driver* brachte ihn zum Hotel Villa Pascucci, *You will love it.* Es sah aus wie eine schlechte, weil in den Dimensionen übertriebene Kopie des Weißen Hauses, einschüchternd lächerlich, ein Eindruck, der wohl mehr über Auers Stimmung als über das Hotel aussagte. Es gab kein freies Standard-Zimmer mehr, man konnte ihm nur eine so genannte Deluxe-Suite mit Whirlpool anbieten, die er, zu müde, um weiter auf Hotel-Suche zu gehen, akzeptierte. Er entließ den *Driver*, aß im Hotel, das einen schönen Garten hatte, aber es war leider zu kühl, um draußen zu essen. Meeresfrüchteplatte – wehmütig dachte er, dass man just Meeresfrüchte nicht alleine essen, sondern mit jemandem teilen müsste, dem man vergnügt in die Augen schaut, während man so sinnlich die Austern, Schnecken und Hummerscheren aussaugte und schlürfte und sich die Finger ableckte. Diesen Gedanken hätte er im Licht der folgenden Tage bereits als Zeichen sehen können … Dann ging er in seine Suite, nahm die Weinflasche mit, von der er erst die Hälfte getrunken hatte. Im Zimmer, plötzlich angewidert vom Alkohol, schüttete er den Rest des Weins in den Whirlpool, den er dann ausspülte, weil ihm die Vorstellung peinlich war, dass die Putzfrau am nächsten Tag eine Weinlache im trockenen Whirlpool entdeckte. Er legte sich schlafen und nahm am Montag zeitig in der Früh ein Taxi nach Tirana. Das war das »private« Wochenende. So angenehm wie zwei Tage Wachkoma.

Aber von wirklich privater Bedeutung wurden dann ausgerechnet die Arbeitstage in Tirana. Der Dienst. Die Meetings. Die Verhandlungen. Die Tage, für die er selbstverständlich von der EU-Kassa Spesenersatz und Tagegeld bekam. Montag, Dienstag, Mittwoch, die Tage, an denen er eine überraschende Erfahrung machte: eine unklare Sehnsucht bekam ein Ziel, ein lachendes Gesicht, er spürte eine wachsende

Energie, er merkte, wie sein Herz hämmerte, ohne Angst, er fühlte – was? Ein altmodisches Wort fiel ihm ein: Frohsinn. Er sah, wenn er sich in der Früh die Zähne putzte und sich rasierte, im Spiegel das Gesicht eines Mannes, der etwas besaß, von dem er nicht gewusst hatte, dass er darüber verfügte: Gabe. Er hatte etwas zu geben, und er empfing etwas, das ihn reicher, stärker, optimistischer machte. Die Gabe.
Dr. Karl Auer hatte sich verliebt.

Er schaltete den Computer ein und griff nach seinem Smartphone, er hatte in Albanien einige Fotos gemacht, er suchte ein bestimmtes, da: das fröhliche Gesicht von Baia Muniq Kongoli, der Vorsitzenden des Justizreform-Ausschusses des albanischen Parlaments. Eine Top-Juristin mit Postgraduate-Abschluss an der *European University Viadrina Frankfurt (Oder),* mit einem Wesen – Auer schaute minutenlang das Foto an, mit einem Wesen, Wesen, er war gerührt, weil er diesen Begriff in aller Tiefe der Bedeutung empfand: Wesen. Baia!

Er saß weinend in seiner Zelle, na ja, weinend, zumindest hatte er feuchte Augen. Das erzählte Nathalie Bonheur, die kurz bei ihm reingeschaut hatte, um ihn, der neben ihr der letzte Raucher in dieser Etage war, zu fragen, ob er Lust auf eine Rauchpause auf der Feuerleiter habe. Er lehnte ab, schluchzte –
Er schluchzte?
Na ja, sagte Nathalie, er schnäuzte sich, aber es klang wie ein Schluchzen.
Und er hat keinen seiner blöden Kalendersprüche gesagt, so etwas wie: Morgen scheint die Sonne wieder, oder –
Nein. Nur, dass er jetzt nicht rauchen wolle und –
Und? Was hatte er?
Weiß ich nicht. Aber das finde ich noch heraus.

5

Madame Delacroix ist gekommen, *Zoti Kryeministër*, vom französischen Fernsehen, mit drei Männern, sie warten –
Ja, ja. Zeigen Sie ihnen das Besprechungszimmer, sie sollen Kamera und Beleuchtung dort aufbauen, ich komme, sobald ich kann.
Richte ich aus. Sie kommen gleich.
Sobald ich kann.
Ja. Eines noch: Sie hat gefragt, ob Sie das Interview auf Französisch machen wollen. Sie hätte allerdings auch einen Dolmetscher dabei.
Ich mache es auf Französisch. Bringen Sie sie ins Besprechungszimmer. Und bitte, Mercedes, bringen Sie mir Kaffee und Raki.
Ins Besprechungszimmer?
Nein, hierher.

Als Mercedes mit Kaffee und Raki zurückkam, fand sie den Ministerpräsidenten nur mit einer Unterhose bekleidet vor. Sie war bekannt als die robuste Mercedes, und was seine Exzentrik betraf, einiges gewohnt, aber der nackte Regierungschef schockierte sie doch so sehr, dass ihr fast das Tablett aus den Händen gefallen wäre.
Keine Panik, Mercedes, ich ziehe mich nur um für Madame. Und jetzt raus!

Als Mercedes das Arbeitszimmer des ZK verließ, traf sie Pressesprecher Ismail Lani.
Du kannst jetzt nicht zu ihm rein. Er ist nackt.
Er ist nackt?

Mercedes erzählte aufgeregt, was sie gerade erlebt hatte. Das verbreitete sich wie ein Lauffeuer im Haus. Er ist nackt? Was heißt, er ist nackt? Hast du jetzt nackt gesagt, er? In kürzester Zeit fanden sich sechs enge Mitarbeiter der Staatskanzlei im Besprechungszimmer ein, um auf den Ministerpräsidenten zu warten.

Aber er nahm sich Zeit. Fate Vasa klingelte über die Hausleitung bei ihm an, aber er nahm nicht ab. Er stand vor dem Aktenschrank, hier hatte er in einem Fach ein paar Hemden zum Wechseln, seine sprechenden Krawatten, zum Beispiel eine mit Schweinchen, die er bei Verhandlungen mit Oppositionspolitikern umband, oder eine mit einem Löwen, die er gerne bei Gesprächen mit dem Leiter der EU-Delegation in Tirana verwendete, und ganz unten eine Sporttasche für den selten gewordenen Fall, dass er zwischendurch oder gleich nach der Arbeit zum Training ging. Er nahm aus der Tasche ein völlig ausgewaschenes T-Shirt, das einmal blau gewesen, jetzt mehr oder weniger hellblau war, roch daran. Dann eine kurze schwarze Hose, auf der in Rot *Glory Glory Man United* aufgestickt war. Diese Shorts hatte er vor Jahren im Fan-Shop des Manchester-United-Stadions gekauft. Das zog er an, dazu die Laufschuhe, die er schon die längste Zeit wegwerfen wollte. Aber wann kam ein Mann in seiner Position schon dazu, sich neue zu kaufen?

Er kippte den Raki hinunter. Er setzte sich an den Schreibtisch.

Er klingelte nach Mercedes: Was soll das? Ich habe gesagt, bring mir einen Raki, und nicht: einen Tropfen Raki!

Soll ich – soll ich noch einen –

Natürlich sollst du!

Er dachte, dass es wohl angemessen sei, Madame mit ihrem Filmteam dreißig, besser noch vierzig Minuten warten zu lassen. Er trank den Kaffee, dachte über das Gespräch nach, das

er mit Fate Vasa an diesem Morgen über Skanderbegs Helm geführt hatte.
Mercedes brachte, wie sie streng sagte, noch einen Tropfen. Nach einiger Zeit läutete das Telefon. Er hob nicht ab, blickte auf die Uhr. Noch fünf Minuten, besser zehn. Schließlich stand er auf, um ins Besprechungszimmer zu gehen. Er zögerte kurz, dann zog er seine alten Laufschuhe wieder aus.

Nachdem der französische Präsident ein Veto gegen EU-Beitrittsverhandlungen mit Albanien eingelegt hatte, wurde Colette Delacroix von France 2 nach Tirana geschickt, um den albanischen Ministerpräsidenten zu interviewen. Sie war der Inbegriff der eleganten Pariserin. Ihr blondes Haar ganz klassisch *carré court à la française* – der Ministerpräsident musste an einen goldenen Helm denken, aber er musste im Moment dauernd an Helme denken –, das Kaschmir-Kostümchen, die seidig glänzenden Strümpfe, die eleganten Pumps, als einzigen Schmuck trug sie eine Brosche, einen Adler aus Rotgold, dessen Auge ein kleiner Aquamarin war. Hatte sie sich dabei etwas gedacht? Wenn ja, war sie schlecht informiert. Albanisch war ein Doppeladler. Auf dem albanischen Wappen schwebt über dem Doppeladler der goldene Helm Skanderbegs. Dazu würde allerdings wieder ihre Frisur passen.
Colette Delacroix war eine erfahrene, hochqualifizierte Journalistin Mitte vierzig, die legendäre TV-Interviews mit Staatsmännern, -frauen und Zelebritäten geführt hatte, also alles andere als ein Püppchen, das sich bloß über Pariser Chic definierte. Ihr Aussehen, ihr *avoir du style,* war der größte denkbare Gegensatz zur Erscheinung des Ministerpräsidenten, der mit ausgestreckter Hand auf sie zukam. Sie war fassungslos, nahm seine Hand auf eine Weise, als wollte sie ihn wegschieben.
Dieser korpulente, riesige Mann, im verwaschenen T-Shirt,

mit kurzer Hose und barfuß, regierte einen Staat? Einen kleinen Staat zwar, aber doch einen Staat mitten in Europa?
Er wandte sich von ihr ab, fragte auf Französisch: Wieso wurden der Besprechungstisch und alle Stühle zur Seite geschoben? Wieso steht die Anrichte mit den Getränken jetzt dort im Eck? Und woher kommen die beiden Armsessel da mitten im Raum?
Der Kameramann sagte, dass sie diese beiden Stühle aus dem Foyer für das Interview so vorbereitet hätten, weil sie, wenn sie von hier filmten, die Tiefe des Raums … und der lange Tisch mit den vielen Stühlen wäre zu kleinteilig, also vom Bild her, sozusagen …
Der ZK lachte: Sie sind also nicht an der Realität interessiert? Sie wollen ein Gespräch mit mir in meinen Amtsräumen filmen, aber vorher verändern sie den Raum? Was wollen Sie? Soll ich noch ein Kostüm anziehen? Eine Maske aufsetzen? Wollen Sie Ihre Zuschauer betrügen?
Pardon, sagte der Kameramann, aber –
Stellen Sie den Originalzustand des Raums wieder her! Dann gibt es das Interview.
Er blickte Madame Delacroix an. *N'est-ce pas, Madame*? Bin ich ein Schauspieler, für den Sie da Kulissen aufbauen müssen?

Er grinste, während er zuschaute, wie die Männer des Filmteams mit Hilfe der Mitarbeiter seines Büros die Möbel zurückschoben, als er mit einem Mikro verkabelt wurde. Dann setzte er sich an den Tisch, machte eine einladende Handbewegung zu Madame.
Bitte, nehmen Sie doch Platz, hier!
Er bemühte sich um eine möglichst gelümmelte Art des Sitzens.

Er war entschlossen, sich zu rächen. Er demütigte diese französische Journalistin, aber er meinte den französischen Präsidenten.
So als wäre ihm dessen Veto gegen die Beitrittsambitionen Albaniens völlig egal, gab er flapsige Antworten, demonstrativ gelangweilt.

Ob er von der Entscheidung, dass keine EU-Beitrittsverhandlungen mit Albanien aufgenommen werden, enttäuscht sei?
Nein, er fühle sich nicht enttäuscht, sondern bestätigt.
Bestätigt? Inwiefern?
Ein Staatsmann setzt nie alles auf eine Karte, sagte er, das habe ich immer gesagt, und nun hat sich erwiesen, dass ich recht damit hatte.
Sie haben also noch andere Karten im Ärmel? An welche Optionen denken Sie?
Ich denke, dass Ihr Präsident oder seine gewöhnlich gut informierten Berater wissen, welche Karten ich noch habe. Sagen wir so: ein As und einen Joker.

Madame Delacroix drückte ihre Hand vorsichtig seitlich ans Haar, als würde sie ihren Helm zurechtrücken. Sie lächelte etwas gequält.
Ein EU-Beitritt Albaniens sei nun in weitere Ferne gerückt, sagte sie, befürchte er deshalb innenpolitische Schwierigkeiten? Eine Stärkung der Opposition, der Nationalisten?
Die Entscheidung Ihres Präsidenten hat eher dazu geführt, dass die Bevölkerung hinter der Regierung zusammenrückt. Innenpolitische Schwierigkeiten? Ich bitte Sie! Haben Sie hier irgendwo Gelbwesten gesehen? Und wenn Sie mich nach der nationalistischen Opposition fragen: Ich sehe sie nicht gestärkt, aber vielleicht wurde der Nationalist in mir gestärkt.

Madame Delacroix sah ihn verblüfft an, sichtlich bemüht um eine Reaktion, sie suchte nach einem Satz, einer Frage, da setzte er nach einem kurzen Gähnen fort: Das heißt aber nicht, dass ich nicht mehr über unseren Tellerrand hinausblicke. Wie Sie vielleicht wissen, ist unser Teller nicht besonders groß. Wir sind also traditionell ein weltoffenes Volk.

Madame Delacroix sah auf ihren Notizblock mit den vorbereiteten Fragen, atmete durch und stellte unvermittelt folgende: Sie sind ja Künstler, hatten internationale Ausstellungen, sogar im Guggenheim New York. Warum haben Sie Ihre künstlerische Arbeit aufgegeben, um in die Politik zu gehen?
Ich habe meine künstlerische Arbeit nicht aufgegeben, Madame, ich male weiterhin, ich zeichne sogar bei den Sitzungen im Parlament. Aber ich muss sagen: Hätte ich jetzt Sie gezeichnet, statt Ihre Fragen zu beantworten, wäre Ihr Besuch produktiver gewesen.

Er stand auf und erklärte so das Interview für beendet. Seine Berater und Büromitarbeiter, die das Gespräch seitlich stehend mitverfolgt hatten, zeigten sich unschlüssig, wie sie reagieren sollten, Pressesprecher Ismail Lani verzog sein Gesicht, der Dichter Fate Vasa applaudierte lautlos, gab dem Ministerpräsidenten ein Zeichen, das dieser durch ein Nicken beantwortete: Ja, wir reden gleich!

Würden Sie bitte noch zehn Minuten auf mich warten, während Ihre Kollegen da ihre Sachen abbauen und einpacken, ich bin gleich zurück, sagte der Ministerpräsident zu Madame Delacroix. Bitte, Madame, ich möchte Ihnen noch etwas mitgeben, ich bin gleich zurück.

Nach 15 Minuten kam er wieder, in einem eleganten dunkelblauen Versace-Anzug, hellblauem Hemd, Oxford-Alumni-Krawatte (er hatte sie vor Jahren am *Old Spitalsfields* Flohmarkt in London gekauft, um ein Pfund, *a bargain!),* und in einer Duftwolke von *Jean Patou D'Artagnan*, einem exklusiven Parfum mit ausgeprägter Herznote von Moschus, das er sich regelmäßig aus Paris zuschicken ließ. Dazu natürlich handgenähte Budapester Schuhe.
Bitte nehmen Sie Platz, sagte er, und Madame Delacroix, heillos verblüfft, setzte sich wie ferngesteuert ihm gegenüber.
Wir können das Interview jetzt gerne wiederholen, sagte der Ministerpräsident, und ich werde Ihnen ganz ehrliche Antworten geben.
Aber die Kameras sind eingepackt, und der Ton – sie sah sich um, das Team stand mit den Taschen bereit zum Aufbruch …
Oh, das ist ein Jammer! Sehen Sie, was Sie verbreiten, ist Gequatsche, bloße Phrasen, aber wenn es um die Wahrheit geht, dann sagen Sie erst: Die Einrichtung passt nicht, die Optik, wir müssen alles ändern, und dann sagen Sie: Wir haben schon zusammengepackt. Aber wie auch immer: Ihr Präsident ist ein weitblickender Mann, er wird die Konserve, die Sie mitbringen, schon verstehen. Und er wird jetzt darüber nachdenken, ob es wirklich so eine kluge Entscheidung war, Albanien zu zwingen, sich nicht an Brüssel zu orientieren, sondern an Peking. Denken Sie an unsere Kupferminen. Europas größte Kupfervorkommen befinden sich in Albanien.
Colette Delacroix bedeutete ihrem Team, die Kameras wieder auszupacken, sie wirbelte ihre Hand, schnell! Schnell!
Wissen Sie, was witzig ist, Madame? Wir geben die Schürfrechte den Chinesen, aber die EU bezahlt die dazugehörige Infrastruktur, weil wir ja noch Kandidat sind und die entsprechenden Subventionen bekommen!

Faites vite! Vite! Sie feuerte mit hektischen Handbewegungen den Kameramann und den Tontechniker an.
Ihr Präsident ist ein Mann mit Weitblick! Er versteht sicher, warum wir den Internationalen Flughafen Tirana an China verkaufen, uns aber vorher, was gut für den Preis, also für unser Budget ist, einen zweiten Terminal von der EU finanzieren lassen.
Faites vite!
Und jetzt sage ich Ihnen etwas realpolitisch ganz Einfaches, das Ihr weitblickender Präsident natürlich verstehen wird: Albanien wird in die EU kommen. Entweder kommt Albanien in die EU, oder es kommen die Albaner. Als Pflegerinnen, als Schwarzarbeiter, als – ich formuliere es einmal vorsichtig so: – als Familien mit gewissen Interessen. So oder so.
We are ready, Madame! Ton? Ton ein!
Da stand der Ministerpräsident auf. Danke für das anregende Gespräch, sagte er, reichte ihr die Hand, die sie jetzt mit einem Gesichtsausdruck nahm, als wäre diese Pranke virenverseucht.

Was zunächst wie eine anarchistische Randale wirkte, war im Grunde eine Meisterleistung an Symbolpolitik. Das war dem Ministerpräsidenten klar: Dass man Entwicklungen, Trendwenden, neue Dynamiken mit einer simplen, doch hoch symbolischen Handlung anstoßen kann. Der französische Präsident wird die Botschaft verstehen. Und der ZK wusste auch, wie viel er in diesem Zusammenhang Fate Vasa zu verdanken hatte. Er umgab sich ja gerne mit Künstlern, setzte sie auch demonstrativ in politische Ämter, aber Fate war dennoch ein Sonderfall. Er war der Einzige, der neben seinem literarischen Talent auch seit seiner Jugend politische Erfahrung mitbrachte. Und dies, Talent und Erfahrung, verband sich bei Fate zu einem geradezu untrüglichen Gespür für politisch wirksame Symbole, Metaphern, lyrische Bilder, rhetorische Verführungen. Er ist es gewesen, der ihm, als er noch Bürgermeister von Tirana war, sagte: Du hast jetzt vier Jahre Zeit, um aus dem grauen Tirana eine bunte Stadt zu machen. Das wird langwierig. Aber du kannst den Anschein, nein, lass mich sagen: den Anstrich in wenigen Monaten schaffen.

Wie?

Du bist doch Maler. Was liegt näher als dies: Du verteilst Farbkübel und sagst: Malt eure Häuser bunt an! Die Farbe kauft die Stadt bei *Bojra dhe llaqe ylberi* hier in Tirana, die Firma steht vor dem Konkurs. Du rettest die Firma, du rettest Arbeitsplätze, das Ganze kostet wahrscheinlich keine 900 000.– Lek, und ein Teil davon kommt über die Umsatz- und Gewinnsteuer und so weiter wieder herein. Du bist Maler – ruf den Menschen zu: Malt! Und die Stadt wird bunt!

Das hatte tatsächlich funktioniert. Dann die Wiederwahl. Schließlich der Aufstieg vom Bürgermeister Tiranas zum Ministerpräsidenten Albaniens, nachdem er, der unabhängige Künstler, die Sozialistische Partei – vorsichtig formuliert: – gekapert hatte, als ihm klar geworden war: Sie ist jetzt bereit, sich zu einem Wahlverein für ihn zu erniedrigen. Das hatte er auch Fate zu verdanken, dieses Gespür, wann ein Moment zum so genannten Momentum wird: Das Momentum war, als die Sozialdemokraten begriffen, dass sie entweder mit diesem verrückten Künstler an die Macht oder ohne ihn ins Gefängnis kamen. Macht oder Gefängnis, im Grunde ging es in der albanischen Innenpolitik selten um etwas anderes. Die alten Parteikader brauchten ihn, auch wenn sie ihn insgeheim verachteten, allein sein seltsames Gestikulieren, so überhaupt nicht staatsmännisch, man merkte diesem riesigen Mann an, dass er einmal Basketballspieler war, allerdings wirkten seine

Hände ohne Ball irgendwie verrückt, gemahnten an Charlie Chaplin ohne den Globus.

Bei der Strategie-Sitzung an diesem Morgen hatte Fate den Satz gesagt, der den ZK, wie auch alle anderen im Raum, zunächst erheitert hatte, als wäre es ein Witz. Aber dann –
Der Ministerpräsident begriff sofort, dass es wieder Fate war, der das richtige Gespür hatte …

Ich habe unlängst gesagt, dass du symbolisch das Schwert Skanderbegs erheben musst, sagte Fate. Ihr habt gelacht, sagte er und ließ seine kleinen zarten Finger in Richtung des anwesenden Beraterstabs flattern, aber – wartet! Wartet! Es ist witzig, ja, aber als politische Symbolhandlung auf eine Weise martialisch, die lächerlich und völlig unglaubwürdig ist. Dass wir den Kosovo annektieren, Teile von Nordmazedonien, um das ganze Territorium der Albaner zu erobern und zu vereinen – bitte! Das kann doch niemand ernst nehmen. Und was niemand ernst nehmen kann, funktioniert auch symbolpolitisch nicht. Aber – wartet! Bitte wartet! Trotzdem ist diese Idee nicht völlig falsch. Ich habe darüber nachgedacht. Es geht nicht um das Schwert, es geht um Skanderbegs Helm. Der Helm, liebe Freunde, ist die Waffe!
Und er wandte sich an den Chef und sagte:
Du musst dir Skanderbegs Helm aufsetzen!

Gelächter.
Jetzt wird der Witz surreal, rief Ismail Lani. Mit einer Handbewegung stellte der Regierungschef Ruhe her.
Ja, lacht nur, sagte Fate. Jeder Albaner weiß: Auch wenn der Löwe nur noch einen Zahn hat, kann er sein Opfer reißen. Zoti Kryeministër, du musst nur klarstellen, dass du, auch in einer Position scheinbarer Schwäche, der Löwe bist. Ers-

tens nimmst du der Opposition ihr Thema, sie hat sich Skanderbeg auf ihre Fahnen geheftet. Den Mann, der die Albaner einte. Aber wenn du dich mit seinem Helm krönst, dann bist du es, der für die Einheit der Albaner steht, dann hast du die Nationalisten auf deine Seite gezogen. Das erreichst du mit dem Helm, dazu brauchst du kein Schwert. Zweitens wäre es die beste Antwort an Brüssel: Du erinnerst sie daran, dass Skanderbeg der Beschützer des europäischen Christentums gegen die Osmanen war. Du gibst den Albanern in der Skanderbeg-Tradition mehr Gewicht, mehr Bedeutung für Europa, als du es jemals könntest, wenn du in Brüssel bloß um mehr Wohlstand bettelst. Dafür steht der Helm. Vergiss nicht: Die Europäer interessieren sich für Märkte oder für Symbole, für Symbole interessieren sie sich ganz verzweifelt, weil sie keine mehr haben, sie nennen es Narrative. Als Markt ist Albanien uninteressant, aber als Symbol haben wir mit Skanderbegs Helm einen sehr dicken Schädel! Und drittens zeigst du, gekrönt mit Skanderbegs Helm, dass du auch einen Plan B hast, eine Alternative, falls die EU uns bettelnd vor der Tür stehen lässt: Großalbanien! Wofür auch Skanderbeg steht, wie auch für sein Geschick, immer wieder neue Bündnisse einzugehen, womit wir wieder bei China wären. Und das Beste daran ist: Es kostet nichts. Und der Helm ist glaubwürdiger als das Schwert. Es muss ja nur als Idee im Raum stehen und in gewissen Köpfen Unruhe machen.

Der Helm liegt in einem Museum in Wien, sagte der Ministerpräsident.

Ja, sagte Fate. Du hast gestern im Parlament völlig falsch reagiert. Aber nicht der Fehler von gestern, sondern die Ansage von morgen ist entscheidend. Du musst jetzt nur bekanntgeben, dass du den Helm zurückforderst.

Der Helm war als Leihgabe des Kunsthistorischen Museums Wien für die Jubiläumsaustellung »Hundert Jahre Albanischer Staat« nach Tirana geschickt worden. Die Opposition hatte nun, die Gunst der Stunde, das heißt die Ungunst der EU, für nationalistische Aufwallung nutzend, im Parlament kritisiert, dass der Helm, der von so eminenter Bedeutung für Albaniens Identität sei, an Wien zurückgegeben worden war. Worauf der Ministerpräsident dem Oppositionsführer zugerufen hatte: Wer einen Helm braucht, hat einen Dachschaden!

Okay, das war falsch. Aber es ist noch belanglos, sagte Fate. Du erklärst, dass der Helm zurückgegeben wurde, weil es einen Leihvertrag gab. Die Rückgabe beweist, dass Albanien Verträge einhält, Vertragstreue ist in Europa von entscheidender Bedeutung. Aber nun stellst du eine Rückgabeforderung. Du willst jetzt nicht leihen, du willst geraubtes nationales Eigentum zurück.

Fate öffnete seine abgewetzte und brüchige Ledertasche, nahm eine Mappe heraus. Hier, sagte er, neue Gedichte von mir. Ich hoffe, du erkennst dich im Löwen mit einem Zahn wieder.

Der Ministerpräsident sah ihn an, diesen dünnen Mann mit dem Bierbauch, der wie der aufgeblähte Bauch eines Hungernden wirkte, sein Gesicht in verwirrendem Widerspruch zwischen der dünnen, geradezu glasigen Haut auf der Stirn mit ihren durchscheinenden blauen Adern und den Hamsterbacken mit Bartstoppeln, irritierend auch die kleinen dünnen Hände, Hände eines Kindes – dieser Mann war optisch nicht unbedingt der Repräsentant von Harmonie und klassischer Schönheit. Und der Ministerpräsident, dieser Riese, hätte die-

sen seltsamen Zwerg am liebsten in seine gewölbte Hand genommen und ihn beschützt wie ein aus dem Nest gefallenes Küken.
Er nahm die Mappe und bedankte sich.

Und dann sagte Fate etwas, das den Ministerpräsidenten noch sehr beschäftigen und das zur brutalsten Fehde zwischen albanischen Familien seit dem Tod des Diktators Enver Hoxha 1985 führen sollte:
Du musst dir vielleicht eine Kopie des Helms anfertigen lassen, nach Maß. Der Originalhelm wäre dir ohnehin viel zu klein. Du verkündest die Forderung nach Rückgabe, lässt die Prozedur im Papierkrieg untergehen und krönst dich nach einiger Zeit mit der Kopie, die dir und nur dir perfekt passt.
Im Ernst?
Wir denken darüber nach. Meine persönliche Meinung: Ideal wäre für deine Krönung mit dem Helm der Tag der Unabhängigkeit und der Flagge – das wäre zwei Wochen vor der Balkankonferenz in Poznań …

6

Nach seiner Geburt schien es, als hätte Fate einen Wasserkopf. Aber sein Vater beruhigte: Mein Sohn hat kein Wasser im Kopf, sondern mehr Hirn als ihr alle! Und das braucht Platz! (Das war, wie Fates Mutter einmal erzählte, eine verblüffende Interpretation des Mannes, der sich sein Hirn mit Raki weggesoffen hatte!) Das einzige Problem, das er haben wird, fuhr er fort: Er wird einen größeren Hut brauchen, als sie in Hutgeschäften lagernd sind. Aber was ist in Albanien schon lagernd? Nichts. *Das* ist das Problem!
Bald darauf war der Vater verschwunden. Entweder hatte er

dieses Kind doch nicht ertragen oder aber er hatte in seinen Räuschen allzu unvorsichtig Wahrheiten gesagt – in der Hoxha-Diktatur hatte ein Mann, der einen Satz sagte, der als regimekritisch interpretiert werden konnte, eine Lebenserwartung von 24 Stunden. Das war der Unterschied zu anderen stalinistischen Staaten, wo Regimekritiker zwar immer wieder in Haft kamen, aber sehr oft doch überlebten und nach der Wende Staatspräsidenten oder Diplomaten wurden.

Das Kind kränkelte, irgendwie brachte die Mutter den Jungen durch, sie weinte viel, allerdings nie vor ihm. Sie sagte immer: sie müsse ihn durchbringen. Das dünne Kind mit dem großen Kopf, das bei den Nachbarn und in der Schule Mitleid erregte. Sie war zu jeder Erniedrigung bereit, um »ihn durchzubringen«, das erfüllte ihr Leben – bis sie ihn verlor. Und sie verlor ihn, als das Albanien, in dem sie sich zäh kämpfend eingerichtet hatte, dessen System sie natürlich hasste, aber in dem sie alle Tricks und alle Möglichkeiten im Unmöglichen kannte, unterging und ein anderes Land wurde. Ein besseres Land – in dem aber eine wie sie keine Möglichkeiten und keine Chancen mehr hatte.

Ein besseres Land? Sie sagte: dem Anstrich nach. Sie hielt Politiker grundsätzlich für Anstreicher, für sonst nichts. Sie übermalten eine triste Realität mit glänzenden Farben. So sah sie das. Aber was sie absolut nicht verstand: Sie, die ihr ganzes Leben unter der Politik durchgetaucht war, nicht an Politik anstreifen wollte, um zu überleben, musste nun ihrem Sohn nachblicken, wie er der Politik nachlief. Nicht dass sie ihm nachgewinkt hätte, aber er blickte auch nicht zurück und hätte es gar nicht gesehen.

Erst sehr viel später, da war seine Mutter schon lange tot, erzählte Fate: Das politische Engagement hat mich erfasst und geprägt, weil es die Zeit war. Ich glaubte wirklich, es gebe objektive gesellschaftliche Interessen und es lohne sich, dafür zu kämpfen. Mit vielen für alle. Alle, die ich kannte, dachten so. Keiner von uns hätte gedacht, dass die edelsten politischen Ideen zu Phrasen in Sonntagsreden werden könnten. Die Zeiten. Wäre ich zwanzig Jahre später geboren, wäre ich vielleicht Zyniker geworden, oder ein feinsinniger Dichter, gut, das eine schließt das andere nicht aus. Was mich stört an der ganzen Sache: Wäre ich zwanzig Jahre früher ein glühender Stalinist geworden?

Es war kein bewusstes Wortspiel, es passierte Fate einfach, dass er, als er von seiner Kindheit erzählte, statt Krankenhaus *Krankenzuhaus* sagte. (Statt Hospital *Homepital.*)

Er hatte sehr früh gelernt, Krankenhäuser als sein wahres Zuhause zu empfinden. Er ist immer ein kränkelndes Kind gewesen, früh vaterlos, mit einer Mutter, die, was er lange nicht verstand, ihre Liebe nur durch Härte und strenge Disziplin zeigen konnte. Er sah sie kämpfen, aber er sah sie nicht lieben, spürte in ihrer Härte die Liebe nicht. Von Liebe war die Rede. Die Liebe von Jesus Christus. Die Mutter war katholisch, gehörte also zu einer kleinen Minderheit in einem mehrheitlich muslimischen Land, und innerhalb dieser Minderheit zu der Minderheit der Strenggläubigen, in einem Land, das, muslimisch hin oder her, im Grunde stolz darauf war, dass es sich in seiner Verfassung als atheistisch bezeichnete.
Es waren immer wieder die Spitalsaufenthalte, in denen er sich umsorgt und behütet fühlte, in den Fieberträumen, mit der kühlenden Hand der Krankenschwester auf seiner Stirn, den Infusionen, die in seine Vene tropften und ihm das Gefühl gaben, mit Lebenssaft versorgt zu werden, dann die Nachfragen der Ärzte bei den Visiten. Daheim hatte sich nie jemand nach seinem Wohlergehen erkundigt, am allerwenigsten nach seinem seelischen – Seele, das war etwas, wo-

rum es nur am Sonntag ging, bei der Messe – selbst im Sommer fror er in der Kirche –, und bei Begräbnissen, der Großvater, die Großmutter, ein Onkel, noch ein Onkel, eine Großtante, da war von Seele die Rede und dass sie jetzt erlöst sei, weil der Körper tot war, der Schmerzbereiter, aber das Leben, das war seelenlos, da gab es keine schmerzbefreite Seele, in einem verspannten, schmerzenden Körper, der sich anstellen musste für Brot, der sich anstellen musste für alles, was es nicht wirklich gab, es gab nur Marken, und es gab das Schlange-Stehen, mit Marken, in der Hoffnung, das aus einem Stück Papier oder Karton ein Lebensmittel wurde, aber im Spital: Da gab es kein Anstellen, da lag man in einem Bett und bekam die Ernährung aus einem Beutel, der an einem Galgen hing und in die Vene tropfte, ohne Wartezeit, ohne Rempeleien, ohne Vertröstungen, man bekam Leben eingeflößt, während draußen der Kampf um das Überleben wütete, vor den Geschäften, die keine Beutel mit Lebenssäften hatten, sondern nur zu wenig Lebensmittel.
Als Selina Vasa ihren Sohn Fate wieder einmal aus dem Mutter-Teresa-Hospital abholte, es war der 21. Juni 1998, steckten sie alsbald in einem Stau in der Rruga e Dibrës, einen Stau, wie ihn die Stadt Tirana noch nie gesehen hatte. Sie saßen in einem Taxi, es vergingen Minuten, noch mehr Minuten, der Taxifahrer fluchte, es bewegte sich nichts, nicht einen Meter vorwärts, sie warteten, aber es geschah nichts, sie standen.
Das sind die Hurensöhne von der Sigurimi, rief der Taxifahrer.
Das habe ich jetzt nicht gehört, sagte die Mutter.
Nicht gehört? Nein? Sind Sie taub? Aber auch den Tauben werden die Ohren langgezogen! Ist doch klar, dass die Staatssicherheit das Chaos nutzen will, um –
Reden Sie nicht so viel Unsinn! Fahren Sie weiter!

Sind Sie blind auch noch, Frau? Sehen Sie nicht, dass alles steht?
Seit der Wende hatte der Autoverkehr in Tirana ständig zugenommen, bejubelt von Regierungsstatistikern, die dies als faktischen Beleg für Wirtschafswachstum und wachsenden Wohlstand der Bevölkerung feierten, aber noch nie hatte es eine Situation wie an jenem 21. Juni gegeben, als der Verkehr in weiten Teilen der Stadt zum Erliegen kam. Die Zeitung *Koha Jonë* schrieb am nächsten Tag: *Jetzt müssen wir nach den beiden bekannten deutschen Lehnwörtern Kindergarden und Rucsac ein neues Wort in unsere Sprache aufnehmen: Blehlawine.*
Diese Blechlawine war allerdings kein herkömmlicher Stau. Es war, wenn es im Zusammenhang mit Autos nicht so komisch klingen würde, eine Graswurzelbewegung, eine erste große Demonstration der albanischen Zivilgesellschaft. Es war der so verzweifelte wie entschlossene Versuch, nach dem Zusammenbruch der staatlichen Strukturen den Neustart eines demokratischen Albaniens zu erzwingen.
Überraschend viele Autobesitzer waren dem Aufruf von Oppositionellen, Künstlern, Universitätsprofessoren gefolgt, zu einer städtischen Verkehrsader zu fahren, den Wagen quer zu stellen und so den Verkehr der Hauptstadt zum Erliegen zu bringen. Tirana hatte damals im Vergleich zu anderen europäischen Hauptstädten immer noch eine relativ niedrige Rate von Autobesitzern. Aber an diesem Tag wirkte das damals noch rückständige Tirana wie eine Weltmetropole, die im Verkehr erstickte.
Fate saß im Fond des Wagens, an seine Mutter gelehnt, hörte den Fahrer *Lotterieaufstand, Bürgerkrieg, Sigurimi, Verfassung, Europa* sagen, Begriffe, die er nicht kannte, aber für bedeutsam hielt in dieser unerklärlichen Situation, und er hasste seine Mutter dafür, dass sie das Gespräch mit dem Taxi-

fahrer immer wieder abwürgte, von alldem nichts wissen wollte.

Er wusste allerdings auch nicht, wie viel seine Mutter zahlen musste, Schmiergeld, wie viel sie sich demütig ausleihen, wie sehr sie sich heillos verschulden musste und wie oft sie selbst hungerte, damit er seine Beutel, seine Konserven im Mutter Teresa bekam, während die Ärmsten froh sein mussten, wenn im Krankenhaus die Leichen ihrer Angehörigen gewaschen wurden. Er wusste nichts vom Zusammenbruch des Staates, der ihn noch zu versorgen schien, weil seine Mutter dafür alles verkaufte, und er sollte nie erfahren, was das bedeutete: *alles.*

Schließlich stiegen sie aus, es war Fate peinlich, wie seine Mutter mit dem Taxifahrer stritt, sie wollte nicht zahlen, weil er sie ja nicht dorthin gebracht hatte, wo sie hinwollten, nämlich nach Hause, sie wollte erst recht nicht zahlen, was das Taxometer anzeigte, das ununterbrochen klickend weiterlief, während sie standen.

Während seine Mutter mit dem Taxifahrer diskutierte, wanderte Fate neugierig an den Autos entlang, zum ersten Mal führte Mutters Kampf, ein simpler Streit mit einem Taxifahrer, dazu, dass sie ihren Sohn aus den Augen verlor. Die Fahrer hatten die Autotüren geöffnet, es wurde gehupt, man hörte Sirenen und Folgetonhörner, manche drehten die Radiomusik auf volle Lautstärke, Fate stellte mit Verwunderung fest, dass sich viele mit der Zeit auf dasselbe Radioprogramm, auf eine Musik einigen konnten, sie dröhnte mit vereinter Lautstärke, und viele Menschen, ältere und jüngere Männer und Frauen, Kinder und Teenager, bewegten sich zwischen den Autos, schnippten rhythmisch mit den Fingern, trommelten auf Autodächer, sangen Refrains, schließlich dröhnte aus einem Auto *It's my life,* und einige stimmten ein, *It's my life,* immer mehr stellten ihre Radios auf diesen Sender ein, beim nächsten Refrain schrien noch mehr und schließlich brüllten Hunderte *It's my life,* und sie schlugen den Rhythmus auf die Autodächer, klatschten, schrien, *It's my life,* und der kleine Fate ging mit Gänsehaut zwischen den Autos an diesen exaltiert grölenden und klatschenden Menschen vorbei, ertappte sich dabei, wie er die Hüften wiegte, und er hörte, wie seine Mutter seinen Namen schrie, dieser Schrei ging schließlich unter im harten Trommeln und Brüllen, *It's my life,* und dann die Choräle, sie riefen immer wieder *Genug! Genug! Wir haben genug!*. Genug von der Korruption, genug von der Gewalt, genug von den Betrügern, sie forderten den Rücktritt von jemandem, den Fate nicht kannte, ein Name, den er noch nie gehört hatte, aber er wusste, dass er auf der Seite derer war, die diesen Namen skandierten, brüllten, tanzten und trommelten. Und immer wieder: *Wir sind Europa!*

Noch einmal hörte er seine Mutter schreien, *ein Schrei, der im tosenden Lärm unterging wie ein Kiesel, der in die Brandung des Meers geworfen wird.* Das war der erste Satz, den er am nächsten Tag in ein Heft schreiben sollte, der Beginn seiner literarischen Versuche. Er war später nicht stolz auf diesen Satz, so wenig wie auf dieses billige Schulheft mit der kindischen Pandabär-Zeichnung auf dem Umschlag, *made in China.* Aber er sollte es als seinen Beginn hüten.

Fate wanderte weiter. Er spürte, dass er sich von seiner Mutter entfernte, und zwar grundsätzlich, er spürte, dass es ein Leben jenseits des strengen Regimes seiner Mutter und der Obsorge der Krankenschwestern gab, dieser Schaukel seines Lebens, die im Abseits der Realität stand.

Fate, geboren am 17. Dezember 1981, war an diesem Tag noch keine achtzehn Jahre alt, sah mit seinem großen Kopf und seinen viel zu kleinen Füßen aus wie ein Vierzehnjähriger, den man leicht umstoßen konnte. An diesem Tag aber lernte er, dass es von einem selbst abhing, ob man umgestoßen wurde – oder stieß.

Na, mein Kleiner, hast du deine Eltern verloren?
Der junge Mann, der Fate ansprach, war nur vier Jahre älter, aber er hielt Fate für ein Kind. Umso mehr verblüffte ihn dessen Antwort:
Ich suche nicht meine Eltern, ich suche meine Zukunft.
Und dann musste er lachen, als Fate fortfuhr: Mein Vater ist von seinem Leib befreit, und meine Mutter streitet mit dem Taxifahrer.

So lernte Fate im Gedröhne von Radiomusik, Gehupe und Sirenen Ismail Lani kennen, den späteren Regierungssprecher des Ministerpräsidenten, der damals Aktivist einer Gruppe von Jura-Studenten war, die sich für eine neue Verfassung Albaniens engagierten. Es wäre die erste demokratische Verfassung seit den zwanziger Jahren, erklärte er, ein Desiderat!
Ein Destillat, sagte Fate.
Ismail lachte, nein, ein Desiderat, das ist –
Ich habe schon verstanden, sagte Fate, ein Destillat der Notwendigkeiten!

Am nächsten Tag nahm Ismail dieses buchstäblich merkwürdige Kind Fate zu einem Aktivisten-Treffen mit. Dort lernte er ein Dreivierteljahr später den legendären ehemaligen Star des albanischen Basketball-Nationalteams kennen, der als parteiunabhängiger Kandidat bei der Bürgermeisterwahl in Tirana die Unterstützung der Studenten suchte. Zu dieser Zeit erschien Fates erster Gedichtband, *Sirenen und Folgeton,* bei *Shtypi Universitar,* University Press Tirana.

7

Alle Diktaturen sind ähnlich. Aber unterdrückt fühlt sich jeder Einzelne auf eigene Art.
Adam ist höchst verwundert gewesen, als Mateusz diesen Satz sagte, just während einer großen Demonstration in Warschau gegen das Regime, die ihm den genau gegenteiligen Eindruck machte: Die Unterdrückung macht doch die Menschen gleich, eint sie in ihren Sehnsüchten und Forderungen, und deutlich sichtbar wird es im gemeinsamen offenen Widerstand gegen das Regime. Da stehen doch nicht verschieden Unterdrückte auf, sondern gleichermaßen Unterdrückte!

Die Zeit des Untergrunds war zu Ende, damals im April 1989, als eine Welle von Streiks und Demonstrationen Verhandlungen mit der Regierung erzwungen hatten, die wenig später zu einer Wiederanerkennung der Gewerkschaftsbewegung Solidarność führten.
Adam und Mateusz, die blutjungen Widerstandskämpfer, noch halbe Kinder, standen an diesem Tag an einem Fenster der Anwaltskanzlei Guciński i Synowie, der anerkannten Rechtsvertreter der Solidarność, an der Ulica Marszałkowska, und blickten hinunter auf die Fahnen schwingende Menge. Neben ihnen, als Zeugen des grotesken Gesprächs zwischen Adam und Mateusz, standen Senior-Anwalt Jakub Guciński und der Soldat der *Kämpfenden Solidarność* Piotr Szczęsny – der kurz vor der Befreiung euphorisch, nach der Wende aber enttäuscht war, depressiv wurde und sich später selbst verbrennen sollte.
Sie tranken Wodka, ausgenommen Mateusz, und Piotr hob sein Glas, lachte und sagte: Wir werden siegen!
Mateusz schloss das Fenster: Es ist kalt. Und Pathos wärmt

mich auch nicht, sagte er. Und dann sagte er diesen Satz: Alle Diktaturen sind ähnlich. Aber unterdrückt fühlt sich jeder Einzelne auf eigene Art.
Adam war so verblüfft, dass er nach Worten suchte. Die Gemeinsamkeit ..., man sieht doch gerade hier ..., die gemeinsamen Forderungen ...
Mateusz lächelte. Was die Menschen im Widerstand gegen eine Diktatur fordern, sagte er, ist keine Basis, um dann einen freien Staat zu regieren.
Adam: Wie bitte?
Schau doch runter, sagte Mateusz. Was wollen sie? Pressefreiheit. Das brüllen sie gerade. Pressefreiheit. Und wenn sie sie haben, was kaufen sie? Pornohefte und Modezeitschriften.
Er öffnete wieder das Fenster. Lehnte sich hinaus.
Hört ihr? Unabhängige Justiz. Das schreien sie jetzt. Aber wenn sie sie haben, wollen sie doch nur, dass sie Recht bekommen, und das heißt sehr bald, dass ihre Vorurteile bestätigt werden, und das kann das Fernsehen erledigen. Ob es dann eine wirklich unabhängige Justiz gibt oder nicht, wird die wenigsten in ihrem Alltag interessieren, solange sie nicht fürchten müssen, unschuldig verhaftet zu werden, aber von Zeit zu Zeit einen von »denen da oben« vor Gericht sehen. Was erwarten sie von einer Demokratie? Ich sage dir, was sie erwarten: wachsenden Wohlstand. Aber es gibt keine demokratische Verfassung, kein Modell von Demokratie, wo verankert wäre, dass jede Wahl in der Folge zu mehr Wohlstand führen muss. Schau nach China: Da hast du wachsenden Wohlstand ohne Demokratie, ohne Freiheitsrechte. Schau nach Indien, die größte Demokratie der Welt: totale Misere. Und so weiter. Glaub mir, Adam, jeder da unten will etwas anderes, hat seine eigene Vorstellung vom Leben. Jetzt haben sie gemeinsame Phrasen, für die sie alle auf die Straße gehen. Wenn das Regime fällt, und es wird fallen, da habt ihr Recht, und dafür

haben wir gekämpft, dann wird die abstrakte Freiheit niemanden mehr befriedigen, dann wird es konkret Gewinner und Verlierer geben, dann werden die einen so frei sein, sich mehr herausnehmen zu können, andere werden Unfreiheit ganz anders als früher erleben, nämlich als Chancenlosigkeit auf der Jagd nach Wohlstand. Und jeder wird andere Gründe dafür sehen, aber eines wird sie sicherlich nicht trösten: die formale Demokratie. Warum sollen sie damit zufrieden sein, dass es immerhin eine Demokratie ist, in der sie chancenlos sind und scheitern? Und dann werden wir andere Phrasen anbieten müssen, um wieder Einigkeit herzustellen. Phrasen, die genauso irreal sind wie die Phrase von der Pressefreiheit, die nur die Freiheit der Medieneigentümer sein wird, so wie es war und anders wieder sein wird: Bis jetzt war es die Partei, dann sind es irgendwelche privaten Pressezaren. Die Phrasen werden so irreal sein, wie es die Phrase vom Weltfrieden war, der von der Sowjetunion garantiert wird. Demokratie bedeutet doch nur die Durchsetzung freiwilliger statt erzwungener Zustimmung zu Phrasen. Zum Beispiel: Du kannst jetzt dein Glück machen, weil wir dir mehr Möglichkeiten geben, ohne alle Ideologie, und du wirst nicht verhaftet, wenn du einen Witz über die Regierung machst. Und wenn sie Sicherheit wollen, dann gib ihnen einen Polizeistaat, mit Pornos und Modemagazinen, ich garantiere dir: Wenn sie sich sicher fühlen, pfeifen sie auf Demokratie!

Für diesen Zynismus ist dein Vater gestorben?, fragte Adam.

Mateusz zuckte die Schultern und lächelte. Adam dachte, das hat er nicht so gemeint. Das war der Wodka.

Aber Mateusz war der Einzige, der keinen Wodka getrunken hatte. Seine Wahrheit beruhte auf seiner Nüchternheit.

Und Jakub Guciński sagte: Mach das Fenster wieder zu, es ist kalt.

Und Piotr hörte, als das Fenster geschlossen wurde, gerade

noch das Wort, das aus Tausenden Kehlen gerufen wurde: *Wolność.* Freiheit.

Jakub schenkte Wodka nach. Es war nichts mehr zu hören. Die Fenster waren schalldicht.

Als Adam Prawdower, mittlerweile hoher Beamter der Generaldirektion NEAR, in der Direktion D, *Western Balkans Strategy Unit,* eine Mail an seinen Blutsbruder Mateusz schrieb, mittlerweile Ministerpräsident von Polen, fiel ihm diese Szene wieder ein, und auch jene damals im Seminar, in der Nacht, als Mateusz sagte: Ich würde dich erschießen, und dann auch Piotrs Selbstverbrennung und Mateusz' Reaktion …

Lange saß er da und konnte nicht schreiben. Dann endlich tippte er, bemüht um einen sehr sachlichen Ton.

Lieber Mateusz, sehr geehrter Herr Ministerpräsident,

ich bin von Seiten der GD NEAR (Generaldirektion für Nachbarschaft und Erweiterung) der Europäischen Kommission mit der Vorbereitung der Balkankonferenz betraut, die im kommenden November in Poznań stattfinden wird.

Da wir uns von Kindheitstagen kennen, ~~was auch hier im Haus bekannt ist,~~ wäre es doch so naheliegend wie hilfreich, wenn noch vor Beginn der Verhandlungen der EU 27 mit den Vertretern der Balkanländer, die Kandidatenstatus haben, wir beide bilateral einen informellen Gedankenaustausch haben könnten. Da Du, als Ministerpräsident Polens, den Vorsitz über diese für die Zukunft des Balkans so eminent wichtige Konferenz in Poznań haben wirst, erscheint mir unsere alte Freundschaft als ein Glücksfall, der es uns ermöglichen könnte, unsere Positionen vorab abzuklären, zu harmonisieren und die Themen der Gespräche entsprechend zu formulieren.

Wie Du weißt, ist ja die Balkan-Politik der Union schon die

längste Zeit ~~hilflos ahnungslos~~ glücklos, und gerade in letzter Zeit ist mit dem Veto gegen Beitrittsverhandlungen mit den Kandidatenländern wieder ein schwerer Fehler gemacht worden. Es liegt ~~mir~~ der GD NEAR sehr viel daran, dass diese Konferenz ein Erfolg wird, das heißt zu konkreten Perspektiven für die Länder des Westbalkans führt.
Ich bitte Dich also um Terminvorschläge, wobei es natürlich selbstverständlich ist, dass ich für dieses Gespräch nach Warschau kommen werde.
Ich muss wohl nicht erwähnen, dass ich diese Mail als Privatmann schreibe, wiewohl mein Direktor, Herr Ambroise Bigot, informell davon Kenntnis hat.

Ich freue mich auf Deine Antwort,
~~Dein~~
~~Blutsbruder,~~
~~Kampfgenosse,~~
~~alter Freund,~~
~~dein alter Hofjude~~ Nein, jetzt wurde er unernst, zynisch. Er fluchte, löschte, schließlich unterschrieb er mit:
Adam
und seiner elektronischen Signatur.

Dass Adam Direktor Bigot von seiner Initiative informiert hatte, war natürlich eine Lüge, zumindest stark übertrieben. Im Grunde hatte er ihm nur beiläufig erzählt, dass er den polnischen Ministerpräsidenten seit Kindheitstagen kenne und immer noch sporadisch mit ihm in Kontakt sei. Was sich Adam da herausnahm, war im Grunde ungeheuerlich. Es war den Beamten selbstverständlich verboten, privat Politik zu machen und persönliche Interessen mit dem Stempel der Institution zu verfolgen. Aber Adam war sich nicht sicher, ob seine Mail Mateusz überhaupt vorgelegt werden würde, wenn

er nicht den Anschein gab, im Wissen und im Auftrag der Europäischen Kommission zu handeln.
Tatsächlich sollte der Termin dann überraschend schnell zustande kommen. Weil Mateusz auf ein Ansinnen der Kommission glaubte reagieren zu müssen? Oder wegen der Blutsbrüderschaft, der sich der nun so machtvolle polnische Regierungschef doch noch verbunden fühlte? Oder sah er in diesem informellen Treffen einfach eine Möglichkeit, sozusagen ohne Fingerabdrücke eine Bombe im Haus der Europäischen Kommission zu deponieren? War Adam zu naiv? Oder vor Hass so blind, dass er die Konsequenzen seines Handelns nicht mehr absehen konnte? Adam machte dann auch noch den Fehler, über sein »privates Treffen mit dem polnischen Ministerpräsidenten« einen Bericht zu verfassen – der dann in der NEAR ziemlich Wellen schlug.

8

Die Menschen suchen ihr Lebensglück, und so sagen sie es auch: Lebensglück – aber wer es findet, spricht plötzlich nicht mehr von Glück, sondern von Leistung. Die wenigsten machen sich klar, dass ihr Glück oftmals auf den Leistungen oder aber auch den Verbrechen ihrer Eltern oder Vorfahren beruht, oder schlicht auf Zufällen, die lang vor ihrer Zeit eingetreten sind und dann das Leben von Generationen bestimmen. Letztlich sind die Leistungen, die Vermögende erbringen, nichts anderes als das Wuchern derer, die bereits bei ihrer Geburt ein großes Los gezogen hatten. Das ist ihr Lebensglück.
So referierte Karl Auer vor sich hin, wobei er sich durchaus fragte: warum so abstrakt allgemein, warum so sachlich, wenn es doch darum ginge, sich persönlich näherzukommen. Aber er war sich nicht sicher, ob es schon so weit war.

Er hatte, als er auf der juristischen Fakultät studierte, einen Studienkollegen, erzählte er, der heute eine der größten Anwaltskanzleien von Österreich besitze. Natürlich sieht dieser Mann seinen Erfolg in seinem Fleiß und seiner Leistung begründet: Hat er nicht fleißig studiert? Hat er nicht oft bis in die Nacht gearbeitet? Hat er nicht in schlaflosen Nächten mit Entscheidungen gerungen, die ihn Kopf und Kragen hätten kosten können, aber dann hatte sich das Risiko, das andere vielleicht nicht eingegangen wären, bezahlt gemacht … Aber: Wie wäre sein Leben verlaufen, wenn sein Urgroßvater, als mediokrer Anwalt, nicht eine erfolgreiche jüdische Kanzlei arisiert hätte? Wenn sein Großvater in den fünfziger und sechziger Jahren nicht jegliche Restitutionsansprüche mit allen juristischen Tricks abgewehrt und im Biotop der alten Eliten nicht eine nachhaltig zahlungskräftige Klientel gefunden hätte, die ihm, wiederum aus familiengeschichtlichen Gründen, vertraute?
Auer konnte seinem Freund keinen Vorwurf machen. Er war der Erbe einer arisierten Kanzlei, aber er war kein Verharmloser der großen Verbrechen der Nazi-Diktatur, und er war auch kein Parvenü, er war fleißig, musisch interessiert und, wie sich in bestimmten Situationen zeigen sollte, ein verlässlicher Freund. Und doch: Was wäre er geworden ohne das Erbe einer arisierten Kanzlei?
Was hast du geerbt?
Nichts.
Und schau, was aus dir geworden ist. War das nur deine Leistung, oder sind da auch Entscheidungen vor deiner Zeit gefallen, die –

Es war der erste Abend, es waren ihre ersten Stunden, die Karl Auer und Baia Muniq Kongoli miteinander verbrachten, und sie sprachen schon über Lebensglück. Baia erzählte später, nachdem sie ihr Kind verloren hatte, dass sie damals so beschwipst gewesen seien, dass sie beide – sie war davon überzeugt: beide! – das Gefühl gehabt hätten, aus geradezu geschichtslogischen Gründen füreinander bestimmt zu sein, als Konsequenz von Weichenstellungen, die lange vor ihrer Zeit stattgefunden hatten. Das war bemerkenswert, weil Baia, diese streng denkende Juristin, nicht zu solchen spekulativen Phantasien neigte. Andererseits: warum spekulativ? Wenn es Präzedenzfälle gab.

Nach dem ersten Meeting der Kommissionsbeamten mit den albanischen Regierungsvertretern gab es ein Abendessen an einer langen Tafel im *Mullixhiu,* das wie ein uraltes, traditionelles Gasthaus wirkte, die groben Holztische blankgescheuert, der Boden aus breiten, ausgetretenen Dielen, in der Ecke ein offener Ofen mit lodernden Holzscheiten. Aber Auer erfuhr, dass dieses Lokal neu war, sorgsam nach alten Fotos von der Holzhütte eines nordalbanischen Müllers eingerichtet, während sich im hinteren Teil der vermeintlichen Holzhütte eine moderne Profiküche verbarg. Seinen Erfolg verdankte das Restaurant der Wiederentdeckung alter albanischer Rezepte. Chefkoch Bledar Kola, ein junger Mann, dirigierte mit seinem Kochlöffel die Küche, bejubelt von internationalen Restaurantkritikern, aber seine Hand wurde geführt von Groß- und Urgroßmüttern, deren Aufzeichnungen er geerbt hatte und die er nun *modern interpretierte,* wie Ismail Lani in einer kurzen Tischrede den Gästen aus Brüssel erläuterte. Zunächst gab es *Pllaqi me veshka keci,* dann *Roshnica,* und als Hauptang *Mish qengji në qumësht,* was Auer in sein Notizbuch notierte – was er sonst nie machte, aber er hatte das Bedürfnis, diesen Abend festzuhalten, abgesehen davon, dass er eventuell auch googeln wollte, was genau er da gegessen hatte. Immerhin fotografierte er das Essen nicht, er war

nicht auf Facebook. Als Nachtisch gab es *Tortë kosi,* das entzückte ihn: kosi! Wie heißt das, fragte er und lächelte sein Gegenüber an, diese brillante Juristin, die ihm während des ersten Meetings durch einige qualifizierte Wortmeldungen zur albanischen Justizreform und zum europäischen Recht aufgefallen war. Wie war doch gleich ihr Name? Baia? Baia Muniq Kongoli. Frau Doktor Kongoli.
Heißt dieses Gericht wirklich *kosi*? Er sprach es mit betont englischer Aussprache aus, obwohl er schon längst gemerkt hatte, dass sie perfekt Deutsch sprach.
Das *Tortë kosi* war ein Käsekuchen mit Maronen, Blaubeeren und – was ist das? Thymian? Ja Thymian. Interessant. Er hatte schon gedacht, dass er keinen Bissen mehr hinunterbringen würde, aber nun löffelte er den Nachtisch, Baia anblickend, als wollte er … – und als ihm dieser Gedanke kam, dieses »als wollte er …«, da legte er die Gabel weg.

Die Märchen von tausend und einer Nacht kannte Karl Auer nicht, kaum kannte er aus Erfahrung die Märchen von einer Nacht. Auch wenn manchmal daraus sogar Freundschaften entstanden sind und gelegentliche Wiederholungen möglich waren, es war, was es war, nicht Liebe.
Schon seit langer Zeit spürte er, dass er bereit wäre für Liebe, im Grunde für Familie. Aber wie kann sich ein Mann im steten Bereitschaftsdienst auszeichnen, wenn es nie Alarm gibt? Er war der Mann, der bei älteren Frauen den Impuls auslöste, ihn zu bemuttern, das war manchmal sehr nett, aber perspektivisch nicht vereinbar mit seinem Kinderwunsch. Und jüngere, ja bereits gleichaltrige sahen in ihm einen älteren Herrn, den man höflich grüßte, wenn man ihn im Stiegenhaus traf.

Als die Tafel aufgehoben wurde, sah man plötzlich einige Männer in schwarzen Anzügen mit Stöpseln im Ohr, die mit dezent verhaltener Erregung telefonierten, worauf Limousinen vorfuhren, um die Regierungsvertreter nach Hause und die Vertreter der Europäischen Kommission in ihr Hotel zu bringen.
Ich würde jetzt lieber ein bisschen gehen, sagte Auer. Wie weit ist es bis zum Hotel?
Wo sind Sie untergebracht?, fragte Baia.
Im Tirana International.
Das ist etwa eine halbe Stunde von hier. Finden Sie den Weg?
Auer lächelte beschwipst.
Also nicht. Ich begleite Sie gerne. Mir ist auch nach Gehen. Sagt man so? Ich wohne in der Rruga Qemal Stafa, das ist in der Nähe Ihres Hotels.

Beiden war egal, was die anderen dachten. Wahrscheinlich merkten oder dachten sie gar nichts im Trubel des Aufbruchs, während sie schnell noch einmal Abschiedsfloskeln austauschten und in die Limousinen sprangen, die vorfuhren, abfuhren, nachrückten, abfuhren.
Der Einzige, dem sicherlich nicht entging, dass Auer keinen Wagen nahm, sondern mit Baia, der strengen Baia, zu Fuß losging, war Ismail Lani, der die Aufgabe hatte – als *last men standing,* wie er sagte – auszuharren, bis das letzte Delegationsmitglied verabschiedet und in einen Wagen verfrachtet worden war.
Er lächelte, dachte, dass – vorsichtig formuliert: – innigere Beziehungen von Abgeordneten der Regierungspartei zu EU-Beamten der Sache nur dienlich sein konnten. Und er wusste natürlich, wem er von dieser Beobachtung erzählen musste.

Sie gingen länger als eine halbe Stunde. Sie schlenderten, schwiegen. Das Schweigen war nicht peinlich, es war verträumt.
Schließlich sagte Baia: Wunderst du dich eigentlich nicht über meinen Namen?
Nein, warum? Baia ist ein schöner Name.
Du bist der Erste seit langem, dem da nichts auffällt. Und du hast mich auch noch nicht gefragt, warum ich Deutsch kann.
Dein Deutsch ist exzellent!

Sie gingen weiter, vorbei an der Pyramide für den verstorbenen Diktator, sie war ihm und den Kollegen schon bei der Stadtrundfahrt vor den Verhandlungen gezeigt worden, das konnte er topographisch einordnen und wusste nun, dass es nicht mehr weit bis zum Hotel war, und er dachte, dass er vielleicht doch nachfragen sollte. Warum hätte er sich über ihren Namen wundern sollen? Und warum konnte sie so gut Deutsch?
Mein Vater, erzählte sie, hat 1975 in China Deutsch studiert. Das war damals die Zeit. Man konnte raus. Nach China, studieren. Mein Vater hat Deutsch studiert. In China! Weil das möglich war. Warum Deutsch? Keine Ahnung, er hatte Vorstellungen von einem Deutschland, das er befreiend oder vorbildlich fand im Vergleich zu Albanien, zu der Realität, die er kannte und die er nicht kritisieren durfte. Er konnte nicht sagen, Albanien ist dreckig, aber er konnte sagen Deutschland, weil das war ein Synonym für sauber. Er konnte nicht sagen, dass Albanien rechtlos war, abgesehen vom Kanuni, dem Gewohnheitsrecht, das zwar verboten, aber immer noch wirksam war, aber er konnte sagen Deutschland, weil das ein Synonym für Rechtszustand war. Er konnte nicht sagen Korruption in Albanien, aber konnte sagen Deutschland, ver-

stehst du? Er war sehr ambivalent. Auch wenn er »Starker Mann« sagte, meinte er Deutschland, und nicht unseren Diktator. Und vor allem wollte er irgendwann einmal D-Mark verdienen, das war der Traum, Wohlstand mit harter Währung, das versprach die D-Mark, damit hast du damals alles bekommen hier, alles. Okay, ich beginne zu interpretieren, genau weiß ich es nicht, er hat es mir nie erklärt. Aber stelle dir vor, dein Traum ist Deutschland und –
Auer schluckte –
Und die einzige Möglichkeit in dieser Zeit ist, nach China zu gehen.
Das ist verrückt, sagte Auer.
Das war Realität. Du wirst nicht glauben, wie viele albanische Deutsch-Studenten es damals in China gab. Nur die Ingenieur-Studenten waren mehr.

Sie kamen an Cafés und Bars vorbei, an Lokalen mit Vorgärten, alle voll von Menschen, auf den Straßen brauste der Verkehr, Auer wunderte sich darüber, wie diese Stadt pulsierte, wie dynamisch dieses Tirana war, hektisch, süchtig.

Jedenfalls, setzte sie fort, hat er ganz gut Deutsch gelernt in China, hat weitergelernt, als er zurückkam, im Lenz-Institut, das gibt es heute noch –
Lenz?
Ja, gegründet von einem deutschen Juden, der aus Nazi-Deutschland geflüchtet, irgendwie hierhergekommen und geblieben ist. Dorthin, in die *Shkolla e gjuhës Lenz*, schickten die Bonzen ihre Kinder, das galt als Chance für Karriere und Parteiaufstieg, wenn man Briefe auf Deutsch schreiben konnte. Wegen Import/Export, genau weiß ich das auch nicht, es ging, glaube ich, um Devisen. Heute ist Lenz eine private Sprachschule, seit langem gut etabliert, das erste Goethe-

Institut wurde ja erst vor wenigen Jahren in Tirana gegründet. Egal. Nach dem Tod von Enver Hoxha bekam mein Vater jedenfalls ein Stipendium nach Deutschland, da waren die Deutschen schnell, mit Hilfe, mit Stipendien, mit dem Schüren von Hoffnungen. Und mein Vater bekam mit seinem Curriculum ganz leicht ein Stipendium für München, Goethe-Institut, um sein Deutsch zu perfektionieren, drei Monate, er sagte: Drei Monate, um mein chinesisches Deutsch zu vergessen.

Nun erreichten sie den Skanderbeg-Platz. Hier müssten sie zum Hotel Tirana International nach links abbiegen, aber Baia sagte: Gehen wir ein Stück weiter, da kommt gleich das Sophie Caffe, dort könnten wir noch einen Drink nehmen, es ist nett, sehr beliebt, okay? Und siehst du dort den Turm von deinem Hotel? Dort. Genau. Okay. Du kannst es dann nicht verfehlen.

In München bekam mein Vater eine Praktikantenstelle beim Bayerischen Rundfunk. Er wollte Radiojournalismus lernen. Deutschland war so unglaublich großzügig damals, sie hatten wirklich einen Plan. Ich glaube, sie dachten, dass jeder, den sie ausbildeten, dann, nach seiner Rückkehr, ein Brückenkopf Deutschlands in seinem Land sein würde.
Was sein würde?
Ein Brückenkopf –
Dein Deutsch ist wirklich … sehr deutsch!

Sie kamen zum Sophie Caffe, fanden gerade noch einen freien Tisch. Sie bestellte ein Bier, er ein Glas Weißwein. Seine Erfahrungen sprachen dagegen? Jetzt sprach alles gegen seine Erfahrungen!

Mein Vater, sagte Baia, war im Grunde in Deutschland das, was er zu Hause nicht sein wollte. Verstehe mich bitte nicht falsch, ich liebe meinen Vater, respektiere ihn sehr, aber es ist interessant: wie man eine radikale Anpassung als Befreiung erleben kann, als Befreiung von einer anderen Anpassung, nämlich der, die ihm zu Hause abverlangt wurde. Er wurde vor lauter Anpassung zur Karikatur eines Deutschen, eines Bayern, mit Lederhose und einer unglaubwürdigen Liebe zu Weißwürsten und so weiter. Er verdiente nicht viel, aber das leistete er sich, das musste sein: ein Abo –

Es kamen die Getränke. Auer nahm einen Schluck Wein, wusste, dass er dieses Glas nicht austrinken würde, starrte Baia an, die einen Schluck Bier nahm und dann, wie in der Werbung, einen Schnurrbart vom Bierschaum hatte … Er fuhr sich mit der Zunge über die Oberlippe und sagte: Was für ein Abo?
Ich weiß nicht, wie er es geschafft hat, aber er hatte ein Abo für die Heimspiele von Bayern München. Und er ging, soviel ich weiß, zu jedem Spiel mit Lederhose und Trompete.
Rührend, dachte Auer.
Und dann kam ich zur Welt, sagte Baia. Das Ansuchen auf Familiennachzug wurde abgelehnt, weil das Visum meines Vaters zeitlich begrenzt war, aber meine Mutter konnte ihn besuchen. Wieder zu Hause, stellte sie fest, dass sie schwanger war. Das Visum meines Vaters war abgelaufen, also ging auch er zurück. Und so kam ich in Tirana zur Welt, sieben Wochen zu früh, aber mein Vater hatte D-Mark und konnte alles bezahlen, was notwendig war, dass ich kein sterbendes Frühchen war. Mein Vater war extrem sparsam, gönnte sich nichts, legte jede Mark zur Seite. Der einzige Luxus, den er sich je gegönnt hat, war das Abo von Bayern München. Er konnte das bezahlen. Und das Leben. Mein Leben.

Karl Auer sah sie an. Er wartete auf den Moment, wo es sich wie selbstverständlich ergab, dass er sie küssen konnte. Gerührt. Verliebt.

Und so bekam ich meinen Namen, setzte sie fort. Er wollte, dass ich so heiße wie sein geliebter Fußballclub, den er mit einer Trompete angefeuert hat, in der, wie er sagte, glücklichsten Zeit seines Lebens. Der Standesbeamte schrieb den Namen so, wie er ihn hörte, in mein Geburtsdokument: Baia Muniq. Was für Albaner befremdlich klingt, aber albanisch für Menschen wie dich!
Und dann: Findest du von hier zurück zum Hotel?
Ja.

Den ersten Kuss gab es erst am späten Abend des nächsten Tages.

Baia Muniq. Auer musste lächeln, als er sich im Hotelbett in seine Decke schmiegte. Und dabei sah er mit geschlossenen Augen ihr Lächeln.

9

Adam Prawdower bereute seine Entscheidung, den Hinflug nach Warschau und den Rückflug nach Brüssel für denselben Tag gebucht zu haben. Er hatte gedacht, er würde nach dem Gespräch mit Mateusz nichts wie heimwollen, zu seiner Familie. Aber dann, nach dem Gespräch, hatte er den unbändigen Wunsch, zu trinken, in einer alten Warschauer Kneipe, mit alten Freunden und Mitkämpfern, zum Beispiel in der Gospoda Stanisław II. im Bezirk Zoliborz, wenn es die Kneipe überhaupt noch gab und sie nicht irgendeinem modischen

Pub gewichen war. Ach, das gute alte Stanisław, wo sie am Ende des Jaruzelski-Regimes so aufgeregt, so euphorisch, so zukunftstrunken diskutiert hatten, in Rauchschwaden, die sich heute keiner mehr vorstellen kann – seine damalige Freundin ist einmal aus diesem Lokal geflüchtet, mit den Worten, das sei eine Gaskammer. Danach hatte sie sich zum Glück für diese unsensible Äußerung entschuldigt … So gern hätte er alten Weggefährten vom Gespräch mit Mateusz erzählt, was er eigentlich nicht erzählen durfte, also konspirativ, wie damals, aber wie jetzt notwendig: nämlich zur bloßen Erleichterung.

Das Gespräch war kürzer als erwartet. Oder so kurz, wie Adam es hätte erwarten müssen. Er hatte danach bis zum Rückflug noch gut vier Stunden Zeit, das war lang, aber doch nicht lang genug, um sich mit Freunden zu verabreden. So fuhr er von der *Willa Parkowa,* Mateusz' Amtssitz, gleich direkt zum Flughafen, setzte sich in die Business Lounge und bediente sich am Wodka und an den Nüsschen. Wenigstens hatte er sich aus Bequemlichkeit Business Class geleistet. Wäre es eine offizielle Dienstreise gewesen, hätte er nur das billigste Ticket buchen und abrechnen dürfen, aber es war ja eine inoffizielle Initiative, die er aus eigener Tasche bezahlte.
Noch drei Stunden.
Das Gespräch mit Mateusz war offen und ehrlich, das musste Adam anerkennen, aber es war ihm nicht klar, ob diese Offenheit ihrer alten Freundschaft geschuldet war oder dem Machtrausch von Mateusz, der sich in seiner Position der Stärke gegenüber Brüssel so sicher fühlte.

Mateusz begann das Gespräch mit Erinnerungen an frühere Zeiten, zwei, drei Anekdoten … Weißt du noch, sagte er, oder: Erst unlängst musste ich wieder daran denken …

Aber es kam keine sentimentale Stimmung auf, keine Rührung.

Weißt du noch, die Geschichte mit Mirosław, welcher Mirosław, ein Mitschüler, etwas älter als wir, seine Faust war größer als sein Hirn, Mateusz lachte, na eben, du weißt schon, der Petzer, und erst unlängst, als du mir geschrieben hast, musste ich wieder daran denken, wie ich den Streit mit ihm hatte und du fast ohnmächtig geworden bist.
Adam fragte sich, warum Mateusz das erzählte, eine Geschichte, die belanglos, aber doch irgendwie erniedrigend war. Wie er ohnmächtig geworden ist – kaltes Grinsen. Worauf wollte er hinaus? Das erzählte er doch nicht, um das Eis zu brechen. Er drehte Pirouetten auf dem Eis. Er demonstrierte, dass er dieses kalte und spiegelglatte Feld beherrschte – auf das er Adam nun zog, um ihn gehörig ausrutschen zu lassen.

Und deshalb, sagte Mateusz, nach all dem, was wir gemeinsam erlebt haben, kann ich ja ganz offen zu dir sein.

Die Offenheit war offene Brutalität.

Was Adam verblüfft hatte, war, dass Mateusz nicht das geringste Verständnis für die Probleme und Hoffnungen der Balkanstaaten zeigte, die sich um eine EU-Mitgliedschaft bemühten.
Der polnische Standpunkt ist …
Das Interesse Polens ist …
Die polnische Regierung hat klar gemacht, dass …

Und als Adam sagte: Du hast nicht die geringste Empathie –

antwortete Mateusz: Empathie zu zeigen, ist auch nur ein Symptom von Narzissmus.

Das Ende des Gesprächs war nicht dadurch bestimmt, dass alles gesagt war, sondern dadurch, dass Mateusz alles gesagt hatte, was er sagen wollte. Es gab kein Einverständnis, keinen Ausklang wenigstens in Form von Phrasen, die schmierig die beiden Standpunkte verbanden, die Interessen der Kommission und die so genannten nationalen Interessen Polens, es endete abrupt, als ein Mitarbeiter hereinkam, wie bestellt, und Mateusz daran erinnerte, dass er gleich das Telefongespräch mit dem amerikanischen Präsidenten …
Das glaube ich jetzt nicht, dachte Adam, aber Mateusz sprang auf, küsste ihn, und das Furchtbarste war, dass Adam sich in diesem Moment von außen sah und sich dabei an die Fotos oder Filmaufnahmen erinnerte, wie die Zaren der KPdSU die Vasallen aus den so genannten Bruderstaaten geküsst hatten.

Noch zwei Stunden.
Adam war kein Alkoholiker, auch wenn er gelernt hatte, eine größere Menge Wodka über einen längeren Zeitraum so zu trinken, dass er nie betrunken und außer Kontrolle wirkte.
Jetzt trank er zu schnell.
Er holte sich noch ein Glas, schenkte es sich randvoll ein.

Adam hatte Schwierigkeiten gehabt, sich auf das Gespräch zu konzentrieren, alert zu bleiben, er nahm manche Sätze von Mateusz zu spät wahr, weil er sekundenlang Nebensächlichkeiten registrierte. Zum Beispiel Mateusz' Hemd – konnte es sein, dass Mateusz seine Hemden stärken ließ? Er schaute an sich hinab, sein zerknittertes Hemd – und ärgerte sich, weil er jetzt wohl mit seinem gesenkten Kopf wie ein schuldbewusster Seminarist wirkte. Wieso schuldbewusst?

Das katholische Polen, sagte Mateusz – und Adam merkte wieder auf –, könne kein Interesse daran haben, dass ein Land wie Albanien Mitglied der EU werde, ein Land, in dem sechzig Prozent der Bevölkerung Moslems seien.
Sechzig Prozent von zwei Millionen, sagte Adam. Niemand in Europa hatte davor gewarnt, Polen mit seinen fast vierzig Millionen Katholiken in die EU aufzunehmen.
Warum hätte im christlichen Abendland jemand davor warnen sollen, fragte Mateusz und lächelte.
Juden zum Beispiel, sagte Adam, und Mateusz hob die Augenbrauen, oder Buddhisten, fügte Adam rasch an, oder Protestanten oder ja: europäische Muslime, weil durch den Beitritt Polens das Gewicht der Katholiken in Hinblick auf die Relation –
Mateusz winkte ab. Wir reden doch hier nicht von Dingen, die sehr privat sind. Zu welchem Gott bete ich vor dem Einschlafen, wie betet ein anderer, mein Nachbar? Jeder soll glauben, was er will, ich habe Freunde, die sind Juden –
Adam erschrak.
Was ich dir klarmachen will, ist: Wir wollen keinen muslimischen Staat in der EU, Staat! Verstehst du? Und du weißt doch, Albanien ist, wie übrigens auch die Türkei, Mitglied der Organisation für Islamische Zusammenarbeit.
Aber
Es ist ein atheistischer Staat.
Aber
Du siehst dort keine verhüllten Frauen.
Aber
Du siehst in Tirana Moslems, die Alkohol trinken.
Aber
Aber
Aber
Du sagst: Sechzig Prozent Moslems sind das Problem. Ich

sage dir: Neunzig Prozent der Albaner wollen in die EU, haben Hoffnungen, erwarten sich Chancen, die überhaupt nichts mit Religion zu tun haben. Und wenn schon Moslems – es ist ein kleines Land!
Ein kleines Land, ja, das ist mir bekannt. Das ist ja das nächste Problem, wenn du schon die Religion nicht als Problem siehst. Es ist so klein, dass es als Markt uninteressant ist. Aber es hätte mit seinen knapp zwei Millionen Einwohnern einen Sitz im Europäischen Rat, eine Stimme, die genau so viel zählt wie die Stimme Polens mit seinen knapp vierzig Millionen Einwohnern. Das wäre verrückt. Polen kann nicht daran interessiert sein, solche Länder in die Union aufzunehmen, die dann im Rat zusammen mit anderen Winzlingen uns Polen überstimmen. Oder uns durch ein Veto blockieren.

Noch eine Stunde.
Adam stand auf, merkte, dass er doch zu viel getrunken hatte, ließ sich bei der Kaffeemaschine einen doppelten Espresso herunter, setzte sich noch einmal hin. Die Erinnerung an das Gespräch mit Mateusz war wie ein schlechter Traum.

Was ich nicht verstehe, sagte Adam, ist, dass du bei der Ratssitzung am 15. Oktober kein Veto gegen Beitrittsverhandlungen mit Albanien und Nordmazedonien eingelegt hast. Du sagst mir jetzt, die polnische Regierung ist dagegen, aber offiziell war Polen doch dafür.
Mateusz lachte. Ich wusste, sagte er, dass Frankreich, Holland, Dänemark ein Veto einlegen werden. Darauf konnte ich mich verlassen. Wir stehen ja immer unter Verdacht, nicht wirklich proeuropäisch zu sein, europäisches Recht zu brechen und so weiter, das weißt du ja. Da konnten wir zeigen, dass wir gute Europäer sind und der Empfehlung der Kommission folgen. Der französische Präsident hat unseren Job erledigt. Warum

sollten wir uns da aus dem Fenster lehnen? Wir konnten uns zurücklehnen.
Und wie er lachte!
Daher, mein Freund, ein guter Rat: Ihr könnt euch in der Kommission sehr viel Arbeit ersparen, wenn ihr das zur Kenntnis nehmt: Es wird keine Beitrittsverhandlungen mit Albanien und Nordmazedonien geben, und schon gar nicht mit dem Kosovo. Fünf EU-Mitgliedstaaten haben die Unabhängigkeit des Kosovo nicht einmal anerkannt. Also wie soll das gehen?
Aber Polen hat doch den Kosovo anerkannt!
Nun war Mateusz wirklich vergnügt. Ja, das haben wir, sagte er, weil wir brave Europäer sind, aber zugleich weigern wir uns, mit dem Kosovo diplomatische Beziehungen aufzunehmen, weil wir in Wahrheit eine Republik Kosovo eben nicht anerkennen. Verstehst du? So geht Politik. Im Grunde ist Politik ein Spiel mit Kulissen, es ist wie im Theater: Vorne hast du symbolische Handlungen, dahinter die Technik. Und genauso werden wir es bei der Poznań-Konferenz halten. Wir werden pro-europäisch moderieren, aber nationale Interessen verteidigen. Dabei müssen wir nicht mit offenen Karten spielen, es genügt, moderierend zur Kenntnis zu nehmen, dass es Mitgliedstaaten gibt, die gegen eine Erweiterung und gegen eine Vertiefung der Union sind, also gegen das Europa, von dem die Bürokraten in der Kommission träumen.

Adam war sprachlos, und Mateusz kostete seine Sprachlosigkeit aus. Aber die Pointe hob sich Mateusz bis ganz zum Schluss auf. Als er von dem Lakaien abgeholt wurde, angeblich wegen des Gesprächs mit dem amerikanischen Präsidenten, sagte Mateusz, während er aufstand und zur Tür ging: Übrigens, du wolltest, dass ich dir das ins Gesicht sage –
Du hast damals also meinen Brief bekommen?, fragte Adam

verwundert, aber Mateusz ging nicht darauf ein und setzte fort:
Und das sage ich dir gern und jederzeit ins Gesicht: Ich habe die Interessen eines freien Polens zu vertreten und nicht die Phantasien wurzelloser Kosmopoliten.
Mateusz war durch die gepolsterte Doppeltür verschwunden, und vor Adam stand plötzlich ein Mann, der ihm seinen Mantel reichte.
Adam fröstelte. Er zog den Mantel an, es war so kalt. Es gab für Menschen, die als »Kosmopoliten« *beschuldigt* wurden, keine angenehme Raumtemperatur. In keiner Nation. Nie. Nirgends.

Adam ging zum Gate. Als er zu Hause ankam, schliefen Dorota und der kleine Romek schon. Auf dem Esstisch lag ein Zettel: *»Hättest Du jetzt Lust auf ein Żywiec und Bigos? Glaube ich nicht. Im Kühlschrank gibt es zum Aufwärmen Chili con Carne und ein gekühltes Mort Subite – ist nicht dein Lieblingsbier, aber nach dem Showdown (war es einer?) mit M. vielleicht passend? Ich liebe dich!«*

10

Karl Auer kam um 8 Uhr 30 ins Büro, hängte Mantel, Schal und Hut auf den Thonet-Kleiderständer, den er aus Wien importiert hatte und der mit seinen ausgreifenden Rundhölzern viel zu viel Platz in seiner Zelle einnahm, dann griff er an die Revers seines Sakkos und zupfte daran, während er gleichzeitig mit den Achseln zuckte. Alle seine Sakkos hatten an den Revers fettig glänzende Stellen, weil er immer wieder daran zupfte, um den Sitz zu adjustieren, aber im Grunde adjustierte er gar nichts, es war einfach ein Tick. Danach das Kalender-

Ritual. Er hatte an der Wand hinter seinem Schreibtisch einen Tageskalender hängen.
JEDER TAG IST EIN GESCHENK.
Darunter die Blätter zum Abreißen. Auf jedem war untereinander vermerkt: Monat, Woche, Tag, Wochentag, Geburtstage, Namenstage und ein Sinnspruch, Zitat oder Aphorismus. Schwarz auf weiß, nur die Sonntage waren rot. Er riss das Blatt vom Vortag ab. Heute war September, 39. Woche, der 23., Mittwoch, geboren war an diesem Tag Jimi Hendrix (1942), Namenstag hatten Jakob, Ute, Virgil und Modestus. Darunter stand der Satz des Tages: »*Die Ungeduld verlangt das Unmögliche, nämlich die Erreichung des Ziels ohne die Mittel.* G.W.F. Hegel«
Er dachte nach, ob er einen Modestus kannte, dem er gratulieren könnte. Nein. War nur ein Witz, haha, dann las er noch einmal den Satz des Tages.
Er nickte – dabei wusste er natürlich noch nicht, was ihn gleich erwarten würde, wenn er seinen Computer einschaltete.
Er liebte diese Abreißkalender, die schon seine Großmutter in der Küche hängen gehabt hatte. Es ist als Kind sein Privileg gewesen, jeden Tag vor dem Frühstück ein Blatt abzureißen und, sobald er lesen konnte, den Wochentag zu nennen und den Sinnspruch vorzulesen. Heute bezog er diese Kalender, die seine Oma seinerzeit beim Gemischtwarenhändler im Dorf gekauft hatte, jedes Jahr über das Internet, sie wurden immer noch von derselben Druckerei produziert, und sie waren im Layout seit seiner Kindheit unverändert.
Am 28. Januar – noch so ein Ritual, auf das er sich geradezu vibrierend gefreut hatte – wurde er von der Großmutter gefragt: Und was noch? Schau genau! Was steht da bei Namenstage?
Karl! jubilierte er.

Dann gab es ein Namenstag-Frühstück mit Schinken und Ei und einer kleinen Überraschung, Milka Naps oder Heller Zuckerl oder Mozart-Taler.
Aber nicht alle auf einmal!
Nein, Oma.
Das hatte er ernst genommen. Mit den Süßigkeiten hauszuhalten, die er selten, zu bestimmten Anlässen, bekam, ist seine Schule des Triebaufschubs gewesen.
Er war bei der Großmutter aufgewachsen. Seinen Vater kannte er nicht. Seine Mutter hatte sich immer geweigert, den Vater bekanntzugeben. Oma glaubte fest daran, dass es dieser Politiker war, der Herr Minister von der christdemokratischen Partei, bei dem seine Mutter als Sekretärin gearbeitet hatte. Aber Mutter hat das nie bestätigt.
Wer immer sein Vater war, er hatte sich freigekauft. Geld war da, nicht viel, aber umsichtig verwaltet trug es weit. Bis zu Karls Studienabschluss.
Manchmal ist es besser, wenn der Vater nicht da ist, besser für das Kind und für den Tisch, hatte Oma einmal gesagt.
Das klang wie ein Spruch von ihrem Kalender.
Warum?
Weil es Väter gibt, antwortete sie, die glauben, sie müssen dauernd auf den Tisch hauen.
Als Karl sechs Jahre alt war, kurz bevor er eingeschult wurde, verunglückte seine Mutter bei einem Motorradunfall. Sie saß auf dem Sozius. Den Namen des Lenkers hatte die Großmutter noch nie gehört. Die Mutter war damals keine dreißig. Sie war jung und wollte leben, sagte die Großmutter, jetzt hat sie das ewige Leben und passt auf dich auf.
So kam er zur Oma, die selbst bereits dreifache Witwe war. Sie hatte kein Interesse mehr an Männern, sie sterben einem ja doch nur weg. Sitzen da und rauchen, und dann sind sie weg.

Sie war so stolz, als der Pfarrer ihren Enkel für das Stiftsgymnasium in der nächsten Kreisstadt empfahl. Als er maturierte. Als er Jus studierte, »unten in Wien«, und nach drei Semestern ein Begabtenstipendium bekam.
Wenn er als Student seine Großmutter besuchte, durfte er wie früher das Kalenderblatt abreißen, den Sinnspruch vorlesen, das musste sein, aber den besten Sinnspruch sagte dann sie: Dein Vater ist gestraft – weil er nicht weiß, dass er einen Sohn hat, auf den er mehr stolz sein kann als auf sich selbst!
Er wusste nicht, dass die Großmutter, wenn sie über den Vater sprach, verklausuliert auch etwas über ihren eigenen Vater sagte, er wusste nichts von ihrem Vater-Problem. Dass da etwas entschieden worden ist, das ihr Leben prägen sollte und auch das ihrer Tochter, Karls Mutter. Und damit letztlich auch das Leben von Karl. Ein Verhängnis, das kein Kalenderblatt gutmachen konnte, aber es ging nicht um Wiedergutmachung, es ging darum, dass das Leben weiterging.
Ein halbes Jahr vor seiner Promotion starb Oma. Schlaganfall. Die Situation war, soweit er die Stimme am Telefon verstand, dramatisch. Er raste ins Spital. Sie lebte noch, befand sich in der Intensivstation. Sie zuckte und keuchte, als er an ihrem Bett stand. Ein multipler Schlaganfall. Was im Kopf dieser Frau abgeht, sagte der Arzt, ist ein unfassbares Feuerwerk, unausgesetzt Blitze und Sterne.
Feuerwerk, dachte Karl, Blitze und Sterne – wie sehr Oma das Neujahrsfeuerwerk geliebt hatte, und die Feuerwehrfeste in ihrem Dorf! Kann es sein, dass sie ihr Sterben genießt wie die Neujahrsfeuerwerke? Bitte lass es so sein!
Wer soll es so sein lassen?
Es war ihm egal, ob Gott oder Chemie. Er hatte schon lange nicht mehr zu Gott gebetet und dann nie wieder an Gott gedacht. Als er ihr Haus ausräumte, fand er eine kleine Schatulle, darin lag ein goldenes Abzeichen für »50 Jahre Mitglied-

schaft bei der SPÖ«, daneben ein goldenes Kreuz. Friedlich nebeneinander auf Samt gebettet.
Nachdem er promoviert hatte, legte er ihr seine Doktorurkunde im roten Rollkarton aufs Grab. Und er sagte: Ich will eine Tochter mit deiner Seele in eine Welt mit besseren Chancen setzen.

Mit der Tochter hatte es noch nicht geklappt. Das war auch so ein Tick von ihm: Bei jeder Frau, die er kennenlernte, fragte er sich nicht, ob er Lust hätte, mit ihr ins Bett zu gehen, sondern, ob er sich vorstellen könnte, mit ihr ein Kind zu haben, das Kind. Nein. Und mit der Zeit wurde es immer schwieriger. Weil er Ticks und Schrullen entwickelte und immer deutlicher ausprägte, die ihn in den Augen anderer seltsam, bei manchen sogar lächerlich erscheinen ließen. Zu Frauen in seinem Umfeld verhielt er sich betont höflich, auf geradezu altmodische Weise. Aber da knisterte nichts. So traf auf ihn schließlich der alte Begriff Hagestolz zu. Das ist nicht unbedingt lustig, auch wenn man auf dem Kalender liest: Jeder Tag ist ein Geschenk.
Ab und zu meldete sich bei ihm die Sehnsucht, wenn er spätabends zu Hause noch ein Glas Wein trank, und er stellte sich vor, Vater zu sein, einer Tochter, so wie er es am Grab seiner Großmutter versprochen hatte. Dann dachte er: Wenn ich das Kind vom Kindergarten abhole, würden die anderen Eltern denken, ich wäre der Großvater.
Da konnte es schon sein, dass seine Augen feucht wurden.

Es gibt das Phänomen des Muttersöhnchens, und das hat bekanntlich keinen guten Ruf. Aber noch einmal etwas anderes ist das Phänomen des Großmuttersöhnchens: Dem Großmuttersöhnchen fehlt nicht nur der Vater als Orientierung für die Entwicklung seiner Identität und seines Bewusstseins als Mann, es fehlt eine ganze Generation! Diese Kinder sind ganz aus der Zeit gefallen.

Aber vielleicht sind sie tiefer in der Geschichte verwurzelt?

Karl Auer setzte sich an den Schreibtisch und schaltete den Computer ein.
Er überflog die eingegangenen Mails, schaute, was er sofort beantworten musste und was er wenigstens bis nach der Mittagspause aufschieben konnte, und blieb bei einer Nachricht hängen, die mit höchster Dringlichkeitsstufe markiert war. Diese Mail von Kollegen Prawdower war nicht an ihn, sondern an Ambroise Bigot, den Direktor der Direktion D, *Western Balkans Strategy*, geschickt worden. Eine Sekretärin des Direktors hatte die Mail im ARES eingespeist, dem System zur Archivierung von wichtiger Korrespondenz. Es gab keinen Hinweis darauf, dass der Direktor diese Nachricht gesehen hatte. Die Mail war offenbar von seinem Büro abgefangen worden, das dann allerdings den Fehler machte, sie im ARES zu archivieren, so dass jeder, der im System stöberte und nach etwas suchte, Zugriff hatte. Hätte das Büro des Direktors die Mail bloß ausgedruckt dem Direktor vorgelegt, niemand würde heute diese authentische Beschreibung des Zynismus des polnischen Ministerpräsidenten kennen – ein Dokument, das auch noch ein halbes Jahr später einen gewissen Einfluss auf den Europäischen Gerichtshof hatte, der Polen im März 2020 wegen Verletzung des europäischen Rechts verurteilte.
Jedenfalls: Ein Kollege hatte diese Mail von Adam Prawdower, die eigentlich ein informeller Bericht sein sollte, entdeckt und sie an alle, die mit Polen, Albanien, Balkan-Politik und der Balkankonferenz in Poznań befasst waren, weitergeleitet.

Als Karl Auer sie las, befanden sich bereits ein halbes Dutzend Kommentare im Anhang. Er lehnte sich zurück, zupfte an den Revers seines Sakkos und dachte: Wenn das stimmt, und er zweifelte keine Sekunde daran, dann muss die Kommission ihre Balkanpolitik und vor allem ihre Vorbereitung der Balkankonferenz völlig neu aufstellen.
Und meine Arbeit, dachte er, war für den Papierkorb. Oder für das historische Archiv der EU in Florenz.
Florenz! Zum ersten Mal hatte er beim Gedanken an ein historisches Archiv eine kleine romantische Wallung. Er dachte an Baia und –
Er ging zur Feuertreppe hinaus, rauchte, bis er fror, eineinhalb Zigaretten, dann ging er zurück in sein Zimmer, fröstelte und zog den Mantel an. So war sein Leben, dachte er, so verrückt: Er ging raus ohne Mantel und zog den Mantel an, wenn er zurück war in seinem geheizten Zimmer.
Fröstelnd ging er auf und ab, drei Schritte bis zum Fenster, drei Schritte zurück bis zum Thonet-Kleiderständer. Noch einmal: drei Schritte von der Tür zum Fenster, und dann, nach zwei Schritten – stand er vor dem Kalender hinter seinem Schreibtisch, und da las er die Antwort auf seine Frage, wie er auf diese Mail reagieren sollte. Der Sinnspruch des Tages. Ja. Hegel hatte recht. Sie mussten endlich geeignete Mittel einsetzen, um das Mögliche zu erzwingen, statt mit Ungeduld, die sich mit der Zeit sogar für Geduld hielt, das Unmögliche zu verlangen. Er ging noch einmal, jetzt allerdings mit Mantel, auf die Feuertreppe.
Adam Prawdowers Bericht hatte mittlerweile so viel Staub aufgewirbelt, dass für den nächsten Tag ein Meeting *Betr. Balkankonferenz Poznań dringlich* angesetzt wurde. *11:00 Uhr meeting room.*

11

Adams Bericht, der durch die Abspeicherung im ARES irrtümlich weite Kreise zog, führte auch dazu, dass der Generaldirektor Adam zu sich bestellte. Das war sehr ungewöhnlich. Ein Beamter, der sich in der Hierarchie auf der Stufe von Adam befand, bekam seinen Generaldirektor so gut wie nie zu Gesicht. Da war noch der Direktor dazwischen, der Chef der konkreten Arbeitsebene, und alles darüber war entrückt, gleichsam das Auge Gottes, bestehend aus dem Dreieck Generaldirektor, Kommissar und Kommissionspräsidentin.

Adam hatte erst vor kurzem einen Roman gelesen, der ihm von Kollegen empfohlen worden war, einen Roman über einen Beamten, der sich nichts sehnlicher wünschte, als mit seiner Frau eine harmonische Ehe zu führen, aber jeden Tag todmüde und kommunikationsunfähig vom Büro nach Hause kam, weil er bis zur Erschöpfung an Aufgaben arbeitete, die nur noch in seiner Phantasie im Interesse der Vorgesetzten waren. Wie war der Titel dieses Romans? »Der Moloch«? Nein, »Das Büro«. Er hatte bei der Lektüre zunächst immer wieder schmunzeln müssen, aber nach rund zweihundert Seiten doch zu lesen aufgehört, zunehmend entnervt, er wollte nicht in einen Spiegel schauen, wenn er einen Roman las, er wollte in die Welt schauen.

Und nun stand er dem Generaldirektor gegenüber, und dieser war keine Phantasiegestalt, sondern aus Fleisch und Blut, wobei Adam allerdings den Eindruck hatte, dass dessen Fleisch und Blut bloß Füllmaterial in einer Schablone war: die jede Individualität auslöschende Einfügung in das Klischee des korrekten Leitungsbeamten. Die Goldrandbrille, der Schnitt des seriös ergrauten und präzis gescheitelten Haars, der kon-

servative Anzug, die Krawatte in einer nicht klar identifizierbaren gedeckten Farbe irgendwo zwischen Taubenbeige und Mausanthrazit, das Hineingezwängte in die Idealform des Korrekten – es war ungerecht, aber es war nun mal Adams erster Eindruck.
Dieser Eindruck wurde nach der Begrüßung durch die steife Heiterkeit des Generaldirektors alles andere als gemildert: Ich heiße zwar Thor, aber ich werde Sie nicht verdonnern! Nehmen Sie Platz, bitte nehmen Sie Platz. Kaffee?

Generaldirektor Thor Gustafsson, ein Schwede, befand sich kurz vor seinem Ruhestand. Er hatte bereits nach der letzten Europawahl seinen Abschied angeboten, um zugleich mit dem scheidenden Kommissionspräsidenten in Pension zu gehen. Es wäre das logische Ende einer bewegten Karriere gewesen, aber die neue Präsidentin der Kommission wollte auf einen Mann seiner Erfahrung in dieser Position nicht verzichten. Vielleicht kam auch dazu, dass Schweden nach einem Ausscheiden von Thor Gustafsson auf dieser Ebene der Hierarchie unterrepräsentiert gewesen wäre. Auch wenn dieser Aspekt nach dem Ethos der Kommission – jeder Beamte ist der europäischen Idee verpflichtet, und nicht der Nation seiner Herkunft – keine Rolle spielen dürfte, so war die neue Kommissionspräsidentin doch sehr erpicht darauf, in der Besetzung höherer Posten eine Balance der nationalen Interessen beziehungsweise der nationalen Eitelkeiten der Mitgliedstaaten zu wahren, denn sie wusste: Ihr eigenes Gedeihen in ihrem Job hing an den siebenundzwanzig Fäden, die die siebenundzwanzig Staats- und Regierungschefs der Union in Händen hielten. Und auch wenn sie sich natürlich nicht als deren Marionette fühlte, so wollte sie sich doch in diesen Fäden nicht verheddern. Thor Gustafsson schien in Hinblick auf diese Balance geradezu unverzichtbar: denn das Ungewöhnliche seiner Karriere war, dass er immer wieder gewechselt hatte zwischen dem diplomatischen Dienst Schwedens und Aufgaben in der Europäischen Kommission. So war er zunächst der Botschafter in der ständigen Vertretung Schwedens bei der Europäischen Union, bevor er als *Expert National Détaché* in die Europäische Kommission wechselte, um fünf Jahre später in den diplomatischen Dienst Schwedens zurückzukehren, als Botschafter Schwedens in der Türkei. Wieder fünf Jahre später kehrte er in die Kommission zurück und wurde *Head of Unit,* verantwortlich für die Koordination der Beitrittsverhandlungen mit der Türkei. So ist seine Karriere, sein Aufstieg in der Kommission immer wieder durch einige Jahre als schwedischer Spitzendiplomat unterbrochen und eben dadurch befördert worden. Verstand er sich nun eher als schwedischer Staatsdiener oder als europäischer Beamter? Niemand ist je auf die Idee gekommen, ihm diese Frage zu stellen. Sein Ansehen beruhte eben darauf, dass er eine große Schnittmenge von europäischem Beamten und nationalem Diplomaten repräsentierte: Korrektheit, Verbindlichkeit, Loyalität, Pragmatismus und wachsende Illusionslosigkeit. Es hieß, er sei mit allen Wassern gewaschen, aber erst unlängst soll er im kleinen Kreis gesagt haben, dass er mit allen Wassern gelöscht wurde, wenn er bedenke, wofür er einst gebrannt hatte. Kurz: Er war müde. Als schwedischer Botschafter in Ankara hatte er die Türkei lieben gelernt, dann hatte er als Beamter in der Generaldirektion für Erweiterung mit großem Engagement die Beitrittsverhandlungen mit der Türkei koordiniert und vorangetrieben. Aber in den EU-Mitgliedstaaten wuchs die Ablehnung eines künftigen Beitritts der Türkei, immer mehr Staatschefs äußerten Vorbehalte, schließlich wurden die Beitrittsgespräche eingefroren – und Thor Gustafsson wurde befördert, buchstäblich hochgelobt, hoch hinauf, und nun blickte er als Generaldirektor in der

NEAR aus großer Höhe auf die Niederungen seiner Bemühungen hinab.
Das alles wusste Adam. Er hatte sich vorbereitet. Und doch hatte er sich eine völlig falsche Vorstellung vom Generaldirektor gemacht. Adam hatte sich Verständnis erhofft, mehr noch: erwartet. Hatte Thor Gustafsson doch am Beispiel Türkei erleben müssen, wie sein Engagement und die Bemühungen der Kommission durch Hinsichten und Rücksichten auf nationale Befindlichkeiten frustriert wurden. Und nun sollte sich das Spiel mit den Westbalkanstaaten wiederholen: Zuerst wurden diesen Ländern Hoffnungen gemacht, Perspektiven in Aussicht gestellt, es wurden mit viel Geld Reformprozesse begonnen, Harmonisierungsschritte gesetzt – um dann auf das Veto nationaler Staatschefs zu prallen und nur noch eine eingefrorene Situation irgendwie zu administrieren. Hatte Adam im Ernst geglaubt, mit diesem Mann, der ihn schief anlächelte, eine Art Komplizenschaft herstellen zu können?

Gleich dieser bemühte Scherz bei der Begrüßung – er heiße Thor, aber donnere nicht – verwirrte Adam. Der Generaldirektor ging natürlich davon aus, dass es europäisches Kulturgut sei und Europäer daher selbstverständlich wissen müssten, dass Thor der nordische Donnergott ist. Aber Adam sah ihn verständnislos an.
Kaffee?
Thor Gustafsson wies mit ausgestrecktem Arm auf die Sitzgruppe in seinem Zimmer, bat, Platz zu nehmen. Sitzgruppe klingt bombastisch, im Grunde war es eine kleine Zweier-Sitzbank und im rechten Winkel dazu ein Sessel, leicht wippende Edelstahlgestelle, deren Sitzflächen und Rückenlehnen mit einem dünn gepolsterten blauen Stoff bespannt waren. Adam nahm auf der Zweierbank Platz, Thor Gustafsson auf dem Sessel, mit dem Fenster im Rücken. Dadurch sah

Adam den Generaldirektor im Gegenlicht, *pod światło,* auf Polnisch sagt man *unter dem Licht,* aber er fand, dass es hier der französische Ausdruck *contre-jour* besser traf: *gegen den Tag.*

Es war ein sonniger Tag mit schnellen Wolken, wodurch sich Lichtkränze und Verdüsterungen um den Kopf des Generaldirektors abwechselten.

Sie wissen natürlich oder sollten wissen, dass es ein No-Go ist, ein absolutes No-Go –

Thor Gustafsson drückte zwei, drei Mal auf eine Thermoskanne, die vor ihm auf einem Rauchglastisch stand, aus der röchelnd ein dünner Kaffee in eine Tasse tröpfelte, die er dann Adam hinschob, und setzte mit düsterem Gesicht fort: … dass Beamte auf eigene Faust Politik machen, mit persönlichen Interessen, und dabei noch so tun, als hätten sie –

Noch einmal das Röcheln der Thermoskanne, Thor Gustafsson nahm seine Kaffeetasse in beide Hände, betrachtete sie nachdenklich …

… als hätten sie den Auftrag oder auch nur die Zustimmung der Kommission. Sie können doch nicht einfach den Regierungschef eines Mitgliedstaats kontaktieren und so tun, als hätten Sie etwas mit ihm zu verhandeln.

Was kommt jetzt? Dachte Adam. Hatte er mit einer Disziplinarmaßnahme zu rechnen? Worin sollte sie bestehen? Es war ihm egal. Das dunkle Gesicht des Generaldirektors vor dem grauen Fenster. Der schiefe Mund. Adam hatte seinerzeit, als Kind, als er auf den Eintritt in die Untergrundarmee vorbereitet wurde, gelernt und immer wieder üben müssen, die Körpersprache und die Mimik von Menschen zu beobachten, kleinste Zeichen zu bemerken und einzuschätzen. Das war wichtig, um die eigenen Reaktionen tunlichst darauf abzustimmen. Es machte einen Unterschied, ob einer freundlich oder nur gespielt freundlich war, ob einer ernsthaft drohte

oder nur einschüchtern wollte, ohne etwas in der Hand zu haben. Es gab Anzeichen, die diese Unterschiede erkennen ließen, und es konnte sehr viel davon abhängen, ob man diese Zeichen richtig interpretierte. Aber der schiefe Mund von Thor Gustafsson machte Adam ratlos. Er konnte in diesem dunklen Gesicht vor der nun hell aufblitzenden Fensterscheibe nicht einschätzen, ob dieser Mund jetzt Zynismus ihm gegenüber ausdrückte oder ob er grundsätzlich zur Physiognomie dieses Mannes gehörte, eingemeißelt von jahrzehntelangen Erfahrungen.
Der linke Mundwinkel zeigte nach oben, als würde er lächeln, der rechte hing nach unten, verhärmt und streng. Das waren zwei Menschen. Mit wem hatte er es zu tun?
So war das nicht, sagte Adam.
Nun brach draußen offenbar wieder die Sonne durch, grelles Licht umspielte den Kopf des Generaldirektors.
Wie war es denn?
Ich war an einem freien Tag in Warschau bei meinem Zahnarzt.
Sie haben einen Zahnarzt in Warschau?
Ja. Es ist der Zahnarzt meiner Familie. Und weil ich nun schon in Warschau war, habe ich natürlich auch Verwandte besucht und alte Freunde getroffen. Der Ministerpräsident ist ein Freund von mir aus Kindheitstagen, schon unsere Väter waren eng befreundet. In erster Linie habe ich also einen alten Freund getroffen, und nicht einen Politiker. Als kleiner Kommissionsbeamter hätte ich doch sonst nie Zugang zu ihm bekommen.
Und? Sie haben bei diesem Treffen doch eindeutig politische Interessen verfolgt!
Nein. So kann man das nicht sagen. Man verfolgt nicht Interessen, nur weil man über etwas spricht, das einen interessiert. Es ist doch klar, dass wir bei unserem Treffen dann auch über

Dinge diskutierten, mit denen wir beide beruflich befasst sind. Es war ein Gedankenaustausch unter Freunden.
Unter Freunden, aha. Und dann schreiben Sie einen Bericht für die Kommission. Machen Sie das nach jedem Gedankenaustausch unter Freunden?
Sein Gesicht wurde wieder grau, dunkelgrau der herabgezogene Mundwinkel. Dieser Mann ist ein Zyniker, dachte Adam. Er irrte. Aber in einem Punkt irrte er nicht: Im Gegensatz zu seiner Zeit im polnischen Untergrund konnte er in der europäischen Verwaltung vermeintlichen Zynismus gefahrlos mit Zynismus beantworten. Wenn ich, sagte er, im Gedankenaustausch mit Freunden etwas Interessantes erfahre, dann berichte ich das durchaus auch anderen Freunden.
Und nach einer kurzen Pause, um diesen Satz wirken zu lassen, fügte er an: Der Ministerpräsident hat Dinge gesagt, von denen ich der Meinung war, dass sie mein Direktor wissen sollte. Weil sie unsere Arbeit betreffen. Meine Mail an ihn war informell, und dass sie von seiner Sekretärin ins Netz gestellt wurde, war ein Irrtum, aber nicht meine Schuld.
Und nach noch einer Pause, in der Licht und Schatten hinter dem Generaldirektor flackerten, sagte Adam: Es war Loyalität und nicht Eigenmächtigkeit!

Röcheln. Der Generaldirektor schenkte sich noch einen Kaffee ein, dachte nach.

Und in Ihrem Bericht – Sie haben nichts, wie soll ich sagen, dramatisiert?
Nein. Er hat – Adam atmete tief durch –, also was er gesagt hat, was er plant, hat mich …
Gustafsson winkte ab, sagte: Sie wissen, was das bedeutet?
Ja.
Sie wissen, dass das nur eine Lösung nahelegt.

Ja.
Sie wissen, dass sie nicht durchsetzbar ist.
Ja. (Adam sah unauffällig auf die Uhr, er sehnte sich danach, zu Hause seinen Sohn ins Bett zu bringen und dann mit seinem Hund zu spielen.)
Da stehe ich nun, ich armer Thor.
Adam sah den Generaldirektor verblüfft an. Wieder ein bemühter Scherz, den er nicht verstand.
Thor Gustafsson warf seinen Kopf zurück, als suchte er an der Zimmerdecke eine Lösung, wippte auf seinem Sessel, schließlich sagte er:
Es muss aber einen Kompromiss geben. Welche Kompromiss-Möglichkeit sehen Sie?
Herr Generaldirektor, sagte Adam genervt, ich habe mein ganzes Leben in diesem Haus nichts anderes gesehen als faule Kompromisse.
Bitte keine Befindlichkeiten, Mister Prawdower. Wir reden über Realpolitik. Da gibt es nur Kompromisse. Ein Kompromiss ist ein Erfolg, und ein Erfolg ist nicht faul. Fauler Kompromiss ist eine *contradictio in adjecto*, wenn Sie verstehen, was ich meine.
Ja natürlich, Herr Generaldirektor.
Also. Wir brauchen einen Kompromiss vor der Balkankonferenz, sagte er, ein Angebot, mit dem wir in die Hintergrundgespräche hineingehen und mit dem wir als Ergebnis der Konferenz wieder herauskommen. Ein herzeigbares Ergebnis, das muss natürlich im Vorfeld – ich sage Ihnen jetzt etwas, das sollten Sie sich für Ihre künftige Karriere merken: Wer in der Planung das Scheitern einkalkuliert, plant das Scheitern. Also: Das Ergebnis der Konferenz muss vorbereitet sein. Die Balkanstaaten müssen von der Konferenz ein Versprechen mitnehmen können, eine Perspektive haben, aber Polen wie auch Frankreich, Dänemark, die Niederlande und auch Un-

garn müssen zugleich in ihrer Ablehnung der Erweiterung bestätigt werden.
Adam sah ihn an. Das ist ein unauflöslicher Widerspruch, sagte er.
Philosophisch mag das ein Widerspruch sein, Mister Prawdower, politisch ist es der Kompromiss: Das Versprechen wird nicht besiegelt, sondern in den Raum gestellt. Alles nur eine Frage der Formulierungen. Wenn Sie schon das giftige Blut dieses Mannes getrunken haben, oder bin ich falsch informiert? Es heißt, Sie seien Blutsbrüder!
Adam erschrak. Sie wissen ohnehin alles. Der Himmel verdüsterte sich.
… dann werden Sie doch, in bester Kenntnis der –
Thor Gustafsson zögerte, wollte schon Psyche sagen, sagte dann aber Interessen –
in Kenntnis der Interessen des polnischen Ministerpräsidenten ein entsprechendes Papier ausarbeiten können –
Ja, Herr Generaldirektor.
Ein Scheitern der Konferenz, also verhärtete Standpunkte und eine Demütigung der Balkanstaaten, wäre ein Scheitern der Kommission, und das ist natürlich undenkbar.
Natürlich.
Der Dampfer kann seinen Kurs nicht völlig ändern, wenn Sie verstehen, was ich meine. Also –?
Also brauchen wir ein Rettungsboot.
Der Generaldirektor atmete tief durch, betrachtete irritiert das verstümmelte Ohr Adams, fragte sich, ob dieser verrückte Beamte nicht verstehen wollte oder bloß nicht richtig hören konnte, drückte seine rechte Hand an die Schläfe, als hätte er Kopfschmerzen, und sagte: Nein, Mister Prawdower, wir brauchen kein Rettungsboot. Warum sollten wir von einem großen Dampfer auf kleine Boote umsteigen? Nein, was wir brauchen, ist die Zustimmung zu folgendem Kompromiss:

Wir halten Kurs, und über das genaue Ziel einigen wir uns später.

Nun regnete es, Regentropfen liefen an der Fensterscheibe hinter dem Gesicht des Generaldirektors hinunter, das verschwamm ineinander, und es schien Adam, als würde der Generaldirektor weinen. Oder Tränen lachen. Er war zwei Personen.

Adam stand auf.

Eines noch, Mister Prawdower, für die Zukunft –

Ja?

Ich kann Ihnen einen guten Zahnarzt in Brüssel empfehlen.

Adam ging zurück in seine Zelle, setzte sich an seinen Schreibtisch.

Nicht zum ersten Mal, aber zum ersten Mal seit einiger Zeit, dachte er daran, zu kündigen. Dann dachte er an seine Familie. Seine Frau Dorota wird hier, nach ihrer Karenz, Chancen haben, nur hier in Brüssel. Und keine vergleichbaren Chancen in Polen oder in Italien. Die europäischen Staaten hielten für Menschen wie Dorota überraschend wenig Chancen bereit, die in Italien Polin war und in Polen eine Italienerin, auch wenn sie polnisch sprach, allerdings mit Akzent. Und sein Sohn Romek: Polen (Staatsbürgerschaft des Vaters), Italien (Staatsbürgerschaft der Mutter) und Belgien (Geburtsort des Sohnes) konnten sich nicht einmal darauf einigen, wer für das Kindergeld zuständig war. Mit seinem Einkommen als Kommissionsbeamter konnte ihm das egal sein, nein, es war nicht egal. Grundsätzlich nicht. Es war ein Symptom für die idiotischen Schwierigkeiten, die Europa den Menschen machte, die wirklich europäische Biographien hatten. Es gab Gründe, an der Idee zu verzweifeln, nein, nicht an der Idee, an der Praxis, an den Blockaden und Kompromissen, aber deswegen alles hinwerfen? Romek wird die europäische Schule in Brüssel besuchen, Sprachen lernen, Chancen bekommen, die er sonst nirgendwo – Nein, Adam musste weitermachen. Er war bereit, sich zu fügen – und fragte sich, ob er ein Schwein war? Das Schwein ist ein intelligentes Tier, dachte er, und irgendwie das Wappentier der Kommission.

Inzwischen schrieb Fate Vasa in Tirana für den Ministerpräsidenten einen Brief an die österreichische Regierung, *Betreff Skanderbegs Helm Rückgabe.*
Thor Gustafsson hatte in Hinblick auf die Verhandlungen mit den Westbalkanstaaten Realpolitik eingemahnt. Das Problem aber war: Jetzt wurde es irreal.

Zweiter Teil

Als Tragödie, als Farce, als ob.

I

Wer sich den Helm Skanderbegs aufsetzt, was einer osteuropäisch-postmodernen Variante der Selbstkrönung Napoleons gleichkäme, würde dadurch zum Führer aller Albaner, der Herrscher über die größte Volksgruppe des Balkans, der ethnischen Albaner im Kosovo, in Nordmazedonien, in Montenegro und Serbien, aber auch der nicht zu unterschätzenden Zahl der Albaner in Griechenland und der großen albanischen Gemeinden in Süditalien, Deutschland und der Türkei.

Politisch geeinte Albaner wären, wie Fate Vasa erklärte, eine europäische Macht, und ihr Anspruch auf ein gemeinsames Territorium und auf Selbstbestimmung befände sich in Übereinstimmung mit den grundlegenden Axiomen der Charta der Vereinten Nationen, den Artikeln 1, 2 und 55.

Fate hatte sich so gut vorbereitet, wie es einem Dichter, der in der ihm wesensfremden Welt des Völkerrechts wildert, nur möglich war. Allerdings hatte er kompetente Unterstützung: durch Baia Muniq, Expertin für internationales Recht und Vorsitzende des Justizausschusses des Parlaments. Von Baia erfuhr er, dass weder das Völkerrecht noch die Charta der Vereinten Nationen mehr garantierten als die *berechtigten Interessen* der großen, ehemals imperialistischen Nationalstaaten.

Damit du verstehst, was ich meine, sagte Baia, ein Beispiel: armes Kurdistan! Verstehst du? Die Kurden haben in diesem System völkerrechtlicher Übereinkünfte zwar recht, aber keine Chance auf Durchsetzung ihrer Rechtsansprüche.

Egal, sagte Fate, wir beziehen uns auf die im Völkerrecht festgehaltenen Rechtsansprüche. Kann ich das so formulieren?

Natürlich kannst du das so formulieren, sagte Baia, formulieren kannst du alles. Gerade du. Aber es gibt keine Instanz, wo du dieses Recht einklagen kannst. Denn, wie heißt es so schön: *Höchste Instanz im Völkerrecht ist der Völkergemeinwille.*
Was bedeutet das?
Da es auf internationaler Ebene an einem zentralen Gesetzgeber fehlt, kann im Völkerrecht jeder widerrechtliche Zustand durch internationale Anerkennung legitimiert werden. Nur die internationale Anerkennung definiert den Völkergemeinwillen. Wörtlich heißt es dazu: *Das Völkerrecht bindet sich an das Vorliegen objektiver Voraussetzungen.*
Gib mir ein Beispiel!
Na, bleiben wir beim Beispiel Kurdistan: Die Größe, die geopolitische und wirtschaftliche Bedeutung der Türkei und nicht zuletzt ihre NATO-Mitgliedschaft, das alles sind objektive Voraussetzungen. Sie wiegen schwerer als das Bedürfnis der Kurden nach einem eigenen Staat. Und: Der Anspruch, alle Kurden in einem Staat zu vereinen, auf einem Territorium, das Teile der Türkei, des Irak und Syriens umfasst, stünde in Widerspruch zum völkerrechtlich festgeschriebenen Prinzip der Unantastbarkeit des Staatsgebietes und der Grenzen anerkannter Staaten. So gut wie kein Staat kann das anerkennen, denn er würde durch solch einen Präzedenzfall sofort auch sein eigenes Hoheitsgebiet in Frage stellen. Denn dann hätte Spanien ein ziemlich großes Problem mit den Katalanen und Basken, Frankreich mit den Korsen, Großbritannien mit den Schotten und so weiter. Das ist die zweite, machtvolle objektive Voraussetzung. Wenn du ernsthaft die Anerkennung eines vereinten Albaniens willst – vergiss es!

Fate biss an seinem Daumennagel, knabberte rund um den Nagel herum, saugte schließlich nachdenklich an der Daumenkuppe. Okay, sagte er, mir geht es um den Rechtsanspruch, nicht darum, Recht zu bekommen. Es geht ja nur um ein Symbol. Da brauche ich keine Zustimmung der internationalen Staatengemeinschaft, sondern nur die Wirkung auf sie. Und da will ich den symbolischen Anspruch korrekt untermauern, mit allem, was das Völkerrecht hergibt. Dann wäre der Anspruch nicht verrückt, sondern phantastisch.

Typische Formulierung von Fate, dachte Baia, welch seltsamer Mensch! Er faszinierte sie, wie eine Kröte, die Orakel sprechen kann.

Das habe ich nämlich gelernt, setzte Fate fort: Wenn eine Idee verrückt ist, funktioniert sie nicht, aber wenn sie phantastisch ist, kann sie Wirksamkeit entfalten.

Wenn wir davon ausgehen, sagte er: Wer den Helm hat, der repräsentiert alle Albaner. Repräsentiert! Verstehst du? Alle Territorien, wo Albaner leben, in einem geeinten Großalbanien zu vereinen, ist natürlich unmöglich, dafür gäbe es auch keinen – wie hast du das genannt? Völkergemeinwillen. Keine internationale Anerkennung. Aber alle Albaner, egal wo sie hier in Mittel- und Osteuropa leben, symbolisch unter einem Führer zu vereinen, dessen Legitimität auf der Geschichte eines halben Jahrtausends beruht, das würde doch reale Macht bedeuten. Stelle dir vor, was das hieße, wenn die Albaner in fünf oder sechs Staaten ihre Loyalität an Tirana binden würden! Das hätte doch zweifellos realpolitische Konsequenzen! Das *wäre* Realpolitik! Als Folge einer bloßen Symbolhandlung: weil einer sich einen Helm aufgesetzt hat!

Fate lachte. Und wie er lachte.

Mit den Verwerfungen in all den Staaten, auf die das Auswirkungen hätte, müsste Europa erst einmal fertig werden, sie müssten den Mann mit dem Helm hofieren, mit ihm Kompromisse suchen, ihm entgegenkommen und –

Fate redete immer erregter, was Baia zunehmend irritierte. Sie unterbrach ihn: Du hast mich gebeten, einige Fragen zu internationalem Recht zu beantworten. Aber ich bin keine Expertin für Phantasien.

Und weil sie, was Phantasien betraf, eine Amateurin war, wusste sie auch nicht gleich, wie sie auf die WhatsApp-Nachricht reagieren sollte, die sie in diesem Moment von Karl Auer erhielt: Er könnte am nächsten Wochenende nach Tirana kommen. Privat. Ob er willkommen sei? Und dazu ein Kalenderspruch: »Gib dem Schicksal eine Chance, wenn es an deine Türe klopft!«

Nach dem Treffen mit Fate ging sie zu Fuß nach Hause, grübelte so weltabgewandt, dass sie zwei Mal über Unebenheiten des Gehsteigs stolperte, aber zum Glück nicht fiel, sie kam am Café Sophie vorbei und beschloss einzukehren. Sie bestellte ein Bier und – sie hatte plötzlich Lust zu rauchen, als wäre das jetzt eine Situation wie damals, als ihr Vater gestorben war oder als sie ihren Postgraduate-Abschluss feierte oder das letzte Mal, nach dem Wahlsieg ihrer Partei – sie fragte, ob es hier Zigaretten gäbe. Nein, sagte der Kellner, aber da vorn, sehen Sie, ist ein Kiosk.
Ich bin gleich zurück.

Sie trank ihr Bier, rauchte drei Zigaretten, tippte in ihr Smartphone, löschte, tippte wieder, starrte die Sätze an, die sie geschrieben hatte, löschte sie, suchte nach Worten jenseits ihrer juristischen Präzisionssprache, schließlich antwortete sie auf Auers Nachricht mit: »Ok«.
Sie wusste natürlich, dass diese beiden Buchstaben kaum als ein Konzentrat von romantischen Phantasien gelten konnten, aber sie hoffte, dass Karl Auer es doch so verstehen würde: als

Zustimmung zu dem Versuch, das weite Feld der Romantik mit ihm zu betreten.
Dann ging sie nach Hause, die Zigarettenpackung ließ sie liegen.

2

Der Ministerpräsident hatte eine Pressekonferenz gegeben, in der er bekanntgab, dass er Skanderbegs Helm von Österreich zurückfordere, danach informierte er in einer Rede im Parlament die Abgeordneten darüber und begründete diese Forderung ausführlich politisch, um danach, am selben Abend, in *Televizioni Shqiptar* eine Rede an die Nation zu halten, in der er allen Albanern versprach, Skanderbegs Helm für die Nation zurückzuerobern und mit ihm den Interessen *aller* Albaner historisches Gewicht und Identität und Zukunft und Freiheit und Europa und so weiter ... Das war das Skript von Fate Vasa.

Der Gedanke, dass der Ministerpräsident in den Besitz von Skanderbegs Helm kommen und sich so zum Führer aller Albaner erklären könnte, beunruhigte den Oppositionsführer aufs Äußerste. In einer Besprechung des Parteivorstands forderte er gebieterisch, dass unbedingt er selbst in den Besitz des Helms gelangen müsse. Aber auf offiziellem Wege sei das nun nicht mehr möglich, nachdem die Regierung auf diplomatischem Wege diese Forderung gestellt habe – welche Möglichkeiten gebe es nun?
Dass auf legale Weise Sie in den Besitz des Helms kommen und sich damit krönen, wenn ich das so sagen darf, ist in der Tat unmöglich, Herr Parteivorsitzender. Es gibt nur eine Möglichkeit, wir müssen verhindern, dass der Ministerpräsident den Helm in die Hände bekommt.

Und wie? Sollen wir den Österreichern sagen, sie sollen sich den Helm behalten? Wenn das rauskommt –
Nein, Herr Parteivorsitzender. Der Helm muss verschwinden.
Verschwinden? Ja, genau, dann kann keiner – Aber ist das machbar?
Wir überprüfen das, Herr Parteivorsitzender.

Der Ministerpräsident erfuhr davon durch eine Nachricht von einem Sigurimi-Offizier.
Was? Es gibt die Sigurimi noch?, fragte Vate.
Natürlich nicht. Aber die alten Sigurimi-Mitarbeiter haben ja alle Familien, die wollen ernährt werden. Und ein Dutzend verbitterte arbeitslose Geheimdienst-Offiziere sind mit all ihren Kontakten gefährlicher als arbeitslose Arbeiter. Sie sind jedenfalls Experten, wie könnte ich auf ihr Wissen verzichten? Jetzt sind sie *mir* loyal.
Und?
Sie berichten, dass die Opposition selbst etwas mit Skanderbegs Helm vorhat.
Und … was? Wie wollen sie das … angehen?
Sicherlich nicht auf diplomatischem Weg. Mehr weiß ich auch noch nicht.

Natürlich hatte Fate Vasa Reaktionen der Opposition erwartet. Das war vorhersehbar. Dass sie *einen wahren Skanderbeg* gegen die ideologischen Verfälschungen der Regierung behaupten, dass sie die Glaubwürdigkeit des Regierungschefs in Hinblick auf albanische Geschichte und Traditionen in Frage stellen, untermauert mit vielen Beispielen, die es ja gab, oder dass sie sich lustig machten über die Vergeblichkeit und Aussichtslosigkeit des Unterfangens, Skanderbegs Helm von Österreich zurückzubekommen.

Aber das hatte er nicht für möglich gehalten, das hatte er nicht kommen sehen: dass die Opposition die Geschichte so ernst nahm, dass der Oppositionsführer sich selbst unbedingt in den Besitz von Skanderbegs Helm setzen wollte, nur um zu verhindern, dass der Ministerpräsident sich mit diesem Helm politische Vorteile, größere Anerkennung beim Volk verschaffte. Er glaubte offenbar wirklich an die realpolitische Legitimation, die der Helm dem Besitzer geben würde.
Diese Reaktion bestätigt unsere Idee, sagte Vate zum Chef, und das ist gut. Einerseits. Andererseits haben wir jetzt ein Problem, sagte er, weil wir nicht wissen, was er im Schilde führt. Wir wissen nur eines: Er will den Helm auch. Und er ist zwar ein Idiot, aber zu allem fähig.

So begann die Jagd nach dem goldenen Helm.

3

Der Dienstweg. Das albanische Außenministerium übermittelte dem österreichischen Botschafter in Tirana das offizielle Schreiben, in dem die Rückgabe von Skanderbegs Helm an die Republik Albanien gefordert wird. Der Botschafter leitete es weiter an das Ministerium für Europa, Integration und Äußeres in Wien, wie es seine Pflicht war, obwohl er die Angelegenheit für grotesk hielt. Aber diese Einschätzung aktenkundig zu machen war nicht seine Pflicht. Im Begleitschreiben musste er darauf hinweisen, dass der Begriff *Gift* in der Betreffzeile des Schreibens offenbar einer Fehlleistung des Übersetzerdienstes der albanischen Regierung geschuldet sei. Es werde natürlich nicht albanisches *Gift*, sondern, wie im Schreiben selbst klar werde, der als Nationalheiligtum geltende *Helm* von Österreich zurückgefordert. Offenbar wurde zuerst das albanische Wort für Helm, *përkrenare,* ins Deutsche übersetzt, worauf bei der Korrektur das Wort *Helm* wieder als albanische Vokabel identifiziert wurde, das auf Deutsch eben *Gift* bedeute.

Im Kabinett des Ministers diskutierte man »nach Einlauf des Schreibens«, das in der Folge nur noch ironisch *der Gift-Brief* genannt wurde, wer mit der Beantwortung befasst werden solle, die selbstverständlich abschlägig sein müsse. Die Frage sei, ob Sektion II, Bilaterale Angelegenheiten, oder Sektion V, Kulturelle Auslandsbeziehungen, für die Ausarbeitung der Antwort zuständig sei.

»Ein alter Helm is', wenn er überhaupt was is', Kultur. Drum liegt er auch in an Museum! Also die Fünfer-Sektion«, sagte Doktor Wondracek näselnd. Magister Wurbala stimmte sofort zu und erlaubte sich zu ergänzen: »Dann müsst' ma aber auch das Kunsthistorische damit befassen!«

Schließlich wurde folgende Entscheidung getroffen: Die Leiterin der Sektion V übermittelt das Schreiben an die Direktorin des Kunsthistorischen Museums Wien mit der Bitte, zu überprüfen, ob es in Hinblick auf diesen albanischen Helm Umstände gäbe, die ~~eine Restitution erzwingen~~ einen Restitutionsanspruch begründen und daher einen bilateralen Rechtsstreit zur Folge haben könnten.

Sollte die Provenienzforschung keinen entsprechenden Anlass für eine Restitution ergeben, sollte die Leiterin der Fünfer ein entsprechendes Schreiben an das albanische Außenministerium mit entsprechender Erklärung aufsetzen …

Das war das Schlusswort von Dr. Wondracek. Er liebte das Wort *entsprechend.* Es fügte seine Welt.

Als die Direktorin des Kunsthistorischen Museums Wien mit großem Erstaunen die Anfrage des Außenministeriums las, wusste sie nicht, dass just in diesem Moment – und das hätte sie nicht nur erstaunt, das hätte sie alarmiert – zwei Besucher des Museums besonderes Interesse am Helm Skanderbegs zeigten und dabei den sonst eher verwaisten Raum, in dem der Helm ausgestellt war, sehr genau inspizierten.

Der Helm befindet sich in einer Glasvitrine, mit einer auf Frontseite versperrten Türe. Die Vitrine ist alarmgesichert durch einen Kontakt im Türrahmen (kleines Kabel unten im Türrahmen sichtbar), das heißt, dass Alarm nur durch die gewaltsame Öffnung der Tür, durch Trennung des Kontakts des Türrahmens vom Sicherungskabel ausgelöst würde. Mit Glasschneider wäre Zugriff möglich, ohne Alarm auszulösen.
Zwei Überwachungskameras im Raum. Evident altes System: analoge Bildübertragung mit Selbstüberschreibung nach wahrscheinlich 24 Stunden. Durch zwei Personen, je eine rechts und links der Vitrine, wäre dritte Person bei Zugriff abgeschirmt, und nach 24 Stunden wäre Aufnahme gelöscht.
Außerhalb der Öffnungszeiten ein Bewegungsmelder bei der Eingangstüre in den Raum. Auf Höhe 60 Zentimeter.
Wegzeit von Vitrine, Saal VI, über Prunkstiege bis Ausgang Museum, bei raschem Schritt, aber noch unauffälliger Eile, 1 Minute 20.
WICHTIG: Museum hat Montag geöffnet. Da Museen in der Regel Montag geschlossen, kaum Besucher an diesem Tag und nur zwei Personen Aufsicht pro Stockwerk (!). Daher Empfehlung Zugriff Montag, während der Öffnungszeiten – kein Alarm auslösender Bewegungsmelder!

Das berichteten die beiden Besucher, deren Interesse an Skanderbegs Helm niemandem aufgefallen, geschweige denn verdächtig erschienen war. Sie wurden durch die Überwachungskamera zwar erfasst, die Bilder wurden aber nicht gesichert und waren 24 Stunden später gelöscht.

Die Direktorin des Museums beantwortete den Brief des Außenministeriums umgehend, kurz und knapp: Es gebe nicht den geringsten Grund, mit Albanien über Skanderbegs Helm als nationales Eigentum Albaniens zu verhandeln. Erstens werde in der Forschung allgemein angezweifelt, dass dieser Helm jemals Skanderbegs Haupt berührt habe. Gesichert sei, dass der Helm um 1460 in Italien hergestellt wurde. Allerdings könne der Helmreif kaum original sein, auch wenn dieser mit dem Ziegenkopfaufsatz zur Grundlage der nationalen Emblematik Albaniens wurde. Was die Provenienz betrifft, so sei gesichert und nachweisbar, dass Erzherzog Ferdinand II. den Helm in Italien erworben hatte, was 1593 im Inventar der Ambraser Sammlung des Erzherzogs erwähnt wurde. Dazu gebe es einen Kaufvertrag mit einer gewissen Irena Kastrioti, die, schwer verschuldet, behauptete, Nachfahrin und Erbin nach Gjergj Kastrioti, genannt Skanderbeg, zu sein, und die dem Erzherzog, der ein Waffensammler gewesen war, allerlei ~~Schrott~~ Heiligtümer des damals legendären Feldherrn gegen die Osmanen ~~angedreht~~ verkauft hatte. Der Helm ist in unserem Museum als Exempel für historische Legendenbildung und nicht als koloniale Beute ausgestellt. Eine Rückgabe sei daher nicht möglich, weil zurück nur etwas gegeben werden könne, was zuvor im Eigentum eines anderen, diesfalls im Eigentum der Republik Albanien, gewesen sei.

In der Hoffnung, gedient zu haben, und mit vorzüglicher Hochachtung usw.

Damit war für die Frau Direktorin des Kunsthistorischen Museums der Fall erledigt, sie dachte nicht mehr daran und verstand es deshalb völlig falsch, als einen Monat später der liebe Herr Swoboda vom Security-Team zu ihr hereinstürmte – er hatte noch die Sekretärin »Sie können doch nicht so einfach … halt … Sie können nicht …« zur Seite gestoßen, und aufgeregt gerufen: »Der Helm! Der Helm! Der goldene Helm!«

»Ist er schon wieder ausverkauft?«, fragte sie, genervt durch diese plötzliche Störung. Sie dachte an den goldenen Fahrradhelm, der im Museumsshop angeboten wurde und sich zu einem Verkaufsschlager entwickelt hatte. Den goldenen Helm mit dem Museumslogo gab es auch in einer Variante für Ski- und Snowboardfahrer, halb Österreich war auf Fahrradwegen und Skipisten mit dem goldenen Helm des Kunsthistorischen Museums unterwegs – »Aber warum schickt man *Sie*?«, die Irritation der Direktorin wich dem Erstaunen, was hat die Security mit dem Shop zu tun? Es wird doch nicht ein Radfahrer gewaltsam im Shop …

»Nein, nein, nicht der vom Shop! Der vom Saal VI, Rüstkammer!«

Saal VI? Welcher Helm? Jetzt dämmerte ihr, dass da unlängst etwas war, mit diesem albanischen Helm, Skanderbeg, was, was ist mit dem Helm?

Fort ist er, Frau Direktor, fort, spurlos.

»Spurlos« konnte man nicht sagen, aber die Spuren gaben zunächst keinen Hinweis auf mögliche Täter, während ein Verdacht, den die Direktorin gegenüber der Polizei leider äußerte, die Ermittlungen nicht nur in eine falsche Richtung lenkte, sondern auch komplizierte diplomatische Verwicklungen zur Folge hatte.

Die Bilder der Überwachungskamera zeigten einen sehr korpulenten, breitschultrigen Mann mit Vollbart – »Ist der Bart echt? Kommt mir eher wie eine Maske vor!« »Schwer zu sagen. Schlechte Bildauflösung!« –, Sonnenbrille und Baseballkappe. An seiner Seite eine schwangere Frau. »Die

Frisur, die ihr immer ins Gesicht fällt! Da tippe ich auf Perücke!«

Sie gehen an einigen Exponaten vorbei, immer nur kurz innehaltend und ab und zu die Legenden lesend, so wie es Museums-Streuner in der Regel tun, bis sie vor der Vitrine mit Skanderbegs Helm zu stehen kommen. In diesem Moment betritt ein weiterer Mann Saal VI, geht direkt auf die Vitrine zu. »Ein Komplize!« »Eindeutig!«

Allerdings begrüßen einander das Paar und der hinzugekommene Mann nicht, sie stellen sich vor der Vitrine auf. Die schwangere Frau befindet sich nun zwischen den beiden Männern. Die zwei diagonal im Raum montierten Überwachungskameras zeigen jeweils einen breiten Männerrücken, während kaum zu erkennen ist, was die zwischen den beiden Männern stehende Frau macht. »Da!« Einer der Männer bückt sich und stellt die herausgeschnittene Glasscheibe der Vitrine auf den Boden. In diesem kurzen Moment ist zu sehen, wie die Frau den Helm aus der Vitrine nimmt, ihr Umstandskleid hochzieht – »Die ist ja gar nicht schwanger!« »Jetzt schon. Mit dem Helm!«

»Stopp! Wie lange hat das gedauert?«

»Vom Betreten des Raums bis zum Verlassen des Raums zwei Minuten siebenundzwanzig.«

»Und wo bitte war die Saalaufsicht?«

»Es ist Montag, Frau Direktor! Montag! Wegen mäßigem Besuch nur zwei Personen pro Stockwerk!«

»Haben wir Bilder der Täter beim Verlassen des Museums?«

»Ja, hier sieht man sie im Foyer. Etwas über eine Minute später.«

»Taugen die Bilder für Fahndungsfotos?«

»Wir werden sie verwenden. Aber sie werden nichts bringen.«

Leider antwortete die Direktorin des Museums auch bei einer Pressekonferenz auf die Frage, ob es Hinweise auf die Täter beziehungsweise einen Verdacht gebe: Ja, es gebe einen Verdacht. Vor einem Monat habe die albanische Regierung die Rückgabe dieses Helms, der ein nationales Heiligtum Albaniens sei, gefordert. Diese Forderung habe sie abschlägig beantworten müssen, da die Provenienz des Helms geklärt sei und dieser kein Raubgut darstelle. Es sei jedenfalls auffällig, dass der Helm, den der Staat Albanien in seinen Besitz bringen wollte, so kurz nach ihrer abschlägigen Antwort gestohlen wurde. Natürlich gelte die Unschuldsvermutung, aber sie erwarte doch von der österreichischen Polizei sowie vom Außenministerium, dieser – vorsichtig formuliert: – Koinzidenz nachzugehen.

Daraufhin bestellte der österreichische Außenminister den albanischen Botschafter in Wien ein, was zunächst bloß zu einem Austausch von Floskeln, dann aber doch auch zu harten Klarstellungen führte: Natürlich werde die albanische Regierung alles in ihrer Macht Stehende beitragen, dass dieser Kriminalfall aufgeklärt werde, mit dem weder die albanische Regierung noch sonst eine staatliche oder staatsnahe Institution etwas zu tun habe. Und er erinnerte daran, dass vor einiger Zeit aus demselben Museum eine italienische Saliera gestohlen worden sei, ein von Benvenuto Cellini für Franz I. von Frankreich angefertigtes Tafelgefäß (der Botschafter hatte sich gut vorbereitet), ohne dass der italienische oder der französische Staat in Verdacht geraten wären. Es habe sich herausgestellt, dass es die Tat eines kleinen österreichischen Gauners gewesen sei. Also – er ließ unausgesprochen, dass er die Unterstellung, der albanische Staat könne etwas mit dem Diebstahl von Skanderbegs Helm zu tun haben, für blanken Rassismus von österreichischer Seite halte. Er zeigte seine Wut nicht, lä-

chelte und verabschiedete sich mit den Worten: »Ta dhjefsha surratin!«
»Wie bitte?«
»Oh. Entschuldigen Sie! Das war ein albanischer Gruß! Grüß Gott!«

Der österreichische Botschafter in Tirana bekam einen Termin beim albanischen Außenminister. In seinem Bericht konnte es sich der Botschafter nicht verkneifen, zu schreiben: »Wenn der Herr Außenminister die Ahnungslosigkeit, die er mir gegenüber gezeigt hat, imstande wäre zu spielen, wäre er nicht bloß Minister eines kleinen Landes geworden, sondern ein Star in Hollywood.«

Die Boulevard-Presse hechelte, bezeichnete die albanische Regierung als albanische Mafia, *es gilt die Unschuldsvermutung,* was trotz regelmäßiger Wiederholung dieser Phrase zu einer Verstimmung zwischen den beiden Staaten führte – denn die *Unschuld* des anderen vermutete keiner der beiden.

Zehn Tage davor war Fate Vasa mit einem Kunstschmied beim Chef gewesen. Der Schmied warf immer wieder ein Maßband um den Kopf des Ministerpräsidenten, rundherum, dann von oben nach unten, machte Notizen, dann hielt er das Maßband seitlich von Schläfe zu Wange –
»Was macht er da?«
»Halte bitte still!«
»Was soll das?«
»Er macht dir den Skanderbeg-Helm nach Maß!«

Dieser Schmied war ein in sich ruhender Mann, der kaum Medien konsumierte, hauptsächlich *Radio Dardania-Tirana,* den Volksmusiksender, während der Arbeit. Er war stolz auf sein Handwerk, er liebte das Material, mit dem er arbeitete, dessen Wandlungsfähigkeit, von flüssig bis hart, von glühend heiß bis stahlkalt, er verfügte meisterhaft über die erforderlichen Fähigkeiten vom harten Hammerschlag bis zu feinem Fingerspitzengefühl, und er war auch stolz darauf, dass er seine Familie mit Anstand ernähren konnte, zwar ohne Luxus, aber doch ohne Mangel. Den Auftrag des Regierungschefs hielt er für eine Auszeichnung, für einen Höhepunkt in seinem Leben. Und wenn er diese Arbeit zur Zufriedenheit erledigte, vielleicht könnte dann der mächtigste Mann im Staat … er wagte kaum, es sich vorzustellen … ein Wort, für seine Tochter … die dann vielleicht im Staatsdienst … Er lächelte, sein Herz glühte wie sein von der Hitze gerötetes Gesicht. Er *puddelte* – eine im Mittelalter entwickelte Technik, die er als Junger bei seinem damaligen Meister noch gelernt hatte – Kohlenstoff und Schlacke aus dem weißglühenden, durch Abkühlung teigiger werdenden Britanniametall, dem Material, aus dem auch der originale Helm geschmiedet worden war, und ja, er lächelte. Er musste alte Techniken anwenden, um diesen alten Helm getreu nachzubilden. Mit modernen Methoden, ohne die alte Handwerkskunst, würde er bloß eine billige Fälschung produzieren. Es war klar, dass die Helmglocke aus einem Stück ausgetrieben werden musste, und nicht aus zwei Teilen verfertigt, die dann zusammengenietet und verschweißt wurden. Wer beherrschte diese Technik noch? Wie jeder einigermaßen patriotische Albaner hatte er natürlich ein Bild von Skanderbegs Helm vor Augen, aber Fate hatte ihm aus dem Internet Fotos ausgedruckt, die den Helm aus allen möglichen Perspektiven zeigten, und Details vergrößert. Er hatte sie mit Nägeln an die schwarze Wand hinter seinem Amboss geschlagen. Der Helmrand musste mit einem Messingband beschlagen und mit Buckeln verziert werden. Das war kein Problem. Schwierig war das Band im mittleren Bereich des Helms. Es war aus Gold? Oder vergoldet? Und mit Buchstaben graviert, die er auf den Abbildungen nicht genau lesen konnte. Da fragte er bei Vate nach, der die entsprechenden Informationen lieferte: vergoldetes Kupferband, graviert mit den Buchstaben IN PE RA TO RE BT, jedes Buchstabenpaar durch eine goldene Rosette getrennt. Also verwendete er Kupfer, obwohl es ein billiges Aluminiumband auch getan hätte, was man, wenn es vergoldet ist, nicht mehr erkannt hätte. Aber das war sein Ehrgeiz: genaue, getreuliche Arbeit. Der Scheitelgrat des Helms bestand aus einem goldenen gehörnten Ziegenkopf. Fate: Nicht Gold, Bronze vergoldet!

Er besorgte sich von seinem Freund Beqë, dem Metzger in der Straße, einen Ziegenschädel. Drei Tage war er mit keinem Schädel, den er bei Beqë fand, zufrieden, es musste eine ganz junge Ziege sein, es war komisch, wie er im Hinterhof des Metzgerladens beim Schlachtabfall stand und sein Maßband an Ziegenschädel anlegte. Schließlich fand er einen, den er als Modell verwenden konnte, wie der Schuster einen Leisten. Das war aufwendig. Er stellte ein Gipsnegativ her, legierte Kupfer und Zinn und goss es ein. Das musste er drei Mal wiederholen, weil er auf traditionelle Weise, also ohne Silikonkautschuk, arbeiten wollte, wodurch aber Brüche entstanden, die nicht mehr angeschmolzen werden konnten. Dann musste er in die blinden Augenhöhlen stilisierte Augen einsetzen, kleine Kreise auf flachem Grund, ohne dass Niet- oder Schweißspuren sichtbar waren. Und als endlich der Ziegenschädel auf dem Scheitel des Helms saß, glänzte und strahlte der Helm wie neu. Nun mussten Alterungs- und Gebrauchsspuren angebracht werden. Das Altern erledigte er in zwei Tagen.

So kam es, dass die Replika des Helms gerade fertiggestellt war, als die Europol mit der Suche nach dem Original begann.

4

Dorota hatte ihm schon mehrmals davon abgeraten, aber Adam ließ es sich nicht nehmen: in der Früh online polnische Zeitungen zu lesen. Natürlich die *Gazeta Wyobrcza*, die als Sprachrohr der Gewerkschaft Solidarność gegründet worden war, auch wenn sie, rundheraus gesagt, heute an die Kampfzeit gerade noch so weit erinnerte wie Globoli an Handgranaten. Und dann las er meistens noch die *Dziennik,* die den Anspruch hatte, die polnische Version der deutschen *Die Welt* zu sein.
Absurd, sagte Adam, sie hat nicht denselben Anspruch, sie hat nur denselben Eigentümer. Und ich glaube, kann es aber nicht beweisen, dass Mateusz irgendwie daran beteiligt ist. Mit einer Investorengruppe oder einer Tochter seiner abenteuerlichen Firmenkonstruktion oder einem Strohmann …
Und wenn es so wäre?
Die Zeitung nennt sich unabhängig!
Weil sie keiner Partei gehört.
Mateusz ist bei keiner Partei?
Adam, ich ertrage deinen Hass nicht mehr!

Dorota hatte manchmal scherzhaft gesagt, dass Adam diese Zeitungen nur deshalb lese, damit in der Früh sein Kreislauf in Schwung komme. Er begann zu lesen und ärgerte sich sofort, sein teigiges Morgengesicht bekam Farbe und der müde Körper Spannung und Elastizität. Aber irgendwann hörte sich der Spaß auf. Eine Torte ins Gesicht konnte

man einmal lustig finden. Aber täglich, und ins eigene Gesicht?
Der kleine Romek schrie. Er versuchte, sich sein Fäustchen in den Mund zu stecken. Er bekam Zähne. Dorota gab ihm die Brust. Ich will ihn jetzt langsam abstillen, sagte sie.
Adam saß über den Laptop gebeugt, die linke Hand an seinem Ohr, mit der rechten wischte er Croissant-Brösel von seiner Brust, und rief: Das darf doch nicht wahr sein!
Adam, hast du gehört, was ich gerade gesagt habe? Ich will das Kind nicht mehr länger stillen!
Ja, sagte er. Hör zu –
Dorota stand auf und ging mit dem Kind ins Schlafzimmer.
Was Adam da in der Zeitung las, wollte er nicht glauben. Mateusz! Dieser Verräter!

Es war ein stürmischer, ein unwirtlicher Tag, aber er ging zu Fuß ins Büro. Er wollte im Gesicht den Gegenwind spüren, er lachte hysterisch, als eine Böe ihm den Hut vom Kopf wehte, er lief dem Hut nicht nach, er mochte den Hut nicht, der nicht wärmte wie seine alte Kappe und nicht Schutz versprach wie ein Helm. Dorota sagte immer: Nimm den Hut. Nun hatte es ihn fortgeblasen.
Es war nur eine Metrostation von Merode nach Schuman, durch den Jubelpark, vorbei am *Autoworld Museum* mit der Oldtimer-Sammlung. Er hatte es nie besucht, er interessierte sich nicht für Autos. Oldtimer, das war etwas für Nostalgiker. Er war nicht der Meinung, dass früher manches besser und schöner war, schon gar nicht Autos. Was war besser an einem historischen Mercedes, den man mühsam mit einer Kurbel starten musste, und welchem Idioten ging vor Freude das Herz auf, wenn er einen alten Fiat Polski sah, diese Rostschüssel der Kommunisten? Auf der anderen Seite das *Musée Royal*

de l'Armée, ja, da ist er einmal gewesen. Aber es hatte ihn bedrückt, Kampfflugzeuge der Alliierten des Zweiten Weltkriegs zu sehen, die alles Mögliche bombardiert hatten, aber nicht die Eisenbahnschienen nach Oświęcim.

Dann ging er schon durch den Triumphbogen, vorbei am Rond-Point Schuman, hinüber zur Rue de la Loi, wo sein Büro war. Wie es ihn wütend machte, was er in der *Dziennik* gelesen hatte! Nun verstand er besser, nein, nun verstand er überhaupt erst das Ende des Gesprächs, das er mit Mateusz unlängst in Warschau geführt hatte.

Sie waren sich in Hinblick auf die Balkankonferenz in Poznań nicht nähergekommen in der Frage, welche wünschenswerten Ziele unter dem Vorsitz Polens angepeilt werden sollten, da machte Adam einen letzten Versuch: Wenn es sachlich nicht geht, dann eben persönlich. Er schlug Mateusz einen Spaziergang vor. Zum Plac Defilad.

Warum? Was willst du bei Stalins Palast?

Ich will mit dir die Stelle besuchen, wo sich unser Kampfgenosse Piotr Szczęsny –

Er konnte es nicht aussprechen: verbrannt hatte.

Du kannst dich doch an ihn erinnern, und an das –

Mateusz sah ihn an.

Ich habe Nelken gekauft. Deine Sekretärin war so freundlich, sie inzwischen in eine Vase zu geben. Geh bitte mit mir hin, legen wir sie an der Stelle ab, wo – gedenken wir seiner und der Zeiten. Es legen immer noch Menschen dort Blumen ab oder stellen Kerzen hin. Ich wollte dir überhaupt schon längst vorschlagen, einen Gedenkstein dort aufstellen zu lassen, mit einer Tafel, die an ihn und seinen Kampf bleibend erinnert. Es war unser gemeinsamer Kampf.

Mateusz sah ihn an, runzelte die Stirn, sagte: Erstens habe ich keine Zeit für Spaziergänge. Zweitens verstehe ich nicht, warum du ein Denkmal willst für – ihn? Damit noch mehr Ver-

rückte sich umbringen und glauben, dass ihnen dann Denkmäler errichtet werden? Ich gehe da nicht hin. Ja, wir haben die Freiheit erkämpft, aber Piotr hatte eine Wahnvorstellung von Freiheit.
Adam sah ihn ungläubig an, da sagte Mateusz den Satz: Piotr wollte eine Welt, in der er jeden Tag sagen kann: Der Himmel ist blau. Aber schau aus dem Fenster! So läuft das nicht.

An diesem Morgen hatte Adam in der *Dziennik* gelesen, dass Mateusz gemeinsam mit dem Bürgermeister von Warschau auf dem Plac Defilad den Spatenstich für ein großes Bauprojekt vorgenommen habe. Errichtet werde der zukünftige Hauptsitz des *Muzeum Sztuki Nowoczesnej w Warszawie.* Das Gebäude sei Teil eines größeren Plans zur Umgestaltung des gesamten Gebiets um den Kulturpalast. Die Eröffnung sei für Dezember 2022 vorgesehen. In der Zeitung war ein Modell des geplanten Baus abgebildet, und Adam meinte erkennen zu können, dass die Stelle, an der Piotr gestorben war, in der Baugrube des Museums verschwinden, buchstäblich begraben würde.
Der Zeitung entnahm Adam, dass es bei der Planung des Gebäudes mehrmals zu Verzögerungen gekommen sei, es habe Verwerfungen und Unstimmigkeiten beim Architektenwettbewerb gegeben, schließlich sei ein zweiter internationaler Wettbewerb durchgeführt worden, der zu einem Ergebnis geführt habe, dem die Republik und die Stadt zustimmen konnten.
Weshalb? Weil frühere Pläne nicht das Ergebnis gebracht hatten, das in der Ausschreibung natürlich nicht explizit vorgegeben werden konnte: den Bau auf dem Platz so anzulegen, dass Piotrs Stelle der Selbstverbrennung hinter Bauzäunen und schließlich in einer Baugrube verschwindet? Diese Stelle sollte – ja, ausgelöscht werden!

Adam war nicht so verrückt, ernsthaft zu glauben, dass Mateusz in der Planungsphase interveniert hatte, um dies zu erreichen. Aber er konnte sich nur allzu gut vorstellen, wie Mateusz, der nicht mit ihm zum Plac Defilad hatte gehen wollen, ebendort, mit Blick auf die Blumen und Kerzen, die an Pjotr erinnerten, vor Fotografen lächelnd den Spatenstich vornahm. Und das machte ihn verrückt.

Vor dem Lift traf er Catherine. Sie trug eine Pullmanmütze, die wie ein roter Helm auf ihrem Kopf saß. Sie schaute auf seine Haare, die zerzaust in alle Richtungen wegstanden, und sagte: Was für ein Sturm, Monsieur, nicht wahr? Er wühlt – sie lächelte – die Seele auf.
Vous avez raison, Catherine!

Wie immer begann Adam den Tag mit der Beantwortung von E-Mails. Aber an diesem Morgen konnte er sich nicht konzentrieren. Nicht auf E-Mails. Er brach ab, schloss die Mailbox. Er schaute auf die Uhr. Für 11 Uhr war das Meeting angesetzt. Noch fast zwei Stunden. Seine Wut eilte voraus. Sie werden im Meeting-Room, der so kahl war wie die Phantasie seiner Kollegen, um den Tisch mit der kalten Resopalplatte herumsitzen, es wird um seinen Bericht über das Gespräch mit dem polnischen Ministerpräsidenten gehen und was diese Informationen jetzt für die weitere Arbeit bedeuteten, jeder wird mehr oder weniger forsch auf Senftuben drücken, seinen Senf dazugeben, dann wird der Senf wieder in die Tuben zurückgedrückt – das sei nicht möglich? Doch! Alles Mögliche andere ist in diesem Haus nicht möglich, aber Senf in die Tuben zurückzudrücken war ein Kunststück, das in der Kommission mit Perfektion beherrscht wurde. Und das Ergebnis? Nichts auf dem Teller, also wird man zufrieden sagen: Die Sache ist gegessen. Die berühmte Kompromiss-Kultur. Als könnte es

einen Kompromiss zwischen Blumen und einem Bagger geben.
Adam Prawdower hatte für das Meeting ein Papier mit einigen Punkten vorbereitet, mit denen er für eine Absage der Balkankonferenz in Poznań plädieren wollte beziehungsweise für eine Absage der Kommission, sich an dieser Schmierentragödie zu beteiligen. Natürlich wusste er, dass dies nicht durchsetzbar war, und nach dem gestrigen Gespräch mit dem Generaldirektor war ihm vollends klar, dass es nicht einmal Sinn hatte, darüber zu diskutieren, um zumindest ein Problembewusstsein bei den Kollegen zu schaffen. Er öffnete das Dokument auf seinem Computer, las sich die Punkte durch, gute Argumente, aber nicht gut genug, viel zu idealistisch, um den Kurs des Tankers zu beeinflussen. Er starrte auf den Bildschirm. Und … starrte … und schlug sich mit der flachen Hand an die Stirn. Nicht wirklich natürlich, bildhaft, er hatte eine Idee, im Grunde eine Einsicht. Es war, als wäre mit raschem Griff ein Vorhang zur Seite gezogen worden, und Licht fiel in den Raum, und er sah, was er vorher nicht gesehen hatte: Er hatte sich darauf fixiert, die Absage der Konferenz in Poznań durchzusetzen. Das war natürlich nicht möglich. Selbstverständlich musste diese Konferenz stattfinden. Aber – und das war seine plötzliche Idee – nicht in Polen! Er hatte, was aussichtslos war, etwas verhindern wollen, aber er hatte keine Alternative entwickelt. Aber genau das, eine Alternative, wäre der Ausweg. Die Balkankonferenz müsste in einem der Balkanstaaten stattfinden, die EU-Beitrittskandidaten sind. Das gäbe der Konferenz gleich den richtigen *spin*, das wäre ein Zeichen, dass die Kommission die Bestrebungen dieser Staaten ernst nimmt. In Tirana zum Beispiel oder Skopje. Oder warum nicht in Pristina – das wäre ein Signal! Aber auf keinen Fall in Poznań.
Und die Begründung? Weil er den polnischen Regierungs-

chef für einen Verräter hielt? Nein. Die Begründung musste sein: Die Kommission hatte vor kurzem Polen vor dem Europäischen Gerichtshof verklagt, weil die polnische Regierung europäisches Recht bricht, die Unabhängigkeit der Justiz aufhebt und Richter der politischen Kontrolle der Exekutive unterstellt. Warum hatte denn Piotr sein Fanal gesetzt, seine erschütternde Tat begangen? Genau aus diesem Grund: wegen der Rechtsbrüche der polnischen Regierung, gegen die nun die Europäische Kommission endlich ein Verfahren eingeleitet hatte.

Wie sollte man mit EU-Beitrittskandidaten zum Beispiel über notwendige Justizreformen in deren Ländern verhandeln, wenn der Gastgeber der Konferenz, ein EU-Mitglied, selbst europäisches Recht brach? Das wäre zynisch, völlig kontraproduktiv.

Dagegen hätten die Realpolitiker in der Kommission kein Argument, dachte er.

Adam löschte das Dokument, das er vorbereitet hatte, und notierte hastig, was ein reales Scheitern der Konferenz trotz aller Schönrednerei bedeuten würde: nämlich wachsender Einfluss Chinas in Europa, da sich die frustrierten, von Europa verratenen Westbalkanstaaten natürlich stärker nach China orientieren würden. Dann einige Punkte, warum die Verlegung der Konferenz in die Hauptstadt eines der Kandidatenländer größere Chancen für ein erfolgreiches Ergebnis bieten würde. Die Frage war jetzt, ob man diese Alternative so kurzfristig durchsetzen und organisatorisch vorbereiten konnte: nicht Poznań, sondern –

Tirana, sagte Karl Auer.

Neben Karl Auer (D.4 – Albania, Bosnia and Herzegovina) nahmen an dem Meeting der Direktion D der NEAR teil: Nathalie Bonheur (D.1 – Montenegro), David Charlton

(D.3 Kosovo, North Macedonia) und natürlich Ambroise Bigot (Direktor der Direktion D, Western Balkans). Nicht gekommen war Mihkel Müürisepp (D.2 – Serbia).
Adam Prawdower war überrascht, ja beglückt, wie rasch Kollege Auer seinen Vorschlag unterstützte. Albanien, sagte Auer, wäre als Veranstaltungsort ein starkes Signal, wir wissen von Eurobarometer-Umfragen, dass mehr als 80% der Albaner für den EU-Beitritt sind, die Reformen zum Beispiel im Justizbereich in Albanien sind beeindruckend, ich denke, es ist eine gute Idee, dieses Zeichen zu setzen und –
Ja! Ich finde, Adam und Karl haben recht, sagte Nathalie. Es kann nicht unser Interesse sein, dass der polnische Ministerpräsident sich auf unsere Kosten als Kämpfer gegen den Islam und so genannte Schurkenstaaten profiliert, um innenpolitisch ein paar Prozentpunkte zu gewinnen, ich meine, wir können das nicht verhindern, aber wir können in diesem Fall die Voraussetzungen ändern und –
Yeah, sagte David Charlton, er fand das völlig logisch. Er selbst hatte erst vor kurzem seine Nationalität gewechselt, er war Engländer, der nach dem Brexit einen irischen Urgroßvater entdeckt hatte und Ire geworden ist. Wir kommen nur mit Flexibilität weiter, sagte er.

Sie schlagen also vor, Polen vor den Kopf zu stoßen!, warf Direktor Ambroise Bigot ein, der mit wachsendem Missfallen zugehört hatte.
Nein, ich schlage vor, Polen an die europäischen Werte zu erinnern, um sie gegenüber den Balkanstaaten glaubwürdig vertreten zu können, sagte Adam.
Well, –
Das ist doch nicht in Widerspruch zu unserer Aufgabe, sondern exakt unsere Aufgabe, die Werte …
Well, lassen Sie es mich so formulieren: Wenn es unterschied-

liche Interessen bei den Mitgliedstaaten gibt, dann wird unser weiteres Vorgehen nicht von abstrakten Werten abgeleitet, zu denen sowieso alle nicken, sondern vom Kräfteverhältnis.
Und dann, plötzlich vom Verkehrsenglisch in ein sehr affektiertes Französisch umschaltend: J'espère m'être exprimé clairement!

Schweigen. Adam war entsetzt. Er sah in die Runde, beugte sich schließlich weit über den Tisch – Direktor Bigot saß ihm gegenüber, der Mann, den er informell über seine Reise zu Mateusz nach Warschau vorab in Kenntnis gesetzt hatte, der Mann, der *Allez-y* zu ihm gesagt hatte, *go ahead, mach mal,* der Mann, der ihn bestärkt hatte, aber dann ach so irrtümlich seinen Bericht veröffentlichte – Adam beugte sich ihm weit entgegen und sagte fast tonlos: Ich habe nicht verstanden, Monsieur.
Und bevor Bigot antworten konnte, sagte Adam: Ich glaube nämlich verstanden zu haben, dass Sie sich hoffentlich klar ausgedrückt haben. Aber das haben Sie sicherlich nicht gesagt!
Ambroise Bigot sah ihn mit flackernden Augen an, der Bartschatten auf seinen frisch geschabten Wangen glänzte. Er wusste nicht, ob er jetzt darauf eingehen sollte und bestätigen: Ja, doch, das habe ich gesagt. Die Frage war doch rhetorisch, das musste er nicht beantworten – und da setzte Adam schon fort: Das können Sie nicht gesagt haben. Denn ein Mann in Ihrer Position muss doch wissen: Eine falsche Entscheidung wird nicht besser, wenn man stolz betont, sie klar ausgedrückt zu haben.
Adam stand auf. Er war so wütend, dass er Lust dabei empfand, die Kontrolle zu verlieren. Wenn man, sagte er, eine dumme Entscheidung trifft, dann ist es die Krönung der Dummheit zu betonen, dass man sich aber klar ausgedrückt habe.

Nun sprang Bigot auf.
Aber ich habe Sie sicherlich falsch verstanden, sagte Adam rasch, Sie wissen doch, eine falsche Entscheidung kann nur dann ohne Gesichtsverlust revidiert werden, wenn man sie nicht klar formuliert hat!
Kein Protokoll von dieser Sitzung, rief Ambroise Bigot und lief aus dem Raum.
Oui Monsieur, rief Adam ihm nach, Zróbmy naszą robotę!

David Charlton grinste, dann sagte er theatralisch: *By the pricking of my thumbs, something wicked this way comes.* Karl Auer lachte, der Spruch gefiel ihm. Nathalie Bonheur sah Karl Auer an, führte fragend Zeige- und Mittelfinger zum Mund, und Auer machte zustimmend eine leichte Verbeugung. Adam Prawdower lief hinaus. Karl Auer begleitete Nathalie zu ihrem Zimmer, half ihr in ihre Daunenjacke, dann gingen sie zur Feuertreppe und rauchten.
Ist dir nicht kalt?
Es ist okay.
Non, non, sagte Nathalie, hol dir deinen Mantel. Du bist verrückt, es ist viel zu kalt. Vite! Ich halte inzwischen deine Zigarette.
Als Karl Auer zurückkam, sagte sie: Bitte, Charles, sag mir, dass das jetzt nicht stattgefunden hat. Das war jetzt nicht wahr, oder?
Dass dieses Meeting nicht stattgefunden hat, ist offiziell, du hast ja Direktor Bigot gehört: kein Protokoll!
Nathalie zog an ihrer Zigarette und nickte. Karl Auer mochte sie wirklich gern, nicht nur wegen ihrer gemeinsamen Rauchpausen als »letzte rauchende Mohikaner«, sie war eine eminent tüchtige, kompetente und hilfsbereite Kollegin. Aber er mochte nicht, wie sie rauchte. Mit zusammengekniffenen Augen und zwischen den Zügen die Zigarette mit ausgestreck-

tem Arm weghaltend. Das hatte keine Eleganz. Das hatte etwas Irritierendes: einerseits zu rauchen, andererseits sich die Zigarette vom Leib zu halten.
Sie nahm einen Zug, blies den Rauch aus, wedelte mit der Linken ein paar Mal vor ihrem Gesicht herum und sagte: Weißt du, was mich wundernimmt?
Das liebte Auer. Solche Formulierungen.
Dass keiner beim Meeting daran erinnert hat, dass die Kommission jederzeit eine Konferenz organisieren kann, ohne Zustimmung des Rats, ohne Teilnahme der Außenminister, eine Geberkonferenz, verstehst du? Wir investieren so viel Geld in die Kandidatenländer, da ist es völlig legitim und unser Recht, eine Konferenz einzuberufen, bei der wir die Investitionen evaluieren, die Reformfortschritte diskutieren, Perspektiven formulieren und so weiter, nur wir, die Vertreter der Kommission und die Westbalkanstaaten. Zeitnah zur Konferenz in Poznań können wir dann –
Sie holte einen Taschenaschenbecher aus der Jacke, drückte ihre Zigarette aus, hielt Karl den Ascher hin, der auch seine Zigarette hineindrückte, dann zündete sie sich eine neue Zigarette an – dann könnten wir den Balkanstaaten zeigen: Vergesst den Frust von Poznań, die Kommission arbeitet an einer konkreten Perspektive. Was meinst du? Mir wäre das sehr wichtig. Ich habe mich, was Montenegro betrifft, schon sehr weit aus dem Fenster gelehnt.
Nun zündete sich Auer eine neue Zigarette an. Du hast recht, sagte er. Ich verstehe, dass Monsieur Bigot diese Möglichkeit nicht angesprochen hat –
Aber Adam!
Er wollte nur die Konferenz von Poznań boykottieren und durch eine Konferenz an einem anderen Ort ersetzen. Das geht natürlich nicht, nicht mit dem Parlament, nicht mit dem Rat. Aber hey, du hast recht, niemand kann uns hindern,

als Kommission eine Konferenz mit den Kandidatenländern einzuberufen.
Ich rede mit Adam, sagte sie. Und ich sage ihm genau das: Niemand kann uns hindern! Und wir machen die Konferenz in –
In Tirana.
Du magst Tirana, nicht wahr?
Ja, Tirana ist … ist –
Okay, sagte Nathalie, Tirana ist okay, aber den Ort können wir ja noch entscheiden, ich rede erst einmal mit Adam.
Karl schnippte seine Zigarette hinunter in den Hof.
Umweltsünder, sagte Nathalie.

Na super, dachte Karl Auer. Wenn Nathalie das durchsetzt, hatten sie zwei Konferenzen.

5

Die Kriminalpolizei brauchte fast zwanzig Minuten vom Schottenring bis zum Tatort. Während sie sich noch mit Blaulicht und Folgetonhorn durch den Stau in der Landesgerichtsstraße kämpfte, waren die Diebe in ihrem Mercedes Sprinter über die Neustiftgasse, die freie Busspur nutzend, bereits am Westbahnhof angekommen. Die beiden Männer und die Frau hatten sich während der Fahrt im Kastenwagen umgezogen, kein Bart mehr, keine Baseballkappe, keine Jeans, kein Umstandskleid, keine Perücke. Jetzt Business-Anzüge, elegantes Kostüm, und der Helm war nun in einem Louis-Vuitton-Trolley verstaut.
Am Westbahnhof trennten sich die drei: Die Frau setzte sich nach vorne zum Fahrer und wurde zum Flughafen gebracht. Der korpulente, grobschlächtige Mann nahm die Straßen-

bahn Linie 18 und war fünfzehn Minuten später beim Hauptbahnhof. Der Zweite, ein eleganter Slim-fit-Mann, ging mit dem Trolley zügig zum Bahnsteig der Westbahn.
Als die Polizisten sich im Kunsthistorischen Museum ein erstes Bild der Lage machten, fuhr der Zug nach Salzburg gerade ab. So reiste der Helm in die genau entgegengesetzte Richtung, als die Polizei später vermuten sollte. In der Business Class.

Der Mann mit dem Trolley war entspannt. Er wusste: Eine Fahndung würde frühestens nach vierundzwanzig Stunden eingeleitet werden. Erst würden die Ergebnisse der KTU, der kriminaltechnischen Untersuchungsabteilung, abgewartet werden, die Auswertung der Fingerabdrücke (negativ), DNA-Spuren (negativ), Gesichtserkennung auf den Bildern der Überwachungskameras (negativ).
Dann musste der leitende Kommissar Rücksprache mit dem zuständigen Staatsanwalt halten, der auf der Basis der Faktenlage (sehr dünn) Ermittlungsaufträge erteilt. Diese Aufträge waren Routine, deren einzige Wirkung darin bestand, Aktenordner zu füllen.
Kommissar Starek hatte schon vor langer Zeit aufgehört, darüber nachzudenken, warum die Routine, wenn sie so gut wie nie ein Ergebnis brachte, nicht hinterfragt wurde.
Er würde, wenn er könnte, ganz andere Saiten aufziehen: Unter der Annahme, dass das Diebesgut außer Landes gebracht werden sollte, sofortige Grenzschließungen verfügen, scharfe Kontrollen an den Grenzübergängen, an den Flughäfen und auch in allen Zügen, die Österreich verließen. Aber ihm waren die Hände gebunden, weil es kein Mittel gab, nicht einmal mit Unterstützung der Staatsanwaltschaft, im Schengen-Raum Grenzen dichtzumachen. Ein Kunstdiebstahl rechtfertigte nicht, dass eine europäische Errungenschaft, der freie

Personen- und Warenverkehr, aufgehoben oder auch nur kurzfristig ausgesetzt wurde. Abgesehen davon fehlte es auch an Personal. Es fehlte an allem, was notwendig wäre, um sofort ein Netz auswerfen zu können. Er sagte gern, dass er nicht einmal eine Angel zur Verfügung habe, er müsse seine Fische mit Aktenordnern fangen.

Er veranlasste den Eintrag im internationalen Kunstdiebstahlregister (Formalakt). Verständigung der Europol (Formalakt). Nachforschung bei Vertrauensleuten in der Hehler-Szene (negativ). Antrag bei der Telekom, zur Auswertung der Mobilfunkdaten, Bewegungsprofile zur fraglichen Zeit an Tatort und Umgebung. (Zunächst aus Datenschutzgründen abgelehnt, dann richterlich erzwungen: negativ). Was blieb, war also Warten, unter dem Titel UT-Verfahren: Fahndung nach unbekannten Tätern.

Und er war der unbekannte Ermittler. Die Kollegen von Mord, Rauschgift oder Wirtschaftskriminalität standen immer wieder im Mittelpunkt öffentlichen Interesses, feierten Erfolge, galten als Helden. Aber Kunstdiebstahl hatte von allen Dezernaten die geringste Aufklärungsquote, was die Polizeistatistiker wurmte, aber öffentlich gar nicht wahrgenommen wurde, weil es sich in der Regel um wenig spektakuläre Fälle handelte. Der Diebstahl eines Musikinstruments, allerdings war es noch nie eine Stradivari, oder der Diebstahl eines Kelchs in einer Kirche, aber es war nie die Stephans- oder Karlskirche, oder ein gestohlenes Gemälde nach einem Einbruch in einer Hietzinger Villa, nie ein Picasso, meistens ein Waldmüller. Natürlich gab es von dem Bild kein Foto, kein Familienfoto mit dem Bild im Hintergrund oder eine Reproduktion des Bilds in einem Katalog, auch keine dokumentierte Provenienz, immer soll es ein Erbstück vom Opa gewesen sein, aber natürlich Hunderttausende wert. Dann wanderte der Fall wegen Verdachts auf Versiche-

rungsbetrug ins Betrugsdezernat. Das war noch die beste Lösung.
In den zwanzig Jahren, die Kommissar Starek die Abteilung leitete, hat es nur zwei Mal einen Aufsehen erregenden Fall gegeben: den Diebstahl eines Renoir-Gemäldes aus dem Dorotheum und den Diebstahl der Saliera von Cellini aus ebendem Kunsthistorischen Museum, das endlich sein Sicherheitssystem überprüfen sollte. In beiden Fällen führten nicht die Ermittlungen zu den Tätern, sondern Zufälle, auf die Starek gar nicht mehr gehofft hatte, während er über seinen Akten saß. Und dann bekamen die Täter acht beziehungsweise vierzehn Monate.
Wenn ich nicht bei der Polizei wäre, sagte Starek einmal in seinem Stammlokal, der Gaststätte Pistauer in der Simmeringer Hauptstraße, und wenn ich vom Bruch leben müsste, ich tät mich auf Kunstdiebstahl spezialisieren. Normal wirst nicht geschnappt, und wenn doch, kriegst eine milde Strafe. Wisst ihr, was der Dieb des Renoir-Gemäldes vor Gericht gesagt hat? Er hat eigentlich Frauen kennenlernen wollen, hat er gesagt. Die Richterin hat nicht gewusst, was er damit meint, hat zwei Mal nachgefragt, aber mit nur acht Monaten hat sie ihm dann eine so milde Strafe gegeben, als hätte sie Verständnis für seine Sehnsucht, mit der er leider ein wenig über das Ziel hinausgeschossen war.
Sein Tarockpartner im Pistauer, Oberstudienrat Prochaska, ein pensionierter Lehrer, sagte: Und wenn ich von Kunstfälschungen leben müsste, ich würde mich auf Kasimir Malewitsch spezialisieren.
Starek dachte an das Büro des Polizeipräsidenten und sagte: Oder auf Otto Muehl.

Und jetzt sollte er, der unbekannte Ermittler, aus dem Schatten seiner Abteilung hervortreten, ins Scheinwerferlicht einer

Pressekonferenz, gemeinsam mit dem Polizeipräsidenten, der dann mit großer Geste auf ihn verweisen würde, damit später klar sein würde, wer der Versager war, wenn die Täter nicht ausgeforscht werden konnten. Natürlich, es war ein spektakulärer Fall von großem öffentlichen Interesse – aber was sollte er in den Strauß der Mikrophone sagen? Dass er wie beim Saliera-Fall auf Glück und Zufall und selbstverräterische Dummheit des Täters hoffe, mehr Möglichkeiten habe man nicht, und inzwischen sitze er routiniert am Schreibtisch?

Nein, du sagst: Wir verfolgen eine heiße Spur.
Wir haben keine heiße Spur.
Denk dran, was die Direktorin gesagt hat.
Ich kann doch nicht sagen, wir ermitteln gegen die albanische Regierung. Überhaupt: Wie ermittelt man gegen eine Regierung? Da wäre doch nicht ich zuständig.
Du musst nicht sagen: albanische Regierung. Nur: Albanien, heiße Spur.
Die Pressefritzen werden nachfragen.
Dann sagst: Bitte um Verständnis, dass wir im laufenden Verfahren noch nicht und bla, und wir arbeiten mit Hochdruck und bla.
Ich stelle mich doch nicht vor Fernsehkameras und sage: Wir arbeiten mit Hochdruck.
Aber das wollen sie wissen!
Aber davon können sie doch ausgehen! Was immer sie sich unter Hochdruck vorstellen.
Das kannst ihnen ja erklären.
Wenn ich das erkläre, dann kannst du zurücktreten.
Okay, dann machen der Innenminister und ich das alleine.

Kommissar Franz Starek war ein zutiefst lethargischer Mann. Man durfte aber seine Lethargie nicht mit Gemütlichkeit verwechseln, er konnte sehr ungemütlich werden. Er hatte seine unverbrüchlichen Vorstellungen von Moral, vom korrekten Leben, von Anstand, und nach zwanzig Jahren in leitender Position, die zugleich wegen seines Mauerblümchen-Daseins in der Institution eine Karriere-Sackgasse war, jene Gelassenheit, die in Wien mit »sich nix scheißen« bezeichnet wurde. Wenn ihn etwas hochgradig irritierte oder wenn er etwas für falsch hielt, dann konnte er selbst hochrangige Beamte im Bundeskriminalamt so anbrüllen, dass sie mit Verdacht auf Tinnitus in Krankenstand gingen.
Und er war ein Familienmensch. Als solcher hatte er eine große Niederlage erlebt: die Scheidung von seiner Frau. Eines Tages hatte er sich eingestehen müssen, dass er sie nicht mehr begehrte. Aber das wäre für ihn noch kein Scheidungsgrund gewesen. Er hatte keine Affäre, er hielt das ganze Getue um den Sex für völlig übertrieben. Wenn alle so wären wie er – die Psychoanalyse wäre nie entstanden, und schon gar nicht die Porno-Industrie. Zärtlichkeit war ihm wichtig, gemeinsame Interessen, Solidarität. Das klang so ernst. Aber nein, natürlich musste es auch dies geben: Fröhlichkeit. Aber seine Frau machte ihn nicht mehr fröhlich, wenn er heimkam. Das war eine eigentümliche Erkenntnis, er dachte darüber nach, was es bedeutete, wenn er sich sagen musste: Sie macht mich nicht mehr fröhlich. Und es gab auch keine Anzeichen mehr von Zärtlichkeit. Wann, fragte er sich, hat sie ihm das letzte Mal von sich aus einen Kuss gegeben? Als sie sich kennengelernt hatten, an einem ihrer ersten Abende, hatten sie bei einem Würstelstand am Schwedenplatz einen Bissen Burenwurst lachend zwischen ihren Mündern hin- und hergeschoben, und jetzt gab es nicht einmal ein Busserl, wenn er von der Arbeit heimkam. Und dann musste er sich eingestehen: Es widerte

ihn an, ihr, wenn sie kochte, einen Kuss auf den immer fleischiger werdenden Nacken zu drücken, mit der Hand auf ihrem voluminösen Po, so wie seinerzeit, als er Lust gehabt hatte, ihr den Rock hinaufzuziehen. Und sie ja sagte, ja.
Er zog die Scheidung durch, ohne Schmutzwäsche zu waschen, ohne Rosenkrieg. Er hätte gerne drei oder vier Kinder gehabt, aber es blieb bei einer Tochter, Sabine, sein Bienchen, die zu ihm Papa und zu ihrer Mutter Elfi sagte. Jetzt war sie auch schon vierundzwanzig, im vergangenen Jahr konnte er sie im Bezirksamt unterbringen, wo sie sich, wie er hörte, als sehr tüchtig erwies, was ihn stolz machte. Sie war seit ihrer Zeit bei den Roten Falken eine bissige Sozialdemokratin, was im Magistrat vielleicht half. Es rührte ihn, auch er war ein Roter, obwohl ihn die Moral der Partei –
Ach lass, sagte Oberstudienrat Prochaska, wir wollen darüber nicht streiten. Es ist ein weites Feld.

Lagebesprechung: Die Direktorin des Kunsthistorischen habe ausgesagt, dass kurz vor dem Diebstahl die albanische Regierung die Rückgabe ebendieses Helms gefordert habe. Es sei auffällig, dass der Diebstahl kurz nach ihrer abschlägigen Expertise erfolgt sei.
Da läuten bei mir alle Alarmglocken, sagte Kommissar Huber, albanische Mafia, ganz klar!
Ich würde es begrüßen, sagte Starek, der lethargisch in seinem Stuhl lag, Beine lang ausgestreckt, Oberkörper weit nach hinten gelehnt, wenn wir die Bezeichnung der albanischen Regierung als Mafia nicht aktenkundig machen würden. Schreiben wir: nicht bestätigte Hinweise auf Interessen gewisser Kreise in Albanien.
Und dann, nach einer plötzlichen Eingebung: Nein, besser: Hinweise auf nationalistische Kreise in Albanien.
Wenn wir also annehmen können, dass der goldene Helm auf

schnellstem Weg nach Albanien gebracht wurde, sagte der junge Huber aufgeregt, dann kommen zwei Wege in Betracht: über Slowenien, Kroatien und Montenegro oder über Ungarn, Serbien und Mazedonien.
Nordmazedonien, sagte Starek.
Wie bitte?
Das heißt jetzt Nordmazedonien.
Ja. Jedenfalls –

Interessant, die schnellsten Wege zu referieren, eine Woche nach dem Diebstahl, dachte Starek. Interessant für die Akten.
Die Polizeieinheiten in diesen Ländern sind über Europol verständigt worden, sagte er, aber wir haben von ihnen keinen Hinweis erhalten. Ich sage nicht: brauchbaren Hinweis, ich sage nur Hinweis. Null.
Und dann hatte er eine Idee, die er zunächst nicht aktenkundig machte. Er hatte doch diesen Großcousin, sagt man so? Sein Großvater und dessen Großmutter waren Geschwister. Es gab, als er Schüler war und sein Großvater noch lebte, immer wieder Pflichtbesuche bei Opas Schwester, der Hilda-Tante, in den Sommerferien, bei dieser schrulligen alten Frau, die ihren nicht minder seltsamen Enkel großzog. Da fuhr Mama mit Oma und Opa in ihrem Citroën 2CV hinauf ins Waldviertel, im Norden von Niederösterreich, knapp vor der tschechischen Grenze, sie schaukelten hinauf, spätestens in Ziersdorf mussten sie halten, weil er aussteigen und sich übergeben musste, dann kotzte er in Göpfritz, meistens noch einmal in Schwarzenau, aber da waren sie schon fast da.
Nach dem Tod des Großvaters hatte seine Mutter noch einige Zeit den Kontakt gepflegt, es war Familie. Aber als die Großtante starb und ihr verrückter Enkel im Ausland studierte, war der Kontakt zu seinem so genannten »Cousin« abgebro-

chen – ihre Eltern und Großeltern hatten bei den sommerlichen Besuchen, wenn sie bei Kaffee und Kuchen beisammensaßen und die Kinder zum Spielen in den Garten schickten, nie »Großcousins« gesagt, sondern immer: Wie schön, dass sie sich so gut verstehen, die Cousins.

Er hatte lange nichts mehr von seinem »Cousin« gehört, abgesehen von Grußkarten zu Weihnachten, Ostern, Geburtstagen. Da waren sie korrekt, es war Familie. So wusste Starek immerhin, dass er nun in Brüssel in der Europäischen Kommission arbeitete. Nachbarschaftspolitik und Erweiterung? Hatte er auch mit Albanien zu tun? Vielleicht konnte er Informationen besorgen, die weiter führten als die Updates der Europol, die immer nur neue Akteneinträge erforderten. Er hatte sicherlich Kontakte zu Kreisen in Albanien, die ein Interesse daran haben mussten, dass nicht die Regierung mit diesem Kunstdiebstahl in Verbindung gebracht wurde, und die imstande wären, Informationen zu besorgen, an die man mit den herkömmlichen polizeilichen Methoden, mit der Routine, nicht herankam.

Danke, meine Herren, sagte er, danke Fritz, sagte er zu Huber, dann ging er in sein Zimmer und schrieb eine Mail an seinen fremden Cousin Karl Auer.

6

Der Schmied zog seinen guten Anzug an, von der *Tirana*-Textilfabrik, die vor langer Zeit nach Stalin und dann nach Mao Zedong benannt gewesen war und jetzt *Hijeshi* hieß, *Eleganz,* und die zum Teil noch immer mit russischen Maschinen aus der Zarenzeit und deutschen Schnitten aus den siebziger Jahren arbeitete. Der Stoff war aus Baumwolle mit Polyester, indigoblau, was er sehr elegant fand, von Jüngeren aber verächtlich als »Mao-Anzug-Blau« bezeichnet wurde. Dann wickelte er den Helm in ein weiches Filztuch und verstaute ihn in seiner Adidas-Sporttasche, die der erste Luxus war, den er sich nach seiner Meister-Prüfung geleistet hatte. Seine *deutsche Tasche,* auf die er sehr stolz war.

Als er in diesem Anzug und mit dieser Tasche die Staatskanzlei betrat, schien er irgendwie aus der Zeit gefallen oder zwischen den Zeiten durchgerutscht.

Er wolle zum Herrn Ministerpräsidenten, er werde erwartet.

Der Mann vom Empfang fragte nach dem Namen und sah in einer Liste nach. Die Liste war nicht sehr lang, der Schmied sah, dass da bloß fünf Namen standen, und hinter jedem Namen eine Uhrzeit. Drei Mal fragte der Mann nach, wie der Schmied heiße, drei Mal glitt er mit dem Zeigefinger die fünf Namen hinab, um schließlich bedauernd den Kopf zu schütteln. Er sei nicht angekündigt. Ob er etwas abzugeben habe, fragte er, mit Blick auf die Sporttasche.

Ja, sagte der Schmied mit all der Ruhe, die man bei der Arbeit in größter Hitze mit zähem Material lernt, aber er müsse dies dem Herrn Ministerpräsidenten persönlich aushändigen.

Sie können die Tasche hier bei mir lassen, sagte der Mann, und ich lasse sie in das Büro des Ministerpräsidenten bringen. Aber zuerst, dachte er, zum Wachdienst, wer weiß, was dieser seltsame Mensch da in der Tasche hatte.

Das wolle er nicht, sagte der Schmied, er müsse den Helm des Skanderbeg dem Herrn Ministerpräsidenten persönlich überreichen.

Nun war der Mann vom Empfang vollends überzeugt, dass er es mit einem Verrückten zu tun hatte. Wer weiß, dachte er, wie dieser *Verdächtige* (so sagte er es später bei einer Befragung mehrmals: *der Verdächtige*) reagieren werde, wenn er ihm weiterhin den Zugang zum Ministerpräsidenten verwehren würde. Vielleicht war er bewaffnet, oder er hatte eine Bombe in seiner Tasche. Was tun?

Den Wachdienst alarmieren? Er fürchtete, dass dadurch die Situation eskalieren könnte. Er dachte nach.

Der Schmied sah ihn geduldig an. Er mochte diesen Mann nicht, sein fahles Gesicht, wie Asche.

Der Mann lächelte. Ich melde Sie im Büro des Ministerpräsidenten an, sagte er.

Faleminderit shumë, vielen Dank, sagte der Schmied höflich. Noch empfand er es nicht als Zumutung, dass dieser Mann am Empfang solche Schwierigkeiten machte, obwohl er doch erwartet wurde. Er hatte Respekt vor der Macht und Verständnis dafür, dass sie sich grundsätzlich unnahbar zeigen musste. Aber er war überzeugt davon, dass in wenigen Augenblicken geklärt sein werde, dass der Herr Ministerpräsident ihn persönlich empfangen wolle und er stolz an diesem Mann vorbeigehen könne.

Der Schmied lächelte.

Der Mann klingelte zum Büro des Ministerpräsidenten durch.

Empfang hier. Da ist ein Herr – ein Herr – mit dem Helm des Skanderbeg – korrekt?, sagte er und sah den Schmied an, der nickte. Und den will er dem Herrn Ministerpräsidenten persönlich überreichen. Korrekt?, sagte er noch einmal und sah den Schmied an, der nickte. Er sagt, er werde erwartet. Mit dem Helm des Skanderbeg! Kann ich –

Der Ministerpräsident hat eine wichtige Besprechung, sagte Mercedes, er kann jetzt niemand empfangen. Sagen Sie dem Schmied, er soll den Helm bei Ihnen lassen, wir lassen ihn später heraufbringen. Jetzt geht es unmöglich.

Sehr schlau, dachte der Mann. Man muss bei Verrückten immer so tun, als nähme man ernst, was sie phantasierten. Wie schnell Frau Mercedes die Situation erkannt hatte und darauf eingegangen war: Den Helm hierlassen, hat sie gesagt, ohne langes Nachfragen, das den Verrückten wahrscheinlich irritiert und dann gar aggressiv gemacht hätte.

Es kam für den Schmied allerdings nicht in Frage, seine Tasche hier zurückzulassen, nicht seine deutsche Tasche. Und schon gar nicht wollte er den in ein Tuch gewickelten Helm aus der Tasche nehmen und diesem Mann überantworten. Sein Meisterwerk. Das konnte er doch nicht einem Portier überlassen. Er nickte, drehte sich um und verließ das Gebäude.

Der Mann vom Empfang war erleichtert. Er hatte das Gefühl, dass eine höchst gefährliche Situation glimpflich ausgegangen war.

Ein Wind kam auf, Windstöße wie von einem Blasebalg, der die Glut auflodern ließ, die weit ausgestellten Hosenbeine seines *Hijeshi*-Anzugs flatterten bei jedem Schritt, die Tasche schlug an sein Knie, er ging wie betäubt, er verstand nicht, was eben geschehen war. Vor fünf Tagen hatte er mit Herrn Vasa, der ungeduldig nachgefragt hatte, wann denn nun der fertige Helm geliefert werden könne, diesen Termin für die Übergabe vereinbart. Der Ministerpräsident freue sich, er könne es kaum erwarten, hatte Fate Vasa gesagt – und jetzt das. Er konnte das nicht verstehen. Er hatte erwartet, dass der Ministerpräsident seine Arbeit bewundern und fragen werde, wie er jemals seinen Dank zeigen könne. Für diesen Moment hatte er eine kleine Andeutung in Hinblick auf seine Tochter vorbereitet. Der Materialwert des Helms war sehr hoch. Allein das Kupfer, absolute Mangelware, das ganze albanische Kupfer ging ja in den Export, er hatte es nur auf dem Schwarzmarkt bekommen, grotesk überteuert. Es war ihm unangenehm, wenn er am Ende nach dem Preis des Helms gefragt würde, wollte er nicht dastehen wie einer, der eine schamlose Forderung stellt. Was wissen die Herren schon von Schwarzmarktpreisen? Deshalb hatte er für seine Arbeit nur einen ganz kleinen Aufschlag auf die Materialkosten gemacht, der über den Daumen 100 Lek pro Arbeitsstunde ergab, was lächerlich war, davon konnte niemand leben. Und der künstlerische Wert seiner Arbeit war gar nicht eingepreist.

Er war wie betäubt, wie betrunken. Er war nicht wütend, weil er nicht wusste, auf wen er wütend sein müsste, er kannte die Hintergründe nicht, und es gab ja immer Hintergründe. Aber er war doch auf eine Weise verstört, als hätte ihn ein kräftiger Hammerschlag in eine ganz andere Form gebracht, in einen Zustand, den er von sich nicht kannte. Er ging über den Skanderbeg-Platz, vorbei am Skanderbeg-Denkmal, mit weichen Knien, da beschloss er kurzerhand, sich am Fuß des Denkmals niederzusetzen. Es war nicht bequem, der grob behauene Sockel des Denkmals schmerzte in seinem Rücken, er lachte wie besoffen, öffnete seine Adidas-Tasche, schälte den Helm aus dem Tuch – und setzte ihn auf.

Er hatte dabei keinen Gedanken, er wusste nicht, was er tat: dass der Stolz auf seine Arbeit ihn drängte, sie vorzuzeigen.

So saß er da, tief ein- und ausatmend, ins Leere blickend. Über ihm Skanderbeg mit erhobenem Schwert und dem berühmten Helm, unten am Sockel der Mann mit dem Mao-Anzug und dem gleichen Helm.

Passanten warfen Münzen in seine Adidas-Tasche. Er wurde fotografiert. Zwei chinesische Touristen setzten sich rechts und links von ihm und machten ein Selfie mit ihm in ihrer Mitte.

Er wachte aus seiner Trance auf und dachte: Es gibt keinen Respekt mehr.
Er stand auf und ging. Quer über den Platz, mit der linken Hand trug er seine Tasche, unter dem rechten Arm den Helm. Er fühlte sich, als trüge er seinen Kopf unter dem Arm.
Er spürte die Blicke der Passanten, setzte sich vor dem Café Oper auf eine Bank, wickelte den Helm wieder ein und verstaute ihn in seiner Tasche. Dann ging er weiter, zwischen dem Historischen Museum und dem Hotel Tirana International hindurch, er kam auf den Bulevardi Zogu I, ging immer weiter, es war nicht sein Heimweg, ohne Ziel entfernte er sich bloß immer weiter vom Regierungsviertel.

Der Schmied war nicht zum Ministerpräsidenten vorgelassen worden, weil dieser eine Krisensitzung einberufen und Mercedes angewiesen hatte, ihn vor jeder Störung, jedem Besucher, jedem Anruf abzuschirmen, ausnahmslos, ohne Rückfrage. So war ihm natürlich auch nicht mitgeteilt worden, dass der Schmied da war. Die Sitzung verlief so dramatisch, dass auch Fate zunächst völlig darauf vergessen hatte, dass just in dieser Stunde mit dem Schmied die Lieferung des Helms vereinbart war.
Neben Fate Vasa nahmen an dieser Sitzung teil: Regierungssprecher Ismail Lani, Innenminister Maksun Demaçi, Außenminister Dardan Agolli, Polizeipräsident Endrit Cufaj, Jeton Pashku, Kabinettschef des Ministerpräsidenten, und Baia Muniq.
Warum Baia?, flüsterte Ismail.
Warum fragt er das? Hat er tatsächlich ein Problem mit Frauen? Dem Ministerpräsidenten war die sexuelle Orientierung seiner Mitarbeiter und überhaupt der Menschen völlig egal, solange sie nicht zu Schwierigkeiten bei der Arbeit führte oder die Grenzen der Gesetze und des Anstands überschritt.

Ihm war unlängst zugetragen worden, dass Ismail kleine Buben begehrte, fast noch Kinder, jünger als das gesetzliche Schutzalter, und wenn da etwas aufkäme – aber jetzt hatte er keine Zeit, sich darum zu kümmern, er hatte ein anderes Problem. Allerdings könnte er nach der Sitzung Endrit fragen, ob polizeilich bereits etwas bekannt war, wenn er den Polizeipräsidenten schon hier hatte. Der Ministerpräsident war hochgradig genervt. Wir haben ein Problem von europäischer Dimension, antwortete er, und sie ist meine Expertin für europäisches Recht.

Die Nerven des Ministerpräsidenten lagen blank. Seine Mitarbeiter waren es gewohnt, dass er immer wieder originelle, unerwartete Reaktionen zeigte, dass er Probleme, die den Beratern Sorgen bereiteten, weglachte oder dass er schlechter Laune war, obwohl die Meinungsumfragen Grund zu Jubel gaben, und es ist auch vorgekommen, dass er bei einer Verhandlung über die Reform des Gesundheitssystems in Tränen ausbrach, als ihm die Statistik vermeidbarer Todesfälle auf Grund von Defiziten in der öffentlichen Gesundheitsversorgung vorgelegt wurde.

Aber was sich an diesem Nachmittag abspielte, war in den Augen von Ismail Lani noch erniedrigender als sein Verhalten unlängst gegenüber dieser französischen Journalistin. Und besonders schmerzhaft, weil es die eigenen Leute waren, seine loyale Mannschaft, die er demütigte.

Er hatte nicht ins Besprechungszimmer an den langen Tisch geladen, sondern in sein Arbeitszimmer, wo sie vor seinem Schreibtisch Aufstellung nehmen mussten. Der Ministerpräsident saß hinter seinem Schreibtisch und schwieg, bis alle da waren.

Wir stehen da wie schlimme Schüler vor dem Herrn Direktor. Ist für den Teamgeist nicht förderlich. Muss ich ihm dann unter vier Augen sagen, dachte Fate Vasa.

Dann hob der Ministerpräsident an: Er habe ein Problem, das ihm wie ein Kuckucksei ins Nest gelegt worden sei.
Bei Vergleichen und Metaphern muss ich ihn auch noch besser schulen, dachte Fate.
Wer hat mir dieses Ei gelegt?
Das war schon sehr laut, aber Fate war noch immer nicht alarmiert, denn das war noch innerhalb des Lautstärke-Pegels der Routine.
Ich stehe im Verdacht, den Diebstahl von diesem gottverdammten Helm in Auftrag gegeben zu haben. Nur weil ich kurz davor seine Rückgabe gefordert habe, die abgelehnt worden ist. Was wir nicht auf offiziellem Weg bekommen, das stehlen und rauben wir – so stehen wir jetzt da! Und wem – da wurde seine Stimme schon sehr laut –, und wem, frage ich, habe ich das zu verdanken?

In seinem Zimmer befand sich ein Sidebord, auf dem Erinnerungsstücke standen, Fotos, auf denen er mit dem amerikanischen oder dem französischen Präsidenten oder anderen Staatschefs zu sehen war, selbstverständlich von den jeweiligen Staatschefs gewidmet und signiert, aber auch eine Porzellan-Figur in edlem Weiß von der Manufaktur Augarten, die einen Lipizzaner darstellte, der auf den Hinterbeinen stand, ein Geschenk des österreichischen Präsidenten.
Auf diesem Bord befand sich auch eine tschechische Bleikristallschale, auf der ein Basketball lag. Sein Glücksball. Der Ball, der ihn zum Helden, zur Legende gemacht hatte, in dem denkwürdigen Entscheidungsspiel der albanischen Nationalmannschaft gegen die DDR, in der Qualifikation für die Endrunde der Basketball-Europameisterschaft.
Der Ministerpräsident stand auf, ging zum Sidebord, nahm den Ball, holte mit geschlossenen Augen tief Luft, als konzentrierte er sich vor einem Freiwurf. Dann sagte er, und es klang

wie ein Seufzer: Wem? Er drehte mit gesenktem Kopf den Ball zwischen den Handflächen, er streichelte den Ball, er drückte ihn an seine Brust, er hob ihn höher, drehte ihn, und vor ihm standen in einer Reihe sechs Männer und eine Frau, sieben Persönlichkeiten von großer politischer und gesellschaftlicher Bedeutung in diesem Staat, und schauten dem Ministerpräsidenten zu, der einen Ball zu liebkosen schien.

Später tauschten sie ihre Eindrücke aus, ihre Interpretationen dieses seltsamen Moments, ihre Vermutungen, was da eigentlich geschehen war. Hatte sich eine Wehmut des Ministerpräsidenten gezeigt, Sehnsucht nach der Zeit, als er ein gefeierter Sportler war, ein Held der Nation? So der Außenminister. Und nicht zu vergessen, sagte der Innenminister: Sporthelden haben keine Opposition! Seine Erfolge als Basketballspieler haben ihn geprägt, und er kann nicht verstehen, dass es heute Kritik und Widerspruch gibt, wo er doch, seiner Meinung nach, einen gelungenen Wurf nach dem anderen macht. Also ich weiß nicht, sagte der Polizeipräsident, mich erinnerte er in diesem Moment an Charlie Chaplin, ich hatte den Eindruck, gleich beginnt er mit dem Ball zu jonglieren, als wäre der Ball ein Globus. Der große Diktator! Zum Glück hat er sich dann noch zurückgehalten. Aber es hat in ihm gearbeitet.
Das passt doch zusammen, sagte der Kabinettschef, er will keinen Widerspruch. Er will als Politiker die Huldigungen, die er als Sportler gewohnt war. Er will den großen Wurf und den Beifall und aus.
Leider ist Baia nicht mehr da, sagte Fate bei dieser Nachbesprechung, es hätte mich interessiert, wie sie das interpretieren würde. Als Frau. Ich meine –
Und was sagst du?
Sollte er sagen, dass er sich gedemütigt gefühlt hatte, egal wie man diese Situation nun interpretierte? Und als sich sein Blick

mit dem von Ismail Lani traf – sollte er sagen, dass er seinen ehemaligen Mentor Ismail auf Grund seines Verhaltens bei dieser Besprechung verachtete? Er zuckte mit den Achseln und sagte: Ich weiß nicht.
»Ich weiß nicht« ist keine sehr originelle Antwort für einen Dichter, sagte der Außenminister mit seinem, wie Fate fand, irritierend schiefen Lächeln.
Hör zu, du Schwein, dachte Fate und sagte: Die Dichter sind die Einzigen, die es noch wagen, »ich weiß nicht« zu sagen.

Wie ging es weiter? Der Ministerpräsident sah auf, sagte: Wer ist schuld an diesem Irrsinn? Und warf den Ball Fate zu.
Fate fing den Ball: Ich – er wollte sagen: Ich weiß es nicht ...
Ja, du! Brüllte der Ministerpräsident und bedeutete Fate mit ungeduldigen Handbewegungen, den Ball zurückzuwerfen. Du!
Wenn du mir nicht eingeredet hättest, dass ich den Helm von den Österreichern zurückfordern soll, käme jetzt kein Mensch auf den Gedanken, dass ich etwas mit dem Diebstahl zu tun haben könnte.
Dann wäre er wahrscheinlich gar nicht gestohlen worden, erlaubte sich der Polizeipräsident einzuwerfen. Wir hatten ja Hinweise, dass die Opposition –
Fate warf den Basketball wieder dem Regierungschef zu.
– dass also die Opposition um jeden Preis verhindern wollte, dass Sie sich in den Besitz des Helms setzen, Herr Ministerpräsident.
Und? Schrie der Ministerpräsident, warf den Ball wütend zu Boden, der Ball sprang auf die Wand hinter dem Schreibtisch, auf das große Ölbild »Freies Albanien« von Sadri Velaj, dem Lieblingsmaler des Ministerpräsidenten. Da sehen Sie! Das freie Albanien ist getroffen und verletzt! Und? Was haben Sie ermittelt?

Wir haben nicht weiter ermittelt!, sagte Endrit Cufaj. Der Diebstahl ist ja nicht unser Fall. Der Helm ist ja nicht aus einem albanischen Museum gestohlen worden!
Ismail Lani sprang dem Ball nach, der nun in eine Ecke hüpfte, nahm ihn und überreichte ihn dem Ministerpräsidenten. Diese devote Geste fand Fate widerlich. Soll der Chef doch selbst den Ball aufheben, wenn er schon glaubt, dass er hier sein groteskes Spiel mit ihnen spielen muss. Überhaupt: Ismail hatte keine Ähnlichkeit mehr mit dem kämpferischen und kreativen Mann, als den Fate ihn kennengelernt und der ihn in diese Kreise geführt hatte. Er war nur noch ein Schönredner, der seine Privilegien genoss und die Launen des Chefs fürchtete.
Jetzt werden Sie aber doch ermitteln müssen, sagte der Ministerpräsident sanft, mit dem Ausdruck plötzlicher Traurigkeit, um sofort wieder die Stimme zu heben: Denn das ist jetzt doch auch unser Fall!
Kann ich bestätigen, sagte Außenminister Agolli, wir sind international durch diese Geschichte – er hob abwehrend die Hände, falls der Chef den Ball nun auf ihn werfen sollte.
Wir sind international – was?
Diskreditiert. Als Mafia-Staat unter Verdacht.

Mit dem Ball in Händen blickte der Ministerpräsident in die Runde. Alles in Fate rebellierte. Es war ein groteskes Bild: Jeder, mit Ausnahme von Baia, stand da in Abwehrposition, die Hände in Brusthöhe, Handflächen nach außen. Er wollte etwas sagen, etwas Zotiges, und den Raum verlassen. Er sah, dass Baia ein Gesicht machte, als wollte sie sagen: Das müssen wir uns nicht bieten lassen!
Wie kommen wir da raus?, fragte der Chef.
Das hätte Fate auch gern gewusst. Er zündete sich eine Zigarette an, worauf der Innenminister sofort hüstelnd das Fenster

öffnete, mit Zustimmung heischendem Blick auf den Regierungschef.
Wenn die Täter Albaner sind, sagte er dann, sollten wir doch mit unseren Möglichkeiten, mit unserem Apparat, den Fall aufklären können.
Und wenn uns das gelungen ist, sagte der Außenminister, dann geben wir den Helm an die Österreicher zurück. So beweisen wir unsere Redlichkeit und unseren Willen zur Kooperation.
Das ist verrückt, schrie der Ministerpräsident. Wir geben den Helm den Österreichern zurück, nachdem wir sie aufgefordert hatten, dass sie uns den Helm zurückgeben?
Es geht nicht anders. Wir geben ihn zurück und dann fordern wir ihn wieder von ihnen zurück.
Nun redeten alle durcheinander.
Auf keinen Fall darfst du dir demnächst wie geplant den Helm aufsetzen, also den nachgemachten Helm.
International, ich sage international, entstünde der Eindruck, dass Sie im Besitz des gestohlenen Helms sind.
Und wenn er klarmacht, dass es eine Replik ist?
Dann steht er innenpolitisch als Fälscher da. Das war ja nicht der Plan. Der Plan war, mit Getöse den Helm zurückzufordern, etwas Zeit verstreichen zu lassen, um dann mit dem nachgemachten Helm symbolisch alle Albaner zu repräsentieren. Das hätte in Wien niemanden gejuckt, weil der echte Helm ja immer noch dort im Museum wäre, während die Albaner glauben würden, dass unser Herr Ministerpräsident den Helm zurückerobert hat. Aber jetzt erweckt er mit der Replik außenpolitisch den Eindruck, er hätte einen Museumsdiebstahl in Auftrag gegeben, oder innenpolitisch, ein Fälscher zu sein.
Es gibt keine andere Möglichkeit, wir müssen den gestohlenen Helm finden und ihn den Österreichern zurückgeben.

Aber mit dem Vorbehalt, dass wir ihn dann wieder zurückfordern.
Das ist verrückt.
Das ist jetzt egal, zuerst müssen wir … Herr Polizeipräsident! Haben Sie einen Verdacht, einen Hinweis, welcher Clan da eventuell …
Ruhe!, schrie der Ministerpräsident. Nicht alle gleichzeitig! Wütend warf er den Ball zu Boden, der Ball sprang auf und seitlich weg und flog durch das offene Fenster hinaus.
Nein bitte! Das nicht! Sein Glücks-Ball, sein Fetisch-Ball, der Ball seines größten Triumphs. Als sie die DDR mit 108:106 niedergerungen hatten, im Mai 1989. Dank seines Wurfs hinter der Drei-Punkte-Linie eine Sekunde vor der Schlusssirene.
Schnell! Wer holt den Ball?!
Und Ismail Lani setzte sich sofort in Bewegung.

Übrigens, sagte Fate, dem einfiel, dass in dieser Stunde mit dem Schmied die Lieferung der Replik des Helms vereinbart war. Er machte den Ministerpräsidenten darauf aufmerksam, während Baia sagte, dass sie hier wohl nicht mehr gebraucht werde.
Was sagst du da?
Baia ging. Sie ging einfach.
Und Fate wiederholte: Der Schmied, er sollte doch jetzt den Helm bringen.
Und wo ist er?
Keine Ahnung.
Der Chef riss die Tür auf, rief: Mercedes! Der Schmied! Wenn er kommt, dann sofort heraufführen.
Er war schon da.
Er war schon da? Und niemand sagt mir was? Was ist mit dem Helm?

Ich habe gesagt, er soll ihn unten beim Portier lassen. Sie wollten ja nicht gestört werden, von niemandem.
Lass ihn sofort heraufbringen.

Der Portier sagte, dass der Schmied, der Verdächtige, zum Glück mit seiner Tasche gegangen sei, ohne etwas zurückzulassen.

Das darf nicht wahr sein! Das ist ein Albtraum! Sind jetzt alle hier durchgeknallt? Fate! Fahr zu ihm, du hattest den Kontakt mit ihm. Wir müssen den Helm haben, bevor bekannt wird, dass ich eine Fälschung in Auftrag gegeben habe.
Fate machte sich auf den Weg. Aber er konnte nicht akzeptieren, wie der Chef – und das war seine Interpretation – an seiner Mannschaft übte, sich aus diesem Problem herauszustehlen.

In der Werkstatt traf Fate den Lehrling Lepur an. Er sagte, er wisse von nichts. In der Wohnung über der Werkstatt öffnete Flaka, die Frau des Schmieds. Sie wisse nur, dass ihr Mann seinen guten Anzug genommen habe, weil er angeblich einem Termin in der Staatskanzlei nachkommen musste. Sie wundere sich, dass er nicht schon längst wieder zurück sei.

Na wunderbar, dachte Fate, jetzt sind zwei Helme verschwunden. Er bat Frau Flaka, ihn sofort anzurufen, wenn ihr Mann nach Hause komme.

7

Wie lange hatte Karl Auer nichts mehr von seinem Cousin gehört, abgesehen von den Grußkarten zu Weihnachten? War es drei Jahre her, oder vier, dass Franz ihm einen handgeschriebenen Brief geschickt hatte, um seine Scheidung bekanntzugeben? Danach hatten sie telefoniert und sich ein paar Wochen später, als er wieder einmal in Wien war, im Gasthaus Pistauer auf ein Bier getroffen. Er hatte gedacht, dass Franz sich aussprechen, um nicht zu sagen ausweinen wollte, aber weit gefehlt. Kein Selbstmitleid, auch kein böses Wort über seine Ex. Sie gingen weit zurück in ihren Erinnerungen, dachten an die gemeinsam verbrachten Sommerferientage, sprachen über ihre damaligen Erwartungen an das Leben, oder eigentlich darüber, dass es deshalb eine glückliche Zeit war, weil sie noch keine Erwartungen gehabt hatten, weil alles so war, wie es war. Sie philosophierten über das Vergehen der Zeit, und darüber, dass sie plötzlich nicht mehr offen vor ihnen lag.

Manchmal denke ich, nicht die Zeit vergeht, wir vergehen, bis wir nicht mehr hineinpassen in die Zeit, wie sie ist.

Du mit deinen Sprüchen!

Dann wieder Schweigen, Nippen am Bier. Am Ende eine Umarmung. Danke, hat er gesagt.

Die Scheidung hatte Karl verblüfft, er hatte Franz immer für ein Glückskind gehalten, dessen Leben etwas leicht Schwebendes hatte, ohne Abstürze, und wenn er höher flog, dann, ohne der Sonne zu nahe zu kommen. Er hatte eine starke Frau an seiner Seite und eine »gelungene Tochter«, wie er es nannte. Und auch beruflich hatte der Cousin ein gutes Los gezogen: Sehr früh schon wurde er pragmatisierter Beamter bei der Kriminalpolizei und kam zügig in eine leitende Funktion. Da hatte er, Karl Auer, erst seine Praktika hinter sich. Im Grunde ist Franz frühvollendet gewesen, dachte er.

Ja, die Tage in den Sommerferien, die sie gemeinsam verbracht hatten. Der Cousin hatte Kriminalromane mitgebracht, billige Taschenbücher, so genannte Schundromane, die seine Oma ihm nie gekauft hätte, aber wenn er da war, hat sie auch nichts dagegen gesagt oder sie ihnen gar weggenommen. Kinder, was ihr da lest!, hat sie gesagt, weil sie lachen musste über manche Titel – die ihm jetzt wieder einfielen: *Ruhiges Zimmer mit eigener Leiche,* oder *Das Gericht zieht sich zur Ermordung zurück.* Sie sind nebeneinander im Garten gesessen und haben diese Bücher verschlungen. Karl Auer lächelte, als ihm der Titel *Lange nicht gesehen* einfiel, ein Krimi über einen blinden Mörder. Wahnsinn, hatte Franz gesagt, das muss man begreifen: Die Lösung liegt nie im Augenscheinlichen. Und dann ist Franz mit seiner Liebe zu Detektivromanen tatsächlich Kriminalbeamter geworden.

Damals, als sie einen Krimi nach dem anderen lasen, waren sie schon fünfzehn oder sechzehn. Davor, erinnerte sich Karl Auer jetzt, da hat es eine kurze Phase mit Karl May gegeben, einen Sommer lang, Franz hatte einige Bände mitgebracht, die schon sein Vater als Jugendlicher gelesen hatte.

Karl Auer konnte sich nun erinnern, wie Franz den Band *In den Schluchten des Balkan* zugeschlagen und gesagt hatte: Fad! Was ist Balkan? Winnetou war besser.

Was der Balkan war, wusste Karl damals auch nicht. Aber im Wilden Westen kannten sie sich aus.

Sie sind nebeneinander auf Omas Blumenwiese gelegen, auf einer Decke, haben hinaufgeschaut in einen makellos blauen Himmel, sie hörten das Surren und Summen der Insekten, das Morsen eines Spechts. Sie hatten den Geruch von Heu in der Nase. Über die Wiese gingen Amseln, sie flogen nicht, sie gingen. Der Tag war so träge, als würde gleich die Zeit stehenbleiben.

Da fragte Franz: Hast du schon ein Mädchen?

Er erinnerte sich sehr genau an diesen Moment. Wie er erschrak. Diese Frage kam aus einer anderen Welt. In der die Zeit nicht stehenblieb und die keine Geduld mit Unschuld hatte. Die hindrängte zu etwas, das kommen sollte.

Ich weiß eh, dass du noch keine Haare hast, sagte Franz.
Und du? Hatte er dann gesagt, aber gemeint, ob er, Franz, ein Mädchen habe. Und Franz – da fiel ihm ein, was er an diesem Karl-May-Nachmittag gelesen hatte: *Durch das Land der Skipetaren.*
Er hatte ewig nicht mehr an diesen Moment gedacht. Ja, ganz sicher. Es war *Durch das Land der Skipetaren.* Er hatte keine genaue Erinnerung mehr an die Handlung, nur ganz dunkel, da war etwas mit der besonderen Bedeutung der Gastfreundschaft, aber auch mit der Bedrohung durch Blutrache, die er allerdings abwenden konnte, immer wieder wurden ihm Fallen gestellt, und er hatte einen Trick – wie ging der? –, mit dem er die Skipetaren verblüffte, worauf er als unverwundbar galt, und dann entlarvte er einen Clan-Chef, das war eine Meisterleistung von Kara ben Nemsi.
Ja, er war im Land der Skipetaren, als Franz, der Frühvollendete, ihm zeigte, dass er schon Schamhaare bekam.
Der blaue Himmel, die Hitze. Sein heißes Gesicht.
Und morgen sollte er in das Land der Skipetaren reisen. Privat. Baia.
Er stand auf, sein Blick fiel auf seinen Abrisskalender, *Der kürzeste Weg zu sich selbst führt um die Welt herum.* Er streckte sich. Wie weit war er auf diesem Weg gekommen? Bis nach Brüssel.
Dann führte er einige Telefonate, um die Mail seines Cousins beantworten zu können.

Lieber Franz, wie schön, wieder einmal von Dir zu hören, auch wenn Du in gewohnter Manier nichts von Dir preisgibst ☺, *wie es Dir abseits deiner beruflichen Probleme geht und was es Neues bei Dir gibt. Hast Du* (er wollte schon schreiben: ein Mädchen) *eine neue* (Frau? Liebe?) *Frau* (er hielt kurz inne, fügte hinzu:) *an Deiner Seite? Und wie geht es Deinem Bienchen?*

Was Deine Frage betrifft: Ich fürchte, dass ich Dir da wenig helfen kann. Ich habe – das hast Du richtig vermutet – mit Albanien zu tun, allerdings kann ich mir nicht vorstellen, dass meine Kontakte und Gesprächspartner in Tirana über Informationen verfügen, die dir weiterhelfen könnten. Aber ich verspreche Dir, dass ich bei meiner nächsten Reise (die wäre morgen. Allerdings privat. Nein –) *~~meiner nächsten Reise~~ meinem nächsten Meeting in Tirana* (Was? Nachfragen? He Leute, wisst ihr zufällig, wer den Helm des Skanderbeg in Wien gestohlen hat?) *danach im informellen Rahmen vorsichtig das Gespräch auf dieses Thema bringen werde. Mal sehen, was es da an Vermutungen und möglichen Hinweisen gibt. Was ich Dir heute an Information geben kann, wirst Du wahrscheinlich schon längst selbst wissen. Ich habe mit einem Kollegen gesprochen, Adam Prawdower, er ist hier im Haus der Balkan-Experte* (Experte für die Schluchten des Balkans ☺), *und von ihm bekam ich auch den Tipp, Frau Jana Maly anzurufen, die im Europäischen Parlament die Leiterin der D-AL ist, der Delegation im Parlamentarischen Stabilisierungs- und Assoziationsausschuss EU – Albanien. Und dann habe ich noch mit Antonio Bennato telefoniert, er ist in der DSEE, der Delegation für die Beziehungen zu Bosnien und Herzegowina und dem Kosovo. Ich dachte, dass man auch den Kosovo in Betracht ziehen muss, wenn man von einem albanischen Interesse an diesem Helm ausgeht. Ich muss Dir sagen, dass niemand von diesen Expertinnen und Experten ernsthaft glaubt, dass die albanische Regierung etwas mit diesem Fall zu tun hat. Die albanische Regierung ist sehr darum bemüht, Albanien als Rechtsstaat nach Vorbild westlicher Demokratien in die EU zu führen, sie würden alles unterlassen, was ihnen das Image eines Schurkenstaats gibt. Und die albanische Mafia? Scheint auch sehr zweifelhaft. Warum hätte sie das tun sollen? Meine Balkan-Experten haben einhellig darauf hingewiesen, dass die albanische Mafia noch nie in Zusammenhang mit Kunstraub* *auffällig geworden sei. Und sollten sie jetzt doch in dieses »Geschäftsfeld« eingestiegen sein, dann hätten sie erstens ein wertvolleres Objekt gestohlen und zweitens sicherlich keines, bei dem man sofort an albanische Täter denkt. Laut* De Tijd, *einer seriösen belgischen Zeitung, soll auch der Wert dieses Helms nicht sehr hoch sein, da es als sehr unwahrscheinlich gilt, dass er jemals in Besitz dieses albanischen Nationalhelden war. Angeblich ist er kein Original. Hier in Brüssel geht man von einem Gelegenheitsdiebstahl aus. Günstige Gelegenheit, keine Aufsicht, evident schlechtes Sicherheitssystem, und da war es zufällig dieser Helm. Man macht hier in Brüssel schon Witze darüber. Der Direktor der* Musées royaux des Beaux-Arts de Belgique *sagte in einem Interview, er werde Neuerwerbungen für sein Haus in Zukunft nicht mehr teuer in London ersteigern, sondern in Wien abholen.*

Jedenfalls: Wer auch immer die Tat begangen hat, er wird den Helm nicht verkaufen können. Also wird er eine Lösegeldforderung stellen. Das ist meine Vermutung. Und ich glaube (entschuldige bitte, dass ich mir als Laie, aber immerhin als Dein Kompagnon bei sommerlicher Krimi-Lektüre, diesen Rat erlaube): Du kannst im Moment nichts anderes machen, als auf die Lösegeldforderung zu warten. Nur darüber wirst Du in Kontakt zu den Tätern und schließlich zu deren Entlarvung kommen.

Bitte halte mich auf dem Laufenden, soweit es nicht irgendein Amtsgeheimnis verletzt. Immerhin hast Du mich jetzt neugierig gemacht. Außerdem freue ich mich immer, wenn ich von Dir höre.

Herzlichst, Dein Karl

8

Am Fußende seines Betts standen ein Arzt und eine Krankenschwester. Er vertraute ihnen, war ganz ruhig. Aber warum hatte er keine Kanüle in der Armbeuge, warum bekam er keine Infusion? Das wunderte ihn. Da kam ein Mann, der mit schnellen Fußtritten die Fixierungen an den Rollen seines Bettes löste, das Bett zurückzog und es dann aus dem Zimmer schob. Dieser Mann war fett, er steckte prall in seiner weißen Hose und dem beinahe platzenden weißen Hemd. Das bemerkte er noch, dann dämmerte er weg.

Er starb. Und er fühlte weder Panik noch Euphorie. Da staunte er, dass es so war, ein unendliches Staunen, das sich anfühlte wie ein sanfter Wind, der durch den langen Korridor zur Ewigkeit wehte. Er wollte etwas sagen, etwas ganz Wichtiges, letzte Worte: *Das Staunen ist der Anfang und das Ende.*

Aber er konnte nichts mehr sagen, seine letzten Worte wurden zu einem Zahlencode in seinem Hirn, 8 für die Unendlichkeit, 1 für den Beginn, 9 für das Ende und 0 für das Nichts, 8 1 9 0 – diesen Code musste er sich merken, um die letzte Tür öffnen zu können.

Da sagte eine Stimme: Nein!

Jetzt gab es nur noch 1 und 0 – in unendlichen Verbindungen und Abfolgen, die durch sein Hirn rasten.

Der fette weiße Mann schob sein Bett noch immer, immer weiter.

Nein!

Jetzt hörte er Sirenen, Folgetonhörner, und er merkte, dass er aus 1 und 0 wieder Buchstaben bilden konnte, Worte, schließlich Sätze, und er fragte, wieso dieser Mann so fett war, in Zeiten von Lebensmittelknappheit?

Der Mann lachte: Das ist Geschichte, und die Geschichte ist nicht mehr wahr.
Und wie er lachte. All das Vergangene, sagte er, für die einen ist es ein Traum, aber er ist nicht wahr, für die anderen ein Albtraum, aber er ist nicht mehr wahr.

Da wachte Fate Vasa auf. Ohne Atemnot, ohne Herzklopfen.

Er hatte am Vorabend, auf dem Heimweg von der Schmiede in einem billigen Straßenlokal in der Rruga Luigj Gurakuqi ein Dutzend *Kërnacka* gegessen, gegrillte Hackfleischröllchen mit extra viel Zwiebeln – er aß manchmal eine Zwiebel so wie andere einen Apfel, er schwor darauf, Zwiebeln waren für ihn Kindheitsgeschmack und gleichzeitig ein Zaubermittel: Wenn seine Mutter nichts mehr gehabt hatte, hatte sie immer noch Zwiebeln, mit denen sie Brote belegte oder eine Zwiebelsuppe kochte und sagte, das mache ihn stark und unverwundbar und dass ein anderer, der so oft ins Krankenhaus müsse wie er, ohne Zwiebeln längst gestorben wäre. Und so kam es, dass er nicht klar denken konnte an einem Tag ohne Zwiebeln, so wie er nicht dichten konnte, wenn er im Kopf nicht eine Sirene hörte, wie einen Tinnitus – also bestellte er seine *Kërnacka* mit extra viel Zwiebeln, weil er grübelte und einen klaren Gedanken fassen wollte, dazu ein großes Bier, das hier ein Liter war, das kleine war ein halber Liter, kleinere Maßeinheiten gab es in diesem populären Lokal nicht. Er war nervös. Wieso kam der Schmied mit dem Helm nicht nach Hause, zumindest interpretierte er so die Tatsache, dass Frau Flaka nicht anrief. Zwei Stunden saß er da, aber es kam kein Anruf. Da rief er sie an. Nein, ihr Mann sei noch nicht heimgekommen, sie mache sich Sorgen, sie wisse auch nicht, was los sei. Das war der Moment, dass er Raki zu trinken begann. Nach vier Raki taumelte er nach Hause, als ein Mann, der

Mitleid auslöste bei den entgegenkommenden Passanten, die nicht erkannten, dass er der berühmte Dichter war im Vorzimmer der Macht.

Als der Schmied, in seinem Herumirren, vom Bulevardi Zogu in eine Seitengasse abbog, fand er sich in einer Sackgasse wieder, wie es sie in Tirana hundertfach gab. Die Rruga Hamit Shijaku.
Auf den Stufen vor einem Hauseingang saßen zwei junge Männer, keine zwanzig Jahre alt. So gelangweilt wie bereit zu Übermut. Der eine machte wortlos eine Kopfbewegung in Richtung Schmied, sah den anderen an, der nickte. Sie verstanden sich, es ging um die Adidas-Tasche.
Der Schmied erkannte, dass er in eine Sackgasse geraten war, blieb stehen. Da kamen ihm die zwei Jugendlichen entgegen, sie taten so, als wollten sie an ihm vorbeigehen. Als sie hinter ihm waren, rempelte der eine den Schmied so brutal an, dass er fiel und dabei die Tasche losließ. Der andere schnappte die Tasche, dann liefen sie weg. Der Schmied war sehr unglücklich gefallen. Als er aufstand, spürte er grelle Schmerzen in der linken Schulter, dem Ellbogen und dem Knie. Da waren die beiden schon weg, ohne dass der Schmied hätte sagen können, ob sie aus der Sackgasse heraus nach rechts oder links abgebogen waren. Er machte ein paar Schritte, aber der Schmerz in seinem Knie ließ es nicht zu, den beiden nachzulaufen, diesen blöden Burschen, die er normalerweise rechts und links am Nacken gepackt, hochgehoben und in der Luft hätte zappeln lassen wie kleine freche Katzen.

Jetzt hatte er ein Problem. Und Herr Vasa wird ein Problem haben, dachte er, und wahrscheinlich auch der Herr Ministerpräsident. Dieser Gedanke und die Scham, das Schuldgefühl und das Gefühl der Ohnmacht, die Wut und die Angst vor den Folgen, das alles loderte in ihm auf, ein Brennen, das jetzt stärker schmerzte als seine Prellungen und Hautabschürfungen.

Aber auch die beiden Burschen hatten ein Problem. Als sie in einem Hinterhof die Tasche öffneten und sahen, was sie erbeutet hatten, war ihnen sofort klar: Das war zu groß für sie.

Der Schmied schleppte sich zur Rruga Sami Frashëri, wo, wie er wusste, die Polizeidirektion war. Als er endlich vor dem Gebäude der *Drejtoria e Policisë Tiranë* stand, zögerte er. Er hatte das noch nie erlebt: das Gefühl, von einem Haus zurückgewiesen, ja zurückgedrängt zu werden. Die blinden Glasscheiben der Fensterreihen in Reih und Glied erschienen ihm wie die Plexiglasschilde einer Phalanx von Polizisten, die gegen Demonstranten, Provokateure und Asoziale vorrückte. Oben auf dem Flachdach, wie eine Standarte, ein Eisengestänge, auf dem das Staatswappen montiert war, daneben in großen Buchstaben: POLICIA E SHTETIT (Staatliche Polizei). Eingeschüchtert schaute er hinauf zum albanischen Adler, er bekam Angst. Er hatte nicht bloß einen Straßenraub anzuzeigen, das wurde ihm jetzt vollends klar. Er musste ein Problem anzeigen, das er dem Staat bereitete. Er war nicht einfach ein Opfer von Straßenkriminalität, er ist zu einem Problem für den Staat geworden. Er wusste nichts über den Hintergrund, die Bedeutung des Auftrags, den er erhalten hatte, aber es gab ja immer Hintergründe, und da es um ein Symbol der albanischen Identität ging und der Auftrag aus der Staatskanzlei gekommen war, musste es sich um ein staatliches Interesse von großer Bedeutung handeln. So schaute er hinauf zum Adler auf dem Staatswappen und dachte: er müsse nicht anzeigen, er müsse gestehen, was geschehen war.

Da öffnete sich die Glastür vor ihm, uniformierte Männer liefen heraus, er wich zurück und stieß mit dem Rücken an einen Baum am Gehsteigrand, er stöhnte, die Männer liefen links und rechts an ihm vorbei, sprangen in ein Einsatzfahrzeug und fuhren mit Blaulicht und Folgetonhorn davon.

Da fasste der Schmied Vertrauen in die Schlagkraft des Staates und betrat das Gebäude. Er müsse etwas von großer Wichtigkeit anzeigen.
Anzeigen bitte beim Journalbeamten, sagte der Mann am Empfang gelangweilt und wies ihm den Weg.
Ich wurde überfallen und beraubt, sagte der Schmied zum Journalbeamten, und –
Ihr Name? Adresse? Ihre Adresse! Nicht die Adresse des Tatorts.
Wo? Hier müssen wir nun einsetzen, wo die Tat begangen wurde.
Eine Seitengasse des Bulevardi Zogu i Parë? Welche? Wissen Sie es genauer?

Der Schmied fand es nicht seltsam, dass der Beamte mit einer Schreibmaschine ein Formular ausfüllte, aber er wunderte sich darüber, wie gelassen, geradezu gelangweilt und desinteressiert er es tat.
Hören Sie, Herr Kommissar, es ist von größter Wichtigkeit, dass Sie –
Ja. Natürlich. Wissen Sie, welche Seitengasse?
Nein. Es war eine Sackgasse und –
Schauen Sie dort auf den Stadtplan. Versuchen Sie nachzuvollziehen, wo Sie gegangen sind.
Es war hier in diesem Bereich, und es ist wichtig, dass Sie sofort –
Natürlich. Können Sie eine Gasse angeben? Ich muss das eintragen.
Hier. Es muss die Rruga Hamit Shijaku gewesen sein.

Rr u ga Ha mi t … klapperte der Beamte.
Wann? Uhrzeit!
Was wurde Ihnen entwendet? Eine Tasche? Können Sie sie beschreiben?
Und was befand sich in der Tasche? Wertsachen?

Endlich konnte der Schmied die Dramatik des Problems klarmachen. Der Helm des Skanderbeg. Und er hätte ihn in der Staatskanzlei abliefern sollen.

Der Helm des Skanderbeg?
Der Polizeibeamte wusste von der internationalen Fahndung nach dem Helm, die Information war an alle Dienststellen der albanischen Polizei gegangen.
Sie sagen also, dass sich in Ihrer Tasche der Helm des Skanderbeg befunden hat?
Ja. Ich habe –
Der Beamte stand auf, unterbrach den Schmied: Warten Sie!
Der Kunstdiebstahl in Wien. Und nun stand ein Mann vor ihm, der behauptete, im Besitz dieses Helms gewesen zu sein.
Warten Sie hier. Ich bin gleich zurück.
Zehn Minuten später war der Schmied verhaftet. Zwei Stunden später war von Seiten der Staatsanwaltschaft die Verhängung der Untersuchungshaft bestätigt. Ein Amtsarzt dokumentierte die Verletzungen des Schmieds und machte aktenkundig, dass er diese schon vor seiner Verhaftung und dem ersten Verhör aufgewiesen habe.
Es wurde ihm erlaubt, vom Diensttelefon einen Anruf zu machen. Er rief zu Hause an, aber es war besetzt, weil seine Frau just in diesem Moment mit Fate Vasa telefonierte. Er legte auf, wollte es noch einmal probieren, aber der Beamte sagte: Nur

ein Anruf! Und brachte ihn in eine Zelle. Das ist nur für diese Nacht, sagte er, morgen wirst du ins Gefängnis 302 verlegt. Du hast Glück, es gibt schlimmere.

Als die beiden kleinen Ganoven in einem Hinterhof die Tasche des Schmieds öffneten und den Helm entdeckten, erschraken sie. Natürlich erkannten sie, was sie da in der Hand hatten. Das war ein Nationalheiligtum. Sie wussten nichts von dem Museumsdiebstahl in Wien, sie hätten nicht einmal gewusst, wo dieser Helm aufbewahrt war – im Nationalmuseum? Oder gar in einem Tresor in der Staatskanzlei? Aber er musste gestohlen worden sein, wie käme er sonst in diese Sporttasche? Der Mann, den sie niedergestoßen und beraubt hatten, musste bei einer sehr mächtigen, schlagkräftigen Organisation sein, wie sonst hätte der Helm, der zweifellos bestens gesichert und bewacht gewesen war, gestohlen werden können? Sie gerieten in Panik. Es gab nur eine Organisation, die dazu imstande war. Sich mit ihr anzulegen, bedeutete –
Wir sind geliefert, das ist ein Wahnsinn, wieso habe ich da mitgemacht, deine blöde Idee, ich hatte gleich ein ungutes Gefühl –
Hör auf!
Wegen so einer blöden Adidas-Tasche! Wahrscheinlich ist sie noch dazu aus China und gefälscht! Und dafür sind wir jetzt –
Sei still! Hör auf zu wimmern! Wir müssen jetzt kühlen Kopf –
Kühlen Kopf? Wir werden bald keinen Kopf mehr haben! Ich scheiße in dein Gesicht! Wir müssen das Ding loswerden, verschwinden lassen, sofort! Es darf nicht bei uns –
Nein! Jetzt schrie er: Nein! Hör endlich zu! Hinter jedem Fenster sind Augen. Wir wissen nicht, wer uns gesehen hat. Wenn die Polizei Fragen stellt, haben sie vielleicht nichts ge-

sehen, aber nicht einmal das ist sicher. Aber wenn jemand von einer gewissen Familie höflich Erkundigungen einholt, dann wissen sie eine Stunde später unsere Namen und Adressen. Dann stehen sie vor deiner und meiner Tür. Und wenn wir das Ding dann nicht haben, weil wir es verschwinden haben lassen, sind wir erst recht geliefert. Nein, es gibt nur eine Möglichkeit, wie wir da rauskommen: Wir müssen, noch bevor sie uns suchen, das Ding zurückgeben.
Spinnst du? Wie willst du den Typen finden? Du bist verrückt. Sollen wir jetzt durch die Gassen laufen und herumfragen, hey, kennt ihr zufällig den Typen, den wir überfallen haben? Wir würden ihm gern was zurückgeben.
Nein, nicht ihm. Seiner Familie. Und ich glaube, ich weiß, wie wir an sie rankommen.

Mein Vater, sagte er, kennt Zotin Kalorës, den Wohltäter, er hat meinem Vater geholfen, als er arbeitslos wurde. Er war einmal bei uns zu Hause, ich musste seinen Ring küssen. Es war sehr beklemmend. Ich bin dann weggelaufen. Aber ich glaube, wenn mein Vater noch Kontakt zu ihm hat, dass er der Mann ist, der weiß, an wen die Tasche zurückgegeben werden muss. Wir haben keine andere Wahl. Wir müssen den Helm zurückgeben.

Er gestand seinem Vater, was er getan und welches Problem er dadurch wahrscheinlich, höchstwahrscheinlich, geschaffen hatte.
Zeig her!
Der Vater bestaunte ungläubig den Helm, wickelte ihn dann wieder vorsichtig in das Filztuch, steckte ihn in die Tasche, kniete sich nieder und schob die Tasche behutsam unters Bett. Dann richtete er sich auf, der Sohn hatte den Eindruck, dass der Vater wuchs und wuchs, er hatte ihn noch nie so

groß gesehen, nicht einmal damals, als er ein kleines Kind war und der große Vater sich über ihn gebeugt hatte. Der Vater breitete die Arme aus und schien rechts und links die Wände des Zimmers zur Seite zu schieben, dann nahm er seine Armbanduhr ab und legte sie auf den Tisch, das versuchte der angstklamme Sohn noch witzig zu finden, dass er in dieser Situation seine Uhr ablegte.

Der Vater brüllte nicht. Der Sohn sollte brüllen.

Der Vater sagte mit leiser Stimme: Nicht nur, dass du Schande über uns bringst –

Er schlug zu, so brutal, dass der Sohn das Gleichgewicht verlor, zurücktaumelte und niederfiel. Er rappelte sich auf und stand sofort vor seinem Vater wieder stramm.

– du bringst unsere Familie in Gefahr.

Er zog den Gürtel aus seiner Hose und schlug auf seinen Sohn ein, prügelte ihn von einer Zimmerecke in die andere.

Der Sohn brüllte nicht, schrie nicht, flehte nicht. Er wusste: Diese Schläge waren seine Lebensversicherung, der Schmerz ein Lebenszeichen, besser als die Schmerzfreiheit im Tod.

Bis die Mutter Genug! sagte, hör auf, es ist genug! Er hat recht, du musst Zotin Kalorës verständigen.

Fate Vasa konnte sich nicht mehr an seinen Traum erinnern, aber irgendwie arbeitete er in ihm weiter. Und bei einer Tasse starken Kaffees hatte er eine Eingebung, wie er und der Chef sich aus ihrem Problem befreien und die ursprüngliche Idee retten könnten. Hatte die Direktorin des Wiener Kunsthistorischen Museums nicht geschrieben, dass Skanderbeg mit »größter Wahrscheinlichkeit diesen Helm nie berührt« hat? Die Geschichte war also nicht wahr, und der Helm, der aus dem Museum in Wien gestohlen wurde, war daher nicht der Original-Helm Skanderbegs, sondern eine historische Fälschung. Das musste kommuniziert werden. Die entspre-

chende Stelle im Gutachten der Wiener Museumsdirektorin musste veröffentlicht werden.
Er sprang auf, stand da in Rednerpose und sagte laut, im Tonfall des Chefs, dieser für ihn so typischen Mischung aus Pathos und Ironie:
Glaubt man in Wien ernsthaft, dass die Republik Albanien an einem Helm interessiert ist, der zwar unserem Nationalheiligen zugeschrieben wird, aber eine Fälschung ist? Dass dieser Helm Skanderbegs Kopf nie berührt hat (*wahrscheinlich* nie berührt hat? Nein): nie berührt hat, wurde durch ein Gutachten der Direktorin des Museums in Wien bestätigt.
Er lächelte.
Soll die österreichische Polizei und soll die Europol diese Fälschung suchen, wir suchen inzwischen das Original!
Ja, genau, das musste der Chef sagen. Und dann, einige Zeit später, könnte er sich die Replika aufsetzen und sagen: Dieser Helm ist das Original. Die Wiener sollen weiterhin ihre Fälschung suchen, inzwischen krönt sich der Chef mit dem Original zum Repräsentanten aller Albaner. Und die Wiener könnten, wenn sie wollten, den Helm untersuchen und feststellen, dass es nicht der gestohlene war. So wäre der ZK befreit vom Vorwurf, einen Diebstahl in Auftrag gegeben zu haben, wie auch vom Vorwurf, ein Fälscher zu sein. Genial! Das hatte Poesie! Das war die Lösung! Allerdings musste jetzt endlich der Schmied mit dem Helm wieder auftauchen. Er rief Frau Flaka an. Sie weinte und sagte, ihr Mann sei noch immer nicht nach Hause gekommen, sie habe keine Nachricht von ihm, sie sei verzweifelt.
Sie müssen mir helfen, sagte sie.
Ja, sagte Fate, und er fragte sich, wen nun er um Hilfe bitten konnte.

Zoti Kalorës kam, begutachtete den Tascheninhalt, lächelte. Er hörte nicht auf zu lächeln, er lächelte wie eine Kunstfigur, die nur auf Lächeln und feuchte Lippen programmiert war. Er hob den Helm in die Höhe, drehte und wendete ihn. Durch das Fenster fiel ein Lichtstrahl, der als kurzes Aufblitzen vom Helm reflektiert wurde.
Er nickte. Er nickte lange, nachdenklich, sein Lächeln wurde breiter. Ihr habt recht getan, mich zu verständigen, sagte er. Dieser Helm wird gesucht.
Er gab dem Vater ein Kuvert, für die Ausbildung deines Sohns, sagte er, wir brauchen intelligente junge Menschen wie ihn, um Albanien aufzubauen, ein gerechtes Albanien. Dann fragte er, ob der Vater mit seiner Arbeit zufrieden sei –
Ja, sagte er, ich bin sehr dankbar, dass –
Du musst nicht dankbar sein. Und sollte es ein Problem geben, du weißt, wie du mich erreichst.

Der Vater verbeugte sich. Plötzlich wurde er so klein. Er verbeugte sich und schien dabei zu schrumpfen, wurde zu einer kleinen schleimigen Schnecke, keine ausgebreiteten Hände, keine raumfüllende Bedeutung. Die Beklemmung des Sohnes wich. Er habe, dachte er, kein Lebensglück, aber immerhin sein Leben gerettet.

Zwei Tage später erhielt Karl Auer eine WhatsApp-Nachricht von Kommissar Franz Starek: *Lieber Cousin, Du solltest Dich bei der Polizei bewerben, Du hast den richtigen Riecher! Das Kunsthistorische Museum hat tatsächlich Lösegeldforderung erhalten!*

9

Wenige, davon war Adam überzeugt, hatten eine Kindheit, die erfüllt war von den schönen Möglichkeiten des Kindseins, und doch erinnern sich die meisten an diese Zeit, in der ihre Seelen gebrochen wurden, als wäre sie Kindheit gewesen und nicht deren Zerstörung.
Soll man sie Glückliche nennen? Oder bloß Vergessliche? Adam war beides nicht. Seine Kindheit war sehr rasch zerstört worden, durch das Verschwinden des Vaters, der für ihn zu einem Phantom wurde, dem er gefallen wollte. Und dann, als er von seiner Mutter weg und in das Konvikt kam, war er ein Kind, das einsam war unter dreißig Kindern und das in der Nacht im Schlafsaal still betete, nicht weil es an einen Gott glaubte, sondern weil es noch keine andere Form gelernt hatte, seine Sehnsucht auszudrücken und zu betteln um die Kraft, die es brauchte, um einem Phantom zu gefallen. Irgendwann würde sich alles fügen und sein Vater wieder da sein und zu ihm sagen, er sei stolz auf ihn. Er wollte, dass er das einmal würde sagen können.

Nach Piotrs Selbstverbrennung war Adams Konflikt mit Mateusz eskaliert, aber es war ihr Gespräch unlängst in Warschau, das die akute Nebenwirkung hatte, dass er plötzlich immer wieder an seine Kindheit und frühe Jugend zurückdenken musste, an bestimmte Erlebnisse ihrer gemeinsamen Zeit. Erinnerungen, die doch in ihm begraben waren, stiegen aus ihren Gräbern im Hinterkopf, schwebten hinter seine Stirn, aber ohne Sentimentalität, ohne Rührung, es war der blanke Terror des Gedächtnisses.
Dabei fiel Adam auf, dass sein Leben bereits die längste Zeit zu einer Kurzbiographie geschrumpft war, wie man sie auf

der Homepage der Europäischen Kommission oder auf Wikipedia nach Eingabe seines Namens aufrufen konnte, etwas Äußerliches, wie ein Mantel, den er anzog, wenn er aus dem Haus ging, und den man mit einigen wenigen Merkmalen beschreiben konnte.

Geboren Schule Studium Beruflicher Werdegang Verheiratet Vater.

Das war er. Das reichte, um jemand zu sein.

Aber jetzt, da sich immer wieder Bilder aus seiner Vergangenheit in seinem Kopf zeigten, wurde die abstrakte Fassung seines Lebens in der Hölle des Konkreten verbrannt. Er dachte das wörtlich so – und erschrak beim Wort »verbrannt«. Er erschrak immer wieder, wenn diese Erinnerungen kamen, weil er Scham empfand oder Schmerz, das ging ineinander über, die Scham und der Schmerz, die Wut und das Selbstmitleid. Warum fielen ihm jetzt immer nur Momente aus seiner Kindheit und Jugend ein, die ihm rückblickend peinlich waren, die ihm weh taten, die Unsicherheiten eines schwachen, heimlich weinenden Kindes, das log und prahlte, um stark zu wirken, eines Kindes, das glaubte, eine klirrende Rüstung tragen zu müssen, weil es keine dicke Haut hatte oder gar keine Haut, die Rüstung ist seine Haut gewesen, die wetzte und rieb an seinem Fleisch und die ihm viel zu schwer war, so dass er mit ihr immer wieder torkelte und fiel. Warum hatte Mateusz ihn in Warschau gleich zu Beginn ihrer Unterhaltung an die Geschichte mit ihrem Mitschüler Mirosław erinnert? Im Grunde eine banale Geschichte, Adam hatte sie längst vergessen, aber als Mateusz sie kalt lächelnd mit diesem Weißt-du-noch-Gestus erzählte, war sie ihm natürlich wieder vor Augen gestanden und er hatte sich gedemütigt gefühlt. Das war zweifellos seine Absicht gewesen: ihn zu demütigen.

Einmal ist Mateusz von einem älteren Schüler, ebendiesem Mirosław, bedroht worden. Mateusz hatte ihn als Spitzel bezeichnet, der immer wieder andere verpetzte. Was gab es schon zu verpetzen, Kleinigkeiten, die keine dramatischen Folgen hatten, aber Mateusz war es ums Prinzip gegangen. Man erzählt jenen, die die Macht des Strafens haben, nichts über andere. Zunächst hatte Mateusz ihn im Refektorium bloßgestellt: Redet nicht, wenn er es hören kann, hatte er gerufen und auf Mirosław gezeigt, schaut ihn euch an! Wie er die Haare wachsen lässt und mit dem Flaum in seinem Gesicht auf einen Jesus-Bart spart! Er will unserem Herrn Jesus Christus ähnlich werden? Nein, er ist das Gegenteil, einer, der nicht unsere Sünden auf sich nimmt, sondern seine Schuld anderen anhängt. Ein Judas, ein Spitzel, für den das Taufwasser vergeudet war.

Silentium!

Und die Zöglinge beugten ihre Köpfe über die Erbsensuppe.

Und dann, nach der Mittagspause, kam Mirosław in unsere Klasse – Weißt du noch, hatte Mateusz lächelnd gefragt.

Ja. Adam sah die Situation wieder vor sich.

Mirosław baute sich wütend vor Mateusz auf und stieß ihn. Adam wollte sofort Mateusz helfen, ihm zur Seite stehen, er sprang auf, drängte sich durch die Runde der johlenden und anfeuernden Klassenkameraden, da spürte er plötzlich kalten Schweiß auf der Stirn, es wurde ihm schwarz vor den Augen, er sah gerade noch Mirosław ganz nah vor sich, die Aggression, die brutale Entschlossenheit in dessen Gesicht, da taumelte er benommen einen Schritt zur Seite und hielt sich mit geschlossenen Augen an einer Schulbank fest, ließ sich auf einen Stuhl fallen. Als er die Augen wieder öffnete, sah er den Angreifer auf dem Boden liegen, Mateusz hatte ihn offenbar niedergestreckt, durch einen heftigen Stoß oder vielleicht gar durch einen Faustschlag. Dadurch hatte sich

Mateusz den Respekt der Mitschüler erobert, die nun alle auf seiner Seite waren, worauf der Ältere sich trollte. Und er, Adam, lief zur Toilette, weil er das Gefühl hatte, in die Hose gemacht zu haben. Wie entsetzlich, wie peinlich!

Adam schnitt eine Banane ins Müsli und kämpfte gegen Tränen.

Er war zur Toilette gelaufen, aber da war nichts, fast nichts, das war in Ordnung zu bringen, ohne dass die anderen etwas hätten sehen können, aber er saß minutenlang auf der Kloschüssel, sein Gesicht in den Händen, und schämte sich. Und er schämte sich jetzt, da er daran dachte.

Woran denkst du, Schatz?
An nichts.

Aber war es wirklich Angst gewesen? Und Versagen? Er ist damals in die Pubertät gekommen, da spielen Herzfrequenz und Blutdruck verrückt, da kann es zu einem Kollaps kommen, wenn man schnell aufspringt, und tatsächlich ist das im Konvikt mehrmals vorgekommen, und immer hatte es geheißen: die Pubertät!

Aber in seiner Erinnerung: Schwäche und Versagen. Und der Nadelstich von Mateusz: Weißt du noch?

Da fiel ihm eine Kaffeetasse aus der Hand und zerbrach klirrend auf dem Fliesenboden.
Was war das, Adam?
Nichts, nichts. Eine kleine Ungeschicklichkeit.

Er ist ein Kind gewesen, das viel weinte, wenn auch heimlich, nachts, in sein Kissen, aber zugleich Soldat sein wollte, in der Kompanie seines Vaters. Hätte er es sich damals vorstellen können, eines Tages in einem schönen Haus in Brüssel zu leben, mit einer Frau, die morgens Yoga-Übungen macht? Umgekehrt: Wenn er heute dieses Leben liebte – was hatte es mit seinem Leben im Untergrund des katholischen Widerstands zu tun, gegen ein Regime, das nicht mehr existierte? Sollte er als Jude, der er war – er verabscheute den Begriff Halbjude, es war ein Begriff der Faschisten und Antisemiten, die an verschiedenartiges Blut glaubten und an Mischungsverhältnisse –, sollte er sich über seine durchaus prägende Zeit in einem katholischen Konvikt definieren oder – was auch schwierig war: ohne Vorgeschichte einfach der sein, der er jetzt war: ein gut bezahlter europäischer Beamter, der, während er das Frühstück machte, verliebt auf seine biegsame Frau auf der Yoga-Matte schaute.
Er kehrte die Scherben zusammen.
Er war schwach. Und Dorota warf ihm in letzter Zeit immer wieder vor, gnadenlos zu sein. Eisern, er, der Ritter ohne Haut.

Dorota hatte neben ihrer Yoga-Matte eine Decke ausgebreitet, auf der der kleine Romek mit faszinierender Besessenheit und mit einer Kraft, die den ganzen kleinen Körper anspannte, erste Krabbelversuche machte. Er bäumte sich auf, warf einen Arm nach vorn, stützte sich auf und streckte den zweiten Arm aus. Aber es gelang ihm noch nicht, dann die Beinchen anzuheben und nach vorn zu setzen, er versuchte, sich mit den kleinen Fäusten, die er in die Decke gekrallt hatte, nach vorn zu ziehen, und plumpste wieder auf den Bauch.
Adam erschrak, als das Kind zu brüllen begann. Er wollte es beruhigen, damit Dorota ihre Übungen zu Ende machen

konnte, sie war jetzt bei der Übung zur Stärkung des Beckenbodens, aber das Kind schrie und bäumte sich in seinen Armen auf, da nahm es ihm Dorota schon ab. Er ist hungrig, sagte sie.
Und er schaute auf den Hinterkopf seines Sohnes, es war ein schöner runder Hinterkopf, kein Flachkopf. Und er war gerührt.
Das war sein Zustand.

Er wollte an diesem Freitag im Büro früher Schluss machen, auf jeden Fall wollte er nach Hause kommen, bevor sein Sohn schlief. Und dann sollte es ein gemütliches, ein – wie er dezidiert dachte – liebevolles, ein zärtliches Wochenende werden, er war erschrocken über die Entfremdung, die sich zwischen Dorota und ihm eingestellt hatte, über ihre traurig abweisende Art, wenn er spät von der Arbeit heimkam. Er wollte sich bemühen, und er lächelte, als er den Frühstückstisch deckte und dabei dachte: Ich bin ein Kämpfer.

Am liebsten wäre er über das Wochenende nach Knokke an den Strand gefahren, aber das war eine verrückte Idee zu dieser Jahreszeit. Am Strand zu spazieren, ins Meer zu laufen und vor der heranrollenden Welle zurückzuspringen, sich in den Sand fallen zu lassen, sich zu küssen, während der Kleine in den Sand griff und – nein! Nein! Nicht in den Mund! Und sie lachten … Das war eine Vorstellung von Romantik, eine Hoffnung auf Innigkeit, die in Belgien zu dieser Jahreszeit völlig irreal war. Es war windig und regnerisch. So hatten sie beschlossen, es sich zu Hause gemütlich zu machen, im Kamin Feuer zu machen, auf dem Sofa zu lümmeln und zu lesen, mit ihrem Kind zu spielen, miteinander zu kochen, Adam hatte bei Boucher Lanssens eine wunderschöne Lammkrone besorgt, dazu Gemüse vom Wochenmarkt – und dabei sollte nie, das hatte er sich fest vorgenommen, nie ein Wort über Mateusz fallen. Worte, die fallen wie Soldaten.

Vor ein paar Tagen war er an der Buchhandlung Passa Porta in der Rue Antoine Dansaert vorbeigekommen, hatte ein bisschen geschmökert und schließlich ein Buch von einem ihm unbekannten Autor gekauft, nur weil ihm, als er das Buch da liegen sah, das Cover gefiel, er es deshalb zur Hand nahm, aufschlug und augenblicklich berührt war von dem Motto, das dem Buch vorangestellt war:
»Helden sind auch nur Söhne.«
Das wollte er jetzt am Wochenende lesen, oder auch nicht, er hielt sich nur dafür bereit, falls Dorota lesen wollte, auf dem Sofa an ihn geschmiegt, während Romek schlief und das Buchenholz im Kamin züngelte. Wichtig war ihm, dass es ein inniges Wochenende wurde.
Und kein Wort über Mateusz. Zumal er, in Hinblick auf die Balkankonferenz, von einer höchst erfreulichen Entwicklung erfahren hatte.

10

Karl Auer wohnte in der Rue du Peuplier, er hatte die Metro-Station Sainte Catherine um die Ecke. Er hätte mit der Metro direkt zum Bahnhof Bruxelles Central fahren können und von dort mit dem nächsten Zug zum Flughafen. Aber Karl Auer mochte den Bahnhof nicht. Es wäre zu viel gesagt, dass er ihn hasste, aber er hatte doch zustimmend gelacht, als Kollege David Charlton einmal in seiner trockenen britischen Art sagte, dass für solche Architekten wie den, der den Central geplant hatte, das Standrecht wieder eingeführt werden sollte.
Der Bahnhof bestand aus einem völlig wirren System von

Treppen, Auf-, Ab- und Durchgängen auf verschiedenen Ebenen, wobei man sich nicht einmal dann in Sicherheit wähnen durfte, wenn man den Abstieg zum richtigen Bahnsteig gefunden hatte, weil es eine Spezialität des Bahnhofs war, dass Züge ungeachtet der Information auf der Anzeigentafel nach Belieben an anderen Bahnsteigen einfuhren, wofür manche einen betrunkenen Weichensteller, andere aber einen »typisch belgisch« programmierten Algorithmus verantwortlich machten. Wenn dieser Fehler wieder einmal passierte, hörte man eine blecherne Durchsage, worauf alle Menschen am betroffenen Bahnsteig zu den Stiegenaufgängen stürzten, die wenigsten waren Rolltreppen!, wo sie, ihre Rucksäcke und Trolleys als Vernichtungswaffen gegen konkurrierende Drängler einsetzten, um dann im Zwischengeschoss unterhalb der Haupthalle zwischen Säulen verzweifelt den Zugang zum richtigen Gleis zu suchen – wo der Zug nicht auf sie wartete. Karl Auer hatte auf diese Weise zwei Mal einen Zug versäumt, seither mied er, wann immer er konnte, Bruxelles Central. Er zog es vor, mit der Metro vier Stationen weiter zu fahren, bis Schuman, und dort, in der Rue Archimède gleich hinter dem Kommissionsgebäude, in den Bus der Linie 12 einzusteigen, der verlässlich in rund dreißig Minuten zum Flughafen fuhr.

Als Karl Auer vom Ausgang der Metro-Station über den Rond-Point Schuman zur Bushaltestelle ging, begegnete er Adam Prawdower, der, vom Jubelpark kommend, auf dem Weg zum Büro war. Fast hätte er ihn nicht erkannt, Adam trug eine alte Ballonmütze aus Nappaleder, tief ins Gesicht gezogen.
Adam blieb stehen und grüßte. Jetzt erst erkannte ihn Karl Auer. Er lüpfte seinen Panizza Gregory, den er in Wien bei Nagy in der Wollzeile gekauft hatte, ein wunderbar altmodi-

scher Hut, auf den er bei Brüsseler Wetter schwor. Er hielt den Kopf warm und schützte auch bei Regen besser als ein Schirm. Seine Großmutter hatte gesagt: Einen kühlen Kopf zu bewahren, das ist so dumm, wie kalte Füße haben zu wollen. Dein Opa ist nie ohne Hut aus dem Haus gegangen.

In Omas Vorzimmer, über dem Tischchen mit dem Telefonapparat, waren vier schwarz gerahmte Fotos gehangen, drei vom Großvater, er war vor Karls Geburt gestorben, und ein Foto »von meinem Papa«, wie Oma einmal gesagt hatte, also von Karls Urgroßvater. Tatsächlich alle mit Kopfbedeckung: Auf einem steht der Großvater als junger Mann lachend mit einem Strohhut auf einem Feld vor zusammengebundenen Getreidegarben. Auf dem zweiten war er etwas älter, da blickt er mit Sakko und Krawatte und einem eleganten Wollfilzhut ernst in die Kamera. Und auf dem dritten war er als Mitglied der Freiwilligen Feuerwehr des Dorfs mit einem Feuerwehrhelm zu sehen. Darüber das Foto vom Urgroßvater, mit Stahlhelm, im Rock der deutschen Wehrmacht, und am unteren Fotorand mit Tinte: »Für meine Hilda zur lb. Erinnerung aus dem Feld Vinzenz.«

Das hing da so. Karl hatte das als Kind nicht weiter – wie soll man sagen? problematisiert. Nicht in Frage gestellt. Das hing da. Erst später …

Karl Auer war die Begegnung unangenehm. Adam schaute auf Karls Trolley: Du verreist? Dienstlich? Albanien?

Albanien ja, aber nicht dienstlich. Privat. Aber genau das wollte Karl Auer jetzt nicht sagen, nicht erklären.

Er sagte nur: Ja! Dann sagte er: Nein.

Adam sah ihn an.

Ja, ich fliege nach –, ich habe mir heute freigenommen. Ich muss nach – Wien. Privat.

Und er fügte an: Familie.

Vielleicht hätte Adam es verstanden, wenn Karl gesagt hätte, dass er nach Tirana fliege, weil er sich verliebt habe, aber so war ihr Verhältnis nicht. Sie waren befreundete Kollegen, aber keine Freunde.

Es regnete. Adam schlug den Kunstpelzkragen seiner Jacke hoch, und in einem Reflex stellte auch Karl den Kragen seines Mantels auf.

Bist du Montag zurück?

Ja klar.

Es gibt wichtige Neuigkeiten! Nathalie hat –

Ich weiß, sagte Karl Auer. Wir reden am Montag. Ich muss –

Von allen Seiten kamen Frauen und Männer mit Trolleys, ratterten über das Brüsseler Pflaster und bildeten eine Menschentraube an der Haltestelle.

Die Begegnung mit Adam hatte Karl Auer irritiert. Er war darauf gestoßen worden, dass er etwas zu verheimlichen hatte. Aber warum? Hatte er das wirklich? Was machte er da? Er stand da hinter der Menschentraube, buchstäblich eine Randerscheinung, und spürte eine wachsende Aggression gegenüber den Schlawinern, die nach ihm kamen und es schafften, zwischen den hier Wartenden irgendwie nach vorn zu schlüpfen, um dann beim Einsteigen in den Bus eine bessere Ausgangsposition zu haben, wie ihn auch jene wahnsinnig machten, die wie Pfosten dastanden, an denen Menschen wie er einfach nicht vorbeikamen. Er stieß an Menschen, die Selbstgespräche führten, natürlich führten sie keine Selbstgespräche, sie telefonierten. Er hörte wenigstens ein halbes Dutzend verschiedene Sprachen, sie sprachen mit gesenktem Kopf, ohne wahrzunehmen, was um sie herum vorging, eine Hand am Griff ihres Trolleys, die andere am Kabel, das ihre Ohrstöpsel mit dem Smartphone verband. Manche haben den Impuls, wenn sie telefonieren, auf und ab zu gehen, was aber hier in der Menschentraube unmöglich war. So machten sie nur einen Schritt und den Ansatz eines zweiten, drehten sich um und machten wieder einen kleinen Schritt, nach dem sie sich sofort wieder drehen und wenden mussten, es war ein groteskes Ballett: Frauen und Männer, die sich in einer Traube vor und zurück bewegten und drehten, jeder redend, als wäre er alleine auf der Welt, während Karl Auer schweigend dastand und sich am Rand der Menschentraube sehr einsam fühlte. Da kam der Bus, Auer hörte den Seufzer alter pneumatischer Türen, und natürlich ergatterte er keinen Sitzplatz mehr, als er endlich einsteigen konnte. Er musste stehen – oder halb hängen, an einem Haltegriff, und nach zehn Minuten Fahrt hatte er das Gefühl, weiche Knie zu haben. Er dachte an den Grund seiner Reise, an sein Ziel, und hatte weiche Knie.

Dann am Flughafen die ermüdenden Sicherheitskontrollen. Nach den Terroranschlägen vom März 2016 in Brüssel Zaventem waren sie verdoppelt worden. Bereits vor dem Eingang in das Flughafengebäude musste Auer durch ein Zelt, in dem sein Ticket kontrolliert und sein Gepäck gescannt wurde, dann das Scannen des Körpers vor den Gates, da gab es ein Signal, er wurde abgetastet, musste die Schuhe ausziehen, den Gürtel ablegen, Karl Auer war so genervt und außer sich, so kopflos, dass er die Krawatte abnahm und in die Plastikbox zu den Schuhen warf.

Den Gürtel, Monsieur, den Gürtel! Die Krawatte hätten Sie ruhig anbehalten können, Monsieur.

Ich wollte den Eindruck vermeiden, dass ich damit gleich jemanden stranguliere.

Auer hatte Glück, seine Aussprache im Französischen war schlecht, sein Französisch genügte zwar seinen beruflichen Anforderungen, aber im Alltag klang es wie ein Wiener Dialekt. Der Mann von der Security verstand ihn also nicht, das *étrangler,* erwürgen, war falsch betont und hatte noch am ehesten wie *triangle* geklungen, was absolut keinen Sinn in Hinblick auf seine Krawatte ergab. Der Mann wollte sich damit nicht weiter beschäftigen, nickte nur und wartete, bis Schuhe, Gürtel und Krawatte noch einmal durch die Durchleuchtungsbox befördert worden waren. Danach erlaubte sich der Security-Mann eine launige Bemerkung: Sie können das wieder anziehen, aber bitte verwechseln Sie nicht Gürtel und Krawatte.

Auer verstand ihn nicht, er hatte gar nicht hingehört, er war mit dem Kopf woanders. Er nickte, sagte Danke. Das hatte alles keine Bedeutung, das war blanker Surrealismus, der aber vielleicht doch etwas über Karl Auers Gestimmtheit in Hinblick auf seine Albanien-Mission aussagte.

Aber noch war er nicht durch. Sein Trolley befand sich nun nicht am Ende des Laufbands, sondern war seitlich umgeleitet worden. Jetzt fragte ihn ein Beamter: Ist das Ihr Gepäck?

Ja.

Würden Sie es bitte öffnen?

Auer öffnete den Trolley, der Mann begann darin zu wühlen.

Was suchen Sie?

Der Mann wühlte.

Was suchen Sie? Vielleicht kann ich Ihnen helfen, es zu finden.

Da nahm der Mann das Maniküre-Set heraus, das schöne Reise-Maniküre-Set in einem Etui aus schwarzem Leder von Horn's Wien, öffnete es und zog die Nagelfeile heraus.

Das dürfen Sie nicht mit an Bord nehmen.

Das ist absurd, ich bin damit schon unzählige Male geflogen.

Der Mann legte die Nagelfeile an eine Messlatte an, sagte: Sehen Sie, ein Zentimeter zu lang.

Nur wenn Sie den Griff mitmessen.
Sie ist zu lang, insistierte der Mann, schaute Auer an und warf schließlich die Feile in eine Mülltonne.
Ich danke Ihnen, sagte Auer, Sie haben einen Terroranschlag mit einer Nagelfeile verhindert!
Der Mann sah Auer an, er hatte ihn nicht wirklich verstanden, aber er reagierte auf Auers evidente Aggression. Kommen Sie bitte hier herüber, hierher, oui, merci, Monsieur!
Nun musste er noch einmal durch den Scanner, allerdings hatte er ja wieder die Schuhe und den Gürtel an (und die Krawatte), prompt gab es ein Signal, und er wurde ein weiteres Mal abgetastet, wobei ein Mann mit einer Waffe – Auer kannte sich mit Waffen nicht aus … war das ein Maschinengewehr? – neben ihm stand.
Den Alarm, sagte Auer genervt zynisch, hat wohl mein Intim-Piercing ausgelöst.
Der Mann, der mit dem Körperscanner an Auer entlangfuhr, hielt inne, sah ihm ins Gesicht, griff ihm in den Schritt, zwickte heftig zusammen, so dass Auer aufstöhnte, und sagte: Da ist nichts.
Er grinste und machte eine Handbewegung: Weiter!

Mit hochrotem Kopf ging Karl Auer zum Gate. Er flog über Wien nach Tirana. Das hatte aber nichts damit zu tun, dass er Wiener war und bei dieser Gelegenheit Verwandte oder Freunde treffen wollte. Der kurze Zwischenstopp im verhältnismäßig kleinen Wiener Flughafen war ihm lieber als das Chaos von London Heathrow, wo schon einmal einer seiner Koffer spurlos verschwunden war, oder als die endlos langen Wege im Flughafen Frankfurt.
Ich habe fast nicht gelogen, als ich mit Adam sprach, dachte er, als er endlich am Gate stand. Er flog ja wirklich nach Wien.

Im Duty-Free-Shop in Brüssel hatte er belgische Pralinen gekauft, natürlich die »Desire« von Neuhaus, beim Zwischenstopp in Wien kaufte er noch Mozartkugeln und, weil immer noch Zeit war, eine Sachertorte. Für Baia.
Es war lächerlich. Klischee-Mitbringsel vom Flughafen für eine Frau, die er – was? – erobern wollte?
Er hatte noch eine Stunde Zeit bis zum Weiterflug. Er ging zum Buch&Presse-Shop, um eine österreichische Tageszeitung zu kaufen. Er nahm den Wiener *KURIER*, dazu ein Taschenbuch über Albanien, das er in einem Drehständer mit Reiseführern fand.

Er wollte die Zeitung schon gelangweilt weglegen, noch bevor das Flugzeug die Reiseflughöhe erreicht hatte, blätterte einmal noch um und sah auf Seite 5 ein Foto von seinem Cousin Franz.
Wie alt war dieses Foto? Sie waren doch gleich alt, aber Franz sah auf diesem Foto gut zehn Jahre jünger aus. So jung sind wir nicht mehr, dachte er. Blitzartig, mit einem stechenden Schmerz, wurden Karl Auer sein Alter und sein Aussehen bewusst, seine Hybris, auf die Liebe einer jungen Frau zu spekulieren …
Nein, das Foto von Franz war aus dem Archiv des Pressediensts der Polizeidirektion, es war sicherlich nicht aktuell, der Artikel bezog sich auch nicht auf eine Pressekonferenz, die Franz gegeben hatte und bei der er fotografiert worden war, sondern auf eine Presseaussendung der Polizei, in der Franz zitiert wurde. Es gab eine Spur. Spuren sind in Zeitungen naturgemäß heiß. Das war der Titel, fettgedruckt. HELMDIEBSTAHL: EINE HEISSE SPUR. Allerdings erwies sich die heiße Spur bei Lektüre des Artikels nicht als Spur, sondern als weitere Tat, die offenbar die Diebe des Helms begangen hatten. Es war nämlich die interne Datenbank des Kunst-

historischen Museums gehackt worden, in der auch die Versicherungswerte der Exponate des Museums vermerkt waren, die bereits einmal in den Leihverkehr gegangen sind. Und da sei auffällig, dass der Betrag, der für den gestohlenen Helm als Lösegeld gefordert wurde, exakt dem Versicherungswert des Helms entspreche.
Und da kam Kommissar Franz Starek zu Wort: Er interpretiere dies so –
Süß oder salzig?
Karl Auer blickte auf. Die Stewardess. Gummibären in Form kleiner Flugzeuge oder kleine Brezel?
Die Stewardess lächelte. Noch einmal sagte sie: Süß oder salzig für Sie?
Nein. Karl nervte ihr Lächeln. Er empfand es als Freundlichkeitsmaske, die man aufsetzt, um Menschen zu beruhigen, die vielleicht nicht ganz zurechnungsfähig waren. Die Maske einer Oberschwester in einer psychiatrischen Anstalt, ein Entspannen-Sie-sich-, ein Alles-gut!-Lächeln. Er schloss die Augen, sagte: Nein danke!
Was wollen Sie trinken?
Nichts, danke!
Warum war er so genervt? Niemand hatte ihn zu dieser Reise gezwungen. Es sollte doch –
Er atmete tief ein und aus.
Es sollte doch eine Lustreise werden.

Lust? Es war doch bezeichnend, dass Lust immer wieder in einem Atemzug mit Laune genannt wird. Lust und Laune. Wie Äpfel und Birnen. Aber das kann man nicht vergleichen. Muss man auch nicht. Es hebt sich im selben auf. Äpfel und Birnen sind Obst. Lust und Laune sind seelische Reflexe. Punkt. Aber war das wirklich der Punkt? Jedes Mal, wenn er diesen Reflex gehabt hatte, Lust, Begehren, Sehnsucht, war dann sehr rasch der Moment gekommen, da er sich fragte: Könnte ich mir vorstellen, mit dieser Frau ein Kind zu haben, genauer gesagt: Könnte ich mir diese Frau als Mutter meines Kinds vorstellen, das hieß aber auch: mit ihr gedeihlich zusammenzubleiben, unter einem Baldachin der Harmonie und des wechselseitigen Respekts, den kein plötzlicher Blitz durchschlagen konnte? Denn das war nicht verhandelbar: Das Kind durfte auf keinen Fall ein Scheidungskind werden. Er ist ab und zu verliebt gewesen, einmal sogar so neurotisch, dass er stete Verzweiflungstränen als Beweis für die Unerschütterlichkeit seines Begehrens gesehen hatte, aber wenn er sich schließlich fragte, ob es wirklich Liebe sei, dann ist jedes Mal dies sein Lackmustest gewesen: die Frage, ob er mit dieser Frau, unbedingt mit dieser Frau ein Kind haben wollte. Er hat nie lange Beziehungen gehabt. War es nun wieder so? Ein Check, ob Baia –

Es war verrückt, dachte er. Diese Reise nach Albanien war die Karikatur einer Dienstreise, bei der er in einem Land, das den Status Beitrittskandidat hatte, überprüfen sollte, ob der Kandidat die Voraussetzungen für ernsthafte Beitrittsverhandlungen erfüllte. Der Aquis wird nicht verhandelt. Die Annäherung muss der Beitrittswerber leisten. Das war doch –

Da fiel ihm der Moment ein nach dem Abendessen der Delegation in diesem berühmten Restaurant in Tirana. Es war allgemeiner Aufbruch, sie standen vor dem Lokal, alle warteten auf die Limousinen, er kam hinter Baia zu stehen, sah in ihrem Nacken einen ganz zarten blonden Flaum, in dem zwei oder drei Schweißtropfen hingen. Perlen.

Er öffnete wieder die Augen, schaute in die Zeitung.

Franz Starek. Der Cousin also interpretierte dies so: Wäre die Lösegeldsumme deutlich höher als die Versicherungssumme, würde das Museum höchstwahrscheinlich nicht zahlen, son-

dern lieber die Versicherungssumme kassieren. Warum sollte es mit Defizit ein Exponat zurückkaufen, das in der Sammlung des Museums keine große Bedeutung hat? Wäre die Lösegeldforderung aber deutlich niedriger als die Versicherungssumme, würde das Museum natürlich bezahlen und von der Versicherung entschädigt werden, allerdings wäre für die Diebe der Profit niedriger, als er möglich gewesen wäre.
Dieser Hacker-Angriff auf die Datenbank des Museums zeige also, so Kommissar Starek, dass wir es im Gegensatz zum Saliera-Diebstahl hier mit Profis zu tun haben.
Profis werden in österreichischen Zeitungen immer mit den Adjektiven – Epitheta ornantia, dachte Karl Auer – »eiskalt« oder »ausgekocht« versehen. Im weiteren Artikel waren sie ausgekocht, immerhin war ja die Spur heiß.
Nun seien Experten dabei, den Zugriff auf die Datenbank des KHM zurückzuverfolgen.
Das war also die »Spur«. Nichts als ein schwarzes Loch im Netz.

Karl Auer stopfte die Zeitung in die Tasche der Vorderlehne.
Er schloss die Augen.
Er war so unruhig.
Er nahm den Reiseführer Albanien zur Hand.
Noch etwas mehr als eine Stunde bis zur Landung in Tirana.
Die Fotos von Sehenswürdigkeiten auf Rundreisen, die er nicht machen würde, interessierten ihn nicht. Und schon gar nicht die – wie sollte man es nennen? – Impressionen. Eine Bikinischönheit vor einem Bunker an einer Küste in Südalbanien. Noch mehr Fotos von Bunkern. Die Macher dieses Reiseführers waren offenbar besonders fasziniert von den kleinen Bunkern, mit einer Schießscharte und Platz darin für ein oder zwei Mann. Was für das riesige China die Chinesische Mauer, das war für diesen winzigen Staat die Reihe von

Betonwarzen in der Landschaft. Das Vermächtnis eines paranoiden Diktators und Massenmörders, der mit dem Blut seines Volkes keine Cheops-Pyramide, keine Stalin-Allee, keinen Ceaușescu-Palast errichtet hatte, sondern als Kleinbürger, der er noch in seinem Größenwahn war, diese Hoxha-Bunker, bloße Pickel im Antlitz seines Landes – das sollte eine Attraktion für Touristen sein? Hier: Noch ein Foto mit Bunker, daneben auf einer Landstraße ein Fuhrwerk mit einem Zugochsen, auf dem Kutschbock ein lachender Bauer, dem ein Schneidezahn fehlt. Was will der Reiseführer da sagen? Dass er in ein Land reiste, in dem die Menschen arm und rückständig, aber fröhlich sind? Und ganz ursprünglich mit Ochsenkarren an den Relikten des stalinistischen Terrors vorbeifahren. Sie haben vielleicht einen Zahn verloren, aber nicht ihren Ochsenkarren und ihre Lebensfreude. Und ihre Gastfreundschaft. Es folgte ein Kapitel über albanische Gastfreundschaft.

Entnervt blätterte Karl Auer weiter. Er wollte den deutschen Reiseführer schon zuschlagen, da stieß er auf den Abschnitt »Basis Vokabular für Ihre Reise / Redewendungen / geläufige Ausdrücke«.

Er sah ein Vokabelheft und begann sofort zu lernen. Warum tat er das? Sein Sitznachbar studierte auf einem Tablet Excel-Tabellen, und Karl Auer versuchte, sich Vokabeln und Phrasen einzuprägen, er schloss die Augen und memorierte. Guten Tag. Entschuldigen Sie bitte. Ich möchte gerne. Es ist zu teuer. Er sah wieder in das Buch. Wie viele Vokabeln würde er sich bis zur Landung merken können? Sa kushton kjo? Sa kushton kjo? Sa kushton kjo?, sagte er sich mit geschlossenen Augen vor.

Nein. Er schlug das Buch zu. Baia sprach doch perfekt Deutsch. Warum sollte er auf Albanisch sagen können »Ich heiße« und »Was kostet das«? Wenn er danach nicht einmal

Smalltalk in dieser Sprache führen konnte. Und ist es nicht ein Menschenrecht, in Rücksicht auf das eigene seelische Wohlbefinden in anderen Ländern möglichst nichts zu verstehen? Er erinnerte sich an einen Aufenthalt in Gdańsk, es war etwa ein halbes Jahr her, da wurde er vom Direktor des *Europejskie Centrum Solidarności* nach der Besprechung und einer Führung durch dieses beeindruckende Museum in ein sehr traditionelles Gasthaus zum Essen eingeladen.
Wenn Ihnen ein Lokal hier als sehr typisch empfohlen wird, hatte der Direktor gesagt, dann ist es Folklore für Touristen. Das muss nicht schlecht sein, sagte er, neun der zwanzig besten Bühnenbildner der Welt sind Polen, wir können das. Aber dieses Lokal hier ist nicht typisch, es ist authentisch, verstehen Sie?
Karl Auer bewunderte die alte Schank, die Holzvertäfelung des Raums, die Patina. Und das Essen hier, sagte der Direktor, klassische polnische Küche, ohne Kompromisse mit den Essgewohnheiten von westlichen Touristen. Rosół, zum Beispiel, das ist Hühnersuppe, aber nicht wie die deutsche Hühnersuppe, die ja mehr Suppe als Fleisch ist, sondern – da dröhnte vom Nebentisch lautes Gelächter. Auer sah hinüber. Eine Großfamilie, dachte er gerührt. Offenbar drei Generationen an einer Tafel, die gemeinsam aßen und lachten. Ein weißhaariger Mann, wohl der Großvater, strahlte vergnügt wegen des Erfolgs, den seine Erzählung gerade gehabt hatte. Eine Familienanekdote? Ein junger Mann ergriff das Wort, und sofort gab es wieder Gelächter. Auf seinem Schoß saß ein Kind, das er Hoppe-Hoppe-Reiter auf und ab hüpfen ließ, es kicherte vor Vergnügen.
Wie schön, sagte Auer.
Sie erzählen antisemitische Witze, sagte der Direktor.

Nein. Es ist besser, nichts zu verstehen, nirgends. Nur so kann man sich an Heiterkeit erfreuen. Unë nuk kuptoj.
Er schloss die Augen.

Wir beginnen mit dem Landeanflug.

Heftige Turbulenzen schüttelten das Flugzeug. Atmosphärische Störungen rüttelten an der Aerodynamik – aber Hochleistungspolymere und intelligente Ansteuerung der Aktorik wirken der Turbulenz entgegen und können die Vibration des Flugzeugs dämpfen. Ganz normal. Der Sitznachbar erwies sich als Flugzeugtechniker. Das konnte Auer nicht beruhigen. Der Nachbar lächelte. Aber Auer hatte das Gefühl, im Anflug zu seiner Liebe in den Tod zu stürzen. Sein Magen schleuderte Säure in die Mundhöhle, er schluckte. Süß oder salzig? Und sein letzter Gedanke: kein Kuss mit diesem Mund. Diesen Mund mit dem Geruch von Erbrochenem will doch keine küssen.

11

Kommissar Franz Starek behauptete, dass er seine Einsamkeit genoss. Und es gab immer wieder Tage, an denen er das auch wirklich glaubte.
In den letzten eineinhalb Jahren seiner Ehe, nachdem sein Töchterlein Sabine ausgezogen war, hatte er mit wachsender Irritation zur Kenntnis nehmen müssen, dass seine Frau und er es verlernt hatten, sich in Zweisamkeit zu genügen oder diese gar zu genießen. Wenn er abends nach der Arbeit am Küchentisch geraucht hatte und seine Frau ihm deswegen Vorhaltungen machte, während auf dem Herd das Fett spritzte und verbrannte, weil sie wieder einmal Kartoffelpuffer mach-

te, war er bereits darauf trainiert worden: Wie schön es wäre, alleine in einer Wohnung zu sitzen, zu rauchen und einfach ein Käsebrot zu essen. Alleine!
Kartoffelpuffer! Er mochte sie nicht besonders, er aß sie natürlich, weil er alles aß, was auf den Tisch kam, sie war es, die Kartoffelpuffer liebte, behauptete sie jedenfalls, aber irgendwann glaubte er das nicht mehr. Er hatte den Verdacht, dass sie es bloß liebte, weil dieses Essen billig war, sie liebte die Ersparnis von ihrem Haushaltsgeld. Sie schaufelte ihm drei oder vier Kartoffelpuffer auf den Teller, aß selbst aber immer nur einen.
Ein Mensch, der liebt, will mehr.
Wenn sich Liebe in Gier, Sehnsucht, Zärtlichkeit zeigt – worin sonst?, dann war er sozusagen zu einem Kartoffelpuffer in ihrem Eheleben geworden: bloß recht und billig.
Fehlt dir jetzt nicht die Zärtlichkeit, die du in der Ehe bekommen hast, die fixe Frau im Bett?, fragte sein Freund Oberstudienrat Prochaska bei einem Feierabend-Bier im Gasthaus Pistauer.
Verzeih, wenn ich dir mit dieser Frage zu nahe trete, sagte Prochaska, aber –
Prochaska war Witwer, er hatte seine Frau sehr früh durch Brustkrebs verloren. Sie sei ihm vom Krebs geraubt worden, sagte er.
Zärtlichkeit? Mir kann doch nicht etwas fehlen, sagte Starek, was ich schon die längste Zeit nicht mehr gehabt habe. Das war ich gewohnt.
Dann fügte er hinzu: Gewohnheiten, die du aufgeben sollst, fehlen dir. Alles andere ist – er zuckte die Achseln.
Starek hatte nach der Scheidung sein Leben in der neuen Wohnung vom ersten Tag an mit Gewohnheiten begonnen – indem er alles so machte wie immer, nur dass es jetzt nicht kommentiert wurde, oder indem er es so machte, wie er es

schon längst hatte machen wollen, ohne dass ihn jetzt die Rücksicht auf seine Frau, oder besser: die Vermeidung von Problemen mit seiner Frau, daran hinderte. Er wollte ganz einfach wieder ein fröhlicher Mensch sein, zumindest – und das war zunächst gleichbedeutend – ein Mensch, der nicht ständig irritiert wurde.

Er hatte auf Grund seiner beruflichen Position und seiner ewigen Mitgliedschaft in der Sozialdemokratischen Partei sehr rasch eine nette Gemeindewohnung bekommen, im Rosa-Jochmann-Hof in der Fickeystraße, mit zweieinhalb Zimmern und Frankfurter Küche. Er liebte den Blick auf den grünen Innenhof, den Kinderlärm, die Tonfälle, die er vom Hof herauf durch ein geöffnetes Fenster hörte, das Abendlicht in diesem Herbst, das den Hof in ein rötlich goldenes Licht tauchte, die Bäume, das bunte Laub, das schließlich abfiel, im Novemberwind tanzte und dann vom Herrn Petrovic mit einem Laubsauger gebändigt und entsorgt wurde.

Und er konnte von dort zu seinem Stammlokal Pistauer zu Fuß gehen.

Er hätte auch eine Wohnung im bürgerlichen 9. Bezirk haben können, nur wenige Gehminuten von seiner Dienststelle entfernt, aber er war ein Simmeringer, er wollte nicht fort aus diesem Bezirk, in dem er aufgewachsen war, in dem er sein ganzes Leben verbracht hatte und in dem er auch irgendwann begraben sein würde, nämlich am Zentralfriedhof, am Ende der Simmeringer Hauptstraße, einem der größten Friedhöfe Europas, wo in der Nacht *die Pforrer tanz'n mit die Hur'n, und Juden mit Araber*, wie man in Wien sang. Manchmal fuhr er mit der Straßenbahn, dem 71er, genannt Gießkannenexpress, die paar Stationen zum Zentralfriedhof, um dort spazieren zu gehen. Gern besuchte er die Gruppe 47, das war jener Teil des Friedhofs, wo die verstorbenen Höchstrichter, Staatsanwälte und höheren Polizeibeamten lagen, Legenden wie Hans Werner Ruf, nach 1955 der erste Leiter des Referats für Kunstdiebstahl im Bundeskriminalamt, ein ehemaliger Widerstandskämpfer, der sich große Verdienste um das Aufspüren von Naziraubkunst erworben hatte und zugleich auch ein Förderer junger Künstler gewesen war.

Die Abende mit Schwermut, weil er allein zu Hause saß und allein ins Bett ging, das eigentlich wieder einmal frisch überzogen werden müsste, wurden seltener. Und die seltenen Abende, wo er mit einer »Bekanntschaft«, wie er es nannte, zu Hause im Bett landete, bestärkten ihn letztendlich nur in seinem Glück, allein zu sein. Wenn eine Bekanntschaft nach einer mühsamen, alkoholträgen Nacht in der Früh sofort glaubte, Ehefrau spielen zu müssen, in der Küche Kühlschrank, Kästchen und Läden aufriss, um ein Frühstück zusammenzusuchen, wo er doch nur einen schwarzen Kaffee und Zigaretten wollte, sagte er: Lass das, schloss die Augen und wartete, bis sie ging und bis er ihren Mund- und Achselgeruch, überhaupt die Zumutung eines fremden intimen Geruchs nicht mehr in der Nase hatte. Dazu noch dieses Rätsel: Warum befanden sich nach dem Einbruch von Bekanntschaften in sein Leben am nächsten Tag alle möglichen Gegenstände nicht auf dem gewohnten Platz? Das machte ihn rasend. Wieso lag der Flaschenöffner nicht an seinem Flaschenöffnerplatz? Und wo war der Aschenbecher, wo sein Kaffeehäferl?

Ja, an den Tagen und Abenden danach glaubte er es wirklich: dass er nur alleine zu Hause glücklich war.

Die Bettwäsche wurde nun einmal pro Woche von der Putzfrau gewechselt.

Es hatte eine Zeit gedauert, bis er eine Putzfrau fand. Alle, die ihm aus dem Bekanntenkreis vermittelt worden waren, wollten das Geld in bar auf die Hand, sie lehnten es ab, angemeldet zu werden, aber das konnte und wollte sich Starek in seiner Position nicht leisten. Ein Polizist, der schwarz arbeiten

lässt, nein, das kam nicht in Frage. Und dann, auf Vermittlung von Herrn Hans, dem Oberkellner vom Pistauer, kam Frau Bessa.
Anmeldung ist gut, ich bin, sag ich immer, Ich-AG, sagt man doch heute, Ich-AG, hab keine Mann, muss angemeldet sein, weil nur so versichert. Und Weißt eh: anerkannte Flüchtling nix mehr anerkannt, wenn arbeiten schwarz.

Ja, Starek mochte sein neues Leben als Single. Das sagte er sich immer wieder. Aber seit Neuestem ertappte er sich dabei, dass er sich auf den Freitag freute, sich schließlich nach dem Freitag sehnte, wenn Frau Bessa zum Putzen kam, um sieben in der Früh, und er sie eineinhalb Stunden, bis er selbst zum Dienst musste, als guten Geist in der Wohnung beobachtete, das dachte er tatsächlich: guter Geist, das hatte er fast vergessen gehabt, wie schön es sein konnte, Leben zu spüren in seiner Wohnung, so etwas wie Alltagsleben in den vier Wänden seiner Einsamkeit, ein Geist, ihr Lachen. Und was sie sagte: Sie kommentierte nicht ihn, sondern die Welt, ist Außenminister verrückt, was möchte Ausländer abschieben, soll krank werden, der Minister, und dann keine da, was ihn pflegt, weil Ausländer weg, und wie sie lachte, ist ja wahr, ehrlich zum Sagen, sagte sie, und wie sie sich bewegte, und er trank seinen schwarzen Kaffee und rauchte und schaute fröhlich und zugleich mit schlechtem Gewissen – schließlich hatte er die BKA-Schulung »Prävention Sexuelle Belästigung am Arbeitsplatz« gemacht, wobei das, was da gelehrt worden war, seiner Meinung nach ohnehin selbstverständlich war –, schaute also auf ihren Hintern, wenn sie den Stecker des Staubsaugers aus der Steckdose zog, mit Wohlgefallen, dachte er. Mit Wohlgefallen. Mit Freude. War das schon übergriffig? Und er fragte sie eines Tages, ob sie sich nicht auf einen Kaffee zu ihm setzen wolle, und ja, sagte er beglückt, natürlich dürfe sie auch rauchen.

Und sie zündete sich eine Zigarette an, sagte, dass sie ihn vor drei Tagen in der Zeitung gesehen habe. Wegen diese albanische Helm.
Ja, sagte Starek, er sei tatsächlich der Kommissar, der –
Und? Ist Helm wiedergefunden?
Nein. Wir haben die Diebe noch nicht identifiziert.
Haben Sie Milch? Ich brauche Milch für meine Kaffee.
Sofort sprang Starek auf und nahm die Milchflasche aus dem Kühlschrank, stellte sie auf den Tisch.
Sehen Sie, sagte Frau Bessa.
Was?
Ich will Milch, Sie holen Milch.
Das ist doch normal –
Is normal, ja. Aber wenn is normal, warum Sie suchen, wer hat geholt Helm? Sie müssen fragen: Wer hat *wollen* Helm. Ist ganz anderer. Und warum hat wollen Helm. Dann Sie finden, anders Sie finden nicht. Sie wollen Milch? Is nix mehr in Kühlschrank, ist jetzt bei mir. Sie müssen also nicht suchen, wer war bei Kühlschrank, sondern wer hat wollen Milch. Sie wissen, was bedeutet Helm von Skanderbeg? Na wer kann brauchen diese Helm? Is er dort!
Sagte die Putzfrau Bessa Cakaj, Albanierin aus Nordmazedonien.

Starek musste zur Arbeit, Bessa putzte noch drei Stunden, und als Starek am Abend heimkam, freute er sich, wie sauber und gepflegt die Wohnung war, er hatte das Gefühl, umsorgt zu sein. Er machte sich ein Käsebrot, saugte sofort die Brotbrösel mit dem Handstaubsauger von der Arbeitsfläche, nahm ein Bier aus dem Kühlschrank, und – warum war er jetzt so schwermütig mit seinem Käsebrot und Bier alleine am Küchentisch, und trotzdem glücklich?
Später nahm er eine Dusche und kam sich lächerlich vor, weil

er an den gestohlenen Helm denken musste, als er die Badehaube über den Kopf zog. Er wollte nicht mit nassem Haar ins Bett gehen. Wer wollte sich aus welchem Grund diesen Helm auf den Kopf setzen? Da stand er unter dem Duschstrahl, ein nackter Skanderbeg mit Duschhauben-Helm. Warum hatte er sich nicht schon längst Material besorgt, Literatur, die ihm erklärte, welche Bedeutung dieser Helm hatte, der vielleicht mehr war als bloß ein gestohlenes Objekt aus einem Museum? Vielleicht. Bessas Gedanke war interessant. Aber unwahrscheinlich. Denn wenn sich jemand wirklich in den Besitz des Helms hatte setzen wollen, dann hätte er doch keine Lösegeldforderung gestellt. Das hatte er Bessa gesagt, aber sie: Glaub ich nicht. Wer hat Helm, will nicht Geld. Und wer will Geld, stiehlt nicht diese Helm.
Er ging ins Bett. Der zarte Blütenduft der frisch gewaschenen Wäsche. Er verband diesen Geruch mit Bessa, er drückte sein Gesicht an ihren Busen, nein, in das Kissen, presste die Bettdecke zwischen seine Beine und – nein! Das wollte er nicht. Das war verrückt. Er sprang aus dem Bett.
Er saß am Küchentisch und betäubte sich mit Schnaps und Zigaretten. Glücklich? Er wollte nichts mehr denken. Und diese Frage wollte er schon gar nicht zulassen.
Am nächsten Tag, völlig apathisch, geradezu hirntot wegen seiner Kopfschmerzen, sollte er erfahren, dass der Fall des gestohlenen Helms eine völlig verrückte Wendung genommen hatte.

12

Nach der Landung in Tirana eilte Karl Auer sofort in die nächste Toilette, um sich den Mund auszuspülen. Er schlug sich kaltes Wasser ins Gesicht, um den Angstschweiß abzuwaschen, er trank, gurgelte, schob einen Schluck Wasser im Mund hin und her, spuckte, spülte nach, schlug sich noch einmal Wasser ins Gesicht, dann schaute er nach rechts, nach links: Da war kein Handtuchspender!

Es gab nur einen Heißlufttrockner für die Hände.

Er lief in ein Toilettenabteil und wischte sich mit Klopapier das Gesicht ab, öffnete sein Hemd, wischte sich Brust und Bauch trocken. Aber wegen seiner Nervosität, vielleicht auch wegen der Nachwehen seiner Angst beim Landeanflug und seinem Stress schwitzte er wieder stärker, er rollte panisch meterlange Bahnen Klopapier ab, wischte und tupfte, schließlich setzte er sich auf den WC-Sitz, atmete tief durch.

Warum? Das alles? Baia.

Er saß in Denkerpose, in der Faust ein großes Knäuel Klopapier. Er fragte sich –

Do you need help?

Karl Auer schaute auf. In der Türe stand ein anderer Passagier, der sehr besorgt oder erstaunt auf ihn blickte, ein weitsichtiger Mann, dessen aufgerissene Augen durch die Brillengläser noch vergrößert wurden. Auer hatte in seiner Hektik vergessen, die Tür zu schließen und zu verriegeln.

Can I help you?

Nein, nein, es gehe ihm gut, es sei alles in Ordnung, sagte Auer, sprang auf, betätigte die Spültaste, was den Mann erst recht befremdete, da Auer ja mit geschlossener Hose auf dem heruntergeklappten Klodeckel gesessen war. Der Mann wich zurück, und Auer lief mit seinem Trolley aus der Toilette, er lief vorbei an den Gepäckförderbändern, hinaus in die Ankunftshalle.

Als sich Karl Auer in Baia Muniq verliebt hatte, damals bei den Gesprächen mit den albanischen Parlamentariern und definitiv nach dem Abendessen auf dem Weg vom Restaurant zum Hotel, war er der Meinung gewesen, dass diese Frau, egal was sie anziehen würde, alleine wegen ihrer Ausstrahlung immer elegant wirken würde, nicht nur in ihrem Business-Kostüm, sondern sogar in einem Kartoffelsack. Selbst in Violett konnte er sie sich vorstellen. Dies über eine Frau zu sagen, war eine Floskel, die auf seine Schulzeit zurückging, als er sich entscheiden musste, ob er Anhänger des bürgerlichen Fußballclubs Austria Wien (Violett) oder des proletarischen Vereins Rapid Wien (Grün) sein wollte. Er hatte sich damals für Grün entschieden, logisch bei seiner Herkunft. Aber die Farben bekamen dann auch jenseits des Fußballs eine Bedeutung: Wenn ein grüner Gymnasiast sagte, er könne sich ein bestimmtes Mädchen »sogar in Violett« vorstellen, dann meinte er, dass sie in seinen Augen ein Mädchen war, das selbst in extrem unvorteilhafter Kleidung noch gut aussah.

Aber als er Baia jetzt in der Ankunftshalle erblickte, kam er zu der Erkenntnis, dass er ihren Reiz damals noch gar nicht in vollem Umfang erfasst hatte.

Er sah sie sofort – und er sah sie völlig neu, er hatte das Gefühl, erst jetzt ihre ganze Persönlichkeit wahrzunehmen, ihre Einzigartigkeit. Nein, Violett kam für sie auf keinen Fall in Frage.

Im bunten Gewimmel der Menschen stach sie sofort heraus, sie musste nicht einmal die Hand heben und winken, weil sie gesehen hatte, dass sie augenblicklich von ihm entdeckt worden war. Sie trug ein schlichtes schwarzes Kleid. Um sie herum Menschen mit Anzügen, Kleidern, Jacken, Hemden, T-Shirts, Jogginghosen in allen möglichen Farben und Mustern, violett, giftgrün, orange, glitzerblau in Plastikoptik mit weißen Streifen, Familien, die jemanden abholten, herausgeputzt in Mitternachtslila oder Mausgrau mit Silberfäden, Jugendliche in den Farben aller möglichen Fußballclubs, die meisten übergewichtig und mit der Rückennummer Zehn,

Touristen in greller so genannter Funktionskleidung, die »atmungsaktiv« genannt wurde, obwohl sie jedem sensiblen Betrachter den Atem abschnürte. So sah Karl Auer die Szene. Schlecht gepixelt ein greller Konfettisturm.
Und Baia im kleinen Schwarzen, eine Korallenkette als einziger Schmuck, im selben Rot ihr Lippenstift. Ihre Gesichtszüge, bei all ihrer Individualität, vollkommen ebenmäßig, ohne Zweifel Ausdruck einer harmonischen Seele. Er blieb stehen und starrte. Das kleine Schwarze war wie ein Rahmen, der sich gleichsam zurücknahm, um das Bild dieser Frau ganz hervortreten zu lassen.
Warum dachte er: vernichtende Anziehungskraft?
Sie lächelte.
Da ging er auf sie zu, ließ seinen Trolley los, um die Arme auszubreiten, der Trolley fiel mit einem Knall um, und er sagte: *shumë shtrenjtë.*
Wenn er schon während des Flugs ein paar Vokabeln gelernt hatte und vielleicht auch aus Anbiedersinn wollte er jetzt auf Albanisch *Guten Tag* sagen, sie damit überraschen, aber er verwechselte die Phrasen und sagte: *Zu teuer.*
Seine Aussprache war so falsch, dass Baia nicht verstand, sie dachte, dass er etwas auf Wienerisch gesagt hatte, *shumë* klang ein bisschen wie *schau ma*, sie lächelte und sagte: Sie verstehe zwar Bayerisch, aber es wäre besser, wenn er sich bemühte, Hochdeutsch zu sprechen.

Aber zunächst sagten sie lange nichts, lächelten einander nur an, bis sie im Taxi saßen, nachdem Baia dem Taxifahrer offenbar eine Standpauke gehalten hatte.
Was war das jetzt?
Er wollte den Fixpreis für Touristen, der drei Mal höher ist als der legale Tarif mit dem Taxometer.
Passiert das oft?

Sie lachte. Das ist normal.
Normal? Wenn Albanien in die EU will, dann muss –
Hör mal, erstens ist mir das auch in Prag passiert, und die Tschechische Republik ist EU-Mitglied, aber leider konnte ich mich nicht wehren, ich kann nicht Tschechisch. Und zweitens –
Zweitens?
Wir bringen jetzt deinen Koffer ins Hotel, dann fahren wir weiter zu einem Lokal, das ich dir zeigen will, damit du Albanien besser kennenlernst. Dort können wir etwas essen, du hast sicher im Flugzeug nichts bekommen.
Ja. Ich meine nein. Nichts bekommen. Ja, lass uns etwas essen.
Ja. Eben. Zweitens: Wenn du schon die EU ansprichst – wir machen streng getrennte Rechnung.
Was hat das … mit der EU … zu tun?
Das müssen wir sofort klarstellen, sagte Baia. Keine Gespräche über Berufliches, keine Geschenke, und bei gemeinsamen Spesen getrennte Rechnung.
Willst du einen Vertrag machen?
Baia lachte. Vertrag? Den habe nicht ich gemacht. Wir haben als Parlamentarier einen Verhaltenskanon. Außerdem habe ich die Compliance-Regeln der Europäischen Kommission gelesen. Das ist die gemeinsame Schnittmenge: Diskretion in Hinblick auf Interna unserer Institutionen und auf unsere politische Arbeit, Verbot von Geschenkannahme. Das Angebot der Gastfreundschaft darf nur im Einklang mit diplomatischen Gepflogenheiten beziehungsweise im Rahmen offizieller Treffen angenommen werden. Das heißt: Das albanische Parlament kann Vertreter der Europäischen Kommission nach Sondierungsgesprächen zum Essen einladen, oder umgekehrt, aber ich als Parlamentarierin kann ohne offiziellen Auftrag nicht einen Beamten der Europäischen Kommis-

sion einladen und darf mich auch nicht von ihm einladen lassen. Das ist der Verhaltenskanon, oder wie ihr sagt, der Code of Conduct, im Amtsblatt der Europäischen Union das Dokument C 65/7.

Kann es sein, dass du Juristin bist, sagte Auer.

Baia lachte nicht.

So streng?

Sollen wir nicht streng sein? Das sagt ein Beamter der Kommission?

13

Kommissar Starek wusste natürlich, dass die Rückverfolgung einer Mail in der Regel aussichtslos war, wenn der Absender es einigermaßen professionell darauf angelegt hatte, im Dunkeln zu bleiben.

Er griff sich an den Kopf. Warum erklärte dieser Mensch das so umständlich und endlos lang?

Manchmal aber war die Rückverfolgung doch überraschend einfach, und man landete sehr schnell bei der IP-Adresse von einem Internetcafé. Das musste nicht unbedingt auf Amateure hinweisen, im Gegenteil. Der Ort des Internetcafés sagte ja nichts darüber aus, wo sich das Diebesgut befand, gerade international agierende Banden bevorzugten diese Methode, um unaufwendig falsche Spuren zu legen.

Starek nickte.

Der Helm konnte sich, nur zum Beispiel, in Helsinki befinden, das Internetcafé, von wo aus die Lösegeldforderung gemailt wurde, aber wie in unserem Fall in Bari. Das Erfolgserlebnis, bei der Rückverfolgung einer Mail tatsächlich beim Standort des Absenders gelandet zu sein, bedeutete also für die weiteren Ermittlungen genau gar nichts. Der Diebesbande aber ermöglichte diese simple Methode eine rasche Kommunikation. Einen yahoo- oder gmail-Account kann man sehr einfach anonym in einem Internetcafé einrichten. Dann bekommen die Täter auf ihre Erpresser-Mail sofort Antwort und können wiederum sofort ihre Anweisungen und die Modalitäten der Lösegeld-Übergabe bekanntgeben. Die nächste Mail konnte von einem Internetcafé in einer ganz anderen Stadt abgeschickt werden, aber die Kommunikation funktionierte in Echtzeit, anders als es der Fall wäre, wenn der Absender der Erpressermail durch kompliziertes *Hop Routing*

Was?

Hop Routing, das ist –

Ja, ja.

… also dadurch nicht mehr greifbar wäre. In diesem Fall müssten mühsam andere Kommunikationskanäle eröffnet werden, Kleinanzeigen in Tageszeitungen mit Code-Wörtern, tote Briefkästen oder Ähnliches.

Mit anderen Worten, sagte Karl Hammerschlag,

Bitte keine anderen Worte, ich habe schon verstanden, dachte Starek und massierte seine Stirn.

… dass die Erpresser-Mail so einfach rückverfolgt werden konnte, bedeutet also nicht unbedingt … ähnliches Muster bei Van-Gogh-Museum Amsterdam, als … Profis … international …

Ist gut ist gut, ich habe verstanden, sagte Starek. Warum reden diese Informatiker immer so schnell, wobei Hammerschlag noch dazu die irritierende Eigenheit hatte, beim Reden zwar die Lippen zu öffnen, aber nicht das Gebiss, er presste die Bytes seiner Informationen durch die Zähne. Und warum hatte er dann immer wieder auch dieses genießerische Lächeln, das Starek sonst nur von alten Frauen kannte, die in der Konditorei Aida eine Malakoff-Torte aßen. Und wieso musste dieser junge Mann einen Bart tragen wie ein Frauenarzt um 1900? Er atmete tief durch und sagte: Danke, das war sehr wertvoll.

Die Mail mit der Lösegeldforderung war also von einem Internet-Café aus abgeschickt worden. Das war normalerweise nicht unbedingt ein Hinweis, der sie weiterbrachte. Das war ihm schon klar. Aber es gab doch eine Auffälligkeit, die Starek beschäftigte: Das Internetcafé befand sich in Süditalien, in Bari, und der Name des Cafés war *Vlora.*
Ausgerechnet *Vlora*. Starek googelte und fand sofort mehr als ein Dutzend Internetcafés in Bari, mit Namen wie *World Connection, Caffé Mezzaluna, Frizz, Console, Carlo's Ponti* und so weiter. Ein Café hieß *Mahmudul Islam* – und man ging wohl nicht fehl in der Annahme, dass dieses hauptsächlich von Moslems frequentiert wurde. Wenn nun ein Café *Vlora* hieß, dann war es doch ebenso wahrscheinlich, dass es in der Hand von Albanern war und vor allem von der albanischen Gemeinde in Bari genutzt wurde. Und das war vielleicht doch ein Hinweis auf mögliche Täter. Vlora war nicht nur der Name einer südalbanischen Hafenstadt an der engsten Stelle der Adria, es war auch der Name eines albanischen Handelsschiffs, das 1991 mit einer Ladung Zucker aus Kuba im Hafen von Durrës anlegte und von Tausenden Albanern gestürmt wurde, die nach Italien flüchten wollten. Das gekaperte Schiff nahm dann tatsächlich Kurs auf die italienische Küste und durfte schließlich in Bari anlegen, wo den Albanern aus humanitären Gründen erlaubt wurde, an Land zu gehen. Das war der so genannte Große albanische Exodus, seinerzeit in allen Medien. Es war sein Freund Max-Otto, der Starek daran erinnerte und ihn in einem langen Telefonat über die albanische Mafia in Süditalien informierte.
Max-Otto Hagenbeck war ein hochdekorierter Hamburger Polizist, der seit fünf Jahren in Den Haag bei der Europol

arbeitete, als Assistant Director im Operations Department O2 (organized crime). Starek hatte ihn zwei Jahre zuvor, bei einem »Schulausflug«, wie er es nannte, in Den Haag kennengelernt, hohe österreichische Polizeibeamte waren dort durch Räume geführt worden, Starek erinnerte sich mit Missvergnügen an lange Korridore, dunkle Zimmer, das schien das Wichtigste zu sein: alles im Dunkeln, dann Powerpoint-Präsentationen mit vielen Kästchen in bunten Farben und Pfeilen hin und her, wie die Europol aufgestellt ist und wie sie funktioniert oder funktionieren sollte, wenn sie könnte wie sie wollte – wären da nicht die Eifersüchteleien zwischen den *national units* und die Kompetenzbeschränkungen durch die Mitgliedstaaten, die *Herren im eigenen Haus* bleiben wollten und nicht begriffen, dass sie nur in mehr oder weniger großen, schlecht eingerichteten Zimmern eines gemeinsamen Hauses saßen, wie Max-Otto Hagenbeck frank und frei erklärt hatte. Manchmal wissen wir etwas, können aber nicht eingreifen, sagte er, manchmal können wir helfen, aber die Hilfe wird nicht angenommen. Es ist ein Wunder, dass es uns gibt, und kein Wunder, dass unsere Erfolge sehr überschaubar sind.
Es ist tatsächlich eine sehr lehrreiche Dienstreise gewesen, auch wenn die Lehre eher deprimierend war. Aber geblieben ist davon eine eigentümliche Freundschaft des Wieners mit dem Hanseaten, die als herzlich im wienerischen Sinn zu bezeichnen übertrieben wäre, sie kühl zu nennen aber wäre untertrieben, wäre in Widerspruch zu den amikalen Gefühlen, die sie zweifellos füreinander empfanden. Nicht kühl, aber cool, ja, so könnte man sagen, eine coole Freundschaft, es war das einzige Mal, dass Starek das Wörtchen »cool« als sinnig empfand, und unmöglich durch ein deutsches Adjektiv zu ersetzen. Einmal, vor Stareks Scheidung, verbrachten sie einen gemeinsamen Sommerurlaub mit ihren Frauen an der Nordsee, auf Wangerooge, Gedankenaustausch der beiden

Männer auf langen Strandwanderungen, ohne Gejammer über Privatangelegenheiten, mit forschem Gegenwind, das war richtig cool.

Sehr viele dieser Albaner, die damals in Bari gelandet waren, wanderten weiter, in die Industriezentren Norditaliens, oder noch weiter, nach Deutschland, um ihr Glück zu suchen. Viele aber blieben, und das waren bildlich gesprochen die mit dem Dolch zwischen den Zähnen, erzählte Hagenbeck. Kriminelle, die schon im Stadion von Bari, wo die Flüchtlinge zunächst festgehalten wurden, das Kommando übernommen hatten. Sie bildeten dann mit einigen alteingesessenen albanischen Familien in Süditalien und den eigenen familiären Verbindungen drüben in Albanien ein Netzwerk, das in kurzer Zeit den Drogenschmuggel über die Häfen von Bari und Brindisi unter ihre Kontrolle brachte.
Es gibt alteingesessene albanische Familien in Bari?
Ja, in Bari, in Brindisi, es gibt alte albanische Familien in Süditalien bis nach Sizilien. Die so genannten Arbëresh. Die sind im Lauf der Zeit in mehreren kleineren und größeren Migrationswellen vom Balkan nach Italien gekommen. Nach dem Tod von Skanderbeg und der Unterwerfung der albanischen Stämme durch die Osmanen –
Das ist doch ewig her, das ist Mittelalter.
Ewig nur gemessen an der Lebenszeit eines Menschen. Aber das ging über Generationen und Generationen immer so weiter, bis herauf, als die Griechen in Albanien einmarschierten und die Bevölkerung terrorisierten, dann die Mussolini-Faschisten, dann die Nazis, es gab immer wieder Gründe für Flucht, schließlich die Flucht vor den Kommunisten, wenn die überhaupt jemandem gelang. Weißt du, was sehr eigentümlich ist? In Hinblick auf Mafiaorganisationen ein einzigartiges Phänomen, und es lässt sich nur über die ewigen

albanischen Migrationswellen erklären: Die Albaner lieben Stammbäume, das ist für sie etwas Heiliges. Zehn, zwanzig und oft sogar noch mehr Generationen, das können sie zurückverfolgen, das ist eine fixe Idee von ihnen. Wenn nun ein Albaner, der, sagen wir, den Familiennamen Velaj hat, bei dem großen Exodus von 91 nach Bari kam und es gibt dort eine alteingesessene Familie Velaj, dann wissen die, dass es in Albanien einmal zwei Brüder gab, sagen wir im siebzehnten Jahrhundert, von denen der eine damals nach Italien ging. Und der Velaj, der jetzt kommt, stammt vom anderen Bruder ab. Und schon tritt das Gesetz der Familiensolidarität in Kraft. Und einige dieser Arbëresh-Familien in Süditalien hatten im Lauf der Zeit geschäftlich ihre Nischen zwischen Cosa Nostra und 'Ndrangheta gefunden. Daran konnte die neue albanische Migration in Italien anknüpfen, und durch diese Verstärkung konnten sie ihre Geschäftsfelder erweitern. Aber das ist wichtig, das musst du verstehen: Die Albaner sagen immer, es gibt keine albanische Mafia, es gibt nur Familien, und sie haben großes Misstrauen gegenüber allen, die nicht durch Blutsbande mit ihnen verbunden sind. Das unterscheidet sie tatsächlich von allen italienischen Mafiaorganisationen, in die man eintreten und Vertrauen erwerben kann, indem man zum Beispiel zunächst Kurierdienste und schließlich Mordaufträge erfüllt. Die Albaner sagen: Ein Fremder, der sich bereit erklärt, in meinem Auftrag zu morden, sozusagen als Beruf, kann schon morgen, Schwur hin oder her, ein Zeugenschutzprogramm beanspruchen und mich ins Gefängnis bringen. Aber ein Familienmitglied würde das nie tun.

Witzig, sagte Starek.

Ich finde das überhaupt nicht witzig, sagte Hagenbeck.

Jedenfalls, fuhr er fort, spätestens an dem Tag, als man im Hafen von Bari den Padrone Santino Tiralongo in der Auslage von *Adria Ferries* sitzen sah – die *Adria Ferries* verbinden Bari

und Brindisi mit Durrës und Vlora –, spätestens da war klar, dass die Herrschaft der 'Ndrangheta hier zu Ende war, und es war auch klar, wer jetzt das Sagen hatte. Denn Tiralongo hatte nicht nur ein sauberes Einschussloch auf seiner Stirn, er hielt in seinen mit Kabelbinder gefesselten Händen dem Betrachter vor der Auslage ein Bild von Mutter Teresa entgegen, der Nationalheiligen Albaniens.
Ich bin mir ziemlich sicher, sagte Hagenbeck, dass man beim jetzigen Stand der Dinge definitiv ausschließen kann, dass es sich beim Diebstahl des Helms um eine Gelegenheitstat handelte. Die Tat war geplant, es ging um diesen Helm, und es gibt da offensichtlich ein albanisches Interesse. Es waren Albaner, die diese Tat begangen haben. Dafür spricht nicht nur dieses eindeutig albanische Internetcafé in Bari, dafür spricht alleine schon Bari. Wir wissen natürlich nicht, ob der Helm jetzt in Bari ist, aber wir können doch annehmen, dass er zunächst diesen Weg gegangen ist – eben nicht auf direktem Weg nach Albanien, das wäre unlogisch und viel zu riskant gewesen, über Serbien, Kosovo, Nordmazedonien, lauter Nicht-Schengen-Länder mit Grenzkontrollen, während die Diebe völlig unbehelligt von Österreich nach Italien und dann in aller Ruhe hinunter nach Süditalien fahren konnten. Und dann die Fähre nach Albanien, das ist vergleichsweise harmlos. Und es musste nicht einmal die Fähre sein. Dort weben, wie wir sagen, die Schmugglerboote, weben, weil die Schiffchen hin- und hersausen. Von Albanien kommt das Marihuana nach Europa, und von Italien kommt das Kokain nach Albanien, das von dort auf dem Westbalkan und auf den Märkten von Osteuropa verteilt wird. Das ist die so genannte blaue Banane, sagte Hagenbeck. Das Koks kommt aus Lateinamerika in den Benelux-Häfen an und wird von dort auf einer europäischen Haupttransitroute, die auf der Europa-Karte blau eingezeichnet ist und die Form einer Banane hat, nach

Italien transportiert. Lustigerweise noch dazu in Bananenkisten aus Lateinamerika. Und nun, mein Freund, frage mich, was wir dagegen tun.
Was tut ihr?
Das Einzige, was wir tun, ist, es zu wissen. Haben wir operative Befugnisse? Nein. Weißt du ja. Wir sind nicht das FBI. Jedenfalls: Der Helm ist von Wien aus sicherlich nicht direkt in den Süden, sondern zunächst in den Westen und dann erst in den Süden gereist. Also gut, wenn es Albaner waren, wer hatte Interesse an dem Helm und warum?
Bessas Frage, dachte Starek.
Und da, sagte Max-Otto Hagenbeck, stellt sich eine Frage, die nicht ins Bild passt. Warum wird Lösegeld verlangt? Wenn also die Täter Albaner waren, warum sind sie bereit, diese nationale Ikone gegen Lösegeld zurückzugeben? Es passt alles zusammen und wir könnten nun der Frage nachgehen, wer Interesse daran hat, diesen Helm in seinen Besitz zu bringen. Aber was nicht ins Bild passt, ist die Lösegeldforderung.

Diese Frage wurde schon eine Stunde später auf verblüffende Weise beantwortet.
Aber erst ließen Hagenbeck und Starek ihr Telefongespräch freundschaftlich ausklingen.
Wir sollten wieder einmal einen gemeinsamen Urlaub ins Auge fassen, sagte Hagenbeck.
Du weißt, ich bin geschieden.
Ich weiß. Diesmal ohne Frauen. Eine Reise, die nur für uns Männer interessant ist.
Weine verkosten in Frankreich?
Na ja, wäre interessant. Aber wir Hamburger trinken lieber Bier und einen Klaren. Nein, ich habe eine andere Idee.
Woran denkst du?
Pass auf!

Franz Starek hörte am Telefon, wie Max-Otto in die Tastatur hämmerte.

Da! Ich habe es. Hör zu. Die Albanische Staatsreederei *Drejt-Flote* lässt am 28. November ein neues Schiff zur Jungfernfahrt vom Stapel. Der 28. November ist der höchste Feiertag in Albanien, der Tag der Unabhängigkeit. Das wird ein Riesending. Das neue Schiff ist ein Kreuzfahrtschiff und heißt: wie?
Wie?
SS Skanderbeg. Ja, wirklich, das Schiff heißt Skanderbeg. Es ist nicht so groß wie diese Wahnsinnsschiffe Symphony of the Seas oder Queen Elizabeth, nur ein Drittel so groß, also auch kleiner als die Titanic, ich schicke dir den Link, da kannst du virtuell durch das Schiff spazieren. Nicht durch das ganze Schiff, weil es für den Ministerpräsidenten und für Regierungsmitglieder eigene Luxussuiten gibt, und für hohe Staatsgäste, sozusagen ein geschlossenes Diplomatenviertel auf dem Schiff, da gibt es keinen Zugang. Es ist ein Renommierprojekt der Regierung, Impulse für den Tourismus und so weiter, aber es scheint mir nicht zuletzt ein Projekt zu sein, mit dem die politischen Eliten Albaniens renommieren. Die Skanderbeg wird im Adriatischen und Ionischen Meer kreuzen, von Durrës nach Bari und Brindisi, hinüber nach Saranda und hinunter nach Catania und Syrakus. Es gibt noch freie Suiten mit Balkon. Warte! Ich schicke dir, so!, die Angebote und Preise. Kannst du dir freinehmen? Ich habe noch genug Resturlaub! Was meinst du? Sollen wir das buchen? Da können wir ermitteln, sagte Max-Otto, …
Franz Starek massierte seine Schläfen.
… ob uns diese Art Urlaub guttut. Mit einem Plaid über den Knien auf einem Deckchair zu sitzen …
Franz Starek wusste, dass Max-Otto jetzt ins Telefon grinste.
Ich schau, geb dir Bescheid, sagte er.

Er hatte während des Telefonats zwei Aspirin in Wasser aufgelöst und getrunken, nun hatte er auch noch Magenschmerzen. Er fragte sich, ob es nicht besser gewesen wäre, einen Schluck Schnaps oder zumindest ein Bier zu trinken, um seinen Kater zu reparieren, aber der Gedanke war müßig, er war nicht der Typ, der eine Flasche oder zumindest einen Flachmann in seinem Schreibtisch versteckt hielt. Er wusste von Kollegen, die heimlich »ein bisserl pipperln«, wie es im Haus beschönigend formuliert wurde, er kannte sie alle. Zum Beispiel der rotgesichtige Huber – der plötzlich in Stareks Zimmer stürmte.

Chef, Chef, rief er, wir müssen sofort ins Kunsthistorische!

Wieso, was gibt's?

Das KHM hat ja, wie wir es geraten haben, die Mail von den, von der, also mit der Lösegeldforderung beantwortet mit der Aufforderung, dass sie ein Foto von dem gestohlenen Helm mailen sollen, damit sichergestellt ist, dass die sich wirklich im Besitz des Helms befinden. Und die haben postwendend ein Foto gemailt.

Ja, und?

Da gibt es eine Überraschung. Wir sollen ins Museum kommen. Sie erwarten uns, sie werden uns das vorführen.

Was?

Na, die Überraschung. Sie sagen, es ist irre, es stellt alles auf den Kopf.

Starek stand auf, nahm den Mantel vom Haken. Huber, du hast doch eine Flasche in deinem Schreibtisch.

Ich? Flasche? Was für eine Flasche?

Ist mir egal, was für eine Flasche. Gib mir einen Schluck.

14

Sie wurden im Foyer des Museums von einer Dame erwartet, die sie sehr raschen Schritts zum Büro der Direktorin führte, das Klacken ihrer Absätze auf dem Steinboden schmerzte Starek in den Ohren, aber für Huber klang es wie ein Trommelwirbel, der eine Sensation ankündigte.

Die Direktorin empfing sie sichtlich aufgeregt. Ihre Hände ruderten wie Tentakel, als sie grüßte, auf ihre Mitarbeiter wies und sie vorstellte, zu Erklärungen ansetzte. Sie versuchte ein freundliches oder höfliches Lächeln aufzusetzen, aber Starek hatte den Eindruck, dass sie in ihrer Anspannung einfach nur die Zähne fletschte.
Grüß Gott, danke, dass Sie so schnell – wir haben eine Entdeckung gemacht, die – ich weiß nicht, was wir davon halten ... wie wir sie ... interpretieren sollen, ich glaube, dass sie alles auf den Kopf stellt. Alles auf den Kopf stellt. Aber das werden meine Mitarbeiter, Mitarbeiterin, bitte, das ist Doktor Kratky, er ist der Sammlungsdirektor und Kurator der Hofjagd- und Rüstkammer, praktisch der Kopf der wissenschaftlichen Aufarbeitung dieser Sammlung, in der der Helm, dieser Helm ... und –
Starek hätte diesen Mann nie für einen Wissenschaftler gehalten. Der schlanke Fitnessclub-Körper, die steif aufrechte Haltung, der etwas zu enge blaue Anzug – Starek fand, dass er wie einer dieser neuen christdemokratischen Politiker aussah, aber nicht wie ein Kunsthistoriker.
... und Frau Magister Liska, Restauratorin und wissenschaftliche Mitarbeiterin, sie hat sich intensiv mit dem Helm des Skanderbeg auseinandergesetzt.
Sie war das Gegenteil vom Herrn Doktor, alles andere als Slim

Fit, sie trug schwarze Jeans in Übergröße und einen weiten schwarzen Pullover, mit jener Nachlässigkeit, die bekundete, dass sie sich auf dem Weg zu den Kunstwerken nicht lange vor einem Spiegel aufhielt. Trotz ihrer gewichtigen physischen Präsenz machte sie den Eindruck, als wollte sie mit der Nicht-Farbe Schwarz in der Welt der bedeutsamen Exponate unsichtbar zurücktreten. Starek hatte sofort Vertrauen zu ihr. Und er fragte sich –

Also geradeheraus, sagte Huber, was haben Sie für uns?

Darf ich Sie hier zu dem Tisch bitten, sagte Dr. Kratky, hier –

Die Frau Direktor streckte einladend und wegweisend den Arm aus, zu dem langen Besprechungstisch, auf dem Dokumente und Fotos lagen.

Sehen Sie, hier, sagte Doktor Kratky, das ist das Foto, das wir selbst von Skanderbegs Helm für die Website des Museums gemacht haben. Und hier, das ist der Ausdruck des Fotos, das die vorgeblichen Diebe uns gemailt haben. Fällt Ihnen etwas auf?

Haben Sie gerade gesagt vorgebliche Diebe?, fragte Starek.

Huber beugte sich über den Tisch: Das hier ist ein professionelles Foto, und das da ist einfach ein Schnappschuss, wahrscheinlich mit dem Smartphone. So wie der Helm da gerade lag, neben einer Zeitung.

Das wollten wir so, sagte Frau Mag. Liska, dass sie neben den Helm –

Die Zeitung, genau, das ist der springende Punkt, so Dr. Kratky, wir haben gefordert, dass sie den Helm neben einer Tageszeitung fotografieren.

Sehr schlau, sagte Starek.

Ja, wir wollten sehen, ob sie jetzt wirklich im Besitz des Helms sind, sagte Dr. Kratky, und uns nicht irgendein Foto schicken, das sie aus dem Internet herauskopiert haben. Und sie haben auch wunschgemäß die Zeitung so hingelegt und den Aufnahmewinkel so gewählt, dass man das Datum lesen kann. Sehen Sie?

Und da ist mir aufgefallen, setzte Frau Mag. Liska an –

Genau, sagte Dr. Kratky, da ist uns aufgefallen, dass da etwas nicht stimmt.

Er lächelte wie einer, der weiß, dass er gleich Beifall bekommen wird.

Ist der Helm doch in das Foto von der Zeitung hineinkopiert worden?, fragte Huber.

Nein, eindeutig nicht. Der springende Punkt ist ein ganz anderer. Schauen Sie noch einmal auf die Zeitung.

Gazzetta del Sud, sagte Huber.

Wenn das für die Ermittlungen so wichtig ist, dann kommen Sie bitte zum Punkt, Herr Doktor, ob der Punkt jetzt springt oder nicht.

Wie ihn das nervte. Er sah Frau Mag. Liska an, die sich aufgefordert fühlte, etwas zu sagen: Es geht um die Relationen, die –

Dr. Kratky setzte augenblicklich fort: Hier kennt natürlich niemand diese Zeitung, in Süditalien ist sie sehr weit verbreitet, aber in ganz Wien ist kein Exemplar aufzutreiben.

Auf Google hatte ich das in einer Minute, sagte Frau Mag. Liska, nämlich –

Was uns aufgefallen ist, sagte Dr. Kratky, war irgendetwas mit den Proportionen des Helms, vor allem was die Hörner des Ziegenbocks betrifft, der da auf dem Helmscheitel sitzt, sehen Sie, da. Und da. Vergleichen Sie noch einmal die beiden Fotos.

Hm, sagte Huber, Sie meinen, da ist ein Unterschied? Schwer zu sagen, die beiden Fotos sind ja nicht aus derselben Perspektive aufgenommen worden.

Wir waren uns ja auch nicht sicher. Deshalb wollten wir das

Format der Zeitung wissen. Witzig, nicht wahr, wir wollten eine Zeitung auf dem Foto wegen des Datums, und dann brauchten wir sie wegen des Formats.
Tabloid, sagte Frau Mag. Liska, 235 mm breit und 315 hoch. Damit hatten wir die Möglichkeit –
Damit, sagte Dr. Kratky, war es uns möglich, den Helm auf dem Foto zu vermessen. Schauen Sie jetzt dieses Blatt an: Wir haben aus der Breitseite der Zeitung ein virtuelles Lineal oder Maßband gemacht und an den Helm angelegt. Länge der Hörner, Umfang und Höhe des Helms.
Er strahlte.
Und? fragten Starek und Huber wie aus einem Mund.
So sagen Sie den Herren endlich, welche Entdeckung wir gemacht haben, sagte Frau Direktor.
Die Hörner des Ziegenbocks auf dem Scheitel des Helms sind tatsächlich etwas länger, als wir sie hier im Haus am Original vermessen und dokumentiert haben. Aber damit nicht genug. Der Helm auf diesem Foto ist insgesamt, salopp gesagt, vier Hutnummern größer als das Original, er ist sozusagen für einen anderen Kopf gemacht!
Das heißt? (Huber)
Dass es nicht der gestohlene Helm ist. (Starek)
Genau. (Kratky)

Halten Sie es für möglich, dass die Diebe des Helms eine Kopie anfertigen ließen, um sie gegen Lösegeld anzubieten, das Original aber zu behalten?, fragte Starek.
Ehrlich gesagt, nein, sagte Dr. Kratky. Die Lösegeldforderung ist ja schon nicht sehr hoch. Der Versicherungswert des Skanderbeg-Helms ist sehr viel niedriger, als es ein albanischer Nationalist glauben würde. Wir hätten auch nicht einen Euro mehr als den Versicherungswert bezahlt. Die Kopie scheint sehr gut zu sein, und wenn man Arbeit und Materialwert

vom Lösegeld abzieht, dann steht der Gewinn in keinem Verhältnis zu Aufwand und Gefahr des Diebstahls. Außerdem wäre uns, wenn wir bezahlt hätten, spätestens dann aufgefallen, dass der Helm, den wir dafür bekommen hätten, eine Fälschung ist. Das heißt, die Diebe hätten sich dadurch nicht einmal die Sicherheit erkauft, dass nicht mehr nach ihnen gefahndet wird.

Das stellt alles auf den Kopf, sagte die Frau Direktor.

Warum, fragte Starek. Jetzt hat sich die Sache vom Kopf auf die Füße gestellt. Woher auch immer diese Kopie kommt, das ist eine ganz andere Frage. Aber was den gestohlenen Helm betrifft, passt jetzt wieder alles zusammen. Es gab Interesse an genau diesem Helm, und nicht an irgendeinem Objekt, das man relativ einfach aus diesem Museum hinaustragen kann. Und wer Interesse an diesem Helm hatte, der hat kein Interesse an Lösegeld.

Bitte, warf Frau Mag. Liska ein. Ich glaube –, sagte Dr. Kratky.

Warten Sie, sagte Starek. Was wollten Sie sagen, Frau Magister?

Bitte, sagte sie, ich weiß nicht, ob das jetzt weiterhilft, aber ich habe in der Fachliteratur einen interessanten Hinweis gefunden. Albanien war ja einige wenige Jahre eine Monarchie, als sich der damalige Präsident der Republik, Ahmet Zogu, zum König Zogu I. ausrief. Das war 1928. Er liebte die Wiener Staatsoper und –

Die Wiener Oper? Schön! Und was ist daran jetzt so hilfreich? (Dr. Kratky)

Und bei einem Besuch der Wiener Staatsoper, Anfang 31, wurde auf der Rampe der Oper ein Revolverattentat auf ihn verübt. Von zwei Exil-Albanern, die ihn nicht als König der Albaner anerkannten. Er überlebte das Attentat und – das ist jetzt interessant – er gab daraufhin eine Kopie von Skanderbegs Helm in Auftrag, behauptete, der Urenkel dieses Helden zu sein, und krönte sich mit dieser Kopie als Skanderbeg III., nach Skanderbegs Sohn, zum legitimen Herrscher über alle Albaner. Als Mussolini 1939 in Albanien einmarschierte, ging Zogu ins Exil nach Frankreich, wo er später starb. Albanische Eliten müssen ja entweder in Frankreich studiert haben oder zumindest in Frankreich sterben ... Sie lächelte. Starek lächelte zurück.

Jedenfalls, sagte sie, ist in der Literatur eine Kopie des Skanderbeg-Helms erwähnt, auch wenn es kein Bild davon gibt.

Und? Bitte, Frau Kollegin! Diese Kopie ist ein Gerücht, sagte der Doktor. Wie gesagt: Nirgendwo abgebildet, nie beschrieben, glauben Sie im Ernst, dass sie ausgerechnet jetzt, da das Original verschwunden ist, wie bestellt auftaucht? So ein Zufall. Im Übrigen: Wenn dieser Zogu-Helm tatsächlich existieren würde, wäre er nicht bloß eine Kopie, er wäre selbst von historischer Bedeutung, nicht wahr, Frau Direktor? Der Helm, mit dem sich der einzige König Albaniens zu legitimieren versuchte! Nicht wahr, Frau Direktor?

Ja, sagte sie, ich meine, das ist sehr interessant, aber jetzt zurück zu unserem Problem. Meine Herren, es ist also klar, dass der Helm, der uns gegen Lösegeld angeboten wurde, nicht der gestohlene Helm ist. Was raten Sie mir jetzt und wie stellen Sie sich das weitere Vorgehen vor?

Wenn Sie diese Kopie haben wollen, dann zahlen Sie. Wenn Sie nicht daran interessiert sind, dann brauchen Sie gar nicht mehr darauf reagieren. Ich danke Ihnen, das war sehr wertvoll!

Am Abend fuhr Starek ins Pistauer, trank zwei große Bier, spielte eine Runde Tarock.

Was ist los mit dir?, fragte Prochaska. Du rufst einen König

und erkennst dann nicht, wer ihn im Blatt hat. Du bist heute nicht bei der Sache.
Du hast recht, sagte Starek, ich gehe besser nach Hause.

Er machte sich ein Käsebrot, saugte die Brösel von der Arbeitsfläche, trank noch ein Bier, grübelte. Dann schrieb er eine Mail an seinen Cousin:
Du hattest doch nicht recht. Es gibt keine Lösegeldforderung für den gestohlenen Helm. Die Frage ist jetzt: Wer hat Interesse daran, in Besitz dieses Helms zu kommen und sich damit als der legitime Herrscher oder Führer aller Albaner zu krönen? Und warum? Um dann Gebietsansprüche zu stellen, zwei Drittel des Kosovo und einen Teil Nordmazedoniens heim nach Albanien zu holen? Und vielleicht noch eine Scheibe von Griechenland abzuschneiden? Und da reden wir noch gar nicht von der großen albanischen Kolonie in Süditalien. Das ist eine politische Bombe.
Er überlegte kurz, löschte *Bombe. Politisches Problem?* Nein, das war zu schwach. Er schrieb wieder *Bombe.*

15

Baia Muniq hatte für Karl Auer ein Zimmer im *Dream Hotel* reserviert, zehn Gehminuten vom Zentrum, vom Skanderbeg-Platz entfernt. Er schaute während der Taxifahrt mit demonstrativer Neugier aus dem Fenster, um hinter diesem Interesse für das Stadtbild seine Nervosität zu verstecken, wenn er die neben ihm sitzende Baia anschaute, ohne zu wissen, was er sagen sollte. Baia wusste das zu schätzen, sie hatte schon mehrmals Besuch aus Europa gehabt, beruflich und privat, Menschen, die sofort unglaublich viel redeten, ohne Augen dafür zu haben, wo sie gerade angekommen waren. Das hatte sie immer als egozentrisch empfunden, als Missachtung ihrer Stadt, ihrer Lebensrealität, ihres Lebens. Sie konnte auch nicht verstehen, warum die Brüsseler Bürokraten, wenn sie zu Gesprächen oder Evaluierungen kamen, sich nur in schwarzen Limousinen mit dunklen Scheiben vom Hotel zu Terminen fahren ließen und sich dabei noch über irgendwelche Akten beugten, ohne auf die Idee zu kommen, das Fenster zu öffnen und hinauszuschauen, die Stadtluft einzuatmen, geschweige denn auch nur fünf Minuten zu Fuß zu gehen. Sie kannten Papiere mit Statistiken, sie wussten so viel über Albanien schwarz auf weiß, aber sie hatten keine Ahnung von den Farben, dem Licht, den Gerüchen dieser Stadt, sie kannten die Foyers der internationalen Hotels mit ihren internationalen Gästen unter prunkvollen Lüstern, aber sie bewegten sich nie im Strom der Menschen in den Straßen Tiranas.

»Besuch aus Europa« – solange Albanien nicht EU-Mitglied war, blieb Europa sogar für Baia etwas seltsam Abstraktes, wie ein Traum, bevölkert auch von seltsamen Gestalten.

Ich habe dich im *Dream Hotel* untergebracht, sagte Baia.

Dream Hotel? Sollte er das interpretieren? Träum weiter, Karl! Hatte er geglaubt, dass sie ihn bei sich – nein. Ja, natürlich nicht.

Das Hotel ist in derselben Straße, in der ich wohne.

Als das Taxi in die Rruga Qemal Stafa einbog – Wir sind gleich da, sagte Baia –, fand Karl, mit der Nase am Wagenfenster, diese Straße augenblicklich sympathisch, das Taxi rollte an kleinen Läden vorbei, an offenen Fassaden kleiner Werkstätten, Obst und Gemüse, Bäcker, Fahrräder Verkauf und Reparatur, Schuster, ein Kiosk mit Zeitungen und Zigaretten, es gab kleine Cafés mit Tischen auf dem Gehsteig, besonders auffällig war eine Reihe von architektonisch sehr ansprechenden Villen mit kleinen Gärten, er sah italienische

Restaurants, zumindest hatten die Restaurants in dieser Straße italienische Namen.
Das *Dream Hotel* erwies sich als kleine, familiäre Pension, die fröhliche Freundlichkeit des Mädchens an der Rezeption unterschied sich wohltuend von den Freundlichkeitsphrasen der Angestellten internationaler Hotelkästen.
Er bekam den Zimmerschlüssel, Baia sagte, dass man seinen Trolley ins Zimmer stellen solle.
Ich würde gern ins Zimmer und das Hemd wechseln, sagte er.
Sie schüttelte den Kopf. Wir müssen schnell weiter.
Gegenüber vom Hotel sah Karl ein Restaurant, *A Tavola,* mit einer schönen Terrasse. Wollen wir nicht gleich da essen, sagte er, das schaut doch sehr sympathisch aus.
Das ist nicht schlecht, sagte sie, aber ich will dir jetzt etwas anderes zeigen.
Sie stiegen wieder ins Taxi, fuhren los.
Das sind sehr schöne Villen, sagte Karl.
Sie gefallen dir? Sie sind alle aus der Zeit, als Mussolini Albanien besetzt hatte, diese Villen haben sich die Italiener gebaut. Hier wohnten die – sie stutzte kurz –, die Beamten der Besatzungsmacht. Auch eine Version von Little Italy!
Sie beugte sich vor und herrschte den Taxifahrer an.
Was hast du ihm gesagt? Was ist das Problem?
Er soll schneller fahren.
Wir haben es doch nicht eilig.
Doch. Wir wollen nicht das Freitagsgebet versäumen.
Hast du jetzt gesagt: das Freitagsgebet?
Ja.
Karl Auer sah sie fragend an. Baia sagte nichts, wendete den Kopf ab, jetzt war sie es, die angespannt aus dem Seitenfenster schaute. Auer meinte aber, an ihrem Mundwinkel ein leises Lächeln erkennen zu können.

Wir sind da.
Baia bezahlte den Taxifahrer. Wie viel war das, was ist mein Anteil, fragte Karl. Nichts, das ist okay, sagte sie. Aber du wolltest doch strenge Rechnung … Ja, aber es gibt auch alte albanische Gesetze der Gastfreundschaft. Und denen zufolge ist es – ach, lass!
Karl lächelte, das machte ihm Spaß: Das ist ein klassischer Widerspruch zwischen zwei Rechtssystemen, sagte er, zwischen albanischem Kanon und europäischem Code of Conduct, hier müssen wir den Stufenbau der Rechtsordnungen –
Baia winkte ab. Schau, wo du hier bist!
Karl schaute sie an, verblüfft. Was war das jetzt? Begriff er, was Frau Doktor gerade signalisiert hatte?

Das ist die Birrari Tymi, sagte sie, ein altes Bierlokal. »Tymi« heißt auf Deutsch Rauch. Das kommt vom Rauch des Grills oder vom Rauch der Zigaretten der Künstler und Intellektuellen, deren Köpfe hier geraucht haben, weiß Gott. Hier –
Karl schaute. Das Lokal war straßenseitig offen wie eine Doppelgarage, mit einem hölzernen Vordach, wie ein hochgeklapptes Garagentor. Auf dem Gehsteig zwischen alten Platanen gab es Tische, ein Biergarten im Schatten mächtiger Baumkronen. Sie zwängten sich zwischen den parkenden Autos und den Tischen durch, vor das Lokal. Hier, sagte sie, gibt es die Sonne Albaniens.
Ein Tisch war frei. Wir haben Glück, sagte sie, schau, da setzen wir uns hin.
Aber – sagte Karl.
Vor dem Lokal, quer durch den Biergarten, stand eine lange Menschenschlange.
Karl schaute Baia fragend an. Setz dich, sagte sie.
Aber, was ist mit diesen –

Setz dich, sagte Baia, sie beten.

In diesem Moment, als wäre das ein Kommando gewesen, sanken die Menschen auf die Knie, warfen ihre Oberkörper nach vorn. Jetzt erst hörte er auch die blechern aus Lautsprechern tönende Stimme eines Vorbeters.

Schau, gleich nebenan ist eine kleine Moschee. Die Xhamia Dine Hoxha.

Was?

So heißt diese Moschee hier. Egal. Musst du dir nicht merken. Jedenfalls: Die alte Moschee im Zentrum wird gerade renoviert. Jetzt weichen gläubige Moslems, die immer dort gebetet haben, in andere Moscheen aus. Aber so viele haben wir nicht, und diese hier ist besonders beliebt, hier predigt ein poetischer und *i gëzueshëm*, wie sagt man, lebensfroh? Ja? ein lebensfroher Imam, aber sie ist für diesen Andrang zu klein, am Freitag kommen viel zu viele Menschen, deshalb reicht die Schlange immer aus der Moschee heraus bis auf den Gehsteig, und quer durch den Biergarten hier …

Wieder warfen sich die Menschen entlang ihres Tisches nieder, Karl sah auf die gebeugten Rücken …

Ein Kellner stieg über zwei Betende zu ihrem Tisch, Baia bestellte, ohne ihn zu fragen, was er wollte, das war okay, er hätte nicht gewusst, was er hier wollte.

Es kamen zwei große Krüge Bier, Tirana, sagte Baia, mein Lieblingsbier, die Bratwürste, hausgemacht, die gibt es nur hier, sie schmecken wie bei meiner Großmutter –

Großmutter?

Ja, sie hat noch selbst Würste gemacht! Lange her. Aber hier – der weiße Käse ist aus Gjirokastra, von dort kommt der beste Käse, und bitte koste die Oliven, die sind ganz anders als die italienischen oder griechischen Oliven, das sind radikale Albaner, es ist, als würden sie sich dagegen wehren, von ihrem Kern getrennt zu werden, beiß rein, sie schütteln den Biss ab,

merkst du das? Aber lass nicht locker, es hat noch jeder Albanien erobert und ist auf den Geschmack gekommen, der Geschmack, was sagst du?
Die Männer, die neben den Tischen knieten, erhoben sich wieder, murmelten etwas. Nicht lauter als der Verkehrslärm, sich mit diesem vermischend, hörte Karl den Prediger, an manchen Tischen wurde bezahlt, Tische wurden frei, da brachte der Kellner einen Topf, es war eigentlich kein Topf, sondern eine runde Metallform, darin dampfte eine gelbe Masse, die von der Mitte weg hin zum Rand braune Linien hatte. Das ist unser Fli, sagte Baia, genannt die Sonne Albaniens.
In diesem Moment löste sich die Menschenschlange auf, die Männer, die eben noch auf Knien gebetet hatten, liefen durcheinander, besetzten freie Tische, im Garten oder drinnen im Lokal, und es dauerte keine zehn Minuten, da hatten sie alle Biergläser vor sich stehen.
Alkoholfreies Bier?, fragte Karl.
Baia lachte. Jetzt koste endlich den Fli, sagte sie, dann bist du angekommen. Und dazu musst du das hier essen, Turshi, saures Gemüse.
Mixed Pickles, sagte er.
Turshi, sagte sie. Und: Das war Lektion eins, Einführung in das Land Albanien. Was hast du jetzt gesehen? Frankreich und Holland haben Angst davor, ein muslimisches Land in die EU aufzunehmen. Jetzt hast du unsere Muslime gesehen. Ich sage dir noch etwas: Der türkische Präsident mischt sich da ein und lässt eine riesige Moschee in Tirana errichten, dort werden fünftausend Gläubige beten können. Das ist riesig. Aber so viele gibt es hier nicht. Die türkische Moschee wird leer bleiben und ich wette, in zehn Jahren ist sie eine Disco.
Sie lachte. Und wie viele Frauen mit Kopftuch hast du auf dem Weg hierher gesehen?
Ich weiß nicht.

Fünf? Oder zehn? Mehr?
Nein, weniger, viel weniger. Keine Ahnung, nicht einmal fünf.
Danke! Und ist dir nichts aufgefallen? Für die Zukunft: Wenn du hier Frauen mit Kopftuch siehst, sind es meistens Christinnen, sie tragen das Kopftuch aus Respekt vor Mutter Teresa. Aber jetzt koste endlich den Fli, du wirst ihn oft angeboten bekommen, wenn man dir etwas Typisches – sie hob die Augenbrauen und setzte dadurch »etwas Typisches« in Anführungszeichen – servieren will, aber nur hier –

Da kam eine alte Frau an ihren Tisch, sagte etwas, Baia antwortete und deutete dabei einladend auf das Brotkörbchen, die Alte sah Karl Auer fragend an.
Was hat sie gesagt? Was will sie?
Sie hat gefragt, ob sie sich Brot nehmen darf.
Natürlich! Oder?
Habe ich ihr gesagt.
Nga vjen ky zotëri?
Was hat sie gesagt?
Woher du kommst.
Nga Evropa. Das hast du verstanden. Ich habe gesagt, dass du aus Europa kommst.
Është mirë. Edhe ne e duam Evropën. Apo Zoti mendon se ne jemi kinezë?
Baia lachte.
Was?
Sie findet Europa gut, sagt sie. Sie will auch dazugehören. Oder ob du glaubst, dass wir Albaner Chinesen sind?
No, no, sagte Karl rasch.
Nein heißt jo, sagte Baia.

Die Frau hatte ein zerfurchtes Gesicht, ein breites Lachen. Sie nickte Karl zu, redete fröhlich auf ihn ein.
Was? Was sagt sie?
Sie bekommt, also umgerechnet, ungefähr fünfzig Euro Pension, sagt sie. Aber sie hat gehört, dass man in der EU – Baia fragte nach –, ja, sie sagt, sie hat gehört, dass man in der EU mehr als hundert Euro Pension bekäme. Wie schön, wenn Albanien in die EU käme. Dabei – Baia hörte kurz zu, nickte –, dabei würden ihr schon achtzig Euro genügen, sagt sie.
Frag sie, was ihre größten Wünsche sind.

Sie sagt, sie hat keine Heizung, sie wünscht sich, nicht zu frieren, wenn es jetzt bald kalt wird. Und, Moment! Baia hörte zu, nickte, sagte: Sie hat ein Enkelkind, zwölf Jahre alt, es geht brav zur Schule. Sie möchte so gern ihrem Enkelkind ein Buch kaufen können, damit sie geholfen oder beigetragen hat, dass es gescheit wird.

Furchtbar, dachte Karl Auer, das ist Sozialkitsch, aber es ist real, ich erlebe es wirklich.

Die Frau weigerte sich, Geld anzunehmen, sie bedankte sich für das Brot, lachte und sagte – was?
Es soll dir gut gehen in Albanien.
Danke, rief er ihr nach.
Faleminderit! Das kannst du dir merken, sagte Baia, das kannst du immer brauchen.
Sie beugte sich vor und sagte leise: Ich habe gesehen, dass deine Augen feucht geworden sind.

Es war schon am Nebentisch nicht zu verstehen, was sie redeten. Am übernächsten Tisch saß zufällig Ismail Lani, oder insofern auch nicht zufällig, als er ja sehr oft ins Tymi ging, und was er sah, war, auch wenn er nichts hören konnte, spannend genug. Er kaute seine Oliven, schaute. Das war doch Baia Muniq, Abgeordnete, Justizausschuss, und er war dieser Beamte aus Brüssel, den er schon einmal – sie saß mit dem Rücken zu ihm, konnte ihn nicht sehen, und dieser Beamte, so viel er auch hinschaute, war doch ahnungslos, arglos, Ismail Lani musste sein Starren gar nicht verstecken, er beobachtete, wie ihre Köpfe einander immer näher kamen, wie sie weit ausholte, als wollte sie die Welt umarmen, dann flüsterten sie einander etwas zu, Kopf an Kopf – aha, Geheimnisse.

16

Die Sirene begann als ein schriller Dauerton, Fate Vasa drückte die Hände an seine Ohren, nein, dadurch sperrte er dieses Schrillen doch nur ein, der Schall stieß und rempelte jetzt gegen seinen Gehörgang, seine Schädelwände, als wollte er den Kopf aufbrechen und hinaustönen. Fate riss die Hände weg, die Sirene ging nun in einen abschwellenden und wieder anschwellenden Heulton über, er sprang auf, lief in seinem Zimmer auf und ab, mit geschlossenen Augen tief ein- und ausatmend, er stieß an den Schreibtisch, den Sessel, das Regal, so wie der kreischende Ton innen an seine Schädelknochen. Er blieb stehen, keuchte. Er musste schreiben. Immer wenn er die Sirene hörte, musste er schreiben. Und er sah schon die Bilder, die nach seinen Worten schrien, nach Erlösung in seinen Gedichten, ihn erlösend. Er setzte sich an den Schreibtisch, wo war seine Feder? Er schrieb seine Gedichte immer mit der Hand, so wie die Tinte aus der Feder rann, so strömte der Ton aus seinen Ohren, bis er versiegte.
Aber die Bilder verdüsterten sich, sie wackelten und schwankten, als würde eine Kamera in einem dunklen Raum hin und

her geschwenkt, und Fate sah auch keinen Sinn in ihnen, nichts, was eine wie auch immer geartete metaphorische Bedeutung gehabt hätte. Das war ja eigentlich seine Kunst, für die er gerühmt wurde, zum Beispiel einen doppelköpfigen Adler in einem Käfig, der wiederum in einem größeren Käfig stand, so zu beschreiben, dass Albaner, und hoffentlich alle Menschen, aber auf jeden Fall Albaner ihre Seele in diesem Bild verdichtet sahen, oder eine stehende Autokolonne so zu besingen, dass seine Zeitgenossen ihren eigenen stummen Wehgesang hörten, weil sie mit ihren Hoffnungen und Sehnsüchten, verkapselt in Blechbüchsen, an einer geschlossenen Grenze aufgehalten wurden, hinter der erst ihre Zukunft begänne.

Der Ton versiegte, wieder sprang er auf, lief zum Fenster, er hörte Verkehrslärm, sonst nichts. Er ging zurück zum Schreibtisch, las, was er geschrieben hatte – nein, das war nichts. *Der Schmied nicht an seinem Amboss / der Helm auf keinem Kopf / die Hirten sitzen in Bunkern / und ich …*
Er zerknüllte das Blatt, warf es weg.

Er holte sich aus der Küche ein Korça – sogar beim Biertrinken ging es bei ihm nicht ohne symbolische Aufladung. Das Korça war für ihn das Sinnbild für Identität und Sehnsüchte eines albanischen Trinkers: von der ältesten Brauerei Albaniens, gegründet von einem Italiener, mit Hopfen aus Deutschland gebraut mit tschechischer Technologie, exportiert nach Belgien. Ganz etwas anderes als das wässrige Tirana-Bier, mit seinem schalen Nachgeschmack der Zeiten, in denen man nicht froh werden konnte mit den Dingen, die zu bekommen man noch froh sein musste. Dazu einen kleinen Raki Rrushi. Seit er es sich als Berater des ZK leisten konnte, bezog er den Raki aus dem Dorf Kallmet, wo bereits die Illyrer Wein ange-

baut hatten und wo die alte, bedrohte Rebe Gomaresha immer noch kultiviert wurde. Das hatte seinen Preis. Es wäre gelogen, würde Fate behaupten, dass er den Unterschied zu einem Raki schmeckte, den er unten in der Gasse bekam. Aber das Wissen um die Exklusivität seines Raki Rrushi erhöhte doch deutlich Genuss und Wirkung.
Nur ein ganz kleiner!
Er steckte den Zeigefinger in das Glas, dann schüttelte er den Finger, so dass zwei oder drei Tropfen in den Raum spritzten. Er war überzeugt davon, dass der Geist seiner Mutter noch irgendwie hier anwesend war. Sie, die sich zeitlebens nie etwas vergönnt hatte. Auf deren trockene, gesprungene Lippen er an ihren letzten Tagen nur etwas Wasser tupfen konnte. Ihre Tränen hatte er nie gesehen.
Dann kippte er den Raki hinunter, nahm einen Schluck Bier aus der Flasche, er ging mit der Bierflasche auf und ab, fühlte sich besser.
Der Schmied nicht an seinem Amboss, das wurde ihm nun klar, der Helm auf keinem Kopf, ja, das war es, was den Alarm ausgelöst hatte. Ein Zeichen, ein Hinweis. Er musste –

Bist du zu Hause? Schalte den Fernseher ein!

Am Telefon war Mercedes, die Büroleiterin des Chefs. Fate nahm die Fernbedienung. Den *Ora*-Kanal, schnell!

Was Fate sah, war grotesk, gespenstisch. Und für ihn wie ein heftiger Schlag in die Magengrube oder auf den Hinterkopf oder auf den Brustkorb, schwer zu lokalisieren, jedenfalls ein Schlag dorthin, wo das Gewissen sitzt.

Frau Flaka Tahiraj, die Frau des Kunstschmieds Hekuran Tahiraj, hatte sich zur Polizeidirektion begeben, um sich nach dem

Verbleib ihres Mannes zu erkundigen, der seit einer Woche abgängig war, was sie vor fünf Tagen zur Anzeige gebracht habe. Ihr soll jede Auskunft verwehrt worden sein. Wie wir erfuhren, brüsk verwehrt worden sein. Live aus der Rruga Sami Frashëri, wir stehen vor der Polizeidirektion. Frau Flaka ist daraufhin nach Hause zurückgekehrt, hat mit der Hilfe ihres Sohnes den Amboss und schwere eiserne Ketten aus der Werkstatt geholt und mit dem Lieferwagen ihres Mannes hierher transportiert.

Wie hat sie das geschafft?

Live aus der Rruga Sami Frashëri. Nach unseren Informationen Frau Flaka Tahiraj, die Frau des Kunstschmieds Hekuran Tahiraj, sitzt hier an einem Amboss angekettet vor der Polizeidirektion und fordert –

Frau Flaka, wie sie da auf der Straße saß, an den Amboss gekettet, im rotierenden Blaulicht von Einsatzfahrzeugen rechts und links, sah aus wie ein Engel mit eisernen Flügeln. Neben ihr, an einen Baum gelehnt, ein Stück Karton mit dem Foto des Schmieds, darunter der Satz: »Kryeministër! Ku është burri im?« (»Herr Ministerpräsident! Wo ist mein Mann?«)

Live aus der Rruga Sami Frashëri. Wir versuchen Frau Flaka Tahiraj zu fragen – Frau Flaka, was ist der Grund für Ihren Protest hier?
Mein Mann hat einen Auftrag für den Herrn Ministerpräsidenten ausgeführt und –
Für den Herrn Ministerpräsidenten?
Ja. Und seither ist er verschwunden. Und die Polizei –
Spurlos verschwunden?

Ja. Und ich bekomme –
Die Polizei drängt uns hier weg, ich kann das Gespräch nicht – Frau Flaka! Frau Flaka!
Ja!
Zurück, gehen Sie zurück.
Wir werden abgedrängt. Live aus der Rruga Sami Frashëri –

Fate Vasa hatte vergessen, dass er immer noch das Telefon am Ohr hatte, jetzt hörte er Mercedes' Atmen.
Das ist doch der Schmied, der –
Ja, sagte Fate.

17

Baia Muniq und Karl Auer zahlten, und Ismail Lani beobachtete amüsiert, dass es da offenbar eine Auseinandersetzung darüber gab, wer die Rechnung übernahm. Dann brachen sie auf, Ismail Lani erwartete, dass die beiden ein Taxi anhalten würden, was ihn unter Stress setzte, ob er dann selbst schnell genug ein Taxi finden würde, um ihnen folgen zu können. Zu seiner Überraschung schlenderten sie aber zu Fuß weiter, die Rruga e Kavajës hinauf zur Rruga Kajo Karafili, plötzlich blieben sie stehen, er sah, wie der Beamte in eine Auslage zeigte, sie schauten und lachten, der Beamte nahm ihre Hand, als wollte er sie in das Geschäft hineinziehen, sie entzog sich, schlug ihm die flache Hand auf die Stirn, er senkte den Kopf, als wollte er sich entschuldigen, aber das war, soweit Ismail es aus der Entfernung beurteilen konnte, theatralisch ironisch, sie schlenderten weiter, und Ismail, ihnen folgend, kam nun selbst an dieser Auslage vorbei und sah, dass die Szene sich vor dem Fotostudio KOTONI abgespielt hatte, in dessen Auslage Fotos von Hochzeits- und Liebespaa-

ren ausgestellt waren, sehr altmodisch gemachte Fotos, sie in einem Korbsessel sitzend, er hinter ihr stehend, vor einer Kulisse, die den Eiffelturm zeigte, oder Wange an Wange leicht schräg sich ins Bild neigend, aber besonders beliebt war die New Yorker Freiheitsstatue als Hintergrund für junge Paare.
Nun bogen sie auf die Rruga Ded Gjo Luli ab, Ismail fragte sich, welches Ziel sie wohl hatten, er folgte ihnen unbeirrt, er wusste, keiner in ihrer Position schlenderte einfach so durchs Leben, irgendwann würden sich ihre Absichten zeigen, und sollten diese – nun ja – sehr privat sein, so könnte es vielleicht auch einmal politisch nützlich sein, das zu wissen.
Nach etwa zwanzig Minuten kamen sie in die Rruga Qemal Stafa, was Ismail verwunderte, denn er kannte dort und weiter in dieser Richtung keine Adresse, die politisch von Bedeutung wäre, er sah, wie der Beamte nun Baia den Arm anbot, sie hängte sich ein, sie gingen fröhlich – den Eindruck hatte er, trotz des Abstands, und obwohl er sie nur von hinten sah –, fröhlich im Gleichschritt.
Da! Sie gingen – in ein Hotel! *Dream Hotel.* Ismail blieb stehen, wartete kurz ab, ging ein paar Schritte weiter, ja, kein Zweifel, sie sind in dieses Hotel gegangen. Er blickte sich um, er konnte nicht einfach hier auf der Straße stehen bleiben, er sah gegenüber das Restaurant *A Tavola,* mit einer Terrasse straßenseitig, da setzte er sich an einen Tisch, von dem aus er das Hotel einigermaßen im Auge behalten konnte. Er bestellte einen Kaffee, schaute. Würde Baia gleich wieder herauskommen? Oder – da sah er ganz oben, im obersten Stock des Hotelgebäudes, die beiden auf die Terrasse treten, sie standen eng beieinander, legte er seinen Arm um ihre Taille? Das war nicht eindeutig zu erkennen. Sie streckte den Arm aus, zeigte – was? Die Aussicht. Über die Dächer der Stadt. Am Horizont der Dajti, der Hausberg der Tiraner, wahrscheinlich sagte sie jetzt mit ihrem ausgestreckten Arm genau das: Das

ist der Dajti, unser Hausberg, für uns so wichtig, so heilig wie der Fuji für Tokyo, das sagen sie immer, wenn Besuch kommt, mit versteckter Wut, weil den Fuji im fernen Japan jeder kennt, aber diesen schönen, heiligen, zutiefst europäisch schicksalsträchtigen Dajti muss man immer kompliziert erklären, wissend, dass schon zehn Minuten später der Besuch die Frage, wie der Berg heißt, nicht mehr beantworten kann. Die Ärgsten sind die Weltbürger, die so stolz darauf sind, was sie nicht schon alles in der Welt gesehen haben und wie unverständlich ihnen Nationalstolz und nationale Scheuklappen seien, just sie sind es, die hier, wenn ihnen der Dajti gezeigt wird, rücksichtslos über den Fuji zu quasseln beginnen, wie sie dort ..., Kirschblüte unten ... Eis oben ... und ergriffen von der heiligen – irgendwas, und dann muss man noch freundlich sein, wenn man sagt: Aber das hier ist der Dajti.
Ismail Lani sah, dass die beiden sich nun zurückzogen, von der Terrasse zurück ins Zimmer gingen, zog sie ihn? Er warf einen 100-Lek-Schein auf den Tisch, für den Kaffee, dachte: Schau an, und ging.

18

Sie gingen von der Terrasse zurück ins Zimmer, und Baia sagte: Ich muss noch einmal kurz ins Büro, ich hole dich zwischen halb sieben und sieben wieder ab, okay? Du kannst dich inzwischen ausruhen oder ein bisschen spazieren gehen.
Karl nickte, sah Baia nach, die sich in der Tür noch einmal umdrehte und lächelte. Es war seltsam: Karl empfand in diesem Moment seine Arme wie Fremdkörper, die an seinen Schultern hingen, unnütze Extremitäten, die von ihm nicht gesteuert werden konnten. Da wurde Baia schwarz vom dunklen Korridor verschluckt.

Er stand da und blickte auf die offene Zimmertür, ging hin, um sie zu schließen, nein, er ging hinaus aus dem Zimmer, ging die Treppe hinunter, langsam, sehr langsam, Baia sollte nicht den Eindruck haben, dass er ihr folgte. An der Rezeption fragte er, ob er ein Bier haben könne, draußen, an einem Tisch vor dem Hotel.

Es war eine kleine Flasche Korça, schnell wollte er eine zweite. Er schaute die Straße hinunter, beobachtete, wie die Passanten ins Licht traten, dann gleich wieder in den Schatten, Auftritte, Abtritte, die Sonne brach in Lichtbahnen zwischen den Bäumen durch, wie Spots, oder Suchscheinwerfer? Farben glitzerten und glimmten und ergrauten und leuchteten auf, so wie die Wolken über den Himmel jagten, und da fiel ihm ein, während er auf das dritte Bier wartete, fiel ihm Christa ein, erstes Semester Jus. Er hatte sie in der Anfängerübung Strafrecht kennengelernt, mit ihr ein paar Mal vis-a-vis von der Uni im alten Gasthaus Batzenhäusl, das später ein McDonald's wurde, ein Glas Rotwein getrunken – sie hatten damals beide wenig Erfahrung mit Alkohol, es war nicht so, dass ihnen just Rotwein schmeckte, sie dachten einfach, dass Rotwein romantisch sei. Zu Beginn der Sommerferien lud er Christa ein, ein Wochenende bei ihm im Haus seiner Großmutter zu verbringen. Das wäre dunkle Erinnerung, aber dann gab es diesen buchstäblich lichten Moment: Sie beschlossen, einen Spaziergang zu machen, gingen Wirtschaftswege entlang an Kartoffeläckern, an Wiesen, Weizenfeldern, vorbei an alten Obstbäumen, sie kamen zum Karpfenteich, der an einer Waldlichtung lag, der Wald wie eine schützende Adlerschwinge um das Ufer auf der anderen Seite herum, sie gingen den Forstweg hinein in den Wald, und er war so glücklich, wie schön sich da alles vor den Augen der Freundin präsentierte, die er vielleicht allzu sehr bedrängte in seinem Glück, seiner Glückssehnsucht, ein Sommertag mit einigen trägen Wolken, und so strahlend der Tag war, so satt waren die Farben, das Grün der Wiesen und der Kartoffelpflanzen, das Gold der Ähren, die moorbraune Wasserfläche, das Anthrazit der Findlinge, die kräftige Schraffur der Fichten, das dunkle Moos, es gab keine Blässe im Glitzerlicht, kein Pastell, nur dunkle, ins Licht gesetzte Farben, und Christa sagte: Bei uns in Kärnten ist das Licht ganz anders.

Er hatte gelächelt, nichts darauf gesagt, diesem Satz keine große Bedeutung beigemessen. Erst später, als sie sich kurz nach dem Sommer trennten und sie so verblüffend schnell mit diesem Studienkollegen zusammenzog, der auch aus Kärnten stammte, hieß er nicht Geowulf? Was für ein Name. Jedenfalls, da fiel ihm dieser Moment wieder ein:

Bei uns in Kärnten ist das Licht ganz anders.

Und plötzlich erschien ihm ihr damaliger Satz wie eine Ankündigung und Erklärung. Was sie bewusst oder unbewusst ausgedrückt hatte, war: Sie hatte gelernt, die Welt in einem anderen Licht zu sehen als er. Ihr Spaziergang war ein abstraktes, völlig reines Exempel dafür, was es bedeutet, gelernt zu haben, die Welt in einem bestimmten Licht zu sehen, und sich nicht vorstellen zu können oder zu wollen, sie anders zu sehen. Christa, die Tochter eines Top-Juristen mit großer Kanzlei in Klagenfurt, er, der talentierte Zögling, den ein Pfarrer aus einem Bauernhaus befreit hatte, zu dem er immer wieder zurückkehrte – sah sie das in diesem Licht? Sie konnte sich nicht aus ihrer Welt herausheben, so wie man ein Veilchen aus dem Boden sticht und woanders einpflanzt, unter einer anderen Sonne – warum fiel ihm das jetzt ein, und er fragte sich –

One more beer?

Er sah auf.

Alles gut?

Sie sprechen Deutsch?

No. Only: Danke, bitte, alles gut?
Alles gut, faleminderit, sagte Karl Auer.

Er ging ins Zimmer, um sich zu duschen und umzuziehen.

19

Fate Vasa und Polizeipräsident Endrit Cufaj.
Der Polizeipräsident hatte sich gerade ein Leber-Sandwich bringen lassen, das war sein liebstes und zugleich sein Verständnis von Homöopathie: bei seinem Alkoholkonsum, dachte er, müsse er möglichst viel frische Leber essen. Und niemand machte das klassische albanische Leber-Sandwich so gut wie Naim Frashëri in seiner Bude da unten, der unlängst von irgendwelchen Idioten den Bescheid bekommen hatte, dass diese Bude nicht bewilligt sei und daher verschwinden müsse. Na gut, er zahlte nicht, aber in diesem Fall ... Der Polizeipräsident hatte, als er davon erfuhr, sofort klargemacht, dass Naim Frashëri unter seinem Schutz stehe.
Er wollte gerade von seinem Sandwich abbeißen, als Fate hereinstürmte und auf dem Besucherstuhl gegenüber dem Schreibtisch Platz nahm.
Es wäre lächerlich, dachte Endrit Cufaj, das Sandwich nun dem ungebetenen Gast zu offerieren, obwohl es die Gesetze der Gastfreundschaft gebieten würden. Andererseits: Konnte man jemanden, der gleichsam die Polizeidirektion überfiel, tatsächlich als Gast bezeichnen? Aber vor ihm zu essen, war ebenso undenkbar. Wie ihn diese Missgeburt nervte, schon die längste Zeit, es war ihm völlig unerklärlich, wie dieser Schädel, der wie ein Alien wirkte, so großen Einfluss auf den ZK haben konnte. Er produzierte nur Chaos und Verwirrung in den alten, bewährten Strukturen der politischen Kul-

tur, als man noch selbstverständlich wusste, wen man bezahlen, wen man bedrohen, wen man befördern und wen man vernichten musste, und vor allem: wem man Dank für das eigene Auskommen schuldete.
Endrit Cufaj schob das Sandwich auf seinem Schreibtisch irritiert zur Seite, lehnte sich zurück, sah mit vorgestrecktem Kinn diesen Verrückten an, der allen Ernstes glaubte, dass man Stimmen gewinnen könne, ohne sie zu kaufen, nur mit Symbolen, mit seiner seltsamen politischen Lyrik, und sagte: Wie schön, dich zu sehen.
Der Chef wird ungeduldig, sagte Fate.
Der in Wien gestohlene Helm. Was wisse er, was habe er herausgefunden? Es sei unerheblich, wie, ob durch seine Kontakte zu gewissen Familien, ob durch – Fate lächelte – pensionierte Freizeitaktivisten der alten Sigurimi oder durch die Europol, was verdammt – Fate lächelte nicht mehr – habe er zu berichten?
Der Stand der Dinge, sagte der Polizeipräsident: Der Helm ist in Süditalien, in Bari. Aber es ist nicht der gestohlene.
Fate sah ihn fragend an, und Endrit Cufaj sagte: Ja, es ist der Skanderbeg-Helm, er schaut aus wie der Skanderbeg-Helm, und es wurde Lösegeld dafür verlangt. Aber die Wiener sagen, es ist nicht der echte. Was weiß ich. Man kann mit Hilfe der italienischen Kollegen einen Zugriff in Bari organisieren. Die *Direzione Investigativa Antimafia* hat mir das zugesichert, das ist für sie ein kleiner Fisch.
Fate sah ihn an.
Das ist der Stand der Dinge, so der Polizeipräsident, schob Fate das Sandwich entgegen, sagte: Stell dir vor, du wolltest ein Sandwich. Dieses hier ist nicht das, was du wolltest und bestellt hast. Aber es ist das, was du haben kannst.
Er nahm es in die Hände, tat so, als studierte er es von allen Seiten, und sagte: Allerdings ist es keine Spur mehr warm.

Fate sah ihn an, diesen widerlichen Typen, den der Chef schon längst hätte entsorgen müssen. Er schloss die Augen, nun hatte er eine Ahnung, was den Helm beziehungsweise die Helme betraf. Er stand auf, sagte: Veranlasse den Zugriff. Dann nahm er einen Kugelschreiber vom Schreibtisch des Polizeipräsidenten sowie ein Blatt, das da lag, und schrieb den Namen des Schmieds auf.
Der Chef will heute noch wissen, wo dieser Mann ist.

20

Karl Auer hatte sein Kinn in die Hand gestützt und rechnete. Baias Lippen öffneten und schlossen sich, aber für einen Moment erfasste er nicht, was sie sagte. Er erinnerte sich daran, dass sie erzählt hatte, dass ihr Vater nach Enver Hoxhas Tod ein Stipendium nach Deutschland, nach München, bekommen habe. Enver Hoxha ist, wenn er nicht irrte, 1985 gestorben. Der Vater wird das Stipendium wohl kaum unmittelbar danach bekommen haben, also vielleicht 1986 oder 1987, als das Regime sich schon etwas geöffnet hatte. Ein knappes Jahr darauf ist sie zur Welt gekommen, also 1987 oder 1988. Das hieß, dass sie zirka acht Jahre jünger war als er. Nur acht Jahre. Er hätte sie für mindestens fünfzehn Jahre jünger geschätzt. Oder hatte der Vater das Stipendium erst nach dem Sturz des kommunistischen Regimes bekommen, also nach 1990, was eigentlich wahrscheinlicher war, dann wäre Baia 1991 oder 1992 geboren, also elf oder zwölf Jahre jünger als er. Aber dann müsste sie extrem schnell studiert und sofort eine kometenhafte Karriere gemacht haben. Nein, das ging sich zeitlich nicht ganz aus.
Wann bist du zur Welt gekommen, fragte er.
Im November 1989. Warum?

Dann war sie also fast zehn Jahre jünger.
Sie hatte roten Flecken im Gesicht, einen Schweißfilm auf der Stirn.
Warum fragst du? Willst du überprüfen, ob wir altersmäßig zusammenpassen?
Altersmäßig zusammenpassen? Wie kommst du darauf?
Weil du nicht gefragt hast, wann ich Geburtstag habe, sondern, wann ich zur Welt gekommen bin. Wir haben beide die alte Welt nicht mehr erlebt.

Ich schon, dachte Karl.
Und wenn, sagte sie, dann ohne Erinnerung. Ich war am Tag des Massenexodus dabei, als die Vlora gestürmt wurde. Aber natürlich habe ich keine Erinnerung daran.
Du warst dabei? Wie?
August 1991. Ich war keine zwei Jahre alt, bin auf den Schultern meines Vaters gesessen. Hat er mir erzählt. Wir sind zum Hafen von Durrës gefahren, weil der Bruder meines Vaters und seine Frau und die Schwester meines Vaters und ihr Mann und ihre beiden Söhne, also Onkel, Tanten, Cousins, erzählt hatten, dass sie versuchen wollten, irgendwie auf die Vlora zu kommen. Sie hatten sich verabschiedet. Es gab ein Gerücht, dass die Vlora nach Italien fahren würde, man musste es nur irgendwie schaffen, an Bord zu kommen. Das Gerücht hatte offenbar sehr weite Kreise gezogen. Zwanzigtausend Menschen stürmten die Vlora, angeblich noch einmal zehntausend drängten sich am Kai, über den ganzen Pier, Dutzende wurden durch das Gedränge ins Wasser gestoßen, klammerten sich an die Taue der Vlora, es herrschte ein Gebrüll, dass man die Sirenen von Polizei und Rettungsfahrzeugen nicht mehr hörte, und mittendrin mein Vater mit mir auf den Schultern.
Wolltet ihr auch weg?

Aber nein. Mein Vater ist nach Durrës gefahren, weil er seine Geschwister davon abhalten wollte, er wollte sie überzeugen zu bleiben. Es war verrückt. Er hatte gerade erst ein Stipendium in Deutschland gehabt, er war überzeugt davon, dass man jetzt nicht mehr flüchten musste, dass sich neue Möglichkeiten auftun würden, und da waren wir auf diesem Pier, die sich so unfassbar schnell mit Menschenmassen gefüllt hatte, dass mein Vater Todesangst bekam, Angst davor, in diesem Gedränge zu stürzen oder umgestoßen und niedergetrampelt zu werden, er hat nach seinen Geschwistern geschrien, hat sie in diesem Getümmel nicht gefunden, er wusste nicht, waren sie noch irgendwo mitten in dieser Masse auf dem Pier oder waren sie schon auf dem Schiff, und dann ging es ihm nur noch darum, uns in Sicherheit zu bringen, und die Sicherheit war hier und nicht drüben, Albanien und nicht Italien. Und er hat geschrien, er hat in einem fort geschrien und Menschen getreten und angerempelt, um aus dieser Masse herauszukommen, gebrüllt hat er wie am Spieß, so wurde es mir erzählt, und ich auf seinen Schultern, als er sich den Weg freigekämpft hat, hinaus aus diesem Wahnsinn, er hatte den Eindruck, dass der Landungssteg vibriert, hat er immer wieder erzählt, Tausende Menschen sprangen da auf und ab, stampften auf, verlagerten als Masse das Gewicht, weil alle in Richtung Schiff drängten, und so schien der Pier zu hüpfen und zu schwanken, und wir drängten in die Gegenrichtung, weg vom Pier zur Kaizufahrt, und meine Mutter hat erzählt, dass Vater dann zwei Wochen keine Stimme gehabt hatte und nur flüstern konnte, und ich bin da mittendrin gewesen, jedes Mal, wenn davon erzählt wurde, war ich mittendrin, auf den Schultern meines Vaters, und Vater hat unser Leben gerettet, aber ich habe keine Erinnerung, kein Bild davon, man kann Bilder googeln, aber ich sehe in diesen Bildern meinen Vater nicht, mich nicht, diese Google-Bilder sind Geschichte und

nicht Biographie. Nein, ich habe die alte Welt und ihren Zusammenbruch nicht erlebt.
Und deine Verwandten? Onkel, Tanten? Waren sie auf dem Schiff?
Ja. Sie müssen es geschafft haben. Ich habe sie nie kennengelernt, nie etwas anderes von ihnen erfahren, als dass sie damals auf die Vlora –
Nie?
Nein, nie. Ich weiß nicht, ob mein Vater danach jemals etwas von ihnen gehört hat. Er hätte es erzählt. Also ich glaube, er hätte es erzählt.

Karl strich ihr über die Stirn, wischte den Schweiß in ihr Haar, gab ihr einen Kuss. Sie hatte sich freigestrampelt. Er zog die Decke wieder hoch, bis zu ihrem Kinn, sie legte ihren Kopf auf seine Brust und ein Bein über seine Beine.

21

Es war dunkel, die Stehlampe brannte, aber sie ließ nur ein Schimmern zu Boden sinken, Baia hatte ihr schwarzes Kleid über den Lampenschirm geworfen. Dunkles Abendblau lag an den Scheiben der Terrassentür.
Nicht einschlafen, sagte sie, die Nacht ist ein Kind. Gehen wir etwas essen. Und ich will Wein. Guten Wein.

Als sie ihr Kleid von der Stehlampe nahm, wurde es Licht, sie drückte das Kleid an ihr Gesicht, als wäre sie geblendet. Nein, sie roch daran, sagte: Es ist fast angebrannt.

Sie gingen über die Straße ins *A Tavola,* bestellten Antipasti und Wein, einen italienischen Weißwein, der für Karls Wiener Gaumen zu wenig resch war, aber *potabile,* wie er sagte, dann bestellten sie Käse und noch mehr Wein. Worüber redeten sie? Käse!

Diesen da musst du probieren, der ist sensationell!

Pause. Dann: Mhm. Und der?

Ich mag eigentlich keinen Blauschimmelkäse.

Keine Antwort.

Der da ist überreif, findest du nicht?

Ein fragender oder erstaunter Blick. Schweigen.

Als Karl Auer sich eine Zigarette anzündete, sagte sie, dass sie auch eine wolle, ausnahmsweise.

Er gab ihr Feuer und sah, dass ihre Hand leicht zitterte. Sie wirkte angespannt. Er war es auch. Es war seltsam, eben erst hatten sie miteinander geschlafen, aber die Spannung war jetzt größer als davor. Befremden. Wie sie ihn ansah! Aus Sehschlitzen, »Blicke aus Schießscharten«, dachte er. Der Käse-Dialog: bemühte Höflichkeit. Hatte er irgendetwas falsch gemacht? Sie enttäuscht? Er war, wie er es einmal formuliert hatte, »nicht der animalische Typ!«. Eher der zärtliche, der schmusige. Aber er wusste leider, dass »eine Affäre« (den Begriff »One-Night-Stand« brachte er nicht über die Lippen) im Kreis von Freundinnen (der Begriff »Weiberrunde« verbot sich für ihn ebenso) erzählt hatte, dass er im Bett nur »eine sehr bescheidene Performance« geliefert habe. Dass er »nur daliege und sich bedienen« lasse und »dabei debil lächle«. Performance! Mein Gott, was waren das für Zeiten? Er ist verletzt gewesen, natürlich, dann hat er es verdrängt und im Übrigen noch besser aufgepasst, keinen Anlass für Gerede zu geben. Das macht einsam. Und jetzt holte ihn das wieder ein. Aber er hatte doch alles getan, durchaus aktiv, um Baia zu entdecken. Dieses Wort gefiel ihm: ent-decken. Nein, doch nicht. Weil – er war verwirrt. Was dachte sie, was empfand sie?

Kein Zweifel, Karl Auer war verliebt. Aber –

Er kannte sie nicht. Intimität stellt ja zunächst nur jene Nähe her, in der das Fremde größer wirkt als aus der Distanz. Und doch fragte er sich schon, wie es wäre, mit dieser Frau, die ihre Augen vielleicht nur wegen des Rauchs so zusammenkniff und die er liebte, kein Zweifel, er liebte sie, denn er kannte dieses Gefühl als Frage und er wusste, dass die Antwort die Summe vieler Gefühle war: Die Empfindungen, die er bei seinen ersten Mädchen gehabt hatte, sie waren eingefroren, jetzt tauten sie auf, die Tränen der Rührung, wenn er Liebesfilme gesehen hatte, sie waren längst getrocknet, jetzt wollten sie wieder fließen, die heißen Sehnsuchtsbilder in einsamen Zeiten, dunkel und kühl sind sie geworden, jetzt erhitzten sie wieder seinen Kopf, und auf seinen Fingerkuppen spürte er noch immer, was er vorhin – ja, buchstäblich! – begriffen hatte, und er fragte sich, wie es wäre, mit dieser Frau Alltag zu haben. Alltag! Er befand sich in einer Ausnahmesituation, so musste man das doch nennen, und er fragte sich –

Woran denkst du?

Ja, woran dachte er? Dass sie ihn verunsicherte … dass sie anders war, als er sie sich vorgestellt hatte … war es so? Dass er sich gleichwohl eine gemeinsame Zukunft vorzustellen versuchte? Nicht vorstellen konnte. Vorstellen wollte.

Erinnerung, sagte er. Was du vorhin erzählt hast. Ich meine –

Der Käse war gut, aber das Weißbrot war Pappe. Er versuchte zu schlucken, er nahm einen großen Schluck Wein. Es kann doch nicht sein, dass du keine Erinnerung – als der Staat zusammenbrach, beim Aufstand 1997, da warst du acht. Da musst du doch Erinnerungen haben. Als ich acht war, da fiel der Eiserne Vorhang, und ich weiß noch genau –

Sie wischte sich den Mund ab, ihre roten Lippen waren nun auf der Serviette. Sie lächelte blass. Es fielen Schüsse, sagte sie, und das weiß ich auch nur aus Erzählungen. Es gab keine Schule mehr. Ich kann mich erinnern: Ich lernte lesen und schreiben und rechnen. Zu Hause. Das ist meine Erinnerung. Es ist keine Erinnerung an ein altes System, es ist die Erinnerung an ein achtjähriges Mädchen. Ich durfte das Haus nicht verlassen. Ich weiß nicht einmal mehr, ob ich das hinterfragt habe. Es war, wie es war. Ich lernte Lesen und Schreiben, mit meiner Mutter und meiner Großmutter. Mein Vater ging aus dem Haus und kam wieder heim. Mit Lebensmitteln. Und ich las damals mein erstes richtiges Buch.
Was denn? *Durch das Land der Skipetaren?*
Sie sah ihn verständnislos an, sagte: nein, den Kanun.
Den Kanun? Alles über Blutrache? Das hat dich fasziniert? Mit acht?
Du bist ahnungslos. Der Kanun ist doch nicht eine Sammlung von ein paar archaischen, blutrünstigen Gesetzen, sondern eine umfassende Rechtsordnung, so alt wie das römische Recht, basierend auf dem *mos maiorum*. Zu Hause, in einem Schrank, fand ich die schriftliche Fassung des *Kanun des Lekë Dukagjini*. Ich lernte sehr schnell lesen, und ich suchte Lesestoff. Ja, die Blutrache, manches ist mit heutigen Augen sehr problematisch, anderes aber geradezu aufgeklärt oder gar utopisch, aber es war doch real. Im Grunde geht es im Kanun immer um die Frage, was ist Gerechtigkeit. Ich habe damals sicherlich nur sehr wenig verstanden, aber ich bekam doch meine ersten Eindrücke von Recht und Gerechtigkeit. Nur darum ging es. Wie Recht und Gerechtigkeit zur Deckung gebracht werden können. Das interessiert einen Anhänger der reinen Rechtslehre natürlich nicht. Verachtest du das? Gib mir noch eine Zigarette. Das ist jedenfalls meine Erinnerung an damals: dass nicht das alte System zusammengebrochen ist,

davon habe ich nichts bemerkt, sondern meine Zukunft bestimmt wurde, nämlich dass ich Recht studieren sollte.

Ich verstehe schon, fuhr sie fort, dass ein Brüsseler Jurist sich diese Frage nicht stellen kann. Was ist Gerechtigkeit? Allein die Frage ist ein Störenfried. Euer Verständnis von Recht ist so abstrakt, dass es im Konkreten archaischer ist als der Kanun.
Wie meinst du das?
Na, was ist archaischer als das Recht des Stärkeren? Deutschland will etwas, das ist recht und billig. Frankreich will etwas nicht, das ist recht, auch wenn es teuer kommt. Aber wenn Albanien etwas will – oh, da schaut man lächelnd zu, wie wir eine Rolltreppe hinauflaufen, die herunterfährt. Die Fortschritte der albanischen Justizreform beurteilt ihr nur nach der Anzahl der Bauernopfer, die ihr als die Stärkeren gebieterisch fordert. EU-Mitgliedstaaten wie Polen oder Ungarn machen antieuropäische Politik und untergraben die Rechtsstaatlichkeit, während Länder wie Albanien betteln, in die EU aufgenommen zu werden, weil sich die Bürger davon Rechtsstaatlichkeit erwarten. Das passt alles nicht zusammen. Die Bürger denken bei Recht an Gerechtigkeit. Aber für eure Karikatur der reinen Rechtslehre ist Recht nur eine Abstraktion von politischer und ökonomischer Macht.

Das klingt irgendwie – marxistisch, sagte er, nein, er dachte es. Bist du sicher, dass du wirklich von der alten Welt nichts mitbekommen hast?

Als hätte sie seine Gedanken gelesen, sagte sie: Die Welt ist älter als ein paar Jahrzehnte. Wahre Zeitgenossenschaft hat die Tiefe von Jahrhunderten. Du hast doch europäisches Recht studiert, nicht wahr?

Karl Auer nickte.
Und was hast du dir gedacht, als du dich mit dem niederländischen Rechtssystem beschäftigt hast?
Niederländisches Rechtssystem? Damit habe ich mich nicht beschäftigt. Ich bin kein Spezialist für die Besonderheiten nationaler Rechtssysteme. Zumal sie ja nach und nach harmonisiert werden.
Harmonisiert? Wovon redest du? Als ich meinen Advanced Master an der European Law School in Maastricht gemacht habe, ist mir klar geworden, dass eure Harmonisierung nur ein Parallel-Universum schafft. Gewohnheitsrecht als Substanz des Rechtssystems ist in den Niederlanden so selbstverständlich wie das *Broodje gezond* in der Früh im Uni-Café.
Was redest du da?
Das niederländische Rechtssystem hat drei Säulen: das französische Zivilgesetzbuch, die Einflüsse des römischen Rechts und, tatatata: das traditionelle niederländische Gewohnheitsrecht. Da kannst du harmonisieren, so viel du willst, das werden die Holländer nicht aufgeben. Das ist so alt, das haben die jetzt genetisch.
Sie lachte. Ihr habt also den Kanun mitten in Europa, zugleich habt ihr in Ungarn oder in Polen die Zerstörer aufgeklärter moderner Rechtssysteme mitten in Europa, und du willst mir erklären –
Ich will dir gar nichts erklären –
Morgen, sagte sie, gehe ich mit dir zur Sprachschule Lenz, die ist gleich da unten, am Anfang der Straße, vor dem neuen Markt. Ich will, dass du den alten Herrn Lenz kennenlernst und dir anhörst, was die Tatsache, dass es ihn gibt, also dass er lebt, mit dem Kanun zu tun hat.

Baia atmete tief durch, sagte, dass sie nach Hause wolle. Sie wollte nicht begleitet werden. Sie wohne nur ein paar Häuser weiter, sagte sie. Kurz spielte er mit dem Gedanken, ihr heimlich zu folgen, er wollte wissen, ob sie in einer dieser italienischen Villen wohnte. Nein, das konnte er nicht machen. So lag er dann alleine im Bett seines Hotelzimmers, unruhig, da war im Kissen ihr Geruch, in seinem Kopf ein eigentümliches Misstrauen. Irgendetwas stimmte nicht, er glaubte ihr nicht. Er konnte nicht glauben, dass sie mit acht oder neun Jahren nichts mitbekommen hatte vom Kollaps des Staates, von der Anarchie, den Krisen, aber den Kanun hatte sie gelesen, sie, die Topjuristin mit internationaler Ausbildung, schlug ihm das albanische Gewohnheitsrecht um die Ohren, so war es doch, was war das für ein Bär, den sie ihm da aufbinden wollte, und warum? Und Gewohnheitsrecht in den Niederlanden – das war verrückt. Das musste er sich anschauen. Nahm er sich vor. Er hatte so starkes Herzklopfen, dass er wieder aufstand und im Zimmer hin und her ging. Er wollte noch etwas trinken, aber es gab da keine Minibar. Schließlich stand er im Pyjama auf der Terrasse, rauchte und schaute hinunter auf die Rruga Qemal Stafa. Vor einem Café, keine fünfzig Meter entfernt, saßen zwei alte Männer und spielten Schach. Ja, doch, sie spielten, denn nach fünfzehn Minuten bewegte einer der beiden eine Figur.

22

Es war kein Traum. Es war eine Erinnerung. Aber sie kam tranceartig, ein Wachtraum. Es ist so gewesen, irgendwie ist es so gewesen. Als er in diesem Alter war, acht Jahre, und plötzlich alles anders wurde, noch einmal anders, im Großen anders, denn für ihn und sein kleines Leben ist es schon zwei Jahre davor ganz anders geworden, als seine Mutter verunglückt war und er zur Großmutter kam, aufs Land, an der

Grenze zur Tschechoslowakei. Mit dem alten Waffenrad der Oma hatte er gelernt, Rad zu fahren und die Mutprobe zu bestehen: entlangzuradeln an der Grenze, *Achtung! Pozor! Staatsgrenze entlang der Straße!* Wenn man in den Straßengraben fiel, fiel man ins Niemandsland, und er radelte am Stacheldraht entlang, an den Wachtürmen, den Zaunkorridoren, durch die scharfe Hunde liefen, nicht hinaufschauen zu den Grenzsoldaten mit ihren Maschinengewehren auf den Wachtürmen, sie schauten herunter, so scharf, er spürte, wie sie schauten, als er da vorbeiradelte, kurz sah er auf, dann gleich wieder auf die Straße, er war noch kein geübter Radfahrer, das war die Mutprobe. Was war hinter dieser Grenze? Eine andere Welt. Wie war es dort? Warum war die andere Welt so streng bewacht? Er hielt es für möglich, dass dort das Paradies war, und man bewachte es, um zu vermeiden, dass es gestürmt wird. Kein Paradies kann einen Massenansturm verkraften. Man musste das Paradies verteidigen, sonst wäre es für niemanden mehr ein Paradies. Darum schauten die Männer mit den Maschinengewehren so streng, darum gab es diese Zäune und den Stacheldraht und die wilden Tiere.

Dann erfuhr er, dass die Menschen hinter dieser Grenze traurig waren, denn sie dachten, dass herüben das Paradies sei, aber sie konnten diese Grenze nicht überwinden und zu uns kommen. Arme Verwandte, sagte die Oma. Die Kommunisten oder die Kummerln, sagten andere. Das war etwas Verächtliches. Das Paradies war je nach Standpunkt immer auf der anderen Seite, das war der Stand der Dinge, als er sieben und acht Jahre alt war. Aber er fand nichts verächtlich, was er von den »Kummerln« wusste, er liebte das Kinderprogramm von drüben. Wenn man die Fernsehantenne geduldig drehte und schob – man kam in Übung, bald ging es schnell –, dann konnte man das tschechoslowakische (das »böhmische«, wie Oma sagte, eigentlich sagte sie: das »behmische«) Fernsehen empfangen. *Večerníček*, das war das Kinderprogramm am Abend, das war ihm geläufig, Oma darf ich *Večerníček* schauen, bald sprach er am Beginn der Sendung ganz selbstverständlich mit: *Dobrý večer!* Und am Ende *Dobrou noc!* Er liebte *Krtek*, den kleinen Maulwurf, der war leicht zu verstehen, da er nicht redete, nur süß piepste. Erst viel später erfuhr er, dass sie drüben, auf der anderen Seite, ihre Antennen so drehten, dass sie das österreichische Fernsehen empfangen konnten. Was hatten sie gesehen? Werbung? Im Grunde war das gesamte österreichische Fernsehprogramm für sie Werbung. Wurde ihm erzählt. Aber das war später. Was er jetzt vor sich sah, war der Sommer 1990. Die Öffnung der Grenze, den Abbau der Grenzbefestigungen im Dezember 1989 und Januar 1990 hatte er nur indirekt mitbekommen, das war keine Zeit für Radfahren. Viel wurde in den Weihnachtsferien geredet. Und er sah im Supermarkt, wenn er Oma zum Einkaufen begleitete, viele Menschen, die anders waren, sie hatten Winterjacken an, wie er sie nie zuvor gesehen hatte, außen Nylon, innen Kunstpelz, Jacken, in denen sie irgendwie ausgestopft aussahen, wie Teddybären, das ist seine Erinnerung, auf einmal waren da so viele Teddybären, das sind die »Behm«, sagte Oma. Da sagte er *Dobrý večer!* Aber es war ja nicht Abend, und die Teddybären lachten freundlich und sagten *Ahoj chlapče*.

Das sind nur Erinnerungsfetzen, grau-dunkelblaue Bilder. Was er jetzt aber so deutlich, hell und farbig vor sich sah, war ein Tag im Spätsommer 1990, am Ende der Sommerferien. Der Tag, an dem ihm, dem Neunjährigen, klar wurde, was die Öffnung der Grenze bedeutete: die Öffnung der Welt.

Es war ein wolkenloser, ungewöhnlich heißer Tag, die Sonne glühte, als wollte sie alles, absolut alles in ein grelles Licht setzen und ausleuchten, selbst die Schatten der Obstbäume waren heller, als man sich Schatten gemeinhin vorstellt. Weißschatten. Oma hatte ihm den Strohhut des verblichenen Großvaters aufgesetzt – diese Assoziation war typisch für ihn: dass in der Erinnerung an diesen grell strahlenden Tag der verstorbene Großvater *verblichen* war … und ihn gebeten, die Gemüsebeete zu gießen. Nicht mit dem Wasserschlauch! Mit der Gießkanne. Mit dem Strahl des Schlauchs würde er die Pflanzen nur niederspritzen, umlegen, entwurzeln, die Erde wegspülen, nein, sie mussten sorgsam gegossen werden, wie mit sanftem Regen, auf den sie seit Tagen so verzweifelt warteten, und sie mussten mehrmals gegossen werden, weil zuerst würde nur die Oberfläche befeuchtet, aber das Wasser müsse nach und nach zu den Wurzeln durchsickern, und so lief er mit der Gießkanne vom Wasserhahn am Haus zu den Beeten hin und her und hin und her, mit gesenktem Kopf, weil ihn so die Krempe des Huts vor der Blendung bewahrte, und er war dankbar für den Hut, aber auch grantig auf die Oma, weil sie ihm so viel abverlangte wegen ein paar Karotten, Fisolen und ohnehin schon rettungslos verdorrenden Salatblättern. Im Supermarkt bekäme man das ohne Blut, Schweiß und Tränen.

Er schämte sich für diesen Gedanken. Es war frivol. Aber er ist damals naiv gewesen. Andererseits: Wahrscheinlich hatte er damals diesen Gedanken gar nicht gehabt, wie hätte er mit seinen neun Jahren darauf auch kommen können: *mit Blut, Schweiß und Tränen.*

Und so stand er da, mit der Gießkanne in der Hand, als ein Mann die Gartentür öffnete, durch den Garten auf ihn zukam und sagte: –

… Water.

Was immer er sagte, er verstand intuitiv nur dieses Wort: Water.

Der junge Mann trug einen prallen Rucksack auf dem Rücken und unter dem Arm eine große Mappe.
Der junge Mann lachte. Ein großes, offenes, erwartungsfreundliches Lachen.
Der junge Mann war schwarz.

Er konnte sich nicht mehr genau daran erinnern, wie sie kommuniziert hatten, mit Händen und Füßen, wie man sagt, jedenfalls stellte sich irgendwie heraus, dass dieser junge Mann ein englischer Kunststudent war, der die Öffnung des Eisernen Vorhangs zum Anlass genommen hatte, *durch Europa* zu wandern, das unbekannte Europa, möglichst hinter dem Eisernen Vorhang. Er zeigte es mit einem großen Plan, den er später aus einer Seitentasche seines Rucksacks nahm, auf dem Tisch ausbreitete, da und dort drauftippte, mit zwei Fingern über den Plan marschierte und so ausdrückte, dass er diesen Weg gegangen sei oder gehen wollte. Er war gerade auf dem Weg von Prag nach Wien, von dort wollte er weiter nach Budapest. Und seine Finger marschierten gleich noch weiter, bis nach Jugoslawien und Albanien …
Das faszinierte den kleinen Karl. Gut möglich, dachte er, dass er deshalb später mit seinem Cousin Franz Starek in den Sommerferien diese Bücher las: *In den Schluchten des Balkan, Durch das Land der Skipetaren*, aber was er jetzt in grellem Erinnerungslicht sah, war, wie er den Mann ins Haus brachte, um ihm Wasser zu geben, und da war die Oma, und sie sagte: *Meinersöh* (Bei meiner Seele), *so alt hab ich werden müssen, bis ich meinen ersten Neger seh!*
Und sie bekochte ihn, *alles, was Küche und Keller hergab,* bot ihm ein Bett für die Nacht an und war unermüdlich neugierig, was er zu erzählen hatte. Sie hatte immer neue Fragen, sagte zu Karl: Frag ihn das! Und fragte: Was hat er gesagt?
Warum dachte Oma, dass er Englisch konnte? Sie dachte, das

ist die neue Zeit, und der Junge ist neue Zeit und lernt das wohl in der Schule, aber der Englisch-Unterricht in der Volksschule beschränkte sich auf englische Auszählreime und das Singen von englischen Kinderliedern, ob man sie verstand oder nicht, und Karl gestikulierte verzweifelt, und wenn der Gast etwas sagte, dann versuchte er zu interpretieren, was Wörter und Gesten bedeuten könnten, er hatte wenig verstanden, aber er fabulierte, er war phantasiebegabt, und schließlich war klar: So schön, so spannend ist das Europa der offenen Grenzen.

Wie sah er das jetzt? Ein bisschen Scham empfand er, andererseits: Er war ein Kind gewesen, und es war nicht grundsätzlich falsch, was er erfunden hatte, und so genau wusste er das auch nicht mehr, aber was er jetzt in seiner Trance so klar vor sich sah, war, wie die Oma den Gast verwöhnte, mit Liebe und Neugier. Ihren *ersten Neger.* Und als dieser seine große Mappe aufschlug und Blatt für Blatt seine Arbeiten zeigen wollte, Zeichnungen mit Impressionen seiner Europa-Reise, mit deren Verkauf er seine Reise finanzierte, sagte Oma entschieden: *Na, na, für das haben wir kein Geld* – und sie schaufelte ihm noch einen Erdäpfelknödel auf den Teller. *Essen S'! Kraft brauchen S'.*

Seitlich vom Esstisch hing der Wandkalender mit dem Spruch des Tages. Konnte es sein, dass Karl jetzt wirklich noch wusste, wie er an jenem Tag gelautet hatte? Darüber nachdenkend, warum das eigentlich ein blöder Satz war, schlief er ein.

»Die Zukunft kann nur gestalten, wer an die Wahrhaftigkeit seiner Träume glaubt.«

23

Nach einer Woche hatte der Schmied endgültig begriffen, was in dieser Welt *pak kohë* bedeutet, so leichthin lächelnd hingesagt: *ein bisserl, ein Zeiterl.* Es bedeutete: eine Einheit der Ewigkeit. Bei seiner Einlieferung in das Gefängnis 302 hatte der Mann, der die Aufnahmeformalitäten erledigte, ihm erklärt, dass er dem Untersuchungsrichter vorgeführt werde, der dann alles Weitere entscheide. Er solle sich aber gleich darauf einstellen, dass dies *pak kohë, ein Zeiterl,* dauern werde.
Der Schmied, völlig verwirrt, weil er nicht wusste, wie ihm geschah, sah den Mann nur an, der den Blick als Frage interpretierte. Warum? Darum! Bedanke dich bei der Europäischen Union.
Das verhalf dem Schmied natürlich nicht zu größerer Klarheit in Hinblick auf seine Situation, er stand hilflos vor dem Schreibtisch dieses Mannes, der das Kunststück zustande brachte, obwohl er saß, auf den vor ihm Stehenden hinabzublicken. So empfand es der Schmied: Das war Verachtung und seelische Kälte, die sich in den Augen des Mannes zeigten.
Jetzt erst sagte der Schmied dieses Wort: Warum?
Es war wie ein Hammerschlag: *Pse?*

Der Mann lachte. Offenbar machte es ihm jetzt sogar höllischen Spaß, diesem Neuzugang die Welt zu erklären, diese schlechte Welt, unter der sie alle, auch er, zu leiden hatten. Mehr als die Hälfte unserer Untersuchungsrichter, sagte er, sind im Zuge der Justizreform wegen Korruption entlassen worden, das war der Wunsch der Europäer. Menschenrechte, verstehst du? Es ist das Recht eines Menschen, ewig Untersuchungshäftling mit Unschuldsvermutung zu sein, wegen des

Richtermangels, aber es ist Unrecht, einem Richter vorgeführt zu werden, mit dem man eine Angelegenheit sehr schnell regeln kann. Na ja, so ist das, Nummer 236! Das ist deine Nummer, wenn du angesprochen oder etwas gefragt wirst, hast du diese Nummer zu sagen. Alles klar, Häftling?
Der Schmied nickte.
Noch einmal! Was habe ich gesagt? Häftling?
236. Alles klar.

Nichts war klar. Ihm war nicht einmal klar, welches Glück er hatte, weil er in eine Vier-Mann-Zelle kam, in der sie nur zu sechst waren. Ihm war nach einer Woche nur klar, was *pak kohë* hier bedeutet: eine Zeiteinheit im Stillstand der Zeit.

In der Zelle, in die er kam, hatte die Lethargie schon längst alle erfasst. Von Zeit zu Zeit brach sie auf wie eine Wunde, aus der Eiter austritt. Aggression oder Selbstaggression.

Da war der junge Artan, ein Milchgesicht mit unschuldigen Augen, mit wunderschönen langen Wimpern, die immer wieder nervös flatterten. *Vajzë,* sagten sie zu ihm. Mädel. Vor einigen Wochen soll ein Mithäftling versucht haben, den Mädel zu vergewaltigen, wie ein Tier, so ist erzählt worden, wie ein Tier, aber der Kerl ist von den anderen so zusammengeschlagen worden, dass er in der Krankenabteilung landete und danach wahrscheinlich in einer anderen Zelle, denn zurückgekommen ist er nicht. Und ob er nach der Zerquetschung seiner Hoden noch jemals einen solchen Versuch machen könnte, war höchst zweifelhaft. Dieser Schutz, den Artan erfuhr, war selbstverständlich, das verlangte der Kanun.
Artan war verzweifelt, weshalb war er hier? Er war überzeugt davon, dass er sofort freikäme, wenn er endlich einem Untersuchungsrichter vorgeführt werden würde.

Wie lange er schon darauf warte?
Neun Wochen.

Das erfuhr der Schmied an seinem zweiten Tag in dieser Zelle.
Am nächsten Tag begann Mädel sich selbst Verletzungen zuzufügen, um auf sich aufmerksam zu machen. Mit einer rostigen Schraube, die er irgendwie aus seiner Pritsche herausgezogen oder -gebrochen hatte. Er ritzte mit dieser Schraube seinen linken Arm und seine Oberschenkel, drückte, bohrte, aber diese kleinen Wunden mit dem bisschen Blut interessierten die Wachbeamten nicht. Tatsächlich verkrusteten die Wunden sehr schnell – ausgenommen ein Schnitt im linken Unterarm, der sich entzündete und zu eitern begann, flammend rot die Haut, fast schwarz die Ränder der Wunde.
Fieberte er?

Mit Brandwunden kannte sich der Schmied aus. Mit kleinen, wie sie in einer Schmiede durch Funkenflug oder springende glühende Feilspäne vorkamen. Aber eine solche Entzündung hatte er noch nie gehabt. Und die Mittel und Möglichkeiten, um hier in der Zelle dem Jungen zu helfen, waren mehr als begrenzt. Das Wachpersonal winkte ab. Was ritzte sich der Verrückte auch die Haut auf? Wird schon verheilen.
Der Schmied wies die anderen an, alles Papier und überhaupt alles, was brennbar war und was sie entbehren konnten, im Waschbecken anzuzünden, in der Hoffnung, dass dieses Feuer genügte, um eine kleine Menge Wasser in einem Blechnapf, den sie darüberhalten sollten, zum Kochen zu bringen, und etwas Salz, das einer beisteuern konnte, darin zu verrühren, bis es sich ganz aufgelöst hatte. Diese Kochsalzlösung ließ der Schmied abkühlen und reinigte damit die Wunde. Der Junge schrie, zugleich spannte er alle Muskeln an, um nicht

zu zucken, sich nicht zu winden, dicke Tränen standen in seinen Augen. Guter Junge, dachte Hekuran, der Schmied.
Jetzt kam es auf Sajmir an. Ein verschlossener Mensch, der angeblich wegen einer Blutrachegeschichte hier einsaß, was er nie bestätigt hatte, so wie er überhaupt kaum mit den anderen redete. Seine Familie hatte ihm einen Topf Honig zukommen lassen können, den er streng bewachte. Einen Löffel voll bitte! Sajmir reagierte nicht. Oder schien nicht zu reagieren. Der Schmied hatte noch 500 Lek, die er ihm hinhielt. Einen Löffel Honig bitte für den Jungen! Sajmir holte den Honig unter seiner Pritsche hervor, reichte ihn dem Schmied, schob dessen Hand mit den 500 Lek zurück.
Wenn der Honig echt war, sollte er eine gewisse antibiotische Wirkung haben. Er konnte das nur hoffen. Auf kleine Brandwunden einen Honigverband aufzulegen, war ein Hausmittel, das ihm sein Meister in der Zeit seiner Ausbildung vor vielen Jahren gezeigt hatte. Aber ob das auch bei einer solchen bereits eiternden Wunde funktionierte?
Ein Verband. Es gab keinen, nichts, was als Verband getaugt hätte. Der Schmied zog sein Hemd aus, wusch es im kalten Wasser, warmes Wasser gab es nur fünfzehn Minuten am Tag, jetzt natürlich nicht, er drückte das Hemd immer wieder kräftig aus, dann riss er es in Streifen, trug auf einem Streifen dünn den Honig auf und legte ihn als Verband an.

In diesem Moment ging die Zellentür auf: Häftling 236!
Der Schmied sagte: Hier.
Er stand da mit nacktem Oberkörper, hinter seinem Rücken saß Mädel mit dem verbundenen Arm.
Hier!
Mitkommen!

Das Gefängnis 302 in Tirana hatte ein großes eisernes Schiebetor, und dieses Tor war sehr seltsam – wie soll man sagen? Gestaltet? Verziert? Es sah aus wie ein riesiges kariertes Blatt, und in jedem Kästchen befand sich ein kräftiges X.

Als hätte eine riesige Hand jedes Mal mit einem X eingezeichnet, wenn einer – was? entlassen? wurde. Eine Reporterin der *Deutschen Welle,* die vor kurzem eine Reportage über die Verbesserung der Zustände in den albanischen Gefängnissen gemacht hatte, fand, dass dieses Tor an das Spiel »Schiffe versenken« erinnere.

In jedem Feld ein X. Hier waren alle versenkt.

Rechts von diesem Tor befand sich eine blaue Tafel mit goldenem Sternenkranz und einer Inschrift. *Me fondet e Bashkimit Evropian.*

Die Tafel informierte darüber, dass die Renovierung dieses Gefängnisses wie auch der Bau neuer Gefängnisse in Albanien mit Mitteln der Europäischen Union finanziert würden.

Der Beitrittswerber sollte auch im Strafvollzug auf den Standard europäischen Rechts gebracht werden.

Da wurde das Tor zur Seite geschoben, das blaue Schild verschwand hinter dem großen Feld mit den vielen X, und heraus trat der Schmied ins Zwielicht der Freiheit. Die Sonne schickte ihre letzten Strahlen über den Vorplatz des Gefängnisses, die Laternen vor dem Gefängnisgebäude brannten bereits.

Der Schmied in seinem besten Anzug, der nun zerknittert und fleckig war, ohne Hemd, in der Hand hielt er einen braunen Umschlag mit seinen Entlassungspapieren sowie dem amtsärztlichen Gutachten, dass alle seine Hämatome bereits bei seiner Einlieferung festgestellt worden waren. Weiters eine Kopie der von ihm unterschriebenen Bestätigung, dass er die ihm abgenommenen persönlichen Gegenstände vollständig und unversehrt zurückerhalten habe: 1 Armbanduhr Marke

Guangzhou, China, mechanisch, mit rotem Ziffernblatt und der Inschrift 1944-1974, 30 Jahre Volksrepublik Albanien, 550 Lek in Scheinen, 70 Lek in Münzen, 1 Gürtel Kunstleder, 1 Paar Schnürsenkel braun.
Er sah auf die Uhr. Die Uhr war natürlich stehengeblieben. Wie spät war es jetzt? Nicht einmal den Wochentag wusste er. Er atmete tief durch und sah auf.
Sie werden abgeholt, hatte der Direktor gesagt. Ich habe keine Ahnung, wie Sie das gemacht haben, aber Sie sind frei und Sie werden abgeholt.
Vor dem Gefängnis stand eine schwarze Limousine.
Eine Tür schwang auf. *Zoti Hekuran?* Bitte steigen Sie ein.

24

Das hatte er jetzt nicht erwartet: Eine SS-Division!
Aber bevor sie kam, gab es andere Informationen.
Kommissar Starek googelte Skanderbeg, er wollte mehr über diesen Mann erfahren, dessen Helm offenbar eine enorme symbolische Bedeutung hatte, denn, da war sich Starek mittlerweile sicher, um den Geldeswert des Helms war es bei dem Diebstahl gewiss nicht gegangen. Also musste es ein anderes Interesse geben, sich in den Besitz dieses Helms zu setzen. Starek ging davon aus, dass wohl kaum ein schrulliger albanischer Oligarch den Diebstahl in Auftrag gegeben hatte, weil er sich im Keller seiner Villa im Schweizer Tessin oder auf der Terrasse seines Pariser Penthouse den Helm aufsetzen wollte, um sich besoffen von Selbstübersteigerung als Fürst aller Albaner zu fühlen. Gab es überhaupt albanische Oligarchen? Er googelte. Er hob die Beine, weil Frau Bessa um ihn herum und nun unter ihm den Boden aufwischte. Da war er kurz abgelenkt.

Jedenfalls Skanderbeg. Fürst aller Albaner. Widerstandskämpfer gegen die Osmanen. Verteidiger des christlichen Abendlands. Klar, das war in Europa höchst politische Symbolik. Aber wer konnte es sich leisten, öffentlich mit diesem Helm aufzutreten, um seinen politischen Absichten symbolisches Gewicht zu geben – und sich dadurch als Dieb oder Auftraggeber eines Diebstahls zu outen? Das war doch unmöglich. Zumal er sich schwerlich vorstellen konnte, dass sich in einem nun mehrheitlich muslimischen Land jemand in die Tradition eines christlichen Widerstandskämpfers stellen wollte – was hätte er so zu gewinnen? Und dann kam noch die Geschichte mit der Kopie dazu, die dem Kunsthistorischen Museum gegen Lösegeld angeboten worden war. Wer hat diese Kopie anfertigen lassen, und warum? Sicherlich nicht, um sie dem Museum zu verkaufen, das doch die Fälschung sofort erkennen musste. Aber wer aus welchen Gründen auch immer diese Kopie angefertigt hatte, war dann vielleicht auch sie gestohlen worden? Womöglich von denselben Tätern?
Es waren zu viele Informationen, zu viele Puzzle-Teilchen, die ihm den Blick verstellten. Hätte er wie sein alter Freund Karl Auer einen Kalender mit Sinnsprüchen an der Wand hängen gehabt, dann wäre an diesem Tag, wenn der Zufall ein Interesse an stimmiger Komposition hätte, der Satz mit den Bäumen und dem Wald zu lesen gewesen, die Mutter der Erkenntnistheorie.
Bessa, rief er, Kaffeepause?
Bin ich überredet, sagte sie.

Hier ist die Milch. Bessa, Sie kennen sich doch mit albanischer Geschichte aus, nicht wahr?
Weiß ich alles, was wir nicht wollen vergessen.
Aha, ja, also vielleicht wissen Sie, wer hat politisches Interesse daran, sich heute den Helm des Skanderbeg aufzusetzen?

Neue Alexander, sagte sie.
Was meinen Sie mit neue Alexander?
Na heißt Skanderbeg in Deutsch Herr Alexander. Beg ist wie türkisch Bey, ist Herr oder Führer. Und Skander ist Alexander. Warum ist der Herr Kastrioti, was ist richtiger Name von Skanderbeg, damals geheißen worden Herr Alexander? Weißt eh, hat man gesagt, das ist der neue Alexander der Große. Und hast du Bild von Helm? Schau dir an! Hab ich gelernt in Schule in Skopje: Helm ist gemacht nach Vorbild mazedonische Königskrone, schau auf Computer, siehst du, da oben und da! Also Helm ist Kopie, gemacht für neue Alexander, der kämpft gegen neue Perser, was da waren die Osmanen. Und wer will jetzt sein wieder neue Alexander? Und wer ist neue Osmanen?
Wer?
Weiß ich? Wer will heute erobern Albanien? China? EU? Oder wieder Türken? Warum zahlt türkische Präsident Millionen für neue Moschee in Tirana? Soll sein größte auf ganze Balkan.

Das verblüffte Stanek: Das Original war also selbst schon eine Kopie, zumindest einem Vorbild deutlich nachempfunden. Mit diesem Helm kämpfte der neue Alexander gegen die Osmanen als die neuen Perser. Die Frage ist also: Wer sind jetzt die neuen Osmanen? Und wer will jetzt als der nächste neue Alexander einen Abwehr- oder Befreiungskampf führen, als Kopie früherer Kämpfe? Bessas Vermutungen erschienen ihm verrückt, andererseits: Er selbst hatte überhaupt keine Idee. Das Einzige, was Starek klar zu sein schien, war, dass dieser Kunstdiebstahl kein herkömmlicher Kunstdiebstahl war, sondern ein politisches Menetekel, das völlig vertrackt war, es ließ ihm keine Ruhe, er sollte schon längst ins Büro gehen, aber er googelte weiter, und da kam der Treffer, der

Starek verblüffte, vollends verwirrte und auf eine neue Fährte lockte.

Im März 1944 wurde eine kosovo-albanische SS-Division aufgestellt, die 21. Waffen-Gebirgs-Division der SS »Skanderbeg«. Auf ihrer Standarte: der Helm des Skanderbeg in Gold, auf blutrotem Feld, darunter ein Strahlenkranz um die Buchstaben CC.

Der militärische Führer dieser SS-Division »Skanderbeg« war der Kosovo-Albaner Essad bej Demolli, ein fanatischer Nationalist, der von einem serben- und judenfreien Großalbanien unter dem Schutz des Deutschen Reichs träumte. In einem Brief an Heinrich Himmler versprach er die Rekrutierung von 120 000 albanischen Männern und bat um Waffen. So viele wurden es dann bei Weitem nicht, nur knapp 9000 Männer traten in die SS-Division »Skanderbeg« ein, aber bestens ausgerüstet, dank der Unterstützung von Hermann Neubacher, dem ehemaligen Bürgermeister von Wien, der in der Reichspogromnacht die Feuerwehr davon abgehalten hatte, die brennenden Synagogen zu löschen, und der dann 1942 Hitlers Sonderbevollmächtigter für Südosteuropa geworden war, als solcher dem Militärbefehlshaber Südost in Serbien gleichgestellt. Neubacher hatte durch sein Studium völkischer Wissenschaftler und nicht zuletzt durch seine Karl-May-Lektüre ein romantisch idealisiertes Bild der Albaner als todesmutige Kämpfer, und diesem Bild schien Essad bej Demolli vollkommen zu entsprechen, wie Neubacher an Himmler berichtete:
Der stechende Blick hellgrauer Augen, in Kontrast zum drahtigen schwarzen Haar, und vor allem die Schädelform, gemäß der Kategorisierung von Dr. Josef Gall, wiesen Demolli eindeutig als *illyrischen Arier* aus, so Neubacher. Der ausgeprägte

Überaugenwulst, der über der Nasenwurzel nicht unterbrochen war, sowie dessen breite Stirn ließen Kampfeslust und Mut erkennen, wie auch der lange Hinterkopf eindeutig auf Treue schließen lasse. Kurz, Demolli beg sei genau der Mann, der zur Säuberung des Balkans benötigt werde, so Neubacher, und er empfehle ihn zur Verwendung als Führer einer albanischen Waffen-SS-Division mit allen operativen Freiheiten. Heil Hitler.

Das ist irre, dachte Starek, und es hat nach dem Diebstahl des Helms im Wiener Kunsthistorischen Museum nun ebenfalls einen Österreich-Bezug. Und es ändert völlig die Bedeutung des Helms. Jetzt war er plötzlich ein Nazi-Symbol. Kommissar Starek fragte sich, was mit der Standarte der Skanderbeg-Division nach dem Krieg passiert sein mochte. Gab es sie noch? Und wenn ja, wo war sie jetzt? Als er ins Büro kam, rief er sofort Huber zu sich.
Ruf im Kunsthistorischen Museum an und frag, ob ihnen die Existenz der Standarte einer Waffen-SS-Division Skanderbeg bekannt ist.
Waffen-SS?
Ja, Waffen-SS. Es gab in Albanien eine Division, die Skanderbeg hieß. Auf der Standarte war Skanderbegs Helm abgebildet. Ich meine, das Kunsthistorische hatte den Helm, sie haben das Schwert des Skanderbeg, vielleicht haben sie auch diese Standarte, aber hatten sie nicht ausgestellt. Wenn sie sie nicht haben, dann frag, ob ihnen ein Museum bekannt ist, das diese Standarte in den Beständen hat, womöglich sogar ausgestellt. Vielleicht das Heeresgeschichtliche Museum in Wien? Dort kannst auch gleich direkt anrufen. Und es gibt ein Nationalmuseum in Tirana. Mach auch dort eine Anfrage.
Warum?

Ich habe so ein Gefühl. Wenn sich diese Standarte in einem Museum befindet, dann ist sie vielleicht das nächste Objekt, das von den Dieben des Helms gestohlen wird. Oder aber, es ist bekannt, dass sich die Standarte in Privatbesitz befindet, dann werden wir dort auch den Helm finden. Nur ein neofaschistischer Untergrund kann Interesse daran haben, in den Besitz solcher Devotionalien zu kommen, ohne sie öffentlich zeigen zu wollen. Eben Untergrund, verstehst du? Damit legitimieren sie bei ihren klandestinen Treffen ihren Irrsinn, fühlen sich erhoben und gestärkt, von der Geschichte sozusagen beauftragt, was weiß ich. Gefährliche Idioten. Und daher müssen wir auch wissen, ob es Neonazis oder neofaschistische Gruppen in Albanien gibt, ich meine, das wäre ja nicht verwunderlich nach dem Zusammenbruch eines stalinistischen Systems, denk an Ostdeutschland. Also Auskunft erbitten von Europol, Heeresnachrichtendienst und albanischem Verfassungsschutz. Sind Führer oder Mitglieder solcher Gruppen namentlich bekannt, ihre Adressen erfasst, gibt es da Beobachtungen?

Neonazis in Albanien?, fragte Huber. Also ich weiß nicht …

Hubers rosa Gesicht mit den vielen roten Äderchen. Wie es Starek anwiderte. Eben, Huber, sagte er, wenn man nicht weiß, muss man viele Fragen stellen.

Er selbst wollte mehr über diese SS-Division wissen und beschloss, Auskunft bei einem Experten einzuholen. Universität Wien. Da musste es doch Spezialisten geben, die sich mit dieser Geschichte beschäftigen. Er fand auf der Homepage der Universität ein Institut für Osteuropäische Geschichte, dort gab es einen Professor, der vielleicht der richtige Mann war: Dr. Albert Wehrschütz, Forschungsschwerpunkte »Faschismus in Osteuropa im Rahmen der vergleichenden Faschismusforschung« und »Soziokulturelle Entwicklungen im albanischen Balkan«. Er wählte die Nummer, ließ sich

mit dem Professor verbinden, der tatsächlich da war und Zeit hatte.
Ja, in der Tat, sagte der Professor, es gab diese Division Skanderbeg, und sie hatte eine kurze und dabei höchst eigentümliche Geschichte.

Im Kampf gegen die Jugoslawische Volksbefreiungsarmee, die Tito-Partisanen, war die Skanderbeg-Division nicht sehr erfolgreich. Die Albaner, denen es bei ihrem Eintritt in diese Division vor allem um warme Kleidung, und sei es eine Uniform, und um regelmäßige Mahlzeiten gegangen war – noch Jahre nach dem Krieg war übrigens das deutsche Wort »Nachschub« als Lehnwort im Albanischen ein Synonym für »Verpflegung« –, mieden nach Möglichkeit jeden Kampf, drückten sich, liefen davon, wenn es zu offenen Kampfhandlungen kam. Verschärft wurde die Krise der Skanderbeg-Kampfkraft durch die Gnadenlosigkeit deutscher Offiziere, die den Personalbestand der Division als Kader ergänzten: Sie erschossen »Drückeberger«, um »ein Exempel zu statuieren«, ein Exempel nach dem anderen, was wiederum nur dazu führte, dass immer mehr Männer davonliefen.

Professor Wehrschütz hatte eine monoton scharrende Stimme, die er am Satzende immer etwas hob, um dann sofort wieder tief in Abgründe zu fallen.

Der Führer der Division, Essad bej Demolli, erkannte, dass die »Skanderbeg« mit schwindender Mannschaftsstärke und der schlechten Kampfmoral zwischen den Schlägen durch serbische Partisanen und den Hinrichtungen durch deutsche Offiziere in den eigenen Reihen hilflos aufgerieben werden würde, und versuchte zu retten, was in seinem Kampf zu retten war: die fanatische Verfolgung der Juden, die aus verschiedenen von Nazis besetzten Ländern geflüchtet waren und sich bis Albanien hatten durchschlagen können. Die deutsche Wehrmacht würde mit den Partisanen schon fertig werden, dachte er, aber seine Ehre werde es sein, Albanien entschlossen und konsequent judenfrei zu machen, ohne seine Männer in Scharmützel zu verwickeln, für die sie nicht ausgebildet waren. So wich er nun vom Kosovo nach Nordalbanien aus, wo sich in entlegenen Bergdörfern Juden versteckt halten sollten.

Albanien hatte ursprünglich nur eine winzig kleine jüdische Gemeinde in der Stadt Shkodra, aber nach 1933 flüchteten immer mehr Juden aus Deutschland und Österreich nach Albanien, denn unter König Zogu wurden freizügig Visa für Juden ausgestellt. Da ihre Weiterreise nach Übersee immer schwieriger wurde, erhielten sie auch unbegrenzte Aufenthaltsgenehmigungen. Immer mehr Juden kamen, aus Mitteleuropa und aus den von der Wehrmacht besetzten Nachbarstaaten Jugoslawien und Griechenland. Sie konnten ihre Identität offen leben und ihre Festtage begehen. Albanien war seit 1939 von italienischen Truppen besetzt, die sich aber nicht groß um die Juden im Land kümmerten. So wurde auf einmal jüdisches Leben in Albanien sichtbar. Das änderte sich, als im September 1943 die deutsche Wehrmacht Albanien besetzte. Und damals wurde der albanische Nationalist Demolli zum fanatischen Nationalsozialisten: denn das Deutsche Reich erkannte die vereinten albanischen Territorien formal als eigenständigen Staat an.

Dafür erwarteten die Deutschen natürlich willfährige Kollaboration.

Kameraden von Essad bej Demolli, damals noch in einer regulären kosovarischen Einheit, erinnern sich daran, dass er eine Zeitungsseite mit dem Foto von Xhafer Deva, dem albanischen Innenminister, an die Tür des Offizierscasino, ge-

pinnt und sämtliche Kugeln seiner Dienstwaffe brüllend darauf abgefeuert hatte. Der Innenminister hatte sich nämlich dem Wunsch der Deutschen verweigert, alle Juden in Albanien zu erfassen, Listen mit ihren Namen und Adressen anzulegen und den Deutschen auszuhändigen. Verräter der albanischen Sache! Verräter an *Mbrojtës Hitler*! (Demolli nannte Hitler nie *Udhëheqës*, also Führer, sondern *Mbrojtës*, was so viel wie Gönner oder Beschützer bedeutet.)
Die Kugeln zerfetzten nicht nur das Bild von Xhaver Deva, sie durchschlugen die Holztür und trafen den Burschen Çlirim Çhami, der unglücklicherweise just in diesem Moment eintreten wollte, um Demolli, wie von ihm gewünscht, Tabak zu bringen. Als Demolli sich über den Jungen beugte und sah, dass er noch röchelte, verlangte er mit ausgestreckter Hand die Waffe eines Kameraden und »erlöste ihn« mit einem Schuss in die Stirn. Dann richtete er sich auf und sagte mit rauer Stimme und – die Legende will auch dies: – »mit blitzenden grauen Augen, die an einen Wolf gemahnten«: Hier liegt unser erster Märtyrer im Kampf gegen die Judenfreunde Albaniens!
Das ist allerdings *oral history*, dafür gibt es keine schriftliche Quelle, scharrte Professor Wehrschütz, aber in der Tat schaffte es Demolli innerhalb kürzester Zeit, diesen armen jungen Menschen in den nationalistischen Kreisen mit einer dubiosen Legende als Märtyrer Großalbaniens bekannt zu machen. Deshalb wurden dann auch die Initialen CC auf die Standarte der SS-Division Skanderbeg gestickt.

Um die Moral der Truppe in Hinblick auf nunmehr diese Aufgabe, die Jagd auf versteckte Juden, zu stärken, hielt Demolli eine pathetisch-aufmunternde Rede vor den Männern, malte ihnen ein judenfreies Großalbanien als Paradies aus, in dem die Schlange, die das internationale Judentum darstelle,

zertreten sein werde. Immer mehr Juden kämen ins Land, warum wohl? Um das albanische Volk auszusaugen, aber der Reichtum Albaniens müsse der Volksgemeinschaft der Skipetaren gehören, brüllte er, er predigte, er hob seine Hände, ballte sie zu Fäusten, als würde er Früchte vom Himmel pflücken, sie zerdrücken, er reckte das Kinn nach vorn, als wolle er den ausgepressten süßen Saft der himmlischen Früchte in seinen offenen Mund träufeln lassen, er säuselte – die Männer verstanden nicht so recht. Sie kannten keine Juden, hatten keine Probleme mit Juden. Die starken Söhne albanischer Bauern, an harte Arbeit gewöhnt, aber nicht an die Ermordung anderer Bauernsöhne in einem hinterlistigen Kampf, verstanden nur so viel: Was Demolli bej jetzt versprach, sei nicht mehr Mord und Totschlag in einem gnadenlosen Krieg, sondern einfache Abholaktionen, ja, so verstanden sie es: dass es Menschen gab, die sich abseits der Schlachtfelder versteckten, und die sollten sie abholen, und dann gebe es *Mazë të zier, Fasule me Pastërma und Raki* satt, und so schrien sie Hurra!
Die deutschen Kader in der Skanderbeg waren beeindruckt. Er ist ein Idiot, aber doch eine Führernatur, sagte Leutnant Martin Krass. Hauptmann Rudolph von Fritthoff aber blieb skeptisch. Mal sehen, sagte er, aber ich fürchte, er ist ein nutzloser Idiot.
Das lag vielleicht daran, dass Rudolph von Fritthoff, ein Offizier der alten Schule, im Judenhass, diesem »Aufputschmittel der Idioten«, keinen Grund sah, Waffen und Menschenmaterial einzusetzen und letztlich zu verschwenden.

Ich weiß nicht, ob du das weißt, Albanien ist von all den Ländern, die von der deutschen Wehrmacht besetzt waren, das einzige, in dem es nach dem Krieg mehr Juden gab als vorher. Und das hat mit dem Kanun zu tun. Du bist Jurist, ich will, dass du das verstehst, sagte Baia Muniq, und deshalb möchte

ich, dass du den Herrn Lenz kennenlernst, dir seine Geschichte anhörst. Karl Auer war nicht nach Scherzen zu Mute, müde versuchte er es dennoch: Ich dachte schon, sagte er, du findest mein österreichisches Deutsch so schlecht, dass du mich hier in einen Deutschkurs einschreiben willst.
Baia gab keine Antwort. Es war ein strahlender, wolkenloser Spätherbsttag, viel zu heiß, wie Karl Auer fand, solche Tage gab es in Brüssel kaum im Hochsommer, er zog sein Taschentuch heraus und wischte sich den Schweiß von der Stirn, er war einer der letzten Männer, die noch Stofftaschentücher verwendeten, mit Monogramm. Auf halbem Weg die Rruga Hoxha Tahsim hinunter war das Taschentuch bereits so nass, dass es ihm unangenehm war, es wieder in die Hosentasche zu stecken. Er drückte es auf Nase und Mund, es lag ein ätzender Geruch in der Luft, wie giftiges Gas, er sah, dass Arbeiter neue Bodenmarkierungen auf der Straße anbrachten, Karl und Baia gingen nun genau auf der Höhe des stöhnenden Markierungsgeräts, das eine Sperrlinie auf der Straße zog, Männer malten ein Fahrradsymbol auf den abgetrennten Fahrstreifen, hier entstand ein Fahrradweg. Die Hitze ließ die frisch aufgetragene Farbe noch stärker dampfen, sie brannte in den Augen, kratzte in den Schleimhäuten von Mund und Nase, dazu das Gehupe der Autos, die sich nun auf eine Spur zusammendrängen mussten. So viele Mercedes. Ganz Tirana schien Mercedes zu fahren. Geschäftige Menschen hasteten auf und ab, andere saßen in den Straßencafés bei Kaffee oder Bier und betrachteten stoisch das Chaos. Da kam ein großer Kreisverkehr, Baia Muniq bog nach rechts ab, wieder hinüber zur Qemal Stafa, und sagte: Wir sind da.
Die Sprachschule war ein kleines einstöckiges Haus, roter Backstein, über dem Tor ein Holzschild, etwas verwittert, aber so schön wie aus einer untergegangenen Zeit, eindeutig von einem Schildermaler gemacht. Auf rotem Grund ein

hochfliegender Adler, in seinem Schnabel ein gelbblühender Zweig. Daneben stand: *Instituti i gjuhës gjermane Lenz.* Rechts und links vom Tor jeweils ein kleiner Schaukasten. Auer schaute, was da ausgestellt war, verwundert, da rief Baia: Komm! Was ist? Komm!
Auer trat ein und hatte plötzlich den längst vergessenen Geruch seiner Volksschulzeit in der Nase: Bohnerwachs, Lysol, Schweiß. Und da stand er schon dem alten Herrn Lenz gegenüber, einem asketischen Mann mit weißem Haar und glänzenden braunen Augen, so als würde er von Zeit zu Zeit seine Augen mit einer Träne befeuchten. Kommen Sie weiter, sagte er.

Eines Tages im Juli 1944, kam Essad bej Demolli, der Anführer der SS-Division Skanderbeg, nach einem Marsch über schroffe Karstgipfel und durch grüne Buchenwälder, mit einem Zug von dreißig Mann zum Haus der Familie Baxhaku im Dorf Sose. Er hatte erfahren, dass hier ein jüdischer Flüchtling versteckt wurde.
Demolli schlug den Gewehrkolben gegen die Türe, sie war nicht versperrt und sprang auf, und er brüllte, ob hier das Haus Baxhaku sei, der Hausherr solle herauskommen. Der Bauer Adnit Baxhaku trat aus dem Dunkel des Flurs hervor, sah die Soldaten, machte vor dem Haus ein paar Schritte schräg nach links, so dass er die Sonne im Rücken hatte, wodurch der Anführer dieser Truppe, wenn er sich nun dem Herrn Baxhaku zuwandte, von der Sonne geblendet wurde.
Adnit Baxhaku war wohlhabend, er besaß einen Esel und ein Dutzend Ziegen, und er fragte sich, ob die Soldaten nun sein Vieh konfiszieren würden. Nein, nicht das Vieh. Im Innersten ahnte er bereits, dass er denunziert worden war und dass diese Männer wegen des Flüchtlings gekommen waren, den er bei sich aufgenommen hatte. Von ihm wusste er oder glaubte

verstanden zu haben, dass die Deutschen überall Juden suchten, die sie dann in Lager brachten und als Sklaven hielten. Er sah, wie sich die Augen des Anführers verengten und wie er die flache Hand hochriss, aber nicht zum deutschen Gruß, sondern um seine Augen abzuschirmen.

Demolli brüllte. Der Jude! Hier versteckt. Wir wissen. Der Jude. Wo steckt er. Heraus mit ihm. Ansonsten.

Adnit Baxhaku hatte keine Angst um sein Leben. Diese Soldaten waren Albaner. Auch wenn sie deutsche Uniformen trugen. Er erkannte sie an den bunten Strümpfen aus dicker Wolle, die sie über die Hosenbeine bis zum Knie gezogen hatten, und an den traditionellen albanischen Filzhauben, die manche statt der deutschen Feldmützen trugen … Und er wusste: Man würde ihn, weil er einen jüdischen Flüchtling versteckt hatte und also dem Kanun gehorchte, nicht töten, kein Albaner würde das tun, nicht hier, wissend, dass Verwandte des Ermordeten, bis zum Letzten des Clans, nicht ruhen und rasten würden, bis der Mörder seinerseits getötet war, der Mörder würde keine ruhige Minute mehr in seinem Leben haben, müsste ewig auf der Flucht sein oder sich in Verstecken aufhalten. Ein Albaner, der hier einen Albaner tötet, wäre selbst tot, früher oder später, deutsche Uniform hin oder her. Das gebietet der Kanun.
In dieser Situation, als der Bauer Adnit Baxhaku stramm vor dem geblendeten, schreienden Essad bej Demolli stand, prallten zwei Gesetze des Kanun aufeinander: das Gesetz der Blutrache und das Gesetz der Gastfreundschaft. Er war sicher, dass er für das Verstecken des Juden nicht hingerichtet werden würde. Aber er wusste zugleich, dass er, wenn er den Juden auslieferte, was er nicht verhindern konnte, sozial gestorben wäre. Denn er hätte die *Besa* gebrochen, das Ehrenwort,

jedem Gast und in weiterem Sinn jedem Schutzsuchenden »dein Brot, dein Salz, dein Haus, dein Herz zu geben«. Wer einen Gast auslieferte, anstatt ihm Schutz zu gewähren, handelte ehrlos, brachte Schande über sich und seine Sippe und wurde aus der Gemeinschaft ausgeschlossen. Das käme seinem und dem Tod seiner Familie gleich.
Also sagte er: Ich hole ihn. Ging ins Haus, wo sein Sohn mit dem jungen Juden, der etwa das gleiche Alter wie er hatte, etwas mehr und etwas weniger als siebzehn Jahre, beisammensaß, Hand in Hand, und sagte zu seinem Sohn: Du gehst mit ihnen. Und du sagst kein Wort. Der Sohn, er hieß Agan, begriff, stand auf, nickte. Der Vater umarmte ihn, küsste ihn auf den Mund, führte ihn hinaus und sagte: Das ist er.
So hatte er seinen Gast beschützt, wie der Kanun es befahl.
So wurde der Deutschprager Jude Egon Lenz gerettet.

Die Bilanz der Division Skanderbeg in Albanien war weniger als bescheiden, so Professor Wehrschütz. Zwei jüdische Familien und zwei junge Männer (einer von ihnen war Agan Baxhaku), wurden mühsam in ein Lager in Skopje verbracht, von wo sie von den Deutschen in das Konzentrationslager Bergen-Belsen transportiert wurden. Mehr wurden nicht aufgespürt. Das traditionelle Gesetz der Gastfreundschaft wurde von den Albanern über die Forderungen der Besatzer gestellt. Im Dorf Dobësitë setzten einige Angehörige der Division auf Befehl des entnervt brüllenden Demolli alle Häuser in Brand und ermordeten 230 Einwohner, darunter 95 Kinder. Wegen drei Juden, die angeblich in diesem Dorf versteckt waren. Fast hundert Albaner desertierten im Höllenschein der brennenden Häuser und liefen über zu den Partisanen. Zwei deutsche Offiziere, die als Kader den Zug begleiteten, wurden von Albanern in die Flammen gestoßen, die dabei selbst verbrannten, es war ihre Ehre, die dabei nicht starb.

Einige Male stieß die Division auf vorrückende Tito-Partisanen, militärisch erfolglos, wobei der größte Verlust der Division auch hier die Vielzahl der Desertionen war.
Immer mehr Angehörige der Division Skanderbeg setzten sich ab, weshalb die deutsche Heerführung im September 1944 beschloss, die Division nur ein halbes Jahr nach ihrer Gründung wieder aufzulösen. Und der Wiener Hermann Neubacher verfügte, aus den Resten dieser Division eine Kampfgruppe mit dem Namen »Prinz Eugen« zu bilden. Die Prinz Eugen wurde nach Skopje versetzt, um zu helfen, den Rückzug der deutschen Verbände zu decken.
Natürlich musste einer am Versagen der SS-Division Skanderbeg schuld sein. Essad bej Demolli, der die Massen-Desertionen nicht unterbinden konnte, die Division wie einen Hühnerstall geführt und der Lächerlichkeit preisgegeben hatte, eine Beschädigung des Rufs der Waffen-SS, die dem Hochverrat gleichkam, wurde vor ein Standgericht gestellt und zum Tode verurteilt. Da er ein Offizier war, gewährte man ihm die Gnade, durch Erschießung und nicht durch den Strang zu sterben. Als man ihn zur Exekutionswand zerrte – ja, man musste ihn zerren –, schrie er hysterisch: Verrat! Hitler muss ein Jude sein! Ein Jude. Wenn das hier in seinem Namen …
Dann wurde ihm ein Knebel in den Mund gesteckt und die Augen verbunden.
Leutnant Krass gab den Schießbefehl. Später sagte er: Wir hätten diesen Idioten hängen sollen.
Und Hermann Neubacher, der die Akte Skanderbeg abheftete, dachte enttäuscht: Karl May hatte doch nicht recht.

Im Dezember 1944 erfuhren die Einwohner des Dorfs Sose, dass die deutsche Wehrmacht abgezogen und Albanien frei war.

Egon Lenz blieb im Haus Baxhaku. Er wusste nicht wohin. Der ursprüngliche Plan, den er auf der Flucht gefasst hatte, nämlich sich zu einem albanischen Hafen durchzuschlagen und auf irgendein Schiff nach Übersee zu kommen, war hinfällig geworden. Warum sollte er nach Übersee flüchten, wenn er nicht mehr verfolgt wurde? Und nach Palästina? Er ist kein Jude gewesen, er sah dort keine künftige Heimat. Erst die Judenverfolgung hatte ihn und seine Familie in Prag zu Juden gemacht. Zurück nach Prag? Er wusste nicht, ob der Krieg wirklich zu Ende und auch die Tschechoslowakei bereits befreit war. Aber selbst wenn, dann konnte er sich sehr gut vorstellen, wie es nach der deutschen Besatzung nun den deutschsprachigen Tschechen gehen würde. Er beschloss, an das Rote Kreuz zu schreiben und um Nachforschung zu bitten, ob seine Eltern überlebt hatten. (Adresse? Er ging davon aus, dass es in den Hauptstädten der befreiten Länder Rote-Kreuz-Büros geben musste. Er schrieb im Januar 1945, als die albanische Post wieder die Arbeit aufnahm, einfach »An das Rote Kreuz in Prag«.) Und am stärksten war ohnehin das Gefühl, dass er jetzt seine Retter nicht verlassen durfte. Vater Baxhaku hatte seinen Sohn geopfert, um ihn, den Gast, zu retten, wie die *Besa* es verlangte. In den Monaten seither hatte er nie das Gefühl haben können, dass Adnit Baxhaku und seine Frau Fisnike ihn nun an Sohnes statt angenommen haben. Nie, nicht ein einziges Mal hatte einer der beiden »mein Sohn« zu ihm gesagt. Und Donika, die Tochter, ein ernstes fünfzehnjähriges Mädchen, hatte ihn nie »Bruder« genannt. Sie riefen ihn Edon, ein gebräuchlicher albanischer Vorname, ganz nahe an Egon, und Egon/Edon verstand: Man kann Eltern den Sohn nicht einfach ersetzen, einem Mädchen nicht den Bruder. Er konnte dessen Aufgaben in der Familie übernehmen, das ja, er konnte dessen Arbeit machen, er konnte das Mädchen beschützen, wie es der Bruder getan hätte, aber

er war und blieb, was er war: Gast. Ein Gast, der nicht fortgehen konnte, solange er etwas schuldig war und gebraucht wurde. Er lernte in wenigen Monaten sehr gut Albanisch, und es berührte ihn, dass er manchmal in den Augen der Eltern sah, dass sie ihn lieb gewannen. Den Gast. Und sein Albanisch war nun so gut, dass er verstand, was der Name Edon bedeutete, nämlich: der Liebende. Vor allem in den Gesprächen bei Tisch lernte Edon viel von albanischer Geschichte und Kultur. Die Baxhakus waren Analphabeten. Adnit Baxhaku liebte es zu erzählen, was er erzählt bekommen hatte. Die mündliche Überlieferung war seine Bibliothek. Edon erfuhr, dass Donika auch der Name von Skanderbegs Frau gewesen war, aber daran habe er sicherlich nicht gedacht, sagte Adnit Baxhaku, als er seiner Tochter diesen Namen gegeben hatte, es sei damals einfach ein beliebter weiblicher Vorname in Albanien gewesen.
Egon wusste nicht wohin. Hier war zumindest bis auf Weiteres sein Platz. Er dachte nicht mehr an die goldenen Dächer von Prag. Golden hieß nun *ari,* so schimmerte das Laub der Wälder in der albanischen Sonne, die Forsythien, der Ginster, die Königskerzen, der Raps, die Gräser, *ari*, ein albanisches Wort, das ihn zunächst unangenehm berührte, weil es ihn an *arisch* erinnerte. Bis er die Augen, das Lachen, das Wesen Donikas als *ari* empfand. Und Edon, der Liebende, begann Donika zu lieben.

Donika wollte Lesen und Schreiben lernen, und Edons Sprache. Er brachte ihr die Buchstaben bei, das deutsche Alphabet, weil er das albanische selbst noch nicht beherrschte, er wusste nicht einmal, dass es da Unterschiede gab, jeden Abend übte er mit ihr, erste deutsche Wörter, dann Sätze, jeden Abend nach der Feldarbeit und vor der Hausarbeit. Sie lernte Lesen und Schreiben auf Deutsch. Später sollte Donika erzählen, dass sie Deutsch immer mit dem Einbruch der Dunkelheit assoziierte, das blieb so, bis viele Jahre später ihr Sohn am hellichten Tag seine ersten deutschen Wörter zu sprechen begann.

Der Sohn. Das war später, bereits in Tirana. Das Glück von Edon und Donika begann mit einem Unglück. Der Vater wollte eine undichte Stelle im Dach reparieren, stürzte ab und brach sich das Genick. Drei Monate später wurde die Mutter krank, ihr Bauch begann zu wachsen, wurde immer praller, als wäre sie schwanger. Aber das war doch nicht möglich. In ihrem Alter, und überhaupt: schwanger von einem Toten. Die Frauen im Dorf Sose mit ihren Kräutern und Salben waren ratlos. Als endlich ein Volksarzt kam, lag sie nur noch im Bett, kaute Hanf, starrte zur Decke, manchmal murmelte sie Unverständliches. Der Arzt sagte, es sei ein Geschwür. Es ist wie ein Tier im Bauch der Mutter, es frisst sie von innen auf und wird dabei selbst immer dicker, sagte er. Er hatte vor vielen Jahren in Paris studiert, nur er, dachte Donika, konnte die Mutter retten. Können Sie das Tier herausholen, Doktor?, fragte sie. Nein, sagte er, ihr müsst euch von ihr verabschieden.

Als die Mutter mit letzter Kraft den Löffel, mit dem Donika ihr etwas Suppe einflößen wollte, zur Seite schob, war klar, dass –

So traurig es war, der Zeitpunkt war ein Glück. Es war das Jahr 1950. Edon und Donika beschlossen, in die Hauptstadt zu ziehen. Es war ein Zeitfenster, in dem sich ihr Schicksal noch einigermaßen glücklich fügen konnte. Die Kollektivierung der Landwirtschaft hatte in der Volksrepublik Albanien bereits eingesetzt, war aber noch nicht bis nach Sose gedrungen. Sie konnten ihren Besitz, das Haus, das Vieh, das Feld, noch privat veräußern. Das war ein bescheidenes Startkapital für die Stadt. Immerhin. Wenig später wäre nicht einmal die Übersiedlung vom Land in die Stadt erlaubt gewesen. Im Fall von Edon und Donika stellte sich sogar heraus, dass sie willkommen waren. Achtzig Prozent der Albaner waren Analphabeten, und die junge Volksrepublik investierte massiv in Bildung, den Bau von Schulen, die Gründung einer Universität. Und Edon Lenz wollte eine Schule gründen. Überall entstanden Schulen, Grundschulen, weiterbildende Schulen, Fachschulen, und so genehmigten die Behörden auch Edons Plan einer Sprachschule. Das *Instituti Lenz.* Zunächst verlangte das Bildungsministerium allerdings, dass der Name ins Albanische übersetzt werde, *Instituti Pranverë*, also »Institut Frühling« – Frühling! Das gefiel den Bürokraten des jungen Staats im Aufbau, aber Edon Lenz argumentierte, dass ein Institut für deutsche Sprache auch einen deutschen Namen haben müsse (seltsam, dass ihm das so wichtig war. Er dachte an seine Eltern, sein Familienname war das Einzige, was von seiner Familie geblieben war), und so wurde auch dies bewilligt. Formal war die Schule staatlich und Edon Lenz als Leiter eingesetzt. Aber für ihn war es nun sein Lebensprojekt. Er hatte eine eigene, neue Methode des Spracherwerbs entwickelt, basierend auf seinen Erfahrungen: Er hatte Albanisch gelernt, ohne Wörterbuch, ohne Grammatik-Buch, und genauso hatte er Donika Deutsch beigebracht, es war, dachte er, ganz einfach die Art und Weise, wie Babys ihre Muttersprache lernen, er nannte das »die Natur-Methode« und behauptete, dass damit jeder eine Fremdsprache wie eine Muttersprache lernen könne, ganz natürlich, mit Gefühl und ohne Akzent. Das Institut Lenz etablierte sich schnell, die Nomenklatura schickte ihre Kinder genauso wie angehende Diplomaten oder Beamte, die für Wirtschaftsbeziehungen mit den beiden Deutschlands oder für Devisenbeschaffung zuständig waren, und nicht zuletzt auch Mitarbeiter der Sigurimi.

Es ging Edon und Donika gut. Edon war politisch nervös, aber noch setzte er, der in Prag zum Leidwesen seines Vaters Mitglied der *Mezinárodní unie socialistické mládeže* gewesen war, Hoffnungen in die Volksrepublik und deren Bildungsoffensive. Die Zukunft. Erst später, knapp vor seinem Tod im Jahr 2007, sagte er: Die Zeit kommt nicht. Die Zeit vergeht. Wir haben im besten Fall nichts zu erwarten als einen Rückblick aus möglichst großer Distanz.
Aber so weit war es noch nicht. Im März brachte Donika ein Kind zur Welt, noch so ein handfester Zukunftsbeweis. Ein Sohn. Edon und Donika beschlossen, dem Kind einen deutschen und einen albanischen Namen zu geben. Ich will, sagte Donika, dass er Adnit heißt, nach meinem Vater. Das war schnell beschlossen. Über den deutschen Namen dachte Edon lange nach. Das Kind war nach dem Sieg über die Nazis geboren worden und sollte im Frieden aufwachsen, sein Name eine Referenz auf deutsche Kultur und Zivilisation sein. Siegfried sagte er schließlich, mein Sohn soll Siegfried heißen.

So, sagte der alte Siegfried Adnit Lenz zu Karl Auer, jetzt kennen Sie meine Geschichte.
Es ist die Geschichte Ihres Vaters, sagte Auer.
Die Geschichte eines Menschen beginnt nicht erst mit seiner Geburt, sagte Herr Lenz, niemand beginnt die Erzählung seines Lebens auf einem unbeschriebenen Blatt.
Verstehst du jetzt, sagte Baia, was der Kanun bedeutet?
Karl Auer fühlte sich nicht wohl. Berührt, ja, aber –

Er hatte draußen beim Eingang des Sprachinstituts im Schaukasten links von der Türe ein Buch gesehen: Siegfried Lenz, *Deutschstunde*.
Karl Auer fragte nach.
Herr Lenz lächelte. Ein ehemaliger Schüler, der jetzt in

Deutschland arbeitet, sagte er, hat in einer Bahnhofsbuchhandlung dieses Buch entdeckt und es mir geschickt. Er fand das witzig und schrieb mir auch, übrigens in sehr gutem Deutsch, dass es vielleicht mein Ansehen hebe, wenn ich es im Schaukasten zeige. Dass es in Deutschland ein Buch gebe über mein Institut.

Karl Auer sah ihn an, diesen schlohweißen Mann mit den glänzenden Augen und großen Tränensäcken, und Herr Lenz sagte: Ich habe das Buch gelesen und aus einem ganz anderen Grund in den Schaukasten gestellt. Wer sich dafür interessiert, wird verstehen: Es ist eine Aufforderung, auch hier die Geschichte aufzuarbeiten.

Es kann doch nicht sein, dass die Geschichte völlig ausgelöscht ist, sagte Kommissar Starek. Er hatte keinen Hinweis darauf gefunden, wo sich die Standarte befinden könnte, ja ob sie überhaupt noch existierte.

Ausgelöscht?, fragte Frau Bessa. Wie Flammen durch Schaum? Was sonst ist Geschichte?

25

Der *Tellak* nahm einen Handschuh aus grob geflochtenem Sisal, hielt ihn Karl Auer hin und sagte fröhlich: *Qualité biologique.* Auer verstand nicht, was er meinte, Bio-Qualität? Scherz, Monsieur, sagte der *Tellak* und lachte. Hielt dieser Koloss mit der dichten schwarzen Körperbehaarung auf Brust und Rücken den blassen Karl Auer für eine Person, die selbst bei Massage-Handschuhen Wert auf Bio-Qualität legte? War das der Scherz? Er streifte den Handschuh über, bat Auer, sich bäuchlings auf die Marmorplatte hier zu legen, *Oui, exactement comme ça, Monsieur*, der Marmor war angenehm warm,

dann rubbelte und schrubbte er ihm energisch den Rücken, die Schultern, die Arme. Da und dort drückte er kräftig, bohrte geradezu in die Weichteile, die Muskeln und Sehnen, als wollte er Karl Auer zerlegen und neu zusammensetzen.
Er war am Nachmittag in Brüssel gelandet, müde, mehr noch, völlig apathisch, weshalb er beschloss, nicht zur Bus-Station zu gehen, sondern ein Taxi zu nehmen und sich nach Hause chauffieren zu lassen. Aber zu Hause angekommen, hatte er genau dieses Gefühl nicht: zu Hause angekommen zu sein. Dieses spartanische Junggesellenapartment. Er hatte es seinerzeit möbliert gemietet und seither nicht einmal ein Bild aufgehängt. Das Einzige, was man als seine persönliche Duftmarke in dieser Wohnung hätte bezeichnen können, waren die vollen Aschenbecher, die überall herumstanden, und das Knize Ten Toilet Water auf der Etagere im Badezimmer. Wobei der Begriff Badezimmer eine Übertreibung war, das war kein Zimmer, dieser kleine Raum war tatsächlich nicht mehr als eine Nasszelle.
Er ließ sich aufs Sofa fallen. An das groteske Muster des Bezugs hatte er sich längst gewöhnt, nahm es gar nicht mehr wahr. Ein pastellroter Stoff mit Reihen von schwarzen Kreisen, darin jeweils ein blauer Punkt. Als er eingezogen war, hatte ihn dies an Hunderte Augen erinnert. Irgendwann sah er es nicht mehr. Doch diesmal stutzte er kurz, irritiert, zuckte innerlich mit den Achseln und rauchte eine Zigarette. Dann zog er sich aus, um eine Dusche zu nehmen.
Er stand nackt vor der Duschkabine, hob mit langem Arm den Mischhebel der Armatur, er wollte nicht unter dem Schwall kalten Wassers stehen, das zunächst kam, bevor es warm wurde. Es kam nichts. Kein Wasser. Auf, zu, auf, zu, kein Wasser. Er lief zur Küche, drehte an den Armaturen, kein Wasser. Er lief zum Klo, spülte. Ja, klar, da ist noch Wasser im Spülkasten gewesen, aber jetzt rann nichts nach.

Was war da los? Karl Auer war kein Mann der raschen Problemlösungen. Er setzte sich aufs Sofa, rauchte eine Zigarette, dachte, dass er nachdachte. Da gab es nichts zum Nachdenken. Er zog sich an und läutete beim Nachbarn.
Ich habe kein Wasser, sagte er, ich wollte fragen, entschuldigen Sie bitte die Störung, ob Sie auch –
Monsieur Bataille, Dozent für Philosophie an der Université libre de Bruxelles, lächelte freundlich und sagte: *Avez-vous besoin d'eau?,* drehte sich um, verschwand und kam sogleich mit einer Flasche Mineralwasser wieder.

Das Missverständnis klärte sich rasch auf. Es hatte am Freitag einen Wasserrohrbruch gegeben, die Steigleitung war geplatzt, weshalb der Haupthahn für das ganze Haus abgedreht werden musste. Professor Bataille war davon ausgegangen, dass Monsieur Auer das wusste, weil sie ja jetzt schon zwei Tage kein Wasser hatten, außerdem gab es einen entsprechenden Aushang im Hausflur, weshalb er dachte, dass der Nachbar jetzt nur etwas Trinkwasser benötige, um sich Tee oder Kaffee zu machen.
Heute ist Sonntag, sagte Karl Auer, also Wochenende, aber morgen wird das doch wohl repariert werden. Der Professor lachte, er war übrigens Wittgenstein-Spezialist und daher unerschütterlich in Hinblick auf alles, was der Fall ist. Morgen? Hier ist noch nie etwas morgen repariert worden, sagte er. Wir sind in Brüssel, Monsieur, hier weiß nicht einmal der liebe Gott, wann ein Handwerker kommt.

Karl Auer überlegte, ob er in ein Hotel übersiedeln sollte, bis die Wasserleitung repariert war. *Dream Hotel.* Das fiel ihm jetzt ein. Hier gab es kein Dream Hotel. Nein, kein Hotel. Da wäre er noch weniger zu Hause. Aber er brauchte eine Dusche, ein Bad. Er verließ das Haus, es war nicht weit bis zum Kai, er ging über die Brücke auf die andere Seite des Charleroi-Kanals, hinüber in die Rue de l'avenir / Toekomststraat, zum ersten Mal fiel ihm der Name dieser Straße auf: die Zukunftstraße, er ging in die Zukunft, in den Stadtteil Molenbeek, das verrufene Viertel, in dem vor allem muslimische Einwanderer lebten und das unter Generalverdacht stand, eine Brutstätte für Terroristen und IS-Kämpfer zu sein. Die Drahtzieher der Bombenanschläge in der Metro-Station Maelbeek und am Brüsseler Flughafen Zaventem hatten hier gewohnt, wie auch der Täter des gescheiterten Anschlags auf den Bahnhof Bruxelles-Central. Karl Auer aber hielt die Hysterie in Hinblick auf Molenbeek für heillos übertrieben, er mochte dieses Viertel. Der Markt am Sonntag rund um die Kirche Saint-Jean-Baptiste, deren Glockenturm einem Minarett ähnlicher war als einem Kirchturm, war ein bunter und fröhlicher Basar, duftend nach den sprichwörtlichen Wohlgerüchen Arabiens, schöner als jeder andere Markt, den er kannte. Und wenn er in ein Kaffeehaus gehen und zum Kaffee eine Zigarette rauchen wollte, trotz des allgemeinen Rauchverbots, dann ging er nach Molenbeek. Da wurde Shisha geraucht, und kein Mensch sagte etwas, wenn er sich eine Zigarette anzündete. Ob es Ausnahmen für Shisha-Cafés gab oder ob sie sich hier ganz einfach nicht um das Verbot scherten, wusste er nicht. Wahrscheinlich scherten sie sich nicht. Und die Polizei ließ sich nicht blicken. Das war alles an Gesetzlosigkeit, was er in Molenbeek erlebte. Und hier, das hatte er bei früheren Spaziergängen, Café-Besuchen und Markt-Einkäufen gesehen, gab es jede Menge Hamams. Keine schicken Lifestyle-SPAs, sondern einfache Badeanstalten, wie sie die Menschen in diesem Viertel alltäglich aufsuchten. Pragmatisch, funktional, ohne Walt-Disney-Orient-Kulissen. Er ging in das nächstbeste: *Mésopotamie. Hammam traditionnel.* Er fand, dass Zweistromland ein sinniger Name für eine Bade-

anstalt war, und traditionell war auch gut. Er zahlte und bekam ein Badetuch und einen Messingbecher.
Als er mit dem Tuch um die Hüften in den Dampfraum kam, sah er fünf Männer, die vor Eimern saßen, aus denen sie mit ihren Bechern Wasser schöpften und es sich über Kopf und Körper gossen. Sie sprachen Arabisch. Aber als die Männer ihn sahen, wechselten sie sofort zu Französisch. Das rührte ihn. Das war Höflichkeit. Respekt. Sie wollten ihn nicht ausschließen.

Der *Tellak* ging Auer nun an die Nieren, Auer keuchte leise, unterdrückte ein Stöhnen, er liebte Baia Muniq, aber zugleich – er stöhnte nun lauter – sah er keine Perspektive, er hatte das Gefühl – das tat jetzt weh, und er hörte hinter sich Gelächter –, dass sie sich nicht näherkamen, das Bedürfnis war da, aber – was? Was wollte der *Tellak* jetzt? Er verstand nicht. Er kannte sich mit den Ritualen hier nicht aus. Ach so, umdrehen – ja, das Bedürfnis, ja sogar die Gier, also von seiner Seite her betrachtet, aber ... was aber? Er sah Baia vor sich, im kleinen Schwarzen und wie sie es im Dream Hotel ausgezogen und über den Schirm der Stehlampe geworfen hatte, kurz war sie nackt im Licht und dann gleich im Halbdunkel – er bäumte sich auf, ein kurzer Schmerzensschrei. *C'est le foie, Monsieur*, der *Tellak* wischte schnell ein paar Mal über Auers Bauch, als wollte er den harten Griff von soeben verwischen, *Ne pensez à rien, Monsieur*, sagte er, konzentrieren Sie sich ganz auf die Reinigung – und Auer dachte an den Vormittag, als Baia Muniq ihm noch rasch vor seiner Abreise das *House of Leaves* in Tirana gezeigt hatte, das musst du noch sehen, bevor du abreist, hatte sie gesagt, ich muss dir da etwas zeigen, und er hatte gefragt: House of Leaves? Ist das ein Gewächshaus, ein botanisches Institut? Nein, das ist das Museum der geheimen Überwachung, das ehemalige

Hauptquartier der Staatssicherheit. Und warum heißt es »House of Leaves«? Der Volksmund hatte dieses Haus so genannt, weil es hinter so vielen Pflanzen, Ästen, Schlingpflanzen und Efeu versteckt ist. Vor lauter Blättern sieht man kaum das Haus. Da drinnen wurde abgehört und gefoltert und – ein Schwall Wasser! Auer prustete und setzte sich auf. Bleiben Sie liegen, Monsieur, sagte der Bademeister, und schrubbte und knetete nun Auers Beine.

Dieses Haus war ursprünglich eine Geburtsklinik, hatte Baia erzählt. Als die Deutschen Albanien besetzten, richteten sie hier das GESTAPO-Hauptquartier ein. Ist das nicht zynisch: Zuerst kamen hier Menschen zur Welt, dann wurden hier Menschen ermordet. Nach der Befreiung von den Deutschen übernahm die albanische Staatssicherheit das Haus, die Sigurimi. Sie hatten hier schon die Infrastruktur, die sie brauchten, aber –

Die Männer sprachen über eine Hochzeit. Ein Mann, offenbar der Brautvater, erzählte, dass er einen Kredit für die Hochzeitsfeier habe aufnehmen wollen, allerdings sei ihm von keiner Bank ein Kredit gewährt worden, aber dann habe ihm xxx ausgeholfen. (Auer verstand den Namen nicht. Süleyman?) Und der Bräutigam? Wie ist der Bräutigam? Ein guter Junge. Unsere Familien sind seit jeher befreundet. Wir haben Vertrauen.

Er wollte ein Kind. War Baia die Frau, bei der er dachte und spürte: Ja! Mit ihr!

Ja, das dachte er. Aber. Was bedeutete dieses Aber? Er begehrte sie, er bewunderte sie, aber – kein Aber. Ihre Hände. Die so zärtlich – er stöhnte, das hatte jetzt weh getan, der *Tellak* lachte, sagte: *Vous êtes très tendu, Monsieur*, entspannen Sie sich, ganz ruhig! Warum konnte er nicht einfach Ja sagen? Seine Sehnsucht! Jetzt schon, wenige Stunden nach dem Abschied, aber – das Lebensorganisatorische, daran musste man doch auch denken: Würde sie zu ihm nach Brüssel übersiedeln? Was würde sie hier machen, gäbe es einen Job für sie? Er würde sicher nicht in Albanien leben wollen, was sollte er dort machen, außer verliebt sein? Wie lange? Aber selbst wenn sich das alles irgendwie lösen ließ, weil die Liebe größer war als diese Probleme – war sie es wirklich? Was heißt größer, musste sie nicht bedingungslos sein? Aber. Was aber? Konnte es wirkliche Innigkeit geben, wenn er sie immer wieder nicht verstand, ihre Gedanken oder Hintergedanken, ihre Absichten, ihre Andeutungen. Immer wieder verstand er hinter ihren Worten nicht, was sie dachte. Er konnte nicht in sie hineinhören. Würde er das jemals können? In sie hineinhören?

Das House of Leaves zeigte all die Geräte, Apparaturen und Instrumente, Dutzende, Hunderte, wenn nicht Tausende waren hier ausgestellt, mit denen die Menschen in der Volksrepublik Albanien abgehört und überwacht worden waren, man sah die Verhörräume, auf Schautafeln die Foltermethoden, Auer war irritiert, weil Baia ihn so schnell durchschleusen wollte, komm weiter, komm schon, während er sich über Exponate beugte. Das war irre: Alle technischen Geräte, die Mikrophone, die Tonbänder, die Telefone mit ihren Abhör- und Aufzeichnungsanlagen, Peilsender, Kameras und so weiter, sie kamen alle von deutschen Firmen, deutsche Qualitätsprodukte. Ostdeutschland? Nein. Die Bundesrepublik hatte das stalinistische Albanien bis zum Ende mit der Technik auf dem jeweils letzten Stand ausgestattet. Auf den ersten Blick sah er die Logos von Telefunken, Siemens, Bosch, Uher. Und da: JVC. Es gab auch japanische Geräte. Die ehemaligen faschistischen Achsenmächte, dachte er verwundert, wurden zu unschuldigen Geschäftspartnern des stalinistischen Terrorregimes Albaniens.

Wie hatte Albanien all diese Geräte bezahlt? Das stand auf

einer Informationstafel: mit Bodenschätzen, Kupfer und Chrom. In den Minen arbeiteten politische Häftlinge, Regimekritiker, und –

Was ist? Komm schon, ich will dir etwas zeigen, sagte Baia.

Sie gingen die Treppe hinauf zur oberen Etage. Ist es nicht schauerlich, sagte Baia, wie hochgerüstet das Regime war, um abzuhören und aufzuzeichnen, was die Menschen denken, die Stalinisten hatten ununterbrochen Kopfhörer auf, sie wollten in jeden Kopf hineinhören. Diese klobigen Geräte, die unhandlichen Spulen, diese Wanzen und Mikrophone, wirken heute fast lächerlich, so altmodisch, aber sie waren damals das Beste vom Besten, unmittelbar bevor sich Internet und Facebook durchsetzten. Das Regime wollte wissen, was wir essen und was wir beim Essen reden. Sie mussten Hunderttausende Wohnungen verwanzen, um einen Bruchteil dessen zu erfahren, was achtzig Prozent der Albaner heute freiwillig ins Netz stellen. Komm, hier lang! Stell dir vor, die Stalinisten hätten nur ein paar Jahre länger durchgehalten, sie wären mit den heutigen Möglichkeiten so unangreifbar wie die Chinesen. Ja, hier! Komm! Das wollte ich dir zeigen!

Plötzlich befanden sie sich in einem Wohnzimmer. So sah es aus. Ein Wohnzimmer, bisschen altmodisch, bescheidener Wohlstand, mehr Nippes als Bücher im Bücherbord, Spitzendeckchen auf dem Couchtisch. Da gab es außer einem alten schwarzen Bakelit-Telefonapparat, wie er es aus seiner frühen Kindheit vom Haus seiner Oma kannte, kein technisches Gerät, es gab bemühte Gemütlichkeit statt Folterwerkzeuge. Karl Auer sah Baia Muniq fragend an. Er hätte auch die Info-Tafel am Raumeingang lesen können.

Nun wurde er eingeseift, sein Körper mit duftendem Schaum umhüllt. *Ne pensez à rien*, denken Sie an nichts, genießen Sie die Reinigung, sagte der *Tellak*.

Hier ist das typische Wohnzimmer einer durchschnittlichen

albanischen Familie ausgestellt, sagte Baia. Hier kann man versuchen rauszufinden, wo überall Wanzen versteckt waren. Aber schau dir die Möbel an, die Einrichtung, das war, glaube ich, in den sechziger oder siebziger Jahren der letzte Schrei im Westen, schau, der Stoff vom Sofa, die Farbe! Das Muster, diese Kringel mit den Punkten, wie Augen! Das kam dann mit Verspätung zu uns, damals hatte mein Vater geglaubt, jetzt kommen auch wir zu Wohlstand. Es ist verrückt, sagte Baia, aber stell dir vor: Das Wohnzimmer bei uns zu Hause sah ziemlich genau so aus wie dieses hier. Gut, wir hatten kein Telefon, das musst du dir wegdenken. Aber sonst. Hier an diesem Tisch habe ich zuerst Kringel gemalt, dann Buchstaben. Dann haben wir hier gegessen. Hier auf diesem Sessel habe ich als Kind gelesen –

Den Kanun!

Ja, und dann auch anderes, unter dieser Stehlampe, manchmal hat das Licht geflackert, es gab da Schwankungen, dann haben die Seiten aufgeblitzt oder sind im diffusen Grau verschwunden.

Ich wollte, dass du das siehst, sagte sie. Schau hier, der Ofen, so klein und unscheinbar, aber ein tüchtiger Allesbrenner, wie oft bin ich im Winter auf diesem Stuhl neben dem Ofen gesessen und habe gelesen. Und habe das Ticken dieser Uhr da gehört. Was denkst du dir, wenn du das siehst? Sag, was denkst du dir? Nichts? Siehst du, das wollte ich dir zeigen, das ist so unschuldig, dass man sich nichts dabei denkt. Da hast du meine Kindheit und Jugend.

Karl Auer war früher zwei oder drei Mal, er überlegte kurz, ja: drei Mal von einer Freundin zu sich nach Hause eingeladen worden, weil sie ihn ihren Eltern vorstellen wollte. Oder musste. Da hatte er Einblicke bekommen, wie die Familie lebte, in welchem Ambiente das Mädchen aufgewachsen war. Jedes Mal war er eingeschüchtert, vom Wohlstand und großbürgerlichen Selbstbewusstsein dieser Wiener Familien, ihren vielen Quadratmetern Wohnfläche, den großen Flügeltüren von Zimmer zu Zimmer, den vielen glänzenden Stilmöbeln und Wandverbauten mit Büchern und Bleikristall. Von Omas Haus in diese Wohnungen war eine Reise zu einem anderen Planeten, und die Väter, ein Arzt, ein Importkaufmann, ein Gewerkschaftsboss, hatten ihren Töchtern nach dem Vorstellungsbesuch diesen seltsamen armen Studenten blitzschnell aus dem Kopf geschlagen. Eigentlich war er ein Kleinbürgerkind, das Bildungschancen genutzt hatte, jedenfalls Kleinbürger, und jetzt wurde er einmal in ein kleinbürgerliches Wohnzimmer eingeladen – das sich in einem Abhör-, Verhör- und Folterhaus befand. Ganz unschuldig. Baia hatte ihm etwas erklären, etwas einsichtig machen wollen, aber er verstand sie nicht.

Wieder ein Wasserschwall. Spülte alles weg, den Seifenschaum. Mit einer leichten Verbeugung bedankte sich der *Tellak*, wies ihn zur Dusche. Danach setzte sich Karl Auer in einer Ecke auf den warmen Steinboden, lehnte sich an die Wand, streckte die Beine aus, atmete tief durch und hörte, wie einer der Männer sagte: *Oui, elle l'aime vraiment.* Natürlich ist sie eine gehorsame Tochter, aber ich habe den Eindruck, sie liebt ihn wirklich.

Als sie ihn zum Flughafen brachte, regnete es. Baia trug einen Trenchcoat, zugeknöpft, mit aufgestelltem Kragen. In der Abflughalle umarmten sie sich, Baia nahm Karl den Hut vom Kopf und fuhr ihm durchs Haar.
Der Hut –, sagte sie.
Was ist mit dem Hut?
Egal, sagte sie. Geh! Du musst zum Gate.
Beim Security-Check piepste es wieder einmal, Karl Auer

musste abgetastet werden, Hände hoch! Er stand da und hatte das Gefühl, dass Baia immer noch da war, ihm nachblickte und ihn so, mit erhobenen Händen, dastehen sah. Er kam sich lächerlich vor, furchtbar lächerlich.

Zurück vom Hamam, zog Karl Auer sich aus, stand nackt vor der verspiegelten Tür des Kleiderschranks. Da stand er nun nach dem Wochenende der Verwirrung – zieren seine Brauen Siegeskränze? War er ein attraktiver Mann? Konnte er sich selbst mit den Augen einer Frau sehen? Da zeichneten sich keine Muskeln ab, aber da schwabbelte auch kein Fett, fast keines, rötlich, gut durchblutet, schimmerte seine durchgewalkte Haut, *als hüpfte er behend aus einer Dame Zimmer*, er seufzte, betrachtete im Spiegel den fremden Körper, der der seine war,

Doch ich, zu Possenspielen nicht gemacht,
Noch um zu buhlen mit verliebten Spiegeln;
Und so weiter ta ta ta ta, was fiel ihm ein,
Von der Natur um Bildung falsch betrogen,

oder durch Bildung um Natur betrogen, ach Scheiße, dachte er, zog seinen Pyjama an und den Morgenmantel, seltsam, dass es »Morgenmantel« hieß und er selbst auch immer Morgenmantel sagte, obwohl er ihn immer nur am Abend trug. So ist das bei Oma gewesen. Wenn er gewaschen und »bettbereit« war, durfte er noch den Morgenmantel des Großvaters anziehen, den er nie kennengelernt hatte, aber in dessen Haut er dann gewissermaßen schlüpfte, schwerer brauner Samt, schwarzer Kragen, er war dann der Großvatermantelausfüller an Großmutters Küchentisch und durfte dann noch lesen, bis es endgültig Zeit war, ins Bett zu gehen. Lesen hat Oma sehr gefördert, Bildung, das war der Reichtum, den man erwerben und vermehren konnte, auch wenn man nicht diesen Bürgerwohlstand hatte, das war die Schatzbildung, die ursprüngliche Akkumulation des Kapitals der Zukunft. Oma war Mitglied der *Buchgemeinschaft Donauland,* man musste mindestens ein Buch pro Quartal bestellen, aber die Bücher waren billiger als in den Buchhandlungen, und die bunten Auswahlkataloge, die vierteljährlich mit der Post kamen, waren so verführerisch, dass Oma oft ein zweites oder gar drittes Buch bestellte. Als Karl klein war, die Jugendausgaben von *Robinson Crusoe* und *Gullivers Reisen*, Erich Kästner, Karl May war eine Zeit lang unvermeidlich, aber Oma dachte, Hauptsache er liest, und dann die Klassiker. Kaum stand »Klassiker« im Katalog, bestellte Oma, und Karl las in der Opa-Haut am Küchentisch, und seltsam: Es langweilte ihn nicht, im Gegenteil: Es war für ihn die Welt. Er hatte ja keine andere, neben dem Internat während des Jahres und der Abgeschiedenheit bei Oma in den Ferien. Er lernte Gedichte auswendig, nein, er merkte sie sich auswendig, wenn er sie ein paar Mal gelesen hatte, wenn sie ihn berührten, unschuldig, und sie flossen, flogen, schwebten ineinander über, Sonderausgaben der Buchgemeinschaft, es hieß ja Gemeinschaft, es war der Rhythmus, und es waren die Reizwörter, die alles zu einer Gemeinschaft, zu einem großen Weltgesang verbanden, er kannte die Schnöseleien der Kritik noch nicht. *Warum am lichten Sommertag das Zittergras wohl zittern mag, wir schaufeln ein Grab in den Lüften, da wächst das Rettende auch, spielt auf nun zum Tanz, nun hebt sich der Schenkel, nun wackelt das Bein, Gebärden, da gibt es vertrackte, über allen Gipfeln ist Ruh? Es ist wie es ist, sagt die Liebe.*

Aber mit Vorliebe lernte oder merkte er sich die großen Monologe der Theaterklassiker. Das, was sie sagten, wurde für ihn zum Inbegriff dessen, was es wert und treffend war zu sagen. Er spielte in den Sommerferien Fußball mit den anderen Jungen des Dorfs, Fußball spielten sie und »Waschen«. »Waschen« interessierte ihn nicht, das mochte er gar nicht, »Waschen« bedeutete, sich ein Kind als Opfer auszusuchen, es zu verstoßen, dann zu jagen, und wenn es eingeholt war (was in dem Dorf unvermeidlich war), es zu verprügeln, »herzuwaschen« hieß das. Aber Fußball. Doch auch da war er dann bald nicht mehr gelitten. Weil, er sprach so »gespreizt«. Kannst nicht normal reden, sagte Rainer, ein Wortführer der Fußballbande, was glaubst, wer du bist?

Für sie war ein Tor ein Fußballtor. Zu jemandem *Du Tor* zu sagen, fanden sie idiotisch. Und ein Idiot war eine Kuh vor dem neuen Tor. Sie imitierten ihn höhnisch, nicht wirklich gut, also kabarettistisches Talent hatte keiner, oder doch, eigentlich war es nicht so schlecht, wenn sie Karl als *verehrter Herr verheerter Sör versehrter Bär* verspotteten. Verwendete Auer das Wort *alldieweil,* feixten sie *allzeitgeil,* aber *fürderhin* ging es nicht um die Qualität der Kalauer, um den Witz, sondern um bloße Verhöhnung, letztlich um sozialen Mord, ums Waschen. *Wächst mir ein Kornfeld in der flachen Hand?* Nein, die flache Hand bekam er als *Backpfeife* ins Gesicht. *Das macht den Auer schlauer haha.* Und so ließ Karl die Fußballgemeinschaft, er lief in den Wald, immer wieder, setzte sich an einer Lichtung hin, versuchte, aus seiner Schwermut irgendeinen Lebensplan abzuleiten, aber in seiner Schwermut gab es nur Schweigen. Das war eben anders, wenn er las. Und Oma hielt ihn dazu an. Er saß am Küchentisch unter dem Lichtkegel der Lampe, während die Welt draußen im Dunkeln lag, und las in der Opa-Haut.

Weniger schwermütig, regelrecht fröhlich war es, wenn der Cousin Franz für drei Wochen bei Oma geparkt wurde, weil immer noch Sommerferien waren, aber seine Eltern keinen Urlaub mehr hatten. Da wurden die Abenteuer im Kopf zu gemeinsamen Abenteuern, sie saßen auf einer Decke in Omas Garten und waren im Land der Skipetaren oder am Rio de la Plata, am Mississippi oder im fernen London, wo man Melo-

nen auf dem Kopf trug. Franz Starek war es auch, der ganz unschuldig Omas Vater-Trauma aufdeckte: das Foto des Mannes in Uniform, über dem Telefon. Die Kinder hatten es nie groß beachtet. Aber im letzten Sommer vor der Matura, da fragte Franz, wer das auf diesem Foto sei und warum er eine deutsche Uniform trage. So viel wusste er: dass das eine deutsche Uniform war. Oma wollte nicht viel sagen. Es war ihr Vater. Sie hasste die Uniform, aber sie hatte kein anderes Foto von ihm. Wenn sie ein anderes gehabt hätte, würde nicht dieses hier hängen. Aber sie wollte eben ein Foto ihres Vaters, hier, bei allem Hass auf die Uniform – Ob er im Krieg gefallen sei? Oma vermied die Worte »Krieg« und »gefallen«, sie sagte »erschossen«, was Karl erstaunte und erschreckte, »erschossen« klang ja viel brutaler als »gefallen«. Er wurde im Oktober 1944 erschossen, sagte sie, in Lublin, einer Stadt in Polen. Karl Auer wusste nicht mehr, wie sie das dann herausbekommen hatten, hatte Oma es schließlich doch erzählt, oder hatten sie es später von jemand anderem erfahren? Es war wie unter einer Decke, man sah Konturen des Verhüllten, zugleich aber sah man nicht wirklich, was da war. Und wie erfuhren sie dies: Eine Frau hatte sich ihm – nun ja: angedient. Eine polnische Jüdin. Er dachte wahrscheinlich, dass sie glaubte, ihr Leben retten zu können, wenn sie … wie soll man das sagen? Und wenn sie ihm ein Haus zeigt, in dem sich Juden versteckt hielten. Er folgte ihr dorthin. Aber in diesem Haus waren keine versteckten Juden. Zwei Männer des polnischen Widerstands. Sie schossen sofort, als er das Haus betrat. Er hat nie gekämpft. Er ist in eine Falle gegangen.
Er hat geglaubt, dass er der Herr über Leben und Tod ist, und dann war er tot. Hat Oma das gesagt?
Er war ein Verbrecher, der bestraft wurde, bevor er die Verbrechen begehen konnte, auf die er sich gefreut hatte. Das musste man so sagen. Er hatte sich mit Wollust darauf vorbe-

reitet. Auf die Lust, die es bereitet, einer überlegenen Rasse anzugehören, einer Nation, die dazu bestimmt war, über andere zu herrschen. Und über seine Jüdin. Für ihn galt kein Rechtszustand, nicht einmal das NS-Recht. Er beging so genannte Rassenschande, aber hielt es für sein Herrenrecht. Und er starb, ohne zu begreifen. Eben noch hatte er das herrische Klopfen seiner Stiefel auf dem Kopfsteinpflaster zwischen den geduckten Häuschen dieses elenden Stadtviertels gehört, da starb er schon, kaum dass er das Blitzen der Revolvermündungen gesehen hatte. Es waren zwei Widerstandskämpfer. Wieso wusste man das? Im Körper von Omas Vater steckten die Projektile von zwei Waffen unterschiedlichen Kalibers. Also mussten zwei Männer geschossen haben. Sie schleppten den toten Körper in der Nacht zum Hauptplatz von Lublin, vor das Hotel Europa. Die deutsche Besatzung hatte es in »Deutsches Haus« umbenannt, aber für die Polen blieb es »das Europa«.

Am nächsten Tag wurden einundvierzig Polen, für jedes Lebensjahr von Omas Vater einer, willkürlich zusammengefangen und auf dem Hauptplatz erschossen. Ihr Blut sollte das Blut von Sturmbannführer Weisgram, so hieß Omas Vater, von den Steinen des Hauptplatzes von Lublin waschen.

Woher man das alles weiß? Die Deutschen hatten Akten angelegt, alles dokumentiert, nach Berlin gemeldet, archiviert. Doppelt archiviert. Da und dort. Und Cousin Franz fand die Geschichte so spannend, diesen Mordfall, dass er zu recherchieren begann, er fand alles heraus, was irgendwo dokumentiert war, verfolgte jeden Hinweis. Damals zeigte sich zum ersten Mal, dass er Polizist werden musste.

Wie naiv Karl Auer gewesen ist! Jahrelang, immer wieder, hatte er das Foto seines Urgroßvaters über dem Tischchen mit dem Telefon im Flur gesehen, nie nachgefragt, oder vielleicht doch einmal, aber an Omas Reaktion gemerkt, dass es besser war, nicht zu fragen. Sie hatte ihrem Vater in die Augen sehen wollen, darum sein Foto in Augenhöhe über dem Telefon. Aber sie hatte ihn nie verstehen können, ihm nie verzeihen wollen, diesem Vatermann, der Briefe nach Hause schrieb, die Karl nach Omas Tod gefunden hatte, in denen er sie als seine »Prinzessin« ansprach. Sie war damals vierzehn. Was hatte sie verstanden? Dann die Nachricht von seinem »Heldentod«. Er war geil in die Falle von Widerstandskämpfern gestolpert. Heldentod.

Cousin Franz fand schließlich im polnischen Widerstandsarchiv sogar die Namen der beiden Männer heraus, die mutmaßlich Uropa Weisgram erschossen hatten. Helden des polnischen Widerstands. Damals hatten Karl Auer die Namen natürlich nichts gesagt. Er fand es einfach toll, dass Franz sie herausgefunden hatte. Dann vergaß er sie. Und wenn ihn heute jemand erinnern, ihm die Namen wieder nennen würde? Würde Karl Auer etwas auffallen? Dass der polnische Ministerpräsident denselben Familiennamen hatte wie der eine Widerstandskämpfer und dass er, Auer, Tür an Tür mit einem Kollegen arbeitete, der so hieß wie der zweite? Würde er sich fragen, ob sie verwandt mit diesen beiden Männern sind, womöglich ihre direkten Nachkommen, vielleicht ihre Enkel?

Wie gesagt, Karl Auer hatte die Namen längst vergessen, aber heute würde er der Namensgleichheit keine Bedeutung zuschreiben, das erschiene ihm verrückt, er würde denken: Das sind wohl sehr verbreitete polnische Namen …

Er saß im Morgenmantel auf dem Sofa der hundert Augen, rauchte, sah zur Terrassentür, sah, wie die Nacht sich senkte.

26

Adam Prawdower hatte das harmonische, genüssliche Wochenende verbracht wie geplant. Wäre dann nicht dieser Anruf gewesen. Allerdings erst am Sonntag am späten Nachmittag. Bis dahin hatte er *quality time* mit der Familie, wie er es nannte, heldenhaft, wie er es empfand, hatte er sich den Bedürfnissen und Erwartungen seiner Frau und seines Sohns gefügt. Polnische Zeitungen am Laptop lesen? Nein. Denn jetzt wollte seine Frau dies oder das, und es war ja gut, es rührte ihn, wie der kleine Romek sich an seinen Knien hochzog und *ata* sagte – war das schon sein erstes Wort, wenn man genau hinhörte: *Papa!*

Hast du gehört, er hat Papa gesagt, sein erstes Wort ist Papa.

Er hat nicht *Papa* gesagt, er hat *ata* gesagt!

Na ja, er kann das Pe noch nicht, aber er wollte –

Er hat *ata* gesagt, aber vielleicht auch *atak*!

Warum soll er zu mir *atak* sagen?

Gerade zu dir! Er ist dein Sohn! Übrigens war sein erstes Wort *ormi!*

Warum sollte er *ormi* sagen? Was soll das bedeuten? Wer behauptet das? Kein Kind sagt als erstes Wort *ormi.*

Das Kindermädchen. Wahrscheinlich hat er *dormire* sagen wollen, schlafen.

Aber er will doch nie schlafen!

Sie wird es sehr oft zu ihm gesagt haben. Dass er schlafen soll. Er sieht sie und sagt zu ihr *ormi.* Genauso wie er *mama* sagt, wenn er mich sieht.

Er sagt zu dir *mama*?

Ja, ich sage immer wieder zu ihm, ich bin deine Mamma, Mamma! Aber wann sieht er dich? Was sagst du zu ihm? Also sagt er zu dir Atacke!

Adam war beeindruckt, wie Romek sich mit unermüdlicher Konsequenz überall hochzuziehen versuchte, nicht nur an den Knien des Vaters, an einem Stuhl, dem Beistelltischchen am Sofa, er richtete sich auf, versuchte zwei, drei Schritte zu gehen, plumpste hin, robbte zum nächsten Stuhl, zog sich hoch und schob den Stuhl wie einen Rollator durch das Zimmer. Adam sah sich selbst widergespiegelt in dieser Besessenheit, auch wenn er es nicht Besessenheit nannte, sondern – wie? Ohne es sich selbst so zu sagen: Pflichterfüllung! Es war die Aufgabe des kleinen Romek, jetzt gehen zu lernen, und der Fanatismus, mit dem er sich aufzurichten versuchte, war für Adam eben Pflichterfüllung. Er konnte nicht anders denken.

Da war Adam der Vater. Sein Vater.

Es regnete ununterbrochen. Es war natürlich mühsam, dass sie nicht hinauskonnten. Andererseits, sie lebten schon lange genug in Brüssel, um den Regen stoisch hinzunehmen. Sie hatten ein großes, bequemes Sofa, auf dem sie Stunden verbrachten, sie beobachteten ihren Sohn, wie er versuchte zu gehen, sie applaudierten, sie trösteten, sie nahmen ihn hoch und knuddelten ihn, bis er sich wieder freistrampelte, sie ließen ihn herumkrabbeln und lasen oder redeten.

Oder redeten. Adam hatte erwartet, wenn nicht gar befürchtet, dass Dorota Grundsatzdebatten beginnen werde, Ehekritik, Vorwürfe, die ihm Besserung abverlangen würden, aber nichts dergleichen, sie plauderten und plapperten unbeschwert, nichts Wichtiges, und genau das war jetzt so wichtig.

Wenn nur die Zeit nicht so unerträglich langsam vergangen wäre.

Wenn Adam die Beschäftigung mit Romek geradezu lähmend zu langweilen begann und er auch nichts mehr von dem Roman hören wollte, den Dorota gerade las und aus dem sie ihm immer wieder eine Stelle vorlesen wollte, ja »musste!«, ein italienischer Bestseller über eine Frauenfreundschaft, so viel er verstanden hatte, wenn ihm das alles also genügte, dann machte er sich erbötig zu kochen.

Leider konnte er wegen des Regens nicht grillen. Er liebte es zu grillen, die aufmerksame Beschaulichkeit während der vielen kleinen Handlungen, die notwendig waren, um eine gute Glut herzustellen – es war seltsam, wie sehr dieser von Feuer traumatisierte, buchstäblich gebrannte Mann das Grillen liebte. Aber vielleicht ging es darum: um die Kontrolle des Feuers, da durften keine Flammen hochschlagen, es durfte eben nichts verbrennen, ja, darum ging es, um Feuer, das nichts verbrennen durfte, aber die Lebenslust nährte.

Aber nun musste er die Würste und Koteletts am Herd in der Pfanne braten, und just da passierte es: Sonntag, später Nachmittag, er hatte sich bereits in die Küche zurückgezogen, um das Abendessen zuzubereiten,

Jetzt schon? Willst du wirklich so früh essen?

Ja, ist doch gesünder!

als sein Mobiltelefon läutete, er sah, dass es eine polnische Nummer war, nein, das passte jetzt gar nicht, nicht an diesem Wochenende, es läutete und läutete, und er nahm das Gespräch an. Es war Paulina, ehemalige Warschauer Stadtratsabgeordnete von der liberalen Partei, mit Adam befreundet seit dem Tag von Piotrs Selbstverbrennung, sie ist es gewesen, die Piotrs Flugblatt auf Twitter verbreitet hatte, und sie hatte damals auch Adam im Spital besucht. Bei der letzten Wahl ist sie von ihrer Partei nicht mehr aufgestellt worden, sie hatte also kein Mandat mehr inne, sie genoss ihren Ruhestand, besser gesagt: Sie hätte ihn gern genossen.

Lebt ihr auf dem Mond, auf der erdabgewandten Seite? Was ist mit euch los? Was ist mit euch?

Paulina war echauffiert, sie sprach, vorsichtig formuliert, sehr

laut. Die polnische Regierung hat vergangene Woche das Gesetz zur Neuregelung der Besetzung von Richterstellen am obersten Gericht durchgepeitscht, das Ende der Unabhängigkeit der Richter, wir haben eine Justizreform, die – hallo! Bist du noch da? Ja? Ja!, also, die Regierung hebt die Gewaltenteilung auf, hörst du mich? Ja? Sie zerstört den Rechtsstaat, die Demokratie, und – wieso sagst du nichts? Bist du noch da? Und was macht ihr, was macht die Kommission, hört man da etwas? Sag einmal, Adam, ist Brüssel wirklich so weit entfernt von Warschau? Was ist? Die Kommission ist die Hüterin der Verträge, ja? Hahaha! Was ist das für eine Hüterin, wenn ein Mitgliedstaat nach Belieben Recht brechen kann, und es kommt keine Reaktion? *Cholera jasna!* Entschuldige! Aber es reicht. Spätestens heute! Bist du noch da? Ja? Warum sagst du nichts? Also heute, weißt du das Neueste? Die Kommissionspräsidentin hatte eine Botschaft im Netz angekündigt. Und wir warteten, wollten wissen, was sie sagen wird, was sie ankündigen wird – Reaktion der Kommission, Sanktionen, ja, was wird sie sagen. Und dann kam ihre neueste Videobotschaft: Sie, höchstselbst, führt vor, wie man sich korrekt die Hände wäscht!
Wie bitte?
Schau dir das an, du findest es auf Youtube. Die Präsidentin wäscht ihre Hände. Was assoziierst du dazu? Der polnische Mob fordert: kreuzigt die Richter, und sie –
Warte! Warte! Das will ich sehen. Ich rufe dich zurück!

Sie strich sich immer wieder über die Handrücken, rieb dann lange die Handflächen aneinander, dann rubbelte sie sehr genau zwischen den Fingern, noch einmal Seife und gekonntes Händeringen, dann noch ein Hinweis zum richtigen Gebrauch und der korrekten Entsorgung des Handtuchs, am Ende des Clips hielt die Präsidentin mit einer Frisur, die aussah wie ein goldener Helm, ihre Hände vor die Kamera, das Bild mit ihren Händen ganz groß, ganz sauber, fror ein –

Dorota kam in die Küche gelaufen, was ist los? Sie riss die Pfanne vom Herd, machte das Fenster auf, schaltete den Dunstabzug ein, was ist los mit dir? Merkst du nicht, dass alles verbrennt? Was schaust du da auf dem Handy?

Die Präsidentin, sagte er, manipulierte.

Wie bitte?

Er hatte ironisch *mani pulite* sagen wollen, aber es war ihm schon egal, er zuckte mit den Achseln. Und er hörte, dass der kleine Romek schrie, verzweifelt brüllte.

Dritter Teil

Fügungen.

Eine Lichtbahn der tiefstehenden Sonne fiel schräg durch das Fenster und traf wie ein Scheinwerferspot exakt auf den Helm. Das Weißmetall der Helmglocke, das Messingband und die Goldrosetten glänzten und funkelten, während der Tisch, auf dem der Helm lag, ebenso wie der Aktenschrank dahinter, bloß düster rotbraun schimmerten und so den Hintergrund und den Rahmen abgaben, aus dem der Helm hervorleuchtete. Ein Bild wie inszeniert. Der Mann mit dem goldenen Helm hatte diesen soeben abgelegt und war gegangen. So sah das aus. Und in gewisser Weise ist es auch so gewesen.

Allerdings hatten die zwei Menschen, die sich in diesem Zimmer befanden, keine Augen dafür, im Gegenteil, sie vermieden den Blick auf dieses Kunstwerk, so muss man es nennen, als wäre es etwas Obszönes, zumindest etwas Peinliches. Und jetzt wurde der Lichtstrahl unterbrochen, der Helm hörte mit einem Schlag zu leuchten auf, verschwand grau in der Dämmerung, denn Mercedes war in die Lichtbahn getreten, öffnete das Fenster, lehnte sich hinaus, und Ismail Lani hatte kurz den Gedanken, dass sie sich jetzt hinunterstürzen werde. Er hatte solche Phantasien: dass Frauen, die ihr Leben völlig in den Dienst eines Mannes stellten, so wie es Mercedes für den ZK tat, eines Tages ernst machten und den Verzicht auf ein eigenes Leben buchstäblich verwirklichten. Dann sprangen sie aus dem Fenster, schnitten sich die Pulsadern auf oder holten sich Giftpflanzen oder giftige Pilze aus dem Wald, die zu kennen und so oder so zu verwenden seit Generationen Frauenwissen in diesem Land war.

Warum? Diese Frage stellte er sich nicht mehr. Weil er nie eine

Antwort darauf gefunden hatte. Er verstand diese Frauen nicht. Sie machten es. Wie seine Mutter. Ihr Lebensprojekt, die Karriere und die Bedeutung ihres Mannes, seines Vaters, war in Frage gestellt, die Welt, in der sie lebte, war in Frage gestellt, und – was dachte sie noch, als sie den Giftsud getrunken hatte und darauf wartete, dass ihr Herz zu schlagen aufhörte? Vier Jahre alt ist Ismail Lani damals gewesen. Er sah den Rücken von Mercedes, sah, wie sie sich hinausbeugte. Er stellte sich neben sie ans Fenster, zog sie sanft etwas zurück.

Wenn du die Augen zumachst, sagte er, klingt es wie ein verrücktes Herz. Findest du nicht? Hörst du?

Mercedes verstand sofort, was er meinte. Das Pochen, das vom Hof heraufklang, ganz schnell, wie rasend, dann plötzlich langsam, ganz langsam, als wollte es gleich aussetzen, dann war das Schlagen wieder kraftvoll in perfektem Rhythmus zu hören, plötzlich ein dumpfer Schlag, eine kurze Pause, und sofort wieder wilde schnelle Schläge.

Der ZK hatte, bald nachdem er Regierungschef geworden war, im Hof hinter der Staatskanzlei einen eigenen Basketballplatz anlegen lassen. Da spielte er jetzt, alleine, peppelte den Ball, der rhythmisch auf das Spielfeld schlug, er dribbelte über den Platz, überspielte unsichtbare Gegner, er tanzte mit dem Ball, warf Körbe, lief dem davonhüpfenden Ball nach, machte ihn wieder schnell, machte Körpertäuschungen vor imaginären Gegenspielern, der Ball sprang zwischen seinen Beinen hinter seinen Rücken, plötzlich wieder seitlich nach vorn, lief über seinen Arm hinauf zur Schulter, die er kurz zuckte, und der Ball sprang auf seinen Kopf, blieb dort liegen, nun war kein Schlagen zu hören, und der Ball begann geradezu zärtlich auf seiner Stirn zu hüpfen –

Er denkt nach, sagte Mercedes.

Sie sagte es gleichermaßen bewundernd wie besorgt.
Weder Bewunderung noch Besorgtheit konnte Ismail mittlerweile ganz nachvollziehen. Ja, sie hatten ein Problem, aber er sah es nicht so dramatisch. Und dass der Chef es so dramatisierte, war für Ismail nur eine weitere Bestätigung dafür, dass er ihn schlicht überschätzt hatte. Er hatte ihn einst bewundert und geliebt, geradezu fanatisch wie Mercedes, alle Hoffnungen in ihn gesetzt, sich ihm in der Arbeit ganz unterworfen. Das war die Zeit, als er auch den kleinen Fate Vasa entdeckt und in die Familie eingeführt hatte. Sie hatten sich als Familie verstanden, im Zentrum der Chef, dem alle Bewunderung galt und für den die Bewunderung aller organisiert werden musste. Und wie überzeugt sie waren, dass dies gelingen werde, ja musste. Der Chef war anders. Und die neue Zeit verlangte genau danach: Menschen, die anders waren und für das Andere einstanden, es versprachen, es repräsentierten. Politik? Kein Mensch wusste damals genau, was das ist, aber es schien alles möglich. In einer Diktatur ist Politik nur Gewalt, Willkür und Wahn. Ismails Vater ist ein Opfer des Irrglaubens gewesen, dass es dann doch um Politik ginge, um rationales Handeln im Interesse der Staatsbürger, um Kompromisse zwischen verschiedenen Interessen, in Summe um die Verbesserung der Lebensbedingungen von möglichst vielen. Und dass Politik auch und vor allem bedeute, die Zeichen der Zeit zu erkennen. Er hatte geglaubt, er könne in seiner Position einige kleine Reformen und Öffnungsschritte anstoßen. Die Zeichen der Zeit. Er wurde das letzte prominente Opfer des alten Regimes. Und seine Frau, Ismails Mutter, opferte sich gleich mit. Ließ einen vierjährigen Sohn zurück. Wie lang ist das her? Gar nicht viel später wären sie Helden des Widerstands für die einen gewesen, Garanten für Kontinuität für die anderen. So ist das mit Zeitenwenden. Spät, aber doch gab das Ismail Lani zu denken. Als Student hatte er den

Chef genauso angehimmelt wie Mercedes, die dann dessen Büroleiterin wurde, und er wurde dessen Sprecher. Genauso hatte seine Mutter in der alten Zeit alles für seinen Vater und dessen Chef gemacht. Was ist der Unterschied zwischen Loyalität und Loyalität? Seine Tante Xhulieta hatte ihm folgende Geschichte erzählt: Als sein Vater Mitglied des Zentralkomitees geworden war, habe der »Erste Genosse«, der Mann, dessen Denkmäler und Statuen zu seinen Lebzeiten in allen Städten des Landes standen, mit ausgestreckter Hand, die in die Zukunft wies, jedenfalls dieser Mann habe vor ihr den Hut gezogen und ihre Hand geküsst – so gekonnt und charmant, »Wiener Schule« soll seine Mutter gesagt haben –, sie habe ihm in die Augen geschaut und alles gewusst.

Was heißt »alles gewusst«?

Das hat sie gesagt, so die Tante. Das verspielte Lächeln in seinen Mundwinkeln, sein Blick nach dem Handkuss, und sie habe alles gewusst. Dass er ein besonderer Mann sei, für den sie alles hingeben würde. Ihre Worte. Und dass er den Hut gezogen hatte! Der Erste Genosse hatte ja fast immer einen Hut auf – aber wann hat man schon gesehen, dass er ihn vor jemandem zog? Aber als sie eines Tages bemerkte, dass dieser »geliebte Führer« und »Erste Genosse«, dem ihr Mann und sie ihr Leben gewidmet hatten, nur noch ein kranker Mann mit Wahnvorstellungen war, war ihr Leben zerstört. Mit dem Baumaterial, das für Wohnungen zur Verfügung stand, ließ er Bunker bauen, Abertausende sinnlose kleine Bunker, die nichts und niemanden retteten, dein Vater verschwand, und deine Mutter wurde nicht mehr vorgelassen zu dem Mann, der einst seinen Hut vor ihr gezogen hatte. Der Entschluss, den deine Mutter dann fasste, war so gesehen nur konsequent, und du kannst von Glück reden, so die Tante zu Ismail, dass sie dich nicht mitgenommen hat. Du warst ja ebenfalls ganz ihm gewidmet. Du bist herausgeputzt und auf

den Tisch gestellt worden, wenn er zu euch kam, es hatte früher in eurem Haus Abende ihm zu Ehren gegeben – ihr habt ja im Blloku schräg gegenüber von ihm gewohnt, welch ein Privileg, welch ein Signal an die anderen! – und du musstest eine Huldigung aufsagen –
Nein!
Doch. Nichts Kompliziertes, immer nur etwas ganz Kurzes, du warst ja noch ganz klein. *Die Berge werden fliegen / mit Enver werden wir siegen.*
Nein!
Doch. Dann war Stille im Raum. Genosse Eins hat gelächelt und nach einer unerträglich langen Sekunde schließlich applaudiert. Dann brach Jubel aus, deine Mutter hat dich geküsst und vom Tisch runter auf den Boden gestellt, und er hat dir einmal über den Kopf gestreichelt. Das war die Segnung, die in einem atheistischen Staat möglich war.
Nein!
Doch. Du warst ein dressiertes Äffchen. Du bist herzig gewesen, herzig und willfährig, dann konntest du schlafen gehen. Dressiertes Äffchen – das ist über dich gesagt worden! Hinter vorgehaltener Hand.
Das ist verrückt. Was soll das überhaupt heißen: Die Berge werden fliegen?
Dass Genosse Eins das Unmögliche möglich macht, Wunder wirken kann, was weiß ich. Das ist doch nicht schwer zu verstehen.

Es verstörte Ismail, dass ihm das alles just jetzt einfiel. Wie funktionieren Assoziationen? Wie primitiv. So peinlich, so peinigend. Die Anekdoten über seine Mutter, ihre fanatische Hingabe an einen Massenmörder … Er selbst hatte natürlich keine konkrete Erinnerung an sie, aber er empfand lange Zeit und uneingestanden bis heute tiefen Hass, wenn er an sie

dachte. Denn nach seinem Verständnis hatte sie nicht bloß sich das Leben genommen, sondern sich vielmehr aus seinem Leben davongestohlen. Nachdem sie ihn zum *dressierten Äffchen* gemacht hatte. Auch daran hatte er natürlich keine Erinnerung. Wirklich nicht. Aber seit Tante Xhulieta das erzählt hatte, empfand er immer wieder Scham, wenn es ihm einfiel und er sich vorstellte, dass es Zeugen dieser Abende im Blloku gab, die heute noch lebten und diese Geschichte erzählten, wenn sie ihn, den Sprecher des Ministerpräsidenten, im Fernsehen oder in einer Zeitung sahen. *Das ist doch das dressierte Äffchen! Wieso dressiertes Äffchen? Was? Du kennst diese Geschichte nicht? Hör zu! Ich habe gehört, dass dieser Ismail Lani, als er ein Kind war, Huldigungsgedichte …* und so weiter. Und er war ja oft im Fernsehen, und so musste das doch tagaus, tagein irgendwer wieder weitererzählen, konnte er überhaupt noch über die Straße gehen, ohne am Lächeln von Passanten zu erkennen, dass sie *Das dressierte Äffchen!* dachten, wenn sie ihn sahen?
Und gerade jetzt forderte der Chef bedingungslose Solidarität, blindes Vertrauen in die Weisheit seiner Entscheidungen. Aber er dachte da unten im Hof lieber mit seinem Ball nach, als mit seinem Team und den engsten Vertrauten die Lage zu diskutieren. Das war verrückt. Und er, der gute, der treue Ismail Lani, wird dann hinausgehen müssen, um vor den Medien die Huldigung auf die Weisheit des Chefs aufzusagen.
Wo war jetzt eigentlich Fate?
Damals, als die Tante ihm die Geschichte vom dressierten Äffchen erzählt hatte, kannte er Fate Vasa noch nicht. Jetzt, da ihm diese Geschichte wieder eingefallen war, dachte er, dass Fate das sicherlich sofort verstanden hätte: Die Berge werden fliegen. Genau so war Fate: Immer kam er mit Metaphern und Symbolen, mit denen er sein politisches Engagement

zu überhöhen versuchte. Aber im Grunde war es doch lächerlich. Jede Werbeagentur wäre brauchbarer als dieser verschrobene Gnom. Er hatte von Anfang an gewusst, dass die Idee mit dem Helm verrückt war, aber er durfte ja nichts sagen, der Chef ist wieder einmal begeistert gewesen von seinem Fate. Eigentlich müsste der Chef ihn hochkant hinauswerfen! Man konnte doch nicht regieren, wenn man sich von so einem Verrückten beraten ließ. Das war doch jetzt deutlich.
Wo ist jetzt eigentlich Fate?
Mercedes zuckte die Achseln.

Rückblickend dachte Ismail, dass er seine bedingungslose Loyalität zum Chef zum ersten Mal in Frage gestellt hatte, als Fate vorschlug, der ZK müsse sich den Helm des Skanderbeg aufsetzen – und der ZK tatsächlich von dieser verrückten Idee begeistert war. Und jetzt? Er drehte sich um. Da lag der Helm. Und der Chef hätte am liebsten, dass er sich in Luft auflöste.
Fates Idee ist verrückt gewesen. Das war klar. Aber so groß war das Problem jetzt auch wieder nicht. Es wurde nur größer, weil der Chef es geradezu hysterisch dramatisierte: Warum hatte die Opposition plötzlich Freiwürfe, ohne dass er ein Foul begangen hatte?

Ich glaube, er ist nebenan im Besprechungszimmer, sagte Mercedes.
Wer?
Na, Fate. Er ist vorhin rausgegangen und hat gesagt, er muss nachdenken. Wir müssen heute eine Entscheidung treffen. Bin schon gespannt, was er sagen wird.
Wer? Der Chef?
Nein, Fate. Du hast ja nach ihm gefragt.

Was wird er schon sagen? Irgendwas in der Art von *Die Berge werden fliegen*!
Mercedes sah Ismail verblüfft an. Dann lächelte sie genießerisch und sagte: Das ist genial! Das ist wunderbar.
Ismail war baff. Warum? Wie verstehst du das?
Es wird ein Wunder geschehen! Die Berge werden fliegen. Das ist die Botschaft! Was hat der Chef gesagt, bevor er runter in den Hof gegangen ist? Wir brauchen ein Wunder, hat er gesagt. Ja, du hast recht, das müssen wir kommunizieren: wie kleinlich die Opposition über Museumsstücke diskutiert, über einen Helm aus dem Mittelalter, während der ZK Wunder vollbringt!
Werde ich dran glauben?, dachte Ismail und fragte sich, wie er seine Seele retten könnte. Er dachte das in diesen Worten – und stutzte: Seele, dachte er erstaunt, ist ein Synonym für Selbstachtung?

Fate befand sich im Nebenzimmer, stand ebenfalls am Fenster und schaute dem ZK zu, wie er sich da unten selbst überdribbelte. Die Szene vorhin in dessen Büro ist gespenstisch gewesen, eine tragische Farce. Die Szene, wie der ZK den Helm aufsetzte, der wie angegossen passte, und dann etwas steif und sehr aufrecht, als müsste er den Helm auf seinem Kopf balancieren, zum Spiegel ging, davor posierte. Jeder im Raum wusste: Der Spiegel hing an der Stelle, wo sich früher das große Skanderbeg-Porträt befunden hatte, seit dem Jahr 1930, als dieses Regierungsgebäude unter König Zogu errichtet worden war, und seither hatte dieser Ölschinken alle Kriege, Besatzungen, Befreiungskämpfe, Systemwechsel und Bürgerkriege an diesem Platz überstanden – bis der ZK das Bild abnehmen und ins Depot bringen ließ und anordnete, auf demselben alten Wandhaken stattdessen einen großen Spiegel aufzuhängen. Und nun also diese Szene: Der Ministerpräsident mit dem Helm des Skanderbeg auf dem Kopf schaut in einen Spiegel, an dessen Platz alle seine Vorgänger ein Bild von Skanderbeg mit seinem Helm gesehen hatten. Das war der Moment, besser gesagt, das wäre die Generalprobe jenes Moments gewesen, der Fate Vasa eigentlich vorgeschwebt hatte: Der Ministerpräsident setzt den Helm des Skanderbeg auf und repräsentiert die Einheit aller Albaner. Und er zeigt damit nicht nur innenpolitische Größe und schwächt die nationale Opposition, sondern gewinnt auch und vor allem Stärke und größeres Gewicht gegenüber der Europäischen Union. Hatte die EU ein Symbol ihrer Einheit? Nein. Aber die Albaner hatten eines, diesen Helm. Und dieses Symbol macht sie größer, diese Einheit macht sie stärker, sie wird zum politischen Faktor im Spiel der Widersprüche der Union. Albanien ist der EU zu klein, zu bedeutungslos, als Markt uninteressant? Ein geeintes Albanien reicht weit in das Territorium von EU-Staaten und EU-Beitrittskandidaten hinein. Und wenn Frankreich oder das nicht gerade riesige Holland das zersplitterte und jetzt plötzlich einige Albanien immer noch für etwas Kleines halten sollten: Es kommt nicht nur auf die Fläche des Territoriums an, sondern auch auf dessen Tiefe. Und in der Tiefe Albaniens schlummern Kupfer, Chrom, seltene Erden, Erdöl, und diese Tiefe macht Albanien größer als die Fläche Frankreichs und hat wohl mehr Gewicht als die Glashaustomaten Hollands. Mit diesem Helm betteln wir nicht mehr um den Beitritt in die Europäische Union, sondern überlegen kühl und sachlich, ob wir die EU in ein geeintes Albanien eintreten lassen. Vielleicht überlegen wir uns, die Schürfrechte an unserem Kupfer den Chinesen zu verkaufen, und die EU kann dann das Kupfer von China beziehen – ist das erst die Größe, die der EU imponiert?

Das ist doch der Gedanke gewesen, und Fate konnte nicht

verstehen, warum der ZK plötzlich Panik bekam und jetzt da unten wie ein trotziges Kind mit dem Ball spielte. Du bist also für die Flucht nach vorn, hatte er gesagt, bevor er in den Hof ging. Fate fand »Flucht nach vorn« eine dumme Phrase. Warum soll es eine Flucht sein, wenn man konsequent ist?

Im Foyer der Staatskanzlei war ein regelmäßiges Klatschen und ein immer stärker werdendes Keuchen zu hören. Aber es war niemand zu sehen, der Empfang schien nicht besetzt zu sein. Die immer strahlende Putzfrau Diellza, die nach einer Anordnung des ZK nun »Leiterin der Gebäudepflege« genannt wurde, lächelte vergnügt, als sie kam, um den Boden zu wischen. Sie wusste, woher diese Geräusche kamen und was sie bedeuteten. Ihr rundes Gesicht glänzte, ihre vollen Lippen formten leise ein *një dy një dy dhe hop dhe hop,* während sie im selben Rhythmus den Mopp in den Wasserkübel tauchte, ausdrückte und auf dem Boden *një dy një dy* vor und zurück wischte. *Eins zwei eins zwei und hopp und hopp,* und wisch! Der Boden musste glänzen, sie war sehr flott, packte Mopp und Eimer auf das Wägelchen, warf noch einen Blick zum Empfang, wo noch immer niemand zu sehen war, nur das Klatschen und Keuchen war zu hören, und Diellza rief nun laut zur Verabschiedung *një dy një dy,* lachte und schob das Wägelchen in den Aufzug. Nun tauchte hinter dem Tresen Gulivër auf, der Mann am Empfang, er stützte sich auf und atmete ein paar Mal tief durch. Er hatte die ruhige Zeit genutzt – es war kein Besuch angekündigt, kein Termin vergeben –, um hinter dem Tresen Liegestütze zu machen. Er war bereits so weit mit dem Muskelaufbau gekommen, dass er, nachdem er mit der Brust fast den Boden berührt hatte, beim anschließenden Durchstrecken der Arme die Hände abheben und klatschen konnte. Er schaffte zwei Intervalle mit zwölf Liegestützen.

Das genügte noch nicht. Dieser mehlbleiche Mann hatte nun einen hochroten Kopf. Aber er kam doch rasch wieder auf einen Ruhepuls von 75. Da noch immer niemand angemeldet war, verließ er nun seinen Posten, um sich einen Kaffee zu machen. Die Kochplatte mit zwei Feldern stand hinten auf dem Kühlschrank in der Nische neben der Toilette. Die Kochplatten waren ziemlich verrostet, aber sie funktionierten, warum sollte rostiges Metall nicht heiß werden? Das Problem ist früher nicht diese primitive und verrottete Kochnische gewesen, sondern der Mangel an Bohnenkaffee. Aber damit hatte er Schluss gemacht, Zoti Kryeministër, seit er Regierungschef war, hatten sie genug Kaffee, sogar Spezialitäten, die der ZK von Auslandsreisen mitbrachte. Er dachte immer an sein Team, wie er es nannte, und ließ sich herab zu den Mitarbeitern zu ebener Erde, und plötzlich war Gulivër, der Mann vom Empfang, nicht mehr einer da unten, sondern Mitglied eines Teams, und Kaffee gab es genug. Aus Deutschland den Münchhausen-Kaffee, aus Österreich den Aida, aus Italien den Illy, wobei Gulivër, genauso wie Zoti Kryeministër, den Münchhausen besonders liebte. Allerdings würde er nie behaupten, dass er zu einem Spezialisten für verschiedene Röstungen geworden war, er genoss einfach seine Kaffeepausen, dankbar, dass es keinen Mangel an Bohnen mehr gab, es war nur so, dass der Münchhausen besonders kräftig, aber nicht bitter war, und da war noch ein Rest in der Dose, und Gulivër füllte ihn in seine Mühle, die er zwischen die Knie zwängte, und er kurbelte, fest und geduldig, denn die Bohnen mussten ganz fein gemahlen sein, und da sah er durch das kleine Fenster in der Kochnische ihn, den Zoti Kryeministër, wie er auf dem Basketballplatz im Hof den Ball immer wieder aufschlug, peppelte, mit dem Ball tanzte. Gulivër liebte ihn, diesen großen Mann, der mit einem wie ihm auf Du und Du reden konnte. Und das war auch der Grund für sein Muskelaufbauprogramm, für seine Liegestütze hinter dem Empfangstresen: Gulivër wollte vom Empfang zum Sicherheitsdienst wechseln, er hatte sich für einen Bewerbungstest angemeldet, er wusste, was die Anforderungen waren, und wenn er auch noch weit davon entfernt war, sie zu erfüllen, so machte er doch konsequent sein Muskelaufbauprogramm auf dem Boden hinter dem Empfangstresen. Er bewunderte die Leute von der Sicherheit in ihren schwarzen Hemden, den Kabeln vom Ohr nach hinten ins Hemd hinein, der Schrift »Security« auf dem Rücken. Sie wurden auch besser bezahlt als die Portiere, deren Gehaltsschema noch aus der Zeit stammte, als diese Posten mit Invaliden besetzt wurden. Nein, es ging ihm nicht ums Geld. Den Wunsch, zur Security zu wechseln, hatte er gefasst, als er den Gedanken hatte: Für diesen Mann, für diesen Ministerpräsidenten, wäre er bereit, sich in die Schusslinie zu werfen, um dessen Leben zu retten.

Er sah durch das kleine Fenster der Kochnische, wie der Ministerpräsident elegant den Ball warf, der in den Korb fiel, durch das Netz schlüpfte, von ihm sofort wieder übernommen und nach drei oder vier Schlägen wie aus dem Handgelenk aufs Neue durch den Korb geworfen wurde, und der Mann vom Empfang hielt kurz inne, ja, der Kaffee war schon fein gemahlen, er gab drei kleine Löffel voll in die *Cecve,* etwas Zucker und zwei von der Schale befreite Kardamom-Samen dazu und wartete, bis der Kaffee hochschäumte, um exakt in diesem Moment die *Cecve* von der Kochplatte wegzuziehen, und da stieg der Schaum auch schon hoch und just in diesem Moment sah Gulivër beziehungsweise hörte und sah dann, wie der ZK schrie, den Ball wegschlug und schrie, offenbar ungeheuer wütend, er schrie mit geballten Fäusten und zurückgeworfenem Kopf, während der Ball verloren weghüpfte, und Gulivër beobachtete das mit großen Augen, während der überschäumende Kaffee auf der Kochplatte zischte und verbrannte.

Was war passiert? Das Problem, soweit es eines war, ging zurück auf den Besuch von Fate Vasa beim Polizeipräsidenten Endrit Cufaj. Damals hatte Fate erfahren, dass der Helm, für den Lösegeld gefordert wurde, nicht der in Wien gestohlene war, und er hatte sofort begriffen, dass es sich also um die für den ZK angefertigte Kopie handeln musste, die dem Schmied gestohlen worden war. Sie befand sich, nach Auskunft der italienischen *Direzione Investigativa Antimafia,* in Bari, und die italienischen Kollegen, so Endrit Cufaj, hätten angeboten, sich um diesen Fall »zu kümmern« und den Helm nach Tirana zu überstellen. Und Fate hatte Endrit Cufaj aufgefordert, den Zugriff zu veranlassen.
Was Fate nicht bedacht hatte: Polizeipräsident Cufaj verstand zwar, dass die Staatskanzlei großes Interesse daran hatte zu erfahren, wer den Helm in Wien gestohlen hatte. Denn dieser Diebstahl wurde in den europäischen Medien den Albanern in die Schuhe geschoben, und das belastete natürlich die Position Albaniens in Hinblick auf Verhandlungen mit der Europäischen Union. Aber Endrit Cufaj konnte nicht verstehen, welches Interesse Fate Vasa beziehungsweise der Ministerpräsident selbst an einer Kopie des gestohlenen Helms haben könnten. Das schien unlogisch, aber so verwüstet Endrit Cufajs Nase vom Alkoholkonsum auch war, dieser großporige alarmrote Zinken konnte immer noch bestens wittern, wo es leichte Beute und großen Vorteil gab. Und wenn er etwas fände, das er dann gegen Fate Vasa und seinen unberechenbaren Chef in der Hand hätte, wäre es ein Festtag für ihn.
Er musste nicht lange überlegen. Fate Vasa hatte ihm am Ende des Gesprächs den Namen eines Mannes aufgeschrieben,

von dem der Chef wissen wollte, wo er sich befand. Endrit Cufaj zählte eins und eins zusammen. Dieser Mann musste etwas mit der Angelegenheit zu tun haben. Er fand natürlich sehr schnell heraus, dass es sich um einen Schmied handelte, der in irgendeinem Zusammenhang mit dem Helmdiebstahl stand und deshalb in Untersuchungshaft saß. Bevor er dies der Staatskanzlei mitteilte, führte er höchstpersönlich eine Vernehmung durch. Danach war alles klar. Zurück in seinem Büro, ließ sich der Polizeipräsident ein Leber-Sandwich bringen und einen großen Raki, vergnügt aß er das Sandwich, als würde er Fate Vasa zwischen den Zähnen zermalmen, und kippte den Raki, als würde er den ZK aus dem Amt spülen.
Er hatte die eigentümliche Angewohnheit, sich nach dem Essen mit der Rückseite seiner Krawatte den Mund abzutupfen. Nicht nur weil Servietten auf seinem Schreibtisch einen schlechten, wenn auch nicht ganz falschen Eindruck gemacht hätten, sondern vor allem aus stillem Protest gegen eine der vielen seiner Meinung nach sinnlosen »Reformmaßnahmen« der Regierung, der zufolge Männer in seiner Position im Amt eine Krawatte zu tragen hatten. Deine Krawatten, sagte seine Frau, schauen aus wie anderer Leute Unterhosen.
Er lächelte. Tupfte sich den Mund ab. Jetzt musste er nur darauf warten, dass die italienischen Kollegen den Helm lieferten.

Was er dann tat, war ein Meisterstück der perfiden Korrektheit. Er machte die Sicherstellung des Helms öffentlich, gab eine Pressekonferenz, wo er wahrheitsgemäß bekanntgab, dass *die im Auftrag des Ministerpräsidenten hergestellte Kopie des Helms von Skanderbeg* dank der Arbeit der albanischen Polizei und ihrer guten Kontakte zur italienischen Anti-Mafia-Direktion und bla, nochmals *Mafia* und bla, und er freue sich, *diese Kopie von Skanderbegs Helm nun dessen Auftraggeber, dem Herrn Ministerpräsidenten, zurückgeben zu können,* mit Genuss sagte er: *seiner Bestimmung übergeben,* wobei er auch diese Information nicht verschwieg: dass *dieser Helm, wie die Ermittlungen ergeben hätten, für den Ministerpräsidenten nach Maß gefertigt worden sei … Der schmerzliche Verlust des Ministerpräsidenten* – Endrit Cufaj lächelte süßlich bei diesen Worten – *konnte also durch die gute Arbeit der Polizei* und bla.

Das war völlig unnötig. Aber alle Fakten waren korrekt. Und der Polizeipräsident gab sich völlig unschuldig: Warum sollte er nicht einen Erfolg kommunizieren?

Wie von ihm geplant, schlug dies ein wie eine Bombe. Im Vorfeld hatte er vertraulich einige Oppositionspolitiker informiert, so dass sie sehr schnell nach der Pressekonferenz in einer konzertierten Aktion mit allen Mitteln zur Herstellung künstlicher Aufregung reagieren konnten.

Was sich in den Abendnachrichten nach der Pressekonferenz abspielte, wilderte bereits an der Grenze zur blanken Verhöhnung des Regierungschefs, mit ironisch bemühter Sachlichkeit im Ton und staatstragenden Statements von Oppositionsvertretern: Sie stellten die Zurechnungsfähigkeit des Ministerpräsidenten in Frage, der sich als mittelalterliche Legende verkleiden wollte, sie sahen die Würde des Amts durch diesen Regierungschef beschädigt, der politische Repräsentation mit einem Karneval oder mit einem Kindergeburtstag zu verwechseln schien, sie unterstellten ihm Größenwahn, weil er sich offenbar mit dem größten Nationalhelden Albaniens identifiziere, oder aber Realitätsverlust, wenn er glaube, die Republik als Karikatur eines alten albanischen Fürsten regieren zu können. In einer Zuschaltung sagte der Oppositionschef in den Staatsnachrichten, er versuche sich vorzustellen, wie der Ministerpräsident mit dem Helm des Skanderbeg durch die Staatskanzlei geistere, und fügte nach einer Kunstpause mit so besorgtem wie entschlossenem Gesichtsausdruck an: Wir müssen diese Geisterstunde in der Geschichte Albaniens beenden.

Wenige Minuten nach der Nachrichtensendung rief der ZK seinen Pressesprecher an. Ismail verkniff sich den Satz: Ich habe es kommen sehen. Und er sagte auch nicht: Das hast du Fate zu verdanken und seinen verrückten Ideen. Er stellte sein Smartphone auf laut, legte es neben sein Bierglas, hörte sich die aufgeregt und wütend vorgetragenen Verschwörungstheorien des Chefs an, feilte dabei seine Fingernägel und sagte auch nicht, dass man wohl kaum von Verschwörung sprechen könne, wenn das Substrat der Geschichte faktenbasiert sei. Interpretationen sind keine Verschwörung – sagte er nicht.

Als er zu Wort kam, sagte er, dass er davon abrate, jetzt schnell zu reagieren. Eine Erklärung müsse sehr gut überlegt sein, alle möglichen Fallen müssten antizipiert und vermieden werden, und was bei dieser Geschichte absurd erscheine, müsse ins Plausible gedreht und in einer Geschichte aufgehoben werden, die in der Öffentlichkeit Verständnis und mehrheitliche Zustimmung erhält. Das sei mit einem Schnellschuss, mit einer spontanen Reaktion nicht möglich. Abgesehen davon glaube er sogar, dass eine öffentliche Reaktion, auch wenn sie auf alle Fälle genauestens vorbereitet werden müsse, gar nicht nötig sein werde. Denn was die Opposition sage, sei eine Sache, aber was werde das Volk sagen? Wahrscheinlich werde es die Geschichte mit dem Helm nur als eine weitere Schrulle ihres bekanntermaßen verhaltensoriginellen Regierungschefs abtun.

Sie werden mit den Achseln zucken, sagte er, sie werden fragen, was ist neu daran, so ist er eben, so kennen wir ihn, und wir haben ihn gewählt. Die Opposition macht ihn bei jeder

sich bietenden Gelegenheit madig, aber das Volk hat entschieden.
Am anderen Ende der Leitung wurde es ruhig, dann sagte der Chef: Okay, bis morgen.
Ismail schob das Smartphone weg, nahm einen Schluck Bier und fragte sich, ob er selbst noch glaube, was er sagte. Die Frage war falsch gestellt. Realpolitisch und pragmatisch hatte er recht. Die eigentliche Frage war, ob er noch an diesen Mann glaubte, für den er arbeitete.

Aber am nächsten Tag brach in den sozialen Medien ein Shitstorm los, der so massiv wurde, dass schließlich Korrespondenten in europäischen Medien darüber berichteten. Ironische, höhnische, zynische Kommentare, bis hin zu verächtlichen und aggressiven Postings über den »Autisten in der Staatskanzlei«, tausendfach geliked und geteilt, mehr noch: Es gab böswillige Unterstellungen und Verdächtigungen nicht nur gegenüber dem Regierungschef, sondern auch gegenüber seiner »Familie«, also seinen Mitarbeitern, Beratern, Ministern, die in der Staatskanzlei mit seltsamen Riten einen Kult um die selbsternannte Reinkarnation Skanderbegs treiben sollten. Das wiederum machte Abgeordnete und Funktionäre seiner Partei nervös, die bei sinkenden Beliebtheitswerten des ZK und seiner dann drohenden Abwahl um ihre Posten und Positionen fürchteten. So kam der Chef in eine Zange, zwischen virtueller Öffentlichkeit einerseits und den realen Dynamiken in seiner Partei andererseits.

Nach der Presseerklärung des Polizeipräsidenten stellten Medienvertreter die Frage, wann der sichergestellte Helm dem Ministerpräsidenten ausgehändigt werde. Endrit Cufaj sagte, dass er darüber keine Auskunft geben könne.
Das konnte er wirklich nicht, so gern er gewollt hätte. Ein

Medienspektakel, wie er dem Ministerpräsidenten den Helm überreicht, wäre die Krönung gewesen. Krönung – er lächelte, als er diesen Begriff dachte. Aber tatsächlich befand sich zu diesem Zeitpunkt der Helm nicht mehr im Besitz der Polizei. Albanien war ein Rechtsstaat. Das musste er in diesem Fall anerkennen. Formal war der Schmied Eigentümer des Helms. Er hatte ihn im Auftrag hergestellt, und solange die Ware nicht bezahlt war, blieb sie dessen Eigentum. Nun war der Schmied nicht der Mann, der, aus der Haft entlassen, forsch sagte: Ich kenne meine Rechte. Aber er war ein Mann mit Hausverstand und ausgeprägtem Gerechtigkeitsgefühl. Und er fand es einfach rechtens, dass ihm jetzt sein Eigentum wieder ausgehändigt wurde. Das sagte er auch. Dagegen gab es keine Handhabe.

Zuvor konnte Endrit Cufaj vom Erfolg berichten, den Helm sichergestellt zu haben, aber er konnte ihn nicht zeigen, beziehungsweise nur ein Foto des Helms in der Pressemappe verteilen, und er konnte auch nicht sagen, wann oder gar ob der Helm dem Regierungschef übergeben wird. Da er sich in dieser Frage völlig bedeckt hielt, belagerten nun die Medien die Staatskanzlei und warteten darauf, die Szene einfangen zu können, wie eine Abordnung der Polizei, wie sie vermuteten, den Helm brachte. Wird ihn der Ministerpräsident persönlich in Empfang nehmen? Oder wird er sich nicht blicken lassen, weshalb der Helm einfach einem Mitarbeiter seines Büros ausgehändigt wird? Mutmaßungen schwirrten, Kameramänner und Fotografen verteidigten Positionen, von denen aus sie den bestmöglichen Winkel auf die Ankunft der Polizei und die Übergabe im Foyer hatten, sie bedrängten den Mann am Empfang, fragten, ob er wisse, wann der Helm erwartet werde, und ob der Ministerpräsident selbst – Der Mann am Empfang stützte sich auf dem Tresen breit auf, der Schutzschild des Chefs, sagte, dass es diesbezüglich keine Informa-

tion gebe, er rief die Kollegen der Security, gemeinsam baten sie »die Meute« nachdrücklich, das Gebäude zu verlassen und draußen zu warten, bis es weitere Informationen gebe.
Was die Medienmenschen in diesem Rummel nicht beachteten, was ihnen nicht einmal auffiel, war der Mann in einem altmodischen, ärmlichen Anzug in Mao-Blau, der mit einer Plastiktüte des SPAR-Supermarkts an ihnen vorbei und zum Empfang ging.
Herkuri Tahiraj.
Der Name stand auf der Liste. Als einziger an diesem Nachmittag.
Sie?, sagte Gulivër, der Mann am Empfang, schaute auf die Tasche des Mannes, mit hochgezogenen Augenbrauen, als wären sie zwei Schlaufen, an denen eine Maske hing. Sie. Werden erwartet.
Der Schmied nickte, ließ sich den Weg weisen.

Zwanzig Minuten später verließ er mit leeren Händen unbeachtet das Gebäude.

Mercedes, sagte der Chef, ruf unten an. Gulivër soll die Meute nach Hause schicken. Er soll sagen, dass ich eine Pressekonferenz geben werde, den Termin werden sie morgen erfahren.
So geht das nicht, sagte Ismail Lani. Du kannst das nicht durch den Portier ausrichten lassen.
Er ging hinunter, stellte sich den wartenden Journalisten, beantwortete ausweichend drei, vier Fragen:
Ob es stimme, dass sich der Ministerpräsident eine Kopie von Skanderbegs Helm nach Maß habe anfertigen lassen?
Soviel er wisse, gebe es mehrere Kopien, sogar das Original, das in Wien gestohlen worden sei, soll eine Kopie sein. Die Regierung sei diesbezüglich in Kontakt mit der österreichischen Polizei und mit Europol.

Ob der Ministerpräsident sich mit dem Helm des Skanderbeg gleichsam krönen wolle?
Danke für die Frage, weil Sie Krönung sagen. Der Herr Ministerpräsident hat erst vor zwei Wochen in der parlamentarischen Fragestunde erklärt, dass die konsequente Umsetzung der Justizreform und in der Folge der Beginn von Beitrittsverhandlungen mit der Europäischen Union die Krönung seiner Arbeit wäre.
Ob es stimme, dass, wie bereits berichtet wurde, der Ministerpräsident mit diesem Helm auf dem Kopf durch die Staatskanzlei – nun, also, spaziere.
Ich habe den Herrn Ministerpräsidenten noch nie mit einer Kopfbedeckung gesehen, mit Ausnahme vielleicht einer Baseballkappe in seiner Freizeit.

Ismail schwenkte die Arme, bat um Ruhe und kündigte die Pressekonferenz an, in der der Herr Ministerpräsident alle Fragen zu Skanderbegs Helm beantworten werde.

Die Journalisten packten ihr Equipment zusammen, gingen nach und nach, da entdeckte Ismail die – wie hieß sie nur? Sie packte ein Mikrophon in ihre Umhängetasche, schaute zu ihm. Wie hieß sie? Er kannte sie von der Universität, seinerzeit, sie ist die Jüngste gewesen, die zu den Treffen gekommen war, bei denen enthusiastische Studenten diskutierten, wie sie den jetzigen Ministerpräsidenten unterstützen, sich für ihn engagieren konnten.
Ihre Blicke trafen sich, und Ismail dachte, sie lächelt spöttisch. Dann machte sie die Lippen rund, es war kein Schmollmund, sowieso kein Kussmund, es war der Mund eines Menschen, dem das, was er gerade serviert bekommen hatte, nicht schmeckte.
Sie hatte noch immer kurz geschnittenes, sehr dickes Haar,

starke Backenknochen, einen schlanken, muskulösen Körper, und Ismail erinnerte sich, dass er schon damals, vor vielen Jahren auf der Uni, bei diesem burschikosen Mädchen den Gedanken hatte, dass sie wie eine *burrnesha* wirkte, eine Schwurjungfrau, wie es sie in Nordalbanien immer noch gab. Er hatte noch nie eine gesehen, das gab es in der Hauptstadt nicht, aber damals hatte er sofort den Gedanken: sie ist eine, oder: so ungefähr müssen sie sein. Eine Jungfrau, die sich zum Mann erklärte, weil es in ihrer Familie kein männliches Oberhaupt gab oder weil sie einer arrangierten Ehe entgehen wollte. Sie legte vor den Ältesten der Gemeinde oder des Stammes einen Schwur ab, gelobte sexuelle Enthaltsamkeit und wurde fortan als Mann anerkannt und behandelt. Sie kleideten sich wie Männer, trugen Waffen, durften Alkohol und Tabak konsumieren.
Ja, daran konnte sich Ismail bestens erinnern, wie exzessiv sie damals geraucht und Bier getrunken hatte. Wie hieß sie bloß?
Die Schwurjungfrauen bekamen neben allen Privilegien der Männer auch einen Sitz im Stammesrat – jetzt fiel Ismail ein, wie sie hieß: Ylbere, und sie war damals tatsächlich in die Studentenvertretung gewählt worden. Er, Ismail, ist übrigens nicht der Einzige gewesen, der bei Ylbere die Assoziation Schwurjungfrau hatte. Der Vorsitzende der sozialdemokratischen Hochschüler begrüßte sie mit den Worten *A je burrneshë?* Bist du so stark wie ein Mann?
Ich bin stärker als ein Mann, hatte sie geantwortet und ihn danach nicht mehr beachtet.

Ismail machte einen Schritt auf sie zu. Ciao, Ylbere, sagte er, dann hob er seine Stimme, als müssten seine Worte über eine hohe Mauer zwischen ihnen steigen: Ewig nicht gesehen. Geht's dir gut?

Warum sprach er so hoch, es war ihm peinlich, er klang wie eine krächzende Frau, er räusperte sich. Er hatte an ihrem Mikro das blaue Logo von RTSH24 gesehen, der Nachrichtensendung des staatlichen Rundfunks.
Du bist jetzt bei –
Aber bevor er den Satz vollenden konnte, nickte sie und sagte: Das hast du sehr gut gelernt.
Was?
Die Politik, die wir damals verabscheut haben. Fragen zu beantworten, ohne etwas zu sagen.

Sie machte ihm Angst, zumindest machte sie ihn gehörig nervös. Er sah sie an, schwieg und staunte. Warum? Weil er sich eingestehen musste, dass seine Nervosität nicht zuletzt daher rührte, dass er sich stark zu ihr hingezogen fühlte, auf eine eigentümliche Weise: Er wollte ihr Partner, ihr Vertrauter, ihr Komplize sein bei der Verachtung dessen, was er selbst soeben repräsentiert hatte, er wollte die Mauer überspringen und von dort drüben mit ihr gemeinsam sich das Maul zerreißen über den, der er jetzt zu sein schien.
Man konnte nicht behaupten, dass Ismail dick war, höchstens leicht schwammig, sozusagen schlampig schlank, aber gegenüber dieser straffen, sehnigen Frau zog er unwillkürlich den Bauch ein, sagte: Lass uns reden!
Seine Stimme war jetzt so rau, als kratzte sie an der Mauer zwischen ihnen.
Sie nickte. Melde dich, sagte sie und ging.

Er sah ihr nach. Melde dich! Ja, aber wie? Er wusste, wo sie arbeitete, er würde sie finden.

Er ging zurück ins Büro des ZK, sagte: Sie sind weg.
Dann kam die unsägliche Szene des ZK mit dem Helm. Wie

er da vor dem Spiegel stand, den Helm auf seinem Kopf kurz zurechtrückte – und sich gefiel. Das war Ismails Eindruck, ganz kurz gefiel sich der Chef mit dem Helm. Seine leuchtenden Augen, die zuckenden Mundwinkel, die ein Lächeln zurückhielten. Was war es? Das Bild des Kämpfers, das ihm aus dem Spiegel entgegenblickte? Die symbolische Krönung? Das Gewicht der Geschichte, das er auf seinem Haupt spürte?

Aber es war nur ein Moment, dann riss er sich den Helm vom Kopf, knallte ihn auf den Tisch, stieß ihn geradezu weg wie ein Kind, dem man sein Spielzeug madig gemacht hat.

Kritisiert wird man als Politiker immer, sagte er, Kritik muss man ertragen, klar, das gehört dazu, dann gibt man eine gute Antwort und der Kritiker ist der Dumme.

Das sagte er noch in verhältnismäßig ruhigem Ton, dann hob er die Stimme: Aber ein Politiker, der lächerlich gemacht und ausgelacht wird, ein Politiker, den alle verhöhnen, – jetzt schrie er: – verliert jeden Respekt, auch den seiner treuen Wähler.

Er streckte den rechten Arm vor und schlug mit der Hand auf und ab –

Wer ausgelacht wird, ist der Dumme, systematisch ausgelacht, egal, was ich sage, sie werden lachen, sie werden sagen: die Witzfigur, der Möchtegern-Skanderbeg – und wieder schlug er mit der flachen Hand auf und ab – Was sagen die Leute? Was sagen sie? Was reden sie? Was twittern sie? Dass ich Albanien ins Mittelalter führen will? Dass ich durchgeknallt bin und glaube ein Fürst zu sein? Nein, ich will es nicht wissen. Wie Skanderbeg ein Fürst aus dem Geschlecht der Kastrioti? Kastrioti heißen heute die albanischen Tankstellen, haha! Er brüllte: HAHA! – und immer wieder und immer schneller schlug er mit der flachen Hand auf und ab, das war es: Er peppelte einen imaginären Ball, seine Körpersprache signalisierte ihm: Du brauchst den Ball, nimm den Ball!

Er stutzte, nahm den Basketball vom Sideboard und verschwand hinunter in den Hof. Auch Fate ging hinaus, Ismail und Mercedes blieben zurück, und so standen sie schließlich am offenen Fenster und schauten dem Chef beim Spielen zu, hinter ihren Rücken der Helm. Kurz hatte Mercedes den Eindruck, dass der Helm tickte wie eine Bombe. Nein, es waren die Schläge des Basketballs.
Was wirst du ihm raten, fragte Mercedes.
Ismail Lani hob die Schultern, ließ sie fallen. Er wusste nicht einmal, ob er überhaupt noch Interesse daran hatte, einen Rat zu geben. Was heißt Interesse? Lust. Kompetenz. Vor allem Gefühl. Das Gefühl, dass es einen Sinn hatte.

Ismail Lani wusste, dass er selbst genug Dummheiten in seinem Leben gemacht hatte, er hatte völlig sinnlose Konflikte ausgefochten, nur aus blödem Ressentiment, diktiert von seinem Hass auf die »Glücklichen«, denen die Chancen auf einem Silbertablett serviert worden waren, sie mussten nichts erkämpfen, sie mussten ihre Chancen nicht einmal nutzen, denn ihre Chancen warfen von selbst Nutzen auf sie ab, ja, er hatte Hass empfunden auf all jene, die auf den Gräbern der betrogenen Generationen tanzten und Champagner tranken, auf Leichenbergen aufstiegen zu den Spitzen der Gesellschaft, unterstützt und gesichert von einer Seilschaft, die er, das Waisenkind, nicht hatte: Familie. Sein politisches Engagement war lange Zeit angetrieben von dieser Energie, dem glühenden Hass auf Familien. Das war verrückt, tollkühn, in einem Land, in dem Familien alles ersetzten, was Ismail politisch erträumte: Sozialstaat, Karrierechancen, Rechtszustand, unabhängige Justiz. Als dann der Chef auf die politische Bühne sprang und zu dribbeln begann, hatte Ismail gedacht, das sei nun die Chance für einen wie ihn.

Die glühende Energie seiner Ressentiments hatte ihn weit getragen. Es gab Journalisten, die nannten ihn nun den »Palastsprecher«. Aber war es wirklich das, was er hatte erreichen wollen? Schönzureden, was ohne seine Beteiligung entschieden worden war, selbst schmutzige Deals und windige Kompromisse? Kein Angreifer mehr zu sein, sondern ein Verteidiger? Nichts mehr in Frage zu stellen, sondern Fragen auszuräumen, Fragesteller irgendwie einzuwickeln oder Fragen gar nicht mehr zuzulassen? Aber er war nicht nur ein Schönredner, der Phrasendrechsler des Regierungschefs. Immer wieder gingen doch auch seine Aggressionen mit ihm durch. Zum Beispiel der Fall Manaj. Buchstäblich ein Fall, der tiefe Fall des Etrit Manaj. Dieser war Innenpolitik-Redakteur des staatlichen Fernsehens, der nach Ismails Meinung seine Bedeutung und Wirksamkeit maßlos überschätzte, aber doch eine lästige Zecke war. Ismail war sich völlig sicher, dass er auf der Gehaltsliste der Opposition stand, und zwar der Demokratischen Partei, von Ismail immer nur »die so genannten Demokraten« genannt, intern nannte er Manaj »das korrupte Schwein am Trog der so genannten Demokraten«. Da kam ein Pressegespräch, bei dem Etrit Manaj immer wieder mit seinen Fragen und Nachfragen in einem wunden Punkt des ZK herumstocherte, mit keiner Floskel befriedigt, mit keiner schönen Phrase besänftigt. Eine Wunde, die, so dachte Ismail, nur deshalb existierte, weil solche korrupten Schweine wie Etrit Manaj sie einfach behaupteten und dann, wenn sie als Behauptete scheinbar zum Faktum geworden war, mit all ihren Mitteln Salz hineinstreuten, bis sie sagen konnten: Seht ihr den Eiter?

Da kam es zu der Situation, da wollte Ismail nicht mehr Verteidiger, nicht mehr Palastsprecher sein, da wurde er zum Angreifer, zum Blutrichter.

Die scharf fokussierte Aggression, mit der Ismail die Ehre von

Etrit Manaj abschnitt, ihn mit vielfältigen, teils erfundenen und teils auf Gerüchten basierenden »Beweisen« seiner Korruptheit konfrontierte, erregte die öffentliche Meinung. Und sie wirkte. Denn diese Regierung war mit dem Versprechen angetreten, Korruption in jeder Form und in jedem Bereich zu bekämpfen, das war es, was von ihr erwartet wurde. Und dass einer, der noch unter der vorigen Regierung beim Staatsfunk untergekommen war, den Job jemandem zu verdanken hatte, dem er nun – genug. Das verstanden alle, die sich benachteiligt fühlten, die Hoffnungen hatten, aber wenig Chancen, das erregte alle, denen jeder Sündenbock recht war. Und damit hatte Ismail Lani genial gespielt. Und er sorgte dafür, dass Etrit Manaj entlassen wurde. Natürlich musste das der Chef erwirken. Ismail sagte zu ihm, als er zögerte: Wozu bist du Staatschef, wenn du nicht beim Staatsfernsehen aufräumst?

Irgendwer schrieb damals in einem Boulevard-Blatt: »Der Ministerpräsident mag der Zugführer sein, aber der Zug fährt, weil Ismail Lani sein Heizer ist.«

Ismail fand das dumm. Er fragte: Und wer ist dann Fate auf diesem Zug?

Fate hatte gelächelt und vergnügt gesagt: Ich bin der, der den Fahrplan macht.

Welche Anmaßung! Man kann nicht sagen, dass dies damals der Moment war, der das Zerwürfnis mit Fate Vasa auslöste. Es gab viele solcher kleinen Momente, Nadelstiche, die sein Verhältnis zu Fate trübten. Zerwürfnis wäre ein zu großes Wort. Aber es war doch so, dass er es bereute, diesen sonderbaren und, wie er seinerzeit gedacht hatte, originellen, geradezu genialischen Menschen in den Zug geholt zu haben. Diese Helm-Geschichte war ein Paradebeispiel für die unnötigen Probleme, die sie sich mit diesem *Alien* (»Schaut Fate

nicht aus wie ein Alien?«, so Ismail zu Mercedes) eingehandelt hatten.
Und schon schämte er sich für dieses Wort. Alien. So verächtlich redet man nicht über einen Menschen, selbst bei all den Differenzen, die er mit ihm hatte. Mercedes gab keine Antwort. Das passierte Ismail immer öfter: dass er sich schämte, für das, was er spontan sagte oder tat oder wenn er sich daran erinnerte, was für Dummheiten oder Gemeinheiten er schon begangen hatte, unüberlegt, verbissen, aggressiv. Er hatte lange Zeit geglaubt, dass dies zum Handwerk gehöre, Symptome glühenden Engagements wären, aber jetzt glühte nur noch die Scham. Nach Mutters Tod und seinen Erfahrungen in einer staatlichen Erziehungsanstalt, bis ihn Tante Xhulieta dort herausholte, dachte er, dass er gewissermaßen ein Recht auf Aggression hätte, er hatte sich aufgeführt wie ein Schuldeneintreiber, der an der Tür des Schicksals Sturm läutet, um eine Pfändung durchzuführen. Alles, was die Welt ihm schuldete. Alles. Er konnte sich an die Zeit, als seine Eltern noch lebten, nicht erinnern, aber er ging davon aus, dass er damals glücklich gewesen sein musste, da er ja auch keine Erinnerung an Unglück hatte. Das dressierte Äffchen, na gut. Aber seine Mutter hatte ihn geküsst und geherzt, das hatte Tante Xhulieta ja auch erzählt. Sein Problem war: Er ist aus dem Paradies vertrieben worden, bevor er erkannt hatte, dass er nackt war. Er hatte das Schamgefühl erst irgendwann draußen erwerben müssen.
Er ist Kontrahenten oder politischen Gegnern mit dem Arsch ins Gesicht gefahren, während er hübschen jungen Menschen, die sich als Freiwillige in der Partei engagierten, schon mal die Hand auf den Hintern legte. Er glühte vor Scham, wenn er daran dachte. Er durfte nicht daran denken, weil die peinlichen Bilder sonst zur Endlosschleife wurden.
Etrit Manaj arbeitete nach seinem Rauswurf vom Staatsfern-

sehen als freier Blogger. Monate später traf ihn Ismail zufällig auf dem Bulevardi Dëshmorët e Kombit. Zunächst wollte er seinem Blick ausweichen und an ihm vorbeigehen, aber Etrit grüßte und blieb vor ihm stehen. Die Situation war Ismael peinlich, er konnte jetzt nicht einfach weitergehen, er stand da und wusste keine Antwort auf die Frage, wie es ihm gehe. Etrit lächelte. Ironisch? Zynisch? Verächtlich?

Sollte er einfach antworten, es gehe ihm gut? Wäre das nicht auch blanker Zynismus, dem Menschen, dessen Leben er wahrscheinlich zerstört hatte, zu sagen, dass es ihm selbst gut gehe? Bestens. Danke der Nachfrage.

Aber er konnte auch nicht antworten, schlecht. Er konnte doch nicht dem Mann, dem es seinetwegen schlecht ging, sagen, dass es ihm selbst schlecht ging.

Andererseits. Er spürte plötzlich, dass es die Wahrheit wäre: Es ging ihm schlecht. Es musste ihm schlecht gehen, weil er sich schämte. Weil er nackt war. Weil es nackt zu Tage trat: dass er ein schlechter Mensch war. Dachte er.

Er konnte sich nicht erinnern, wer von ihnen den Vorschlag machte: gleich da drüben auf dem Boulevard ins Hotel Rogner zu gehen und zu reden. Sie setzten sich in den Gastgarten, starrten lange in die Getränkekarte. Das war der letzte Aufschub. Ismail wollte großzügig sein und bestellte eine Flasche Grünen Veltliner aus Österreich.

Am Ende, als sie die Flasche getrunken hatten, war Ismail ohne jeden Zweifel klar: Etrit Manaj war ein nachdenklicher und ernsthafter Mann, der völlig den westlichen Idealen von seriösem Journalismus entsprach, der nichts Bösartiges hatte, wenn man genaues Recherchieren und Nachfragen nicht grundsätzlich als lästige Bösartigkeit empfand. Und korrupt nicht im Geringsten. Er hatte im Staatsfunk Dinge recherchiert, die der Chefredakteur unter den Teppich kehren wollte. Außer Schwierigkeiten hatte er nie etwas davon gehabt. Und er hätte den Job nicht verloren, wenn er wirklich eine politische Seilschaft, wenn er eine Familie gehabt hätte. Ismail redete sich um Kopf und Kragen, er wollte tatsächlich von diesem Mann, dem er so sehr geschadet hatte, Verständnis – wofür? Er merkte, während er redete, wie absurd das war, schämte sich und suchte Worte, für die er sich nicht schämen musste. Es gab keine. Und dabei schien ihm nichts grotesker und unangemessener als das kleine Wörtchen: Verzeih!

Als hätte Etrit Manaj seine Gedanken gelesen, sagte er: Ich finde es groß von dir, dass du mit mir geredet und mich angehört hast. Aber ich selbst habe nicht die Größe, dir zu verzeihen.

Er bedankte sich für den Wein und ging. Ein Mann mittleren Alters, mit ernstem Blick, sehr aufrechter Haltung und, wie Ismail bemerkte, als er ihm nachsah, mit einem glänzenden Hosenboden.

Die Scham. Ismail fragte sich, ob es nicht bereits Besessenheit war, dass er sich immer wieder Momente seines Lebens in Erinnerung rief, für die er sich schämte.

Er stand mit Mercedes am Fenster des Chef-Büros und hörte das wilde Klopfen im Hof, das verrückte Herz. Der Ball. Die Krisensitzung unlängst, bei der der Chef den Ball im Zimmer herumgeworfen hatte. Wie sie da alle strammgestanden waren. Diese Demütigungen. Das war auch Familie. Wenn man zum engen Kreis derer gehörte, die vom Oberhaupt nicht öffentlich gedemütigt wurden. Und als der Ball durch das offene Fenster hinausflog, ist er es gewesen, der eilfertig hinunterlief, um den Ball zurückzubringen. Scham. Und niemand konnte begreifen, dass er hinter dieser Unterwürfigkeit und Willfährigkeit nur noch seine Entfremdung vom Chef versteckte. Aber warum hatte er geglaubt, dass er

sie verstecken müsse? Noch. Das war die Antwort. Er hatte gedacht: Noch!
Warum? Weil er noch! nicht wusste, wie und wohin und was und alles, was sich an Fragen aufdrängte und sich noch! nicht einmal klar formulieren ließ. Sollte er offen mit dem Chef brechen, oder sollte er einfach um eine kurze Auszeit bitten, während der er nachdenken konnte, oder sollte er sich krankmelden oder stillschweigend gehen. Einfach gehen. Ins Offene, dieses große schwarze Loch, in dem Vergangenheit, Scham und Ängste verschluckt werden und verschwinden. Vielleicht.
Da. Der gellende Wutschrei des Chefs. Mercedes und Ismail sahen, wie er da unten den Ball wegschlug, die Fäuste ballte und schrie.
Mercedes erschrak. Ismail sah sie an, ihre weit aufgerissenen braunen Augen, ihr offener Mund, und »ihr zitternder Busen« (aber das fügte er erst später in der Erinnerung hinzu – nicht sehr originell, aber er war nicht, wie Fate, Dichter, sondern Pressesprecher), drehte sich um, ging zu dem Tisch, auf dem der Helm lag.
Mercedes beugte sich wieder weit aus dem Fenster, um zu sehen, was der Chef jetzt machte, Ismail rief: He! Er nahm den Helm, setzte ihn auf, er rutschte ihm bis unter die Augenbrauen – was hatte der Chef für einen großen Kopf!
He!
Mercedes drehte sich um, sah Ismail an, der Helm saß schief auf seinem Kopf, war ihm über das rechte Auge gerutscht, mit dem linken zwinkerte er, das war lustig, das war nicht lustig.
Mercedes sagte: Er passt dir nicht.
Sie drehte sich um, beugte sich wieder aus dem Fenster.
Spring!, dachte Ismail Lani und ging.

Er ging vorbei am Skanderbeg-Denkmal über den Platz zur Oper, setzte sich auf die Terrasse an einen Tisch des Cafés. Er liebte dieses Café, den Ausblick, den es bot. Ismail war in den letzten Jahren durch die Auslandsbesuche mit dem Chef viel herumgekommen, und er neigte dazu, überall gleich das Typische zu sehen. In Paris das typisch Pariserische, in London das typisch Britische, in Rom das Römische, und der Skanderbeg-Platz war für ihn die Bühne für das typisch Albanische. Die Menschen, die in einer eigentümlichen Dynamik den Platz überquerten: eindeutig geschäftig, aber doch nicht hektisch, es war kein Hasten, aber auch kein Schlendern, die Menschen hatten ein Ziel, das war deutlich, es kam ihnen auf Zielstrebigkeit an, und nicht auf Hektik. Die freie Fläche war so groß, dass die Ministerien und Regierungsgebäude am Ende des Platzes keinen Schatten darauf warfen. Und dort der Uhrturm, das Wahrzeichen Tiranas, dessen Uhr in den letzten Jahren der Diktatur chronisch nachgegangen war und dann nach einer Modernisierung des Uhrwerks mit der neuen Zeit gehen konnte. Das große Standbild Skanderbegs, an dessen Sockel gelehnt Touristen saßen und Wasser tranken. Die Schattenseite Skanderbegs war beliebt. Ismael bestellte ein Bier und beschloss nachzudenken. Es ist seltsam, dachte er, wie lange man nichts denken konnte, absolut nichts, wenn man sich selbst dazu aufrief nachzudenken. Er dachte nur diesen Satz: Ich muss nachdenken. Dann nichts. Nur die Bilder des Platzes im Blick. Er zwang sich, Sätze zu formulieren, als müsste er eine Erklärung abgeben. Ich gebe bekannt, dass ich meine Funktion niederlege. Warum, Zoti Ismail? Ja, warum? Ich kann mich mit dem Puppenspiel nicht mehr identifizieren, dass Zoti Kryeministër aufführt. Puppenspiel, Zoti Ismail? Können Sie das erklären?

Wie kam er zu der Formulierung? Der Skanderbeg-Platz war ursprünglich von Österreich-Ungarn als öffentlicher Stadtplatz angelegt worden. Das von den Österreichern damals erbaute Offizierskasino steht noch, dort drüben, am Rand des Platzes – und es wird heute als Puppentheater genutzt. Nachdem davor das Parlament darin untergebracht war. Wenn man sich eine Achse dazwischen vorstellt, spiegelt das nunmehrige Puppentheater das Gebäude der Staatskanzlei aus der faschistischen Epoche. Ja, der Skanderbeg-Platz erklärt alles.

Das Bier tat gut. Es löschte. Ismail wollte noch eines bestellen und wurde nicht aggressiv, als der Kellner sich minutenlang nicht blicken ließ. Dann gelang es, und beim dritten Bier wurde er sentimental. Das »Projekt Skanderbeg-Platz« stand ganz am Anfang seines Engagements für den ZK. Dieser hatte, als er Bürgermeister von Tirana wurde, versprochen, den Platz zu einem »europäischen Hauptplatz« umzubauen. Damals war Ismail, noch Student, begeistert von der Rede, mit der der Chef seine Pläne erklärte:

Auf diesem Platz, im Zentrum der Stadt, findet man noch heute, was ganz am Beginn stand: die Moschee, das Herz jenes osmanischen Dorfes vor hundert Jahren. Heute bildet der Platz und der von ihm ausgehende Boulevard das Herz der Stadt. Umrahmt von den Gebäuden aus der italienisch-faschistischen Epoche und dem Kulturpalast, der das Symbol unserer politischen Liebesgeschichte mit der Sowjetunion ist. Unweit davon befindet sich das Hotel Tirana, das Symbol unserer politischen Liebesgeschichte mit China, dann das Nationalmuseum, ein Symbol unseres Narzissmus und unserer Selbstisolation. Und dann sind da noch die leeren Flächen, die von den gestürzten Denkmälern zurückgeblieben sind und uns an die Leere erinnern, in der wir nach wie vor in einem Spannungsfeld zwischen Vergangenheit und Zukunft gefangen sind. In diese Leere werden wir den Platz der Zukunft, einen »europäischen Hauptplatz«, bauen.

Eine großartige Rede, fand Ismail, die nicht nur ansprach,

was sie, die damals Jüngeren, ersehnten, sondern auch ankündigte, jetzt sofort, hier und jetzt, einen europäischen Platz zu bauen, um zu zeigen, dass Albanien einen Platz in Europa beansprucht. Dass sich die Stadt das Projekt von den Vereinigten Arabischen Emiraten finanzieren ließ – na ja, albanische Schlitzohrigkeit. Bekanntgemacht wurde nur, dass die Gestaltung natürlich von Brüsseler Architekten ausgeführt wurde. Dann bekam der Platz den *European Prize for Urban Public Space* verliehen. Ein europäischer Preis, der zur Folge hatte, dass Abertausende Menschen auf dem Skanderbeg-Platz blaue Fahnen schwenkten und ein Flashmob von rund hundert Musikern die Europahymne spielte. Damals schien plötzlich alles so leicht, das Ersehnte so nah. Man musste nicht rennen, man dachte, man müsste nur zielstrebig und geschäftig weitergehen.
Der Weg nach Europa. Das war – Nochmals die Frage, Zoti Ismail! Bitte Zoti Ismail Lani! Ist es wirklich fix, dass Sie Ihr Amt niederlegen werden?

Es war schwer, dem Chef die Loyalität aufzukündigen. Denn es gab einen triftigen Grund, es nicht zu tun, und auch wenn es jetzt der einzige war, so wog er schwer: Der ZK hatte von Anfang an versprochen und eindeutig alles dafür getan, Beitrittsverhandlungen der EU mit Albanien durchzusetzen. Er war der einzige Parteiführer, der konsequent und glaubwürdig dafür einstand. Und der EU-Beitritt war für Ismail das wichtigste politische Projekt, alles, was in diesem Land reformiert und entwickelt werden musste, würde sich nur auf einem Weg mit diesem Ziel nach und nach durchsetzen lassen. Das war seine feste Überzeugung. Wie der Chef schon vor Jahren bei einer großen Rede im Sportpalast von Tirana gesagt hatte: *Als wir uns für die Basketball-Europameisterschaft qualifizierten, da war doch auch jedem klar: Um mitspielen zu können, muss man die internationalen Regeln akzeptieren. Hat man das den Leuten erklären müssen? Na eben. Natürlich kann man auch nach eigenen Regeln spielen, aber dann spielt man alleine. Wollt ihr das?*

Nein. Natürlich nicht. Ein Schrei aus tausend Kehlen: Nein!
Und danach haben sie mit dem erschöpften und aufgekratzten Chef in irgendeiner Kabine des Sportpalasts Raki und Bier getrunken, das Bier war warm, aber der Raki tat gut, und in die Euphorie hinein hatte Fate gesagt: Ein historischer Moment! Zum ersten Mal in der Geschichte der politischen Reden haben die Massen »Nein!« geschrien, immer wieder »Nein!«, um ihren Staatsführer zu bestätigen.
Damals ist Ismail noch der Meinung gewesen, dass Fate etwas Originelles hatte, erfrischend war. Seinen Zynismus hatte er noch nicht verstanden.

Jedenfalls war Ismails unverbrüchliche Loyalität in dieser Sache auch der Grund dafür, dass er unlängst Baia Muniq durch die halbe Stadt gefolgt war, als er sie zufällig mit einem EU-Beamten gesehen hatte. Wäre es für den Chef in Hinblick auf seine europapolitischen Anstrengungen nicht von Bedeutung, wenn er wüsste, welche Kontakte Abgeordnete der Partei mit europäischen Beamten haben? Ja, sicher, vielleicht, aber sich dabei aufzuführen wie die Karikatur eines Sigurimi-Spitzels, wie peinlich, was hat er wirklich sehen wollen oder erwartet zu sehen, als er vor dem Dream Hotel stand, in dem die beiden verschwunden waren? Er hatte sich selbst gedemütigt, als er den beiden nachgestiegen war und – genug! Hatte er sich nicht gerade vorhin noch darüber gewundert, dass man absolut nichts denken kann, wenn man sich vornimmt, nachzudenken? Also lieber nichts denken und – er bestellte noch ein Bier und beobachtete mit dem Herzklopfen eines Mannes, der sich selbst peinlich ist, die Menschen auf dem Skanderbeg-Platz, wie sie zielstrebig und zugleich gelassen … – wohin gingen?

Tatsächlich stieg just in diesen Tagen die Chance, dass die Europäische Union Beitrittsverhandlungen mit Albanien aufnimmt.
Brüssel, Europäische Kommission, Meeting der Direktion »Western Balkans«. Nathalie Bonheur referierte *good news*. Der französische Präsident hatte sein Veto gegen Beitrittsverhandlungen mit den Westbalkanstaaten zurückgenommen.
Karl Auer hatte sich entschuldigen wollen, weil der Wasserrohrbruch in seinem Haus natürlich noch nicht repariert war und er vor 9 Uhr in der Früh auch nicht in ein Hamam gehen konnte, um sich zu waschen. Aber er hatte ein schlechtes Gewissen und fürchtete eine schiefe Optik, nachdem er schon den vergangenen Freitag freigenommen hatte, um ein langes Wochenende mit Baia in Tirana zu haben. Wenn er nun gleich auch den Montag nicht zur Arbeit erschien – nein, das kam nicht in Frage. Er spritzte sich Mineralwasser in die Achselhöhlen, schlug sich Mineralwasser ins Gesicht, rubbelte mit einem Waschlappen, den er in Mineralwasser getränkt hatte, seinen Intimbereich, sein Geschlecht, das in den Tagen zuvor so glücklich aktiv gewesen war, und dachte: Wenn sie das zu Hause wüssten! EU-Beamte waschen sich mit Mineralwasser! Dann sprühte er großflächig Knize Ten, zog sich an, fuhr ins Büro und kam pünktlich zum Meeting.
Der französische Präsident hatte also sein Veto zurückgenommen. Das war eine Sensation, denn noch nie in der Geschichte der Union war das Veto eines Staatschefs nach so kurzer Zeit revidiert worden. Aber es war eine Sensation, die keinen

politischen Beobachter überraschte. Es war ja völlig klar, dass der französische Präsident bei seinem Veto an die albanische Mafia gedacht hatte, und nicht an das albanische Kupfer, überhaupt an die albanischen Bodenschätze, oder an die strategische Bedeutung des albanischen Mittelmeerhafens Durrës. Aber als nach dem französischen Veto die albanische Regierung sofort Verhandlungen mit der Volksrepublik China begann, die an den Kupfer-Schürfrechten wie auch am Kauf des Hafens größtes Interesse hatte, standen Frankreich und die Niederlande, die ebenfalls ein Veto gegen Beitrittsverhandlungen mit Albanien eingelegt hatten, in der Union sofort unter größtem Druck. Wobei natürlich nicht alle EU-Mitgliedstaaten Druck machten. Polen etwa hielt sich bedeckt und wartete ab. Das ist Adam klar gewesen. Mit der Frage, ob die EU künftig Zugang zu albanischem Kupfer habe oder nicht, konnte man in Polen keine Wahl gewinnen, mit einem Abwehrkampf gegen ein mehrheitlich muslimisches Land aber schon, sagte er. Bodenschätze, das war für Polen die Ernte braver polnischer Bauern auf polnischem Boden, unter einem Himmel so blau wie der Mantel der Madonna. Auch die Ungarn oder die Bulgaren sahen zunächst keine Veranlassung, Bodenschätze eines Beitrittswerbers wichtiger zu nehmen als die nationale Staatsräson. Rassismus ist ein Bodensatz, der wichtiger ist als jeder Bodenschatz. Das war ein Einwurf von Karl Auer, den allerdings niemand verstand, weil er ihn auf Deutsch machte. Zum Befremden von Adam Prawdower kicherte Karl Auer, Nathalie Bonheur referierte ungerührt weiter: Aber Deutschland machte Druck. Und dieser Druck war so stark, dass er tatsächlich zu einem Einlenken des französischen Präsidenten und des niederländischen Ministerpräsidenten führte. Wir sehen, es sind aufgeklärte Staaten, sagte Nathalie und grinste, Aufklärung ist heute die Aufklärung über ökonomischen Nutzen.

What else, sagte David Charlton. Ökonomischer Nutzen war für ihn der Vernunftgrund jeder politischen Entscheidung, oder sollte es sein. Zu welchen Verwerfungen es kommt, wenn man diese goldene Regel außer Acht lässt, sah man ja beim Brexit. Aber da hatte er nach einer persönlichen Schaden-Nutzen-Abwägung ohne jegliche Sentimentalität seine englische Nationalität aufgegeben, um dank eines irischen Urgroßvaters Ire zu werden und so Bürger der Europäischen Union zu bleiben.

Diese Entscheidung war vielleicht der Grund, warum er nun hüstelnd Nathalie unterbrach und einen Vorschlag machte, der den Eindruck erweckte, dass der Pragmatiker Charlton plötzlich zum Phantasten geworden war, in Wahrheit aber nur zeigte, wie groß manchmal die gemeinsame Schnittmenge von Pragmatismus und Phantasie sein kann: Es werden also, sagte er, Beitrittsverhandlungen mit den Westbalkanstaaten beginnen, *I presume*. Mit jedem Land einzeln. Aber es ist doch so: So gut wie jeder Kosovare kann jederzeit Albaner werden, weil er ja Albaner ist. Albaner, die Vorfahren in Mazedonien haben, und das sind nicht wenige, können einen nordmazedonischen Pass beantragen, und umgekehrt, wenn es ihnen nützt. In Südalbanien gibt es eine griechische Minderheit, die Menschen dort können sofort die griechische Staatsbürgerschaft bekommen beziehungsweise sind bereits Doppelstaatsbürger. Serben, Bosnier und Montenegriner haben seit Generationen kreuz und quer geheiratet, sind in die nächste Stadt gegangen, die nicht unbedingt in derselben Provinz, in den Grenzen des heutigen Staates lagen – welche Nationalität haben diese Menschen? Im Grunde könnten sie sich ihren Pass aussuchen. Wenn wir uns das klarmachen, was bedeutet das?

Ja, was bedeutet das, sagte Nathalie, mit einer wirbelnden Handbewegung, die wohl meinte: Sag es schnell und dann

haken wir das ab. Sie wollte endlich zum nächsten Punkt kommen.
Well, sagte David Charlton, ich würde annehmen, dass es Sinn ergäbe, wenn wir folgende Möglichkeit in Betracht zögen: dass wir nicht die Nationen einzeln aufnehmen, sondern einfach die ganze Region.
Ich verstehe deine Idee nicht, sagte Nathalie, es wird ja so sein. Wir werden mit allen Ländern gleichzeitig und parallel verhandeln und am Ende –
Ich glaube, sagte Karl Auer, David meint, dass wir hier ein Exempel statuieren könnten, indem wir einen Schritt in Richtung Europa der Regionen –
Die nationalen Regierungen sind unsere Verhandlungspartner, und am Ende haben alle einen europäischen Pass und zwischen ihren Ländern keine Grenzen, sagte Nathalie, nur so geht es. Jedenfalls –
Aber mit dem Kosovo und den Serben werden sicher keine Beitrittsverhandlungen eröffnet, warf David ein, und –
Das entscheidet der Rat und nicht die Kommission, sagte Nathalie ungeduldig. Jedenfalls –
Aber wir könnten doch – (David)
Ja, wir können alles Mögliche, aber nur im Rahmen dessen, was wir sollen. Was wir nicht können, ist, das System ändern. Die Entscheidung liegt bei den Staats- und Regierungschefs und nicht bei der Kommission. Dass ich einen Engländer daran erinnern muss!
Ire! Bitte!
Jedenfalls! Was jetzt wichtig ist, ist Folgendes. Der Direktor ist der Meinung, und ich glaube, dem wird jeder zustimmen, dass unsere Idee, mit den Balkanstaaten eine Geberkonferenz zu veranstalten, nur um ihnen nach den Vetos doch irgendwie positive Signale für eine Beitrittsperspektive zu geben, dass diese Idee jetzt also hinfällig ist. Zumal –

Sie blickte lächelnd in die Runde. Jetzt kam etwas, das sie offenbar sehr amüsierte. Zumal, sagte sie endlich, eine solche Konferenz informell und ohne dass wir dafür verantwortlich wären, stattfinden wird. Auf einem Schiff. Ja auf einem Schiff, das im adriatischen und ionischen Meer und im Mittelmeer kreuzen wird.
Sie machte eine Pause, kostete die Fragezeichen in den Augen der Kollegen aus. Ja, sagte sie schließlich, wir können uns auf eine Kreuzfahrt freuen. Am 28. November ist der höchste Feiertag Albaniens. Der Tag der Unabhängigkeit. An diesem Tag wird der Stapellauf eines großen Kreuzfahrtschiffs der albanischen nationalen Reederei stattfinden. Und der albanische Ministerpräsident hat die Regierungschefs der Balkanstaaten, die Außen- und Europaminister der EU-Staaten und Vertreter der Europäischen Kommission zu dieser Jungfernfahrt eingeladen. Die Generaldirektion hat bereits zugesagt. Es wird informelle Gespräche, Austausch geben, Küche von Bledar Kola –
Was ist das? (Adam)
Wer ist das! Der berühmteste Koch Albaniens! An den Abenden Konzerte des Albanian Philharmonic Orchestra, aber auch – sie sah in ihre Unterlagen – *muzikë popullore*, also da steht: Musik zu traditionellen Tänzen –
Der Kongress tanzt! (Karl Auer)
Und fällt euch etwas auf?, fragte Nathalie. Das Datum! Na? Diese Kreuzfahrt mit den europapolitischen Eliten findet genau zwei Wochen vor der Balkankonferenz in Poznań statt. Und wird erst wenige Tage davor zu Ende sein. Und wie wird dann die Stimmung in Poznań sein?
Wird Mateusz, ich meine der polnische Ministerpräsident, an dieser Kreuzfahrt teilnehmen? (Adam)
Dem Stand der Dinge nach, ja.
Dann wird es wohl einen Schießstand auf dem Schiff geben.

Ach, Adam!

Im Ernst, sagte er, du wischst das so weg, aber ich finde, wir müssen das diskutieren.

Was denn? Was meinst du?

Ich meine, dass wir ein Problem haben, dessen Tragweite wir uns nicht bewusst machen, stattdessen freuen wir uns, wenn am Rande des Problems etwas Nettes passiert, eine Kreuzfahrt, na wunderbar. Und Frankreich und die Niederlande haben ihr Veto gegen Beitrittsverhandlungen mit einigen Westbalkanstaaten zurückgezogen, na wunderbar. Ich weiß nicht, ob ihr den albanischen Dichter Fate Vasa kennt, vor kurzem ist ein Gedichtband von ihm in französischer Übersetzung erschienen, *Le chant des sirènes,* habe ich zufällig in der Passa-Porta-Buchhandlung entdeckt, also ich finde ihn bemerkenswert, da schreibt er, ich weiß es jetzt nicht wörtlich, ungefähr so: *Was da so rot glänzt auf den Feldern und Fluren, den Straßen und Plätzen, ist nicht das Licht des neuen Morgens, sondern im Licht des Morgens das Blut, das nicht versickern will.* Anders gesagt, Nathalie, du denkst unhistorisch und unpolitisch, das ist verrückt. Entschuldige bitte, ich meine – ja, ja, ich habe schon gesagt: Entschuldige! Also was ich sagen wollte: Wir dürfen uns nicht täuschen lassen, was wir sehen, ist nicht das Morgenrot. Warte! Lass mich zusammenfassen. Also der albanische Ministerpräsident lädt zu einer Kreuzfahrt, und er lädt alle ein, die zwei Wochen später in Poznań zusammenkommen sollen. Der Termin ist ein Zufall? Okay, der Anlass, der höchste Feiertag Albaniens und zugleich der Stapellauf eines neuen Schiffs, das alles in den Schatten stellt, was der Küstenstaat Albanien je gebaut hat, wirkt unschuldig, der Feiertag fällt eben auf diesen Tag und das Schiff ist eben fertig, also macht man den Stapellauf, aber: Muss man für einen Stapellauf an einem nationalen Feiertag wirklich eine Konferenz vorwegnehmen, die von langer Hand geplant zwei

Wochen später stattfinden sollte? Zufall? Oder steckt da doch ein Plan dahinter? Wenn ja, wieso fragen wir uns das nicht, wieso diskutieren wir das nicht? Zur Erinnerung: Wir haben erfahren, dass der albanische Ministerpräsident im Verdacht steht, den Diebstahl eines Helms aus einem Wiener Museum in Auftrag gegeben zu haben, der einem albanischen Nationalhelden gehört haben soll. Und jetzt wurde berichtet, dass er auch eine Kopie dieses Helms anfertigen ließ, nach Maß, und – warte! Hör zu! Ja, es klingt surreal, aber es ist nicht verworren, es ist ganz einfach, hör zu! Das Ganze ist nämlich – Warte! Ich sagte: HÖR! ZU! Höre nur eine Minute zu, ja? Also: Das Ganze ergibt ein klares Bild: Als Albanien durch Frankreich und die Niederlande zurückgewiesen wurde, holte die albanische Regierung die nationale Karte aus dem Ärmel. Wenn sich der albanische Ministerpräsident diesen Helm des Nationalheiligen aus dem Mittelalter aufsetzt, ist er der Fürst aller Albaner. Frag doch im wissenschaftlichen Dienst nach, was das politisch bedeutet! So. Und der Helm passt wie angegossen, also sehen alle, der Ministerpräsident ist die Reinkarnation, der legitime Nachfolger. Kein Wunder, er hat ja den Helm für sich nach Maß machen lassen. Aber wenn jemand sagen sollte, nein, nein, das ist eine Fälschung, der echte Helm liegt in Wien im Museum, dann kann er sagen: Dort ist er verschwunden. Alles klar? So sehe ich das. Aber dahinter steckt etwas ganz anderes. Warum braucht er jetzt diese Kreuzfahrt, zwei Wochen vor der Balkankonferenz in Poznań? Frankreich und die Niederlande haben ihr Veto gegen Beitrittsverhandlungen zurückgezogen, aber der Ministerpräsident weiß natürlich, dass Polen im Rat Lobbyismus gegen Albanien gemacht hat, sich jetzt aber bedeckt hält. Jetzt muss Polen, apropos Helm, allerdings das Visier öffnen. In Poznań bei der Konferenz müssen sie das nicht, dort sind sie Gastgeber, Moderatoren. Im Übrigen ist bei solchen Konferenzen das Schlusskommunique immer schon vorher zwischen allen Delegationen abgestimmt und formuliert. So schwammig, dass Realpolitiker sagen können: Schwamm drüber! Wer wüsste das besser als wir. Aber auf der Kreuzfahrt, so ganz informell, wenn man nicht Gast in Polen ist, sondern Gastgeber, ein Gastgeber zumal, der sich im Glanz nationaler Größe präsentiert, da kann man schon einmal Klartext reden. Zum Beispiel: Wir Albaner machen eine Justizreform, die eine unabhängige Justiz garantiert, wie von euch gefordert, aber ihr schaut hilflos zu, wie Polen die unabhängige Justiz fesselt, den Rechtsstaat zerstört, während die Kommissionspräsidentin ihre Hände wäscht wie –

Okay, fuhr Nathalie dazwischen, wir nehmen zur Kenntnis, dass du dir den Kopf der Präsidentin zerbrichst, das ist sehr nett von dir, aber –

Rauchpause, rief Adam, ich schlage vor, wir machen eine Rauchpause!

Seit wann rauchst du?

Ich rauche nicht, aber bekanntlich rauchst du. Vielleicht bist du weniger fahrig und aggressiv, wenn du jetzt kurz einmal rausgehst.

Nathalie verdrehte die Augen, schüttelte den Kopf. Sie schüttelte das einfach ab. Wie ein begossener Pudel, dachte Karl Auer.

Sie atmete durch, nahm ein Blatt aus ihrer Mappe und ließ es rundgehen – Hier eine Abbildung des Schiffs. Beeindruckend, oder?

SS Skanderbeg!? Wieso SS? Was heißt SS? (Adam Prawdower)

Sailing ship? Aber ich sehe keine Segel. (David Charlton)

Sturmstapellauf? (Karl Auer)

Ihr seid ahnungslos, sagte Nathalie.

Fünf Minuten später standen Nathalie und Karl auf der Feuerleiter, zündeten sich Zigaretten an. Ich fand interessant, was Adam sagte, meinte Karl Auer, ich finde –

Da warf Nathalie die Zigarette, von der sie erst einen Zug gemacht hatte, in den Hof. War das eine Antwort? Karl Auer sah sie an. Sie war eine schöne Frau. Das war so, egal was ein Mann jetzt im Besonderen als schön empfand. Ihre Fransen-Frisur gab ihr etwas Kesses, ihre grünen Augen – da war Karl sicher – hatten schon viele Männer in ihren Bann gezogen. Er stellte sich plötzlich vor, wie ihr Mund leise lachte am Ohr eines Geliebten. Da war sie ihm plötzlich ganz fremd. Sie drehte sich um und ging. Was war das jetzt? So lange schon arbeitete er mit ihr zusammen, noch nie hatte er sie so angesehen: dass er sie als besonders attraktiv wahrnahm, als rätselhaft und als völlig fremd. Er dachte an Baia. Was musste dazukommen, dass er begehrte?

In seinem Zimmer las Karl zuerst einmal das Blatt von seinem Abreißkalender: »Die Lehre des Columbus: Das schönste Ziel erreicht, wer ein anderes hatte.« Das war das Blatt von Freitag. Er riss es ab. Samstag: »Vernünftig sein kann jeder. Vorausgesetzt, er hat keine Phantasie.« Er riss es ab. Sonntag: »Jeder Mensch wird mit Flügeln geboren, aber die meisten haben Flugangst.« Er riss es ab. Montag, heute: »Manche leben mit einer so erstaunlichen Routine, dass es schwerfällt zu glauben, sie lebten zum ersten Mal.« Er sah es ein paar Sekunden an, wollte es schon abreißen, nein, erst morgen. Er setzte sich an den Schreibtisch, öffnete seine Mailbox. Da war eine Nachricht von Baia Muniq. Betreff: Skanderbeg?

Zur gleichen Zeit konferierten Kommissar Franz Starek in Wien und der Europol Assistant Director Max-Otto Hagenbeck in Den Haag über Zoom miteinander.

Hagenbeck berichtete, dass es ihm gelungen sei, eine »Junior-Suite« auf der SS Skanderbeg zu buchen.
Die hat sechzig Quadratmeter, kann mit drei Personen belegt werden, also ideal für uns. Die Suite hat auch ein privates Sonnendeck mit 26 Quadratmeter. Vom Zimmer aus Panoramablick. Eine Toilette im Bad und eine separate Toilette. Finde ich auch gut. Und das Ganze kostet nur unwesentlich mehr als drei kleine Single-Kabinen mit 15 Quadratmeter und Meerblick durch ein kleines Bullauge. Du hast gesagt, ich habe freie Hand, sagte Hagenbeck, ich hoffe, du bist mit meiner Entscheidung einverstanden.
Franz Starek wusste natürlich, dass der Begriff »Junior-Suite« nicht bedeutete, dass sie für jugendliche Passagiere vorgesehen war, gleichsam das Kinderzimmer, während die Eltern in der Senior-Suite schliefen, dennoch stieß ihm das Wort peinlich auf. Er sah Max-Otto auf dem Bildschirm, sich selbst am Rand in einem kleinen Bild, und es lag wahrscheinlich daran, dass er »Junior« genau in dem Moment hörte, als er dachte, dass sein Freund und er in den letzten Jahren schockierend deutlich gealtert waren. Max-Otto hatte immer noch volles Haar, aber es war weiß geworden, wodurch sein Gesicht mit dem Bartschatten und den dunklen Augenhöhlen (wahrscheinlich durch unvorteilhafte Beleuchtung) wie ein altes Schwarz-Weiß-Foto wirkte. Die Falten um den Mund wie mit Tusche gezeichnet. Und er selbst: die beginnende Glatze, die hängenden Wangen und der Mund – das irritierte ihn am meisten: Seine dereinst vollen Lippen, die seine Exfrau in ihrer Glanzzeit als »idealen Kussmund« bezeichnet hatte, waren zu einem dünnen Strich geworden, der zwei Netze von Falten verband. Und dann –
Hast du mich gehört? Was meinst du?
Und dann hatte er sich sogar noch gefragt, ob er sich nicht eine modischere Brille zulegen sollte – Ja, ja, sagte er schnell,

natürlich, das klingt sehr gut! Ich meine, ich habe keine Erfahrung mit Kreuzfahrtschiffen –
… und er war sich wahrlich nicht sicher, ob er überhaupt eine solche Erfahrung machen wollte …
Aber ich denke, du hast das gut entschieden. Auf jeden Fall, ja, besser als winzige Single-Kajüten.
Kurze Pause. Dann sagte Franz Starek: Mich irritiert der Name des Schiffs: SS Skanderbeg. Apropos: Hast du etwas herausgefunden über die Standarte der SS-Division Skanderbeg?
Nein. Wir haben da weder die Kompetenz noch die Ressourcen. Das müssen Historiker erforschen. Und das SS im Schiffsnamen hat nichts zu tun mit –
Ja, was bedeutet das?
Man lernt nie aus, sagte Hagenbeck. Die Präfixe MS und SS bei den Schiffsnamen bedeuten motor- beziehungsweise steamship. Als Hamburger weiß ich das, aber das ist eigentlich veraltet. Mich hat das SS bei der Skanderbeg gewundert, weil doch keine Dampfschiffe mehr gebaut werden, das gibt es nicht mehr, dass da Heizer unten im Schiffsbauch stehen und Kohlen schippen. Aber ganz moderne Schiffe verwenden das SS wieder mit Stolz, weil sie eine neue Technologie verwenden: Sie heißt COGES, da wird die Abwärme der autarken Stromerzeugung auf dem Schiff in Dampfturbinen geleitet, ich habe mir das erklären lassen, verstehe es natürlich nicht, jedenfalls wird mit diesem System die Energie-Effizienz deutlich gesteigert, es gibt zwar keine Heizer mehr, aber trotzdem Dampfturbinen. Jedenfalls heißt SS heute: avancierte Technologie. Und glaube mir, kein Mensch wird an eine Nazi-Division denken.

Und der Helm? Es gab noch immer keine Spur, nicht den geringsten Hinweis, wo sich der Helm, der aus dem Wiener Kunsthistorischen Museum gestohlen worden war, befinden könnte, es gab nicht den geringsten begründbaren Verdacht, wer der oder die Täter waren. Das war rasch abgehandelt. Es wird einen Zufall geben, der uns weiterhilft, sagte Starek, oder wir schließen die Akte und es ist bloß ein Versicherungsfall.

Vielleicht bin ich verrückt, sagte Max-Otto, aber ich bin ziemlich sicher, dass wir auf der SS Skanderbeg auf eine Spur stoßen werden. Es werden alle an Bord sein, für die dieser Helm irgendeine Bedeutung hat.

Du meinst, wir werden auf Deckchairs sitzen (und uns langweilen, sagte Franz nicht) und ein Albatros wird uns im Schnabel den entscheidenden Hinweis bringen?

Lach nur, sagte Max-Otto, gute Übung! Wir werden viel zu lachen haben.

Franz Starek war, bei aller Freundschaft, nicht begeistert von der Perspektive, demnächst zehn Tage auf einem Kreuzfahrtschiff zu sitzen. Die SS Skanderbeg. Und natürlich musste er jetzt wieder an die albanische SS-Division denken. Er war überzeugt, geradezu besessen davon, dass es zwischen dem gestohlenen Helm des Skanderbeg und der Geschichte der SS-Division Skanderbeg einen Zusammenhang gab. Die SS-Division war von einem Wiener aufgestellt worden. Und der Helm, dessen Abbild, wie historische Quellen belegen, auf der Sturmfahne dieser Division eingestickt war, befand sich in Wien. Es ist sogar gut möglich, dachte er, dass der Diebstahl von Wienern durchgeführt worden war, von Neonazis, die einen Bezug zu Skanderbeg haben, etwa weil sie die Nachkommen von SS-Offizieren waren, die in Albanien in dieser Division gedient hatten, oder es waren Albaner, die in Wien lebten und eine faschistische Untergrundorganisation gegründet hatten und mit Faschisten in Albanien, Nazis in Österreich und Deutschland vernetzt waren. Für ihn kamen nur

solche gefährlichen Spinner als Täter in Frage. Wer sonst sollte Interesse daran haben, den Helm zu stehlen, den man dann in der Öffentlichkeit nicht zeigen konnte. Den Faschisten war einfach alles zuzutrauen. Das stand für ihn unverbrüchlich fest. Er ärgerte sich oft darüber, dass die Sozialdemokraten heute keine Antwort mehr auf antidemokratische und autoritäre Entwicklungen in Österreich und Europa hatten, ja in ihrer Naivität sogar mit den Rechtspopulisten konkurrierten. Seine Partei war ein Schwamm geworden, staubtrocken vom Kreidestaub, nachdem sie alles von der Tafel gewischt hatte, was einst die sozialdemokratischen Prinzipien gewesen waren. Nur Schlieren sind davon übrig geblieben. Die Parteiführung kämpfte lieber gegen Flüchtlinge als gegen die neuen Rechten. Starek war ein treues Parteimitglied, aber er ließ sich nicht einlullen. Das war nicht einfach Partei-, sondern Familientreue. Sein Großvater hatte ihm erzählt, wie es gewesen war, damals, als die faschistischen Christlichsozialen in die Gemeindebauten der Arbeiter hineingeschossen hatten. Der Großvater ist damals noch ein Kind gewesen, es hatte ihn geprägt. Dessen Vater, also Stareks Urgroßvater, ein überzeugter Sozialist, ist dann nicht wie so viele andere zu den Nationalsozialisten übergelaufen, wie zum Beispiel auch der Vater der Hilda-Tante, dessen Foto er immer in den Sommerferien über dem Telefontischchen der Großtante gesehen hatte, bis er alt genug war, um die Geschichte dieses Urgroßonkels zu recherchieren. Zum Glück ist er gleich am Anfang seiner Herrenmenschen-Karriere erschossen worden. Starek war sich absolut sicher, dass dieser Mann, wenn er zurückgekommen wäre, in der Familie nicht akzeptiert worden wäre, es hätte die Familie zerrissen, und es hätte keine Sommer bei der Hilda-Tante mit seinem Cousin Karl gegeben.
Ja, es konnte gar nicht anders sein, es kamen nur Faschisten in Frage, in irgendeinem Keller, einem Rattenloch, wahrschein-

lich sogar hier in Wien, befanden sich die Sturmfahne der SS-Division Skanderbeg und Skanderbegs Helm. Das war für Starek die einzig plausible Spur. Nur unter dieser Voraussetzung passte alles zusammen.

Spur? Also Spur tät ich nicht sagen, wagte Huber einzuwenden. Es gibt, mit Verlaub, diesbezüglich keinen einigermaßen haltbaren Hinweis, nicht das geringste Indiz.

Sie sind also der Meinung, sagte Starek genervt, dass logisches Denken nicht einmal ein Indiz ist? Wo kommen wir da hin, Huber, wenn wir sagen, Logik taugt nicht einmal als Indiz. Logik ist also eine Spinnerei, Logik ist verrückt, oder was? Alles, Huber, absolut alles hat eine innere Logik. Das ist mehr als ein Indiz, das ist Evidenz! Und alles kann sich mit allem nur verbinden und Zusammenhänge herstellen, wenn es einer Logik gehorcht, wie Ursache und Wirkung, wie Geschichte und – und und, was heute ist, wie soll ich sagen, wie Zeitgenossenschaft, ja, wie Geschichte und Zeitgenossenschaft, wie Leben und Tod beziehungsweise umgekehrt, wie Tod und Leben …

Huber sah Starek fassungslos an: Jetzt wer' ma philosophisch?

Ich habe noch einen Termin außer Haus, sagte Starek.

Er fuhr ins Gasthaus Pistauer.

Natürlich traf er dort Oberstudienrat Prochaska an. Starek war verblüfft, als er sah, dass Prochaska am Stammtisch über das Kreuzworträtsel der *Kronenzeitung* gebeugt war.

Ich wusste nicht, dass Sie Kreuzworträtsel lösen.

Manchmal, antworte Prochaska. Sehr selten. In unserem Leben ist ja so vieles rätselhaft, dass manchmal die Beschäftigung mit einem Kreuzworträtsel hilft, sich mit einem Rätsel von den vielen Rätseln abzulenken. Aber dieses hier, schauen Sie bitte! Dieses hier ist wirklich höchst spannend!

Starek setzte sich ihm gegenüber, Prochaska schob ihm die Zeitung hin, tippte mit dem Finger in die Mitte des Kreuzworträtsels. Das ist wirklich spannend, sagte er. Ich habe mir die Zeitung geholt, um mir die Zeit zu vertreiben, und beim Durchblättern sah ich, dass ein anderer Gast bereits das Rätsel ausgefüllt hatte.
Herr Hans brachte Starek unaufgefordert ein großes Bier. Wie immer, Herr Major? Danke, Herr Hans.
Ich wollte schon weiterblättern, sagte Prochaska, aber da fiel mir etwas auf, da bin ich hängengeblieben. Schauen Sie einmal auf sieben waagrecht, da, ganz im Zentrum des Rätsels.
Autor von Schuld und Sühne, sagte Starek.
Und was steht da, wie hat die Person das ausgefüllt?
Raskolnikow.
Ist das nicht verdammt komisch? Dostojewski und Raskolnikow haben dieselbe Anzahl von Buchstaben. Und deshalb muss diese Person absolut sicher gewesen sein, dass ihre Antwort richtig ist. Jetzt musste allerdings alles rundherum damit zusammenpassen, schauen Sie, hier fünf senkrecht, sieben senkrecht, und da! Ist es nicht saukomisch? Die Person war so besessen von ihrem Raskolnikow, dass sie immer eine Lösung fand, die hineinpasste, obwohl sie falsch war. Bis auf drei Felder ist ihr das gelungen. Es ist wirklich erstaunlich. Hier, sehen Sie: Österreichischer Bestseller-Autor mit sechs Buchstaben. Simmel wäre die richtige Antwort gewesen, aber die Person brauchte wegen Raskolnikow ein K statt eines S als ersten Buchstaben. Und der zweite musste ein I sein. Ki – Ki – und tatsächlich findet diese Person eine Lösung: Kishon! Der ist zwar kein Österreicher, aber er wurde von Friedrich Torberg übersetzt, und der war Österreicher. Und selbe Anzahl von Buchstaben. Also richtig! Weiter! Und so ging sich hier auch Onkel aus, obwohl Tante richtig gewesen wäre, selbe Anzahl von Buchstaben. Und hier: Lateinamerikanischer Tanz.

Natürlich Tango. Aber es geht sich Polka aus, hat genauso viele Buchstaben und passt. Für einen, der von Raskolnikow besessen ist, muss Polka plötzlich ein lateinamerikanischer Tanz sein! Wunderbar. Kann ja sein, wenn es sein muss. Die Polka, von Auswanderern nach Argentinien gebracht! Also richtig! Weiter! Öffentliches Verkehrsmittel. Vier Buchstaben. Natürlich Bahn. Aber nur Auto passt hinein. Öffentliches Verkehrsmittel? Auto? Sollte man da nicht stutzig werden? Nicht, wenn die Prämisse nicht mehr hinterfragt werden kann. Daher: Autos sieht man allenthalben in der Öffentlichkeit, also: richtig! Besonders charmant finde ich übrigens sieben senkrecht: Das J von Dostojewski wurde durch Raskolnikow zu einem L. Was ist die Antwort auf Religionsstifter, fünf Buchstaben? Natürlich Jesus. Aber es muss der erste Buchstabe ein L sein. Und tatsächlich passt da hinein Liebe. Ist das nicht großartig?
Prochaska kicherte. Aber jetzt kommt die Pointe, sagte er, und die grenzt an ein Wunder. Sehen Sie da und da die Kästchen, die fett umrandet sind? Also die sollen, wenn man das Kreuzworträtsel ausgefüllt hat, ein Lösungswort ergeben. Römisch-deutscher Herrscher. Sechs Buchstaben. Füllt man das Kreuzworträtsel korrekt aus, kommt als richtige Lösung Ludwig heraus. Aber bei unserem Genie, das Raskolnikow für den Autor von Schuld und Sühne hielt und für alles rundherum Antworten gefunden hat, kommt tatsächlich auch eine Lösung heraus: Konrad. Sehen Sie? Es ist natürlich falsch, aber eine Meisterleistung. Für das O in Konrad brauchte er einen europäischen Strom mit einem O im zweiten Buchstaben, statt eines U für die richtige Antwort Ludwig. Richtig wäre gewesen Fulda, aber er setzte Donau ein, selbe Anzahl von Buchstaben, und so gab eines das andere. Unter Voraussetzung von Fulda wäre das A der erste Buchstabe gewesen für senkrecht türk. männlicher Vorname mit drei Buchstaben.

Natürlich Ali. Aber wegen Donau war der erste Buchstabe des gesuchten Worts ein U, und Udo schien eine gute Lösung. Dass Udo nicht türkisch ist, war egal, vielleicht gibt es Türken, die Udo heißen, und es passte hinein und war daher richtig und bestätigte die Prämisse. Alles, was falsch war, schien logisch, alles.
Starek sah erstaunt auf. Herr Hans nahm dies augenblicklich zur Kenntnis und brachte sofort ein zweites Bier. Schaum. Schaum auf Feuer.

Fate Vasa schälte ein Kilo Zwiebeln, schnitt sie klein. Er wusste, wie man Zwiebeln schneiden musste, ohne dass die Augen brennen. Es war eine Frage der Schneidetechnik: Voraussetzung war natürlich ein scharfes Messer, das schnitt, ohne zu quetschen, aber wichtig war vor allem: nie quer zur Faser. Außerdem half es, die geschälten Zwiebeln zuvor kurz in kaltes Wasser zu tauchen. Es war alles eine Frage der Technik, die den Unterschied machte. Wie in der politischen Kommunikation. Das war ihm vollkommen klar. Wenn man ein Thema anschneiden musste, dann sollte man die simplen Techniken kennen, es anzuschneiden, ohne unangenehme und unerwünschte Reaktionen auszulösen, sondern Freude, wie bei einer guten Zwiebelsuppe, die ohne Tränen serviert wird. Fate dachte nach. Er löffelte seine Zwiebelsuppe. Im Grunde war alles klar. Wenn der ZK sich den Helm nicht mehr öffentlich aufsetzen kann oder will, dann gibt es in Anbetracht der Häme, die ihm entgegenschlägt, nur eine Lösung. Und sie wird die Stimmung drehen.

Ismail Lani musste anerkennen, dass der ZK von Fate sehr gut gebrieft worden war. Innerhalb weniger Minuten hatte der Chef bei der Pressekonferenz die Lacher auf seiner Seite, alle Sympathien, am Ende Bewunderung.

Die Opposition, allen voran die so genannte Demokratische Partei, wirft mir also vor, dass ich eine Kopie von Skanderbegs Helm herstellen ließ, hob der ZK an, eine Fälschung, *Oh kohë e dashur*, ich bin ein Fälscher, rief er pathetisch, schlug sich gegen die Stirn, ich gehe in mich – und komme wieder aus mir hervor, und was sehe ich? Eine riesige Fälscherwerkstatt der Demokraten! Waren es nicht die Demokraten, die eine Kopie von Skanderbegs Helm produzierten, dazu eine Kopie von Skanderbegs Schwert, und nicht genug damit, Kopien von fünfundzwanzig Schilden, die Skanderbeg angeblich in fünfundzwanzig Schlachten zu seinem Schutz getragen hatte, die man also nicht einmal als Kopien bezeichnen kann, sondern schlicht und einfach als Erfindungen, und die Demokraten hatten noch immer nicht genug, sie produzierten auch noch ein Kettenhemd, das sie Skanderbeg zuschrieben, ja, die Fälschungswerkstatt der Opposition war sehr produktiv. Das alles ist zu besichtigen in dem netten Städtchen Shoçe, wo Skanderbeg angeblich einmal ein Scharmützel geschlagen hatte, weshalb dort unter einem demokratischen Bürgermeister eine Skanderbeg-Gedenkstätte errichtet wurde. Sie sollte ein Wallfahrtsort für Nationalisten werden, *Oh kohë e dashur* – er lachte. Kennen Sie jemanden, fuhr er fort, der dorthin gepilgert ist? (*Erste Lacher der Journalisten.*) Ich kenne jemanden, einen einzigen Menschen! Nämlich mich selbst! (*Gelächter.*) Ja, ich bin dort gewesen, habe mir angeschaut, was die berüchtigte demokratische Fälscherwerkstatt hier ausgestellt hat, und *O Zot i madh!* Das müssen Sie gesehen haben! So billig, so primitiv! Es sieht aus wie Pappmaché. (*Lautes Gelächter.*) Völlig unwürdig für diesen großen Helden unserer Nation. Ich weiß nicht, wer mit der Herstellung dieser peinlichen Fälschungen beauftragt war – vielleicht der Sohn des Parteivorsitzenden der Demokraten, damit er sich ein bisschen Taschengeld verdient, bezahlt vom Steuergeld? (*Brüllendes Gelächter.*) Sieht jedenfalls so aus! (*Anhaltendes Gelächter.*) Nein, nein, *zonja dhe zotërinj,* das können mir die Demokraten nicht anhängen, das haben sie selbst verbrochen. Ich aber habe, um diese Peinlichkeit auszubügeln, etwas ganz anderes gemacht. Ich habe den besten Kunstschmied des Landes damit beauftragt, eine in jedem Detail getreue Nachbildung von Skanderbegs Helm herzustellen, die ein internationales Publikum bestaunen wird. Wie Sie wissen, wird an unserem Nationalfeiertag der Stapellauf der SS Skanderbeg stattfinden, eine Meisterleistung albanischen Schiffbaus, der Stolz des modernen Albanien, und im Zentrum dieses großartigen Schiffs, im Atrium der Skanderbeg, wird dieser Helm ausgestellt. In einer Vitrine aus Panzerglas. Warum Panzerglas? Na, wir wollen ja nicht, dass es uns so geht wie den Wienern mit ihrer Kopie! (*Gelächter.*) Die Staats- und Regierungschefs Europas sowie illustre Gäste aus aller Herren Länder werden dieses große Symbol der albanischen Einheit bestaunen können und –

Ja, Ismail musste wirklich anerkennen: Das hatte Fate gut gemacht, der Chef konnte die Stimmung drehen, und am nächsten Tag zeigten alle Medien den »Stolz Albaniens«: die SS Skanderbeg, wo sinnigerweise der originalgetreue Helm präsentiert wird. Es hieß nicht mehr Kopie, es hieß in den Medien schon gar nicht mehr Fälschung, es hieß jetzt nur noch originalgetreuer Helm.

Was Ismail bedrückte, war, dass Ylbere nicht zu der Pressekonferenz gekommen war. RTSH24 hatte den Mann geschickt, der für Kultur zuständig war, und nicht sie, die Redakteurin für Innenpolitik. War das die Entscheidung der Chefredaktion, oder hatte Ylbere selbst diesen Termin an den Kollegen abgetreten?

Nach der Pressekonferenz rief Ismail beim Sender an. Nein, sie war nicht im Haus. Ob er ihre Mobilnummer haben könne? Nein, das sei nicht möglich. Ob er eine Nachricht für sie hinterlassen könne? Selbstverständlich. Er bitte um Rückruf.

Als hätte es das innige Wochenende nicht gegeben. Es war eigentlich schon am frühen Sonntagabend wie ausgelöscht, nach dem Anruf, den Adam bekommen hatte, worauf er das Abendessen anbrennen ließ und wortlos wütend in sein Arbeitszimmer verschwand. Dorota hatte dann einen Haferbrei für den kleinen Romek gekocht, selbst ein Käsebrot gegessen, Adam ließ sich nicht mehr blicken. Wollte er nichts mehr essen? Die Steaks hatte er verbrannt, aber es gab ja noch Brot und Käse im Haus und Eier, Dorota hätte ihm gern Pfannkuchen gemacht, mit Orangenmarmelade, das liebte Adam, in der Früh, am Abend als Dessert oder überhaupt als Abendessen, immer. Aber er ließ sich nicht blicken. Romek stieß seinen kleinen Löffel in den Brei und schnalzte ihn auf den Tisch, auf den Boden, es reicht, dachte Dorota und brachte das Kind ins Bett. Es sträubte sich gegen das Schlafen, aber schließlich schlief es ein, und Dorota blieb bei Romek liegen und weinte. Romek schwitzte, sie weinte. Sie musste die Decke weggeschlagen oder weggestrampelt haben, denn irgendwann in der Nacht merkte sie im Halbschlaf, dass Adam da war und sie zudeckte. Als sie in der Früh aufwachte, war Adam schon gegangen und Romek schob einen Stuhl durch das Wohnzimmer. Als Adam am Abend von der Arbeit kam, wusste sie: Das verliebte Wochenende war wohl nur ein Traum gewesen, in ihrem Wohnzimmer saß jetzt nicht der Mann, den sie liebte, da saß der Mann, der ihr Angst machte. Sie erschrak, als sie das dachte. Vielleicht war Angst das falsche Wort. Sorgen. Er saß da, den Kopf aufgestützt, so dass die Handfläche das verbrannte Ohr bedeckte. Wenn er heimkam, seinen Sohn nicht hochhob und küsste, nichts essen wollte, eine Flasche Wodka vor sich hinstellte und ins Leere schaute, – was sah er in dieser Leere? Es ging doch eindeutig etwas in ihm vor, und das starrte er an – wenn er also so dasaß, unansprechbar, dann, ja dann saß da der Mann, der ihr Angst machte.

Das Wohnzimmer war zum Garten hin verglast. Im Sommer, an heißen Tagen ohne Regen konnte man drei der vier Glastüren zur Seite schieben und den Raum mit dem Garten verbinden. Das waren glückliche Tage, wenn sie zu Hause und zugleich im Freien waren, der Duft der Rosen, der Rauch des Grills, das Summen der Insekten, der fröhlich sanfte Flügelschlag der Schmetterlinge, das Knistern der schmelzenden Eiswürfel in der kleinen rosa Plastikwanne, in der die Bierdosen und Weinflaschen lagen, das Lachen von Freunden, polnische Volksmusik. Was ist das? Dikanda! Aus Polen! Spiel was anderes! Paolo Conte. Jaaa! Es sind Bilder, die irgendwann in der Erinnerung sentimental machen werden. Ja, wir hatten schöne, unbeschwerte Tage!

Und jetzt. Die Glastüren waren natürlich geschlossen, der Regen, der begonnen hatte, als Adam nach Hause gekommen war, war stärker geworden, das Wasser klatschte gegen das Glas, in dem sich Blitzlicht immer wieder brach, starker Wind riss die letzten Blätter von den Bäumen, das Laub torkelte durch den Garten, hochfahrend und fallend, die schwarze Wolkendecke, kein Lichtblick, nur die Blitze.

Adam saß da und starrte auf die Glaswand wie auf ein Terrarium, Dorota saß auf dem Sofa, beobachtete ihn. Sie hätte jetzt gerne mit ihm über ihre Zukunft geredet, eigentlich darüber, ob sie das Angebot annehmen sollte, als Juristin bei der NGO APC mitzuarbeiten, *Alliance pour le climat*, oder ob sie versuchen sollte, den Concours zu schaffen und europäische Beamtin zu werden. Das Lernen für den Concours könnte sie wohl damit verbinden, zu Hause bei Romek zu bleiben, aber jetzt dachte sie: Vielleicht sollte ich einfach mit Romek nach Italien zurückgehen zu meinen Eltern. Und dort – was? Da bin ich wieder, liebe Eltern. Hat leider nicht geklappt mit meinem Leben. Und könnt ihr mir bitte das Kind ein bisschen abnehmen, euren Enkel.

Nein. Sie weinte. Und er sah das nicht. Vor Dorota auf dem Couchtisch stand die Obstschale. Daneben ein Teller und das Obstmesser. Sie nahm das Messer.

Sie legte das Messer wieder hin. Nein, sie wollte jetzt keinen Apfel.

Adam fragte sich, wie man das Problem lösen könnte. Mateusz und er waren als Kinder auf Kampf eingeschworen worden, auf Widerstand, auf Kompromisslosigkeit in Hinblick auf ihre Ideale, und auf Solidarität. Sie hatten dies mit ihrem Blut besiegelt. Es gab diese Nacht im Schlafsaal des Konvikts, als Mateusz eiskalt gesagt hatte: Wer diesen Schwur bricht, muss sterben. Wer unser Gelübde verrät, muss sterben. Wenn du sagst, der Himmel ist blau, muss ich dich töten. Er, es war er, der das gesagt hatte. Adam spürte die Kälte in seinem Blut, er erinnerte sich, wie er erschrocken war, wie er gedacht hatte, dass er das niemals könnte, niemals zu dieser Konsequenz fähig wäre, ich liebe dich, hatte er doch damals gedacht, Mateusz, ich liebe dich, ich könnte dich nie töten, aber er hatte gespürt, dass Mateusz es völlig ernst meinte und bereit war, über Leichen zu gehen, und so hatte er nur geschwiegen, ein Schweigen, das Zustimmung war, aber letztlich nur das Verschweigen seiner Skrupel. Doch letztendlich war er es, Adam, der zu einem Krieger, einem Soldaten für die Sache wurde, er hatte es gezeigt, als er sich über den brennenden Piotr Szczęsny warf, um dessen Leben zu retten, während Mateusz nur zynische Bemerkungen für diesen Blutsbruder übrighatte. Mateusz hat uns verraten, er hat unsere Väter verraten, das Erbe, das sie uns mitgegeben haben, er hat unsere

Sache verraten. Wir waren im Kampf gegen das Kriegsrecht dankbar für internationale Solidarität, Mateusz als Staatschef des freien Polens bedankt sich dafür mit übelstem Nationalismus. Wir kämpften für Rechtszustand, für Gewaltentrennung und Rechtsstaat. Mateusz zerstört den Rechtsstaat, ignoriert europäisches Recht. Was tun? Er selbst hatte es damals gesagt, in jener kalten Nacht im Konvikt.

Der Regen, der Sturm schlugen gegen das Glas, Adam sah das wie ein Video, Getue, das man ausschalten konnte, es hatte mit ihm nichts zu tun, er war ganz ruhig, kalt und ruhig, er dachte ohne Regung: seelenruhig. Es fühlte sich fast an wie seelentot.

Im Grunde hatte Mateusz damals sein eigenes Todesurteil ausgesprochen, dachte Adam. Aber wie es vollstrecken? Der Soldat in ihm überprüfte die Möglichkeiten, erwog Varianten, alle noch nicht tauglich, aber der Soldat war bereit. Am liebsten wäre ihm eine Variante gewesen, die natürlich gänzlich unmöglich war: Mateuz auf den Plac Defilad zu zerren und dort zu verbrennen. War nur so eine Phantasie. Aber er dachte tatsächlich darüber nach, wie man an ihn herankommen und ihn erschießen könnte. Wenn man das Gelübde ernst nahm, das sie gegeben hatten, und wenn man Mateusz' Politik heute beurteilte, dann war völlig klar: Mateusz musste sterben. Erstaunlich, dass er, in seine Gedanken versunken, dies hörte: Ata! Ata!

Adam drehte sich um, sah, wie sein Sohn aufstand, ja, er zog sich an einem Stuhl hoch, drehte sich vom Stuhl weg, machte einen Schritt, zwei Schritte, Ata! Und Adam sah, wie Romek auf ihn zulief. Er schaffte es. Mit dem letzten Schritt fiel er in Adams Arme.

Adam hatte natürlich seit der Geburt Romeks gedacht und gesagt, dass er nun Vater sei. In Wahrheit war er es jetzt erst geworden. Als sein Sohn nicht mehr an der Mutter hing, ihm von ihr überreicht wurde, nicht mehr irgendwo herumkrabbelte, sondern sich aufrichtete und bewusst entschied, zu ihm zu laufen. Er war nicht irgendwohin gekrabbelt, wo man ihn von einer Gefahrenquelle zurückreißen musste, er war jauchzend seinem Vater in die Arme gelaufen. Die selbständige Entscheidung dieses Kindes, das bisher Wurmfortsatz der Mutter war: Schau her, ich komme zu dir, mein Vater!

Adam hob Romek hoch, küsste ihn, drückte ihn an sich und machte einige Schritte, die man bei einem so steifen Mann durchaus als Tanz bezeichnen konnte.

Seit Alessandro Crotone beim Starten seines gepanzerten Mercedes in die Luft gejagt wurde, mit einer Sprengladung von so ungeheurer Wucht, dass man danach nicht einmal mehr seine Rolex fand, hatte es in Brindisi keinen spektakulären Mordfall im Mafiamilieu mehr gegeben. Das war immerhin sechs Jahre her. Das änderte sich an diesem Montag Anfang Oktober. In Wien hatte Franz Starek miese Laune an einem grauen Tag bei 12 Grad und Nieselregen, in Brüssel hing Adam Prawdower seinen dunklen Gedanken nach, bei 14 Grad und starkem Regen mit kräftigen Windböen, aber in Brindisi lachte die Sonne, wie der berufsheitere Radiomoderator von Antenna Febea vermeldete, der zwischen den Schlagern immer wieder ausrief: Genießt das Leben, Freunde! *Godetevi la vita, amici miei!*

Wolkenloser blauer Himmel, angenehme 25 Grad, die Limousine glitt von Paradiso kommend in das Zentrum von Brindisi, Arlind Roshi öffnete das Fenster und sagte dem Fahrer, er könne die Klimaanlage ausschalten. Und das Radio etwas lauter! Antenna spielte italienische Schlager der achtziger Jahre, die Arlind Roshi liebte, und immer wieder: Genießt das Leben!

Arlind Roshi war ein hagerer Mann. Sein Bauchfett hatte sich mit seinem Wohlstand nicht vermehrt. Er brauchte keinen raumfüllenden Körper, um in jedem Raum, den er betrat, sofort Präsenz zu zeigen und Respekt einzuflößen. Es war wohl sein Gesicht, dem man keine Regung ablesen konnte, und seine erstklassigen Maßanzüge, von Kiton in Neapel, 12 000.– Euro das Stück, man raunte, dass er hundert besaß. Kein rotes Stecktuch, keine rote Krawatte, hatte Antonio, der Neffe des legendären Gründers der Schneiderwerkstätte Kiton, sich erlaubt zu bemerken, um die ästhetische Perfektion seines Kunden zu dirigieren. Ein Mann wie Signore Roshi ist ja keine Ampel, kein Stopp-Signal. Überhaupt: Alle Ampelfarben sind strikt zu vermeiden. Grün passt zu deutschen Jägern, er zeigte den Anflug eines Lächelns, und Orange, nun, diese Farbe lassen wir den Bhagwan-Jüngern, nicht wahr, Signore.

Arlind Roshi trug also einen leichten, meerblauen Anzug, eine sonnengelbe Seidenkrawatte und aus derselben Seide ein Stecktuch. Er war an diesem Montag perfekt, Respekt einflößend und unnahbar wie immer. Er pflegte jeden Montag in der Trattoria da Adriano zu Mittag zu essen, Geschäftspartner und Klienten zu empfangen und mit Führern der Basiszellen den Wochenplan zu besprechen. Die Trattoria da Adriano in der Via Ruggero Flores war ein einfaches, grundsolides Lokal mit ehrlicher Küche. Hier kochte die Nonna des Padrone Adriano, dem er schon einmal bei Steuerproblemen aus der Patsche geholfen hatte. Aber das Wichtigste war: Das Lokal verfügte über ein Hinterzimmer, in dem Arlind Roshi nicht nur speisen und unbeobachtet Gäste empfangen, sondern auch seine Zigarren rauchen konnte. Wenn man an der Rückseite des Lokals die Tür zur Toilette öffnete, kam man in einen kleinen Korridor mit drei Türen: Männer, Frauen und Privat. Privat, das war das Hinterzimmer.

Berat »Cinguettio« Kumbulla wusste das alles natürlich. Er selbst war schon einige Male an Montagen von Arlind Roshi empfangen worden. Er musste nichts recherchieren, nichts großartig planen. Roshi saß montags ab 13 Uhr hinter der Tür Privat in der Trattoria da Adriano, aß und rauchte. Vor der Tür stand Myrto, ein Mann, treu wie ein Schäferhund und, wie man sagte, mit dem Abstraktionsniveau eines Schäferhundes, ein Mann, der enge Hemden liebte, weil dadurch seine Muskelpakete zur Geltung kamen, die den Hemdstoff fast sprengten. Er trug eine Waffe in einem Schulterhalfter, er war sehr schnell damit, aber er konnte nicht schnell genug sein, wenn er arglos war und überrascht wurde. Kam man nach 14 Uhr, war der Qualm im Zimmer bereits so dicht, dass Roshi wahrscheinlich die Waffe in der Hand Kumbullas gar nicht sofort sehen würde. Aber selbst wenn, der Überraschungseffekt wäre groß genug, auch wenn Roshi eine Waffe bei sich hätte. Die einzige Unwägbarkeit war, dass Kumbulla nicht wissen konnte, wer dann gerade bei Roshi sein würde. Es konnte ja jemand sein, mit dem er kein Problem hatte, vielleicht sogar jemand aus seinem Clan, er wollte niemand töten, dessen Tod er nicht wünschte.

Kumbulla war ein heiterer Mensch. Er lachte gern. Er lachte sogar lauthals mit, wenn Witze über ihn gemacht wurden. Über seinen kleinen Kopf mit dem fliehenden Kinn, Boxer hätten es schwer mit ihm, sagten sie, weil sie ein Mikroskop brauchen, um sein Kinn zu treffen, oder: Er hat einen Kopf wie ein Vögelchen, wehe du singst, Vögelchen! Er hatte eine hohe Stimme, was zwitschert das Vögelchen, sagten sie, wenn er etwas sagte. In der Familie nannten sie ihn Cinguettio, den Zwitscherer, und er lachte mit, es war Familie, es war herzlich, und er war ein sanfter, umgänglicher Kerl, seiner Familie ergeben. Und er war bereit zu tun, was für die Familie getan werden musste.

Cinguettio betrat die Trattoria, der Padrone grüßte ihn, er kannte ihn. Er bestellte ein Glas Weißwein. Willst du essen? Nein danke, nur das Glas Wein. Er trank es langsam, wartete, ob jemand nach hinten ging oder von dort kam. Nach fünfzehn Minuten kam Fatos heraus, er hatte ihn davor nicht auf die Toilette gehen sehen, also war er wohl bei Roshi gewesen. Er grüßte ihn. Cinguettio wartete noch ein paar Minuten, niemand ging nach hinten, also musste Roshi jetzt alleine sein. Er legte einen Fünf-Euro-Schein auf den Tisch, für den Wein, ging zur Tür zu den Toiletten. Vor der Privat-Tür stand Myrto. Hallo Cinguettio, sagte er. Das war sein letztes Wort. Cinguettio ließ das Messer fallen, zog seinen Revolver, entsicherte ihn und stieß die Tür auf.
Was Cinguettio verwunderte und beschäftigte, als er das Lokal verließ und mit seiner Vespa davonfuhr, war: Roshi hatte ihn angeschaut, kein Wort gesagt, keine abwehrende Bewegung gemacht. Er hatte einen geradezu höhnischen Blick. Er wusste, dass er jetzt sterben werde und dass kein Wort, keine Bewegung daran etwas ändern konnte. Dieser Blick verfolgte ihn. Er sah nicht, wie Roshis Blick brach, er drückte drei Mal ab und sah nur den höhnischen, kalten Blick.
Das Rot auf Roshis Anzug sah tatsächlich schrecklich aus. Rot stand ihm gar nicht.

Cinguettio kam zu Roshis Begräbnis, wie der Kanun es befahl. Für die Zeit der Aufbahrung und der Verabschiedung des Opfers war die Blutrache ausgesetzt. Drei Tage danach wurde Cinguettio von Roshis Sohn Blerim erschossen, worauf nun Cinguettios Bruder Gjergj an die Reihe kam.

Hatte die italienische *Direzione Investigativa Antimafia* die Ermordung Roshis einkalkuliert, vielleicht sogar darauf spekuliert?

Das glaube ich nicht, sagte Max-Otto Hagenbeck, sicherlich nicht. Wir waren ja über alle Schritte informiert, und es war nie davon die Rede, dass dies zu erwarten war. Seit vor sechs Jahren Alessandro Crotone in die Luft gesprengt wurde, haben sämtliche Deals zur Vermeidung weiterer Eskalation gehalten. Die 'Ndrangheta hat sich in Kalabrien auf das Geschäft mit dem Giftmüll zurückgezogen, vor allem aber ihre Geschäftsfelder nach Norditalien verlagert, wo sie besonders in Mailand massiv investierten, ins Baugewerbe und in Immobilien. Und die albanische Mafia übernahm hauptsächlich das Geschäft mit den Drogen, für das sie ja das bessere Netzwerk mitbrachten: Albanien ist der größte Cannabis-Produzent Europas, das Cannabis kommt mit Schnellbooten und zum Teil sogar mit den Fähren herüber nach Italien und wird von dort auf Europa verteilt. Umgekehrt kommt von den Benelux-Häfen das Kokain aus Lateinamerika über die blaue Bananenroute nach Süditalien, dann über die Häfen von Brindisi und Bari nach Albanien, von wo der gesamte osteuropäische Raum beliefert wird. Das hat jetzt jahrelang so gehalten, und wenn die 'Ndrangheta doch ein bisschen auf dem Drogenmarkt gewildert hat, haben die Albaner das akzeptiert, wenn das Geschäft eine gewisse Größenordnung nicht überschritten hat. Man hat sozusagen ein paar kleinen Fischen etwas Taschengeld gegönnt, man darf ja nicht vergessen, dass die Albaner in Süditalien Christen sind. Wie gesagt, das hat jahrelang gehalten.
Ich muss mir aber den Vorwurf machen, sagte Max-Otto, dass ich einem wichtigen Aspekt keine Beachtung geschenkt habe beziehungsweise den italienischen Kollegen da blind vertraut habe. Es gibt nämlich einen überaus gewichtigen Unterschied zwischen der Ermordung von Crotone damals und der Ermordung von Roshi jetzt. Und das hatten wir nicht auf dem Radar. Der Fall Crotone war der Höhepunkt eines Ban-

denkriegs, danach haben die zwei Organisationen eine Vereinbarung getroffen, um zu vermeiden, dass sie sich wechselseitig auslöschen. Aber der Fall Roshi ist eine inneralbanische Angelegenheit, und da kann es keinen Deal geben, da gilt der Kanun. Und es gibt auch niemanden, der da Einhalt gebieten kann, weil die albanische Mafia ganz anders organisiert ist als die italienische. Wenn ein italienischer Pate bei einem inneren Konflikt sagt, jetzt ist Ruhe, dann ist Ruhe in der ganzen Hierarchie, die wie eine Pyramide aufgebaut ist, hinunter bis zu den letzten Laufburschen. Und wenn einer oder zwei nicht den Ring des Paten küssen, dann haben sie eine Lebenserwartung von vierundzwanzig Stunden, und dann ist wirklich Ruhe. In der Regel gibt es diese ein oder zwei daher so gut wie nie. Aber die albanische Mafia ist flacher organisiert, in Familien, als Basiszellen, drei oder vier Basiszellen bilden den Clan und wählen einen Führer. Die Führer der verschiedenen Clans bilden einen Führungsrat. Da gibt es also nicht den einen Paten. Da gibt es nicht den einen, der ein Machtwort sprechen kann. Oder umgekehrt: Arlind Roshi hat geglaubt, er kann es, er hat ein Machtwort gesprochen, und das war sein Todesurteil. Roshi war Clanführer – das hat durchaus Bedeutung im System der albanischen Mafia. Er war hochgeachtet, respektiert, von Menschen, denen er Gunst erwies, sogar geliebt. Er hielt sich deshalb vielleicht für unantastbar, unverwundbar. Und Roshi war erbost, als er erfuhr, dass ein Mitglied einer Familie seines Clans irgendeine Kopie eines Helms, der aus einem Museum gestohlen worden war, durch einen primitiven Straßenraub ergattert hatte und nun ein berühmtes Museum in Wien zu erpressen versuchte, Lösegeldforderungen stellte. Roshi sah das so: Kunstdiebstahl ist kein Geschäftsfeld seiner Organisation, und Straßenraub schon gar nicht, und der Raub einer Fälschung war definitiv ein No-Go. Damit war nichts zu ge-

winnen, es war aber geeignet, das Hauptgeschäft zu gefährden. Da wird nicht von der regionalen Polizei recherchiert, die von der Mafia geschmiert ist, da wird die Polizia di Stato eingeschaltet und die Europol, da wird unkontrolliert herumgestochert, das konnte er absolut nicht brauchen. Und da machte er einen Deal mit der Antimafia, wie sie die Mafia ab und zu macht: Sie opfert einen kleinen Fisch, gönnt der Polizei einen Erfolg, den sie ja von Zeit zu Zeit braucht, und erkauft sich damit Ruhe im Hauptgeschäft. Also hat Roshi den Idioten, der glaubte, er könnte etwas Extrageld mit diesem Helm machen, der Polizei ausgeliefert, die dann den Zugriff machen und einen internationalen Erfolg vorweisen konnte. Und Roshi hatte geglaubt, damit in seinem Clan klargestellt zu haben, dass solche Nebengeschäfte nicht erwünscht sind, weil sie die ruhige Abwicklung der Drogengeschäfte gefährden.
Ein unbedeutender kleiner Mafioso, der, wie wir heute wissen, im Grunde nur ein Geldkurier war, der das Schmiergeld zu den Zollbeamten im Hafen brachte und der wahrscheinlich über Verwandte in Tirana in den Besitz dieses Helms gekommen war, landete im Gefängnis. Aber womit weder Roshi noch wir gerechnet hatten, war: dass der kleine dumme Sohn dieses Mannes den Verrat an seinem Vater, der wahrscheinlich ein paar Monate später aus dem Gefängnis entlassen worden wäre, unbedingt sühnen wollte. Hast du das nicht in den Papieren? Der Junge heißt Vögelchen, oder Zwitscherer, aber er hat nicht gesungen, er hat geschossen, weil Roshi seiner Meinung nach gesungen hat. Und ab jetzt wird es hardcore. Da kann es keinen Deal mehr geben. Roshis Sohn musste Vögelchen ermorden, dessen Bruder dann Roshis Sohn. Von den italienischen Kollegen wurde ich bereits informiert, dass Roshis Onkel nach Albanien übergesetzt ist und sich dort irgendwo versteckt hält, um der Blutrache zu ent-

gehen. Aber wir können erwarten, dass wir in den nächsten Wochen von dessen Tod erfahren werden. Das wird der blutigste Mafiakrieg seit den dreißiger Jahren. Die Besonderheit ist: Er spielt sich nicht zwischen konkurrierenden Organisationen ab, sondern nur innerhalb einer. Familie gegen Familie innerhalb desselben Clans.

Und was macht ihr jetzt?

Nichts, sagte Max-Otto, wir halten es für die beste Lösung, diesen Konflikt ausbluten zu lassen.

Dieser Onkel, der untergetaucht ist, sagte Franz, der muss doch ausgeforscht werden können. Warum bietet ihr ihm nicht eine neue Identität an, wenn er als Kronzeuge alles erzählt, was er weiß. Das würde sein Leben retten und die Investigativa Antimafia könnte den ganzen Clan ausheben und hinter Gitter bringen.

Ein Italiener würde vielleicht auf so ein Angebot eingehen, sagte Max-Otto, aber ein Albaner nie. Sie sind extrem gesetzestreu, also nach ihren Gesetzen. Er lachte. Da ist streng geregelt, wann sie einander umbringen müssen, aber auch, dass sie einander nie verraten dürfen.

Es war am späten Abend, als Ismails Telefon läutete beziehungsweise nicht läutete, sondern *It's raining men* spielte. Das war der Klingelton, den Ismail auf seinem privaten Smartphone eingerichtet hatte.

Er kannte die Nummer des Anrufers nicht, nahm schließlich das Gespräch an.

Es war Ylbere.

Du hast eine Nachricht hinterlassen. Ich soll dich anrufen.

Ja.

Was Wichtiges?

Ja. Es ist sehr wichtig.

…?

Ich muss dich sehen.

…?

Du warst heute nicht bei der Pressekonferenz. Da war von euch nur der Typ von der Kultur.

…

Warum bist nicht du gekommen? Wolltest du mir ausweichen?

Nein. Das hat die Redaktion entschieden.

Nein? Also können wir uns treffen?

Warum?

Warum, warum, ich habe – (er hätte fast gesagt: Sehnsucht. Nach dir. Aber wirft das nicht erst recht wieder Warum-Fragen auf? Warum so plötzlich, nach so vielen Jahren? Und nachdem sie so reserviert und kühl gewesen war, als sie sich vor drei Tagen wiedergesehen hatten – da kommt Sehnsucht auf? Ernsthaft? Das schreit doch nach einer Erklärung. Warum? Aber was sollte es sonst sein? Irgendein Drängen, das –)

…?

Er wusste nicht, was er sagen sollte, und sie sagte nichts.

Er hörte an seinem Ohr leise ihr Atmen. Aber vielleicht war das nur Einbildung. Vielleicht war es sein eigenes Atmen, das er hörte, so wie er jetzt auch sein eigenes Herzklopfen im Ohr hörte. Schließlich sagte er: Es ist einfach so, ich muss mit dir reden. – Und bevor sie noch einmal Warum sagen konnte, sagte er: Ich werde morgen kündigen. Du triffst einen freien – fast hätte er Mann gesagt, aber dann sagte er: Menschen.

Er hatte die Mauer überwunden. Aber da war noch eine Hürde. Sie stimmte einem Treffen zu, schlug die Radio Bar vor. Kennst du sie?

Die Radio Bar befand sich im Blloku, jenem Viertel, das während der kommunistischen Herrschaft das Wohngebiet der Nomenklatura gewesen war. Hier hatte Genosse Eins seine Villa, in der Rruga Ismail Quemali, hier hatten die Spitzen der Partei ihre Häuser, von Wächtern und Soldaten abgeschirmt. Das Volk hatte keinen Zutritt. Es war ein abgesperrter Stadtteil, wie seinerzeit Wandlitz bei Berlin oder heute die *gated communities* in den USA.

Nach dem Zusammenbruch des stalinistischen Systems wurde der Blloku von der Jugend Tiranas erobert. Das Viertel, nun verlassen von den kommunistischen Funktionären, wurde zum fiebernden und brodelnden Vergnügungsviertel der Stadt, in die verlassenen Villen zogen Restaurants, Bars, Cafés ein, der Blloku wurde zu Tiranas Bezirk, der niemals schläft. Ein Lichtermeer, an dessen Eingang das Postbllok-Monument steht, das all jene an die Verbrechen der kommunistischen Herrschaft erinnert, die auf dem Weg zum Tanz davon wissen wollen. Also niemand.

Ismail Lani hatte hier nie sein Vergnügen gesucht.

Bevor sie es sich anders überlegte, stimmte er zu. Okay, Radio Bar.

Kennst du sie? Rruga Ismail Quemali, sagte sie.

Ja, ich kenne die Adresse.

Konnte er diese Hürde überwinden? Natürlich kannte er die Adresse. Die Radio Bar im Blloku befand sich in seinem Elternhaus! Schräg vis-à-vis von der Villa des Ersten Genossen. Das Haus seiner glücklichen Kindheit, an die er keine Erinnerung mehr hatte. Das Glück, befreit von Erinnerung, das Haus, aus dem er nach der Hinrichtung seines Vaters und dem Selbstmord seiner Mutter abgeholt wurde, um in den Kerker eines staatlichen Waisenhauses gebracht zu werden, wo er erst lernte, Erlebnisse, Erfahrungen, Bilder abzuspeichern – also das Gegenteil von Glück, Erinnerungen.

Dass Ylbere ihn in sein Elternhaus bestellte, war ihr das klar? Absicht? Hatte das eine Bedeutung? Nein, das war Unsinn. Sie konnte das nicht wissen. Oder schlug sie die Radio Bar vor, weil sie von TripAdvisor als *most gay friendly bar in Tirana* ausgezeichnet worden war? Sollte das ein Zeichen sein? Unsinn. Er war in einer Stimmung, in der er Zeichen sehen wollte, Winke des Schicksals, aber er musste sich doch eingestehen, dass es da nichts zu interpretieren gab. Die Redaktion des Albanischen Radios war nur eine Gehminute von der Radio Bar entfernt, und in der Radio Bar selbst gab es im Obergeschoss Aufnahmestudios von RTSH. Die Bar war die hippste von Tirana, zugleich aber auch ganz einfach die Kantine der Radiojournalisten.

Er machte sich auf den Weg. Es fiel ihm schwer, zu diesem Haus zu fahren. Er war nicht oft in dieser Bar gewesen, nie mitgegangen, wenn Freunde dorthin wollten. Er ist nur manchmal, wenn er in einer gewissen Stimmung war, alleine hingegangen, an Nachmittagen, wenn dort nur wenig los war, um ein Bier zu trinken und, ohne von brodelnder Party-Stimmung abgelenkt zu sein, zu schauen, einfach zu schauen, ob er nicht doch etwas wiedererkennen konnte. Standen hier noch Möbel, die den Eltern gehört hatten und die er als Kind gesehen hatte? Es war möglich, denn die Radio Bar war mit alten Möbeln aus der kommunistischen Zeit eingerichtet, Stühle, Sofas, Schränke, das war alles aus der Zeit, in der seine Eltern hier gelebt hatten. Das Bakelit-Telefon. Hatte sein Vater den Hörer dieses Apparats ans Ohr gepresst, wenn Nummer Eins angerufen hat? Und seine Mutter, hinschmelzend bei den galanten Bemerkungen dieses großen Mannes, der den Hut vor ihr gezogen, ihre Hand geküsst hat? Die Triumph-Schreibmaschine, war sie aus dem Arbeitszimmer des Vaters? Was ist darauf geschrieben und mit *Geheim* abgestempelt worden? Jetzt war das Retro-Schick, bloß tote Dekoration für Ismail, der hier keine Glücksmomente des Wiedererkennens feiern konnte.

Er war vor ihr da.
Gleich hinter dem Eingang befand sich seitlich ein altmodischer Schreibtisch, auf dem die Schreibmaschine stand. Zum ersten Mal fiel ihm auf, dass ein Blatt eingespannt war und dass einige Zeilen darauf getippt worden waren. Er beugte sich darüber – war das ein altes Dokument, womöglich noch von seinem Vater getippt? Ein Kellner, der gerade vorbeikam, blieb stehen, sagte fröhlich: Haben Sie schon einmal mit so einem Ding geschrieben? Sie können das gerne ausprobieren.
Ja. Danke.
Achtung. Sie müssen sehr fest auf die Tasten schlagen. Das ist kein Laptop.
Er lachte.
Und wenn eine Zeile zu Ende ist, müssen Sie mit diesem Hebel hier, sehen Sie –
Ja. Ja.
Viel Spaß! Wir freuen uns, wenn Gäste hier Nachrichten für uns hinterlassen.

Ismail las, was zuletzt ein Gast hier getippt hatte:
Die alten Möbel und die bunt bemalten Wände erinnern mich an glückliche Tage im Kindergarten.

Ismail schreckte hoch. Eine Hand auf seinem Rücken. Das war Ylbere.
Wolltest du gerade etwas schreiben? Störe ich?
Nein, nein. Danke, dass du gekommen bist.

Sie fanden einen freien Tisch, Ylbere bestellte Bier, Ismail wollte sich schon anschließen, sagte dann aber: Was ist das dort, am Nebentisch, was das junge Paar trinkt? Das schaut sehr verführerisch aus.
Dieser Cocktail dort? Das ist Haut Les Cœurs.
Wie?
Haut Les Cœurs. Cognac, Prosecco, Lime, frische Beeren und Minze. Sehr anregend.
Schaut toll aus. Klingt gut. Das will ich. Willst du nicht auch so einen Cocktail? Komm, lass uns Cocktails trinken.
Nein, ich will Bier, sagte Ylbere.
Es ist ein besonderer Tag, sagte Ismail, warum nicht zur Feier des Tages –
Ich kann sehr gut mit Bier feiern.

Der Kellner lächelte. Trat ab. Schweigen. Ja, sagte Ismail. Das Pärchen mit den Cocktails am Nebentisch küsste sich. Also, sagte Ismail, danke, dass du gekommen bist. Sie sah ihn an. Er hatte den Eindruck, dass ihr Blick neugierig war. Aber wenn sie dem Treffen schon zugestimmt hatte, warum schwieg sie? Er hatte erwartet, dass sie fragen würde, warum er kündigen wollte. Aber sie schwieg. Immerhin lächelte sie jetzt. Aber warum baute sie diese Mauer oder Glaswand um sich auf? Ihr Lächeln. Ironisch? Oder war das überinterpretiert, und es war ganz einfach abwartend freundlich? Was war mit ihm los? Er wollte diesen Mund küssen.
Warst du beim Friseur?, fragte er schließlich, da kamen die Getränke.
Sie nahm einen großen Schluck von ihrem Bier, während er sein Glas hin und her drehte und schaute, von welcher Seite man diesen Cocktail am besten zum Mund führen konnte.
Nein, sagte sie.
Was nein?

Friseur.
Vor drei Tagen hattest du kurzes Haar, aber jetzt habe ich den Eindruck, dass es noch kürzer ist.
Ich habe einen Trimmer, sagte sie. Damit kann ich mir selbst durchs Haar fahren und –
Aber warum? Es war ja kurz.
Ja. Aber ich will nicht, dass es länger wird. Also nehme ich immer wieder den Trimmer.

Ylbere hatte eine grobe Leinenhose an und eine Jacke, wie er sie von alten Aufnahmen von albanischen Bauern kannte. Sie passte perfekt in die Retro-Atmosphäre dieses Hauses, er selbst empfand sich hier als Fremdkörper, und sogar das war falsch, weil man ein Fremdkörper nur sein konnte, wenn man seinen Körper spürte, das erschiene ihm logisch, aber er hatte kein Körpergefühl, er fühlte sich bloß als ein drückendes Augenpaar, an dem eine schwere Seele hing und zog.

Da hellte sich Ylberes Gesicht auf, sie lachte, hob den Kopf und winkte. Ismail sah sie an, drehte sich um, sah, dass eine Frau hereingekommen war, die sich umblickte und, als sie Ylbere sah, lachte und zurückwinkte. Sie hatte die Mähne einer Löwin – diese Formulierung war nicht sehr originell, aber Ismail war Pressesprecher, zumindest heute noch, und nicht Dichter, und im Grunde traf diese Formulierung ja zu. Sie trug einen schwarzen Pullover mit einer glitzernden Strass-Brosche, und als sie näher kam, sah Ismail, dass die Brosche eine Schnecke darstellte. Unter dem Arm trug sie eine große Mappe, die sie abstellte, um Ylbere zu umarmen und zu küssen.
Wie fröhlich, wie angeregt Ylbere plötzlich war.
Das ist Admira Pickim, sagte Ylbere. Admira ist Graphikerin und Plakatkünstlerin. Hast du ein neues Poster mit?

Es ist eine Serie, sagte Admira, ich hänge sie gleich auf. Redi hat mir die Wand dort schon freigemacht. Ist das dein Bier?
Sie trank einen Schluck aus Ylberes Flasche und nahm ihre Mappe.
Also bis gleich. Bin gespannt, was du sagst.

Ismail setzte sich, aber Ylbere blieb stehen und sah mit dem Bier in der Hand zu, wie Admira ihre Plakate aufhängte. Ismael hatte nun ihren Rücken und Po vor Augen, er atmete tief durch und stand ebenfalls auf. Mit dem Cocktail, den man nicht einfach nur trinken konnte, sondern auslöffeln musste, kam er sich absurd vor, hier war er nicht zu Hause, nicht in dieser Welt. Aber bald sollte er sehr erstaunt sein.
Zunächst klebte Admira eine lange Folie quer über die Wand:

Albanische Kopfbedeckungen
Symbol, Identität und Wirklichkeit

Darunter klebte sie eine Reihe von Plakaten, vergrößerte alte Photographien, die im Lokal Aufmerksamkeit erregten. Immer mehr Gäste standen auf und gingen hin, um sich aus der Nähe anzusehen, was da entstand, was das zu bedeuten hatte.

Bild eins: Enver Hoxha mit der Kopie einer *Titovka*, der von Tito getragenen Partisanenmütze mit rotem Stern. *»40er Jahre. Yugoslawien wichtigster Alliierter Albaniens.«*
Bild zwei: Enver Hoxha mit einer Kopie der Uniform-Schirmmütze Stalins. *»50er Jahre. Nach Bruch mit Yugoslawien, Sowjetunion Schutzmacht Albaniens.«*
Bild drei: Enver Hoxha mit dunklem Filzhut mit breiter

Krempe. *»Zweite Hälfte der 50er Jahre. Nach Stalins Tod Hutmode im Kreml.«*
Bild vier: Enver Hoxha trägt die Kopie einer chinesischen Ballonmütze, des Markenzeichens Mao Zedongs. *»60er Jahre. Nach dem Bruch mit der Sowjetunion. China Schutzmacht Albaniens.«*
Bild fünf: Enver Hoxha mit der Kopie des klassischem französischen Fedora-Huts aus Kaninchenfilz, wie er ihn in den 30er Jahren als Student in Paris und Brüssel getragen hatte. (Im oberen rechten Eck ein kleines Foto Enver Hoxhas aus seiner Zeit als Student in Brüssel. Mit dem gleichen Hut.) *»Ende der 70er Jahre: Nach dem Bruch mit China. Albanien ohne Schutzmacht, nostalgisch.«*
Bild sechs: Enver Hoxha mit Kopie eines Gucci-Canvas-Huts. *»80er Jahre. Albanien schützt sich selbst: Bau von 750 000 Bunkern in der Form von Canvas-Hüten.«* (An der linken unteren Ecke Fotos von einem Bunker und einem Gucci-Hut.)
Bild sieben: *Heute*. Eine Fotomontage, sie zeigte den ZK, der unschlüssig vor einem Tisch steht, auf dem ein französischer Hut, eine chinesische Mütze, eine russische Pelzkappe und der Helm des Skanderbeg liegen. Die Hand des ZK schwebt über dem Helm. *»Albanien sucht wieder Alliierte.«*

Die jungen Leute lachten. Plötzlich war da ein Mann mit einem Mikrophon. Er interviewte Admira.

Wie fröhlich Ylbere jetzt war. Admira gab ein Zeichen: Ich komme dann zu euch an den Tisch! Sie setzten sich, Ylbere wollte noch ein Bier, Ismail stieg auch auf Bier um.
Warum schaust du so?
Wie schaue ich? Ich finde toll, was deine Freundin da gemacht hat, wirklich. Aber ich fühle mich nicht wohl.
…

Es ist dieser Ort. Du kannst das nicht wissen, aber ich bin hier –
Doch. Du hast es schon erzählt, damals in der Studentengruppe. Und dann Waisenhaus. Und da war eine Tante –
Tante Xhulieta, ja.
Sie war die Schwester deines Vaters oder deiner Mutter?
Meines Vaters.
Und sie war auch Funktionärin in der Partei?
Ja.
Und du hast dich nie gefragt, wieso sie dich aus dem Waisenhaus befreien konnte? Das hast du doch erzählt, oder? Dass sie dich aus dem Waisenhaus befreit hat.
Ja.
Ich glaube dir nicht, sagte Ylbere. Wenn dein Vater nach einem politischen Prozess hingerichtet wurde, dann wäre seine Schwester zumindest in einem Arbeitslager gelandet, das sie kaum überlebt hätte. Damals herrschte Sippenhaftung.
Ismail sah sie fassungslos an.
Oder ist sie in die Berge und hat sich bewaffnet?

Da kam Admira an den Tisch. Das Lachen, das Umarmen, das Küssen, und Lachen, und Lachen. Du hast eine tolle Brosche, sagte Ylbere, gefällt mir.
Ja, sagte Admira, ich habe sie auf dem Flohmarkt gefunden, in der Rruga 5 Maji, sie hat mich gleich an das Gedicht von Fate Vasa erinnert –
Welches Gedicht?
Du kennst es sicher. Ungefähr so: *Du brauchst Geduld Freundin / musst ruhig zusehen können wie / aus einer Schnecke ein Fossil wird und dann / kommt sie nicht auf den Misthaufen der Geschichte / nein / sie kommt in das archäologische Museum / ahnungslos bestaunt / von den Schnecken heute.*
Ja, das kenne ich, Fate Vasa ist großartig.

Ismail warf zwei Geldscheine auf den Tisch und ging.
Am Eingang, vor der Schreibmaschine, blieb er stehen. Der Satz mit den »glücklichen Tagen im Kindergarten« war immer noch der letzte, der hier getippt worden war. Er setzte sich, tippte. Ja, man musste wirklich sehr fest anschlagen, sehr fest. Er hätte am liebsten die Faust genommen. Ich kenne die Vorgeschichte, schrieb er. Dieser Kindergarten ist das –
Er wollte Ende schreiben, vertippte sich und schrieb: Eden.

Karl Auer öffnete die Mail mit dem »Betreff: Skanderbeg« von Baia Muniq.
Sie hatte nur einen Satz geschrieben: »Kommst du an Bord?«

Vierter Teil

Wenn das Lose abblättert
vom Besinnungslosen.

Alles eine Frage der Perspektive.
Je nachdem, wo man steht, aus welchem Winkel man schaut, je nachdem, was man sehen will oder soll und welche Interessen man hat, ergibt sich ein anderes Bild. Das ist eine Binsenweisheit – aber es war die Geschäftsgrundlage von Gino Trashi. Er war Fotoreporter der Zeitung *Shqip,* der Mann für besondere Einsätze, ein Meister der Bildmanipulation, ohne jegliche digitale Bearbeitung, er arbeitete nur mit seinem Blick, der immer den Winkel fand, aus dem die Politiker und Zelebritäten, die er fotografieren sollte, tatsächlich so erschienen, wie von seinen Auftraggebern bestellt, heroisch oder lächerlich, sympathisch oder abstoßend, staatsmännisch oder offensichtlich inkompetent.
Ismail Lani, der vergebens versucht hatte, ihn aus Pressekonferenzen des ZK auszuschließen, sagte über Gino Trashi: Man sollte ihm verbieten, das Ding da vorn an seiner Kamera Objektiv zu nennen.
Gino Trashi war nicht erbost, nicht beleidigt, im Gegenteil, er fand dieses Bonmot witzig. Er hatte ein geradezu anarchistisch heiteres Gemüt. Wie ein Kind, das ja auch nie an Konsequenzen denkt, konnte er sich freuen, wenn ihm Bilder gelangen, die eine neue Perspektive zeigten, die es in der Bilderwelt davor nicht gab, ein Überraschungsmoment, das nur er hatte festhalten können. Er hielt das für Kunst, er hielt überhaupt nur das für Kunst, was eine neue Sicht ermöglichte. Er hatte einmal einen Artikel von Ismail Kadare gelesen, seinem Lieblingsautor, dem größten albanischen Schriftsteller, es ging um den Unterschied zwischen Beschreiben und Erzählen. Beschreiben, so Kadare, erhebe den größten An-

spruch an Objektivität, Authentizität und Erkenntnis und leiste doch nichts davon. Es sei bloß ein tautologischer Akt, der das, was der Leser ohnehin schon wisse und kenne, vorführe. Man könne einen Wald, aber auch einen Radiergummi, nur zum Beispiel, mit extremer Genauigkeit und sachlichem Blick auf zehn oder gar fünfzehn Seiten beschreiben – es gebe Autoren, die das können und es für kühn und besonders gekonnt halten –, aber am Ende wisse der Leser nur, was ihm nie ein Rätsel gewesen sei: Das ist ein Wald, oder das ist ein Radiergummi. Und wenn der Autor etwas beschreibe, was der Leser noch nicht kenne, zum Beispiel die Regentänze der Hopi-Indianer oder die Gesetze der Blutrache in den nordalbanischen Bergen, dann treffe gleichwohl dasselbe Verdikt darauf zu: Die Beschreibung bestätige den Leser nur darin, was er schon wisse, nämlich dass ihm das Beschriebene völlig fremd sei. Wie langweilig! Die Beschreibung, mit wie viel schönen Worten sie auch zum Anschein größter Genauigkeit vorstoße, bleibe doch immer nur ein kleiner Ausschnitt der Oberfläche der Wirklichkeit, und damit sei nichts gewonnen, auch wenn es sich um die wirkliche Oberfläche handle. Nur Pedanten mit Angst vor dem Leben konnten diese vorgebliche Genauigkeit genießen, nein, nicht einmal genießen, aber loben. Der Erzähler aber zeige nicht die Oberfläche, sondern setze das Wesen ins Bild, halte nicht nur den Moment fest, sondern lasse ihn fließen, vom Grund zur Wirkung. Erst der Anspruch des Beschreibens habe das Unbeschreibliche zur Welt gebracht, während wir alles erzählen können, letztlich auch das Unbeschreibliche.

Gino Trashi war kein Intellektueller, aber das konnte er immer wieder referieren. Von Kadares Text hatte er sich sofort angesprochen gefühlt, er hatte ihm, dem Fotografen, die Augen geöffnet. Trashi hatte begriffen: Er war ein Erzähler mit den Augen. Ismail Kadare berief sich in seinem kleinen Essay auf einen gewissen Gotthold Ephraim Lessing, das war ein deutscher Dichter, den Gino Trashi nicht kannte. Neugierig googelte er, und was bei »Lessing« sofort aufpoppte, war – ein Fotograf!

Nämlich Erich Lessing. Dieser Lessing war ein Titan der Fotografie, er war Mitglied bei *Magnum Photos* gewesen, hatte für Magazine wie *Life* oder *Paris Match* gearbeitet. Lange, immer wieder, brütete Trashi über den Fotos von Lessing, die er im Netz fand, sie waren für ihn auf vorbildliche Weise eine Übertragung von Kadares literarischer These auf die Fotografie. Und dass es ein anderer Lessing war als der von Kadare zitierte, nun, das war eine Fügung. Trashi hatte seine Bestimmung gefunden. In seinem Zimmer in der Fotoredaktion von *Shqip* hing eine auf Postergröße aufgeblasene Kopie des Lessing-Fotos »Die großen Vier«. So musste man fotografieren. So wollte er fotografieren. Vier Männer auf vier Stühlen. Sie blicken hoch – wohin? Jeder zu seinem Gott hoch oben. In jeden Gottes Namen haben sie die Welt unter sich aufgeteilt, dieses Foto erzählt, wie es alten Männern geht, die diese Macht haben, sie aber von einer höheren Macht empfangen haben wollen, dieses Aufblicken, triumphierend, fröhlich, staunend oder betreten, jeder auf seine Weise, das ist kein Augenblick, das ist Geschichte. In den offiziellen Pressefotos dieses Tages aber blicken die vier alle gleichermaßen sehr ernst, sehr staatsmännisch in die Objektive Hunderter Kameras, die Hunderte identische Bilder festhielten: Das sind die vier, mächtige Staatsmänner, so kennen wir sie! Und?

Objektive! Wie lächerlich. Nur Lessings Foto erzählte mehr als das Wiedererkennbare.

Aber immer wieder wurde Trashi mit dem Vorwurf konfrontiert, korrupt zu sein, ein Gunman, der nicht Fotos schieße, sondern mit seinen Fotos Menschen erschieße, im Auftrag machtvoller politischer und wirtschaftlicher Interessen. Was

er von diesem Vorwurf hielt, stellte er einmal klar, grinsend, provokant lässig, vor einem Dutzend Journalisten, kurz vor Beginn einer Pressekonferenz des ZK, als Regierungssprecher Ismail Lani ihn mit festem Griff am Oberarm packte und sagte: Es ist besser, wenn du gehst.
Warum? Ich bin akkreditiert. Ich bin hier für *Shqip*.
Du willst doch nur wieder ein Meuchelfoto vom Chef machen. Wir sind es leid. Du bist ein Auftragskiller mit deiner Kamera. Ich muss dich bitten –
Du musst mich nicht bitten! Gar nichts – Hört mal her, rief er, um die Aufmerksamkeit der Kollegen zu bekommen, Regierungssprecher Lani will mich rauswerfen, ich sei nicht objektiv.
Der ungewöhnlich große Trashi, der mit seinen stark gekrausten, hoch abstehenden Locken noch größer wirkte, sah auf Lani hinab, streifte dessen Hand von seinem Oberarm und sagte sehr ruhig und immerzu lächelnd: Dein Job ist es, schönzureden, was dein Chef macht und sagt. Und wenn es noch so verrückt ist, deine Aufgabe ist es, zu sagen, es sei genial. Wenn Belege auftauchen, die darauf hinweisen, dass dein Chef korrupt ist, musst du raus und erklären, dass das eine Intrige sei, die Belege seien gefälscht, Chats aus dem Zusammenhang gerissen, Schmutzkübelkampagne der Opposition, die den Chef nur anpatzen wolle, und so weiter. Bist du überzeugt davon, was du da sagst? Hast du die Fakten überprüft? Nein. Der Chef sagt: Geh raus und weise die Anschuldigungen zurück. Und das machst du. Und du willst mir erklären, was Objektivität ist? Ja, auch ich habe Auftraggeber. Und natürlich wollen die etwas Bestimmtes. Aber jetzt erkläre ich dir den Unterschied!
Ein gutes Dutzend Journalisten hatte sich nun um Ismail Lani und Gino Trashi geschart, und Trashi sagte lächelnd: Was du schönredest, sinkt gleich vor deinem Mund zu Boden.

Aber was ich fotografiere, ist ein bleibendes Bild. Und um es ganz klar zu machen: Was du sagst, ist behauptete Realität, aber was ich fotografiere, ist dokumentierte Realität. Wenn die Perspektive, die ich finde, möglich ist, dann ist sie wirklich. Objektiv.

Er streichelte Lanis Oberarm. Alles klar?

Er hatte die Lacher auf seiner Seite, sogar die von Kollegen, die ihn eigentlich nicht mochten, wegen seiner Skrupellosigkeit oder wegen seines Erfolgs, immerhin hatte er schon in der deutschen *ZEIT* und vor allem bei *Paris Match* Fotos veröffentlicht, *le choc des photos,* dafür liebten sie ihn in Paris.

Alles klar?, hatte der Chefredakteur gesagt. Haben Sie verstanden?

Natürlich war Gino Trashi der Auftrag klar. Aber verstehen konnte er ihn nicht wirklich. *Shqip* war nicht bloß die größte Zeitung Albaniens, sie war eine transnationale Zeitung, sie wurde auch im Kosovo, in Nordmazedonien, in Montenegro und sogar in Griechenland gelesen. Aber seit einiger Zeit war es Redaktionslinie, für die Nationalisten Stimmung zu machen, den farblosen Oppositionschef als Strahlemann darzustellen und den Ministerpräsidenten systematisch zu kritisieren. Das verstand Trashi nicht, er sagte sich, na gut, er sei eben kein Intellektueller und politisch vielleicht zu wenig gebildet, aber das wunderte ihn doch: Eigentlich machte der sozialistische Ministerpräsident eine Politik, wie sie im Interesse der Zeitung war, weltoffen, mit den Nachbarn im besten Einverständnis, für die er auch immer wieder das Wort ergriff, an Europa orientiert, und gerade dazu wollte er heute wieder etwas Neues ankündigen. Was waren dagegen die Trachten- und Folklore-Veranstaltungen der Konservativen, über die Tirana lachte, und die durchsichtigen Versuche, innenpolitisch künstliche Aufregung zu erzeugen?

Die Konservativen fordern einen Mindestlohn, sagte der Chefredakteur, während die Sozialisten die Interessen der großen europäischen Konzerne vertreten – das ist es, was unsere Leser interessiert. Das ist es, woran wir uns orientieren. Alles klar?
Bekommen wir deshalb so viele Inserate von den –
Marsch raus! Du kommst zu spät zur Veranstaltung!

Er nahm ein Taxi.
Zum Skanderbeg-Platz!
Fahren Sie zu der Kundgebung? Also Rruga Çamëria, da kann ich zufahren. Weiter kann ich nicht. Aber dann haben Sie nur noch ein paar Schritte zum Skanderbeg.
Ja. Natürlich. Rruga Çamëria.
Ich hab's im Radio gehört, dass da jetzt diese Kundgebung von den Sozialisten ist, sagte der Taxifahrer. Irgendwas wegen Europa.
Trashi sagte nichts, betrachtete den Mund des Taxifahrers im Rückspiegel. Der Mann hatte schöne volle Lippen, aber schlechte Zähne. Über der Oberlippe ein dunkler Bartschatten. Gino Trashi hatte einmal ein Foto für einen Kalenderverlag gemacht, er sollte ein Bild für den Monat November liefern. Er fotografierte Grabsteine, umrahmt von Plastikblumen, unter dunklen Gewitterwolken. Warum fiel ihm das jetzt ein? Jetzt sah er, dass der Taxifahrer ihn über den Rückspiegel musterte.
Sind Sie Sozialist?
Nein, ich bin Journalist.
Das ist ein Widerspruch?
Trashi lachte. Nein, ich dachte, Sie meinen, ob ich in der Partei bin. Ich wollte sagen, ich fahre zu der Kundgebung, weil ich Journalist bin.
Für wen schreiben Sie?

Ich schreibe nicht, ich bin Fotojournalist.
Hätte ich mir denken können mit Ihrer Tasche. Die ist zu groß für einen Kugelschreiber.

Ich nehme an, Sie wollen nicht zu spät kommen! Nun begann er Slalom zu fahren, zwängte sich in die jeweils schnellere Spur, dann bog er plötzlich ab. Da weichen wir dem Stau aus. Ist etwas länger, aber schneller.
Das mag ich, sagte Trashi, länger, aber schneller.
Wie unsere EU-Mitgliedschaft, sagte der Taxifahrer.
Trashi fand das auch witzig, aber er war nicht sicher, ob er ihn verstand, auf jeden Fall hatte es etwas Verblüffendes, das mochte er.
Wie meinen Sie das?
Schauen Sie, der Ministerpräsident weicht dauernd aus, sagt, dass wir vorher noch da durchmüssen und dann müssen wir noch dort durch, immer macht er Umwege und erklärt, das sei der kürzeste Weg. Der Weg ist zwar länger, aber so werden wir am schnellsten Mitglied, verstehen Sie? Aber wenn ich mich bei den Schleichpfaden und Abkürzungen so oft verfahren würde wie er, ich könnte meinen Beruf aufgeben.
Warum glauben Sie, dass er sich verfährt?
Na, sind wir dem Ziel näher gekommen? Habe nichts davon gehört. Man hört und sieht nur, wie er herumkurvt.
Was halten Sie von ihm?
Ganz ehrlich? Also man kann das so oder so sehen!

Der Taxifahrer sah in den Rückspiegel, versuchte seinen Fahrgast einzuschätzen. Trashi sah die Augen im Rückspiegel, lächelnd wartete er, dass der Taxifahrer fortsetzte.

Er ist natürlich korrupt.
Warum glauben Sie das?

Weil sie alle korrupt sind, sagte der Taxifahrer. Aber er ist clever, und er ist verrückt, ich meine, er hat manchmal so Ideen – er schüttelte den Kopf. Wie soll ich sagen? Verrückt eben, aber die anderen haben ja nur Phrasen, immer dieselben Phrasen. Er ist anders. Und er tut was. Ich meine, er tut etwas für uns, für das Volk. Und vielleicht findet er ja wirklich den Weg –

Er bremste abrupt ab, hupte wütend.

Haben Sie den gesehen? So ein Idiot. Jedenfalls: Vielleicht findet er den Weg in die EU. Und deshalb sage ich immer: Wenn die schon alle korrupt sind, dann finde ich den am besten, der auch was für uns tut.

Wieder riss er den Wagen herum, schaltete, gab Gas.

Wissen Sie, fuhr er fort, ich zerdrücke immer Zwiebeln, so dass ein bisschen Saft herauskommt, lege die Zwiebeln dann im Schmalztopf ein, und zwei, drei Mal in der Woche schmiere ich mir am Abend das Schmalz in die Haare, lasse das zwei Stunden einwirken, dann wasche ich es aus. Das ist für kräftigen Haarwuchs.

Trashi sah, dass der Taxifahrer sehr lichtes Haar hatte, am Hinterkopf überhaupt nur noch einen zarten Flaum, rötlich braun schimmerte die Kopfhaut. Der Taxifahrer sah im Rückspiegel Trashis Blick, lachte und sagte: Zwiebeln und Fett, hat schon mein Vater so gemacht, und der hatte das von seinem Vater. Ich weiß schon, Sie werden jetzt sagen, dass das doch offenbar nichts nützt, dass das nicht wirkt. Aber was heißt schon offenbar? Ich habe nur noch sehr wenig Haare, darum mache ich das. Und man kann doch auch sagen: Offenbar wirkt es doch, denn sonst hätte ich vielleicht gar keine Haare mehr. Sehen Sie, so ist das auch mit der Politik. Wir sehen immer nur, was fehlt, wir lachen oft darüber, wie es bei uns ausschaut, aber wir wissen nicht, wie es wäre, wenn der Kryeministër nicht das alles tun würde, was er für uns tut.

Er hupte, Fußgänger, die mitten auf der Straße gingen, wichen zur Seite aus, langsam rollte er an der Parteizentrale der Sozialisten in der Rruga Çamëria vorbei, Hunderte Menschen strömten zum Skanderbeg-Platz, der Taxifahrer hielt. Wir sind da.

Ismail Lani wohnte in der Rruga Demir Progri, in einer kleinen Villa, die hinter einer etwa zwei Meter hohen Mauer versteckt war. Wenn es eine Hausnummer gab, so war sie nicht angeschrieben. An dem Tor in der Mauer war ein Schuh aufgemalt, oder der Leisten eines Schuhs, in goldener oder gelber Farbe, die schmutzig war und abblätterte, und Post erreichte Ismail Lani unter der Adresse *Rruga Demir Progri, Vila e këpucarit* – Haus des Schuhmachers. Manche schrieben noch dazu: *Pranë mullirit të vjetër* – Neben der alten Mühle – die es schon nicht mehr gegeben hatte, als Ismail Lani vor sechs Jahren hier eingezogen war. Hinter dem Haus konnte man erkennen, dass einmal ein Mühlbach vorbeigeflossen war, aber er war ausgetrocknet oder ist umgeleitet worden.
Von der Straße aus war nur die Krone eines mächtigen Nussbaums hinter der Mauer zu sehen. Was man nicht sah, war das Haus selbst, die wilde Schönheit des Gartens mit seinen Stauden und Büschen, dem dichten Weinlaub auf der Pergola vor dem Haus, von der dicke dunkelrote Trauben hingen, und den Spalieren, an denen Kiwis rankten, mit Dutzenden Früchten.
Die Villa war in den frühen dreißiger Jahren des vorigen Jahrhunderts, also noch in der Monarchie, gebaut worden, von Skënder Noli, einem Schuhmacher, der eine Manufaktur gegründet hatte, die Stiefel für die albanische Armee produzierte, soweit es unter König Zogu I. überhaupt eine Armee gab, die diesen Namen verdiente. Allerdings gab es einen Heeresbeschaffungsdienst, der die von Noli gelieferten Stiefel

weiterverkaufte und die Soldaten stattdessen mit billigen Filzpantoffeln ausstattete, oder dicken Wollstrümpfen, an die Sohlen aus minderwertigem Leder aufgenäht waren. Bevor dieser Korruptionsskandal aufflog, wurde Albanien von Mussolini besetzt, nun produzierte die Manufaktur Stiefel für italienische Soldaten und Lackschuhe für italienische Verwaltungsbeamte. Unter deutscher Besatzung schließlich ergatterte die Manufaktur den Auftrag, unter der Prokuratur eines deutschen Offiziers, Ernst-Wilhelm Hanke, die SS-Division Skanderbeg mit Stiefeln auszustatten. Mittlerweile aber wurde Leder knapp, auch die Mannschaftsstärke der SS-Skanderbeg nahm drastisch ab. Ernst-Wilhelm Hanke reiste mit einer Waggonladung Teppiche, die er gegen die letzten Lederbestände eingetauscht hatte, nach Deutschland ab, und die Manufaktur stellte die Arbeit ein. Herr Skënder Noli muss damals depressiv hier in diesem Haus gesessen haben, von der Weltpolitik betrogen und geschlagen, in Erwartung besserer Zeiten. Die erlebte er aber nicht mehr. 1947 wurden Manufaktur und Villa von den Kommunisten enteignet, der Kapitalist Skënder Noli wurde zu Zwangsarbeit in einer Kupfermine verurteilt, wo er nach wenigen Wochen einen grotesken Tod fand: Er trug sehr gute, feste, rahmengenähte Schuhe, um die ihn ein Arbeitsaufseher beneidete. Dieser befahl ihm, ein paar Schritte Richtung Tor zu gehen – und erschoss ihn »auf der Flucht«. Die Schuhe brachten dem Aufseher aber kein Glück. Sie waren ihm zu klein. Nach wenigen Tagen hatte er an beiden Fersen und an den Ballen der großen Zehen offene Blasen. Nun lief der Mann barfuß durch den Staub und über den Abraum der Mine. Die offenen Blasen entzündeten sich und eiterten. Sehr schnell starb der Mann an einer Sepsis. Ein tragikomischer Treppenwitz, wenn man bedenkt, dass über dem Eingangstor von Nolis Schuhmanufaktur in großem Bogen geschrieben stand: *Ju mund zotëria njihet prej këpucëre.* (Den Herrn erkennt man an den Schuhen.)

Woher wusste Ismail das alles? Weil es, nicht zuletzt von ihm ausgelöst, einen Streit um die Anerkennung des rechtmäßigen Eigentümers der Villa gab. Ismail Lani hatte dem Vermieter ein Kaufangebot gemacht. Da hatte sich herausgestellt, dass das Haus in der Zeit des Kommunismus dem Großvater des jetzigen Vermieters, einem Parteifunktionär, zugeteilt wurde, nachdem der Vorbesitzer enteignet worden war. Es musste jemand von der Familie Noli überlebt haben, denn eine Familie Noli aus Brindisi klagte auf Rückgabe der *Vila e këpucarit* und Anerkennung ihres Eigentums.

Als Ismail Lani also ein Kaufangebot machte, stellte er fest, dass bei Gericht ein Verfahren anhängig war, wem die Villa offiziell und beglaubigt gehörte, und dass dieses Verfahren noch nicht entschieden war. Die Familie Noli kam mit einer Vielzahl von Geschichten, die belegten, wie bedeutsam die Villa familiengeschichtlich war und dass sie nie verkauft, sondern enteignet worden war. Der Vermieter, der Mann, der seit Jahren den Fruchtgenuss hatte, konnte nur dagegenhalten, dass seine Familie das Eigentum an der Villa nach mehr als einem halben Jahrhundert »ersessen« hatte, während die Familie Noli durch die seinerzeitige Republikflucht den Anspruch auf Eigentum und Fruchtgenuss in der Republik Albanien aufgegeben habe.

Zunächst hatten diese Geschichten Ismail Lani interessiert, ja fasziniert, wenngleich ärgerlich war, dass sein Angebot, das Haus zu kaufen, dadurch blockiert wurde. Aber bald war er nur noch gelangweilt, von Vertagung zu Fristerstreckung zu Vertagung zu Einsprüchen und immer so weiter, dann wurde der Richter im Zuge der Justizreform wegen erwiesener Korruption entlassen, ein neuer Richter musste sich erst einarbeiten, ja es interessierte Ismail nicht mehr, zumal er begriffen hatte: Egal wer diesen Prozess am Ende gewinnen würde, er würde die Villa nicht an ihn verkaufen, sondern an einen der Bauspekulanten, die hier Schlange standen. Sie kauften nicht die Villen, es ging ihnen um das Grundstück, für das sie ein Vielfaches des Hauswerts bezahlten, sie wollten die kleinen Häuser abreißen und Hochhäuser, Apartment- und Bürogebäude hier hochziehen. So wie nebenan und gegenüber oder hinten in der Parallelstraße, überall schossen die Häuser in die Höhe, setzten seinen Garten nach und nach in ewigen Schatten, bald wird den Trauben die Sonne fehlen, um zu reifen, bis früher oder später aus diesem Schatten auch ein Neubau zum Licht drängen wird, so hoch hinauf wie möglich. In den Garten, der für Passanten nicht einsehbar war, blickten nun Bauarbeiter von ihren Gerüsten hinab, sie blickten auf ein Haus, das sich in dieser Nachbarschaft nicht nur zu ducken schien, sondern bereits langsam verfiel, weil Ismail unter diesen Voraussetzungen natürlich nichts in Sanierung und Instandhaltung investieren wollte.

Er saß unter dem Nussbaum, trank noch einen Kaffee, bevor er aufbrechen musste. Er sah sich um, sah das Haus und den Garten in ihrer wilden Schönheit, in ihrem frechen Menschenmaß, mit ihrer Botschaft: Glaubt nicht den gierigen Hochhäusern, den Hochstaplern, ihren Versprechen auf Glück und eine gute Aussicht.

Er hatte, als er sich politisch zu engagieren begann, eine Idee gehabt – und mit der Zeit gelernt, dass sie wahrscheinlich auf ewig nichts anderes bleiben würde als bloß eine Idee – unübersetzbar in fast alle Sprachen und Kulturen.

Er hatte, um sich auf seinen Job als Regierungssprecher vorzubereiten, konkret um auch ausländischen Journalisten Auskunft geben zu können, Sprachkurse besucht. Um sein Italienisch und Englisch zu perfektionieren, aber besonders wichtig, dachte er, wäre es, Deutsch zu lernen. Deutschland

war das Sehnsuchtsland so vieler Albaner und Albanien, wie er dann lernte, ein Sehnsuchtsland der deutschen Industrie, wegen der Kupfer- und Chromvorkommen. Und in Hinblick auf Beitrittsverhandlungen mit der EU war Deutschland, zusammen mit Österreich, ein gewichtiger Befürworter. Er belegte einen Kurs im Institut Lenz. Da lernte er, dass es aussichtslos war. In einer Konversationsstunde verwendete Professor Lenz einmal das Wort »menschengerecht«. Was bedeutet dieses Wort? *Si thuhet*, wie sagt man? Was bedeutet »menschengerechtes Leben«, wie sagt man auf Albanisch? Die Übersetzung war *sipas popullit,* »dem Volk entsprechend«. Ismael hatte bei Lenz fleißig weiter gelernt und auch begriffen: Die Vokabel »menschengerecht« drückte seine Sehnsucht aus, aber »sipas popullit« war doch etwas ganz anderes, wobei »sipas popullit« allerdings der politische Anspruch in halb Europa war, dafür gab es Übersetzungen, für »menschengerecht« aber nicht unbedingt.
Ismail trank den Kaffee aus, schaute ins Leere. Ja, ins Leere, da war nichts mehr als eine Ruine und Mist, eine Brache der Geschichte, Verfall, Hässlichkeit, wie die Spuren eines harten Radiergummis auf einem dünnen Blatt Papier, das nun durchgerieben, durchgerissen, beschädigt, zerknüllt war.
Er seufzte, stand auf. Er musste ein Taxi rufen, um zur Kundgebung zu fahren.

Rruga Çamëria, zur Zentrale der Sozialistischen Partei bitte.
Der Taxilenker nickte und fuhr schweigend los.
Ein maulfauler Mann? Das war Ismail Lani gar nicht recht. Dann wäre diese Taxifahrt rausgeschmissenes Geld!
Normalerweise ging er zu Fuß. Von seinem Haus bis ins Zentrum, zum Skanderbeg-Platz, zur Parteizentrale oder ein paar Schritte weiter zur Staatskanzlei, brauchte er zwischen 30 und 35 Minuten, eine ideale Distanz, um auf dem Weg zur Arbeit

seine Gedanken zu ordnen, sich auf den Tag einzustimmen oder auf dem Heimweg den Tag zurückzulassen. Aber an manchen Tagen, so wie diesem, wenn es eine Kundgebung der Partei gab, oder einen Parteitag oder eine große Wahlveranstaltung, dann nahm er ein Taxi, nicht weil er zu faul war zu gehen, sondern weil er Volkes Stimme hören, einen Eindruck bekommen wollte, wie die Stimmung war, bevor er Teil der gut organisierten Jubelmasse wurde, die dem Chef huldigte. Ein Taxilenker ist ein Sample von tausend Stimmen, davon war Ismail überzeugt. Er hatte den Verdacht, dass zumindest manche Meinungsforscher auch nichts anderes machten, als Taxi zu fahren und eine gewisse Schwankungsbreite gemäß der Zahlung des Auftraggebers zu interpretieren. Er konnte sich gut an Taxifahrten erinnern, wenige Wochen vor der Parlamentswahl, als der Chef zum ersten Mal als Spitzenkandidat der Partei angetreten war. Die Euphorie der Fahrer, die Hoffnungen, die sie in den Chef setzten, es war so eindeutig, sie würden die Wahl gewinnen, trotz der Versuche der Demokraten, Stimmen zu kaufen, das wurde bekannt, die Taxifahrer lachten darüber, sie sagten: wie dumm, wie lächerlich, die Demokraten kaufen Stimmen ausgerechnet im Norden, wo sie bei den konservativen Bergmenschen ohnehin ihre Hausmacht haben, sie lachten und sagten: Wenn sie sogar im Norden Stimmen kaufen müssen, dann heißt das, dass sie verloren haben! Und so ist es auch gewesen, und der Chef hatte dann ganz richtig reagiert, als er sagte: Ja, wir haben Beweise, dass die Demokraten Stimmen gekauft haben, aber: Warum soll ich eine Wahl anfechten, die ich gewonnen habe?

Drehte die Stimmung? Wieso sagte der Taxilenker nichts? Er hatte sich doch denken müssen, als Ismail das Fahrziel genannt hatte, dass er zur Kundgebung der Sozialistischen Partei wollte. Normalerweise fingen Taxilenker dann sofort zu politisieren an: Aha, zu der Kundgebung fahren wir, ich werde Ihnen sagen, was ich von den Sozialisten halte! Wird auch der Ministerpräsident dort reden? Ja? Ich habe ihn unlängst im Fernsehen gesehen, und da habe ich mir gedacht, dass –

Aber er sagte nichts. Er schwieg und fuhr.

Ich fahre zu der Kundgebung, sagte Ismail Lani schließlich. Haben Sie davon gehört, ja? Ich will das einmal erleben, wie er so ist, der Zoti Kryeministër, was halten Sie von ihm? Es heißt, er wird etwas Neues verkünden, was Europa betrifft, also unseren Beitritt zur Europäischen Union, ich meine, dass wir doch bald Mitglied werden, darauf hoffen wir doch, oder?

Ich nicht.

Sie nicht? Habe ich Sie richtig verstanden? Sie wollen nicht, dass wir –

Nein. Ich bin ja nicht verrückt.

Natürlich nicht, ich habe ja auch meine Zweifel, beeilte sich Ismail Lani zu sagen, natürlich, es wäre –

Ismail suchte ein Wort, ein Reizwort, dass den Fahrer endlich zum Reden bringen würde, ein Wort, das zustimmend war, ihn zugleich herausforderte, und das doch alles offenließ, das war ja sein Job als Regierungssprecher, Worte zu finden, die die Situation beschönigten und zugleich die Kritik an der Situation zu verstehen schienen, beziehungsweise der Kritik zum Schein zuzustimmen, um sie dann schönzureden. Es wäre, sagte er also, eine Herausforderung –

Der Fahrer blickte grimmig. Ismail Lani sah dessen Augen im Rückspiegel, während der Fahrer im Rückspiegel seinen Fahrgast musterte.

Eine Herausforderung, sagte Ismail Lani, vielleicht eine zu große, eine Gefahr … sehen Sie da auch … eine Gefahr … natürlich … gibt es da Probleme … sehen Sie das auch so?

Der Fahrer trug eine amerikanische Baseballkappe, er schob sie nach hinten, wischte sich mit dem Handrücken den Schweiß von der Stirn, oder wollte er seine Gedanken wegwischen? Dann zog er den Schirm der Kappe wieder nach vorn.

Gefahr, sagte er, wenn es nur das wäre. Wir sitzen doch schon längst in der Falle.

Ja, dachte Ismail, er beginnt zu reden.

Sie sagen, fuhr der Taxifahrer fort, Sie wollen unseren Regierungschef sehen. Unseren? Regierungschef? Ich sage Ihnen, wir haben keinen Regierungschef. Wir haben einen Statthalter Brüssels.

Ja natürlich, sagte Ismail, und –

Nein, das ist nicht natürlich, sagte der Taxifahrer, ganz und gar nicht. Wenn wir einen Regierungschef hätten, würde er regieren und nicht Befehle aus Brüssel umsetzen. Zum Beispiel die Justizreform. Sie wissen doch, die Justizreform!?

Ja, ja, was ist da das Problem?

Das Problem? Was da das Problem ist? Wir sind kein souveräner Staat mehr, verstehen Sie, wenn eine Macht von außen uns Gesetze diktiert, uns zwingt, Richter zu entlassen, uns sagt, was richtig ist und was falsch, was Recht ist und was Unrecht, das ist das Problem, mein Herr.

Aber sind Sie nicht auch dafür, dass Schluss gemacht wird mit der Korruption?

Im Rückspiegel ein wütender Blick zurück zu seinem Fahrgast. War Ismail zu weit gegangen?

Ja, sicher, Schluss mit der Korruption, aber warum können die in Brüssel bei uns bestimmen, was Korruption ist? Warum können wir nicht selbst bestimmen, wie wir unsere Justiz haben wollen? In Amerika werden die Sheriffs gewählt. In China werden die Richter vom Volk ernannt. Bei uns gab es Bajraktare, die Recht gesprochen haben, seit mehr als einem halben Jahrtausend. Ich weiß nicht, ob es damals überhaupt schon ein Haus in Brüssel gegeben hat. Vielleicht einen Bauern, der hat auf sein Feld gepinkelt, der hat angeblich heute dort ein Denkmal. Aber jetzt soll bei uns das Recht von Brüssel gelten. Ich sage Ihnen was. Mein Schwager hatte ein Problem. Das war so ein Ding, Größenordnung 30 000 Lek, Sie verstehen? Also mit 30 000 Lek wäre die Angelegenheit entschieden gewesen. Aber plötzlich war der Richter weg. Entlassen. Angeblich weil er ein Haus und ein Auto hatte, was er sich mit seinem Gehalt nicht hätte leisten können. Also war klar, er musste korrupt sein. Und Brüssel sagte: weg mit ihm! Ein großes Auto, ich bitte Sie! Würden Sie nicht auch versuchen, aus Ihrer Situation das Beste zu machen, aus Ihren Möglichkeiten? Eine zwölfköpfige Familie. Ist das keine Verantwortung? Braucht er da kein Haus? Bei einem Gehalt von 100 000 soll er sagen, was recht ist, aber ein Haus für seine Familie soll nicht recht sein? Jedenfalls, dann war lange nichts. Dann kam ein neuer Richter, so ausgebildet, wie die in Brüssel es wollen. In einem Schnellkurs in Durrës. Wissen Sie, wie diese neuen Richter genannt werden? Nein? Strandrichter. Sie verhängen Strandrecht. Verstehen Sie? Weil sie ihre Ausbildung am Strand von Durrës – egal, jedenfalls, mein Schwager musste jetzt zwar nichts bezahlen, aber was der neue Richter entschieden hat, wurde wieder aufgehoben, wegen formaler Fehler, haben Sie so was schon gehört? Wann gab es früher formale Fehler? Was soll das sein, ein formaler Fehler? Wenn die Form falsch ist, nehme ich an. Aber was ist das für eine Form? Sie kommt aus Brüssel. Also liegt Brüssel falsch. Aber trotzdem bestimmen sie über uns. Nein, mein Herr, das ist nicht recht, wir sind kein souveräner Staat mehr. Wir sind eine Kolonie. Wer die Weltherrschaft will, der hat doch kein Interesse daran, dass wir selbst entscheiden, wie wir leben wollen, und dass wir selbst unsere Gesetze machen.

Ich bin kein Professor, mein Herr, aber ich bin nicht blöd, ich habe meine Informationen.
Die EU will die Weltherrschaft?
Ach hören Sie auf mit der EU. Die ist ja selbst am Gängelband. Ich sagte Weltherrschaft! Da geht es zunächst darum, jeden Kontinent zu vereinen und zu unterwerfen. Die USA mit Kanada und Mexiko, die Union der südamerikanischen Nationen, die Union der afrikanischen Staaten, schon gehört? Ja, das gibt es auch schon, eine Union der afrikanischen Staaten, die europäische Union und so weiter. Worauf läuft das hinaus? Na? Ich bin ja nicht blöd. Warum, glauben Sie, war unser Ministerpräsident beim letzten Hochzeitsfest von diesem Soros eingeladen? Warum wohl? Weil Soros hofft, dass er ein Bild von unserem Ministerpräsidenten als Hochzeitsgeschenk bekommt? Im Ernst? Nein, ich sage Ihnen was. Soros und Bill Gates brauchen überall Statthalter, die Europäische Kommission zum Beispiel, aber wir sind nicht bei der EU, also brauchen sie bei uns einen Mann wie den Ministerpräsidenten, dem er schmeichelt und den er einkauft und der dann die Weisungen von der Europäischen Kommission umsetzt, obwohl wir nicht bei der EU sind, und so die ganze Vorarbeit macht, bis wir nur noch Sklaven sind und –
Bill Gates auch?
Natürlich. Das sind die Welteliten. Wo leben Sie denn? Nie gehört? Lesen Sie nicht *AlbDreamNews*? Finden Sie im Netz. Die decken das alles auf. Zum Glück gibt es noch Menschen, die das alles aufdecken. Aber ich bin pessimistisch, das Volk schläft. Und wenn es aufwacht, gibt es kein Leben mehr, das uns entspricht.

Ismail bereute, dass er den Taxilenker dazu gebracht hatte, zu reden. Dieser Mann war ein Wähler. Wer Politik gegen solche Menschen macht, wird bei Wahlen bestraft, aber es ist erst recht ein Verhängnis, Politik zu machen, die solche Wähler befriedigt. Er hatte Kopfschmerzen, er hatte Blähungen. Er wollte nur noch ankommen, aber sie standen im Stau. Sie standen. Nein, er wollte auch nicht mehr ankommen. Er wollte nur noch aussteigen.

Bill Gates hat sich jetzt scheiden lassen, sagte der Taxifahrer. Hat mich ohnehin gewundert, dass die Ehe so lang gehalten hat. Aber jetzt ist es amtlich. Jetzt kommt es raus!
Was kommt raus?
Na dass Bill Gates die Familien abschaffen will, er will die Familien zerstören.
Warum?
Warum, warum. Weil sie die Keimzellen des Staats sind. Und er will keine Staaten, schon gar nicht einen Staat wie unseren, wo Familien die Grundlage sind. Sie müssen *AlbDream* lesen. Er will eine Welt ohne Familien, ohne Staaten, ohne Grenzen, unter seinem Gesetz.
Aber haben Sie nicht gesagt, dass Soros geheiratet hat? Er will doch auch die Weltherrschaft und trotzdem eine Familie?
Diese alten Millionäre heiraten doch ununterbrochen irgendeine dreißig oder vierzig Jahre Jüngere. Das hat mit Familie nichts zu tun. Das ist ja auch nur eine Machtdemonstration.

Der Wagen schob sich zehn Meter weiter und stand wieder.

Meine Hoffnung sind die Franzosen, sagte der Taxifahrer, sie haben schon die europäische Verfassung abgelehnt, sie haben ein Veto gegen unseren Beitritt gemacht, das ist eben noch eine Nation. Und die Engländer. Die sind draußen. Kein Wunder, die haben mit Soros ja ihre Erfahrungen gemacht.

Ismail Lani warf zweitausend Lek auf den Beifahrersitz und stieg aus. In einem ersten Impuls wollte er wieder nach Hause gehen. Da sah er, dass er vor einem Lokal stand: Havanna Bar. Er beschloss, erst einmal etwas zu trinken und durchzuatmen. Er setzte sich an einen Tisch vor dem Lokal, nahm die Karte, las die Liste der Cocktails. Ein Kellner kam.
Was ist ein Albania Libre?
Cola mit Raki, sagte der Kellner.
Die Welt ist verrückt, dachte Ismail.

Ismail Lani kam schwitzend am Skanderbeg-Platz an, es war unerträglich heiß, untypisch heiß für die Jahreszeit. Tausende Menschen warteten bereits hinter dem Skanderbeg-Denkmal. Warum hinter dem Denkmal? Die Statue stand auf einem Sockel aus großen Steinblöcken aus den nordalbanischen Alpen, vom Bezirk Kruja, wo das Fürstengeschlecht der Kastriotis ihre Stammburg hatte. An der Vorderseite des Denkmals und an den Seiten waren die Blöcke perfekt bündig aufeinandergelegt, an der Rückseite aber lief der Sockel stufenförmig aus. Hier konnte ein Redner auf die untere Blockreihe, die das Fundament bildete, relativ leicht hochklettern, mit einigem Geschick auch auf die zurückversetzte nächste Blockreihe, und stand auf diese Weise erhöht und weithin sichtbar vor dem Publikum. Erhöht auch in einem symbolischen Sinn, als Teil dieses so symbolträchtigen Denkmals, und dramatischer, als es auf einer simplen Rednertribüne gewirkt hätte.
Trotz des Gewimmels erblickte Ismail sofort Gino Trashi, der um Haupteslänge aus der Menge herausragte. Der Trashi-Kopf schwamm auf den Wogen der Menge mal dahin, mal dorthin, Ismail sah, wie er einmal seitlich vom Denkmal auftauchte, dann sich hineinbewegte in die Mitte der Versammlung, sich vorkämpfte, fast bis zum Fuß des Denkmals, dann

wieder zurück, um etwas Abstand zu gewinnen. Dabei bildete Trashi immer wieder mit den Daumen und Zeigefingern einen Rahmen, den er sich vor die Augen hielt, er prüfte Bildausschnitte.
Jetzt sah Ismail auch Ylbere, die ganz vorne seitlich vom Sockel des Denkmals stand und ein Mikrophon in die Luft hielt, sie nahm bereits das Rauschen der Menge auf, das Schnattern, das Singen, die vereinzelten Rufe nach dem Ministerpräsidenten. Er sah Männer, die Fernsehkameras in Anschlag hielten, er sah da und dort Menschen, die Fahnen schwenkten, die blutrote Flagge mit dem zweiköpfigen Adler.
Ismail Lani sah auf die Uhr. Es war bereits zwanzig Minuten nach dem angekündigten Beginn. Dann sah er wieder auf – wo war Ylbere jetzt? Wo war sie?
Dort!
Nun konzentrierte er sich darauf, sie nicht aus den Augen zu verlieren, er musste mit ihr reden, nach der Kundgebung.
Da ging ein Raunen durch die Menge.

Die Kundgebung war Fate Vasas Idee gewesen. Ihm war klar, dass die Geschichte mit Skanderbegs Helm weitergehen musste. Sie waren bereits so weit gegangen, dass es kein Zurück mehr gab. Sie sind der Falle entgangen, als Auftraggeber eines Diebstahls oder als Fälscher dazustehen. Nun musste er in die Offensive gehen. Wenn er sich den Helm jetzt auch nicht mehr aufsetzen, sich nicht buchstäblich mit dem Helm krönen konnte, so musste der Helm doch gleichsam über seinem Haupt schweben, immer wenn sein Name genannt wird, sein Bild in den Medien erscheint. Man musste erreichen, dass bei dem Helm sofort an ihn gedacht wird und bei ihm an den Helm. Der Helm musste sein Markenzeichen, die symbolische Bedeutung des Helms musste mit ihm assoziiert werden.

Musste, musste, musste. Aber der Chef zierte sich. Wollte nicht. War skeptisch. Er hatte das Gefühl, gerade noch einer Peinlichkeit entgangen zu sein, und wollte an dieser Helmgeschichte nicht mehr anstreifen.

…, hat er gesagt, aber in Fates Ohren schrillten Signaltöne, Folgetonhörner, Hupen, er presste die Handflächen an die Ohren, drückte die Augen zusammen, so fest, dass seine Gesichtsmuskulatur schmerzte –

Du willst es nicht hören, aber – hatte der Chef gesagt, und Fate riss die Augen auf, nahm die Hände von den Ohren, breitete die Arme aus und sagte: Siegreich das Schwert, das von Hand zu Hand geht! Wenn einer fällt, nimmt die nächste Hand es auf, doch niemals fällt der Fürst, niemals stirbt die Idee.

Der Chef hatte Fate fassungslos angesehen, worauf Ismail den Kopf schüttelte und, ohne seine Verachtung zu verbergen, sagte: Ich glaube, Fate hat die revolutionäre Idee, dass der Chef delegieren soll. Allerdings: Was?

Fates große dunkle Augen in seinem großen Kopf, seine flink durch die Luft tanzenden kleinen Finger, wie ein Gnom, der zauberte. Was wird unter diesen Fingern plötzlich erscheinen?

Wir wollen den Helm zu seinem – er deutete auf den Chef – Markenzeichen machen, so Fate, aus der symbolischen Bedeutung des Helms seine politische Stärke –

Sagst du!

Und da muss doch klar sein, setzte Fate unbeirrt fort, dass er dieses Markenzeichen nicht selbst durchsetzen muss, er muss ihm nur entsprechen. Durchsetzen müssen es andere, die Mitstreiter, die Minister der Regierung, die Abgeordneten unserer Partei, unsere Medien. Die schicken wir hinaus aufs Feld, einen nach dem anderen, und jeder setzt dir symbolisch den Helm auf! Du, sagte er zum Chef, musst gar nichts machen,

das ist die Aufgabe der Mannschaft. Aber halte den Kopf, als trügest du den Helm.
Da war der Chef neugierig geworden. Dem konnte er etwas abgewinnen. Und bald war der Plan gefasst, im Detail diskutiert, die Kundgebung beschlossen. Als Eröffnungsveranstaltung der Kampagne »Zoti Kryeministër Skanderbeg«. Start mit einer Ministerin und einem Minister. Fate schrieb für sie die Reden, die den ZK symbolisch gehörig überhöhten, aber mit einer verblüffenden realpolitischen Pointe. Und die hatte es in sich.
Das war die Ankündigung: »Europa-Politik neu!«

Mittlerweile hatte die Staatsministerin Elena Kapo über eine kleine Leiter die untere Reihe des Denkmalsockels erklommen. Sie breitete ihre Arme aus und rief: Bürger! Brüder und Schwestern!
Das Raunen verebbte nicht.
Wer ist das? Kannst du sehen, wer das ist? Das ist Elena. Die Ministerin. Was hat sie gesagt? Ist das Elena? Ja, das ist Elena Kapo. Warum spricht sie? Ich dachte – War nicht angekündigt, dass er sprechen wird? Der Ministerpräsident? Ja, der Ministerpräsident. Ich höre sie nicht. Jetzt! Ja jetzt!

Jemand hatte ihr ein Mikrophon hinaufgereicht. Brüder und Schwestern, schallte es über den Platz. Es war nicht nur das Mikrophon. Niemand hätte für möglich gehalten, dass diese feine, elegante Frau im Dior-Kostüm, die wie eine Industriellengattin wirkte, oder wie eine Diplomatin, oder eine Millionenerbin, oder was auch immer, jedenfalls nicht wie eine Volkstribunin, niemand hätte sich vorstellen können, dass sie so brüllen konnte, schreien, kreischen, mit ihren hochhackigen Pumps so hin und her springen, noch dazu auf diesen groben Steinquadern des Denkmalfundaments, in der Linken hielt sie das Mikro, den rechten Arm riss sie immer wieder hoch, wenn sie Beifall einforderte, zustimmenden Jubel, sie stellte rhetorische Fragen, sie stellte sie nicht, sie schrie sie, mit sich überschlagender Stimme, gab das Zeichen, und die Masse gab brüllend im Chor die Antwort.

Gino Trashi kannte sie natürlich von anderen Gelegenheiten, Pressekonferenzen, Empfängen und Interviewterminen, bei denen er als Fotograf eingesetzt worden war. Für ihn war immer klar gewesen, dass diese Ministerin eine eiskalte, beinharte Frau war, eine überaus höfliche Zynikerin mit mörderischem Charme. Eine Frau, die durchaus Männer einwickeln konnte, aber die Massen mobilisieren? Das Theater, das sie hier veranstaltete, verblüffte ihn. Und es stieß ihn ab. Steckte das, was sie hier zeigte, tatsächlich auch in ihr drinnen? Oder unterwarf sie sich übermotiviert einer Parteiräson?

Ismail Lani war nicht überrascht, er wusste ja, was geplant war. Überrascht war er höchstens davon, wie »gut« Elena das machte. Er sah, wie der lange Gino Trashi sich nun durch die Menge kämpfte, um näher an das Denkmal heranzukommen, dann doch wieder ein Stück zurückwich, er hob seine Kamera hoch, aber Ismail hatte nicht den Eindruck, dass Trashi fotografierte, er suchte noch.

Die Ministerin hatte aufgezählt, welche Leistungen der Ministerpräsident für alle Albaner bisher erbracht hatte, bei jedem Punkt zu Beifall aufgefordert und ihn erhalten, das steigerte sich, sie sprach den Stolz Albaniens an, das Selbstbewusstsein, das niemand brechen könne, die einzigartige Gastfreundschaft der Albaner, die in der Geschichte gezeigt hätten, dass sie keinen Dünkel kennen gegenüber Fremden, anderen Völkern und Kulturen, die Weltoffenheit sei albanisch, aber diese Offenheit dürfe nicht als ein offenes Tor für jene verstanden werden, die kommen wollen, um die Albaner zu unterdrücken, ihre Kultur zu zerstören, ihr Selbstbewusstsein zu brechen.

Blabla, dachte Ismail. Aber es wirkte, und es bereitete die neue Linie vor, die anschließend Staatsminister Sokol Broja verkünden sollte. Und jetzt kam der entscheidende Moment im Drehbuch, das Fate geschrieben hatte:

Wir stehen hier am Denkmal unseres Nationalhelden Skanderbeg. Wir stehen nicht zufällig hier.
Elena wirkte jetzt geradezu hysterisch. Sie schrie:
Und wer ist der neue Skanderbeg? Ich frage euch: Wer ist der neue Skanderbeg? Ist es unser Ministerpräsident?
Sie warf den rechten Arm nach vorn und die Menge antwortete: Ja!
Ich kann euch nicht hören! Lauter! Wer ist der neue Skanderbeg?
Die Masse antwortete mit dem Namen des Ministerpräsidenten.
Noch einmal schrie Elena: Wer ist der neue Skanderbeg?
Ich höre euch nicht! Wer ist der neue Skanderbeg!
Sie rief langgezogen den Vornamen des ZK, und die Menge brüllte den Nachnamen.

Sie stand da und lächelte. Mit einer ausholenden, schwungvollen Bewegung, so wie man eine Sense schwingt, führte sie das Mikrophon nach vorne, hielt es den Menschen entgegen und forderte noch einmal die Antwort: Wer ist der neue Skanderbeg?
So lächelt der Tod, dachte Ismail. Wo war Trashi? Ismail fand ihn jetzt nicht in der Menge, auch Ylbere sah er nicht mehr.

Elena stieg mit großer Eleganz die Leiter hinunter, sie kletterte nicht, sie stieg hinunter, als wäre die Leiter eine Treppe, die hochgestreckte helfende Hand eines Ordners nahm sie wie eine Dame, die gnädig der Einladung eines Herrn zum Tanze folgte. Nun kam Außenminister Sokol. Er schaffte es recht behände einen Steinblock höher, da stand er buchstäblich überhöht, so knapp unter Skanderbeg auf seinem Pferd, aber, fand Ismail, nicht beeindruckend, nicht auratisch, da oben unter der riesigen Statue wirkte er klein, aber er war ja nicht der Held, sondern bloß dessen Herold. Nach Fates Drehbuch hatte er jetzt der aufgeheizten Masse die Hardcore-Neuigkeiten zu verkünden und ihren zustimmenden Jubel einzuholen.
Was Ismail jetzt natürlich noch nicht wissen konnte: Es sollte funktionieren. Am nächsten Tag berichteten alle großen europäischen Zeitungen, was der Außenminister hier verkündete, und am Tag darauf auch die *New York Times*. In den folgenden drei Tagen erhielt die Staatskanzlei über siebzig Anfragen wegen eines Interviews mit dem Chef.

Skanderbeg hatte die Albaner geeint, rief der Minister. Und was macht der neue Skanderbeg, Kryeministri ynë?
Dann sagte er es. Unter dem zunehmden Jubel der, wie es Ismail schien, noch weiter angewachsenen Menschenmenge. Ismail stand seitlich auf einer Bank aus Beton, blickte über den Platz, beobachtete und musste sich eingestehen, dass Fate Vasa, der große Kopf hinter diesem Spektakel, tatsächlich etwas Genialisches hatte, es war abstoßend, es war politisch gefährlich, es war zynisch, es war wirksam.
Zoti Kryeministër, sagte der Minister, hat vorgeschlagen, und er sei bereits in entsprechenden Verhandlungen, dass Albanien und der Kosovo, wo ja mehrheitlich Albaner lebten, einen gemeinsamen Präsidenten wählen sollten. Das Ziel sei:

Alle Albaner – eine Stimme! Das ist seine Idee, sein Kampf. Endlich trägt wieder ein Albaner Skanderbegs Helm!
Wir wollen keinen gemeinsamen Staat! Aber wir sagen: Die Grenzen müssen fallen. Es darf keine Grenzen zwischen Familien geben! Darum gehen wir noch weiter: Zoti Kryeministër arbeitet an einer Union der Balkanstaaten. Die EU zögert? Die EU hält uns hin? Wir machen unser eigenes Schengen. Ein Balkan-Schengen. Wir wollen nicht nur die Grenzen öffnen, wir wollen einen gemeinsamen Wirtschaftsraum, einen freien Verkehr von Personen, Waren, Dienstleistungen und Kapital. Die EU hat große Probleme, ist nur mit sich beschäftigt, inzwischen gehen wir voran, das ist der Plan von Kryeministri ynë. Unsere Brüder und Schwestern in Montenegro, im Kosovo, in Bosnien-Herzogowina, in Mazedonien, alle unter einem Dach, auf einem gemeinsamen festen Fundament, das ist der Plan von Kryeministri ynë, von unserem Premierminister.
Jubel.
Die EU ist unschlüssig, ob sie uns aufnehmen soll? Vielleicht werden bald wir prüfen müssen, ob wir die EU in unsere Union aufnehmen wollen!
Jubel.

Der Außenminister war selbst davon beeindruckt, wie erfolgreich er mit der Rolle war, die ihm Fates Drehbuch zugeschrieben hatte. Er quoll regelrecht auf in seinem grauen Anzug, plusternd, er lockerte seine Krawatte und rief:
Endlich trägt wieder ein großer Albaner Skanderbegs Helm!
Unser Premierminister! Er trägt Skanderbegs Helm!

Das war die Sprachregelung. Das wurde hier eingeübt. Ismail beobachtete mit Erstaunen, dass es zu funktionieren schien. Die Massen hier sahen den Chef vor ihrem geistigen Auge gekrönt mit dem Helm. Der fiktive Helm funktionierte. Der reale wäre lächerlich gewesen.

Alles bestens, würde Fate also sagen. War er hier? Er musste doch hier sein, sein Werk kontrollieren, aber Ismail sah ihn nicht. Und Ylbere, wo war Ylbere? Er fand sie nicht mehr in der wogenden Masse. Und Trashi?

Gino Trashi war auf dem Weg zurück in die Redaktion. Am nächsten Tag sollten seine Fotos in der *Shqip* erscheinen.

Es ist alles perfekt gelaufen, hatte Fate gedacht. Darauf konnte man nun aufbauen. Es musste klar sein, dass sich alle in der Partei nun an diese Sprachregelung halten mussten, der ZK als neuer Skanderbeg, sein Markenzeichen ist Skanderbegs Helm, der ihn nun gleichsam ideell krönt. Das musste natürlich koordiniert und kontrolliert werden. Am besten von einem Team in der Parteizentrale, PR-Profis, die dieses Bild des ZK mit allen Möglichkeiten der modernen Kommunikationsmittel in den Medien durchsetzten. Der tröge Ismael, das war Fate klar, packte das nicht mehr, wie er in letzter Zeit immer schaute, unklar, ob traurig oder angewidert oder einfach apathisch. Sie brauchten ein schlagkräftiges junges Team für die *message control,* das wollte Fate dem Chef vorschlagen.

Aber als er am nächsten Tag die Zeitung *Shqip* kaufte, bekam er einen Wutausbruch. Was er da sah, war – pardon: – eine Verarschung seines Plans, buchstäblich. Zwei Fotos von Gino Trashi, die so hinterhältig waren, da musste man den Artikel gar nicht mehr lesen. Die Ministerin und der Minister hatten ja an der Rückseite des Denkmals gesprochen, und Trashi hatte sie so fotografiert, dass der Bildausschnitt ihre Köpfe unter dem großen Hinterteil von Skanderbegs Pferd zeigte.

Es war eine Frage der Perspektive: Es sah so aus, als hätten die Redner das Hinterteil des Pferds auf ihre Köpfe gesetzt. Unter den Fotos stand fettgedruckt:
»Der Arsch von Skanderbegs Pferd ist für die Sozialisten Skanderbegs Helm?«

Sirenen. Fate presste die Hände an seine Ohren. Der Sirenenton hörte nicht auf.
Es war das Telefon.
Das Beste an deiner Idee, sagte der Chef, war, dass ich mich nicht selbst hinstellen sollte.

Der Helm wurde zur Fiktion, in der Realität blieb er verschwunden. Kommissar Franz Starek arbeitete an diesem Fall gemäß Routine. Das heißt, er wartete auf einen Zufall. Inzwischen ärgerte er sich über Schreibtischkram. Jetzt saß er gerade über Fahnen. Er starrte auf die Abbildung des Helms, las die Beschreibung und die polizeilichen Daten (»Entwendet im Kunsthistorischen Museum Wien am …«, »Finderlohn ausgesetzt: Nein«, »Zweckdienliche Hinweise an …«, usw).
Er fragte sich, wer im Kulturgutreferat des Bundeskriminalamts auf diese wahnsinnige Idee gekommen war, einen Katalog mit hundert gestohlenen Kunstwerken aus Österreich zu erstellen. Im Grunde ein Katalog der Hilflosigkeit und des Versagens. Oder war es das Ministerium? Gar der Innenminister höchstselbst? Er war ja bekannt für seine Liebe zu Hochglanzbroschüren. Aber warum sollte er das machen? Er wollte doch nur Erfolge und Leistungen in die Auslage stellen. Nein, das war sicher die Idee eines Wichtigtuers im Bundeskriminalamt, der dem Kunstraubdezernat ans Zeug flicken wollte, weil es jedes Jahr die Aufklärungsrate der Polizei drückte. Ein Katalog, so elegant und professionell, dass er jedem be-

deutenden Auktionshaus Ehre gemacht hätte. Starek konnte sich vorstellen, wie jedem Hehler beim Durchblättern dieses Katalogs gestohlener Kunstwerke und Kulturgüter das Wasser im Munde zusammenlief. Der Helm des Skanderbeg auf einer Doppelseite, aus drei verschiedenen Perspektiven. Was sollte er da kontrollieren? Ob die angegebenen Maße stimmten? Werden schon stimmen. Der Name Skanderbeg war korrekt geschrieben. Er empfand es als Zumutung, die Druckfahnen dieses Katalogs Korrektur lesen zu müssen.
Da kam Huber herein. Er betrat das Zimmer mit einem rosigen Strahlen. Ihm war ein kleiner Fortschritt bei den Ermittlungen geglückt, und er hoffte auf Lob und Anerkennung des Vorgesetzten.
Fritz Hubers Dienstgrad war Oberstleutnant, offiziell abgekürzt Obstlt. Huber wusste nicht, dass Generalmajor Starek ihn hinter seinem Rücken immer den Obstler nannte, aber er wusste doch, dass Starek ihn verachtete. Zumindest konnte er dessen herablassendes Verhalten ihm gegenüber nicht anders interpretieren. Er war sensibel, er konnte nicht leugnen, dass ihm das manchmal weh tat, aber dann dachte er wieder, dass dies bloße Chefallüren waren, die nichts konkret mit ihm zu tun hatten. Starek war ein alter Mann, am Ende seiner Karriereleiter angekommen, desillusioniert und, wie Huber gehört hatte, auch privat unglücklich. Aber er hatte einige große Erfolge vorzuweisen, das Rubens-Bild zum Beispiel, das war seinerzeit nicht nur Zufall, das war legendär, wie Starek das ausgeforscht hatte. Ja, Starek mochte ihn verachten oder, besser gesagt, seine Fähigkeiten noch nicht richtig wahrgenommen haben, aber Huber setzte alles, was er über ihn wusste, wie ein Profiler zusammen – und hatte Verständnis. Er war zudem der Typ, der den Korpsgeist schätzte, schon deshalb wollte er da keine Konflikte austragen. Und überhaupt hatte er seit kurzem Hoffnung auf eine Verbesserung

ihres Verhältnisses: Seit sie, zu seiner hellen Überraschung, miteinander Schnaps getrunken hatten, damals, bevor sie ins Kunsthistorische Museum gefahren waren. Es war ihm zwar rätselhaft, woher Starek wusste, dass er eine Flasche Zwetschgenschnaps in seinem Schreibtisch hatte, aber es hatte ihn berührt, wie sie sich angeschaut und den Schnaps gekippt hatten. Und wie das grimmige Gesicht Stareks dann etwas entspannter wurde.
Ich habe sie gefunden, platzte er heraus.
Starek sah auf, sagte: Was?
Die Fahne.
Was für eine Fahne?
Na, die Fahne, diese Standarte der SS Skanderbeg.

Starek sah Huber an und nickte. Wo? Wer hat sie?
Sie befindet sich in Moskau, sagte Huber. Im Zentralmuseum der russischen Streitkräfte, ehemals das Museum der Roten Armee und Flotte. Sie war eine der zweihundert ausgewählten deutschen Truppenfahnen, von Wehrmacht, Waffen-SS, Hitlerjugend und anderen NS-Gliederungen, die bei der Siegesparade auf dem Roten Platz im Juni 1945 mitgeführt und buchstäblich in den Staub geworfen wurden. Die meisten sind heute in der Fahnenhalle des Zentralmuseums ausgestellt, die bedeutendsten, allen voran die Fahne der Leibstandarte SS Adolf Hitler. Die Truppenfahne der SS-Division Skanderbeg ist nicht ausgestellt, aber sie hat eine Inventarnummer. Hier:
Huber legte Starek ein Blatt hin, den Ausdruck einer E-Mail.
An der Stelle, wo die deutschen Truppenfahnen im Staub gelegen sind, wurde der Rote Platz nach der Parade demonstrativ desinfiziert! Eine berühmte Geschichte, da gibt es viel Material darüber, natürlich auch Bildmaterial. Was meinst du, wie gehen wir da jetzt weiter vor?

Gar nicht, sagte Starek. Er zuckte mit den Achseln. Ich glaube nicht, dass ein albanischer Faschist, der vielleicht den Helm in Wien gestohlen hat, jetzt auch die Standarte aus dem Moskauer Museum stehlen wird. Und ich glaube auch nicht, dass russische Agenten den Helm in Wien gestohlen haben, damit sie ihn in Moskau im Museumsdepot neben die Standarte legen können. Nein, es gibt offenbar doch keinen Zusammenhang zwischen dem Helm und der Standarte.
Er lehnte sich zurück. Wir sind, sagte er, auf der Stelle tretend einen Schritt weiter.
Er zögerte kurz, dann sagte er: Gute Arbeit, Fritz!

Dorota fragte sich, ob Adam durch seine Jahre im Priesterseminar, gleichsam Jahre im Untergrund, einen seelischen oder charakterlichen Schaden genommen hatte, der sich erst jetzt, in zunehmendem Alter, deutlich zeigte. Sie schämte sich für diesen Gedanken, aber sie versuchte eben, sich sein Verhalten in der letzten Zeit zu erklären. Er hatte immer schon gewisse Eigenheiten gehabt, nichts Dramatisches, wie sie fand, kleine Schrullen, wie sie in irgendeiner Art und Weise jeder Mensch hat. Mehr noch, für sie waren es lange Zeit Eigenheiten, die diesem robusten Mann erst einen besonderen Charme verliehen. Wie leicht er sentimental werden konnte, oder verträumt, dann wieder so besessen, früher hätte sie gesagt: engagiert, von seiner Arbeit, seinen Ideen. Er konnte so wunderbar zärtlich sein – wann war er es das letzte Mal? –, und dann plötzlich wie weggetreten, dann lag er neben ihr und war gleichzeitig fort, und sie hatte gedacht, dass Glück sich eben auch als Trance zeigte, und sie war glücklich mit seiner Glücksfähigkeit, die ihn forttrug. Heute kam es ihr befremdlich vor, dass sie es als Bestätigung ihrer Liebe gesehen hatte, wenn sie von ihm gar nicht mehr wahrgenommen wurde, weil er mit Milchglasblick woanders war.

Seine Seele ist gebrochen worden, dachte sie, und es musste mit seiner Zeit im Seminar in Polen zu tun haben, die er ja auch immer wieder ansprach, wenn er so krankhaft polnische Innenpolitik kommentierte. Ja, krankhaft, so sah sie das mittlerweile. Offenbar war es so, dass eine Kindheit, wie sie Adam gehabt hatte, weltfremd machte, zugleich aber einen Hang zum Weltschmerz herausbildete. Da leben sie in diesen geschlossenen Anstalten, pubertierende Jugendliche, bekommen nichts von der Außenwelt mit, machen draußen keine Erfahrungen, erträumen sich drinnen eine Welt, die dann, wenn sie herauskommen, nicht so ist, wie sie sie erträumt hatten, und sie ist auch nicht mit der größten Besessenheit so herstellbar, wie sie ihren Träumen entspräche. Da setzt der Schmerz ein. Ein Schmerz, der die Welt umfasst, die ihnen zugleich gar nicht vertraut ist. Und wenn es den Anschein hat, dass sie sich darin bewegen können, eine Zeit lang sogar eine gewisse Karriere machen, dann nur deshalb, weil sie im Internat jede Art von Mimikry gelernt hatten, um zu überleben, aber nach einiger Zeit funktionierte das in der Welt nicht mehr, weil sie dort nach Authentizität suchten, also nach der Möglichkeit, endlich ohne Mimikry zu leben – das nächste groteske Missverständnis. Man kann, dachte Dorota, seine Maske nicht ablegen, ohne eine andere zu haben. Was ist schon das wahre Gesicht? Das Schreckliche, das Rohe oder gar das Nichts, das man sieht, wenn man die Maske lüftet?
Der Schock an diesem Morgen. Begonnen hat es mit einer dringlichen Bitte. Dorota hatte befürchtet, dass sie zu einer Auseinandersetzung führen werde, aber Adam hatte nur still genickt. Ich bitte dich sehr, hatte Dorota gesagt, dass du in der Früh nicht einfach die Terrassentür öffnest und den Hund in den Garten lässt. Gestern ist Romek in den Garten gelaufen, in Hundescheiße getreten, in Hundescheiße gefallen. So geht das nicht. Du musst mit dem Hund auf die Straße hin-

aus. Auch wenn du wenig Zeit hast. Du hast den Hund angeschafft, du musst dich auch um ihn kümmern. Geh mit ihm runter in den Park oder einfach zu einem der Bäume oben in der Charles Degroux, mir egal, nur nie! wieder! in unseren Garten!

Adam ist erschrocken, er hatte das nicht bedacht, es ist einfach bequem gewesen, aber klar, jetzt wo Romek laufen konnte und die Tage überraschenderweise wieder trocken waren, nach dem langen Regen so warm und trocken, dass das Kind natürlich hinauswollte, und die Hundekacke nicht vom Dauerregen weggewaschen wurde, es war der wärmste Spätherbst, seit er sich erinnern konnte, klar, er diskutierte das nicht, er nickte nur. Er rief den Hund, eigentlich die Hündin, Maladusza, die vermaledeite Maladusza, wie Dorota dachte, aber sie sagten immer *er*, ich gehe mit *ihm* in den Park, sagte Adam.

Was ist dann passiert? Es war rätselhaft. Zu sagen, dass sich Dorota danach Sorgen gemacht hatte, wäre untertrieben. Nach etwa einer Dreiviertelstunde kam Adam zurück, irgendwie geistesabwesend, er sagte nur *to ja,* als Dorota, die im Kinderzimmer war und ihn hörte, Adam? rief. Sie kam mit Romek heraus, sah, wie Adam etwas in seine Aktentasche packte und ging, seine hässliche alte Kappe tief in die Stirn gezogen, sie hasste diese polnische Kappe, er sah damit aus wie ein depressiver Werftarbeiter, er nickte ihnen nur zu und ging.

Wie lange hatte es dann gedauert, zehn Minuten? Eine halbe Stunde? Bis Dorota merkte, dass der Hund nicht da war, vermaledeite Maladusza, wo war der Hund? Er war nicht im Haus, er war nicht im Garten, wäre ja noch schöner gewesen, Undi? sagte Romek, Undi? Er war nicht da. Und Adam war fort, sie konnte ihn nicht fragen, sie rief ihn an, aber er nahm nicht ab, hörte wahrscheinlich das Telefon nicht, während er knirschenden Schritts durch den Jubelpark zur Arbeit eilte, geistesabwesend.

Dorota saß weinend auf der Couch, während der kleine Romek jauchzend durch das Zimmer lief, Bücher aus einem Regal riss, zwei Bücher in den offenen Kamin warf, ein Holzscheit nahm, es Dorota brachte, da! Das da!

Das hatte nichts zu bedeuten, es war ihr egal, sie weinte, sah zu, wie Romek sich den Salzstreuer schnappte, der noch vom Frühstück auf dem Tisch stand, da lag auch die Morgenzeitung, die Beilage »Leben«, und er begann das »Leben« zu salzen.

Da hörte sie ein Klopfen an der Tür, eigentlich ein Scharren und Anschlagen, und ein Winseln, sie öffnete, da war der Hund, Maladusza.

Er/sie hatte alleine nach Hause gefunden.

Sie rief Adam im Büro an, eine Frauenstimme sagte, er sei in einer Besprechung. Aber sie konnte sich jetzt vorstellen, was passiert war. Er hatte den Hund im Park frei laufen lassen, sich auf eine Bank gesetzt und gegrübelt. Da hatte er einen Gedanken gehabt, der ihn so beschäftigte, dass er den Hund vergaß. Dann ist er nach Hause und schließlich zur Arbeit gegangen, völlig in sich versunken.

So erklärte Adam es Dorota tatsächlich am Abend, wollte sich dann aber nicht lange damit aufhalten, sondern ihr aufgeregt erzählen, welche Idee er gehabt hatte.

Aber Dorota blieb von diesem Tag nicht Adams völlig verrückte Idee in Erinnerung, unvergessen blieb für sie der Moment, als Adam in jedem Sinne abwesend war und sein Hund an die Tür klopfte.

Adam wusste natürlich, dass der Gedanke, Mateusz töten zu müssen, völlig absurd war, auch wenn der Schwur, den sie sich als halbe Kinder gegeben hatten, dieses Versprechen be-

inhaltete: dass derjenige sterben müsse, der die gemeinsame Sache verrate. Und obwohl es Mateusz selbst gewesen war, der dies explizit festgehalten hatte: *Wenn du sagst, der Himmel ist blau, muss ich dich erschießen!* Diese eisige Nacht damals im Konvikt. Wobei sich hier schon im Detail die Unzuverlässigkeit von Erinnerungen zeigt: Vielleicht war die Nacht gar nicht eisig, sondern lau, und nur Mateusz' Worte sind so eisig gewesen, dass der Abend in Adams Erinnerung in eine andere Jahreszeit sprang. Und wenn man schon datieren will: Es ist auf jeden Fall eine andere Zeit gewesen. Nicht vergleichbar mit der heutigen. Als Kinder hatten sie heroische Träume gehabt, und auch wenn ihre damalige Blutsbrüderschaft ernster, ja wirklich existentiell war im Vergleich zu den Abenteuer- und Heldenspielen von Kindern oder Jugendlichen in freien Ländern, so sind sie dennoch Kinder gewesen. Auch wenn die Tatsache, dass ihre Väter einen bewaffneten Kampf führten, ihre Phantasien mit einer Bedeutung auflud, die die Spiele der Kinder im freien Westen nicht haben konnten, änderte dies letztlich nichts daran, dass es Phantasien gewesen sind, da wie dort, Phantasien, die sich an keiner Realität erproben mussten. Auf jeden Fall hatte man sich Töten nur als analoge Handlung vorstellen können, auch wenn das damals nicht der Begriff dafür war, der aber eine wirkliche Tat und reales Blut bezeichnet, im Gegensatz zu den Phantomen, die man heute auf Bildschirmen abknallt – das heißt, die Vorstellung von Töten war damals die Vorstellung von tatsächlichem Töten und daher für Kinder nicht wirklich vorstellbar.
Und war *der blaue Himmel* nicht eine Metapher, so unscharf wie der blaue Dunst und so scharf wie der Blitz aus heiterem Himmel, aber eben eine Metapher, kindgerechte Poesie des Widerstands. Davon jetzt ein Attentat ableiten?
Der Hund sprang im Jubelpark herum, schnüffelte aufgeregt da und dort an Bäumen, sprintete quer durch den Park

und wieder zurück, genoss den Auslauf. Da wurde er von einer Bulldogge verbellt, die ein übergewichtiger Ledermann mit tätowiertem Stiernacken herrisch an der Leine weiterzog, während er sich umsah, zu wem dieser Hund, der da frei herumlief, gehörte. Adam saß auf einer Bank, sah reglos zu, Maladusza zog den Schwanz ein, hüpfte zurück und lief davon. Die polnische Bracke war doch ein Jagdhund und wurde, so damals der Verkäufer, auch als Wachhund empfohlen, aber, dachte Adam, ein Kämpfer ist er nicht. Vielleicht war er noch zu jung? Aber müsste er nicht dennoch schon seine Anlagen zeigen, vor dieser lächerlichen Bulldogge, die so aussah, als hätte sie schon hundert Mal eine auf die Schnauze bekommen? Adam nahm das Smartphone aus der Tasche, um zu sehen, wie spät es war, und just in diesem Moment poppte eine WhatsApp-Nachricht auf. Von Paulina aus Warschau:
»Heute ist schon wieder ein Jahr vergangen seit Piotrs Tod. Und die Zeit steht immer noch still! Wie geht es dir?«

Adam las die Nachricht immer wieder, nein, er sah sie minutenlang an, und so starr er äußerlich war, er spürte, wie etwas in seinem Inneren in Bewegung kam.
Ich, der gewöhnliche, graue Mensch, hatte Piotr in seinem Manifest geschrieben, *klage an …* Ich, der gewöhnliche, graue Mensch, dachte Adam, das bin auch ich, was ist grauer als die Grauzone, das Grauen, aus dem ich komme, unsichtbar gewesen im Untergrund, aufgetaucht als Beamter, *Hört meinen Schrei!.* Und Adam hörte ihn, stumm. *Den Schrei eines durchschnittlichen Menschen,* ist es wirklich der Durchschnitt? *der die eigene Freiheit und die Freiheit der anderen über alles liebt, ich protestiere …* Ich?
Da hatte Adam einen Gedanken, der ihm seltsam erschien: Der Tod ändert nichts. Er dachte an Mateusz. Ideen müssen

sterben und nicht bloß einer, der sie repräsentiert. Und Piotr: Ideen müssen leben, in all den durchschnittlichen, grauen Menschen, und sie werden nicht dadurch lebendig, dass einer ganz alleine für sie in den Tod geht.
Ihm wurde klar, dass – Neue Nachricht von Paulina:
»Ich habe für 16:35 zu einer Gedenkveranstaltung für Piotr am Plac Defilad aufgerufen. An der Stelle, wo er verbrannte, zu der Uhrzeit, an der er sich damals anzündete. Was ist mit dir? Warum antwortest du nicht?«

Ihm wurde klar, dass – so klar war doch nicht, was er dachte. Es war einfach der Keim einer Idee. Aber er wusste, dass sie wuchs. Er schrieb an Paulina:
»Hast Du noch das Flugblatt, das Piotr damals verteilt hat, bevor er sich anzündete?«
Paulina antwortete schnell:
»Das habe ich doch damals getwittert, sein Protest gegen die Verfassungsbrüche der Regierung, die Zerstörung der unabhängigen Justiz usw., das ganze Flugblatt!«
»Ich weiß, aber ich meinte: Hast Du noch das Original?«
»Ich glaube schon. Irgendwo. Warum?«
»Bitte schau nach, Du musst es finden, ich brauche es.«
»Warum?«
»Eine Idee, vielleicht funktioniert sie? Dazu brauche ich das Flugblatt.«

Adam sprang auf und lief nach Hause. Es war spät, er musste zur Arbeit, er hatte seine Tasche zu Hause. Mateusz musste nicht physisch sterben, er musste politisch sterben. Wenn das gelänge, wäre der Schwur erfüllt. Dazu musste Piotr wiederauferstehen. Wie? Das Flugblatt. Er hatte das Gefühl, wie durch eine Milchglasscheibe hindurch die Konturen einer Lösung zu sehen.

Zu Hause schnappte er seine Tasche, in die er noch rasch die Mappe mit seinen Notizen steckte, und eilte ins Büro.

Er kam gerade noch rechtzeitig zum »Meeting betr. SS Skanderbeg«, bei dem die Teilnahme von Vertretern der Europäischen Kommission am Stapellauf dieses albanischen Kreuzfahrtschiffs besprochen wurde.
Adam saß da, wie man ihn kannte, einen Arm auf den Tisch gestützt, die Hand an sein verkrüppeltes Ohr gelegt, geistesabwesend, aber mit großen Augen, die doch Teilnahme und Interesse zu zeigen schienen. Er dachte nach, vieles rauschte an ihm vorbei.
Direktor Ambroise Bigot war ja der Meinung, dass es eine Zumutung war, sich mit dieser Sache beschäftigen zu müssen. Im Grunde lauter Gemeinheiten, was sich diese Balkanesen ausdenken! Er fühlte sich als Europäer missbraucht, wenn er an einer Demonstration von Nationalstolz teilnehmen sollte, womöglich noch auf einem Foto aufscheinen, lächelnd neben verhaltensauffälligen Paten, die sich Regierungschefs nannten.

Karl Auer war schon die längste Zeit der Meinung, dass Bigot der falsche Mann in dieser Position war. Er war an seiner eigenen Bedeutung mehr interessiert als an der Bedeutung seiner Aufgabe. Karl Auer hatte nicht vergessen, wie dumm Bigot einen Fehler, den zweifellos er gemacht hatte, auf Adam abwälzen wollte, aber Adam hatte ihm Paroli geboten, und da hatte man erst recht gesehen, wie dürftig dieser Bigot war. Warum, dachte Auer, muss alles Große immer wieder durch Eitelkeiten beschädigt werden?
Das war natürlich ungerecht, aber gerade hier, in dieser Bürokratie, herrschte das Gesetz, dass auch ein falscher Eindruck zum Gesamtbild gehörte, weil sonst wäre er nicht möglich.

Aber mir sind die Hände gebunden, sagte Bigot, der, als Meister der kollabierenden Metapher, anfügte: deshalb gebe ich freie Hand.
Auer lächelte, denn er kam aus einem Land, in dem ein Kanzler, ohne daraufhin verhöhnt zu werden, zu einem Vorschlag der Gewerkschaft sagen konnte: Das sind nur alte Hüte in neuen Schläuchen.
Denn, sagte Bigot, wir können es drehen und dehnen, wie wir wollen, die Sache hat das Gewicht einer informellen Balkankonferenz, so kurz vor der offiziellen in Poznań. Natürlich eine Gemeinheit, sagte er, aber die Staatschefs der sechs Westbalkanländer haben ihre Teilnahme schon zugesagt und auch einige Regierungschefs der EU-Staaten oder zumindest die entsprechenden Fachminister. Und natürlich unser Kommissar. Er will, dass wir uns bereithalten, falls er in Gesprächen fachliche Expertise braucht. Deshalb –
Adam merkte auf. Er sah plötzlich eine Bühne vor sich, auf der seine Idee –
Deshalb, sagte Ambroise Bigot, schlage ich vor –
Das wäre perfekt, dachte Adam, wenn ich auf diesem Schiff –
Da sagte Bigot schon: Adam Prawdower, als Adviser Western Balkans Strategy, muss natürlich an Bord sein, und dazu schlage ich vor: David Charlton, für den Kosovo und Nordmazedonien, und Karl Auer von der D.4 Albanien, Bosnien und Herzegowina.
Milchglasscheibe? Jetzt hatte Adam deutlich vor Augen, wie sein Anschlag ablaufen musste.
Wenn Sie also einverstanden sind, sagte Bigot, würde ich das so fixieren, also Ihre Plätze an Bord reservieren. Und Sie wissen natürlich, welche Position wir gegenüber den Balkanstaaten zu vertreten haben: Hoffnungen schüren, also ein positives Narrativ, aber ohne Zeitplan. Das ist wichtig: Kein

Zeitplan. Sonst steigen die Polen aus, und Ungarn, wahrscheinlich auch Österreich, denn die Populisten dort stilisieren sich zu Verteidigern des Abendlands gegen Moslems oder wahlweise gegen die Mafia, und dann auch Luxemburg, weil die mit ihrer Steueroasenpolitik keine Bodenschätze brauchen, und –

Ja, wir haben verstanden, dachte Auer. Sein Kalenderspruch des Tages war: *Höre mit dem Herzen zu, und du hörst, was wahr und richtig ist.* Nicht dass er das besonders ernst nahm, aber es fiel ihm jetzt ein. Baia hatte gesagt, dass sie mit einer Parlamentsdelegation an Bord der SS Skanderbeg sein werde. Jetzt konnte er antworten: Auch er wird an Bord sein.

Wir haben Brieföffner als Wahlgeschenk verteilt, als Symbol für unseren Kampf für die Unverletzlichkeit des Briefgeheimnisses. Niemand anderer sollte unsere Briefe öffnen als der Empfänger.

Adam saß am Schreibtisch und träumte.

Die Aufbruchsstimmung 1989, April. Am »Runden Tisch« wurde zwischen Regierung und Solidarność vereinbart, freie Wahlen abzuhalten. Und Ende April kam die MS Józef Piłsudski in die Werft von Danzig, um verschrottet zu werden.

Adam spielte mit dem Brieföffner, nahm ihn in die rechte, dann in die linke Hand, tastete ihn ab, den harten Stahl, Excalibur in Klein.

Die MS Józef Piłsuski, das Paradeschiff der Volksrepublik Polen – nach knapp fünfzig Jahren nur noch Schrott, was für ein Symbol!

Die Piłsuski kam ins Trockendock, wurde eingerüstet. Zuerst wurden alle Flüssigkeiten abgepumpt – Dieseltreibstoff, Maschinenöl, Chemikalien zur Brandbekämpfung. Dann wurden der Antrieb und alle Ausrüstungsgegenstände ausgebaut, Batterien, Generatoren und etliche Kilometer Kupfer-

leitungen, die elektronischen Anzeigeinstrumente der Brücke. Es erschien Adam wie der Kampf von Menschen gegen ein Ungeheuer, Menschen, die wie Ameisen über dieses Ungeheuer krabbelten, mit zischenden und Funken sprühenden Waffen. Da sagte der Vorarbeiter zu Adams Verblüffung: Jetzt kommt die Haut weg!
Adam war keine fünfzehn Jahre alt, Vertreter der jungen Solidarność, der eben erst gegründeten Gewerkschaftsjugend. Warum er? Im Namen des Vaters.
Haut?
So nennen wir den Stahl, den wir ablösen müssen, um zum Skelett des Schiffs zu kommen.
Die Arbeiter schnitten mit Schneidbrennern die Stahlhaut des Schiffs in Platten, sie wurden von Kränen auf Laufbänder gehievt, die zu einer Halle liefen, wo der Stahl weiterverarbeitet wurde.
Da ist die Idee entstanden. Eine Gruppe von Arbeitern verständigte sich darauf, aus der Stahlhaut des Schiffbugs kleine Schwerter zu schneiden, symbolische Schwerter, Ausdruck ihrer Kampfbereitschaft auch für das Briefgeheimnis, zu verwenden als Brieföffner, weil nur wir unsere Briefe öffnen wollen, keine Zensur, kein Geheimdienst.
Zuerst wurde nach einem Entwurf grob gesägt, dann das Profil gefräst, der Rohling geraspelt und im Abschluss gefeilt, poliert, Griff und Schneide aus einem Stück, der Griff oval, die Schneide platt. Dann kamen die Stücke in die Presse, wo die Kollegen *Solidarność 1989* in den Griff stanzten.
Adam erinnerte sich, dass es plötzlich Geschrei gegeben hatte, Männer waren aufgetaucht, die gebrüllt hatten. Diese Spielerei in der Werkhalle blockiere das Abwracken der Piłsuski, es gebe einen Rückstau, unversorgte Hautfetzen …
Wie viele dieser Brieföffner sind damals hergestellt worden? Adam wusste es nicht. Einige wurden zu Beginn der Wahlbe-

wegung in Gdańsk verteilt. Er hatte einen. Er lag immer auf seinem Schreibtisch. Auch wenn er ihn oft tage- oder wochenlang nicht sah, weil Papiere darauflagen. Schon lange hatte er keinen echten Brief mehr bekommen, einen, den man aufschlitzen musste.

Da kam auf seinem Smartphone eine Nachricht von Paulina:

»Die Gedenkveranstaltung für Piotr wird gerade von der Polizei aufgelöst.«

Wenig später:

»Die Polizei sagt: Hier ist eine Baustelle. Wir stören die Bauarbeiten!«

Dann: ein kurzes Video, aufgenommen mit dem Smartphone, sehr verwackelt, man merkt, dass Paulina gestoßen wurde, eine Hand taucht vor der Linse auf, will jemand verhindern, dass gefilmt wird? Oder gar Paulina das Telefon entreißen? Da bricht das Video ab.

In Adam reifte der Plan.

»Warum antwortest Du nicht?« – Das sah er nicht mehr. Er saß zurückgelehnt da und grübelte.

Fünfter Teil

Der Exkurs ist die kürzeste Verbindung
von zwei Fluchtpunkten.

I

Kann ein Mensch für seinen Vater zwei Kinder sein, Tochter und Sohn in einem? Ein ganzer Mensch. Nach Ylberes Geburt hatte sich Siegfried Lenz einen Sohn gewünscht, aber seine Frau ist gestorben, als Ylbere noch nicht einmal zwei Jahre alt war, plötzlich, kein heiterer Himmel. Ruptur eines Hirnaneurysma. Der vielsprachige Lenz konnte sich tage- oder wochenlang diese Vokabel nicht merken: Hirnaneurysma. Nie hatte er davon gehört, das hatte es in seiner Welt nicht gegeben, das hätte es nicht geben dürfen, das war verrückt, das Hirn überschwemmt von Blut, der Lebenssaft als Todesursache, im Kopf, ein Gedanke, was ist ihr letzter Gedanke gewesen, plötzlich weggespült und ertränkt von Blut, Gesichtslähmung, Keuchen, sie erkannte ihn nicht mehr und er sie nicht, Koma, und aus. Und er allein mit seiner Tochter. Er hatte nicht noch einmal geheiratet, er hatte sich um die Tochter gekümmert und um die Sprachschule. Er sah sich nicht mehr als Mann, der eine Frau begehrt oder Sehnsucht danach hatte, er wollte nur noch ein guter Lehrer sein und seiner Tochter Vater und Mutter. Im Grunde alles nur Ersatz. Es war die Zeit, in der es von so vielem nur Ersatz gab. Buttterersatz, Kaffeeersatz, Mehl gestreckt mit geschroteten Sägespänen war Mehlersatz, Muttterersatz. Er hatte das nicht gewollt, er konnte sich nicht vorwerfen, dies beabsichtigt oder auch nur unbewusst betrieben zu haben, aber er merkte, dass seine Tochter auch zu seinem Sohnersatz wurde. Sie hatte die mandelförmigen Augen ihrer Mutter, aber sie blickte ganz anders in die Welt. Sie sah eine Männerwelt, und in der wollte sie sich behaupten. Das begriff Lenz sehr bald, und es verwunderte ihn nicht. Sie hatte keine Mutter, keine weibliche Bezugsperson, kein weibliches

Vorbild. Sie war ein hübsches Mädchen mit aparten Gesichtszügen, gewinnendem Lachen, glänzendem schwarzen Haar, das sie leider nie wachsen ließ, immer wollte sie das Haar kurz geschnitten. Und von einem Augenblick auf den nächsten sah er in ihr einen Kerl, das dachte er: Kerl – der einem Nachbarjungen mit einem Faustschlag das Nasenbein brach, mit zwölf rauchte und sich zum Geburtstag eine Waffe wünschte. Was für eine Waffe? Wozu? Ich bin zu alt für ein Holzschwert, sagte sie. Natürlich versuchte Lenz nicht, sie zu einer Puppe zu überreden, liebevoll und hilflos nahm er sie, wie sie war, aber eine Waffe schenkte er ihr natürlich nicht. Was für eine Waffe? Also sparte sie ihr Taschengeld, bis sie sich einen Dolch kaufen konnte. Da war sie dreizehn.

Aber sie wurde unsicher. Die Mädchen in ihrer Schule waren beliebt und umschwärmt. Ihre Namen wurden in Baumrinden geschnitten oder, eine besondere Mutprobe, nächtens an Hauswände gepinselt, nicht ihre echten Namen, sondern Kose- und Tarnnamen, weil man sie sonst hätte unter Druck setzen können, ihre Verehrer, die Täter, zu verraten. Immer wieder gab es Verhöre, die Schulleitung und schließlich die Sigurimi übten Druck aus und drohten, eine ungeheure Spannung erfasste sie alle, die erwachende Sexualität im Widerstand gegen die Staatsgewalt. Mutproben von Burschen – mit denen sie raufte. Sie hatte keinen Kosenamen, keinen Tarnnamen, sie fragte sich, warum sie keiner verehrte. Das war das Wort: verehren, man musste einen *adhurues* haben, einen Verehrer. Da wechselte sie wieder die Seite. Mit Kohle schrieb sie neben dem Schultor an die Wand: Ich liebe Lana.

Es gab eine Lana in ihrer Klasse, sie konnte es sich nicht erklären, aber sie hatte geträumt, sie zu küssen, so plastisch hatte sie geträumt, dass sie erregt aufgewacht war. Und dann hielt sie sich nicht an die Regel, verwendete keinen Tarnnamen. Ich liebe Lana. Es gab Verhöre, die zu nichts führten, es gab

acht Lanas in der Schule und alle waren ehrlich und überzeugend ahnungslos.
Sie richtete sich ein in einer Welt, in der es keinen Verehrer für sie gab.
Bis zum Ende der Sekundarstufe. Lenz würde diesen Tag nie vergessen: Nach seiner letzten Deutschstunde war er hinauf in die Wohnung gestiegen und da sah er seine Tochter im Elternschlafzimmer stehen, das noch immer so hieß, vor dem Spiegel, in einem Kleid ihrer Mutter. Er hatte die Garderobe seiner verstorbenen Frau nie entsorgt, nie ihren Schrank – wie hätte man das nennen sollen: ausgemistet? Das hatte er nicht können, und er hatte den Schrank seiner Frau nie wieder geöffnet.
Ylbere bemerkte nicht, dass ihr Vater in der Tür stand, sie drehte sich im Kleid ihrer Mutter vor dem Spiegel, und Lenz war erschrocken, verwirrt, klamm, und konnte zugleich nicht vor sich selbst verleugnen, wie schön er seine Tochter fand, in dem blau-gelben Sommerkleid seiner Frau. Er hatte sogar plötzlich das Gefühl, geradezu die Gewissheit, dass sie das sah, dass seine tote Frau, Ylberes Mutter, sich selbst sah, sie war der Spiegel, vor dem Ylbere stand.
Lenz trat einen Schritt zurück, um nicht bemerkt zu werden, sah, dass seine Tochter das Kleid auszog, es glitt zu Boden, sie stieg aus dem Kleid, ging zum Schrank und –
Lenz war ein schwacher Mann. Vielleicht doch kein schwacher Mann, aber auf jeden Fall ein schwacher Vater. Er sah, wie Ylbere nun das Hochzeitskleid ihrer Mutter aus dem Schrank nahm, und er reagierte nicht. Er dachte: Nein! Aber er reagierte nicht. Ylbere hielt den Kleiderbügel mit dem Kleid von sich weg, betrachtete es, hielt es vor dem Spiegel an sich gedrückt, zog es schließlich an. Sie tat es irgendwie feierlich, zumindest war das der Eindruck des Vaters, oder er wollte diesen Eindruck haben – und als sie im Hochzeits-

kleid dastand und sich vor dem Spiegel nach rechts und nach links drehte, zog sich Lenz zurück, weil er nicht wusste, ob er einschreiten sollte, er dachte, er müsste, aber er wusste nicht wie und was sagen. Er wollte kein Pathos, keinen Kitsch, er sagte sich, dass es nicht die Totenruhe seiner Frau störte, wenn ihre Tochter deren Hochzeitskleid anprobierte, vielleicht im Gegenteil, zum ersten Mal hatte er das Gefühl, dass seine Frau da war und zusah. Alleine dafür war er seiner Tochter dankbar, auch wenn ihm die Kehle zuschnürte, was er sah.
Vom Wohnzimmerfenster aus sah er dann, wie seine Tochter aus dem Haus lief, im Hochzeitskleid, hinaus in den Donner, es war kein Donner, das Krachen und Knallen und die Blitze, und sehr bald war sie zurück.
Sie hatte einem jungen Mann gefallen wollen – der sie mit einer Kalaschnikow in der Hand nach Hause schickte. Er feuerte in die Luft und schrie: Geh heim, es ist nicht die Zeit für Liebe.
Das war der März 1997. Die Stadt brüllte von den Salven der Maschinengewehre, sie lief und lief und bereute, dass sie ihre Waffe nicht mithatte, ihren Dolch, sie lief und zerrte das Kleid hoch, um beim Laufen nicht auf den Saum zu treten und zu fallen, was war da los, ein Volksaufstand, und sie wie ein Weibchen mittendrin, ein Mann riss sie nieder, zog sie in einen Hauseingang, da explodierte etwas just dort, wo sie eben noch gestanden und sich umgeblickt hatte, und sie lief weiter, das Kleid riss, und Lenz, der immer noch oder wieder am Fenster stand, sah, wie sie heimkam, er ging vor die Wohnungstüre, sie kam keuchend die Treppe herauf, und er umarmte sie, sie umarmten sich lange.
Bist du böse auf mich?
Warum?
Es zuckten die Puffärmel des Hochzeitskleids, es war klar, was sie meinte, und er war der Vater der fehlenden Worte.

Seit damals hat Ylbere nie wieder ein Kleid angezogen, nur noch Hosen und Männerschuhe, aber wenn sie lachte, richtig herzhaft lachte, sah Lenz das Lachen seiner Frau, er sah die Augen seiner Frau, er sagte Ylbere, dachte Ylbere, und hatte mit ihr eine Tochter und einen Sohn.

Wegen der Unruhen in der Stadt fielen wochenlang die Deutschkurse im Institut Lenz aus. Die Schülerinnen und Schüler sagten reihenweise ab, es war zu gefährlich, auf die Straße zu gehen. Die Aufständischen hatten Militärkasernen und Polizeistationen gestürmt, sich mit Waffen und Munition eingedeckt, es gab Schießereien auf den Straßen, die Wut der Menschen richtete sich gegen alle staatlichen Einrichtungen, Bibliotheken, Theater, Archive, Schulen, Hotels, sie plünderten Supermärkte, aber auch kleine Lebensmittelläden, sie feuerten in die Schlösser der Rollläden, schlugen Schaufenster ein. Autos wurden in Brand gesetzt, jeden Tag sah Lenz vom Fenster aus Rauch über den Häusern, in der Nacht Flammenschein. Und immerzu war Knattern und Donnern zu hören. Er hatte Angst. Er erinnerte sich daran, wie sein Vater irgendwann, spät, als alter Mann mit ausgetrockneten Tränensäcken, endlich erzählen konnte, wie die bewaffneten Männer über die Grenze vom Kosovo herübergekommen waren, im Jahr 1943, ins Dorf Sose, wo er, der Flüchtling, sich versteckt hatte, die Angst, der Schrecken, wenn die Soldaten einfach so in die Luft ballerten. Sein Vater ist damals etwa so alt gewesen wie seine Tochter jetzt.

Mannhaft ging Ylbere immer wieder hinaus, in die Stadt, um zu besorgen, was sie zum Leben brauchten, Grundnahrungsmittel, Medikamente für den Vater, Klopapier. Lenz wusste nicht, wie sie das machte, welche Quellen sie hatte, wie sie sich durchschlug. Ihren Dolch trug sie am Gürtel.

An diese Tage und Wochen musste Lenz jetzt zurückdenken, an ihre Unerschrockenheit, ihren Mut und nicht zuletzt ihre Gabe, selbst solche Gelegenheiten beim Schopf zu packen, wo andere gar keinen Schopf gesehen hätten.

Es fuhren keine Busse mehr. Sie lief zum Haus ihrer Schulfreundin Amira, deren Vater einen alten, robusten Mercedes besaß. Sie wusste, dass er in einer Garage stand, also ziemlich sicher noch nicht von Vandalen in Brand gesteckt worden war. Seit Wochen nicht benutzt, hatte der Wagen mit einigem Glück einen vollen Tank. Sie erzählte, dass es im Hafen von Durrës eine Halle gebe, in der eine große Menge Bananen gelagert würde, die nicht ausgeliefert werden könnte, weil die Märkte und Läden in Tirana geplündert, ausgebrannt, zerstört und geschlossen seien. Die Bananen würden braun werden, verfaulen und in absehbarer Zeit ohnehin nicht mehr in den Handel kommen können. Niemand werde ihnen in den Arm fallen, wenn sie einen Kofferraum voll holten und –
Woher weißt du das, fragte Amiras Vater, dessen Gesichtsausdruck zwischen Zweifel und Gier wechselte.
Mein Onkel ist Hafenarbeiter in Durrës, sagte sie.

Sie lachte, als sie das ihrem Vater erzählte.
Aber welcher Onkel, ich habe keinen Bruder, und deine Mutter hatte keinen Bruder, du hast keinen Onkel in Durrës, sagte Lenz.
Sie lachte noch lauter, fast schon hysterisch. Ich habe einen Onkel in Durrës, Papa, erfunden! Verstehst du nicht? Erfunden! Ich musste doch irgendwie nach Durrës kommen!
Aber wieso? Woher wusstest du wirklich von diesen Bananen in Durrës?
Papa! Denk mal nach! Es kommen ununterbrochen Bananencontainer in Durrës an. Die waren schon auf dem Weg, bevor

hier der Aufstand begonnen hat. Dann kommen sie an und können nicht weitergeliefert werden. Also müssen sie irgendwo im Hafen gelagert werden. Ist doch logisch. Und bevor sie dort verfaulen, muss man sie holen, oder?

Ein Kofferraum voll Bananen, sagte Ylbere, davon könnten unsere beiden Familien eine Woche leben, einen Teil auch verkaufen, Sie wissen, was eine Banane heute in Tirana kostet?
Wir fahren, sagte Amiras Vater, und zu Amira sagte er: Du bleibst da, das ist zu gefährlich. Und er fuhr los, auf dem Beifahrersitz Ylbere mit ihrem Dolch.
In Durrës angekommen, fragte Herr Arian, Amiras Vater: So, und wo ist dein Onkel?
Ja, wo war er? Hunderte Menschen hatten offenbar denselben Gedanken wie das Kind gehabt, diesen kinderleichten Gedanken, nur waren die Hallen im Hafen nicht so leicht zu stürmen wie ein Geschäft in der Stadt. Die Menge bewegte sich auf dem Pier hin und her und um die Hallen herum, jeder Mensch ein Farbtupfer, ein Steinchen in einem riesigen Kaleidoskop, das stetig das Muster veränderte, das zugleich aber immer dasselbe Gesamtbild gab: fließende, ruckende, hüpfende, sich scheinbar wieder ordnende und dann auseinanderfließende und wieder zusammenfindende Muster. Aber das war von oben herab. Davor oder mittendrin war es Tumult, nein, auch das ist ein zu abstrakter Begriff, das empfand Ylbere so, als Herr Arian sagte: Tumult! Wo in diesem Tumult ist dein Onkel?
Sie sah nicht den Wald, sie sah die Bäume, sie sagte: So viele Menschen!
Sie war hilflos. Sie zeigte es nicht. Sie sagte: Fahren Sie weiter, fahren Sie dorthin zu diesem Tor.
Sie bahnten sich den Weg durch die Menge, im Schritttempo, hupend, Menschen schlugen mit ihren Fäusten auf den Wa-

gen, das machte Herrn Arian gehörig nervös, sein schöner Mercedes!

Vor einem großen, grau gestrichenen Tor hielten sie an, da standen zwei Männer mit Kalaschnikows, die die Menge einigermaßen auf Abstand hielten. Ylbere stieg aus, ging zu einem der beiden Männer hin, die Hand an ihrem Dolch, so dass er es sah, und sagte: unë ju përshëndes, ich grüße dich ehrfürchtig, Onkel! Wir holen die Bananen für die Familie.

Das hätte jetzt sehr schief gehen können, sie sah die misstrauischen und ängstlichen Augen von Herrn Arian, sie sah den misstrauischen Blick des anderen, des Kollegen des Mannes, den sie angesprochen hatte. Sie war ein Kind, sie war knapp vierzehn Jahre alt, die Familien waren groß, der Mann wollte vor seinem Kollegen nicht zeigen, dass er eine Nichte nicht erkannte, und Familie, das war heilig. Bald war der Kofferraum voll mit Bananenkisten, und die Abfahrt gesichert von Kalaschnikows.

Erst nachträglich, auf der Rückfahrt bekam Ylbere Angst, sie konnte das Zittern ihrer Beine nicht kontrollieren, sie drehte das Autoradio lauter – darf ich? – und schien zur Musik zu wippen.

Aber dann, in der Garage von Herrn Arian: Sie luden die Bananenkisten aus, Ylbere sagte, dass Herr Arian die Hälfte bitte zu ihrem Haus bringen möge. Er sagte mit hartem Gesicht, das sei zu gefährlich, nimm dir, was du tragen kannst. Er steckte Bananen in ihren Rucksack, das war nur ein Bruchteil der Ladung, sie sagte: Das ist zu wenig, er sagte: Lauf nach Hause, lauf schon! Und lass dir den Rucksack nicht wegnehmen!

Sie versuchte, mehr Bananen in ihren Rucksack zu stopfen, und sah plötzlich, dass in den Kisten unter den Bananen transparente Säckchen lagen, in die ein weißes Pulver eingeschweißt war.

Was ist das?
Hau ab, schrie Herr Arian, geh endlich, bring deine Bananen nach Hause!
Plötzlich war auch Amira da, Ylberes Schulfreundin, und ihr Vater schrie, geh zu deiner Mutter, und zu Ylbere noch einmal: Lauf nach Hause, aber schnell!
Da war Ylbere naiv, sie verstand nicht und sie ging. Diese Szene erzählte sie ihrem Vater nicht, eben weil sie sie nicht verstand, nur die im Rückblick so witzige Geschichte, wie sie zu dem Rucksack voll Bananen gekommen war. Und an diese jahrealte Geschichte erinnerte sich der alte Lenz jetzt, voll Liebe und auch mit Stolz, als er im »Stufa e gjyshes« am neuen Basar saß und auf sein großes Kind wartete, mit dem er zum Mittagessen verabredet war.
Er hatte keine Angst um sie, und dennoch machte er sich Sorgen. Deshalb wollte er mit ihr reden, nachdem sie ihm am Telefon erzählt hatte, dass sie eine Auszeit vom Radio nehmen und in den Norden reisen wolle, in den Rreth Tropoja – Siegfried Lenz sagte allerdings nicht Rreth, sondern verwendete noch den alten Begriff für Landkreis: Bajrak, so wie er es von seinen Eltern gehört hatte. Bajrak, da musste Ylbere immer schmunzeln, ein Begriff aus der osmanischen Zeit, der sich in den Bergen bis in die zweite Hälfte des zwanzigsten Jahrhunderts gehalten hatte. Sie korrigierte ihn nicht, es war ja egal, es war ein Muttermal ihrer Vorgeschichte, die ihr Vater gar nicht mehr erzählen konnte. Zugleich ging es ihr jetzt gerade darum: um ihre Vorgeschichte.

Sie bestellten einen Vorspeisenteller, Siegfried Lenz dazu Buttermilch, Ylbere einen Raki. Und danach –, sagte Ylbere.
Wir sind doch immer schon nach den Vorspeisen satt, sagte Lenz.
Ich bin schon vor den Vorspeisen satt, ich bin immer satt, ich

bin so satt, dass ich kotzen möchte, ich muss so viel schlucken, dass mein Magen rebelliert, hör zu, Babai, ich will jetzt meinen Magen beruhigen, mit einem Genuss, wir wollen das doch jetzt genießen, oder? Also nehmen wir dann eine Tavë Elbasani, das muss sein, das lieben wir beide. Und Bier. Mit deiner Buttermilch kannst du mich nicht täuschen. Ich weiß, wie viel du trinkst. Entspann dich! Also Tavë Elbasani und Bier, bitte.

Die Vorspeisen. Das sind die Häppchen, bevor man zur Sache kommt. Lenz sah sie an, beobachtete, wie herrisch sie die gegrillten Paprika und Melanzani aufspießte, das eingelegte Gemüse, wie sie das Fladenbrot zerriss, er dachte, dass er sie verloren hatte. Er hätte gern ihre Hand genommen, ohne etwas zu sagen, aber er drückte und knüllte nur seine Serviette, und er wusste, dass nun etwas gesagt werden musste. Nicht jetzt. Gleich.

Warum, sagte er endlich, warum willst du in den Bajrak Tropoja und –

Ja, und dort ganz an die Grenze zum Kosovo, nach Sose. Das Dorf wurde im Krieg zum Teil zerstört, aber es gibt es noch, es leben noch Menschen dort. Ich will es sehen.

Aber warum? Urlaub? Das ist kein Urlaubsort.

Babai, wir sind von dort.

Sind wir nicht. Du bist in Tirana geboren und warst nie woanders, höchstens an der Küste auf Urlaub, du warst einmal im Sommer in Ksamil, du hast von Stränden erzählt, wo sogar Treibholz entsetzt zurücktreibt vor dem Plastikmüll, du warst glücklich, als du wieder in Tirana warst, erinnerst du dich?

Erinnerst du dich, dass wir aus den Bergen stammen? Es ist ganz einfach. Ich will Sose sehen, das Dorf, aus dem die Groß-

eltern kamen. Ich will wissen, ob das Haus noch steht, ob es dort noch Familie gibt, ich will die Luft dort atmen und schauen, was das mit mir macht.
Es gibt kein Haus mehr und keine Familie, die Großeltern waren nach ihrer Übersiedlung nach Tirana nie wieder dort, sie hatten Glück, dass sie überlebt haben und von dort wegkamen, und ich und auch deine Mutter sind nie dort gewesen. Wen hätten wir dort besuchen sollen? Es gibt keine Geschichte.
Babai! Die Geschichte ist die: Großvater hatte nur deshalb überlebt, weil dort in den Bergen der Kanun noch Gesetz war. Weil der Gast also unter allen Umständen geschützt werden muss. Deshalb musste der Bruder von Großmutter in den Tod geschickt werden, um das Leben des Flüchtlings im Haus zu retten. Aber worauf ich hinauswill –
In den Tod, das wissen wir nicht. Er wurde von einer SS-Brigarde mitgenommen und –
Nein! Sei still!
Aber –
Sei! Bitte! Still! Hör zu! Wenn du es ernsthaft für möglich hältst, dass er überlebt hat, wieso hast du dich nie gefragt, was aus ihm geworden ist, wieso haben die Großeltern nicht nachgeforscht, wieso hast du nie diese Frage gestellt? Ich bin keine Historikerin, aber ich habe als Journalistin gelernt zu recherchieren. Die paar Juden oder vermeintlichen Juden, die die SS-Division Skanderbeg verschleppt hat, wurden ins KZ Bergen-Belsen gebracht. Das ist erforscht. Welch lange Reise in den Tod. Jetzt gibt es zwei Möglichkeiten: Entweder starb einer auf dem Marsch, dann findet sich sein Name auf keiner Liste. Oder er kam im KZ an und wurde dort ermordet, dann steht er auf einer Namensliste beziehungsweise einer Todesurkunde. Da waren die Nazis unfassbar gründlich. Als sich britische und kanadische Truppen dem Lager näherten, ha-

ben die Nazis zwar schnell versucht, Akten und Dokumente zu verbrennen, aber es konnte noch einiges gerettet oder mit Hilfe von Überlebenden rekonstruiert werden. Es gibt eine Gedenkstätte mit einer Datenbank. Da können Angehörige von Opfern Anfragen stellen. Wie war der Mädchenname von Großmutter?
Das weißt du doch. Baxhaku.
Und wie hieß ihr Bruder?
Agan.
Genau. Agan Baxhaku ist also was?
Was meinst du?
Na, was meine ich? Was ist er? Mein Großonkel. Ich bin Angehöriger, ich bekam Auskunft.

Vater Lenz hörte, dass sie Angehöriger sagte und nicht Angehörige, aber er hörte es nur nebenher wie das leise Knacken von etwas, das im Hintergrund bricht.
Da kam die Tavë Elbasani. Er sah den rauchenden Topf an, sagte: Ich kann nichts mehr essen.
Hör zu: Es ist der 28. November.
Was? Was soll da sein? Das ist unser Nationalfeiertag.
Nein, Babai, das ist kein Feiertag. Das ist der Todestag. Am 28. November dieses Jahres 1944, als er von der SS-Division Skanderbeg verschleppt worden war, starb Agan Baxhaku, der Bruder deiner Mutter, dein Onkel, mein Großonkel, im KZ Bergen-Belsen, laut Todesurkunde an Herzstillstand.
Sie sah ihren Vater an, der seine Serviette knüllte, sie losließ, über den Tisch nach ihrer Hand griff, dabei mit dem Unterarm den heißen Topf streifte. Ein kurzer, gepresster Schmerzenslaut – Nichts passiert, sagte er schnell, alles gut, nichts passiert.
Sie nahm seine Hand, zog seinen Arm zu sich, drückte ihr kaltes Bierglas an die Stelle, an der er sich verbrannt hatte.

Herzstillstand?
Na ja, jeder Tod tritt mit Herzstillstand ein. Wir wissen also nicht, wie er wirklich gestorben ist. Gefoltert und ermordet, durch Erschöpfung bei Sklavenarbeit, durch Hunger, Kälte, Krankheit, das wissen wir nicht. Und deine Mutter hat später den versteckten und geretteten Juden geheiratet, der eigentlich ihr Brudererersatz war. Aber worauf ich hinauswollte: Wieso hast du dich nie gefragt, ob es noch Menschen von der Baxhaku-Familie gibt? Die Familien waren groß, das waren in den Bergen nicht Vater-Mutter-Kind-Familien. Was sie erzählen? Wie es ihnen ergangen ist? Ob es die Kulla noch gibt, ihr Haus?

2

Manchmal finden Menschen zusammen, die sich zwar schon einige Zeit kannten, ohne Anzeichen jedoch, dass sie füreinander bestimmt wären. Es ist vielleicht das größte Glück, wenn nicht Amor, sondern Fortuna, die Göttin der Fügung und des Zufalls, die Pfeile in die Herzen von Menschen schießt, die einander die längste Zeit nicht begehrt, keine Sehnsucht nach dem anderen empfunden hatten, aber plötzlich, in einer unerwarteten Situation das Gefühl haben, doch zusammenzugehören und einander festhalten zu müssen. Wenn Ylbere darüber nachdachte, kam sie sogar zu der Überzeugung, dass es Amor gar nicht gab, sondern dass es alleine Fortuna war, die die Geschicke der Menschen, Glück und Verhängnis, lenkte. Ihre Familiengeschichte bewies es. Kein Gott, kein alleiniger, nirgends, alles nur Zufall und Fügung. Dass wir Gottes Ratschluss als unerforschlich bezeichnen, bedeutet nur, dass wir nicht imstande sind, die Tatsache, dass wir keinen Gott kennen, der auf uns schaut, als Beweis dafür zu akzeptieren, dass es ihn nicht gibt. Davon war Ylbere überzeugt. Sie war ein Kind des einzigen Staates, der nicht Religionsfreiheit, sondern die Befreiung von Religion, den Atheismus, in der Verfassung stehen hatte. Aber wenn sie trotzdem an eine metaphysische Macht glaubte, dann war es eine Göttin, Fortuna. Und doch hätte sie es nie für möglich gehalten, eines Tages Ismail Lani zu lieben.

Es war drei Tage vor Ylberes Abreise in den Norden. Sie hatte den Bericht über die Kundgebung der Sozialisten am Skanderbeg-Platz geschnitten, zuerst eine 1-Min.-20 Version für die Abendnachrichten, dann eine 8-Min.-Version für das *Reportage*-Magazin am nächsten Tag. Und zuletzt noch ein Interview mit Luigi Soriano geliefert, dem Botschafter der Europäischen Union in Albanien. Was er beziehungsweise die EU von der Idee des Ministerpräsidenten halte, dass Albanien und der Kosovo einen gemeinsamen Präsidenten wählen sollten. Dieser Beitrag wurde fünf Mal wiederholt, das war Ylberes größter Erfolg seit langem. Der Chefredakteur der Nachrichtenredaktion war begeistert davon, wie Botschafter Soriano nach Ylberes Frage schallend lachte, sehr lange lachte, fast fünfzehn Sekunden, das ist im Radio in einer Nachrichtensendung sehr viel, geradezu unendlich. Ylbere hatte beim Schneiden lange darüber nachgedacht, ob das funktionieren könne und ob das staatliche Radio überhaupt imstande sei, sich diese anarchistische Frechheit zu erlauben, und sie entschied sich, es zu versuchen. Dann stoppte das Lachen abrupt, und Soriano sagte: Unsinn. Nur dieses eine Wort. Nach einer weiteren gefühlten Unendlichkeit, vier Sekunden des Schweigens, sagte er: Aber symbolisch oder symbolpolitisch genial. Ylbere moderierte dieses Interview mit den Worten ab: Der Repräsentant der EU in Albanien hat also verstanden, was wir seit Generationen wissen: Der Balkan ist zerrissen. Realpoli-

tisch im glücklichsten Fall eine Lachnummer, aber bei unsinniger Symbolpolitik meisterhaft.
Fate Vasa, vom Büro des Ministerpräsidenten, rief beim Sender an und beschwerte sich über diesen Beitrag, erinnerte daran, dass der staatliche Rundfunk von Steuergeldern … und dass man die Finanzierung jederzeit evaluieren … das tropfte nicht einmal in das Ohr des Redakteurs, der das Telefon zur Seite gelegt hatte. Ylbere erfuhr nichts davon, da hatte sie sich schon in den unbezahlten Urlaub verabschiedet. Sie bereitete ihre Reise vor, kaufte Funktionsunterwäsche, eine Windjacke mit Fleeceweste, feste Bergschuhe, alles was sie als Stadtkind nicht hatte, ihr aber für die Berge notwendig erschien. Sie besorgte sich eine Straßenkarte für Nordalbanien und eine Wanderkarte für den Landkreis Kukësi, wo der Bezirk Tropoje lag, und dann fiel ihr noch ein: Thermosflasche, Reiseapotheke. Zigaretten! Sie hatte gelesen, dass man im Norden, wenn man mit jemandem ins Gespräch kommen wollte, zur Begrüßung eine Zigarette anbieten müsse, egal ob man Raucher oder Nichtraucher war.
Als sie alles auf ihrem Bett ausbreitete, was sie mitnehmen wollte, stellte sie fest, dass ihr Rucksack zu klein war. Sie musste ihn gegen einen größeren austauschen. Bei dieser Gelegenheit kaufte sie auch noch eine Stirnlampe, falls sie auf den Bergen vom Einbruch der Dunkelheit überrascht würde, und auf Empfehlung des Verkäufers einen wasserdichten Packsack, für die Trockenwäsche im Rucksack, die garantiert auch dann nicht nass wird, wenn Starkregen den Rucksack völlig durchweicht. Das kam ihr vernünftig vor.

Am Abend ging sie wieder einmal in die Radio Bar, zum letzten Mal für längere Zeit, wie sie dachte.
An der Theke sah sie zwei Männer, die sofort ihre Neugier erregten. Das ist wahrlich nicht die Erwartung an diesen

Abend gewesen, geschweige denn ihre Absicht: sofort wieder an die Arbeit zu denken. Was ging sie die Innenpolitik an, wenn sie sich gerade aus privaten Gründen hatte beurlauben lassen? Sie erkannte die Gesichter, registrierte die Kopfhaltung und die Körpersprache der Männer, schöpfte Verdacht, die Journalistin in ihr arbeitete wieder.
Hinter der Theke stand Redi Panarati, der Eigentümer und Barman, und mixte einen Cocktail. Ylbere hielt sich hinter dem Rücken der beiden Männer, winkte Redi zu und deutete ihm, dass er zu ihr kommen solle. Er sah fragend zu ihr hinüber, sie deutete noch einmal: Komm!
Er servierte den Cocktail, kam zu Ylbere, sagte Hi! Was gibt's?

Redi Panarati hatte immer wieder neue Ideen, mit denen er die Bar belebte, für Stimmung sorgte, Stammgäste an das Lokal band: Zum Beispiel forderte er Gäste auf, ihre alten Vinyl-Platten mitzubringen und hier aufzulegen, oder er gab jungen Musikern die Chance, hier erstmals aufzutreten, oder er organisierte Abende, bei denen Lyriker ihre Gedichte mit Jazz-Begleitung vortrugen, einer der ersten ist übrigens Fate Vasa gewesen, nachdem sein Sirenen-Band erschienen war. Vor kurzem hatte er die Aktion »Barman/Barwoman for one night« gestartet, für Gäste, die es einmal erleben wollten, auf der anderen Seite der Theke zu stehen. Ylbere hatte die Idee witzig gefunden und einmal als Barwoman for one night gearbeitet, das war keine drei Wochen her. Dabei hatte sie eine interessante Erfahrung, geradezu eine Entdeckung gemacht: Wenn Menschen an der Bartheke stehen und reden, dann wenden sie die Gesichter einander zu. So weit, so logisch. Man sieht sich an, wenn man miteinander redet. Aber, und dieses Aber ist groß: Wenn sie etwas besonders Vertrauliches austauschen, wenn sie konspirativ reden, dann verändert sich augenblicklich ihre Körper- und Kopfhaltung. Das geschieht nicht bewusst, das machen sie intuitiv. Was man jemandem sagt, dem man zugewandt ist, trifft ja nicht nur dessen Ohr, sondern ist naturgemäß auch für den verständlich, der sich unmittelbar dahinter befindet. Wenn nun zwei an einer Bartheke miteinander reden, die nicht wollen, dass es von Nebenstehenden gehört wird, drehen sie sich voneinander weg und reden nicht mehr Gesicht zu Gesicht, sondern Kopf an Kopf, über die Bartheke hinweg, so dass der Schall nicht mehr die neben ihnen trifft. Was sie vergessen, ist, dass sich auf der anderen Seite der Theke zwar keine anderen Gäste befinden – aber der Barman. Was kein anderer Gast hören soll und kann, hört nun er. Wenn er das bemerkt, stellt er sich auf seiner Seite der Theke den beiden gegenüber, mit gesenktem Kopf Gläser polierend, unschuldig, hellhörig.

Kann ich eine Stunde oder zwei als Barwomen arbeiten?
Na klar, wenn du willst. Aber warum so geheimnisvoll, du hättest mich ja gleich fragen –
Ich wollte nicht, dass die beiden da sehen, dass ich dich darum bitte. Es soll ganz selbstverständlich sein, dass ich jetzt hinter die Theke gehe und Barwomen bin.
Du führst etwas im Schilde!?

Sie sagte nichts, er schaute hinüber zu den beiden Männern, sicherlich hatte auch er sie erkannt, zumindest den einen von ihnen, der ab und zu in den TV-Nachrichten zu sehen war.
Er lächelte, ging mit ihr hinter die Theke und sagte: Dienstwechsel.

Zuerst musste Ylbere überprüfen, ob sie erkannt wurde. Denn der eine Mann war der Büroleiter des Oppositionschefs, ihm ist sie schon bei Pressekonferenzen begegnet, wenngleich im Rudel anderer Journalisten. Der andere, ein bekannter Geschäftsmann, reich geworden mit dem »Export landwirtschaftlicher Produkte«, Gründer der AFEX Shpk (»Albanian Farmer Export Association mbH«). Er wurde mit Drogengeschäften in Verbindung gebracht, wobei ihm allerdings nichts nachgewiesen werden konnte. Vielleicht genoss er einfach machtvollen politischen Schutz. Das wusste Ylbere. Das letzte Verfahren gegen ihn wurde eingestellt, nachdem der Untersuchungsrichter entlassen worden war, aber nach den massenweisen Entlassungen korrupter Richter im Zuge einer EU-konformen Justizreform konnte schwerlich behauptet werden, dass es politischen Druck speziell zu seinen Gunsten gegeben habe. Ein Bekannter Ylberes, Mitarbeiter der NGO »MJAFT!« (»Genug!«), hatte in diesem Fall recherchiert, diese Arbeit aber sofort eingestellt, als seine Frau schwanger geworden war. Er wird gewusst haben, warum.

Haben die Herren noch einen Wunsch?

Sie sahen auf und verneinten. Ylbere war nicht erkannt worden. Rasch fragte sie nun die anderen Gäste nach ihren Wünschen, dann wischte sie die Theke, bis sie wieder vor den beiden Männern stand, begann Gläser zu polieren, ihr Gesicht von den Männern abgewandt, ihr Ohr ihnen zugewandt. Es war eindeutig, die beiden wollten vermeiden, dass die neben ihnen stehenden Gäste etwas aufschnappten, also sprachen sie über die Bartheke hinweg – sie sprachen leise, aber eben in Ylberes Richtung.

Nein, sagte der Geschäftsmann, streckte die Arme aus und zupfte die Manschetten seines Hemds ein Stück aus den Sakkoärmeln hervor, Ylbere sah das aus den Augenwinkeln, fast hatte sie den Eindruck, er wolle nach ihr greifen, aber es ging ganz schnell und schon stützte er seinen Ellenbogen wieder auf der Theke auf. Nein, wiederholte er, das geht auf keinen Fall. Das kann der Polizeichef nicht machen.

Aber Endrit verdankt uns den Job, er ist loyal, er würde das sicher tun.

Unmöglich. Er kann nicht den gestohlenen Helm präsentieren, die Leistung der Polizei loben, dass sie ihn ausfindig gemacht hat, aber keinen Täter dazu haben. Wenn er den Helm präsentiert, muss er auch einen Täter vorführen können.

Ja, klar, das haben wir im Club auch diskutiert. Aber da gibt es eine einfache Lösung. Endrit kennt natürlich Diebe, die mehrfach vorbestraft sind. Wir erschießen einen, Endrit gibt bekannt: Beim Zugriff hat er das Feuer eröffnet und wurde von den Beamten erschossen. Da haben wir einen Täter, leider ist er tot.

Vergiss es. Glaub mir. Das ist Unsinn. Kein vorbestrafter Dieb aus Tirana kann einen Kunstraub in Wien stemmen. Das glaubt kein Mensch. Alles, was du Lösung nennst, aber so unglaubwürdig ist, dass es dann weitere Nachforschungen gibt, sei es durch Journalisten, sei es durch die Europol, ist keine Lösung, sondern eine Gefahr. Da kann ich dir nicht helfen. Aber – warte, willst du auch noch einen?

Ja, klar.

Noch zwei Whisky Sour, *Djalë* bitte. Vom Whistle Pig!

Ylbere tat zunächst so, als hätte sie das nicht gehört. Der Mann wiederholte seine Bestellung nun lauter.

Wie man einen Whisky Sour macht, wusste Ylbere, aber »Whistle Pig«, wenn sie überhaupt richtig verstanden hatte, das verwirrte sie, was meinte er damit? Die Whisky-Marke! Whistle Pig Straight Rye. Ja klar, selbstverständlich. Hastig überflog sie die Flaschen in den Regalen an der Rückseite der Bar, von hier aus konnte sie das Gespräch nicht weiterverfolgen, aber die Männer sprachen gar nicht weiter, beobachteten, wie sie nach der Flasche suchte, schließlich rief der eine: Dort! Nein, weiter rechts, ja, noch weiter, nein, jetzt rauf, ja, noch ein Stück rauf, genau da, die Flasche, auf der groß Fünfzehn steht, genau, das heißt fünfzehn Jahre alt *Djalë*.

Sie sahen zu, wie Ylbere die Drinks zubereitete, erst dann sprachen sie weiter.

Cheers Miku im! Also, was ich sagen wollte. Der Plan ist verrückt. Keine Lösung. Und überhaupt: Ich will den Helm auch nicht mehr länger bei mir haben. Ich habe euch geholfen, den Helm zu besorgen, aber –
Jaja, ewig dankbar, aber wer hat denn wissen können, dass –
Ja, schon klar, aber es ist jetzt so, das Ding nutzt euch nichts mehr, und wir müssen es loswerden. Ich will es loswerden.

Sie tranken.
Und ich sage dir gleich, ich organisiere sicher nicht, dass der Helm nach Wien zurückgebracht wird. Womöglich in Windeln verpackt vor die Museumstür gelegt.

Der andere lachte. Dann stutzte er, sagte: Moment, das wäre doch –
Nein. Vergiß es. Sicher nicht!

Sie tranken, schauten vor sich hin. Ylbere wurde gerufen. Eine Bestellung. Zum Glück nur zwei Bier. Das ging schnell. Zurück zu den beiden, mit einem neuen Korb aus der Spülmaschine, voll dampfender Gläser, die sie bedächtig vor sich aufstellte und polierte.

Aber wenn du das mit Endrit nicht machen willst, was schlägst du vor? Irgendwie müssen wir –

Hör zu! Das ist doch klar! Die Lösung eines Problems kann nicht sein, dass man einen Verdacht irgendwie von sich ablenkt, aber dabei einen neuen Verdacht produziert, der wieder auf einen zurückfällt. Die richtige Lösung ist, dafür zu sorgen, dass der Verdacht gleich auf jemand anderen fällt.
Ja. Und?
Du arbeitest in der Politik und kannst nicht politisch denken, unfassbar! Das ist euer Problem. Also ganz langsam: Ihr habt ein Problem mit diesem Helm. Ihr wolltet ihn aus dem Verkehr ziehen, warum auch immer. Damit er nicht in die Hände vom Kryeministër fällt, was weiß ich. Es war voreilig, nicht durchdacht, jedenfalls: Jetzt sitzen wir auf diesem Ding und es brennt furchtbar unter unseren Arschbacken. Sollen wir ihn im Meer versenken? Nein, keine Lösung. Es wird ewig Menschen geben, die sich fragen, wo dieser Helm geblieben ist. Es wird immer wieder jemanden geben, der glaubt, er muss da nachforschen, noch einmal alles aufrollen. Es wird nie Ruhe geben, aber immer eine Verbindung zu mir und zu euch. Darauf lasse ich mich nicht ein. Also –
Also?
Wir überreichen den Helm und damit das Problem dem Kryeministër.
Nicht dein Ernst!

Nun hätte sich Ylbere fast verraten. Weil sie voller Anspannung, in neugieriger Erwartung, die beiden offen ansah, ihr Blick traf sich mit dem des Geschäftsmanns, der sie erstaunt anschaute, den linken Arm ein Stück nach vorn schnellen ließ, um die Hemdmanschette aus dem Ärmel zu zupfen.
Haben Sie noch einen Wunsch?, fragte Ylbere schnell. Die beiden verneinten, und sie zog sich etwas zurück. So weit, dass sie doch gerade noch verstand:

Hat er nicht gesagt, dass er seine – er machte mit den Fingerspitzen Gänsefüßchen – originalgetreue Helmkopie beim Stapellauf der Skanderbeg präsentieren will, vor den Augen der Weltöffentlichkeit? Hat er das nicht angekündigt?
Ja.
Und? Warum bist du so begriffsstutzig? Kommst mir mit diesem blöden Endrit. Die beste Lösung ist doch: Wir bringen am Tag davor den Wiener Helm auf das Schiff, legen ihn in die Vitrine, tauschen ihn gegen den Helm aus, den der Kryeministër machen ließ – den können wir dann übrigens gerne im Meer versenken! Und wenn am großen Tag vor den politischen Eliten aus ganz Europa das Tuch weggezogen wird, was kommt zum Vorschein? Der gestohlene Originalhelm. Und wer hat ihn präsentiert? Der Kryeministër. Und was hat jetzt er, und was habt ihr nicht mehr? Das Problem!

In diesem Augenblick betrat Ismail das Lokal. Er sah Ylbere hinter der Theke, winkte ihr zu. Hatte sie ihn nicht gesehen oder sah sie weg?

Und du kannst, ich meine –
Ich habe Männer, die das können, wenn du –

Hallo, Ylbere!

Sie lief um die Theke herum und auf ihn zu, zog ihn weg, da war Redi, der Chef, sie sagte zu ihm: Übernimm du wieder! Sie zog Ismail weiter, ganz nach hinten in den überdachten Garten, wo man rauchen konnte. Sie drückte ihn auf einen Stuhl, stützte sich auf den Tisch, beugte sich nach vorn und sagte scharf: Bitte brüll nicht meinen Namen, verstehst du, brüll nicht meinen Namen in die Welt hinaus! Es gibt da Menschen, die – ich will nicht, dass sie meinen Namen kennen.

Nun setzte sie sich neben ihn, atmete tief durch, sah ihn an – und lachte. Gemessen an ihrer trockenen, kontrollierten Art, so wie Ismail sie kannte, wirkte ihr Lachen fast hysterisch. Sie lehnte sich zurück, ließ den Kopf nach hinten sinken, atmete tief ein und aus. Ismail wollte natürlich fragen, wissen … Sie sagte nur: Warte. Warte ein bisschen.

Wie lange saßen sie so da? Unendlich. So unerträglich lange wie eine Minute Schweigen im Radio. Ylbere zog ein Päckchen Zigaretten aus der Brusttasche ihres Lumberjack, rauchte eine. Dann stand sie auf, ging vor zu den Stufen, die zum Barraum führten, schaute, kam wieder zurück und sagte: Sie sind fort.

In diesem Augenblick wurden die beiden zu Komplizen. Das war Ylbere sofort klar, und Ismail verstand es, als sie ihm erzählte, was sie eben belauscht hatte.
Und was jetzt? Anzeige zu erstatten, machte keinen Sinn, sie hatten keinen Beweis in der Hand. Nicht einmal die Tatsache, dass sie jetzt wussten, wer im Besitz des gestohlenen Helms war, nutzte etwas, weil sie nicht wussten, wo sich der Helm befand. Der Polizeichef Endrit Cufaj würde niemals versuchen, eine richterliche Bewilligung für eine Hausdurchsuchung zu bekommen. Abgesehen davon, dass der windige AFEX-Mensch den Helm sicherlich nicht in seiner Villa an einem Garderobehaken hängen hatte, wer sagte denn, dass der Helm in einer seiner Immobilien in Albanien war, gut möglich, dass er in Italien versteckt wurde.
Wir können im Moment gar nichts machen, sagte Ismail.
Eines müssen wir machen, sagte Ylbere. Wir müssen den Ministerpräsidenten informieren, ihn warnen. Das musst du morgen sofort tun!

Ich arbeite nicht mehr für ihn, sagte Ismail.
Was?
Das habe ich dir doch schon letztens sagen wollen. Es geht nicht mehr. Wir haben meinen Vertrag einvernehmlich aufgelöst. Warum? Das ist eine lange Geschichte, sie hat schon einige Zeit geschwelt. Willst du sie wirklich hören?
Du hast zwei Minuten zwanzig für deinen O-Ton zur Verfügung. Dann will ich die Geschichte verstanden haben.
Okay. Du kennst Fate. Er will das ganze System, wie die Staatskanzlei kommuniziert, umbauen. Modernisieren, sagt er. Der Chef vertraut ihm und gab ihm freie Hand. Fate stellt eine so genannte Media & Message Group zusammen, lauter junge Leute, die mit den sozialen Netzwerken aufgewachsen sind.
Entschuldige, aber das ist doch verrückt. Der Chef ist so originell, um nicht zu sagen genialisch verhaltensauffällig, dass er allein doch viel mehr Aufmerksamkeit bekommt als durch eine Gruppe von Nerds, die –
Ja, finde ich auch, aber vielleicht haben sie recht. Der Chef beschließt etwas, ich als Regierungssprecher verkünde und erkläre es – das ist *vintage*, sagen sie. Aber eigentlich geht es um etwas anderes. Es geht um Kontrolle. Alles, was rausgeht, muss kontrolliert in den Medien landen. Da gibt es viele Möglichkeiten, aber so ein klassisches Verlautbarungs-Sprachrohr wie ich, das kann er nicht. Erinnerst du dich an die Berichterstattung über die Kundgebung am Skanderbeg-Platz? Ich habe es weder kommen sehen, noch hätte ich es verhindern können. Aber darum geht es: Kontrolle.
Er sah auf die Uhr, sagte ironisch: Ich habe noch 25 Sekunden. Also: Das Ganze ist auch deshalb so verrückt, weil Fate, der so die Kontrolle wiedererlangen will, schuld daran ist, dass sie uns entglitten ist. Er war es ja, der die Idee mit dem Helm hatte, völlig verrückt, und ohne ihn wären wir jetzt nicht in dieser verfahrenen Lage. Okay. Schnitt. Alles klar?

Ylbere sah ihn nachdenklich an, sagte: Ja, es ist verrückt. Aber es ist, wie es ist. Du hast sicher noch Zugang zum Kryeministër, du gehst morgen zu ihm und erzählst ihm, was wir jetzt wissen, du musst ihn warnen.
Und was soll er dann tun? Er hat doch genauso wenig Handhabe wie wir, keinen Beweis, nichts.
Das soll dann er mit seinen Beratern besprechen. Das ist nicht mehr dein Job. Ich kann mir vorstellen, dass er als Regierungschef die Staatspolizei anfordern kann, um den Helm zu bewachen, ich meine seinen, den er machen ließ. Wenn einer einsteigt, der die Helme austauschen will, nehmen sie ihn fest.
Aber dann sind trotzdem beide Helme an Bord, und wenn der Chef oder einer seiner neuen Sprecher erklärt, dass ein Mann in einem Neoprenanzug den gestohlenen Originalhelm in finsterer Nacht an Bord gebracht hat, das klingt so verrückt, das glaubt ja auch keiner.
Hör zu, das sollen die diskutieren. Hast du nicht gesagt, dass sie Spezialisten für message control sind? Wichtig ist jetzt nur, und das ist alles, was wir machen können, dass der Kryeministër erfährt, was da geplant ist. Also gehst du morgen in die Staatskanzlei.
Ja. Und wie erkläre ich, woher ich weiß, was ich da erzähle?
Sag ihm, du hast Quellen. Das macht dich auch gleich wieder wichtiger. Und ich besorge uns jetzt Drinks. Was hältst du von Whisky?
Bei Whisky kenne ich mich nicht aus. Lieber ein Bier.
Schade, der Whistle Pig soll sehr gut sein. Sehr anregend.
Sie lächelte.
Aber du hast recht: Ich hole uns Bier.

Die Komplizen. Sie saßen nebeneinander, aneinandergelehnt, tranken Bier, rauchten.
Ruf mich an, wenn du in der Staatskanzlei warst, ja?

Nein, das ist nichts fürs Telefon. Treffen wir uns!
Okay, wo?
Operncafé. Ich gebe dir Bescheid, wenn ich mit dem ZK gesprochen habe und auf dem Weg bin.
Ich werde mich bereithalten.

Ismail strich Ylbere über den Unterarm, sagte: Ist das nicht übertrieben patriotisch?
Was?
Na, deine Jacke, schwarz-rot.
Sie gab ihm mit dem Ellbogen einen leichten Stoß in die Seite.

3

Am nächsten Tag um zehn Uhr kam Ismail in die Staatskanzlei. Im Foyer stand ein Mann von der Security, einer dieser Kabelmenschen, wie Ismail sie nannte. Er wollte an ihm vorbeigehen, aber der Kabelmensch stellte sich ihm in den Weg.
Ja bitte? Sie wünschen?

Ismail hatte diesen Mann noch nie gesehen, und umgekehrt schien auch der Mann Ismail nicht zu kennen. Das war erstaunlich. Hatte er seit Jahren keine Zeitungen gelesen? War er Analphabet? Wie war es möglich, dass er ihn, der bis vor wenigen Tagen Regierungssprecher gewesen war, nicht erkannte? Ismail sah, dass der Kabelmann seitlich am Hals, wo das Kabel vom Ohrstöpsel unter dem Hemdkragen verschwand, tätowiert war: vier chinesische Schriftzeichen.
Ismail deutete am eigenen Hals auf die entsprechende Stelle und fragte: Entschuldigen Sie, was bedeutet das?
Ismail hatte nicht die geringste Lust, dieses Spiel zu spielen:

was er wünsche, er wolle den Premierminister sprechen, ob er einen Termin habe, nein, er habe keinen Termin, aber es wäre wichtig, leider sei ohne Termin ein Gespräch mit dem Premierminister nicht möglich, das sei ihm bekannt, aber dies sei ein besonderer Fall, er verstehe, aber jeder Fall sei ein besonderer Fall und es sei keine Ausnahme möglich, er möge um einen Termin ansuchen, aber dazu fehle die Zeit, es gehe um eine Angelegenheit von so dringender Bedeutung und …
Ach was, Ismail wusste, dass jede Debatte sinnlos war. Aber er wusste auch, dass er es war, der in diesem Moment für die Sicherheit des Staatschefs von Bedeutung war, und nicht dieser Kabelmensch mit dem chinesischen Tattoo.
Ho Chi Peng Xi Ping Zedong, sagte er, das war völlig sinnfrei, Ismail spürte zum ersten Mal seit seinen Studententagen diese Lust am Antiautoritären, der Kabelmann sah ihn perplex an und sagte: Wie bitte?
Ich dachte, Sie verstehen Chinesisch, sagte Ismail und deutete auf seinen Hals. Er nutzte die Verwirrung des Mannes, ging schnell an ihm vorbei, hin zum Empfangstresen, auch wenn dieser nicht besetzt zu sein schien.
Halt, rief der Mann, aber da war Ismail schon am Tresen, er beugte sich darüber, rief: Hallo, Gulivër!
Gulivër, der Mann vom Empfang, tauchte auf.
Herr Ismail!
Do të jetosh gjatë, mein Freund. Wie weit bist du mit deinen Liegestützen?
Vier Intervalle zu zwölf, Zoti Ismail.
Toll, du machst Fortschritte. Du wirst sicher bald diesen Kerl da ersetzen können.
Wie nett, dass Sie mir Hoffnung machen, Zoti Ismail.

Ismail spürte die Hand des Kabelmanns an seinem Oberarm, er sagte schnell: Gulivër, bitte, rufe oben Mercedes an, ich

muss mit dem Chef sprechen, es ist sehr wichtig und sehr dringend.
Dann drehte er sich um, schlenkerte seinen Arm, um den Griff des Manns abzuschütteln, und schnauzte ihn an, dass Speicheltröpfchen flogen: Tsching Peng Po!!!
Ja, sofort, sagte Gulivër und dann: Sie kennen den Weg, Zoti Ismail.

Der Security-Mann wich zurück, das war gut, denn Ismail hätte Lust gehabt, ihm das Kabel herunterzureißen, aber nein, er hätte es natürlich nicht gemacht, ihm genügte der Gedanke, der ihn amüsierte, und er lächelte.

Besprechung ZK mit Ismail Lani. Anwesend: Mercedes, Fate Vasa und der neue Kommunikationschef Valon Bajrami. Ismail berichtete. Als er fertig war, herrschte Schweigen.
Dann sagte Fate Vasa: Woher weißt du das?
Ich habe Quellen.
Der ZK: Wie zuverlässig sind deine Quellen?
Zu hundert Prozent. Ich rede nicht von Gerüchten, sondern von einem konkreten Plan.
Wer sind deine Quellen?
Hundert Prozent zuverlässig.
Wer?

Ismail stand auf. Das konnte ich euch sagen. Und ihr müsst es ernst nehmen. Dann ging er. Er schickte Ylbere eine Nachricht, schlenderte über den Skanderbeg-Platz zum Operncafé, es war so heiß, wie es um diese Jahreszeit gar nicht sein konnte, die Hitze brüllte, ein Wind kam auf, der ihm die Hitze ins Gesicht schlug, er hatte das Gefühl zu fiebern, junge Menschen auf Skateboards kamen ihm entgegen, sie rollten rechts und links an ihm vorbei, er beneidete sie, auch wenn er nicht wusste, um was, eine Gruppe chinesischer Touristen bat ihn, ein Foto von ihnen vor dem Skanderbeg-Denkmal zu machen, aber ja, selbstverständlich, aber kaum hatte er es gemacht, sprang ein anderer Chinese auf ihn zu, bitte noch ein Foto mit seinem Smartphone, und dann der nächste, jeder wollte ein Foto von der Gruppe auf dem eigenen Smartphone, sieben oder acht Mal wechselte das Smartphone und formierte sich die Gruppe aufs Neue, es waren seltsame Fotos, Menschen mit Mund-Nasen-Schutzmasken am Sockel des Manns mit dem Helm, *you are welcome*, er ging weiter, da sah er vor sich eine tote Ratte. Wieso sah er sie? Weil er den Blick zu Boden gerichtet hatte. Weil er gebeugt ging. Er richtete sich auf. Es waren nur noch wenige Schritte zum Operncafé.

Zwei Tage später versuchten dieser Neue, Valon Bajrami, und Fate und schließlich sogar der ZK selbst Ismail zu erreichen. Es gäbe noch einiges zu klären. Aber Ismails Telefon war tot.
Ismail war verschwunden. Das konnte doch nicht sein. Wo war er? Er war verschwunden.

4

Als es noch einmal geschah, dachte Dorota, dass es nur eine Halluzination sein konnte. Das Scharren an der Tür, das Klopfen beziehungsweise die Schläge, als würde sich jemand immer wieder gegen die Tür werfen. Es konnte doch nicht sein, dass Dorota dem Hund nachtrauerte und eine uneingestandene Sentimentalität ihren Sinnen jetzt einen Streich spielte. Sie ist es ja gewesen, die Adam dazu gezwungen hat, die vermaledeite Maladusza ins Tierasyl zu bringen. Du spielst mit Leben, hatte sie zu Adam gesagt, das ist verantwortungslos. Kaufst aus einer Laune heraus ein Tier, lachst, weil der Welpe so putzig ist, dann kümmerst du dich nicht, lässt mich die Drecksarbeit machen, wenn der Hund ins Haus pinkelt, kaum ist er sauber, lässt du ihn in den Garten kacken, dann vergisst du ihn im Park. Es ist ein Lebewesen, verstehst du, bitte bringe ihn zu Menschen, die Respekt vor dem Leben haben.

Adam hatte sich auf den Teppich gelegt, Komm, Maladusza, komm her, komm her zu mir, Dorota musste sich eingestehen, dass Adams traurige Augen sie jetzt berührten, sein dunkler Blick, den er von ihr abwandte, komm. Und der Hund sprang auf den liegenden Adam, der sich auf den Rücken drehte, den Hund nun auf seiner Brust umschlungen hielt und sich hin und her drehte, der Hund wand sich, schlug mit den Pfoten, als wollte er schwimmen, Adam stemmte ihn hoch, drückte ihn wieder an sich und der Hund leckte Adams verbranntes Ohr. Nein, sagte Adam, gab ihm einen Klaps, der Hund lief weg, lief aufgeregt wieder zu ihm zurück, inzwischen war Adam aufgestanden, nahm den Hund hoch und sagte: Okay.

Sein dunkler Blick.

Er brachte Maladusza ins *Le refuge de Veeweyde*. Das Tierheim *Sans Collier* wäre näher gewesen, aber dort hatte keiner abgehoben, als er anrief, um zu fragen, wie das sei, ob man einen Hund einfach hinbringen und dort lassen konnte. Also *Le refuge*.

Ist das Tier krank? Nein. Tierärztlich begleitet, geimpft? Ja. Traumatisiert? Was, wie, traumatisiert? Nein, ich weiß nicht. Ich meine, wurde das Tier geschlagen? Nein. Ist es unterernährt? Nein. Ist es aggressiv? Nein. War das Tier ein Geschenk, aber Sie haben keinen adäquaten Platz dafür? Ja, genau, das ist es, das ist der Grund.

Adam zog die Jacke an, setzte seine Kappe auf – die brauchst du nicht, sagte Dorota. Nein? Nein, schau, wie warm es heute ist! –, schubste den Hund ins Auto und fuhr ins *Le refuge,* brachte den Wagen nach Hause zurück, nahm seine Tasche, küsste Dorota, es war ein Versöhnungskuss, seinerseits eher ein Unterwerfungskuss, und ging zu Fuß ins Büro. Respekt vor dem Leben, dachte er, als er durch den Jubelpark hastete, diese Worte Dorotas hatten ihn getroffen, absurd, dachte er, darüber hinaus konnte er keinen Gedanken fassen, nur absurd im Rhythmus der Schritte, ab! surd! ab! surd! ab! surd! Dann: Soll! sein! soll! sein! soll! sein!

Drei Tage lang hatte der kleine Romek den Hund gesucht, ihn immer wieder gerufen, weinend und rotzend nach ihm gefragt. Das tat Dorota weh, sie hatte das Gefühl, dass diese Tage den blauen Flecken auf ihrer Seele weitere hinzufügten. Ihre Karenz endete in weniger als zwei Monaten, und sie hatte sich noch immer nicht entschieden, wo sie danach wieder beruflich andocken könnte und wollte. Und ihre Ehe machte sie nicht glücklich, aber auch nicht unglücklich genug. Das Kind war unglücklich. Sein Unglück konnte man vielleicht einfacher lindern. Cagnolino, sagte er, zumindest verstand sie so die Laute, die Romek schniefend von sich gab. Sie hatte begonnen, ihn dazu anzuhalten, auf den Topf zu gehen, was er aber verweigerte oder noch nicht verstand. Ihre Yoga-Übungen. Sollte sie wieder einmal machen. Sie rollte die Matte aus, legte sich darauf, machte aber keine Übungen, sondern blieb einfach auf dem Rücken liegen und starrte zur Decke, solange Romek sie ihn Ruhe ließ. Sie telefonierte mit einer Freundin, na ja, Freundin, es war die Mutter eines gleichaltrigen Kindes. Mit einem kleinen Kind war man plötzlich mit Menschen befreundet, die man ohne Kind nie als Freunde gesehen hätte. Wenn ich in den Spiegel schaue, sagte Dorota, erkenne ich

mich nicht wieder. Dann brauchst du einen neuen Spiegel, sagte die Freundin.
Deren Heiterkeit fand Dorota trostlos.
Cagnolino. Ihr Kind sollte glücklich sein. Vielleicht, dachte sie, wäre es doch gut, wenn Romek mit einem Haustier aufwachsen würde. Eine Katze, dachte sie, eine Katze könnte die Lösung sein. Katzen sind unkomplizierter als Hunde, selbstständiger, sauberer, sie müssen nicht raus, sie machen in ein Katzenklo. Und für Kinder sind sie vielleicht kuscheliger, und Romek würde mit einer Katze den Hund schnell vergessen.
Als die Putzfrau kam, ließ sie Romek in deren Obhut, googelte Tierhandlungen, las Bewertungen und fuhr schließlich zur *Boutique Chien-Chat* in der Rue Rollebeek, das war nicht weit entfernt, sie wäre gleich wieder zurück.
Sie wollte die schwarze Katze nicht, und nicht die weiße mit dem besonders dicken Fell, sie nahm die honigfarbene mit dem schwarzen Ohr, die anderen Katzen rollten in einer Kiste herum, aber diese sah sie an. Da war eine Magie – über die sie jetzt aber nicht nachdenken wollte, sie ließ sich beraten, kaufte ein Katzenklo und was sonst noch alles dazugehört, und Futter, und eine Transportbox, und fuhr nach Hause.
Sie nahm die Katze aus der Transportbox, stellte sie mitten im Wohnzimmer auf den Teppich. Die Katze sah sich um, streckte sich, dann stand sie reglos da. Romek staunte, bewegte sich nicht. Dorota fragte sich, ob – da ging die Katze auf Romek zu, legte sich auf den Rücken. Und Romek fasste hin, er streichelte, ein wenig ungeschickt, aber er streichelte die Katze auf dem Bauch und die Katze schnurrte und Romek jubelte.
Ja, dachte Dorota. Und: Was wird Adam sagen?

Adam war mit allem einverstanden, was dem Familienfrieden diente, mehr noch, die Familie so beschäftigte, dass er in seinem Zimmer sitzen und träumen und grübeln konnte. Außerdem war er an diesem Tag sehr entspannt, geradezu heiter. In der Kommission war endlich der Entschluss gefasst worden, ein Verfahren gegen Polen einzuleiten, Sanktionen zu veranlassen. Dass die polnische Regierung unausgesetzt und systematisch europäisches Recht brach, war einfach nicht mehr hinnehmbar. Neben dem großen, grundsätzlichen Problem, dem polnischen Justizskandal, gab es mittlerweile so viele kleine, symptomatische Ereignisse, die schließlich die letzten Rücksichten der zuständigen Kommissionsbeamten zerstreuten. Die Europäer in der Institution verloren die Geduld. Dass die Gedenkkundgebung für Piotr Szczęsny von der Polizei aufgelöst wurde, Menschen, die nichts anderes als Kerzen in der Hand hielten, mit Knüppeln auseinandergetrieben wurden. Dass neben dem internationalen Begegnungs- und Holocaust-Forschungszentrum in Auschwitz ein neues, bombastisches Museum gebaut werden sollte, das nur noch den polnischen Opfern gewidmet sein sollte. Dass die polnische Regierung dem deutschen Außenministerium den LEGO-Bausatz »KZ Auschwitz« des polnischen Künstlers Zbigniew Libera schickte, »als Anregung, das Lager in Deutschland aufzubauen, da es den Deutschen gehöre und nicht den Polen«, und es dann von polnischem Boden verschwinden könne. Dazu kamen die besorgniserregenden Eingriffe in die Medien- und Pressefreiheit: Die polnische Regierung hatte offenbar auf die Eigentümer der *Gazeta Wyborcza* Druck ausgeübt, den Chefredakteur zu entlassen und durch einen Handzahmen zu ersetzen. Für Adam war das völlig grotesk, er war ja der Meinung, dass die *Gazeta* schon davor viel zu brav geworden war. Er dachte an den Protest von Piotr, der damals bereits die Feigheit der *Gazeta* kritisiert hatte – hätte er sich vorstellen können, wie weit es dann noch kommen würde? Ja, er hat es vorhergesehen.

Jetzt wurde es so deutlich, dass die Kommission reagieren musste. Es kam etwas in Bewegung. Paulina hatte Adam mit der Post das Originalflugblatt geschickt, das Piotr vor seiner Selbstverbrennung am Plac Defilad verteilt hatte. An diesem Tag war es angekommen. Es lag vor ihm auf dem Schreibtisch, und Adam wusste nun ganz genau, was er tun musste, um seinen Schwur zu halten. Die Vorbereitungen wären rasch erledigt, und dann hieße es nur noch, auf den Tag zu warten, den er bestimmt hatte: den 28. November.

In einer Kaffeepause hatte er Karl Auer getroffen, der Kollege kam ja immer mit irgendwelchen Sinnsprüchen. Adam wusste nicht mehr, in welchem Zusammenhang es war, jedenfalls sagte Auer: »Warten heißt nichts wissen. Der Wissende bestimmt die Stunde!« War wahrscheinlich der Spruch des Tages auf seinem Wandkalender, auf der Etage lächelte man über diese Schrulle Auers, aber, dachte Adam, verdammt noch mal, da hatte er recht.

An diesem Nachmittag, zwei oder drei Stunden bevor Adam gut gelaunt nach Hause kam, hörte Dorota wieder diese Geräusche an der Haustür. Ein Kratzen, ein Klopfen, ein Schlagen. Das konnte nicht sein, dachte sie, sie schloss die Augen, atmete tief durch. Sie deliriere, dachte sie, sie werde verrückt, jeden Tag alleine zu Hause mit dem Kind und jetzt noch mit der Katze, auch wenn sie anspruchslos war, aber auch eine anspruchslose Katze braucht Futter, und das war ein Stress gewesen, mit Romek, der sich gewehrt hatte, im Kinderwagen zu sitzen, aber dann auch nicht gehen wollte, sondern getragen werden musste, als sie Katzenfutter kaufen musste, denn das Futter, das sie beim Kauf der Katze mitbekommen hatte, war verfüttert. Als sie dann im Supermarkt ein Regal mit Katzenfutter fand, brachte Romek eine Pyramide von Grillanzünder-Packungen zum Einsturz, während sie die Inhaltsangaben der Katzenfutter-Dosen las und sich fragte, was Arginin und Methionin sei, und überhaupt: E 620 und E 650, sie hatte das Gefühl, dass sie reines Gift kaufte, wenn sie diese Dosen mit angeblich Dorsch oder Lammragout – Romek brüllte wie am Spieß, als sie gerade die Kitty's-fit&fun-Sticks untersuchte. Warum gab es für Katzen Lamm, aber nicht Maus, das hätte sie logischer und vertrauenerweckender gefunden, und Romek brüllte und wälzte sich auf dem Boden, sie warf wahllos einige Dosen in den Einkaufswagen, zerrte Romek hoch und kaufte für ihn einen Lutscher mit endlos vielen E-Nummern, damit er sich beruhigte. Und so saß sie dann erschöpft zu Hause, als sie das Klopfen an der Tür hörte. Weil es nicht aufhörte, ging sie schließlich hin, öffnete, und da war Maladusza, die vermaledeite Maladusza, und sie sprang winselnd, jaulend, geradezu singend an Dorota hoch und dann an ihr vorbei ins Haus hinein.

Der Hund war zurück, und da war jetzt die Katze. Langsam und mit dem Gefühl, dass nun nichts mehr in ihrer Hand lag, mit jener Apathie, die bei anderen als Gottvertrauen gilt, ging sie ins Wohnzimmer und sah den Hund, schwanzwedelnd neben der schnurrenden Katze liegen, und Romek, der herbeilief und sich auf Maladusza warf und can jo oder etwas in der Art rief. So lagen sie beieinander, dann stand Romek auf und lief ein paar Schritte und die beiden Tiere ihm nach.

Und der Löwe wird neben dem Lamm liegen, fiel Dorota ein, und wie hieß es im Buch Jesaja, ein kleiner Knabe wird Kälber und Löwen miteinander führen oder so ähnlich, die Rückkehr ins Paradies, der Knabe, der die Tiere versöhnt, der Löwe und der Wolf, sie werden Gras essen mit der Kuh und dem Lamm, das fiel Dorota jetzt ein, Fragmente der Geschichten, die sie, halb Italienerin, halb Polin, also doppelt katholisch, als Kind gehört hatte, von Großvätern, die genauso nach Tabak rochen wie die Männer in den schwarzen Soutanen, die Märchenerzähler, denen man bei der Beichte Märchen erzählte.

Paradies? Was wird Adam sagen? Nun sind wir wieder vereint. Wie hatte Maladusza aus dem Tierheim entkommen und dann den Weg nach Hause finden können?
Die polnische Bracke ist eine intelligente Rasse, sagte Adam. Man kann sie nicht einsperren.

5

Als Kommissar Franz Starek von der Routine im Büro heimkehrte in die Routine des Abends, fand er am Küchentisch ein in Frischhaltefolie gewickeltes schwarzes Trumm und eine kleine verkorkte Flasche vor, dabei lag eine Ansichtskarte von Skopje, auf die Frau Bessa geschrieben hatte: »Hat Schwager gebracht von zu Haus Köstlickeiten, müssen Sie proviren. Grüsst, Bessa«.
Das schwarze Ding war etwas Geräuchertes, ein sehr fetter Speck. Starek hatte immer ein Taschenmesser bei sich, den klassischen »Feitl«, den seinerzeit fast jeder österreichische Bub mit zehn, zwölf Jahren bekommen hatte, ein simpler Holzgriff, meistens grün, manchmal auch rot oder blau lasiert, mit einem Schlitz, in dem eine einfache Eisenschneide steckte, die man ohne eine weitere Sicherung, ohne einschnappenden »Klick« herausklappen konnte. Starek wusste nicht, ob es diese Jungvolk-Feitln heute noch gab und ob die heutigen Tablet-Jugendlichen überhaupt daran interessiert wären, aber er hatte seinen seit den Sommerlandwochen mit Cousin Karl Auer in Ehren gehalten und aufbewahrt, immer in seiner Ho-

sentasche. Einmal hatte er darauf vergessen, als er mit seiner Frau im Sommer nach Split fliegen wollte, von dort mit der Fähre nach Hvar auf Strandurlaub, und da stand er da am Flughafen beim Security-Check, mit dem Taschenmesser in der Hose. Er hätte es abgeben müssen, was hieß, dass es weggeworfen worden wäre, aber er hatte sich geweigert, es gab eine Szene mit seiner Frau, die einlenkte, weil sie ihn zu gut kannte: Sie flog voraus, er brachte seinen Feitl nach Hause und kam mit der Abendmaschine nach. Das kostete zumindest so viel wie dreihundert solcher Feitln, wenn man sie überhaupt noch bekam, aber sein Feitl war ihm heilig.

Er holte also kein Messer aus der Lade, sondern schnitt mit seinem Feitl ein Stück von dem Schwarzgeräucherten ab, schob es in den Mund, kaute, zunächst vorsichtig, misstrauisch, dann euphorisch: Es war köstlich. Er entkorkte die Flasche, nahm einen Schluck, das war brutaler Schnaps, schnell nahm er noch ein Stück Speck. Er war gerührt von Bessa, aber das war kein Abendprogramm, er saß da, rauchte eine Zigarette, das änderte nichts, er wischte die Schneide seines Feitls ab, klappte ihn zu, steckte ihn ein und machte sich auf den Weg zum Gasthaus Pistauer.

Er war erstaunt, dass er Hofrat Prochaska nicht antraf. Der war doch jeden Tag am späten Nachmittag und Abend hier. Ja, sagte der Wirt, er wisse auch nicht, es sei das erste Mal seit seiner Prostata-Operation, dass der Hofrat nicht gekommen sei, es wird doch nichts passiert sein.

Ob er die Telefonnummer von Prochaska habe? Man müsse vielleicht nachfragen.

Nein, sagte der Wirt: Was brauch ich die Telefonnummer von jemand, der eh jeden Tag da ist?

Am nächsten Abend war Starek zu müde. Aber am übernächsten Abend ging er wieder zum Pistauer, um zu schauen, ob

Prochaska wiedergekommen war oder es zumindest neue Informationen gab.
Er stand vor einer geschlossenen Tür, auf der mit Klebestreifen ein Zettel angebracht war: »Bis auf Weiteres wegen Krankheit geschlossen!«

6

Ismail Lani hatte sich nie von einer Frau angezogen gefühlt, nie Sehnsucht nach einer Frau empfunden. Aber er hatte es versucht, sich von Zeit zu Zeit Begehren gleichsam verordnet. Einmal hatte er sich sehr um ein viel jüngeres Mädchen bemüht, eine kaum siebzehnjährige Schülerin, deren naives Aufblühen, deren zukunftsblinde Heiterkeit, deren große Emotionen bei kleinen Anlässen ihn gefälligst verzaubern sollten. Aber es funktionierte nicht. Wenn er an sie dachte, spürte er eine Wärme im Herzen, wie bei einem Herd, der nicht gut zieht. Immer wieder zündet man neu an, und immer wieder erstickt die Flamme. Wenn er von ihr erzählte, wirkte er verliebt. Das war beschlossene Sache. Andere glaubten ihm eher als er sich selbst. Er hatte gedacht, dass dieses Mädchen und er etwas gemeinsam hätten: die Unerfahrenheit, die Unschuld. Und dass sie darauf Zusammengehörigkeit aufbauen könnten, auf der Basis gemeinsamer Erfahrungen. Aber im Gegensatz zu ihm wusste sie, was sie wollte: irgendwann einen Mann, na sicher, aber nicht sofort und jedenfalls nicht gleich diesen. Sie wollte sich ausprobieren, ein bisschen spielen. Aber für ihn war es kein Spiel, es war existentiell. Wenn er normal war, musste er sich doch in ein Mädchen verlieben können, in dieses zumal, das so attraktiv war, dass sich Burschen nach ihr umdrehten, wenn sie gemeinsam ein Lokal betraten.

Sie verlor nicht ihre Unschuld, aber er machte sich schuldig. Er hatte damals als junger Student gerade begonnen, sich politisch zu engagieren, und ihre Naivität machte ihn rasend, zynisch und aggressiv. Sie begann sich zu schminken, experimentierte damit, vielleicht übertrieb sie etwas. Er verhöhnte sie, auch vor anderen, sagte, es sehe aus wie die Kriegsbemalung eines primitiven Indianerstammes, wem sie denn den Krieg erklärt habe? Sie habe sich für ihn schön machen wollen, sagte sie, aber das gab ihm nicht zu denken. Es war erstaunlich, dass sie noch einige Zeit Geduld mit ihm hatte, ein Freund sagte ihm, dass es nicht Geduld sei, sondern dass sie es noch genoss, wenn ihre Schulkolleginnen sie bewunderten, weil ein Älterer sie ausführte. Aber sie hatte immer den Kopf gesenkt, wenn sie sich trafen, und ihr Lächeln wurde ängstlich. So gesehen hatte er ihr doch die Unschuld geraubt, zumindest fast. Sie hatte bald darauf genug. Und Ismail empfand nach der Trennung keinen Liebeskummer, sondern nur eine leichte narzisstische Kränkung.
Er versuchte es mit einer älteren, wesentlich älteren Frau. Er merkte, dass er eine gewisse Wirkung auf Frauen ausübte, die seine Mutter sein könnten. Er fragte sich nicht, warum das so war, ob oder warum er den Eindruck eines aus dem Nest gefallenen Riesenbabys machte, das bei manchen Frauen sofort den Wunsch nach Bemutterungsorgien auslöste. Wenn er sich schon schwertat mit Begehren und Verführen, dann gab er sich eben deren Begehren und Verführen hin. Vielleicht klappte passiv, woran er aktiv scheiterte.
Es funktionierte nicht. Auch wenn er kurz dachte, doch mit Frauen zu können, auf Frauen Wirkung zu haben, geradezu ein Ladies men zu sein – er verhielt sich nicht wie ein Mann, sondern tatsächlich wie ein Kind. Er wohnte einige Wochen bei einer Frau, die ihn mit liebevoller Strenge zur Brust nahm. Ihr Mann war bei einem Arbeitsunfall jung gestorben, ihr

Sohn vor einem Jahr ausgezogen. Nahm er den Platz ihres Mannes oder ihres Sohnes ein? Ismail hatte seine Mutter sehr früh verloren, genauer gesagt: Sie hatte sich aus dem Staub gemacht, und nun war sie in Gestalt dieser Frau zurückgekommen, was er zunächst genoss, ihn aber sehr bald wütend und aggressiv machte. Das war doch lächerlich, dachte er, primitiv und verlogen. In diesem Jahr erschienen die ersten Übersetzungen von Sigmund Freud in Albanien, was in Studentenkreisen natürlich diskutiert wurde, und er kam sich vor wie eine Karikatur dieser simplen Debatten über die Bedeutung der Kindheit für die Entwicklung der Sexualität, er machte Witze darüber, und prompt gab es im Seminar einen Obergescheiten, der schon auf Französisch Freuds Studie über den Witz und seine Beziehung zum Unbewussten gelesen hatte und Ismails Witze zum Anlass nahm, ihn als peinlich exemplarischen Fall der Lächerlichkeit preiszugeben. Niemand sonst hatte das gelesen, und das Beste, was man über diese damalige Zeit sagen konnte, war, dass Leser sich über andere erheben konnten – wie ungerecht auch immer es war. Ismail randalierte, es war, als holte er im Bett seiner Ersatzmutter die Pubertät nach. Und es widerte ihn an: das Bett. Er fand, dass der Schweiß dieser Frau viel zu süß schmeckte, nicht so herb wie der Männerschweiß. Vielleicht war es auch die Mischung aus Schweiß und Parfum, billigem Parfum mit großspurigen französischen Namen, *Pomme d'or du paradis*, und als sie einmal wegen der gar so schwülen Luft im Zimmer das Fenster öffnete, sich hinauslehnte und tief atmete, dachte er: Spring! Aber er ging zu ihr hin, umarmte sie von hinten, zog sie sanft zurück, während sie ihren Hintern an seinen Lenden rieb. Es war verlogen. Er musste es sich eingestehen. Auch dieser Versuch war beendet.

Es wunderte ihn selbst, und deshalb wollte er es auch lange nicht wahrhaben: Es konnte nicht sein, dass er sich zu Männern hingezogen fühlte, weil er seine Zeit im Waisenhaus, als es nur Jungen und Männer um ihn gab, als so widerwärtig, abstoßend und bedrohlich erlebt hatte, dass ihm die Vorstellung, er könnte einen Mann lieben oder von einem Mann Zärtlichkeit empfangen, völlig absurd erscheinen musste. Als sie im Heim in die Pubertät kamen und sexuelle Bedürfnisse der Jugendlichen penetrant wurden, hatte er sich nur zu schützen versucht, und dann war er ja bald von Tante Xhulieta befreit worden. Sowenig er sich mit anderen Kindern im Heim hatte prügeln wollen, so wenig wollte er sie irgendwie anders spüren. Andererseits, und das war wohl ein Grund für seine Verwirrung, war er dann doch mehr an Männern interessiert, Männerfreundschaften sowieso, weil er, bei allen Widerwärtigkeiten, doch das Gefühl hatte, Männer zu verstehen, etwas anderes hatte er ja nicht gelernt. Aber zugleich träumte er von jungen Männern, er küsste sie und sie zogen sich aus und plötzlich waren sie Frauen, oder er träumte, in den Armen einer schönen Frau zu liegen, nicht so ein Vollweib mit unendlich viel Rundungen, sondern eine schlanke, athletische Frau mit festen langen Muskeln, und seine Hand glitt in ihr Höschen, und da war sie ein Mann, und was für ein Mann! Dagegen war er kein Mann, auch wenn er noch so viel an sich riss und zerrte.

Erst mit Ylbere kam er auf den Gedanken, dass es tatsächlich etwas anderes geben konnte als die klare Zuordnung Mann oder Frau, die klare Sehnsucht nach einem Mann oder einer Frau, das klare Glück, das eine zu sein und im anderen Erfüllung zu finden, bis man sich scheiden ließ. Er, der ehemalige Regierungssprecher, der Formulierungs- und Floskelmeister, der jede doppelte Aalwende des ZK erklären konnte, hatte kein Wort dafür, aber ein starkes Gefühl, dass Ylbere und er sich irgendwie ineinander spiegelten und daher zusammengehörten.

Das begriff er, und auch wenn es vielleicht keine ausreichende Erklärung war, oder eine allzu triviale, es war eine Erklärung, die ihm half, und da braucht man keine bessere: Er hatte Angst vor Männern, weil er im Heim erlebt hatte, wie sie sind, weil er dort gelernt hatte, wie sie tickten, und er ins Kissen geweint hatte, weil er nicht so war und nicht so sein konnte, und er hatte Angst vor Frauen, weil er in diesen entscheidenden Jahren seines Heranwachsens keine Frauen kannte, weil da keine waren und er keine erleben konnte, daher keine Vorstellung davon haben konnte, wie sie tickten, und sie ihm deshalb so geheimnisvoll und überirdisch erschienen wie Sagenfiguren oder so fern wie eine ägyptische Sphinx, was Lehrstoff war, aber keine Erfahrung bot. Sie lernten auch von albanischen Heldinnen, märchenhaften Figuren, Schneeweißchen und Partisanenrot, die Botendienste für die Helden des Widerstands gegen die Faschisten übernahmen, so also sollten die Frauen sein, und er, der seit dem Tod seiner Mutter noch keine gesehen hatte (außer der schweigsamen Soldatin, die den Soldaten begleitete, der ihn ins Heim gebracht hatte), bekam er erst recht Angst.

Die Angst hatte ihn geknebelt und die Angst hatte ihn getrieben. Sein politisches Engagement, er sah es jetzt ganz deutlich, war getrieben von der Sehnsucht danach, sich zu spüren. Sich hinzustellen, das Hemd aufzureißen und die Brust zu zeigen und zu rufen: Schießt auf mich! Stärker kann ein Körper, der nicht begehrt wird, sich nicht spüren. Am Anfang ist es so gewesen, und er hatte sich gespürt, nur geliebt hatte er sich nicht gefühlt, aber damals hatte er die Sehnsucht danach vergessen. Einer wie er war dazu auserkoren, für eine größere, gemeinsame, allgemeine Sache zu kämpfen: Er hatte nichts zu verlieren, aber eine hohe Position in einem neuen Staat zu gewinnen. Aber die Anerkennung, die er bekam, war nicht Liebe. Er machte eine erstaunliche Entdeckung. Selbst wenn er dem zu-

stimmte, was er im Namen des ZK zu kommunizieren hatte, fühlte er sich missbraucht.
Es gab eine legendäre Szene, etwa vor einem Jahr, in der Parteizentrale. Fate Vasa hatte ein neues Gedicht veröffentlicht und Ismail und weiß Gott wem noch einen Link der Zeitung geschickt, wo man es lesen konnte. Das Gedicht endete mit den Versen: »Hoffnungen verbrennen? Legt nach! / Ich brauche euer Brennen, eure Glut / um meine Worte zu schmieden /«, das konnte man für einen albanischen Dichter ja noch durchgehen lassen, aber dann kam die Zeile: »Ihr sprecht ohne meine Worte nur zufällig meine Sprache.«
Ismail war an diesem Tag zu einer Besprechung in die Parteizentrale gekommen, sah Fate und gab ihm kommentarlos eine schallende Ohrfeige. Nicht ganz kommentarlos, denn nach einem Schockmoment aller Anwesenden und dem verwirrten Wackeln von Fate Vasas Schädel sagte Ismail: Das ist nicht zufällig die Sprache, die du hoffentlich verstehst!

Da zeichnete sich schon ab, dass das alles nicht mehr für ihn stimmte, die Ängste, die Willfährigkeit, die Lust, sich durch Selbstentblößung am Leben zu fühlen, aber auch die bescheidene Befriedigung, im Vorzimmer der politischen Macht zu sitzen. Er erzählte, im Operncafé, nachdem er Ylbere von der Besprechung in der Staatskanzlei berichtet hatte. Sie tranken Wein, und mehr Wein, dann dazu Käse, noch mehr Wein, er erzählte und merkte, dass er betrunken wurde, hielt inne, und Ylbere sagte: Das liegt alles hinter dir.
Und was liegt vor mir?

7

Ylbere und Ismail waren jetzt Komplizen. Da steckt man die Köpfe gleich ganz anders zusammen. Sie hatten beschlossen, den Ministerpräsidenten zu warnen, ein vielleicht letzter Akt der Achtung ihrer politischen Ideale. Denn beide hatten dem Ministerpräsidenten bereits die Unterstützung und Gefolgschaft aufgekündigt, weil sie seine Politik – ja, was? Für Idealisten grenzt bereits politischer Pragmatismus an den Sündenpfuhl, der Politik letztlich zu einem dreckigen Geschäft macht, aber für Menschen, die natürlich Verständnis für politischen Pragmatismus haben, wildert Show-Politik dann doch schon an der Grenze zu Lüge und Betrug, und selbst wer versteht, dass politischer Gestaltungswille, um erfolgreich zu sein, ein gehöriges Maß an Show und Symbolpolitik benötigt, muss bei allem Verständnis irgendwann einmal enttäuscht sein, denn er sieht nur noch ein Schwungrad, dem von einem Team von Experten immer neuer Schwung verliehen wird, das aber keinen Meter macht, ein Rad, das kein Vorankommen zeigt.
Sie sprachen viel darüber. Was sie kritisierte, versuchte er dann doch mit Informationen aus dem innersten Kreis zu erklären, und was er ausplauderte, fand sie »irre«, weil es nie an die Öffentlichkeit gedrungen war. Sie erfuhr von Grotesken, die ihr unbekannt waren, zum Beispiel, dass der ZK, wenn er in seinem Arbeitszimmer Besuch empfing, vor allem wenn es Vertreter der EU waren, aber auch bei gewissen Staatsbesuchen, auf seinem Schreibtisch einen Zeichenblock drapierte, als wäre er durch den Besuch gerade bei seiner kreativen Arbeit als Künstler unterbrochen worden. Die Akten, die er als Regierungschef durchzugehen hatte, wurden zur Seite geschoben oder gar auf dem Schreibtisch von Mercedes im Vorzimmer zwischengelagert. Auffällig in seinem Arbeitszimmer

waren auch die Tapeten. Er hatte sie, als er Ministerpräsident wurde, selbst entworfen und produzieren lassen. Er, Ismail, musste immer an ein Kinderzimmer denken, bei den vielen kleinen bunten Zeichnungen, die das Muster der Tapeten ergaben. Man musste sich sehr nah davorstellen, um den Witz dieser Zeichnungen zu entdecken, was Besucher auch immer wieder machten. Ich bin ja so ein friedlicher, gewaltfreier Mensch, hatte der ZK einmal gesagt, aber immer wieder sehe ich in meinem Zimmer Männer, die den Eindruck erwecken, als hätte ich sie an die Wand gestellt!
Ismail erzählte von dem Interview mit der französischen Journalistin oder von den Basketballexzessen bei Besprechungen, Ylbere lachte, sie stieß Ismail und sagte: Ist nicht wahr!? Und er erfuhr von Reaktionen außerhalb seiner Blase, Reaktionen auch auf seine Arbeit als Sprecher der Regierung. Ismail Lani konnte es nicht fassen, als Ylbere erzählte, dass sie Menschen kannte, vor allem Studenten, die das neu gebildete Verb »lanisieren« verwendeten, oder »den Lani machen«, im Sinn von »etwas schönreden«, zum Beispiel: Lanisiere das nicht, wenn es ein Problem gibt und einer es bagatellisiert, aber auch: Mach mir bitte nicht den Lani, im Sinn von: Lüg mich nicht an.
Nein!
Doch!
Ismail Lani lachte, aber es tat ihm weh. Zugleich bestärkte es ihn in seinem Entschluss, alles hinzuwerfen, so war sein Lachen vielleicht auch eines der Erleichterung: Sie werden eine neue Vokabel finden müssen, sagte er, weil ich bin weg.
Was wirst du jetzt machen, was hast du vor?
Ich weiß noch nicht. Ich sitze auf Koffern. Ich muss auch aus meinem Haus ausziehen.
Warum?
Wird verkauft. An einen Bauspekulanten.
Wie viele Koffer?

Ich habe nicht viel, wollte nie viel besitzen. Ein Koffer mit Büchern. Zwei Koffer mit Kleidung und Schuhen. Und ein sehr kleiner Koffer mit verschiedenen Erinnerungsstücken.
Und Möbel?
Das meiste war schon drinnen. Von mir gekauft und von einigem Wert ist eigentlich nur das Bett.
Ein gutes Bett?
Ja, ein französisches mit Federkernmatratze.
Ich will es haben, sagte Ylbere, ich habe ein schlechtes Bett, wollte schon die längste Zeit ein besseres kaufen. Gib es mir und du kannst weiter in deinem Bett schlafen.
?
Bring deine Koffer und das Bett in meine Wohnung. Du kannst dort bis auf weiteres wohnen. Ich verreise übermorgen. Auf unbestimmte Zeit.
?

Ylbere erzählte von ihrem Plan, hinauf in den Norden zu fahren, an die Grenze zum Kosovo, von wo ihre Großmutter stammte, der Clan ihrer Großmutter, sie erklärte ihre Gründe, auch warum sie sich alles offenließ. Und dann geschah etwas, was Ylbere überraschte. Ismail sagte: Ich komme mit. Und nach einer Schrecksekunde: Kann ich mitkommen?
Sie sah ihn an, und er sagte: Nimmst du mich mit? Das wollte ich sagen: Nimmst du mich mit?

Ylbere musste sich eingestehen, dass sie nicht überrascht sein musste – hatte sie nicht zwischen ihren Worten eine Einladung versteckt? War es nicht das, was sie insgeheim gehofft hatte, auch wenn sie nicht wusste, warum? Alleine wäre sie auf dieser Reise völlig eigenständig, müsste auf nichts und niemand Rücksicht nehmen, sich mit niemandem womöglich mühsam abstimmen. Wäre er ein Klotz am Bein? Oder eben

ein Komplize – und dieser Begriff bekam schön langsam die Bedeutung von: ein Teil von mir.
Sie sah sich von außen, wie eine Überwachungskamera, als sie Ismail ansah, langsam nickte und sehr gedehnt Okay sagte.

Am nächsten Tag hatte Ismail Stress. Er musste sein Bett und seine Koffer zu Ylbere bringen, Ylberes altes Bett entsorgen – er wunderte sich, dass sie in diesem alten Stahlrohrbett aus der Hoxha-Zeit mit den ausgeleierten eisernen Spiralfedern, auf denen eine durchgelegene Rosshaarmatratze lag, schlafen und dann ohne Schmerzen aufwachen konnte. Und er hatte noch einen Gedanken: Hätte sie einen Liebhaber, hätte sie ein anderes Bett. Ein dummer Gedanke, dachte er, während er das Kopfteil von den Längsteilen abschraubte, abzuschrauben versuchte. Wie war es möglich, dass die Schrauben in einem Bett verrosten? Er holte einen Hammer, schlug auf das Bettgestell hinter den Schrauben, er wurde wütend, schlug fester – Warum prügelst du das Bett, rief Ylbere, die die Schläge auf das Metall gehört hatte und ins Schlafzimmer kam – da fielen die Teile des Bettgestells endlich auseinander. Dann rief er Fadil an, er kannte ihn seit der ersten Wahlkampagne für den Chef, er war damals einer der »Menschen aus dem Volk«, die einen Satz in den Wahlwerbe-Clips im Fernsehen sagten, ein Alteisen-Sammler. (Es war natürlich ein Satz aus der Feder von Fate Vasa, über die Notwendigkeit, auch in der Politik das alte Eisen zu entsorgen.) Fadil hatte ein Mobiltelefon und einen Holzkarren, der von einem Maultier gezogen wurde, mit dem kam er und holte das Bettgestell ab, danach holte er Ismails Bett und brachte es zu Ylberes Wohnung.
Dann musste er zumindest eine Grundausrüstung für die Reise in die Berge besorgen, aber er übertrieb natürlich und kaufte sogar einen Biwacksack und eine Notfalldecke. Ylbere sagte, er solle das zurückbringen, wir fahren in die albanischen

Alpen und nicht zum Mount Everest. Er kam gerade noch rechtzeitig zu dem Laden *Ujku i malit*, bevor er schloss, aber dort wollte man ihm kein Geld zurückgeben, also nahm er schwitzend noch drei Garnituren Thermo-Unterwäsche, zwei Dutzend Energie- und Protein-Riegel und für den Differenz-Betrag einen Gutschein, wissend, dass er ihn nie einlösen würde.
Zu Hause – das hätte er gerne gedacht: zu Hause – aber es fühlte sich fremd an, es war bei Ylbere – also zurück bei Ylbere, packte er seinen Rucksack, stellte ihn im Flur neben ihren Rucksack, die beiden Rucksäcke standen da, zum Platzen prall, aneinandergelehnt, traut und doch fremd.

Er war erschöpft, als er schließlich ins Bett sank. In sein Bett. Aber nicht bei ihm. Nicht bei sich. Die erste Nacht mit Ylbere, bei ihr. In der Früh sagte sie, dass sie es gut fand, dass sie sich nur aneinandergedrückt hatten. Dass sie dankbar sei, dass er nicht gleich –
Ismail war noch schlafversulzt, streckte sich, gähnte, schmiegte sich an sie. Dann sagte er verwundert, dass er einen sehr intensiven Traum gehabt habe.
Was hast du geträumt?
Ich habe den Traum vergessen, sagte Ismail. Seit den Sigmund-Freud-Debatten damals an der Uni fand er das Erzählen und Interpretieren von Träumen so sinnvoll wie das Deuten von Handlinien. Aber dann sagte er doch:
Ich weiß nur noch, dass da sehr viel Licht war, starkes Licht, und: Ich war sehr glücklich.

8

An diesem Morgen war die Stadt in heller Aufregung. Tirana war eine sehr dynamische, pulsierende Stadt, aber Ismail hatte den Eindruck, dass etwas Besonderes geschehen sein musste, denn die Stadt schien viel hektischer, nervöser als sonst aufzuwachen. Er hörte die Folgetonhörner von Einsatzfahrzeugen, das Knattern von Hubschraubern, er sah aus dem Fenster und meinte, dass sich die Menschen schneller bewegten als sonst, manche liefen, was wussten sie, wohin liefen sie, oder wovor liefen sie davon? Aber da saßen auch schon Menschen in den Straßencafés, gleich gegenüber von Ylberes Wohnung, Ismail sah aus dem Fenster und sein Herz klopfte, diese Männer saßen da und liefen nicht, und doch passten sie ins Bild, er dachte, dass die Männer in diesem Café mit großer Anspannung dasaßen, anders als sonst, nervös, vielleicht angststarr?
Er drückte die flache Hand auf seine Brust. Es war sein Herz. All die Unruhe, die Aufregung, die Angst, es war sein heftig pochendes Herz.

Sie frühstückten Jogurt und Bananen. Unten auf der Straße saß immer ein Bananenverkäufer, er bot sonst nichts an, nur Bananen. Es gab viele solche Männer, die mit einigen Bananenkisten auf dem Gehsteig saßen, sie gehörten zum Stadtbild, es war so normal, dass nur Touristen sich wunderten, woher all diese Bananen kamen, die da auf Decken ausgebreitet feilgeboten wurden, billiger als in den Supermärkten. Ismail war das schon zwei oder drei Mal gefragt worden, wie machen die das, woher haben diese offensichtlich armen Männer die Bananen, die sie billiger verkaufen als die Supermärkte? Er wusste es nicht, konnte nur mit den Achseln zucken, so war

es eben, keine Ahnung. Ylbere sagte, dass sie dem Mann da unten immer Bananen abkaufe, es helfe ihm, und sie liebe Bananen. Es sei für sie der Geschmack von Rettung.
Von Rettung?
Ja. Solange man Bananen ergattern kann, ist nicht alles verloren.

Sie lachte. Und Ismail wusste nicht, ob das jetzt eine Anspielung war, die er nicht verstand, oder ein surrealer Witz oder ob das nur die Einleitung zu einer Geschichte war, die nun folgen und alles erklären würde, aber nein, sie löffelte vergnügt ihren Jogurt mit Banane, sagte nichts mehr. Ismail lächelte wissend, so reagierte er immer, wenn es ihm peinlich war, den Eindruck zu erwecken, dass er etwas nicht verstand. Aber er hatte augenblicklich das Gefühl, eine Maske zu tragen, die ihn drückte, und er nahm diese Lächel-Maske wieder ab.
Er wird nun mit dieser Frau verreisen. In ein anderes Leben. Mit noch einem Dutzend Bananen, die sie dem Mann da unten abgekauft hatte, in einer Plastiktüte. Was gab es da mehr zu wissen oder zu verstehen als: genug Proviant.

Die aneinandergelehnten Rucksäcke. Ylbere riss ihren Rucksack hoch, schwang ihn auf den Rücken, und Ismails Rucksack kippte um. Los geht's, sagte sie.

Sie hatte die Reise sehr genau geplant. Als sie zugestimmt hatte, dass Ismail sie begleitet, war ihr das sofort wichtig gewesen: klarzumachen, dass an ihrem Plan nichts geändert werde. Kein Sightseeing, keine Rundreise. Sondern eine Zeitreise, auf kürzestem Weg, in ihre Geschichte.
Es war klar, dass sie in den Bergen einen Wagen mit Vierrad-Antrieb brauchten. Aber es war unnötig, ihn gleich in Tirana

zu mieten, wenn man mit dem Bus bequem und rasch für läppische 540.– Lek nach Shkodra fahren konnte, was ungefähr die halbe Strecke war. In Shkodra hatte sie bei einem Autoverleih einen Jeep Compass 4×4 reserviert.

Von dort fahren wir weiter nach Koman, wo wir übernachten. Um 9 Uhr in der Früh geht die Fähre von Koman nach Fierza, knapp drei Stunden über den Stausee auf dem Drini. Von da aus fahren wir weiter nach Tropoja, wo wir bequem am Nachmittag ankommen werden. Dort werden wir übernachten, können uns waschen und uns ausschlafen –

Waschen? Was meinst du mit waschen? Warum ist das dort so besonders?

Was meine ich mit waschen? Ich meine waschen. Wir werden vorher keine Gelegenheit dazu haben. Wir fahren ja von Shkodra gleich weiter nach Koman. Wir übernachten auf dem Parkplatz der Anlegestelle der Fähre. Das heißt, wir schlafen im Auto. Das Auto kann viel, aber ein Bad hat es nicht. Es gibt in Koman sonst nicht viel, es gibt einen Campingplatz. Dort müssten wir auch im Auto schlafen. Also stellen wir uns gleich auf den Parkplatz und sind am nächsten Tag sicher auf der Fähre. Jedenfalls, von Tropoja sind wir dann in etwa zwei Stunden an der Grenze. Google Maps gibt keine Zeitangabe, wie lange wir von dort nach Sose brauchen. Offenbar gibt es keine eingezeichnete Autostraße dorthin, das werden wir dann herausfinden. Aber in weniger als 72 Stunden werden wir dort sein.

Irgendetwas stimmte nicht mit der Stadt. Der Bus zum Busbahnhof war so überfüllt, dass sie nicht zusteigen konnten, schon gar nicht mit ihren großen Rucksäcken. Auch der nächste war so voll, dass Menschen sich sogar an den Türen außen festklammerten. Um den Bus nach Shkodra um 10 Uhr 15 nicht zu versäumen, beschlossen sie, ein Taxi zu nehmen. Just ab diesem Moment gab es weit und breit kein Taxi. Sie liefen die Straße hinunter, Richtung Zentrum, es kam kein Taxi vorbei.

Wenn wir den 10-Uhr-15-Bus versäumen, wann geht der nächste?

Eine Stunde später.

Aber dann haben wir doch keinen Stress.

Doch, sagte Ylbere, weil der Bus eine Stunde später fast drei Stunden länger braucht, ich will den Express erreichen, ich habe den Termin bei der Autovermietung, und ich will dann gleich weiter nach Koman. Also –

Da hielt vor ihnen ein Taxi an einer roten Ampel.

Sie erreichten knapp, aber doch den 10-Uhr-15-Bus.

9

Der Bus verließ die Stadt, Ismail sah aus dem Fenster, sah die geschundene Rückansicht seiner schönen Stadt Tirana, voller Striemen, Wunden und Narben. Tankstellen, so viele Tankstellen, zwischen Autohändlern und auch Autofriedhöfen, Gewerbeparks, deren Hallen nie bezogen oder längst wieder verlassen worden waren, Geisterapartmentburgen auf verdorrender Wiese, halbfertige Häuser, Hausskelette, aus denen Betonrippenstahl ragte, Betonflächen ohne erkennbare Bestimmung, Spielkasinos auf Sand gebaut, mit trübem Neongeblinke. Jetzt kommt gleich der Gärtner, dachte er. Jedes Mal, wenn er auf dieser Ausfahrtstraße unterwegs war, hatte er plötzlich den Eindruck gehabt, eine Fata Morgana zu sehen – da war er: der geduckte Holzbau mit den langgestreckten Glashäusern dahinter, auf deren Dächern die Sonne blitzte, und davor dieses Spektakel: hunderte Palmen in

Holztrögen, ein Palmenwald in der Wüste. Jetzt im Angebot. Und wieder Gebäude aus Beton und Glas, die Fassaden voll schwarzer Schlieren, das Glas trübe. Und wieder Tankstellen.
Endlich kamen sie ins Freie, ließen die Stadt hinter sich. Ismail sah, dass Ylbere den Kopf zurückgelehnt und die Augen geschlossen hatte, aber sie musste gespürt haben, dass er sie betrachtete, sie öffnete die Augen, lächelte. Freust du dich?
Ja, sagte er.
Worauf?

Da war sie wieder, die Unsicherheit, wie er reagieren sollte. Dabei wollte er doch oder dachte, dass sie bereits –

Freust du dich auf Tropoja?

Was sollte er sagen? Ja, sagte er.
Warum?

Warum? Weil wir zusammen –
Nein. Warte. Weißt du, was ich wirklich seltsam finde?
?
Deine Tante, die Schwester deines Vaters –
Tante Xhulieta, ja, was ist mit ihr?
Es ist wirklich seltsam, dass du dich nie gefragt hast, wie es möglich war, dass sie überlebte und dich aus dem Waisenhaus holen konnte.
Ich war ein Kind.
Aber du bist kein Kind geblieben. Du bist wie mein Vater. Der hat sich auch nie eine Frage gestellt. Man hat überlebt. Alles andere ist begraben. Und dann weiß man nicht einmal, wo das Grab ist.

Tante Xhulieta ist tot. Ich kann sie nicht mehr fragen.
Du sollst ja nicht die Tote fragen, du solltest dich fragen.
?

Sie legte auf der Armlehne ihre Hand auf seine Hand. Recherchieren habe ich gelernt, sagte sie. Und was ich in kürzester Zeit herausgefunden habe, hättest auch du längst herausfinden können.
?
Dein Vater war stellvertretender Vorsitzender des Ministerrats und Bildungsminister.
Ja. Und?
Über Männer wie ihn gibt es jede Menge Material im Nationalarchiv. Aber auch wenn du nicht auf den Gedanken kommst, dir seine Akte ausheben zu lassen, dein Vater war so prominent, dass man ihn googeln kann. Und man hat bei Wikipedia sofort einen Volltreffer.

Sie lächelte. Ironisch? Liebevoll?

Der Vater deines Vaters, also dein Großvater –
… den ich nicht kennengelernt habe. Also ich habe keine Erinnerung an ihn …
… war bei den Partisanen, Kampfgenosse von Enver.
Okay, das wurde erzählt.
Das heißt: Er war Parteiadel. Deshalb konnte dann dein Vater auch so weit aufsteigen. Und woher stammte der Partisan Spiro Lani, dein Großvater?
Was heißt, woher stammte er? Aus Tirana, wir waren immer in Tirana.
Nein, mein Lieber. Geboren ist er in Tropoja. Freust du dich?
?

Wir werden übermorgen in Tropoja übernachten. Vielleicht willst du dort bei der Gelegenheit ein paar Fragen stellen?

Hinter dem Busfenster zog die Wüste vorbei.

So. Und jetzt kommen wir zu deiner Tante Xhulieta. Wann hat sie dich aus dem Waisenhaus geholt?
Im Mai 1985.
Also wenige Wochen nach Enver Hoxhas Tod. Und wo ist sie zwischen der Verhaftung deines Vaters und Envers Tod gewesen?
Wo?
Es ist unglaublich. Du hast dich das nie gefragt?! Du bist wirklich wie mein Vater. Das ist doch klar: Sie musste untergetaucht sein. In ihrem Wiki-Eintrag fehlen die Jahre zwischen ihrer letzten Parteifunktion im BGSH, dem Verband der Frauen Albaniens, und ihrem Tod. Und es gab meiner Meinung nach nur einen einzigen Ort, wo sie eine Chance hatte: Tropoja, wo ihr Klan lebte, die Berge, irgendwo im Qark Kukës.

Sie hat nie darüber gesprochen, sagte Ismail. Dann schwieg er lange. Dachte er nach? Er dachte, dass er nachdachte. Es war, als stünde er vor einer Wand und dachte, dass er hinaufklettern müsste, um hinüberzukommen. Aber das zu denken hieß nicht klettern.
Er nahm Ylberes Hand, als könnte sie die Räuberleiter machen. Nein. Er ließ sie los, sah aus dem Fenster. Ein ausgetrocknetes Flussbett neben der Straße, weißes Geröll, das in der Sonne glänzte. Schaum aus Stein, der in der Sonne kochte. Schönheit, die niemandem diente.

Kann ich dich aufheitern?, fragte Ylbere schließlich. Das wollte ich dir noch erzählen, und das ist wirklich komisch. Deine Eltern bewohnten, solange sie in der Gunst des Diktators standen, im Blloku die Villa, die heute die Radio Bar ist, nicht wahr? Mich hat das übrigens sehr berührt, wie du das erzählt hast und dass du keine Erinnerung an diese Zeit hast, aber immer wieder, wenn du in die Radio Bar gehst, versuchst, etwas wiederzuerkennen oder etwas zu sehen, das doch eine Erinnerung auslöst. In deinem Unbewussten zumindest ist sicher einiges aus dieser Zeit begraben, aber du hast ja kein Talent, Gräber zu öffnen. Aber wie auch immer, der Blloku, hör zu! Das wissen heute die wenigsten, oder sie wissen es und verdrängen es: Das neue Tirana wurde geplant und gebaut in der Zeit der Besatzung durch das faschistische Italien. Das alte Tirana war ein Dorf, mit verwinkelten Gassen, wild gebauten Hütten und kleinen Häusern, manche wurden auch quer in Gassen hineingebaut, so dass zahllose Sackgassen entstanden. Aber das neue Tirana sollte eine Metropole werden, Hauptstadt der neu ins italienische Imperium einverleibten Provinz. Das alte Tirana wurde links liegengelassen und das neue Tirana am Reißbrett entworfen. Mussolini selbst interessierte sich für den neuen Stadtplan. Hör zu! Es war die Zeit der ersten Flugzeuge. Das Flugzeug eröffnete auch der Architektur neue Perspektiven. Mussolini hatte die Idee, dass Neu-Tirana von oben die Form eines Liktorenbündels haben sollte. Die Form des Symbols faschistischer Macht. Ein Rutenbündel, in dem ein Beil steckt.

Stell dir vor, sagte Ylbere, du fliegst über Tirana, schaust hinunter, und was siehst du? Den Boulevard, völlig überdimensioniert bis heute, damals Viale dell'Impero genannt, mit seinen Baumreihen, er stellt den von Ruten umfassten Stiel des Beils dar. Die stumpfe Seite des Beils bilden die drei Gebäude am südlichen Ende des Boulevards, die Casa del Fascio, heute die Polytechnische Universität, das faschistische Kunst- und Kommunikationszentrum, heute die Kunstuniversität, und das faschistische Sport- und Jugendzentrum, heute das archäologische Museum. So viel weißer Marmor, da blitzt das Beil. Das Fußballstadion, dieses Oval, stellt die Klinge des Beils dar. Und unten am Ende des Boulevards, durch Grünstreifen, die von oben wie ausgestreckte Finger aussehen, vom Beil getrennt, befindet sich der Blloku. Und das heißt?

Ismail grinste. Er konnte sich vorstellen, was jetzt kam, und er fand das wirklich komisch. Oder tragikomisch.

Das heißt, die kommunistische Nomenklatura lebte die ganze Zeit neben dem faschistischen Beil, sie hielt, von oben aus betrachtet, den Griff des Liktorenbündels in der Hand.

Ein Glück, dass die Stadt heute wieder wild wächst. Ich glaube, da ist von diesem Mussolini-Stadtplan nichts mehr zu erkennen.
Wenn man es weiß, vielleicht doch. Wir müssten fliegen können.

10

Die Nacht im Auto war furchtbar, eine Tortur. Ismail dachte, dass Ylbere, wenn er an ihr altes Bett dachte, Folternächte wohl gewöhnt war, denn sie machte am nächsten Morgen einen straffen und heiteren Eindruck. Man konnte die Sitze des Jeeps zwar weitgehend umklappen, aber nicht ganz flach, wie er sich auch drehte und wendete, irgendwo in seinem Körper gab es immer eine Dehnung oder Anspannung, ein Zerren und Drücken, das er nicht ignorieren konnte. Zeitweise konnte er dösen, schlafen aber war unmöglich. Mitten in der Nacht wurde es so kalt, dass er den Wagen starten musste, um bei laufendem Motor die Heizung in Betrieb nehmen zu können. Dann war die Luft so stickig, dass er das Seitenfenster öffnete, und er merkte, dass es auf dem Parkplatz ein Konzert von Autos mit laufenden Motoren gab. Ylbere war von alldem völlig unbeeindruckt. Er heizte, schaltete den Motor wieder ab, öffnete das Fenster, schloss es, heizte, stellte sich vor, dass dieser Autositz eine Hängematte wäre, in die er sich hineinkuscheln könnte, in einer Hängematte liegt man ja auch nicht flach und kann doch schlafen, er fand eine Position, die den Rücken einigermaßen entlastete, aber da drückte die Nackenstütze unerträglich gegen Auge, Nase und Wangenbein. Er heizte, dann stieg er aus, machte ein paar Schritte, Ylbere schien nichts davon zu merken. Es rührte ihn, dass sie leise schnarchte. Er hatte einen Flachmann in seinem Rucksack, mit Raki, als hätte er solche Situationen vorhergesehen, den nahm er heraus und er trank, in der Hoffnung, ohnmächtig zu werden.

Zumindest stellte sich nicht die Frage, ob sie nun in dieser zweiten gemeinsam verbrachten Nacht einen Schritt weitergehen sollten oder er es versuchen könnte. Es war ja nicht einmal Aneinanderdrücken möglich.

Endlich wurde es Tag, Ismail hing im Beifahrersitz, Ylbere besorgte Kaffee. Dazu frühstückten sie Bananen.

Der Mann von der Autovermietung in Shkodra hatte die Farbe des Wagens mit genießerischem Lächeln »schattenblau« genannt, warum fiel ihm das jetzt ein? Umnachtet, umnachtblau.

Dann konnten sie endlich in den Bauch der Fähre rollen. Er holte sich an der Bar des Schiffs noch einen doppelten Espresso, setzte sich aufs Deck, ihn fröstelte, dann trank er seinen Flachmann leer.

Die Fahrt über den aufgestauten Drini war traumhaft. Nach der schlaflosen Nacht ein surrealer Tagtraum. Die steil aufragenden Felswände rechts und links, eine Schlucht, die immer enger wurde, der Bug des Schiffs, der da hineinglitt, der weiße Schaum am Bug, die grünen Matten vorne, wo die Schenkel der Schlucht aufeinander zuliefen. Ismail schaute und rieb die Hände, die langsam wärmer wurden.

In Fierza gingen sie an Land. Dann die Fahrt nach Tropoja. Sie dauerte nicht so lang wie erwartet. Diese Strecke musste erst vor kurzem als Autobahn ausgebaut worden sein, mit Mitteln der Europäischen Union, wie Tafeln mit EU-Logo informierten. Sie rauschten geradezu nach Tropoja, im Autoradio sang Floriani seinen Hit *Eja*. Ylbere drehte lauter, sang fröhlich den Refrain mit, *nuk du tjera / eja bejb ti eja,* sie jauchzte fröhlich: *eja bejb ti eja.*

Das gefiel ihr? Dieser Jüngling, der auf Macho machte? Dann kam die schrill heitere Stimme des DJs, der den nächsten Hit ankündigte.

Ismail hatte Kopfschmerzen. Kannst du das bitte ausmachen?

Was sagst du?

Da sang schon Sinan Hoxha, *bomba bomba /sexy bomba /*

Ob du das ausschalten kannst. Bitte.

Ja, klar, das ist wirklich unerträglich.

Bomba bomba. Sie drehte leiser. Da war schon die Ausfahrt.

Sie kamen nach Tropoja. Sie kamen in den Krieg.

11

Bei der Einfahrt ins Dorf, vielleicht hundertfünfzig oder zweihundert Meter vor dem zentralen Platz, wurden sie von einem Soldaten angehalten, er trug eine Uniform in Fleckentarnmuster, in der Rechten ein Maschinengewehr, er stand mitten auf der Straße, mit der ausgestreckten Linken deutete er: Stop!

Hinter ihm ein offener grüner Militärjeep, in dem zwei uniformierte Männer saßen.

Ylbere hielt, öffnete das Seitenfenster, aber der Mann kam nicht her, deutete bloß, dass sie stehen bleiben und warten sollten. In diesem Augenblick hörten sie eine Explosion, wie nach einem Bombeneinschlag, Schüsse, das Knattern von Maschinenpistolen. Ein Helikopter flog so tief über sie hinweg, dass Ismail im Auto den Kopf einzog. Zugleich rutschte er nach vorn, machte sich auf seinem Sitz klein.

Das glaube ich jetzt nicht, sagte Ylbere, öffnete die Tür und sprang aus dem Wagen.

Was –? Was soll –?

Der Uniformierte deutete nur, dass sie wieder einsteigen solle, er rief etwas, das sie nicht verstanden, er brachte sein Gewehr nicht in Anschlag, immerhin, er deutete nur immer wieder mit dem Arm, dass sie zurück ins Auto solle. Dann machte er mit der Handfläche Bewegungen, die zu bedeuten schienen: Warten Sie!

Ylbere stieg ein, und wieder waren Schüsse zu hören. Da ratterte ein grüner Militär-LKW an ihnen vorbei, mit einem guten Dutzend Soldaten auf der Ladefläche, junge Burschen, die lachten.

Lachend gehen sie in den Tod, sagte Ismail. Bitte, sagte er, du musst wenden, wir müssen abhauen.

Ich glaube das nicht, sagte Ylbere, das ist alles nicht wahr.
Kehr um, sagte Ismail, wir sind im falschen Film, dreh! endlich! um!
Wieso falsch, sagte Ylbere und nahm eine Zigarette aus ihrer Brusttasche.
Ist dir was an dem Lastwagen mit den Soldaten aufgefallen, sagte sie, oder schau einmal da vorn auf den Jeep. Na, fällt dir etwas auf?
Maschinengewehrsalven.
Ismail machte sich auf seinem Sitz klein und schwieg. Ylbere sagte: Sie haben keine Nummernschilder. Schau doch! Der Jeep da vorn, ohne Nummernschild.
Du spinnst, sagte Ismail, der jetzt eine eigentümlich hohe, geradezu kreischende Stimme hatte. Kugeln töten nicht, wenn die Soldaten keine Nummernschilder haben, oder was?
Du bist ein Idiot, sagte sie. Weißt du nicht? Im Kosovo-Krieg brachte die NATO Fahrzeuge hierher ins Grenzgebiet, aber ohne Nummernschilder, weil der Einsatz nicht offiziell war.
Das weißt du?
Das kann man wissen. Also weiß ich's. Aber das ist Geschichte! Was soll das jetzt? Jetzt? Heute!
Sie nahm einen tiefen Zug von ihrer Zigarette, stieg aus, warf die Zigarette auf den Boden, knallte die Autotür hinter sich zu und ging zu dem Soldaten. Nicht einmal die Hände hielt sie hoch, dachte Ismail.
Er sah, wie sie mit dem Soldaten redete. Dann gab es eine gewaltige Explosion, und er duckte sich. Als er wieder hinter der Windschutzscheibe auftauchte, sah er, wie die beiden da vorn immer noch miteinander redeten, als wäre nichts gewesen. Dann hob der Soldat seine MP, feuerte eine Salve in die Luft ab, und die beiden lachten. Die Männer im Jeep lachten auch. Der Soldat sagte etwas, sie nickte und kam zurück zum Auto. Ein Windstoß schlug ihre Jacke auf, und Ismail sah für einen

kurzen Augenblick, dass Ylbere an ihrem Gürtel wieder den ledernen Schaft trug, mit ihrem Dolch.

Sie stieg ein, startete den Wagen.
Sie drehen einen Film, sagte sie. Wir können da links reinfahren und von hinten herum um den Platz. Hinter der Stirnseite des Platzes ist das Hotel.
Sie drehen einen Film?
Ja, »Heldentum und Liebe zu Beginn des Kosovo-Kriegs«. Das halbe Dorf spielt mit, spielt sich selbst. Es sind sogar einige junge Männer, die das Dorf längst verlassen haben und in Tirana leben, zurückgekommen, um ein paar Tage eine UÇK-Uniform zu tragen und ein bisschen herumzuballern. Sie nehmen nicht einmal Statisten-Geld dafür. Sie machen das aus Spaß und Eitelkeit. Wie der verwirrte Kerl, mit dem ich gerade gesprochen habe. Sie machen Selfies von sich in Uniform und stellen die Fotos ins Netz oder whatsappen sie ihren Bräuten in der Stadt.
Wie er vorhin … so … in die Luft … geschossen hat … also, das waren also Platzpatronen?
Genau. Ich glaube, wir müssen jetzt da rein, und – ja, da vorn, siehst du? Da steht *Aste Guesthouse*. Das ist es. Das einzige Hotel im Ort. Wahrscheinlich jetzt das Hauptquartier der UÇK!
Sie lachte. Er konnte nicht verstehen, warum sie so fröhlich war. Ihm steckte noch der Schock in den Gliedern. Aber zugleich musste er sich eingestehen, dass er gerne so wäre wie sie.
Sie hievten ihre Rucksäcke aus dem Kofferraum. Das Hotel, oder wie es hieß: Guesthouse, bestand aus einem kleinen alten Steinhaus, das wie zur Seite geschoben wirkte neben dem mehr als doppelt so langen und drei Mal so hohen neuen Anbau, dem eigentlichen Hotel. Das Steinhaus war wahrschein-

lich das Elternhaus des Hoteleigentümers, es sah nicht unbewohnt aus, aber doch dem Verfall preisgegeben. Über den Fenstern des Hotels diese Außengeräte von Klimaanlagen. Die hatte man in den alten Steinhäusern nicht gebraucht. Ebenerdig imitierte das Hotel die Steinfront des kleinen Hauses, es war billiger Fake, keine ganzen Steine, sondern nur dünne Steinplatten, die auf der Fassade aufgeklebt waren. Die beiden Etagen darüber waren glatt weiß verputzt. Dadurch sah es so aus, als wäre der Anbau ein Haus, auf dem ein anderes Haus steht.
Schau nicht so! Komm! Sagte Ylbere.

Im Foyer saßen Soldatendarsteller auf wuchtigen Clubfauteuils aus Kunstleder, davor Rauchglastische, auf denen unzählige Bierflaschen standen und überquellende Aschenbecher. Manche dösten, andere lachten grölend, wenn der Wortführer etwas sagte. Der einzige Mann ohne Uniform eilte hinter den Tresen der Rezeption.
Ich habe reserviert, sagte Ylbere, sagte ihren Namen und: Das Balkonzimmer.
Das ist leider vergeben, sagte der Rezeptionist.
Aber meine Reservierung wurde bestätigt.
Gewiss. Wir haben uns bemüht, und wir haben auch ein Zimmer für Sie. Aber das Balkonzimmer konnten wir bedauerlicherweise nicht für Sie freihalten.

Hinter Ylbere und Ismail lautes Gelächter.

Wer hat das Zimmer beschlagnahmt? Oberbefehlshaber Hashim Thaçi? Ist er hier? Der Heldendarsteller?
Sie drehte sich um, rief, He *Gjarpër* ! Wo bist du, du Schlange?
Schreien und Lachen. Galt das ihr?

Der Rezeptionist lächelte gequält. Ismail Lani war das Aufsehen, das sie erregte, unangenehm. Ausgerechnet ihm. Hatte er früher nicht selbst aus reflexhafter Rebellion gegen Wichtigmacher, aus Verachtung der Duckmäuser, Zynismus gegenüber fröhlichen Mitläufern, Hass auf Glücksritter und Korrupte, aber auch aus bloßem Neid auf die angeblich unschuldigen Glücklichen, auf die Einfachen, die ganz einfach mit sich glücklich waren, einen seelischen Mix gequirlt, der ihn immer wieder so explodieren ließ wie Ylbere jetzt? Sich zu spüren hieß, aufzustampfen. So wie man Decken auf ein Feuer wirft, so ist das dann aber in ihm unter einer dicken Schicht Scham erstickt worden. Warum? Ausgerechnet Ylbere sollte ihm später, in der Nacht, als sie oben lag und er unten, einen Hinweis geben, der ihn nachdenklich machte. Das Waisenhaus, sagte sie, war für dich ein Totenhaus, und als du rauskamst, wolltest du dich am Leben spüren. So hast du es doch gesagt, oder? Das verstehe ich. Du hattest Angst, dass deine Seele tot ist, zerbrochen wurde. Deshalb hast du sie ins Feuer geworfen, sie sollte brennen, damit du sie spürst. Und was hast du gespürt? Dass das nur die Kehrseite des Waisenhauses ist. Du hast Narben verpasst bekommen und holst dir jetzt wieder nur Narben. Und da hast du begriffen, vielleicht nur intuitiv: dass du eigentlich geliebt werden willst. Du willst nicht das Äffchen sein, erregt von der Aufmerksamkeit, die es bekommt, aber belächelt, wenn nicht gar verspottet. Nein, jetzt geht es dir um Liebe. Das ist es, was du spüren willst. Diese Sehnsucht kauert jetzt hinter deiner Scham, ängstlich, und wartet –

Und du? Du willst nicht geliebt werden?

Nicht von der ganzen Welt, sagte Ylbere. Ich fühle mich nicht ungeliebt, wenn nicht jeder mich liebt.

Aber das war später. Jetzt kam erst der Moment, der Ismail noch mehr verstörte. Der Rezeptionist füllte die Meldezettel aus. Als Ismail seinen Namen sagte, merkte er, wie gespannt Ylbere den Rezeptionisten beobachtete. Dann wiederholte sie seinen Namen, das war völlig verrückt. Lani, sagte sie und wartete offenbar auf eine Reaktion. Aber der Mann sah nicht einmal auf, er schrieb. Es gibt doch hier eine Familie Lani, sagte sie. Der Ort ist so klein, Sie kennen doch sicher die Familie Lani.
Jetzt blickte der Mann auf. Und Ihr Name, sagte er, ach ja, ich habe ihn ja hier in der Reservierung –
Lenz, Ylbere Lenz, sagte sie, Lenz mit z am Ende.

Warum hast du das gemacht, fragte Ismail, als sie die Treppe zum Zimmer hochgingen. Das war mir unangenehm.
Was?
Dass du meinen Namen so betont hast und ihn gefragt hast, ob –
Ihm war das unangenehm, sagte sie, ihm! Hast du das nicht gemerkt? Ich frage mich, warum?

Sie hörten Schüsse, Maschinengewehrsalven.

Ein kleines Zimmer mit einem Stockbett. Aber die Dusche war okay. Ich lasse dir den Vortritt, sagte Ismail. Später, sagte sie. Ich will zum Platz, schauen, was sich da abspielt. Dann suchen wir ein Lokal, wo wir etwas Warmes zu essen bekommen. Und dann Duschen und Ausschlafen.
Sie ging ins Badezimmer, schlug sich am Waschbecken Wasser ins Gesicht, sagte dann: Komm! Was ist? Komm! Ich bin neugierig.

Sie hörten Schüsse und Schreie, als sie das Guesthouse verließen. In dem kurzen Durchgang zum Platz wurden sie von einem Uniformierten aufgehalten. Einen Augenblick bitte, sagte der Mann, warten Sie!
Sie lugten um die Ecke und sahen – wie sollte man das nennen? Einen Waffenbasar. Über den ganzen Platz waren Teppiche ausgebreitet, auf denen alle möglichen Feuerwaffen lagen, Dutzende Menschen, die an diesem Angebot vorbeidefilierten, Pistolen oder Kalaschnikows prüfend in die Hand nahmen, Probeschüsse in die Luft abgaben, Geschrei, Gezeter, Feilschen um den Preis, und quer durch diese Szene waren Schienen gelegt, über die eine Draisine glitt, auf der ein Mann mit Kamera saß. Der Lärm verebbte. Noch einmal. Die Draisine rollte zurück, startete erneut. Es wurde wieder laut, Geschrei, Schüsse. Der Mann, der Ylbere und Ismail zurückhielt, kommunizierte per Funkgerät, schließlich sagte er: okay, ihr könnt jetzt durch. Jetzt ist Pause. Wo wollt ihr hin?
Nur schauen.
Da drüben, seht ihr die *Café Bar Tropoja*, da bekommt ihr Kaffee oder Bier, da habt ihr einen guten Überblick.
Faleminderit!

Sie überquerten den Platz, die eben noch so aufgeregten Männer saßen nun auf den Teppichen zwischen den Waffen, es gab immer noch Geschrei, vor allem aber Gelächter. Vor dem Café Tropoja standen einige Tische, aber keiner war frei. Ein Mann sprühte *rrofte Kosova e lire* an die Wand, lang lebe der freie Kosovo, darunter das Logo der UÇK, da sprangen sie alle auf, schauten zu und machten dann Selfies vor dem Graffiti. Ismael und Ylbere nutzten die Gelegenheit und setzten sich an einen Tisch.
Bier?
Ja, und Raki.

Ismail kümmerte sich darum.
Da setzte sich ein älterer Mann zu ihnen, er fragte nicht, er nickte nur und saß da. Er bot Zigaretten an. So kamen sie ins Gespräch. Ein paar Floskeln, wo kommt ihr her, wo wollt ihr hin, waren rasch abgehandelt. Dann kam Ylbere wieder mit der Frage nach der Familie Lani. Warum tat sie das? Ismael sah sie an und schüttelte den Kopf. Der Mann, der sich als Herr Fadil vorgestellt hatte, sagte nichts, nahm einen Schluck von seinem Bier und sah vor sich hin, als gäbe es jetzt auf dem Platz plötzlich etwas Interessanteres zu sehen. Ismail hatte immer große Sympathie für diesen Typus Mann, ein Gesicht wie eine Landkarte oder besser wie eine Schatzkarte, auf der die sich kreuzenden Linien an der Stirn anzeigten, wo der Schatz begraben war, kein Gramm Fett, so dass ihm noch die Hose und das fadenscheinige Hemd aus der Hungerzeit passten, die erdfarbene dicke Weste aus Schafwolle, die dunkle Genugtuung in seinen Augen, wenn er den Raki kippte.
Zoti Fadil, sagte Ismail, sind Sie irgendwie an dem Film beteiligt, der da gedreht wird?
Nein, er sei nur Zuschauer, sagte er. Aber eines müsse er sagen: er sei überrascht, wie realistisch und historisch genau der Film offenbar werde.
Das ist genau so gewesen, sagte er, in jedem Detail.
Ylbere stand auf, ging ins Café hinein, um noch Bier und Raki zu besorgen.
Ich habe das damals erlebt, sagte Zoti Fadil. Als der Krieg begann, gab es hier sofort einen Waffenbazar. Nicht nur Waffenhändler, sondern auch einfache Zivilisten, die zwei Jahre davor, bei dem Aufstand, Kasernen und Polizeistationen überfallen und Waffen geraubt hatten, breiteten hier Teppiche aus und verkauften Kalaschnikows und alle möglichen Feuerwaffen. Ich war damals ein junger Mann, bin hier gesessen, genau

hier, wo ich jetzt sitze, und habe das gesehen, es war genau so, das Geschrei, das Feilschen, die Probeschüsse in die Luft. Was natürlich jetzt nicht zu sehen ist, wie viele Menschen verletzt wurden durch diese Schüsse.

Aber man hat doch nicht aufeinander geschossen!?

Hören Sie, wie war Ihr Name? Ismail? Also, Zoti Ismail, überlegen Sie einmal: Eine Kugel, die ich in die Luft schieße, muss doch wieder herunterkommen, oder? Und von der Höhe, von der sie herunterfällt, gewinnt sie auch eine gewisse Geschwindigkeit, also Kraft. Sie kann schwer verletzen. Daran denkt keiner. Gut ein Drittel der Männer in Tropoja haben Verletzungen, zum Teil sehr schwere, von den Kugeln, die sie in die Luft geschossen haben.

Er lächelte. Trank.

Und Sie?

Ich bin nur hier gesessen, genau hier, und habe zugeschaut. Ich war sehr jung, aber ich war in meinem Haus der einzige Mann, mit Großmutter, Mutter und zwei Schwestern. Ich konnte also nicht in den Krieg. Ich brauchte keine Kalaschnikow. Und eine Flinte, um mein Haus zu verteidigen, hatte ich ja.

Er sinnierte. Ylbere kam zurück und stellte die Getränke auf den Tisch.

Dann setzte Herr Fadil fort: Es ist unglaublich, diese Bilder jetzt, es ist – wie damals. Ja, so ist es gewesen. Jedes Detail, die Jeeps und Lastwägen ohne Nummernschilder –

Ylbere sah Ismail an.

Und die vielen jungen Männer, die kaum oder schlecht Albanisch sprachen, das haben sie hier wirklich gut gemacht, so war es damals wirklich.

Was für junge Männer, sagte Ismail, wieso sprachen sie schlecht Albanisch?

Haben Sie nicht gehört, vorhin, als die Szene gedreht wurde? Die Männer sollten ganz schlechtes Albanisch reden, nur ein

paar Wörter, ganz primitiv. Wirklich, die machen es gut, so war es damals wirklich.
Aber warum?
Zoti Ismail, wissen Sie das nicht? Als der Krieg begonnen hat und die Serben über die Albaner hergefallen sind, kamen in kürzester Zeit Albaner aus aller Welt, um zu helfen, um in der UÇK gegen die Serben zu kämpfen. Sie kamen aus Deutschland, Italien, der Schweiz, aus England. Sogar aus Kanada. Na ja, Albaner! Es waren junge Burschen, zweite oder dritte Generation von Auswanderern, die dort, wo sie aufgewachsen sind, kaum Albanisch gelernt haben und die auch nie zuvor eine Waffe in der Hand gehabt hatten. Stell dir vor, du steigst in Berlin oder Rom oder Zürich in ein Flugzeug und bist zwei Stunden später im Krieg. Weil du Vorfahren hattest im Kriegsgebiet. Hier haben sie die Waffen gekauft, sind da rüber, siehst du da vorn die Gebirgskette, keine sechs Kilometer entfernt, wie schön sie ist im Abendlicht, blutrot, dort in den Bergen bekamen sie in drei Tagen eine Grundausbildung von UÇK-Veteranen, dann rüber über die Grenze, auf in den Kampf, und ein paar Tage später waren sie tot. Hier sind einige reich geworden mit dem Waffenhandel, und die Kinder von Auswanderern sind mit diesen Waffen in den Tod gegangen. Ja, mein Sohn, so ist das. So war das.

12

Werden Sie auf Ihrer Rundreise auch den Märtyrerfriedhof der UÇK besuchen? In Koshare drüben, nicht weit von hier. Da werden Sie sich wundern, welche Vornamen Sie da unter den Toten finden. Giuseppe, Paulo, William, Philip, Jean-Paul, Alfred, Franz-Josef, Lothar-Matthäus, es gibt dort sogar einen Siegfried, einen Siegfried Hoxha –

Er schüttelte den Kopf.
Unfassbar, nicht wahr? Siegfried Hoxha!
Wir machen keine Rundreise, sagte Ylbere schnell.
Aber Herr Fadil sprach weiter, mehr schon zu sich selbst. Lauter Enkel von Auswanderern, sagte er, die bereits völlig integriert waren in den Ländern, in denen sie geboren und aufgewachsen sind. Begraben in einem Land, das sie nicht kannten, im Tod geschmückt mit dem »Skanderbeg-Orden« als »Märtyrer der Heimat«. Der Dichter Fate Vasa schrieb: »Voll von Bodenschätzen / den Gebeinen unserer Helden / das ist die albanische Erde.«

Auf dem Platz wurden jetzt die Waffen in Taschen und Koffer gepackt oder in Decken eingerollt, Autos fuhren vor, in ihren Kofferräumen verschwand nach und nach der Waffenbazar, in dichten Trauben standen Männer nun vor der Café Bar, tranken, unterhielten sich laut und aufgekratzt, einige hatten noch Pistolen im Hosenbund, holten sie hervor und schossen das Magazin mit den Platzpatronen leer, lachten. So viele Männer belagerten die Bar, dass es lange dauerte, bis man zu Getränkenachschub kam. Als Ylbere es geschafft hatte, zum Barman vorzudringen, orderte sie gleich sechs Flaschen Bier und eine ganze Flasche Raki, stellte alles auf dem Tisch ab und schenkte den Raki aus. Herr Fadil saß schweigend da und rauchte, Ylbere verstand nicht, warum Ismail ihn jetzt einfach schweigen ließ, nicht nachfragte, der Mann müsste doch mittlerweile nach allem, was sie bereits getrunken hatten, eine gelöste Zunge haben, man müsste ihn doch nur anstoßen, und er würde erzählen. Also sprach sie ihn noch einmal auf die Lani-Familie an, er müsse sie doch kennen. Da sah Herr Fadil plötzlich erstaunt auf.
Es war ein Mann, der seine Aufmerksamkeit erregte: Er war vielleicht dreißig Jahre alt, er hinkte auf eine seltsame Art:

Mit dem linken Bein machte er einen Schritt, dann warf er das rechte Bein mit einem Schwung aus der Hüfte nach vorn. So kam er aus dem Café, er war auch Ismail sofort aufgefallen, auch dessen verstörter, finsterer Gesichtsausdruck. Ylbere saß mit dem Rücken zum Café, sah ihn nicht.
Der Mann hatte eine der Spraydosen geholt, mit denen vorher das UÇK-Graffiti an die Wand gesprüht worden war, hielt sie vor sich hin wie eine Waffe, er nahm sie in beide Hände und schwenkte sie, als wollte er mit einem Maschinengewehr alle hier niedermähen, er wollte Platz, Ismail verstand nicht, was er sagte, aber die Menschen wichen zur Seite und er begann an die Wand neben dem Café-Eingang zu sprühen.
Lufta është babai, atdheu është nëna dhe unë jam jetim.
Ein betrunkener Mann, der eben noch gegrölt hatte, nahm den Jungen um die Schulter, drückte ihn an sich, kraulte sein Haar. Ein anderer hielt ihm ein Glas Raki hin, das er annahm, hinunterstürzte, dann ging er mit seinem Schwunghinken langsam davon.
Ylbere merkte jetzt, dass da hinter ihrem Rücken etwas war, sie sah, wie Ismail und Herr Fadil schauten, etwas beobachteten, sie drehte sich um, sah den Mann, der gerade die letzten Worte sprühte, und las:
Der Krieg ist der Vater, die Heimat ist die Mutter, und ich bin die Waise.

13

Oben oder unten?
Mir egal.
Dann nehme ich das obere Bett, sagte Ylbere.

Sie hatten kein Lokal gefunden, wo sie eine warme Mahlzeit bekommen konnten, aber sie durften sich im Hotel beim Catering der Filmcrew bedienen. Dann ins Zimmer, sie duschten ausgiebig, Ismail saß bereits in Bereitschaft nackt auf dem unteren Bett, wartete, dass Ylbere fertig wurde, aber sie duschte so lange, dass ihm bereits kalt wurde, er fragte sich, ob er nicht einfach zu ihr in die Duschkabine steigen sollte, sie könnten sich gegenseitig einseifen, verspielt, verliebt und leichtlebig, aber woher sollte dieses Gefühl plötzlich kommen: leichtlebig. Außerdem, ganz pragmatisch: die Duschkabine war so eng, dass –

Da kam Ylbere aus dem Bad, ein Handtuch um den Körper geschlungen, ihr Gesicht fröhlich und rot vom Dampf, ihr kräftiges Haar nass verstrubbelt.

Auch er duschte sehr lange, genoss das Prasseln des heißen Wassers und seine Hände, die über den Körper strichen. Da wurde der Duschstrahl plötzlich kalt. Kein warmes Wasser mehr! Eiskalt. Er sprang aus der Kabine, warf sich ein Handtuch über die Schultern. Er stand vor dem Waschbecken, der Spiegel war beschlagen, er strich mit der Hand einmal darüber, gerade auf der Höhe seiner Augenpartie.

Nun sah er im Spiegel ein diffuses, in Dampf und Lichtreflexen schimmerndes, verschwommenes Wesen, nur die Augen stachen klar und scharf heraus, da sah er sich wie einen Geist, ein immaterielles Wesen, das aus einer anderen Existenzform auf ihn zurückblickte.

Da war es wieder. Sein starkes Herzklopfen.

Schnell wischte er mit dem Handtuch über den Spiegel, hin und her und auf und ab, er wischte dieses Bild weg – und er kam zum Vorschein. Auch mit nun scharfen Konturen im Spiegel ein schwammiger, weicher Mensch.

Er war nicht verrückt. Das begriff er durchaus: Wenn er einen so dramatischen Eindruck in einer so banalen Situation hatte, dann war das ein Symptom. Er wusste bloß nicht, wofür.

Er kam zurück ins Zimmer und sah, dass Ylbere bereits oben im Stockbett lag, die Decke bis zum Kinn. Er fragte sich, ob sie unter der Decke nackt war oder einen Pyjama – da fiel ihm ein, dass er nicht daran gedacht hatte, einen Pyjama einzupacken. Es war kühl im Zimmer, er legte eine Hand auf den Heizkörper unter dem Fenster, der nicht richtig warm war, aber auch nicht kalt, es war unklar, ob die Heizung funktionierte. Also nahm Ismail eine Garnitur Thermo-Unterwäsche aus seinem Rucksack, zog sie an und legte sich ins Bett.
Die Dusche war jetzt ein Genuss, sagte er, nur um irgendetwas zu sagen. Um das Eis zu brechen. In Thermo-Unterwäsche. Da sprang Ylbere vom oberen Bett herunter. Und wer dreht das Licht ab, sagte sie, eilte die zwei Schritte zum Lichtschalter neben der Tür. Und in dem kurzen Moment, bevor es finster wurde, sah Ismail, dass sie nackt war. Dann kam sie zurück zum Bett, nun ein dunkelgraues Phantom, war das ihr flacher Bauch, den er sah, als sie unmittelbar vor ihm am Bett stand? Er hatte gar nicht die Zeit, sich zu wünschen, dass sie sich zu ihm hinunterbeugt, zumindest dies, sich zu ihm hinunterbeugt und ihm einen Kuss gibt, da hatte sie sich schon wieder nach oben geschwungen.
Wenigstens erübrigte das Stockbett die Frage, dachte er, ob er nun in ihrer dritten gemeinsamen Nacht einen Schritt weiter gehen könnte. Er musste sich eingestehen, dass er sogar erleichtert war. Bei aller Sehnsucht. Nein, er war bedrückt, weil er erleichtert war. Es sollte nicht Sex heißen, dachte er und verstand selbst nicht, was dieser Gedanke meinte. Dann phantasierte er den Dialog: Es war schön, Ylbere, wie wir uns

aneinandergedrückt haben, in der Nacht vor der Abreise, erinnerst du dich?
Ja, das war schön. Ja. … Komm rauf zu mir.
Aber ist das Bett nicht zu schmal?
Wir müssen uns eben ganz fest aneinanderdrücken.

Da hörte er ihre Stimme von oben: Ich kann dich nicht verstehen! Bist du noch wach? Also, ich kann dich wirklich nicht verstehen. Wir sind in Tropoja, und es interessiert dich offenbar nicht, ob hier jemand etwas von deiner Tante weiß, ob sie hier –
Hör zu, rief er. Erinnerst du dich, was du zu mir in der Radio Bar gesagt hast.
Was meinst du?
Ich habe erzählt. Von früher. Und du hast gesagt: Das liegt alles hinter dir! Das war tröstlich. Ich habe es so verstanden: schließ damit ab, lass es ruhen. Und ich habe gesagt: Und was liegt vor mir?
Und?
Das ist die Frage. Und ich fand es ätzend, dass du jeden hier fragst, ob er meine Familie kennt, vom Hotelportier bis zu den fremden Männern im Café. Das ist übergriffig, das ist anmaßend, das steht dir nicht zu. Meine angebliche Familie. Das liegt hinter mir, damit hast du nichts zu tun.
Ismail glühte. Er strampelte sich von seiner Unterwäsche frei.
Und noch etwas, damit das klar ist! Du hast gesagt: Recherchieren hast du gelernt. Aber ich habe etwas anderes gelernt: Nenne es Schönreden. Aus Elementen der Realität eine Fiktion zu machen, und aus der Fiktion eine bessere Realität. Eine bessere –
Jetzt lag Ismail nackt da.

14

Er war nackt, als Tante Xhulieta ihn holte.
Sie stand vor ihm und sagte: Ich bin deine Tante Xhulieta.
Er hätte sie nicht erkannt. Er sah zu ihr auf, langsam trat sie aus dem Dunkel der Erinnerung hervor. Sie roch eigenartig. Er hatte gehört, dass feine Damen etwas verwendeten, das Parfum hieß. Ein anderer Zögling hatte es erzählt. Es kommt aus Paris, der schönsten Stadt der Welt, hatte er gesagt, in konspirativem Ton, als gäbe er ein Geheimnis bekannt. Sie wussten nichts vom Leben draußen. Wer etwas wusste oder gehört hatte oder von jemandem gehört hatte, der etwas gehört hatte, erzählte es, und die Welt draußen wurde in den Phantasien der Kinder immer geheimnisvoller, voll edler Menschen, die Dinge besaßen oder taten, die die Phantasie entzündeten und zugleich überstiegen. Der Geruch der Tante, war es das? Dieses Parfum? Es war scharf und irgendwie – er dachte: wie etwas, das verfault. Das kannte er: verfaulen. Aber er bemühte sich, den Geruch der Tante zu mögen, wenn es denn das war: Parfum. Er könnte dann den anderen erzählen, dass er nun wisse, wie das riecht. Wenn sie in der Nacht im Schlafsaal lagen, in ihren quietschenden Stahlrohrbetten, auf den Matratzen, die nach Generationen von bettnässenden, angstschwitzenden, masturbierenden Zöglingen rochen.
Es war kein warmer Mai, aber es war Mai, sie würden nicht erfrieren, nackt im Hof. Sie mussten die Kleidung ablegen, bevor sie hinausdurften, in den Tauwetterschlamm, man konnte ja nicht jeden Tag ihre Kleidung waschen. Was hatten sie schon? Keine Garderobe. Das war auch so ein Wort aus den Erzählungen: dass die Menschen draußen eine Garderobe hatten. Was das war? Etwas, das so aussah wie das, was ihr geliebter Vater Enver Hoxha anhatte, auf den Fotos, die überall

im Heim hingen, und das auch schöner war als die Kleidung ihrer Erzieher.
Die Jüngeren balgten, stießen einander in den Schlamm, die Älteren masturbierten, demonstrierten Erektionen. Niemanden kümmerte es.
Ismail war alt genug, um zu wissen, dass er nackt war. Er stand vor der Tante mit dem Parfum-Geruch und hielt die Hände vor sein Geschlecht. Blutkrusten und Dreckkrusten auf der Haut, die rot und nippelig war, weil ihm kalt war. Ein Erzieher gab ihm einen Schlag auf den Hinterkopf: Abmarsch zum Waschen!

So kam er heraus, als Tier, kein bewundertes Äffchen, ein Krustentier, ein Drecktier.
Er war der Tante dankbar. Er fragte nicht danach, was sie davor gemacht hatte, was seit Mutters Tod geschehen war. Und sie sprach es nicht an. Nie. Erzählte nichts. Sie war jetzt da, hatte ihn befreit und kümmerte sich. Sie war keine Ersatzmutter. Sie hatte wahrscheinlich nicht einmal den Anspruch, das zu tun, was eine Mutter macht: das Kind an sich drücken, ihm über den Kopf streichen, es trösten, versuchen, sich in seine Seele einzufühlen. Oder es zum Lachen zu bringen. Sie kitzelte ihn nie. Sie lachte nie mit ihm bei einer Tollpatschigkeit, und bei Schmerzen tröstete sie ihn mit dem Satz: Das geht vorbei. Immer wieder: Das geht vorbei. Sie konnte für ihn sorgen. Das tat sie. Und Ismail lebte in dem Gefühl, dass alles vorbeigeht. Im Grunde war das damals sein Lebensgefühl: abgestumpft in einem Wartesaal zu sitzen.
Er fragte sie nicht, wie sie zu dem kleinen Apartment in Lapraka gekommen war, dem 11. Bezirk, einem Arbeiterviertel von Tirana, weit außerhalb der Ringstraße. An die Villa im Blloku konnte er sich nicht mehr erinnern, das Leben im Waisenhaus ist vorbeigegangen, und nun wohnte er also in diesem

Apartment in der Rruga Mati Logoreci, unweit der Tuchfabrik, in der die Tante arbeitete. Dort arbeitete sie in der Färbeküche, an der Wanne, hantierte mit gefährlichen Chemikalien, ohne Mundschutz, ohne Handschuhe. Von dieser Arbeit kam ihr Geruch, von den chemischen Verbindungen und den Laugen, die in der Fabrik in Verwendung waren, der Geruch fraß sich in ihre Haut, in ihre Haare, sie bekam ihn nicht mehr los. Das war das Parfum der feinen Dame. Und die Garderobe. Sie brachte Stoff mit aus der Fabrik, daraus nähte sie für ihn zwei Hosen, zwei Jacken. In Blau. Sie kümmerte sich.

Das war sein Gefühl: Auch das wird vorbeigehen. Das Leben in dem Apartmenthaus aus den fünfziger Jahren, das bereits verrottete, die hölzernen Außenjalousien, die schief an den Fenstern hingen und verfaulten, die nicht verputzte Fassade aus zerbröckelnden Ziegeln. Daneben der Sportplatz, ein von hohen Gittern umzäunter Käfig, durch dessen grobe Betonfläche schon Pflanzentriebe hervorbrachen, selten, dass Kinder dort spielten, es gab keine Kinder, es gab nur Menschen verschiedenen Alters, die verzweifelt versuchten, Geld zu verdienen, und keiner war dafür zu jung. Vor dem Käfig die Müllcontainer, deren Deckel heruntergebrochen waren und die zum Himmel stanken, jedenfalls bis in den dritten Stock des Hauses, in dem die Tante und er das Apartment hatten.

Er hatte schulisch sehr viel aufzuholen, und Tante Xhulieta wachte darüber. Das war die Liebe, die sie geben konnte, und die Pflicht, die sie erfüllen wollte. Er saß über alten Schulbüchern, in denen die Tante mit energischen Schraffierungen die Huldigungen an den verstorbenen Diktator durchgestrichen hatte. Er studierte sie, so wie er viel später in einem Wartezimmer eine herumliegende Zeitschrift lesen sollte. Er dachte, das geht vorbei, so wie sein starkes Zahnfleischbluten.

Er war sehr dünn. Sie hatten nicht viel zu essen. Zwiebeln, Reis, Bananen gab es aber immer. Brot: Fladen, manchmal Qiqra. Hinter dem Haus bauten die Frauen Gemüse an, das sie dann einlegten für den Winter. Tante Xhulieta schickte ihn hinunter zum Gießen, er folgte und dachte dabei, dass das nicht sein Leben sei, noch immer nicht. Aber was war es dann? Es musste eine ganz andere Bedeutung haben. Er konnte sie nicht ausdrücken, aber er spürte sie, wenn er lethargisch die Pflänzchen goss, die wuchsen, dann blühten, dann sprang aus der Blüte ein kleiner Nippel, der zu einer Gurke wurde, die wuchs, dann in ein Glas wanderte, wo sie, eben noch grün und knackig, im Salzsud und Essig gelbgrün und weich wurde, er benannte das nicht, er interpretierte nichts, er empfand es nur: dass alles immer auf etwas anderes hinauslief.

Sein späterer Freund und dann Feind Fate Vasa hatte einmal zu ihm gesagt: Der kreative Geist spürt eine Bedeutung im scheinbar Bedeutungslosen, eine Essenz des Lebens, wo andere bloß sagen: So ist das Leben.

Das hatte ihn beeindruckt. Später wurde ihm klar, dass solche Sätze, typisch für Fate, blanke Scharlatanerie waren.

Manchmal konnte die Tante ein paar Meter Stoff aus der Fabrik gegen ein Suppenhuhn tauschen, manchmal nur gegen einen Ziegenkopf, den sie auskochte. Da hatte er schon Mitschüler, denen davor grauste, die das nicht aßen, aber er aß das so achtlos, wie er später Nüsschen aß, wenn er in einer Bar auf jemanden wartete.

Wenn er später, jetzt, an diese Zeit zurückdachte – warum tat er das? sie lag hinter ihm –, dann fiel ihm eine Episode ein, die er typisch fand und für die er sich zugleich schämte: Er saß mit Tante Xhulieta am Küchentisch. Küchentisch! Wie das klingt! Sie hatten keinen anderen Tisch, neben der Küche war das Zimmer, in dem zwei Betten standen und zwei dunkle Schränke. Jedenfalls, sie saßen an dem kleinen Tisch in der Küche, und die Tante, die gerade von der Arbeit heimgekommen war, müde, aber an diesem Tag eigentümlich fröhlich, holte aus ihrer Tasche etwas heraus, das in Zeitungspapier eingewickelt war. Sie machte einen so glücklichen Eindruck, als sie sagte: Schau mal, was ich hier habe, das hat mir eine Freundin gegeben, eine Arbeitskollegin. Da lag auf dem auseinandergefalteten Zeitungspapier ein weißes Ding, etwas kleiner als eine Zigarettenschachtel, an einer Längsseite war es etwas zersplittert, hier war es wohl von einem größeren Stück abgeschnitten worden, aber offenbar konnte man dieses Ding nicht sauber durchschneiden, und sie sagte: Das ist eine Kokosseife, stell dir vor, eine Kokosseife, wenn ich mir damit jeden Tag die Hände wasche, gehen die Schrunden und Risse weg, sie sagte, das wirkt Wunder, du wirst sehen, diese Seife macht die Hände wieder ganz glatt. Und die Tante war so glücklich, Ismail hätte etwas dabei empfinden müssen, seit langem hatte er seine Tante nicht mehr so glücklich gesehen, wann hatte sie das letzte Mal gelacht? Es war ein besonderer Moment. Wegen einer Seife. Er sah dieses weiße Ding, daneben die malträtierten Hände, rotblau, rissig, er blickte auf und sah ihr glückliches Gesicht, und da verdunkelte sich sein Blick, und das war die Verdunkelung seiner Seele, und er empfand nichts. Keine Empathie, kein Verständnis für diese Fröhlichkeit in ihrem Elend, er konnte es nicht, er wartete auf etwas ganz anderes.

Jetzt schämte er sich dafür, dass er bloß die Achseln gezuckt hatte, nicht wirklich, sondern nur innerlich, dann wegschaute, bis sie dieses kostbare Stückchen Seife wieder in das Zeitungspapier eingewickelt hatte. Warum konnte er sich nicht mit ihr freuen, warum konnte er sie nicht lieben, so, wie er jetzt dachte und jederzeit behaupten würde, dass er sie liebte, nachträglich.

Die zerrissenen Hände, die, wenn sie gestreichelt hätten, so gestreichelt hätten wie eine Raspel, jetzt erst sah er sie deutlich vor sich, in ihrem Elend, in ihrer elenden Scheu zu streicheln.
Als sie krank wurde, als ihre Lunge die Schrunden und Risse bekam, die sich zuerst an ihren Händen gezeigt hatten, begann sie doch zu erzählen. Nicht viel, aber an manchen Abenden brach es aus ihr heraus, verträumt, sentimental, dann wieder zynisch oder gar voll Hass. Aber immer ging es um die Zeit im Blloku, nie um die Zeit danach. Was hatte sie dann erlebt? In den Bergen? Wenn Ismail das Heim ansprach, sagte sie schroff: Dein Heim war kein Lager! War das ein Hinweis? Sie erzählte von den glücklichen Zeiten und sagte verbittert: sie seien damals betrogen worden. Sie erzählte von einem Betrug, den sie genossen hatte. Er, er! hatte den Hut vor ihr gezogen, ihre Hand geküsst. Ihre Hand! Schau sie dir an, die Hand. Und du warst so süß, du Äffchen.
Das ging vorbei. Das war nicht die Sentimentalität, die sie pflegen wollten.

Der *Lumi i Tiranës*, der Tirana-Fluss, der den Bezirk Lapraka begrenzte, war tiefblau. Ismail wusste nicht mehr, warum er mit Tante Xhulieta am Fluss entlangging. Hatte er sie von der Arbeit abgeholt? Warum? Der Himmel, nach tagelangem Regen farblos grau, schien ausgeronnen, das Himmelblau floss über den Tirana-Fluss ab.
Daran sollte sie sterben. An dem Blau, mit dem sie ungeschützt hantierte und dessen Abwässer in den Fluss gingen und ihn tiefblau färbten wie die Stoffbahnen, die sie durch die Wanne zog und in die Presse schob.
Er hatte einen Platz an der Universität bekommen. Er war euphorisch, er sah einen Notausgang ins Freie. Nun war sie es, die kalt blieb. Sie schaute auf den Fluss und sagte: Hier ist er

schön blau, schau, wie schön blau er ist, und es ist eine Lüge. Wenn der Fluss dann im Zentrum angelangt ist, im Kanal, nach allem, was in ihn hineingeleitet wurde, ist er eine Kloake, und das ist die Wahrheit.
Sie lachte. Ihr Lachen ging in ein Schnappatmen über, sie bekam keine Luft. Sie blieb stehen, legte eine Hand auf Ismails Schulter, hechelte, und als sie sich beruhigt hatte, sagte er: Ich werde ein Stipendium bekommen.
Sie reagierte nicht, ging langsam weiter.

Er ging von der Rruga Mati Logoreci zur Universität Tirana zu Fuß knapp eine Stunde. Und eine Stunde zurück. Jeden Tag. Und er dachte: Auch das wird vorbeigehen. Am Ende, besser gesagt auf dem letzten Viertel des Weges zur Uni, kam er am Blloku vorbei, ohne Emotion, ohne Erinnerung. Das Viertel war nicht mehr abgesperrt, dennoch ging kaum jemand hinein. Enver war tot, aber das Regime noch nicht gestürzt, auch wenn es in den letzten Zügen lag.
Zum ersten Mal dachte er: er müsse etwas tun. Das war die Zeit, als er an der Uni zu rebellieren begann. Andere sagten: randalieren.
Wenn ich keinen Beitrag leiste, die Welt zu verbessern, dann wird sie nicht besser. Das wurde sein Credo. Und er begann sich am Leben zu spüren.
Und Tante Xhulieta starb. An der blauen Farbe. Ihrem Parfum. Ihren Schrunden.

Ismail konnte nicht schlafen. Er lag wach, und diese Bilder zogen an ihm vorbei. Das lag hinter ihm. Lass es. Er blickte hinauf zum Himmel, dem Bett über ihm. Von oben hörte er ein leises Schnarchen.

15

Ihre letzten Worte. Hsih hf hf fllth …

Ismail ist seit drei Tagen nicht mehr zur Uni gegangen, Xhulieta befand sich in einem Zustand, in dem er sie nicht mehr alleine lassen konnte. Durch das offene Fenster drang Lärm, der es noch schwieriger machte zu verstehen, was sie flüsterte, eigentlich nur noch hauchte.

Was hast du gesagt, Tante?

Sie hatte die Augen weit geöffnet, aber Ismail hatte nicht den Eindruck, dass sie etwas sah, und wenn doch, dann sah sie nicht ihn, nicht die Decke des Zimmers, dann sah sie etwas ganz anderes, einen anderen Ort.

Was hast du gesagt, Tante?

Geschrei von der Straße. Es war mehr als das Geschrei von einigen Leuten da unten, es war die Stadt, die brüllte, frei und vorbei und Sturz und Fall und Wir und Wir, Wir sind … Wir, Wortfetzen, die aufstiegen aus dem Sturm der Choräle, der durch die Straßen fegte und der in diesem Zimmer zugleich erstickt wurde vom erstickenden Leben.

Tante!

Er beugte sich über sie, hielt sein Ohr über ihren Mund, so nah, dass er einen kurzen Moment lang ihre rauen Lippen an seinem Ohr spürte, da richtete er sich noch einmal auf, strich einen kleinen Löffel Joghurt auf ihre Lippen, tupfte Schweiß von ihrer Stirn. Da merkte er, dass sie noch einmal zu sprechen versuchte, die joghurtweißen Lippen verzogen sich – zu einem Lächeln? Zu einem Clownslächeln, dachte er, das durfte er nicht denken, dachte er und beugte sein Ohr wieder über ihren Mund. Hch … hlss … Und da verstand er, verstand den bitteren, schwermütigen Witz, den sie machte, der clownshafte Eindruck ihrer weißen Lippen war nicht ganz falsch.

Diese Geschichte hatte sie ihm einmal beim Abendessen erzählt, damals, als sie doch begonnen hatte, über die alten Zeiten zu reden. Als Enver Hoxha ein totales Religionsverbot erließ, verlangte er von der Universität Tirana zur Untermauerung dieses Anspruchs des wissenschaftlichen Sozialismus einen Beweis, dass es keinen Gott gibt. Dieser Beweis sollte nicht ideologiekritisch, sondern streng naturwissenschaftlich geführt werden. Die besten Naturwissenschaftler machten sich an die Arbeit. Tante Xhulieta lachte, als sie das erzählte. Sie könne sich noch gut daran erinnern, sagte sie, dass die Professoren Todesangst hatten. Wenn der Beweis nicht schlüssig gelänge, wären sie als unfähig entlarvt, wenn nicht gar als Agenten der Klerikalfaschisten oder der muslimischen »Kilidsch«-Bruderschaft, die den heiligen Krieg gegen den gottlosen Sozialismus plante. Das hätte natürlich Lagerhaft, wenn nicht gar Hinrichtung zur Folge gehabt. Ein Professor für experimentelle Physik, der schon so manchen ideologischen Schwenk überlebt hatte, fürchtete sich nicht vor dem Tod. Im Gegenteil, er machte sich den Tod dienstbar. Das war Nikolla Tupe, noch heute ist eine Straße in Uni-Nähe nach ihm benannt. Wie hatte Tante Xhulieta gelacht, als sie diese Geschichte erzählte. Professor Tupe argumentierte folgendermaßen: Die Existenz Gottes ist bekanntermaßen nicht nachweisbar. Aber das schließt noch nicht aus, dass es ihn trotzdem gibt. Seine Existenz definitiv auszuschließen, sei nur möglich, wenn man den naturwissenschaftlichen Nachweis erbringt, dass es keine Seele gibt. Denn die Seele des Menschen wird von allen Religionen als Gottes Odem bezeichnet, als dessen Substanz in der von ihm erschaffenen Menschheit, also als das real Existierende dessen, was als absolute Existenz geglaubt werden muss. Nun ist es unmöglich, die Nicht-Existenz von etwas in den Weiten des Alls zu beweisen, aber der Nachweis der Nicht-Existenz von des-

sen Substanz hier auf Erden sei naturwissenschaftlich möglich.
Professor Nikolla Tupe entwickelte eine Feinwaage mit einer Genauigkeit, die bis auf Nanogramm präzise reagierte, und diese Waage baute er in eine Bettauflage ein, mit einem ganz komplizierten System von Sensoren in einem elektrischen Feld, frage mich nicht, es klang jedenfalls furchtbar wissenschaftlich, erzählte Xhulieta. Dann ließ sich Professor Tupe Sterbende liefern, die er in dieses Bett legte. Nun wurden komplizierte Statistiken angelegt, in Hinblick auf Gewichtsverlust des Sterbenden durch Wasserverlust, weil er schwitzte, oder Gewichtszunahme durch Zufuhr von Flüssigkeit oder Nahrung, daraus wurden statistische Mittel errechnet, Kurven gezeichnet, bis am Ende, unmittelbar vor dem Exitus, das objektive Letztlebendgewicht inklusive Seele feststand. Dann der Exitus. Die Religionen behaupten, dass im Moment des Todes die Seele den menschlichen Körper verlässt und auffliegt zu Gott. Was sich in einem menschlichen Körper befindet und den Körper verlassen kann, muss Materie sein, also ein Gewicht haben, weil selbst Luft aus Molekülen mit einem spezifischen Gewicht besteht. Wenn nun aber die von Professor Tupe entwickelte Feinwaage bei dem Toten nicht einmal den Verlust von einem Hundertstel Nanogramm anzeigt, dann hat nichts den Körper verlassen, ergo: Es gibt keine Seele. Die behauptete Substanz Gottes existiert nicht, Gott existiert nicht. Was zu beweisen war.
Als er gut hundert Sterbende auf seine Waage gelegt hatte, mit dem immer selben Ergebnis, präsentierte er seinen Beweis vor Enver Hoxha und einer furchtbar nervösen Kollegenschaft. Als Enver Beifall klatschte, brach Jubel aus, und in der Folge ließ Enver den Atheismus in der albanischen Verfassung festschreiben, Albanien wurde der erste atheistische Staat der Welt.

Ich kannte Professor Nikolla Tupe, erzählte die Tante, er war das größte Schlitzohr, ein Zyniker, der jeden verrückten Schwenk der Partei überlebte. Er bekam sogar ein Haus im Blloku und war dann auch einige Male bei deinen Eltern zu Gast. Wenn jemand in Ungnade fiel und verschwand, dann nannte Nikolla ihn eine Seele von einem Menschen. Er hat sicherlich auch deinen Vater so bezeichnet, nachdem er abgeholt worden war, eine Seele.

Glaubst du an Gott, hatte Ismail dann gefragt.
Tante Xhulieta zuckte mit den Achseln. Auf jeden Fall glaube ich nicht daran, dass meine Seele am Ende hochfliegen wird zu Gott, sagte sie. Sie wird, wenn sie existiert, fallen und fallen, tief fallen, in die Unterwelt, oder in die Hölle, oder ins Nichts – wieder zuckte sie mit den Achseln. Sie wird fallen. Das hatte sie damals gesagt.

Jetzt verstand er ihre letzten Worte, als er sein Ohr ganz nah an ihren Mund hielt, und er verstand, dass sie wollte, dass er sie verstand, sie atmete schwer, jedes Wort war ein Luftausstoßen und Lufteinsaugen, sie sagte:
HSie h fällt hfällt fällt ich hlass sie fallen fallen …

Er verstand. Er lächelte. Küsste sie, die noch heiß war und tot.

16

Als Ismail aufwachte, war er allein im Zimmer. Er fror. Er wollte gar nicht wissen, ob es wieder warmes Wasser gab. Schnell zog er sich an. Er ging hinunter, fand Ylbere an der Rezeption, wo sie mit dem jungen Mann vom Hotel über ihre Straßenkarte gebeugt war.

Das Foyer war voll mit Taschen und Koffern und Truhen, Kameras, Stativen, das ganze Equipment der Film-Crew, die in Abreise begriffen war.
Ismail trat vor das Hotel, ging die paar Schritte um die Ecke, überblickte den Platz. Es war kein Mensch zu sehen. Da kam von der Straße gegenüber ein alter Mercedes angefahren, drehte eine Runde auf dem Platz und fuhr wieder davon. Ismail sah gerade noch, dass der Lenker des Mercedes eine Sonnenbrille trug, aber es gab keine Sonne, es war ein dunkelgrauer Morgen.
Die Geschichte war gebannt, das Material war in Taschen gepackt, und so war es jetzt.
Er ging zurück ins Guesthouse, Ylbere faltete gerade ihre Karte zusammen, sah Ismail und winkte. Frühstück. Ich glaube, ich kenne mich jetzt aus, sagte sie.
Sie aß mit großem Appetit, Käse, Joghurt, Brotfladen, eingelegte Gurken.
Iss!, sagte sie, wer weiß, wann wir wieder etwas bekommen.
Zu essen, dachte er, werden wir leichter bekommen als ein Bett. Es gab sicherlich kein Guesthouse in Sose, die nächste Herberge befand sich wahrscheinlich in Sylbica, was von Sose nur durch einen eineinhalbstündigen Fußmarsch zu erreichen war. Und mit dem Auto war es schneller, nach Tropoje zurückzufahren. Er fürchtete, dass es auf eine weitere Nacht im Auto hinauslaufen werde.

Sie nahmen den Weg über die Morina-Pass-Straße. Sie war gut ausgebaut, aber Ylbere fuhr sehr langsam, geradezu aufreizend langsam, wie Ismail fand. Sie erklärte: Sehr bald, noch vor dem Grenzübergang, sollte eine Abzweigung nach links kommen, eine nicht asphaltierte Straße, die man leicht übersehen konnte.
Der Himmel riss auf, die Wolken sausten, als wollten sie flüchten.

Hier! Der Beschreibung nach müsste es die da sein, sagte Ylbere und bog ab. Sie waren beide nicht sicher, ob es wirklich die gesuchte Straße war. Erde und Steine, nach kurzer Zeit führte diese Fahrbahn in einen Hohlweg voll Schotter, bewaldete Böschungen rechts und links. Sie hatten den Eindruck, mit dem Jeep durch ein ausgetrocknetes Flussbett zu kriechen, war das wirklich eine Straße? Sollten sie umdrehen? Wie? Wo? Das Flussbett, wenn es denn eines war, war viel zu schmal, sie konnten gar nicht anders, als langsam weiterzufahren. Sie rumpelten im Schritttempo über die Steine, es schüttelte und rüttelte sie durch, bis Ismail bat anzuhalten.
Ich steige aus, sagte er.
Wie bitte?
Wir fahren Schritttempo, fast langsamer als Schritttempo. Da kann ich genauso gut zu Fuß gehen, aber werde nicht so durchgeschüttelt. Und wenn dann du ein Stück gehen willst, wechseln wir uns ab.

Zunächst ging oder stolperte er hinter dem Wagen her, überholte ihn schließlich, um den aufgewirbelten Staub und die Abgase nicht einatmen zu müssen, er ging gemächlich Schritt für Schritt und war zeitweise sogar etwas schneller als Ylbere mit dem Wagen. Dann blieb er stehen, atmete einmal tief durch und ging weiter. Es war heiß, er schwitzte, er fragte sich, ob er fieberte oder ob es objektiv heiß war. Wenn es wirklich heiß war, dann war es für die Jahreszeit und überhaupt für die Berge extrem ungewöhnlich, aber was wusste er schon, was hier normal war? Ging er nicht durch ein ausgetrocknetes Flussbett? Der Himmel war blau, die Sonne wanderte von halbrechts den Himmel hinauf, er setzte einen Schritt nach dem anderen und dachte: Das geht vorbei. Auch das wird vorbeigehen.
Nun sah er, dass hinter der linken Böschung das Gelände steil

abfiel, hinunter in ein kleines, tief eingeschnittenes Tal, während auf der rechten Seite der Bergrücken immer näher rückte, ein Gebirgszug mit Spalten und Kerben, wie hineingehauen durch Handkantenschläge einer unfassbaren Macht. Überhaupt hatte er das Gefühl, dass der Berg wanderte, ihm zu Leibe rückte, er ging so langsam, dass er gar nicht das Gefühl hatte voranzukommen, vielmehr schien es, als würden Felswände näher kommen, ihn hinunterschieben wollen ins Tal. Das langsame Gehen war nicht wirklich anstrengend, dennoch keuchte er, es war die Hitze, und es waren die Steine. Das weiße Geröll in der Sonne blendete ihn, der blutrote steile Hang hinauf zum Gebirgsmassiv verstörte ihn. Wieso hatte der Berg so große rote Flecken?
Er blieb stehen.
Ylbere öffnete das Seitenfenster. Was ist?
Jetzt verstehe ich, sagte Ismail, warum diese Region *Bjeshkët e Namuna, Verfluchtes Gebirge*, genannt wird.
Es wird *verwunschenes* Gebirge genannt, sagte Ylbere. Aber verflucht ist auch gut. Bist du müde? Willst du wieder einsteigen?
Nein.
Wer hat es denn verflucht? Ferne Herrscher. Die Osmanen, die Habsburger, die Nationalsozialisten und am Ende die Kommunisten. Keine Macht konnte sich hier wirklich festsetzen. Die erste Großmacht, die das schaffen wird, ist der Tourismus, sagte sie und lachte. Ist es nicht wunderschön hier?
Ja.

Ismail setzte sich doch wieder in den Wagen, fuhr zwanzig Minuten mit, ertrug das Gerumpel nicht mehr, stieg aus, ging zu Fuß weiter. Da führte der Hohlweg über in eine langgezogene Kurve bergauf, zunächst sehr steil, dann sanft ansteigend am Berghang entlang bis zur nächsten Kehre. Ylbere gab Gas, um die Steigung zu bewältigen, der Wagen schlingerte, unter den Reifen spritzten Kiesel weg, der Wagen schien am Ende des trockenen Flussbetts zu schwimmen, Ismail sah, wie Ylbere gegenlenkte, er bildete sich ein, durch die Windschutzscheibe leichte Panik in ihrem Gesicht zu erkennen, auf der Fahrerseite ging es hinter ein paar Stauden steil in die Tiefe, hing da schon ein Rad über? Der Wagen fasste wieder Boden und raste aus dem Schotterbett heraus, hinein in die Kurve der Serpentinenstraße und dann gleich zwei- oder dreihundert Meter weiter, bis Ylbere stehen blieb. Ismail lief dem Wagen nach, mit einer Panik, die nun eigentlich unbegründet war, der Wagen stand ja da vorn, nichts war passiert. Aber er hatte sie schon fallen gesehen. In der Blechbüchse des Wagens. Tief hinunterfallen.

Als er den Wagen erreichte, saß sie bei offener Tür am Steuer und rauchte. Es kann nicht mehr weit sein, sagte sie.

Wenn es der richtige Weg ist, sagte Ismail.

Wenn es nicht der richtige Weg ist, führt er auch wo hin.

Sie saß ganz ruhig da, rauchte, trank Wasser, reichte die Wasserflasche Ismail und sagte: Wir werden es bald wissen.

Der Weg führte in langen Schlaufen immer höher. Ismail sah jetzt, warum die Berghänge so blutrot leuchteten. Es waren weite Flächen von wilden Blaubeerstauden, deren Blätter sich im Herbst rot verfärbt hatten.

Die Sonne brannte gnadenlos, Ylbere hatte eine Baseballkappe auf, Ismail hatte natürlich nicht daran gedacht, eine Kopfbedeckung mitzunehmen. Er machte sich aus einem Unterhemd einen Turban, fühlte sich lächerlich und dachte, Schritt für Schritt, das geht vorbei.

Sie wurden immer unsicherer. Der Weg führte immer höher, hinauf in die Gjakova-Berge, hinein in Schluchten ohne Le-

ben, weiter auf Hänge, hinter denen bereits der Kosovo war. Irgendetwas stimmte nicht.
Da kamen sie zu einer Weggabelung. Am schmäleren Weg der Gabel ein Pflock mit einem Holzwegweiser: »*Banja e Princit*«.
Der Weg war so schmal, außerdem wurzeldurchwachsen und von größeren Steinen bedeckt, dass man da mit dem Wagen nicht weiterkam. Sie ließen ihn stehen.
Aber auf dem Wegweiser steht nicht Sose, sagte Ismail.
Egal, sagte Ylbere, ich will dieses Banja sehen.

Es geht vorbei, dachte Ismail. Nach etwa einer halben Stunde Fußmarsch kamen sie zu einem Wasserfall, der in ein von Felsen eingerahmtes Naturbassin stürzte. Das Wasser im Becken tuchfabrikblau, auf der Oberfläche Tausende blitzende Lichtsternchen, gekrönt vom weißen Schaum, dort, wo der Wasserfall auf die Wasserfläche des Beckens prallte. An der Felswand, den Wasserfall entlang, Föhren in seltsamen Verrenkungen, die neben dieser Naturgewalt zitterten.
Sie standen da mit offenen Mündern, sie fassten einander an der Hand.
Dann zog sich Ylbere aus.
Zum ersten Mal sah Ismail sie nackt.
Berührte sie. Im tiefblauen kalten Wasser des *Banja e Princit.* Und dann, als sie sich wechselseitig abrubbelten.

Zurück beim Wagen, erfrischt, und doch gleich wieder verunsichert: Wohin führte die Straße, auf der sie nun weiterfuhren. Auf ihren Mobiltelefonen kein Signal, abgesehen davon, dass Sose auf Google Maps ohnehin nicht eingezeichnet war.
Sie krochen etwa zwanzig Minuten weiter, da sahen sie ein Holzhaus. Auf einer Bank vor dem Haus saß ein Mann, silbergraues Haar, eingefallene Wangen, Schnauzbart, eine blaue

Weste über einem verwaschenen blauen Hemd. Ismail war erleichtert: ein Mensch! Zugleich war er verwundert, sein erster Eindruck war: die Weste! Bei dieser Hitze! Dann erst sah er: Neben dem Mann lag eine Flinte auf der Bank.
Der Mann war gerade dabei, eine Zigarette zu drehen, er sah das Auto, das Paar, das ausstieg und auf ihn zukam, er legte den Tabak weg, stand auf, grüßte mit der Hand am Herzen: *A jeni mirë, burra! Për ku jeni nis? Ju qoftë rruga e mbarë.* Geht es euch gut, Männer! Wohin des Wegs? Möge der Weg gut sein! Und mit einer einladenden Handbewegung bat er Platz zu nehmen.
Ismail musste lächeln. Er hat *Männer* zu ihnen gesagt!
Da war die Holzbank an der Hauswand, der Holztisch, davor ein Brett, das auf zwei Baumstümpfe aufgenagelt war, und seitlich zwei ausgeleierte Campingstühle. Während die Holzbank verwitterte, zeigten die Campingstühle das Verrotten eines billigen Zukunftsversprechens von irgendwann.

Ylbere bot dem Mann eine Zigarette an. Er dankte, nahm die Flinte und ging ins Haus. Er brachte Raki, einen Krug Wasser, Yoghurt, Käse und Brot.

Der Mann war ein Schäfer, der den Abtrieb seiner Herde wegen des warmen Wetters noch hinausschob.
Sie aßen und tranken. Wie dankbar Ismail für den Raki und den Käse war! Er wollte nicht nach mehr verlangen, das war ja kein Gasthaus, wo man bestellen konnte, aber er hielt sein leeres Rakiglas so flehend in der Hand, dass der Mann nicht nur nachschenkte, sondern, die Flasche abstellend, darauf zeigte und klarmachte, dass Ismail sich jederzeit selbst nachschenken konnte.
Der Joghurt. Wir haben genug, sagte der Mann, der Bardhok hieß. Nach dem dritten oder vierten Raki, den Ismail, skep-

tisch beobachtet von Ylbere, kippte, empfand er eine ganz andere Wärme, nicht mehr das gnadenlose Brennen der Sonne, sondern die Gnade einer warmen Seele. Er spürte, dass da etwas war, in der Landkarte des Gesichts dieses Mannes, das eingefallen war, voller Falten, die um den Busch seines Schnauzers ein Netz bildeten, in dem die beiden rötlichen Tränensäcke hingen.

Ismail bot ihm eine Zigarette an und sagte: Darf ich fragen, wie alt Sie sind?

Einundsiebzig, sagte Zoti Bardhok. Und ich bin der Letzte, sagte er.

Wie? Was meinen Sie?

Er zuckte mit den Achseln. Er wollte nicht darüber reden. Er wollte darüber reden.

Er schenkte Raki nach.

Hier gehen ja alle Jungen fort, sagte er. Nach Shkodra, Tirana oder Durrës. Oder gleich nach Deutschland oder Italien. Wenn Sie hier Junge sehen, dann sind sie zurück aus Deutschland. Mit dem Geld, das sie dort verdient haben, bauen sie ihre Häuser zu Hotels aus. Und es kommen die Deutschen, um hier zu wandern, und sie sind froh, dass der im Hotel Deutsch kann. Es ist unglaublich, die Deutschen wandern hier so gern. Sie kommen in Truppen. Ganze Bataillone, wenn man so sagen darf. Herüber vom Kosovo und zurück hinüber, aber –

Er schenkte Raki nach. Wollen Sie Kaffee, fragte er. Ylbere sagte Ja, Ismail sagte: Nein danke.

Er verschwand im Haus. Pass auf, sagte Ylbere. Ismail blickte über den Hang hinunter auf die Wiese, auf der die Schafe rannten.

Zoti Bardhok kam zurück, stellte eine Cezve und eine Mokkatasse vor Ylbere hin.

Sie haben gesagt, Sie sind der Letzte, wie meinen Sie das?

Dass das Haus weiterlebt. Nicht als Hotel. Als Haus der Familie. In Ehre und Würde. Aber ich kann nichts mehr weitergeben?

Seit fünfundfünfzig Jahren bringe ich die Schafe hier herauf, und treibe sie am Ende des Herbsts hinunter. Und vor dreiundfünfzig Jahren habe ich die Frau geheiratet, die für mich bestimmt war. Sie wurde mir gebracht aus Shtatë Barinj bei Tropoja. Sie war ehrbar und stark, wir haben uns gut zusammengefunden. So würde ich gerne mein Leben erzählen, als ein schöner Herzschlag im Leben von Generationen.

Ismail schenkte sich Raki nach, Zoti Bardhok nickte.

Aber es durfte nicht sein. Im Jahr neunzehnhundertdreiundachtzig bekam ich einen Sohn. Neunzehnhundertdreiundachtzig! Wir hatten nichts. Wir durften keine Tiere halten. Wir durften kein Land besitzen, keine Werkzeuge, schrottreife chinesische Traktoren fuhren hier über die Wiesen, brachen ihre Pflugeisen am Stein, noch Jahre später fand ich Traktorenteile und auch Knochen. Wir hatten nichts. Was wir verdienten, reichte nicht für drei Liter Milch, und wir hatten fünfzig Liter und mehr, als wir noch unsere Tiere hatten. Ich bekam einen Sohn. Er starb mit acht Monaten. Die Dorfbewohner, der Clan, alle kamen, um zu kondolieren. Sie fragten, wie es der Brauch war: Wie groß ist dein Schmerz?

Er zündete sich eine Zigarette an, lehnte sich zurück, sah hinauf in den makellos blauen Himmel, schüttelte den Kopf und setzte fort:

Und was habe ich gesagt? Das Kind wäre ein großer Mann geworden, wenn es überlebt hätte. Das macht mich stolz. Habe ich gesagt. Aber was mich unendlich traurig macht, ist, dass ich nicht einmal einen ganz kleinen Löffel Joghurt hatte, um es meinem Sohn auf die Lippen zu geben, bevor er starb.

17

Und Ihre Frau?
Sie war dann trocken, sie bekam kein Kind mehr.
Einige Jahre später dachten wir, dass wir wieder frei sind, unser Leben führen können, wie es sein soll. Wir bekamen unser Land zurück. Und ich kam mit Schafen wieder hier herauf. Aber im Sommer 1998 kamen sie herüber, töteten meine Schafe, schlugen mich mit Gewehrkolben zusammen, fesselten mich und ich musste zuschauen, wie sie meine Frau –

Ich habe die Augen zusammengepresst. Ich bekam immer wieder Schläge auf den Kopf, sie schrien: Mach die Augen auf! Dann ließen sie mich, dachten, ich sei tot.
Der Name des Anführers ist mir ins Gedächtnis gebrannt. Er fiel immer wieder. Er brüllte seine Männer an: Nennt mich nicht beim Namen. Aber da wusste ich ihn schon. Ante Matic.
Er wird wiederkommen. Oder ich werde ihn drüben finden. Ich habe Verwandte drüben. Sie geben mir Bescheid. Ich werde ihn finden.

Sie schwiegen. Schließlich fragte Zoti Bardhok: Wo wollt ihr hin?
Nach Sose.
Nach Sose? Warum?
Ismail war erstaunt, dass Ylbere darauf nicht antworten wollte. Sie schwieg, er sagte nichts, Bardhok wartete, dann sagte er:

Es ist nicht weit. Zu Fuß eineinhalb Stunden. Wenn ihr ein kleines Stück hier die Straße weiterfahrt, kommt ein Weg, der links abgeht, hinunter ins Loch. Und dort, die letzten Häuser vor der Grenze, ist Sose.
Ins Loch?
Das kleine Tal, eigentlich nur eine hufeisenförmige Schlucht, heißt so, *Lugina e vrimës*, wir sagen aber immer nur *vrimë*, das Loch. Von dort geht es dann wieder ein paar hundert Meter hinauf zum *Shtegu i dhive*, das ist der Pass in den Kosovo, der mit einem Auto nicht befahrbar ist. Da sind sie herübergekommen …

18

Jahrhundertelang war dieser Pass eine Verbindung, wie eine Ader, die das Blut des Lebens transportiert, ein Weg zu den Verwandten, die ihre Tiere an den Hängen drüben weideten. Man sah Schafe, Ziegen und Kühe. Die Wölfe erlegten wir. Wenn es einen Konflikt gab, dann hatten wir die Bajraktare, die unsere alten Gesetze kannten. Die Besa war uns heilig, der Treueschwur, gegenüber Gemeinschaft, Familie und Gast. Wir wanderten hinüber und feierten, empfingen Familie von drüben und feierten Hochzeiten, Geburten. Dann kamen die verfluchten Jahrzehnte, ein Lebensalter, es war nur ein Lebensalter lang, so man das Alter überhaupt erreichte. Und der Pass wurde von einer Verbindung zu einer Bedrohung. Es wurde nur noch Blut vergossen. Es war nicht das Gesetz der Blutrache. Es war die Gesetzlosigkeit. Sie kamen in Uniformen über den Pass, erschossen Menschen, die ihnen nichts getan hatten, ihre Ehre war der Hass. Und die Wölfe vermehrten sich. Seither gibt es so viele Wölfe hier wie nie zuvor. Sogar Braunbären wurden schon gesehen. Ich habe nichts gegen die Wildschweine, sie werden immer mehr. Aber sie sind mir recht. Wenn sie nahe herankommen, erlege ich sie mit meiner Flinte. Den Speck räuchere ich hier. Das Fleisch schicke ich hinunter, ich bin aus dem Dorf Valguri. Das liegt unterhalb von Sose.

Aber Sie kennen sicher die Familien von Sose, sagte Ylbere. Familien? Es ist ein kleiner Clan, der Rest eines einst mächtigen Clans. Die Abrashis. Arlind Abrashi macht Geschäfte. Ich kann dazu nichts sagen. Er hat das größte Haus, er baut sein Elternhaus zu einem Schloss aus. Seine Garage ist größer als mein Haus. Amir Abrashi spielt Fußball im Ausland. Er schickt Geld. Und Albian Abrashi hat jahrelang in England gearbeitet und gespart. Seit er zurück ist, kümmert er sich um alles im Dorf. Er ist sehr angesehen, aber er will auch, dass Fremde herkommen. Aber haben wir jemals Glück gehabt mit den Fremden?

Kennen Sie eine Familie Baxhaku in Sose?, fragte Ylbere. Baxhaku? Nein. Oder warten Sie! Es gab einmal Baxhakus hier, aber ob die aus Sose waren? Ich weiß nicht, es muss sehr lange her sein, dass sie weg sind. So viele gingen weg. Jedenfalls heute kenne ich niemanden mit diesem Namen. Auf keinen Fall in Sose. Dort sind die Abrashis mit ihren Kindern. Und ein paar alte Brahimis ohne Nachkommen.

19

Zuerst wolltest du nicht über deine Familie in Sose reden, sagte Ismail, als sie mit dem Wagen den Weg ins Loch hinunterrutschten und -hüpften, und dann hast du doch gefragt. Ylbere antwortete nicht gleich, sie lenkte sehr konzentriert,

den Fuß fast dauernd auf der Bremse, ab und zu ging sie kurz von der Bremse weg, bremste gleich wieder, und so schlitterte der Jeep den Geröllweg hinunter, bis sie nach einer Kurve quer zum Hang auf eine sandig lehmige Trasse kamen.
Ich wollte zuerst ihn reden lassen, sagte sie.
Und dann: Schau! Das muss es sein!
Vor sich sahen sie eine kleine Straßenwalze, vier Männer, ein paar Kinder. Dahinter alte Steinhäuser.
Sie hielten, stiegen aus. Der Mann, der die Walze lenkte, sprang herunter und rief: *Welcome!* Er fletschte die Zähne, das war das breiteste Lachen, das Ismail, der traurige, je gesehen hatte. Er trug ein ärmelloses rotes Shirt, am rechten Oberarm war er tätowiert: *You'll Never Walk alone.*
Er ballte die Faust zur Begrüßung, auf dem sich wölbenden Bizeps sprang das *Never* größer hervor.
Wir sind Albaner, sagte Ismail, wir sprechen Albanisch.
Mirë se erdhe! Nga jeni?
Aus Tirana.
Und wohin des Wegs?
Ismail sah Ylbere an. Das sollte sie beantworten.
Sie sagte nichts, schließlich: Ist das hier das Dorf Sose?
Ja, Sie sind hier in Sose. *Mirë se erdhe!*
Die Kinder stellten sich hinter dem Mann mit dem roten T-Shirt auf, schauten neugierig, die Männer hüpften heran, das war gespenstisch, Ylbere und Ismail schauten sprachlos zu, wie die Männer heran- ??? -tanzten.
Ein Einbeiniger mit einer Krücke, das zweite Hosenbein hochgeschlagen und zusammengenäht, ein Mann mit einer Beinprothese, die er nach vorn warf, um dann mit dem gesunden Bein nach vorn zu springen, ein Mann, der eine Schaufel in der Rechten hielt, die er wie eine Krücke benützte, links hatte er nur einen Stummel am Ellbogen, und auch wenn er beide Beine hatte, er ging schlecht, offenbar war das linke

Bein steif. Und der vierte, er schien noch – wie soll man sagen? Normal? Unversehrt? Er kam elastischen Schritts, schlenkerte beide Arme, und da erst sah Ismail, dass der Mann keine Hände hatte. Dann kam noch einer, er lief, stieß seltsame Laute aus, sein Kiefer bestand nur aus vernarbtem Fleisch, sein Mund eine Wucherung mit einem schrägen Schnitt darin, der sich öffnete und schloss wie das Maul eines Reptils.

Da geschah etwas mit Ismail. Die Verwunderung, das Staunen, mehr noch, das Entsetzen vor dem Unbegreiflichen, das er sah – er wollte es nicht verstehen, er wollte es abwehren, er war auf der Suche nach sich selbst und nicht auf einer Rätselrallye, und wenn er auch Ylbere auf ihrer Reise begleitete, so hatte er doch gedacht, dass sie zugleich eine Partnerin bei seiner Reise zu sich selbst wäre, die gemeinsame Schnittmenge wäre die Liebe, pathetisch gesagt, aber das hier, *Ta marrë dregi*, hatte nichts mit ihm zu tun, absolut nichts, und es war nicht einmal so, dass er denken konnte, das geht vorbei. Nichts geht vorbei in einem gespenstischen Loch. Und die Liebe? Er spürte sie selbst in dem Moment nicht als Versprechen, als Ylbere seine Hand nahm, einen Moment standen sie Hand in Hand vor diesem fröhlichen tätowierten Muskelmann und all den Invaliden, aber dann ließ Ylbere seine Hand schon los und legte ihre Hand an den Knauf ihres Dolchs, den sie an der Hüfte trug.
Er wollte weg. Er wollte nur noch weg.

20

My name is Albian. Ach so, ich bin Albian, was führt euch hierher?
Ylbere sagte nichts. Ismail sah Ylbere an. Ylbere sah Albian an, die Gruppe aus Invaliden und Kindern, die sich um ihn gebildet hatte. Alle lachten, es war eine verwirrende Fröhlichkeit. Da begann die Straßenwalze zu rollen, sie fuhr auf einen Abhang an der Seite der Straße zu. Albian sprintete ihr nach, offenbar hatte er vorhin den Motor nicht abgestellt oder die Handbremse nicht gezogen, er lief und sprang auf die Maschine wie ein amerikanischer Film-Weltrettungsheld, bremste, stellte sie ab.

Die Regierung hatte seit Jahren versprochen, hier eine Straße zu bauen. Nichts ist geschehen. Jetzt hat dieser Albian Abrashi die Sache in die Hand genommen, sie bauten sich diese Straße selbst. Sein Bruder hatte die Walze organisiert. Alle machten mit. Jeder nach seinen Fähigkeiten und Möglichkeiten.
Wie fragte man danach, warum fast jedem Einwohner hier Körperteile fehlten, konnte man das direkt ansprechen oder musste man das dezent übersehen, aber das war doch unmöglich.
Die Männer sprachen es von selbst sehr schnell an.
Sie sind herübergekommen, bis hierher und noch ein Stück weiter, etwa zehn Kilometer auf albanisches Gebiet. Junge Männer, die waffenfähig waren, haben sie mitgenommen, verschleppt, wir haben nichts mehr von ihnen gehört. Babys haben sie in ihren Wiegen erschossen.
Das waren die serbischen Ordnungskräfte. Wirklich, sie nannten sich Ordnungskräfte. Wir sind davongerannt, haben uns

versteckt, wir kannten die Berge. Waren wir feig? Wir wären tot. Als wir zurückkamen, sahen wir Blut und Leichen. Wir hoben die Gräber aus. Da begann neues Leben. Unsere Verwandten und Familien kamen von drüben aus dem Kosovo, auf der Flucht vor den serbischen Einheiten, sie kamen mit ihren Tieren, mit allem. Und dazu kamen dutzende junge Männer aus allen möglichen Ländern, um in die UÇK einzutreten und die Albaner zu verteidigen. Wir waren keine hundert Menschen im Dorf und mussten über fünfhundert Menschen verköstigen. Um die Nutztiere zu schonen, gingen wir auf die Jagd. Wir hörten andauernd Gefechtslärm, Feuerwechsel. Aber wir kannten die Berge. Was wir nicht wussten: Die Serben hatten Minen gelegt, auf unserer Seite, um zu verhindern, dass die UÇK über den Pass hinübergeht. Ganz kleine Minen. So groß wie ein Kugelschreiber oder wie eine Puderdose. Sie wollten nicht töten. Oh nein, sie wollten nicht töten. Sie wollten verletzen. Ein toter Kämpfer ist ein Mann weniger. Ein Verletzter ist drei Mann weniger. Weil zwei ihn abtransportieren müssen. Das war ihr Gedanke. Aber was heißt Kämpfer! Kinder haben Arme oder Beine verloren, Jäger, die für Nahrung sorgen mussten, wurden entstellt und sind heute Bettler.

Die Invaliden nickten und riefen *Po! Po! … Po tamam!*

Ich weiß natürlich nicht, was unsere Leute drüben gemacht haben, aber es kann nichts gewesen sein, das rechtfertigt, was hier geschehen ist. Ein Jahr lang haben wir hier fünfhundert Menschen verköstigt. Als sie zurückgingen, mit ihrem Hausrat und ihren Tieren, fanden sie drüben ihre Häuser abgebrannt. Und wir waren hier ein Dorf von Invaliden. Und Rente gibt es keine. Weil sie Kinder und Jugendliche waren, die noch nicht gearbeitet haben. Also gearbeitet schon, aber nicht angemeldet und registriert. Also kein Anspruch auf Rente. Da ist der Staat ganz korrekt.

Albian Abrashi führte sie zur Schule, die er wiederaufbauen ließ.
Warum haben die Serben auch die Schule zerstört?, fragte Ismael. Nein, das waren nicht die Serben, das waren die eigenen Leute! Ich verstehe nicht. Na ja, das war, als das Regime fiel. Die Wut der Menschen auf die Kommunisten war so groß, dass sie alles zerstörten, was von den Kommunisten stammte oder mit dem Staat zu tun hatte. Deshalb wurde die Schule, die Enver hatte bauen lassen, in Brand gestreckt, die Menschen haben sogar die Obstbäume gefällt, die von den staatlichen Kooperativen hier gepflanzt worden waren. Und mit den Steinen der Schule haben sie die Kirche wiederaufgebaut, die in der Enver-Zeit verfallen ist. Die Kirche? Ja, das sind Christen. Die Osmanen konnten das Loch und die Täler hier nie völlig unterwerfen. Gehen Sie in die Kirche. Schauen Sie sich das Bild mit dem Gekreuzigten über dem Altar an! Da steht neben dem Kreuz ein römischer Soldat – und er trägt den Helm des Skanderbeg! Mit dem Ziegenkopf! Der Verteidiger der römisch-katholischen Christenheit! Da wird Jahrhunderte vorgegriffen und Jahrtausende rückwirkend interpretiert. Das ergibt ein Sinnbild des Widerstandsgeists, völlig verrückt. Aber wie überlebt aussichtsloser Widerstandsgeist, wenn er nicht verrückt ist?

Ismail stand vor der Schule und rauchte, drinnen referierte der Herr Lehrer, nein, nicht der Lehrer, der Gönner, der heilige Albian, nein, Ismail war ungerecht, das Engagement von Albian Abrashi war bewundernswert, der Chef in Tirana hatte davon sicher keine Ahnung. Er starrte hinauf auf den Sternenhimmel, es war ein leuchtender Dom. Da sah er einen Stern, der schnell durch die Kuppel flog, er war ergriffen. War das ein Komet, der über den Himmel zog? Gleich wieder: Eine Sternschnuppe, die aufleuchtete und blinkend durch

das Firmament raste – versprach das Glück, durfte er sich etwas wünschen? Da begriff er: Es waren Flugzeuge, sie flogen von Tirana nach Frankfurt, Wien, Rom und Madrid.
Da gab es nichts zu wünschen, was er nicht selbst entscheiden konnte. Er wollte zurück, er wollte weg von hier. Wer sich finden will, muss sich in seiner Welt finden und nicht in einer anderen. Das war sein Gedanke. Kann ein Mensch sich auf dem Mars selbst erkennen? Er wusste, dass Fate diese Frage mit Ja beantworten würde. Wenn der Mensch an seine Grenzen stößt … Aber er wollte nicht an seine Grenzen stoßen, sondern in sein Innerstes. Und das befand sich sicherlich nicht in diesem Loch.

Albian Abrashi bot ihnen ein Gästezimmer an. Auf dem Boden mehrere Matratzen. Aber wenn ihr in getrennten Zimmern schlafen wollt, dann rufe ich meinen Bruder an und –
Nein, nein, keine Umstände, sagte Ismail, wir kommen da zurecht.

Die vierte Nacht.
Die Liebe kann manchmal wie eine wohlige Heizdecke sein, die zu klein ist. Sie wärmt, aber man friert doch, weil sie nicht alles abdeckt. Man zerrt die Decke hin und her, sie reicht nicht. Während der eine schwitzt, friert der Rücken des anderen. In der Früh küsst man sich verschlafen, aber springt dann schnell auf und in die Dusche, wäscht alles weg, die Kälte und den Schweiß des anderen.

21

Albians Frau Dorina servierte Frühstück. Brot, Butter, Joghurt, Käse und Honig, alles eigene Erzeugnisse, wie sie betonte, und Albian erzählte von seinen Plänen, wie er aus dem Geisterdorf eine blühende Gemeinde machen wollte, aus der man nicht flüchten und nicht wegziehen musste. Die Straße sei wichtig, und der Wiederaufbau der Schule, denn nur wenn es eine Schule hier gebe, würden Familien mit Kindern hierbleiben. Wir haben den besten Honig hier – kosten Sie doch! Nehmen Sie! Und erstklassigen Käse – was sagen Sie zu dem Käse? Na? Wollen Sie dann noch Käse aus Gjirokastra? Er plane, die landwirtschaftlichen Produkte der Region gemeinsam zu vermarkten, dafür gebe es auch Förderungen von der EU, er sei dabei, das alles aufzusetzen. Und überhaupt, sagte er, wenn wir erst einmal in der EU sind, die Chancen wachsen, das müsse man sich klarmachen. Sein Elternhaus wolle er zu einem Guesthouse ausbauen, nach Stand der Dinge werden drei Guesthouses hier gebaut werden. Wir befinden uns mitten im Netz europäischer Fernwanderwege, das bietet Chancen, meine Herren, das bietet Chancen. Ich rechne damit, sagte er, dass die jungen Männer, die weggezogen sind, um in den Städten oder im Ausland zu arbeiten, mit ihren Familien zurückkommen werden, denn es wird hier Arbeit geben und ein befriedigendes, selbstbestimmtes Leben.

Und der Clou, sagte er und lachte sein riesengroßes Lachen mit den vielen Zähnen, ist folgende Idee. Das habe ich in der Schweiz gelernt, als ich meinen Bruder besucht habe, der dort Geld als Fußballspieler verdient: Es genügt nicht, auf Wanderer zu warten, die einmal hier übernachten, wir brauchen auch Gäste, die länger bleiben. Die Idee ist, ein Sanatorium zu bauen, ein Kurhotel. Die Bergluft, *burra,* wir haben sie hier gratis, aber Gäste werden dafür bezahlen. Ich kann euch dann führen, zeige euch den Platz, wo die Wiesen in den Karst und in den Buchenwald übergehen, Bergluft und Waldluft, dieses Gemisch kann man doch verkaufen!

Er strahlte.

Ismail fühlte sich ganz kurz berührt, so als hätte ein Berggeist seine Seele angestoßen, um sie romantisch zu entzünden, wie schön, wie naturnah und – dieses Gefühl starb gleich wieder ab. Es gab keine Seele. Nicht hier. Wenn man nicht den Geist der Rendite Seele nennen will. Natürlich hatte der Mann recht, Wanderer sind keine Soldaten, Geld ist nicht Blei, und seine Vorstellung einer Wirte-Existenz machte ihn zu keinem Untertanen. Vor zwei Jahren hätte man Etrit Uzuni herschicken müssen, den vom ZK gefeuerten damaligen Wirtschaftsminister. Er hätte bei diesen Plänen Albians sofort ein paar Millionen Förderung lockergemacht, mit zwanzig Prozent Kickback, und alle wären glücklich gewesen.

Was für ein unkorrekter Gedanke. Ismail staunte über sich selbst, während er das Gespräch von Albian und Ylbere so gedämpft hörte, als hätte er Watte in den Ohren. Die bessere Welt, er wusste nicht mehr, wie sie sein sollte, und sein Beitrag dazu, er wusste nicht mehr, wie er aussehen könnte, was tun? Er wollte seine Brust nicht mehr öffnen und nicht verhöhnt werden, er wollte nicht mehr, dass man *Mach nicht den Lani* sagt, wenn man im Rausch hochschwebt und von einer Zukunft erzählt, die sie alle da unten nicht wollen, weil sie sich Zukunft nur vorstellen können, wenn sie so ausschaut wie das Gewohnte, nur technisch besser ausgestattet und lukrativ. Und nicht genug, dass er kaum noch etwas anderes hörte als ein immer dunkler werdendes gedehntes Brummen, sah er jetzt auch noch die Bewegungen von Albian, Dorina und Ylbere in Zeitlupe, immer langsamer, als wollte die Szene zum Stillstand kommen und einfrieren.

Er merkte, er musste aufpassen. Er durfte sich nicht fallen lassen.

Ylbere zu Albian: Sagt Ihnen der Name Baxhaku etwas? Wissen Sie, welches ihr Haus war?
Ich kenne den Namen, sagte Albian, aber hier in Sose gibt es keine Baxhakus.
Woher kennen Sie den Namen, wen kennen Sie?
Drüben, über der Grenze, im Kosovo, ich glaube in Gjeravica, gibt es oder gab es eine Familie mit diesem Namen. Sie sind im Krieg vor den Serben herübergeflüchtet, waren fast ein Jahr hier, ich war fünfzehn damals, sie hatten einen gleichaltrigen Sohn. Aber sie sind wieder zurückgegangen. Es waren so viele Flüchtlinge hier, wir haben danach nicht den Kontakt mit allen aufrechterhalten. Der Sohn hieß Agan. Ein kräftiger junger Mann. Er machte Holz. Er ging jeden Tag in den Wald. Er konnte alles mit Holz. Nicht nur Brennholz, so wichtig das auch war. Auch Schnitzen. Tischlern. Dächer ausbessern, die Dachschindeln, wissen Sie. Mehr weiß ich nicht mehr. Ich habe nichts mehr von ihm oder seiner Familie gehört.
Meine Großmutter war eine Baxhaku. Von hier. Die Großeltern haben ihr Haus im Jahr 1950 verkauft und sind nach Tirana übersiedelt. Wir müssen nur von Haus zu Haus gehen und fragen, welche Familie ihr Haus erst seit 1950 besitzt.
Ich weiß das nicht. 1950 war ich noch lange nicht auf der Welt. Und als ich hier aufgewachsen bin, kannte ich alle Familien in ihren Häusern. Ich wäre nie auf die Idee gekommen, zu fragen, seit wann lebt ihr in diesem Haus?
Ylbere! Sagte Ismail.
Seit wann besitzt Ihre Familie, zum Beispiel, dieses Haus?
Ylbere!
Albian zuckte die Achseln, stand auf. Seit Skanderbegs Zeiten? Verstehen Sie, wie wir hier verwurzelt sind?

Seine Frau servierte das Frühstückgeschirr ab. Albian stand vor dem Tisch, klopfte auf die Tischfläche, sagte: Vielleicht hat Agan Baxhaku diesen Tisch für meine Eltern gemacht. Weiß ich's? Aber ich glaube nicht, ich glaube, der Tisch ist älter.
Er lächelte.
Dieses Haus ist Ihr Haus. Das Haus eines Albaners gehört Gott und dem Gast.

Ismail hatte noch Honig an seinen Fingern, er schleckte seinen Zeigefinger, lutschte an seinem Daumen, sagte schließlich: Ich werde dich nicht begleiten, wenn du von Haus zu Haus gehst, wie der Engel eines strafenden Gottes.
Ylbere sah ihn an. Wieso strafenden Gottes?
Wir haben ein anderes Leben, sagte Ismail.
Welches?
Ismail sah sie an.

Sie traten vor das Haus. Das Rot der Morgensonne rann hinter den Bergen ab, dann begann der Buchenwald zu glühen, die Blaubeersträucher flammten rot auf, das weiße Geröll blitzte, und Ismail merkte, dass Ylbere das schön fand.
In diesem Moment klingelte Ylberes Smartphone in ihrer Hosentasche. Es klingelte und vibrierte, sie reagierte nicht.
Ich habe ein anderes Leben, sagte er, ich weiß auch nicht genau, welches, aber ich weiß eines ganz sicher: dass ich es hier nicht finde.
Wo denn? Auf dem Mars?
Wenn du Tirana so nennen willst?!
Und?
Langes Schweigen, Wortesuchen.
Wieder Ylberes Telefon.
Als hätte ihn das aufgeweckt, sagte er: Ich will zurück.

Ylbere sah ihn lange an, nickte und sagte: Nimm das Auto.
Du brauchst es nicht mehr? Das heißt, du willst hierbleiben?
Sie zuckte mit den Achseln.
Nein, sagte er. Du hast den Wagen gemietet, du musst ihn zurückbringen. Ich habe nichts unterschrieben. Ich gehe zu Fuß. Es gibt Wanderwege nach Theth, nach Valbona oder ganz zurück nach Tropoja, ich schau mir das auf dem Plan noch einmal an. Und von überall dort muss es doch Busse geben. Glaube ich.

Was Ismail nicht spürte, ihr nicht ansah und nicht begriff: dass Ylbere sich mittlerweile in ihn verliebt hatte. Und wenn das ein zu großes Wort war, und das war es wahrscheinlich, dann war es zumindest so, dass langsam in ihrer Seele etwas gewachsen war, das sich mit ihm verband. Er war kein richtiger Mann, sie war keine richtige Frau, sie hatten ein größeres Abenteuer vor sich, sie hatte gedacht, dass sie miteinander ins Offene gehen könnten, und bis hierher hatten sie es geschafft.

Ihr Telefon. Sie ignorierte es, aber es beförderte ihre Alarmstimmung.
Sie drehte sich um, ging zurück zum Haus, was macht sie jetzt, dachte Ismail, sie sagte: Komm! Er folgte ihr hinein, da standen ihre beiden Rucksäcke, aneinandergelehnt. Sie nahm ihren hoch, seiner fiel um. Aus einer Seitentasche nahm sie die Schlüssel ihrer Wohnung, drückte sie Ismail in die Hand, sagte: Da!
Sie sagte nur: Da! Und ging, hinaus, in dieses seltsame Sose, zwischen dem groben Karst und dem lieblichen Buchenwald am Ende des Tals.
Ismail schulterte seinen Rucksack, legte zweitausend Lek für

die Übernachtung und das Frühstück auf den Tisch, der vielleicht von einem Baxhaku-Sohn gemacht worden war, aber wahrscheinlich nicht, und ging.
Er dachte, es wird ein weiter Weg.

22

Als Ismail fort war, vibrierte Ylberes Telefon wieder. Sie wollte nichts davon wissen. Eigentlich wollte sie das Telefon schon in die Senkgrube werfen, aber dann die Neugier: Wer war so hartnäckig? Warum? Oder war gar etwas mit ihrem alten Vater?
Drei Anrufe in Abwesenheit, drei WhatsApp-Nachrichten.

Wo steckst *Du? Ich erreiche dich nicht. Heb ab, melde dich!*
Es war der Chefredakteur von der Nachrichtenredaktion des Radios.
Was ging ihn an, wo sie war? Sie war unbezahlt freigestellt.
Melde dich! Ich brauche dich!
Warum? Sie reagierte nicht.
Weißt Du nicht, was am 28. sein wird. Ich brauche dich. Melde dich!
Da schrieb sie zurück:
Am 28. ist der Todestag meines Großonkels. Wofür brauchst du mich da?

Großonkel? Beileid. Am 28. ist der Nationalfeiertag, und die Jungfernfahrt der SS Skanderbeg. Das prächtige Staatsschiff. Mit Würdenträgern aus ganz Europa.

Und?

Das Telefon klingelte. Der Chefredakteur wollte offenbar nicht mehr tippen, rief an. Ylbere nahm den Anruf nicht an. Gleich darauf nächste WhatsApp-Nachricht:
Ich schicke drei Mann. Das wird eine große Geschichte. Aber ich brauche dich für Interviews. Du kennst sie alle. Du wirst sie bekommen.

Ylbere ließ sich Zeit, rauchte eine Zigarette, beobachtete, wie der Mann ohne Hände mit zwei Kindern Fußball spielte, während Albian weiter vorn mit der Walze vor und zurück fuhr. Dann schrieb sie:
Ein Politiker, der reden will, redet in jedes Mikrophon.

Nach ein paar Minuten die Antwort:
Der polnische Ministerpräsident hat heute gesagt: Er folgt der Einladung wegen der Freundschaft ihrer Staaten, und er erwähnte auch die Solidarität. Und dann: Aber politisch habe er nicht einmal Veranlassung, über das Wetter zu reden. – Was sagst Du dazu? Was würdest du ihn jetzt fragen? Ich erinnere mich an dein Interview mit ihm vor zwei Jahren, Jahrestag der Gründung der Solidarność.

Es war nicht Jahrestag der Gründung, es war Jahrestag der Anerkennung.

Okay, ist ja fast dasselbe, und deine Fragen waren großartig! Wäre Solidarność nicht auch ein Konzept für den Balkan? Was würde das bedeuten für Orthodoxe, Moslems, Katholiken? Wirkt Geschichte fort, hast Du gefragt, und er: Ja, natürlich, wir beziehen uns darauf, und Du: die kroatischen Katholiken waren Faschisten, die orthodoxen Serben haben die Moslems auszulöschen versucht – wie wirkt das fort? Und worauf könnte nach alldem Solidarität aufbauen?

Und gleich darauf: *Das will ich von dir, das kannst nur Du. Es kommt auch der EU-Kommissar für Erweiterung. Das kannst nur Du!*

Lass mich in Ruhe!

Ich will, dass Du am 26. zurück bist. Du musst das machen. Anschließend bezahlter Urlaub, ok? Aber jetzt komm zurück, wo immer Du bist.

Und zehn Minuten später: *Antworte!*

Fünf Minuten später: *Ich plane dich ein.*

23

Nachdem Ylbere den Ort abgegangen war, was nicht lange gedauert hatte, setzte sie sich auf die Bank vor Albians Haus, zündete sich eine Zigarette an und blinzelte in die Sonne.
Eine Sandstraße, keine dreihundert Meter lang, nur teilweise gepflastert, wenn man ein paar eingegrabene Steine und alte Scherben ein Pflaster nennen kann, sie geht dann gleich nach dem letzten Haus über in einen Waldweg, der leicht ansteigt und später steiler wird. Ein paar Häuser, zwischen den Häusern Stufen zu einigen höhergelegenen Häusern dahinter. Es waren alte Steinhäuser, drei waren zweifellos verlassen. Ein Haus, gleich am Ortsanfang, war von einer hohen Mauer umgeben, ein breites eisernes Tor, dahinter sah man nur ein neues Dach, rot glänzend, als wäre es lackiert, und riesig, gemessen an den Dimensionen der anderen Häuser hier.
Sie fühlte sich – wie? Sich selbst peinlich. Sie hatte gedacht, zu ihren Wurzeln zurückzukehren, und fühlte sich jetzt so

fremd wie nie zuvor. Nichts, das Wurzeln hat, hat die Wurzeln an einem anderen, weit entfernten Ort. Bäume würden reihenweise umstürzen, das wäre ein schönes Durcheinander! Sie merkte, dass Männer, die vorbeikamen, sehr respektvoll grüßten. Weil sie Gast im Haus Albians war, der zweifellos der große Macher hier im Ort war? Vielleicht stammte er sogar aus einer Baijraktarfamilie, das Amt gab es zwar nicht mehr, aber der Respekt, den das Amt genossen hatte, wurde vererbt. Oder lag es daran, dass sie Männerkleidung trug, bewaffnet war und rauchte? Die Invaliden, bei allem Mitleid, sie fand sie gespenstisch, es bedrückte sie, dieser Tanz der Prothesen, die Hilflosigkeit, der Trotz, ja, der Trotz, trotz alledem diese Hoffnung auf bessere Zeiten, eine Alternative zur Hoffnung gibt es nicht. Die plötzliche Abreise von Ismail, das war wie ein Schlag in den Magen, warum hatte sie nichts gesagt, nicht versucht, mit ihm darüber zu reden? Vielleicht würde sie jetzt mit ihm gemeinsam zurückfahren. Wenn er nur Geduld gehabt hätte, mit ihr die fünfzehn Minuten durch das Dorf zu gehen. Diese Viertelstunde hatte bei ihr alles verändert. Es war aussichtslos. Wenn das riesige Haus hinter der Mauer das ehemalige Baxhaku-Haus war, dann existierte vom ursprünglichen Haus kaum noch ein Stein. Oder war es eines der drei verlassenen Häuser? Niemand da, den sie fragen könnte. Es war aussichtslos. Sie hatte zu Ismail gesagt, dass sie zu recherchieren gelernt habe. Und der Chefredakteur schreibt ihr, dass sie die beste Fragestellerin sei. Aber jetzt saß sie da, alleine, und dachte, dass manchmal keine Antworten besser sind als gute Fragen. Oder war das Unsinn? Sie war verwirrt. Sie zündete sich noch eine Zigarette an. Ein Invalide kam vorbei. Der Einbeinige mit der Schaufel. Er grüßte sehr höflich. Sie bot ihm eine Zigarette an. Er akzeptierte, setzte sich neben sie, sie fand es angenehm, dass er nichts sagte. Sie saßen nebeneinander auf der Bank, rauchten mit geschlossenen Augen, die Sonnenwärme im Gesicht, ganz leicht berührten sich ihre Schultern.

24

Ismail wählte die Route über den Passweg hinter Sose in Richtung Kosovo. Auf der Karte sah er, dass noch vor der Grenze über die Bergrücken und Almen ein Weg bis zum Morina-Pass führte, wo es wieder Autoverkehr gab, auch Busse.
Fünfeinhalb Stunden. Wie war das berechnet? War da vorausgesetzt, dass man so langsam und bedächtig aufstieg wie er jetzt? Oder galt die Zeitangabe für geübte Wanderer, die zweifellos schneller gingen? Er war noch keine zwei Kilometer unterwegs, da wurde er nervös. Wenn er zu langsam war, würde er in die Nacht hineinkommen, irgendwo auf diesen steinigen Wegen mit ihren Schluchten, weit und breit keine Zivilisation, womöglich nicht einmal eine Schäferhütte in der Nähe, und dann? Das verfluchte Gebirge.
Er versuchte, schneller zu gehen. Der Rucksack. Er hatte das Gefühl, einen riesigen Stein auf dem Rücken zu tragen. Wenn er ihn abwerfen könnte! Nein. Auch wenn der Rucksack ihn behinderte, er war seine Lebensversicherung. Er enthielt alles, was er brauchen würde, wenn er tatsächlich von der Nacht überrascht wurde. Von der Stirnlampe bis zur wasserabweisenden und wärmenden Trekking-Decke und all die Protein-Riegel – die Riegel! Er blieb stehen, nahm den Rucksack ab, setzte sich auf den Stamm eines umgestürzten Baums, holte einen Energie-Riegel aus dem Rucksack, aß. Hatte er jetzt mehr Energie? Jedenfalls hatte er wieder Zeit verloren. Er sprintete los, kam schnell außer Atem. Der Rucksack. Seine Lebensversicherung. Er überlegte, was er herausholen und zurücklassen könnte, weil er es für einen fünfstündigen Marsch

wohl nicht brauchen würde. Er warf den Rucksack ab, setzte sich auf einen Stein und rauchte eine Zigarette. Das machte nichts besser, aber er hatte zumindest das Gefühl nachzudenken, seine Lage zu überdenken. Seine Einschätzung änderte sich nicht. Er riss den Rucksack wieder hoch, schulterte ihn, marschierte weiter. Da kam eine Lichtung. Er ließ den Wald hinter sich. Vor ihm ein sanft aufsteigendes Feld, die roten Stauden, die weißen Steine, das immergrüne harte Gras. Da, links ein Holzhaus, bunte Farben schwangen dort im leichten Wind, eine Frau hängte Wäsche auf eine Leine, sie sah ihn, winkte, er winkte zurück. Kurz überlegte er, ob er nicht gleich hier Zuflucht suchen sollte, nein, das war verrückt, es war ja erst Mittag. Er winkte noch einmal und stapfte weiter.
Nach einer Stunde sah er vor sich eine Linie am Ende des Hangs, einen Horizont, der ihm als Ende der Welt erschien. Darüber nur der Himmel. Davor die Reste eines verfallenen Steingebäudes und quer über den Hang Gräben. Schützengräben? War das eine verfallende militärische Anlage? Aufgelassener Grenzschutz? Er eilte daran vorbei, er fühlte seine Kräfte wieder stärker, seine Energie, seinen Optimismus. Das war ein Etappenziel. Und dort oben, auf dieser Linie, nach rechts, würde es dann bequemer weitergehen Richtung Morina-Pass, es konnte nicht mehr höher gehen, kein Aufstieg würde mehr vor ihm liegen, er hätte den schwierigsten Teil geschafft.
Er erreichte diesen Bergkamm, der überraschend schmal war, es war tatsächlich eine Linie vor dem Horizont. Darauf ein ausgetretener Weg, an diesem Kamm entlang, aber kaum drei Meter daneben stürzte der Berg steil ab, zweihundert Meter, dreihundert Meter?
Der Blick hinüber auf ein steinernes Meer. Gipfel, Hügel, Spitzen, Schluchten, Täler. Ein Stück weiter, rechter Hand, sah er einen Pfad, der in Serpentinen an einer weniger steilen

Stelle in ein Tal hinunterführte, das wohl schon zum Kosovo gehörte. Über diesen Pass konnte man mit keinem Auto kommen. Nur zu Fuß. Da sind sie herübergekommen, haben diesen leidvollen Aufstieg gemacht, nur um dann Menschen mitzunehmen oder gleich abzuknallen? Immer wieder. Wer waren sie? Sie waren die Jeweiligen im Immerwieder.
Ismail beugte sich nach vorn, starrte den Steilhang hinunter. Er hatte nicht die Absicht, den Schritt ins Nichts zu machen. Obwohl er sich jetzt geradezu magnetisch angezogen fühlte von der Tiefe, in die er hinabblickte, diese schwindelerregende Tiefe, ein seltsames ziehendes Gefühl stieg von seinen Hoden hinauf ins Zwerchfell, wurde flau im Magen, brannte, es war entsetzliche Angst, die zugleich lustvoll war, solange er sich auf sicherem Grund fühlte. Er spielte nicht mit dem Gedanken, zu springen, er spielte nur mit der Frage, wie es wäre zu fallen. Ob er im freien Fall noch einen letzten Gedanken haben würde, einen Satz, prägnant und weise, eine Bilanz des Lebens, mit der man anklopft an die Falltür des anderen Lebens? Oder würde man sofort aus Panik das Bewusstsein verlieren? Kein erhellender Blitz vor der ewigen Nacht?
Bei den blöden Sigmund-Freud-Debatten an der Uni hatte er gelernt, warum man träumen kann, frei zu fallen, sogar hunderte Meter, ewig frei zu fallen, aber warum man nie träumt, auf der Erde aufzuprallen. Jeder hatte schon diesen Traum vom freien Fall, aber keiner hat jemals träumen können, aufzuschlagen, sich alle Knochen zu brechen, die inneren Organe zusammenzustauchen, dass sie platzen, das Rückgrat mit all seinen Lebensnerven zu zerreißen. Warum ist das so? Jeder Mensch ist schon einmal von einem Meter Höhe hinuntergesprungen, von einer Brüstung oder von einem Baum. Diese Erfahrung einer hundertstel oder tausendstel Sekunde kann er im Traum unendlich multiplizieren und verlängern. Daher kann man im Traum ewig fallen. Aber man kann im Traum

nie aufprallen, weil man den Tod durch einen Aufprall aus großer Höhe nicht bloß ein bisschen erleben und dann im Traum multiplizieren kann.
Er hatte noch nie in eine so schwindelerregende Tiefe geblickt. Wie hoch war das höchste Gebäude Tiranas? Der TID-Tower? Fünfundachtzig oder neunzig Meter? Dort konnte man kein Fenster öffnen, um sich etwas hinauszulehnen und hinunterzuschauen. Und dabei dieses Gefühl haben. Dass Menschen wie Ameisen erschienen, ja, das hatte ihn amüsiert, und ihre Geschäftigkeit, aber man konnte nicht sagen, dass sie ihn nach unten gerufen hätten. Aber das hier – er suchte ein Wort, er beugte sich noch etwas vor, nicht viel, gerade so weit, dass er mit dem Rucksack Übergewicht bekam und kopfüber nach vorn gerissen wurde.

Ein Mann mit einem Gewicht von 85 Kilo fällt bei einer Tiefe von 200 Metern 7,28 Sekunden lang. Das ist sehr lange. Auch wenn man wegen der Beschleunigung durch das Gewicht des Rucksacks eine gute Viertelsekunde abziehen kann. Es ist ewig.
Er fiel und fiel und fiel. Er verlor das Bewusstsein und fiel sekundenlang ewig. Tief und ewig.

25

Überall liefen die Vorbereitungen für den 28. November.
Der Chefredakteur von RTSH24 teilte die Interviewtermine von Ylbere ein.
Karl Auer ließ sich einen Smoking und ein Dinnerjacket schneidern, das forderte der Dresscode beim Kapitänsempfang und im Abendrestaurant, und zur Sicherheit auch noch einen nachtblauen Anzug für Theater- oder Barbesuche an

Bord. Übertrieben? Er wollte gerade bei dieser Reise auf keinen Fall eine graue Maus sein. Erst vor wenigen Tagen hatte er ein Kalenderblatt mit dem Spruch abgerissen: *Ohne Stil kein Selbstbewusstsein.*

Adam Prawdower holte von der Druckerei die Flugblätter ab, die er in Auftrag gegeben hatte. Getreue Faksimiles des Flugblatts von Piotr Szczęsny, auf der Rückseite zehn Punkte Adams, in denen er auflistet, wie sich die Kritik Piotrs eindeutig bestätigt hatte. Von der Zerstörung der unabhängigen Justiz, der freien Medien, bis hin zum staatlichen Antisemitismus. Das Flugblatt des Mannes, der sich aus Protest gegen die Missachtung der europäischen Werte und der Solidarität selbst verbrannt hatte, musste unter den europäischen Staatenlenkern einen Schock auslösen und Mateusz politisch isolieren. Er konnte es sich nicht anders vorstellen. Und sein Plan war, den Moment seines »Attentats«, er nannte es tatsächlich bei sich so, sehr theatralisch zu inszenieren.

Max-Otto ließ sich alle Akten von Europol ausheben, die mit dem Helmdiebstahl in Wien zu tun hatten, schickte sie als ZIP-Dateien seinem Freund Kommissar Starek in Wien, um sicherzustellen, dass sie beide auf demselben Stand waren. Irgendwo da drinnen musste sich noch ein Hinweis verstecken, den sie übersehen hatten. Auf jeden Fall war er sicher, auf dem Schiff auf eine Spur zu stoßen. Er fand, dass es eine Logik hatte, dass das Rätsel des Helms sich löst, wenn die »originalgetreue Replik« enthüllt wird.

Fate Vasa saß mit der neuen Message-Control-Group über dem Text der Rede, die der ZK halten sollte, wenn er den Helm enthüllt. Er war sich nicht mehr sicher, ob das mit der Gruppe wirklich eine gute Idee war. Diese jungen Männer und Frauen, die glaubten, die Kommunikationstechniken erfunden zu haben, hatten Einwände, wenn er eine Formulierung vorschlug, sie! Einwände! Wenn er!

Polizeipräsident Endrit Cufaj wählte die Männer aus, die für den Personenschutz der Staatsgäste sorgen sollen, fünfzig Mann, er war tagelang damit beschäftigt, jeden einzelnen zu instruieren, das hieß: ihn minutenlang anzubrüllen. Er war der Meinung, dass nur ein erniedrigter Muskelmann bereit sei, sein erniedrigtes lächerliches Leben im Notfall vor den Körper eines Staatschefs zu werfen, um dessen Leben zu retten.
Baia Muniq fasste die Arbeit des parlamentarischen Justizausschusses zusammen, formulierte die offenen Fragen und Vorschläge, die sie bei den Verhandlungen auf der SS Skanderbeg vorbringen wollte. Und sie schrieb Mails an Karl Auer, kühl, ironisch, mit unklaren Andeutungen. Sie wollte kein Problem haben, falls ihre Chats aus irgendeinem Grund publik würden, und Karl wusste das zu deuten. Sie schrieb: *Danke für Ihre Nachricht. Ich sehe unserem Austausch mit großer Vorfreude entgegen.*
Er dachte an den Austausch von Körpersäften und hoffte, dass sie das so gemeint hatte. Aber sicher.
Der polnische Ministerpräsident telefonierte mit seinen Kollegen in Ungarn und der Tschechischen Republik, um sich mit ihnen abzustimmen, während der ZK mit Vertretern des Kosovo, Montenegros und Nordmazedoniens ein Bulletin vorbereitete, mit dem sie die EU-Vertreter unter Druck setzen wollten. Da ging es von den Schürfrechten am albanischen Kupfer, dem chinesischen Interesse daran bis zur Perspektive eines transnationalen Präsidenten aller Albaner der drei Staaten als neuen demokratisch legitimierten Verhandlungspartners, der ein größeres politisches Gewicht hätte als jeder der drei Regierungschefs von Kleinstaaten alleine. Da wurde gehobelt und gefeilt, auf beiden Seiten, sozusagen Backbord und Steuerbord, da wurde in Vorbereitung der politischen Kreuzfahrt bereits über die Reling gekotzt, gefischt und Beifang zurückgeworfen, Realpolitik in Vorbereitung auf ein Meer, in

dem sie keine süßen Delphine erwarten konnten, aber eine Menge Haie.
Und da war der Mann, der heimlich an Bord gehen sollte, vor dem 28. November, er bereitete sich akribisch vor, studierte den Plan des Schiffs, er musste sich für alle Eventualitäten dort auskennen, als wäre es seine Wohnung, wichtig der kürzeste Weg von der Backbord-Seite, wo er auftauchen und an Bord gehen wird, zum Foyer des Kreuzers, dessen Eingang steuerbord lag, oder aber vom Frachtraum zur Lobby, er brütete über dem Plan. Vor allem musste der Kontakt mit dem diensthabenden Offizier der Security dieser Nacht unbedingt klappen. Dieser war bezahlt, aber war er verlässlich? Der Offizier hatte einen neunzehnjährigen Sohn, der regelmäßig im Palestra Perfect Fitness-Club in der Rruga Pjetër Budi trainierte. Risiko: Vor dem Club befand sich ein in der Regel gut besuchtes Straßencafé. Aber bei schlechtem Wetter saß dort niemand. Das hieß: keine Zeugen, keine Probleme mit Idioten, die den Helden spielen wollen. Der Sohn wurde zwei Tage vor der Mission, an einem Regentag, bei Verlassen des Clubs höflich angehalten, mit vorgehaltener Waffe eingeladen, in eine Limousine einzusteigen, und in einen Verschlag gebracht, der sich in einer seit Jahren aufgelassenen Fabrikhalle in Lapraka befand. Der Mann dachte, dass dies seine Versicherung sei: Der Security-Offizier wird sich hüten, die Seite zu wechseln, um das Leben seines Sohns nicht zu gefährden. Und er könne ihm noch dankbar sein: denn drei Tage ohne Anabolika würden seinem Sohn auch gesundheitlich guttun.
Und der ZK? Er saß völlig entspannt da, breitbeinig, in vergnügter Erwartung. Er hatte seinerseits alle Vorkehrungen getroffen, was den Helm betraf. Wenn Ismails Informationen stimmten, dann müsste in dieser Nacht an Bord der SS Skanderbeg eine Falle zuschnappen.

Und inzwischen? In wenigen Minuten wird die Übertragung von Albanien gegen Polen beginnen, in der Qualifikation für die Basketball-Europameisterschaft. Als Ministerpräsident und Basketball-Legende hatte er per Video eine Grußbotschaft geschickt. Er trank französischen Rotwein und wartete. Gleich wird er auf dem Bildschirm erscheinen.

Der Tag war vorbei. Nicht ganz. Der Chefredakteur schickte noch eine, wie er meinte, aufmunternde Nachricht an Ylbere:

Wir werden Geschichte schreiben.

Sie wollte das nicht beantworten. Aber dann, um Mitternacht erhielt er doch eine Antwort: *Geschichte ist der größte historische Irrtum.*

Sechster Teil

Code Alpha.

I

Dass bei der feierlichen Verabschiedung der SS Skanderbeg im Hafen Panik ausbrechen würde, hatte Leon Kongoli nicht erwartet. Zunächst hatte er gar nicht vorgehabt, nach Durrës zu fahren, um dabei zu sein, wenn seine Tochter Baia Muniq an Bord ging. Es werden Menschenmassen dort sein, sehr viel Polizei, Absperrungen wegen der Staatsgäste, und wahrscheinlich würde er sie in diesem Getümmel dann nicht einmal erspähen können.

Wenn ich dich selbst hätte zum Hafen bringen können, wäre das natürlich etwas anderes gewesen, hatte er zu ihr gesagt, wenn ich dich hätte umarmen können, bevor du über die Gangway an Bord gehst, und dir nachschauen und winken –

Aber als er erfahren hatte, dass Baia in einem Van zusammen mit anderen Vertretern des Parlaments zum Hafen gebracht und an den Massen vorbeigeschleust werden sollte, beschloss er, sich schon am Tag davor von ihr zu verabschieden.

Sie verabredeten sich im Café Posta am Sheshi Shtraus, dem Franz-Josef-Strauß-Platz im Bezirk Xhamlliku. Es war sein Lieblingscafé. Dass er täglich hier saß und verträumt das Treiben auf diesem Platz beobachtete, war aber nicht seiner nostalgischen Liebe zu Bayern geschuldet, sondern dem Zufall, dass er, als er von seinem München-Stipendium heimgekehrt war und eine Familie gegründet hatte, eine Wohnung in einem Plattenbau hier um die Ecke zugeteilt bekam. Das war, lange bevor der Platz nach Franz Josef Strauß benannt wurde. Aber er fand natürlich den Zufall sinnig, wenn nicht gar schicksalhaft, dass im Jahr 1984 just dieser Platz den Namen des bayerischen Ministerpräsidenten erhielt, zum Dank dafür, dass dieser als erster westlicher Politiker den kommunistischen Diktator besucht und ihm sogar einen großzügigen Kredit verschafft hatte. »1984« war daher für den alten Kongoli nicht mit George Orwell verbunden, sondern mit Franz Josef Strauß.

Er liebte es, hier zu sitzen, Kaffee zu trinken, dann Bier, über den Platz zu blicken, auf die Doppelreihe der Blutpflaumenbäume, deren dumpf glänzendes dunkelrotes Laub jetzt so stimmig für den Schatten des Lebensabends war, in dem die Pensionisten unter den Bäumen Schach oder Karten oder Boccia spielten. Sie alle waren seinerzeit als junge Arbeiter hergezogen, als die Plattenbauten in Xhamlliku errichtet worden waren, sie hatten Hoffnungen gehabt, Kinder großgezogen, Enttäuschungen und Mangel überstanden, sie hatten Ehepartner und Angehörige verloren, das Ende der Diktatur erlebt, die ein Labyrinth war, in dem sie sich auskannten, die Krisen danach und die Chancen, die sich auftaten, nicht mehr für sie, aber immerhin für ihre Kinder und Enkel. Das sollen diese jetzt meistern, sie selbst spielten im Schatten der Blutpflaumenbäume.

Vater Kongoli trank ein importiertes Schneider Weisse, Baia ein Tirana, er stieß mit seiner Tochter an und erklärte ihr, warum er am nächsten Tag nicht zum Hafen kommen werde.

Das ist okay, babai. Ich verstehe das, wir würden uns dort wirklich nicht sehen und verabschieden können.

Ich bin stolz auf dich, Baia. Kannst du dich erinnern, wie wir im Hafen von Durrës waren, damals, als die Vlora gestürmt wurde, und –

Babai, du weißt doch, dass ich mich nicht erinnern kann, ich war keine zwei Jahre alt –

Und ich habe dich auf den Schultern getragen, Zehntausende Menschen waren dort, wollten auf das Schiff, um rauszukommen aus Albanien, es war ein Gedränge und Getrampel, wir hatten Todesangst –

Du hattest Todesangst, ich habe doch nichts begriffen!
Jedes Kind begreift eine so bedrohliche Situation, und du hast geschrien und dich an mir festgeklammert, du hast mir fast ein Ohr abgerissen und ein Auge eingedrückt, mit deinen kleinen Fingern an meinem Kopf, in meinem Gesicht. Und ich habe auch geschrien, natürlich, ich wollte mit dir raus aus dieser Massenpanik. Ja, die Vlora –
Er trank genüsslich einen Schluck Bier.
Der Sturm auf die Vlora war das Symbol für einen scheiternden Staat. Und morgen bist du Ehrengast auf der SS Skanderbeg, und die, mein Kind, ist Symbol für einen glückenden Staat und für Zukunft. Kein Schiff von Flüchtlingen, sondern das Schiff der Regierung und mit Staatsmännern Europas als Ehrengästen. Ich bin so stolz auf dich.
Aber ich bin kein Ehrengast, babai, ich bin arbeitendes Fußvolk.
Ich bitte dich, du bist doch nicht als Heizer an Bord oder als Stewardess. Also lass mich doch stolz sein. Erzähl! Was werdet ihr an Bord machen, was ist deine Arbeit genau?
Verhandlungen, sagte sie, mit Beamten aus Brüssel. Protokolle, Berichte, Papiere schreiben, die dann einen Stock höher geschickt werden. Ich glaube, auf einem Schiff sagt man nicht Stock, sondern Deck.
Mein schönes Kind, du wirst am Tisch des Kapitäns sitzen und –
Ach, babai!

Er sah sie an, seine Augen schimmerten feucht, was er durch ein paar schnelle Lidschläge unter Kontrolle zu bekommen versuchte. Er wandte den Blick, sah auf den Platz. Die Schachspieler unter den Blutpflaumen.

Am nächsten Tag aber hielt er es zu Hause nicht aus. Obwohl er wusste, dass die Schiffstaufe und die Verabschiedung der SS Skanderbeg im Staatsfernsehen übertragen wurde, sogar auf der Flatscreen des Café Posta hätte er zusammen mit den Stammgästen alles mitverfolgen können, aber jetzt wollte er doch hin, wollte ganz nahe dabei sein, wenn seine Tochter an Bord ging und von der Reling winkte, er wollte all die Zelebritäten und Würdenträger sehen, die angekündigt waren. Wie hatte er bloß den Gedanken haben können, dass er bei diesem Volksfest, weil ohnehin nur unübersichtlicher Trubel, nicht dabei sein müsse? Er, der Vater der Frau Dr. Baia Muniq Kongoli, Vorsitzende des Justizreformausschusses des Parlaments, die auf dem roten Teppich zur Gangway fotografiert werden wird wie die Hollywoodstars, wie eine Kate Winslet, warum fiel ihm jetzt ausgerechnet Kate Winslet ein? Es war eine Assoziation, oder, dachte er, wie Uschi Glas, die er in seiner Münchner Zeit in einem Winnetou-Film bewundert hatte, und dann im Fernsehen, auf einem roten Teppich, als sie einen Filmpreis bekommen hatte. Es waren einfach Rote-Teppich-Bilder in seiner Phantasie, dabei wusste er nicht einmal, ob es in Durrës überhaupt einen roten Teppich für die Stars und Prominenten geben würde.

Es gab einen. Aber die Szene, wie die Staatsgäste über den roten Teppich vom Check-in-Zelt zur Gangway schritten, mit all ihren Inszenierungen, wie sie immer wieder stehen blieben, um sich fotografieren zu lassen oder einige Sätze in einen Strauß von Mikrophonen zu sagen, versäumte er.
Er versäumte auch die Schiffstaufe. Sie wurde durchgeführt von Schwester Prema, der Nachfolgerin von Mutter Teresa, der berühmtesten Tochter der Albaner, nach der der Flughafen von Tirana benannt worden ist. Schwester Prema war zwar Deutsche, aber, wie Fate Vasa, der natürlich die Idee ge-

habt hatte, dem ZK erklärte: Für die Albaner ist sie als Nachfolgerin von Mutter Teresa gleichsam die Inkarnation heiligen Albanertums, zugleich ist sie eine Referenz an Deutschland, den mächtigsten Verbündeten Albaniens bei seinen EU-Beitritts-Ambitionen, und darüber hinaus ist diese katholische Ordensschwester ein Signal an alle EU-Staaten, die sich davor fürchteten, ein mehrheitlich muslimisches Land in die EU zu holen.

Schlau, sehr schlau, hatte der ZK gesagt.

Außerdem, so Fate Vasa, müssen Schiffstaufen von Frauen durchgeführt werden. Das ist jahrhundertealter Brauch. Also komme es gar nicht in Frage, dass der ZK, wie er zunächst beabsichtigte, selbst die Taufe vornahm. Die Frau dürfe, dem Brauch folgend, nicht rothaarig sein und während des Taufakts nichts Grünes tragen. Schwester Prema ist sicherlich nicht rothaarig, wahrscheinlich weißhaarig, soweit man unter ihrem Kopftuch eine kleine Haarsträhne erkennen kann, und ihr Ordensgewand ist blau-weiß. Ein Verstoß gegen diese Tradition würde von allen see-erfahrenen Menschen als böses Omen gewertet.

Böses Omen können wir gar nicht brauchen, hatte der ZK gesagt.

Schwester Prema folgte tatsächlich der Einladung, flog von Kalkutta oder, wie es jetzt hieß, Kolkata zum Mutter-Teresa-Flughafen in Tirana, sie wollte, wie ihr Büro ausrichten ließ, sehr gerne im Geiste Mutter Teresas einen Beitrag zum Frieden auf dem Balkan leisten.

So schlau und kenntnisreich Fates Vorbereitungen waren, ein Missgeschick kann wohl nie ganz verhindert werden. Der Schock, dass vor internationalen Kameras gleich bei der Schiffstaufe etwas passierte, das man als böses Omen hätte interpretieren können, dauerte keine zwei Sekunden und wurde perfekt verschleiert, dank der Geistesgegenwart von Polizeichef Endrit Cufaj, der zusammen mit dem ZK, der Schwester Prema, dem Europa-Minister, dem Bürgermeister von Tirana und in zweiter Reihe nicht klar erkennbaren, aber zweifellos ebenfalls sehr wichtigen Persönlichkeiten auf dem hohen, turmartig aufgebauten Podest stand, das unglücklich an einen Grenzwachturm erinnerte, von dem die Champagnerflasche zum Schiffsrumpf schwingen sollte. Schwester Prema gab der Flasche keinen Schwung mit. Sie sagte mit sehr hoher Stimme, aber in einem recht guten Albanisch, das sie ihrer Lehrerin Mutter Teresa verdankte (was das albanische Publikum darin bestärkte, wie von Fate Vasa vorhergesagt, in ihr eine Albanerin zu sehen): »Ich taufe dieses Schiff auf den Namen SS Skanderbeg aus Tirana. Möge es die Idee des Friedens und der Barmherzigkeit als seine Fracht in alle Häfen bringen, an denen es anlegt, möge es alle Menschen in der Not und den Stürmen des irdischen Jammertals auf das Boot des Menschenfischers bringen, in ruhige Gewässer und in sicheren Hafen …«

Da wurde der ZK schon etwas ungeduldig, er hatte sich gewünscht, dass diese alte Frau etwas über Skanderbeg und seine Bedeutung für Albanien und Europa sagte, aber da schloss sie schon mit den Worten »Im Namen von Petrus und Andreas und unserem Herrn Jesus Christus …«. Jaja, sagte der ZK und deutete, sie solle endlich die Flasche werfen, und sie, erschrocken, ließ sie einfach los, gab ihr keinen Schwung, verkürzte sogar ihren Schwung dadurch, dass sie sich vorbeugte und die Flasche einfach losließ, und die Flasche schwang zwar zum Schiffsheck hin, aber zerbrach nicht, drohte unversehrt vor dem Schiff zu taumeln.

Der Polizeichef Endrit erkannte die drohende Katastrophe am schnellsten. So betrunken konnte er gar nicht sein, dass dieser Waffennarr nicht mit seiner Dienstpistole eine Dom-Perignon-Magnum-Flasche aus sieben oder acht Metern treffen würde. Sie zersplitterte, das Volk auf dem Pier hatte den Schuss, so es ihn überhaupt gehört, als begleitenden Böller aufgefasst und brach in Jubel aus. Der ZK applaudierte mit anerkennendem und dankbarem Blick auf Endrit, der es unterließ, über den Lauf seiner Waffe zu blasen, sondern sie sofort verschwinden ließ. Er hielt es für möglich, dass diese vollkommen weltfremde alte Frau in ihrem blau-weißen, um ihren Körper gewickelten Leintuch den Pulverrauch für Weihrauch hielt, so selig, wie sie lächelte. Endrit betrachte angewidert ihren Damenbart, und er fragte sich, ob sexuelle Enthaltsamkeit zu dem dritten Geschlecht führte, von dem neuerdings immer die Rede war. Aber was kümmerte ihn das, er wartete darauf, dass die Magnumflasche geöffnet wurde, die hinter ihnen in einem Eiskübel steckte und mit der jetzt auf die Schiffstaufe angestoßen werden sollte.

Das also versäumte Leon Kongoli. Aber er versäumte auch den Moment, als seine Tochter Baia an Bord ging. Durrës hatte noch keine Hafengebäude, in denen Kreuzfahrtpassagiere einchecken konnten. Für diesen Anlass war ein großes Zelt aufgebaut worden. Nun wollten die Zaungäste natürlich sehen, wie die großen Limousinen vorfuhren und die Zelebritäten ausstiegen. Dazu mussten sie aber hinter der Absperrung, die aus primitiven Bauzäunen bestand, ganz vorn, auf der Höhe der Zufahrt zum Zelt stehen. Dann aber wollten sie natürlich auch sehen, wie die VIPs auf der anderen Seite des Zelts herauskamen und über den roten Teppich zur Gangway schritten. Dazu mussten sie an der Breitseite des Zelts entlang wieder auf die andere Seite. Deshalb kam es hinter den Zäunen zu einem Hin- und Hergeschiebe, das immer bedrohlicher wurde, je mehr die Masse der Zuschauer anschwoll.

Die Journalisten standen nicht hinter den Bauzäunen, sondern davor, allerdings hinter einer Kordel entlang des roten Teppichs, sie streckten ihre Mikrophone mit langen Armen den vorbeidefilierenden, lächelnden, für Fotos innehaltenden Staatenführern entgegen, plärrten ihre Fragen, *Monsieur le Président! Monsieur le Président! S'il vous plaît! Soutenez-vous désormais l'adhésion de l'Albanie à l'UE? Signor Ministro! L'Italia è un alleato dell'Albania? L'Albania fa parte dell'alleanza mediterranea che stai pianificando? Mi Magyarország álláspontja a balkáni kérdésben? Panie Premierze! Dlaczego 40 milionów polskich katolików boi się miliona albańskich muzułmanów? Czy plotka, że sprzeciwiasz się wejściu Albanii do UE, jest prawdziwa?* Und so weiter, ein Geschrei, eine Hektik, wenige blieben stehen, »die deutsche Kanzlerin aus Pflichtgefühl, der österreichische Außenminister aus Selbstgefühl«, so formulierte es der Korrespondent eines deutschen Magazins. Sie sahen keine Veranlassung, das war bloß ein Schaulaufen, sie lächelten in die Kameras und eilten auf das Schiff. Und sie wussten: Dort warteten akkreditierte Journalisten.

Das alles versäumte Leon Kongoli. Er hatte den Verkehr unterschätzt, der sich auf dem Weg zum Hafen staute, dann die Kontrollen, ein Flaschenhals, wo eine breite Phalanx von Menschen nur einer nach dem anderen durchkam, weil auf Waffen kontrolliert wurde. Leon Kongoli verlor die Geduld, er versuchte sich vorzudrängen, schrie: Meine Tochter ist Ehrengast auf dem Schiff, ich muss –

Er wurde nur noch weiter zurückgedrängt, schließlich abgemahnt und besonders gründlich untersucht.

Als er endlich am Pier angelangt war, sah er nur Köpfe, winkende Hände, eine wogende Masse, in der viele immer noch versuchten, eine bessere Position zu erobern, weiter vorn oder in einem besseren Winkel, manche fielen und schrien, aber alles jubelte, und ganz weit vorne sah er das Schiff, hoch aufragend, er sah, dass Menschen dicht gedrängt an der Reling standen und winkten, sehr klein sahen sie aus dieser Entfernung aus, natürlich konnte er seine Tochter dort oben nicht erkennen, vielleicht war sie noch gar nicht an Bord? Er musste näher herankommen an die Stelle, wo die Passagiere vom Check-in-Zelt über den roten Teppich zur Gangway gingen, da gingen ja immer noch welche, er drängte, versuchte sich Platz zu schaffen.

Er hatte seinerzeit den Titanic-Film mit Leonardo diCaprio und Kate Winslet gesehen – und jetzt erinnerte ihn die Situation frappant an die entsprechende Anfangsszene des Films, also nicht die erste Szene mit den Robotern, die zum versunkenen Wrack hinuntertauchten, sondern ebendie Szene des Einschiffens, die wichtigen Passagiere, das hysterische, gaffende Volk, die Hektik, die allgemeine Erregung ... Und er hatte plötzlich das Gefühl, in einen Katastrophenfilm geraten zu sein, aber in echt. Er bekam Panik, das wird nicht gutgehen, es wird etwas Schreckliches passieren, das wusste er jetzt, das kündigte sich in dieser Szene an, in der alle so euphorisch jubelten, damit später die Tragödie umso größer ist, so war das Drehbuch, und so schien es ihm jetzt wirklich. Und er schrie, er wollte seiner Tochter zuschreien: Geh nicht an Bord, bleib da!

Baia stand schon an der Reling, schaute hinunter auf die Menschenmenge, in der sie ihren Vater natürlich nicht sah, sie hatte ja auch nicht erwartet, dass er hier sein würde. Und er sah sie nicht unter all den Passagieren, die da oben an der Reling standen und winkten und Klopapierrollen warfen, so dass sie zu langen Papierschlangen wurden.

Zugleich vermischte sich seine Wahrnehmung dieser Szene mit seiner Erinnerung an die Massenpanik beim Sturm der Vlora, an den Kampf der verzweifelten Menschen, die dräng-

ten und um sich schlugen, um auf dieses Fluchtschiff zu kommen, als er und seine kleine Baia fast niedergetrampelt worden wären. Diese Beklemmung, diese Angst, in der man nur noch reagiert wie ein Fluchttier. Panik! So heftig, dass er nicht begriff, dass diese Panik hier alleine seine war.
Je mehr er schrie, desto mehr wurde er zu einem Teil der Masse, die schrie und winkte, und er verschwand mit seinem panischen Geschrei ununterscheidbar in der jubelnden Masse.

Das Schiff setzte sich langsam in Bewegung, immer noch warfen sie von der Reling Klopapierrollen hinüber auf den Pier. Baia fragte verwundert, was das bedeute? Das sei ein alter, wenngleich nicht mehr oft gepflegter Brauch: Die Klopapierschlangen, die drüben landen, sollen ein letztes Mal die Verbindung der Schiffspassagiere mit dem Festland, das sie verlassen, ausdrücken.
Matrosen karrten immer wieder hunderte Klopapierrollen auf die Außendecks, und Menschen, die am nächsten Tag wieder brave Beamte waren, johlten und warfen und lernten immer besser, wie sie werfen mussten, damit lange Schlangen entstanden.
Das Schiff glitt langsam weg und folgte einem Schlepper aufs offene Meer.

Die Passagiere waren über die Gangway direkt in die Lobby des Schiffs gekommen, zunächst die hohen Staatsgäste, die vom Kapitän und dem ZK willkommen geheißen wurden. Dann die nachfolgenden höheren Beamten, die Mitglieder der Kabinette, Berater und Experten sowie die Vertreter wichtiger europäischer Institutionen wie des EuGH, der Europol, der EEA und wie sie alle hießen. Die Beamten der Arbeitsebene wurden von den Begrüßungsoffizieren empfangen und höflich zur Rezeption an der Stirnseite der Lobby verwiesen, wo sie ihre Kabinenkarte und Infoblätter erhielten und ihr Handgepäck abgeben konnten, das dann in ihre Kabinen gebracht wurde. Für die höheren Gäste war das davor organisiert worden.

Diese Lobby auf Deck 4 – drei Decks lagen darunter, davon zwei unter Freibord – war ein Atrium, das nach oben über die Ebenen von vier Decks offen war, zuoberst mit Glas überdacht. Vier gläserne Lifte, zwei an jeder Seite, führten zu den höhergelegenen Decks, wo sich die Kabinen befanden, nur ein Lift war ausschließlich den Politikern vorbehalten, die auf Deck 8 ihre Suiten hatten. Von dieser Lobby führten prächtige Holztüren aus nordalbanischer Buche mit Intarsien aus Blutpflaumen zu den wichtigen Gemeinschaftsräumen, dem großen allgemeinen Restaurant (es gab auf den Decks 6 und 7 noch kleinere Spezialitätenrestaurants und Bars, und auf Deck 8 ein internationales Restaurant, das den Regierungsmitgliedern und Staatsgästen vorbehalten war), dem Theater, der großen Tanzbar, der Raucherlounge und zum Außendeck mit dem großen Pool heckseitig. Einen zweiten exklusiven Pool gab es natürlich noch auf Heck 8.

Von allen Ebenen konnte man über Brüstungen hinunterschauen auf die Lobby – das hatte Adam schon im Zuge seiner Vorbereitungen herausgefunden, und es spielte eine entscheidende Rolle bei seinem Plan.

Die Lobby war der zentrale Versammlungsraum und auch der Meetingpoint für alle, die sich etwa auf einen Aperitif verabredeten, den sie auf den Deckchairs einnahmen, bevor sie sich zu Tisch begaben. Auf den Deckchairs lagen Plaids mit traditionellen albanischen Mustern bereit, farbenfroh und mollig weich, die aber kaum benötigt würden, wenn man der Wettervorhersage Glauben schenkte: Es war der wärmste November seit Beginn der Temperaturaufzeichnungen, und dieses sonni-

ge warme Wetter sollte die nächsten Tage anhalten. Wir haben Glück mit dem Wetter, hatte Fate Vasa gesagt.
In der Mitte der Lobby befand sich ein Schrank, zwei Meter hoch, achtzig Zentimeter breit und tief, über den ein großes rotes Tuch geworfen war, das an den Breitseiten den albanischen Adler zeigte. Es musste ein Schrank sein, denn das ließen die Konturen vermuten, die sich unter dem Tuch abzeichneten. Was sollte es sonst sein? Ein Steinblock? Rundherum eine rote Kordel auf vier Messingständern.
Dieser Block war jetzt allerdings gehörig im Weg, als alle 352 Passagiere in der Lobby versammelt waren, ihren Begrüßungschampagner tranken, Small Talk führten und warteten. Sie waren bei der Einschiffung gebeten worden, noch nicht zu ihren Kabinen zu gehen. Immer wieder kamen manche den Kordeln zu nahe oder stießen fast gegen dieses verhüllte Gebilde, drängten weg und mussten mit ihren Gläsern sehr aufpassen, andere nicht zu rempeln oder gar mit Champagner anzuschütten.

Was soll das Ding da?
Vielleicht ist das der Helm, der hier enthüllt werden soll.
Der kann doch nicht so riesig sein!
Na ja, er wird in einer Vitrine liegen.
Es stört hier. Es ist eine Schikane.

Ich finde das Schiff sympathisch, sagte Max-Otto, es ist gigantisch, aber nicht gigantomanisch, und ich finde die Ästhetik witzig.
Was meinst du?, fragte Starek, der gerade einen leichten Stoß in den Rücken bekam und einen kleinen Schwall Champagner auf Max-Ottos Krawatte schüttete.
Max-Otto strich über die Krawatte. Macht keine Flecken, sagte er. Aber was ich meinte: Ist es nicht witzig, diese Mischung

aus Titanic-Eleganz, albanischer Folklore und Guggenheim-Moderne? Da hat sich der Ministerpräsident wohl selbst darum gekümmert.
Er zeigte auf das Personal: Männer in albanischen Trachten, mit weißen Filzkäppchen, weiten weißen Hemden, Schärpen, bunten Wollstrümpfen und Opanken, die Frauen mit Kopftüchern, steifen schwarzen Jacken und bunten Schürzen, servierten auf großen Silbertabletts Champagner-Nachschub, dirigiert von einigen klassischen Oberkellnern in schwarzen Smokings.

Diese Trachten sind sicher nicht authentisch, das ist ein Spiel mit Signalen, mit Erwartungen. Das ist wie bei euch Österreichern.
Was meinst du?
Erinnerst du dich an unseren Urlaub in Salzburg? An die Frauen in bunten Dirndln im Hotel, die uns mit einem Begrüßungscocktail willkommen hießen? So ganz folkloristisch, aber dann erfuhren wir, dass die Dirndln von einem modernen Designer entworfen worden waren, die gab es früher gar nicht. Und die Frauen in diesen Dirndln hatten einen Thüringer Akzent.
Starek grinste. Prost! Du wirst das alles aufdecken!

Adam Prawdower stand neben dem verhüllten Block, sah hinauf zu der offenen Decke und den Brüstungen der oberen Decks, da wurde er angesprochen:
Beeindruckend, nicht? Waren Sie schon einmal auf so einem Schiff?
Ich habe mitgearbeitet, als ein viel größeres Schiff abgewrackt wurde, sagte er nicht. Er schüttelte nur den Kopf, hob sein Glas und drückte sich seitlich weg zu einem dieser seltsamen bunten Kellner, um sein Glas gegen ein volles zu tauschen.

Es soll einen Programmpunkt geben, wissen Sie, was uns noch erwartet?
Sorry?
Do you know, what else awaits us?
Sorry, no idea.
Sorry.
You are welcome.

Baia Muniq stellte sich immer wieder auf die Zehenspitzen, um Karl Auer zu entdecken.
Ihre Zehen wurden müde, sie streckte sich noch einmal hoch, die Zehen gaben nach, sie taumelte und fiel einem Mann in die Arme, der sie, als sie wieder festen Stand hatte, mit einer Verbeugung losließ. Ein Chinese!
Më falni, sagte sie, sorry, sorry, und der Chinese sagte Okay? Okay! Und zog sich mit einem tiefen Kopfnicken zurück, verschwand hinter dem rot umhüllten Block.

Bleibt die Ziege eigentlich an Bord, mein Herr?
Was meinen Sie? Welche Ziege?

Jetzt wurde geklatscht, der Kapitän stand vor dem Rezeptionstresen, klopfte auf ein Mikrophon, das zunächst nicht reagierte, dann hallend dupp-dupp machte, ja also, meine Damen und Herren, darf ich –
Aber noch gab es Stimmengewirr, wenn auch abnehmend. Bitte, darf ich –

Welche Ziege?
Na, beim Einschiffen ist doch eine Kapelle an Bord gegangen, mit Tschingderassa. Die große Trommel auf einem Wägelchen wurde von einer Ziege gezogen.
Ja. Habe ich gesehen.

Ladies und Gentlemen, darf ich … dupp-dupp

Und? Ist die Ziege dann wieder von Bord gebracht worden?
Keine Ahnung.

Pst, pst. Ruhe bitte!

Dann ist sie also noch an Bord!?
Pst! Keine Ahnung.
Dann ist sie also –

Pst! Ruhe bitte!
Ich bitte um Ihre Aufmerksamkeit! Vielen Dank!

Der Kapitän informierte das erlauchte Publikum, dass er es nun bedauerlicherweise mit einer kleinen Unannehmlichkeit belästigen müsse. Aber dies sei gesetzlich vorgeschrieben. Nämlich die obligate Seenot-Rettungsübung zu Beginn einer Kreuzfahrt. Im Gegensatz zu den Sicherheitshinweisen zu Beginn eines Flugs, bei denen man nichts tun, nicht einmal zuhören müsse, sei man an Bord eines Kreuzers zu einer gewissen aktiven Teilnahme verpflichtet. Er bitte daher alle Passagiere, sich auf das Deck zu begeben, auf dem sich ihre jeweilige Kabine befinde, sich dort auf dem Außendeck im Drill aufzustellen –
Im was?
– in Fünferreihen, also bitte in Fünferreihen aufzustellen, auf Back- oder Steuerbordseite, entsprechend der Lage ihrer Kabinen. Dort werden Sie von uns nähere Anweisungen erhalten.

Ist das wirklich notwendig?
Fünferreihen? Habe ich seit meinem Militärdienst nicht mehr gemacht.

Werden Sie jetzt nostalgisch?
Und wo stelle ich mein Glas ab? Waiter!
Why can't I use this elevator? The other ones have such long lines.
Oh, I see. Sorry.
On doit aller là-bas. On ne peut pas monter ici.
Gdzie mam zostawić szklankę?
Stell doch dein Glas da drauf!
Was? Hier?
Wird sich schon wer darum kümmern.
Rettungsübung! Also bitte! Das ist lästig, so unnötig wie in den Flugzeugen.
Wird wohl notwendig sein. Das Schiff gilt ja nicht als unsinkbar, es ist nicht die Titanic.
Sie scherzen!
Velünk együtt megtehetik. Nincs tisztelet!

Der arme Skanderbeg. Jetzt hatte er auf seinem Helm nicht nur den Ziegenkopf, sondern auch noch fast ein Dutzend Champagnergläser. Das sah natürlich niemand so, weil die Gläser auf dem Verhüllungstuch abgestellt waren, das über der Vitrine lag, dennoch, Fate Vasa war irritiert. Er empfand es als Respektlosigkeit, als Kulturlosigkeit, als westliche Arroganz. Dieser blasierte Franzose, Monsieur le Professeur Gustave du Bois-Veretout! Fate wusste, dass er im Stab der Berater des französischen Präsidenten war, er hörte, wie er zu Baia Muniq sagte: Wir – und es war irgendwie klar, dass er mit diesem »Wir« nicht bloß mit genüsslicher Eitelkeit den Élysée-Palast meinte, auch nicht »Wir Franzosen«, sondern gleich ganz Westeuropa, alle romanischen Länder – Wir, sagte er, haben natürlich kein besonderes Interesse an einer neuen Osterweiterung der EU. Wissen Sie, sagte er, geopolitisch ist das für uns keine interessante Einflusszone. Woran wir arbeiten, ist eine Mittelmeerunion und –

Fate war auch von Baia irritiert, weil sie immer so seltsam hochwippte, aber es gefiel ihm, als sie antwortete: Also in der Tradition der französischen Kolonialgeschichte?
Da stellte Monsieur le Professeur du Bois-Veretout achtlos sein Champagnerglas zu den anderen Gläsern auf den Skanderbeg. Schon klar, dachte Fate, er konnte nicht wissen, dass sich unter dem roten Tuch ein Nationalheiligtum befand. Aber er hatte sich nicht einmal gefragt, ob dieses quaderförmige Ding vielleicht eine Bedeutung hatte, so zentral und geheimnisvoll, wie es dastand, wie die Kaaba in Mekka – aber genau das war ja das Problem: dass Männer wie dieser französische Aristokrat nicht verstanden, dass man auch mit feingeschliffenen Umgangsformen völlig kulturlos sein kann, dass sie eine Eleganz zelebrieren, die nur ihrer eigenen Eitelkeit gefällt.
Je le regrette beaucoup, Monsieur, sagte Baia, denn, wissen Sie, jeder Albaner bewundert Frankreich, es bedeutet bei uns größtes Renommee, in Frankreich studiert zu haben –
Ihr Enver Hoxha hat in Frankreich studiert, das ist mir bekannt. Und Khomeini. Und Pol Pot hat in Frankreich studiert. Hat nicht auch Che Guevara in Paris ...? Egal – mir wäre wohler, Ihre Freiheitshelden würden nicht in Frankreich studieren, wo sie offenbar alles missverstehen.
Baia Muniq war fassungslos, da wurden bereits von den bunten Kellnern die Gläser von der Skanderbeg-Vitrine dezent weggetragen.
Eine Stimme: Bitte zu den Aufzügen, bitte begeben Sie sich auf Ihr Deck.

Das war eine Übung, der sich auch die Staatsmänner auf dem geschlossenen Deck 8 nicht entziehen konnten. In der Regel erfuhr man im Lauf der Reise auf den unteren Decks nicht, was auf Deck 8 passierte, nichts von den Gesprächen, die dort geführt wurden, keine Gerüchte von gewöhnlich gut informierten Kreisen, keinen Tratsch, nichts Schlüpfriges. Dass sich aber die peinliche Situation, die es bei der Rettungsübung auf Deck 8 gegeben haben soll, auf dem ganzen Schiff verbreitete, war eine große Ausnahme. Es war der Kapitän selbst, der die Übung durchführte, aber er war über jeden Verdacht erhaben, indiskret zu sein. Wahrscheinlich war es einer von der Security, der dann beim Mannschaftsessen unten auf Deck 3 zur allgemeinen Erheiterung darüber berichtete, was danach einer der Butler, um sich wichtig zu machen, einem hohen Beamten auf Deck 6 mit ironischer Zurückhaltung, aber deutlich genug steckte, der sich dann bei Tisch nach einigen Andeutungen begierig überreden ließ, zu erzählen, was eigentlich top secret war, worauf die peinliche Geschichte vom Verlauf der Rettungsübung auf Deck 8 sich wie stille Post vom großen Speisesaal und von der Raucherlounge schließlich auf dem ganzen Schiff verbreitete.

Da standen die politischen Eliten Europas in Fünferreihen, was einen ganz anderen Eindruck machte als die Gruppenfotos bei den Gipfeltreffen. Hier wirkten sie wie brave Zöglinge eines strengen Internats.

Nun wurden die Schwimmwesten verteilt, riesige orange Dinger mit aufgesteppten Sixpacks vorn und hinten, und langen Gurten, mit denen man sie am Körper fixieren konnte. Diese sollten sie anlegen, was kompliziert war, manche ignorierten die Erklärung und ließen die Riemen einfach runterhängen. Nun gab der Kapitän einige Anweisungen, was in welcher Situation, in welchem Fall zu tun sei, im Grunde lief es immer auf dasselbe hinaus: Ruhe bewahren.

Sie wurden damit vertraut gemacht, wie sie die Tender-Boote zu besteigen hatten.

Ich erspare Ihnen diese Übung und begnüge mich mit Hinweisen, die Sie bitte im Fall des Falles beachten müssen, sagte der Kapitän. Niemals alleine, ohne Handreichung durch ein Crewmitglied, einsteigen, nicht springen. Es ist unvermeidbar, dass das Boot leicht zu schwingen beginnt. Hier ist Folgendes ganz wichtig zu beachten: Sie müssen antizipieren, wann sich die Bordwand, auf die Sie steigen, nach oben bewegt. Das ist der Moment. Jetzt steigen Sie auf die Bordwand, von dieser hinein in das Boot. Vermeiden Sie, auf die Bordwand zu steigen, wenn sie sich gerade senkt, und vor allem, ganz wichtig, steigen Sie nie direkt in das Boot. Das ist ein enormer Schritt nach unten und führt meistens zu einem Sturz, mit dem Sie sich selbst und auch andere, die sich bereits im Boot befinden, gefährden.

Die hohen Herrschaften standen da mit diesen lächerlichen dicken Rettungswesten, mit denen sie jetzt wie orange Michelin-Männchen aussahen, und wurden ungeduldig.

Aber das war noch nicht die Geschichte. Jetzt erklärte der Kapitän das Code-System an Bord. Das war übrigens der Teil der Übung, der auf allen Decks, bei allen orangen Blocks, die größte Neugier entfachte und zu den meisten Fragen führte, die dann aber alle nicht beantwortet wurden.

Das Code-System. Es kann vorkommen, sagte der Kapitän, dass bei Durchsagen auf dem Schiff ein Code genannt wird. Wenn also am Beginn einer Durchsage zum Beispiel Code Orange gesagt wird, Achtung Code Orange, oder Code Charly, oder Code Alpha, egal, wann immer ein Code genannt wird, betrifft das die Crew, Teile der Crew oder bestimmte Offiziere, wo immer sie sich gerade aufhalten. Und Sie, sehr geehrte Damen und Herren, Sie, die Passagiere, müssen das nicht beachten, müssen sich nicht weiter darum kümmern, Sie müssen nicht nachfragen, was das zu bedeuten hat und was Sie jetzt tun sollen. Alles klar?

Der ungarische Außenminister Janos Csap fragte nach: Yess, I ùnderstànd, aber was bedeuten diese Codes?

Der Kapitän erklärte, dass sich Offiziere und Crew mit Codes verständigen, die die Passagiere nicht kennen müssen, weil es nur darum geht, dass die Crew weiß, was zu tun ist.
Er sagte nicht, dass es vor allem darum ging: Durchsagen machen zu können, ohne unter den Passagieren Panik auszulösen. Wenn sie hören: »Code Orange! Achtung Code Orange!«, dann wird das niemanden beunruhigen. Würde man aber Klartext durchsagen: »Achtung, Feuer an Bord!«, dann hätte man zusätzlich zur Alarmierung all derer, die für die Bekämpfung eines kleinen Brands zuständig wären, den sie unbemerkt ohne größere Gefahr für das Schiff unter Kontrolle bringen würden, auch noch eine Massenpanik an Bord. Womöglich wegen eines vergessenen Bügeleisens. Oder »Code Charly!« – wegen eines Sicherheitsproblems. Im Grunde ging es bei dem Code-System eben nur darum: mit der Mannschaft auf Situationen reagieren zu können, ohne Panik unter den Passagieren auszulösen.
Ich danke Ihnen für Ihre Aufmerksamkeit, sagte der Kapitän.
Jetzt passierte es.
Der französische Präsident, erleichtert, dass diese lästige Geschichte vorüber war, auf die man ihn nicht vorbereitet hatte, drehte sich um, wollte schnellstmöglich heraus aus dieser Blockformation, stieg dabei auf die herunterhängenden Bänder der Rettungsweste des nordmazedonischen Außenministers, der, zurückgerissen, taumelte, das Gleichgewicht verlor und dabei den ungarischen Ministerpräsidenten niederriss, der sich an der Schulter des rumänischen Präsidenten vor ihm festhalten wollte, diesen aber dabei zu Fall brachte, so dass – am Ende der Geschichte, so wie sie von Deck zu Deck erzählt wurde, die Führungselite Europas auf dem Boden lag, sich hilflos auf dem Rücken wälzte und mit diesen Schwimmwesten, die wie die Panzer auf dem Rücken liegender Käfer wirk-

ten, versuchten wieder aufzustehen. Die frankophile Version lautete, dass es am Ende nur der französische Präsident geschafft hatte, aufrecht stehen zu bleiben, und er mit ausgestreckter Hand halb Europa aufhalf, aber eine andere, glaubwürdigere Version berichtete, dass alle flach auf dem Rücken lagen, nur die deutsche Kanzlerin saß, wodurch sie den Überblick hatte.

2

Die feierliche Enthüllung des Skanderbeg-Helms war für 18 Uhr geplant, anschließend Galadinner.

Aber zuvor sollte es noch einen Programmpunkt geben, der nicht in der *Time Schedule* angeführt war, die alle Passagiere in ihren Infomappen erhalten hatten. Fate Vasa hatte mit dem neuen Kommunikationsteam den Plan entwickelt und die entsprechenden organisatorischen Vorbereitungen koordiniert. Das hat eine Größe, das hat eine neue Dimension, so Fate zum ZK, da wäre der gute alte Ismail nicht mehr mitgekommen.

A propos Ismail, so der ZK, hast du von ihm gehört? Wie geht es ihm? Was macht er jetzt?

Keine Ahnung, sagte Fate. Jedenfalls, es ist alles vorbereitet, es wird ein Fanal!

Sie saßen am Pool von Deck 8, ein Butler bot Champagner an.

Okay, sagte der ZK. Wichtig ist, dass bei der Enthüllung alles glattgeht. Das ist mir am wichtigsten.

Mach dir keinen Kopf, sagte Fate. Die beiden Helme sind an ihrem Platz, der Film ist bereit.

Und hast du ihn überprüft? Kann man alles erkennen? Diese Überwachungskameras haben ja –

Wir hatten gute Kameras. Es ist alles deutlich zu sehen.
Gut. Aber wir müssen Ismail dankbar sein. Wenn alles klappt. Es war immerhin er, der uns gewarnt hat.
Fate lächelte. Er hob sein Glas, sagte: Es wird dein Triumphtag heute. Das wird Wellen schlagen. Du bewegst Europa!

Der ZK blickte nachdenklich auf den Pool. Auf der Wasseroberfläche leuchteten Sonnenpünktchen, sprangen auf sanften, fast unscheinbaren Schwankungen des Wasserspiegels hin und her. Er nahm sein Glas vom Beistelltisch, sah, wie der Champagner durch diese Bewegung im Glas hin und her schwappte. Dann schaute er wieder zum Pool. Die sternchenblitzende Wasserfläche hatte etwas Meditatives. Er trank. Er fragte sich, ob bei unruhiger See das Wasser im Pool nicht auch hin und her schwappen, bei sehr starkem Seegang sogar Wellen, große Wellen produzieren müsste. Wird sich, wenn das Schiff in turbulente Gewässer kommt, die Urgewalt des Meeres nicht auch in diesem exklusiven Luxuspool zeigen? Und was wird dann ein hin und her schlagendes Poolwasser mit der Statik des Schiffs machen?
Was hast du gesagt?
Ich habe gesagt, ich gehe in die Kabine, sagte Fate, und mache deinen Text für Brindisi fertig, okay?

Der ZK trank und beschloss, nichts mehr zu trinken. Da kam der Herr – wie hieß er gleich? Der ZK legte die Hand an die Stirn. Ich muss aufpassen, dachte er. Das ist doch – Sontheimer, Otto Sontheimer kam vorbei, der deutsche Botschafter in Albanien, ein hochgebildeter, sehr belesener Mann. Schlaksig, mit graublondem Haar, das seine demonstrative Entschiedenheit zeigte, jedes Haar zu krümmen, das nicht korrekt lag. Der ZK erinnerte sich, dass er bei einem Diplomaten-Empfang inmitten der langweiligen Small-Talk-Routine mit

Herrn Sontheimer ein interessantes Gespräch über Fatos Lubonja gehabt hatte, einen bedeutenden albanischen Intellektuellen, der nach seinem Buch über die Lagerhaft in der Hoxha-Zeit auch der albanische Solschenizyn genannt wurde. Aber wie bedeutend auch immer Lubonja in Albanien war, es war doch überraschend, dass der deutsche Botschafter ihn gelesen hatte. Sontheimer war wirklich ein intelligenter Mann, nicht nur belesen, auch kunstaffin, er hatte privat ein Bild des ZK gekauft.
Er schwankte. Seine Exzellenz Otto Sontheimer taumelte am Pool entlang, oder war es ein Tänzeln? Dabei sang er, ein leiser Sprechgesang, der wie ein Selbstgespräch wirkte oder wie ein Telefongespräch, er hatte kabellose Kopfhörer im Ohr.
Yo ho ho and a bottle of rum. Fifteen men on a dead men's chest, yo ho ho and a bottle of rum!
Er blieb kurz stehen, breitete seine Arme aus, um das Gleichgewicht wiederzufinden. *Drink and the devil had done with the rest!*
Er sah den ZK, nickte ihm zu, sagte: I am … I feel … so … okay okay, dann wieder zu sich, oder zu wem auch immer, falls er telefonierte: … Will not reach Treasure Island … victim of Israel Hands?
Er richtete sich auf, ging sehr steif und vorsichtig weiter, yo ho ho, verschwand.

Der ZK sah ihm nach, verwundert, schließlich amüsiert. Er dachte, dass seine Exzellenz wohl jetzt schon zu viel getrunken hatte. Das war sehr ungewöhnlich. Aber was war hier schon gewöhnlich? Spätere Geschichtsschreiber würden sich genau das fragen: Wie war diese Kreuzfahrt möglich?

Der nicht angekündigte Programmpunkt, das von Fate so genannte »Brindisi-Fanal«, rückte näher. Um 17 Uhr sollten sie den Hafen von Brindisi anlaufen. Fate hatte gedacht, warum sollten sie in Brindisi vor Anker gehen, ohne aus dieser Situation etwas zu machen. Seine Idee war, hier, noch vor der Helm-Enthüllung, vor den an Bord versammelten Vertretern der EU-Staaten die Größe und Bedeutung Albaniens in Europa zu demonstrieren. Italien ist EU-Mitglied, und hier konnte man exemplarisch vorführen, wie viel Albanien bereits in der EU war.

Der Einzige, der außerhalb des Büros des ZK in den Plan eingeweiht war, war der Bürgermeister von Brindisi. Er stand vor der Wahl, mitzuspielen, auch organisatorisch Hilfestellung zu geben und dann geehrt zu werden oder wie ein Idiot dazustehen, wenn es passiert, und dann womöglich aus Panik eine falsche Entscheidung zu treffen, womöglich einen Polizeieinsatz auszulösen.

Er entschied sich für die Ehrung. Und für die Wählerstimmen der Arberësh, der italienischen Nachkommen albanischer Auswanderer.

Fate und sein Team hatten mit Hilfe einflussreicher albanischer Clans in ganz Kalabrien mobilisiert. Es lebten mehr als zweihunderttausend Arberësh und albanische Gastarbeiter in Süditalien. Wenn nur zehn Prozent von ihnen in den Hafen von Brindisi kämen und dem albanischen Ministerpräsidenten zujubelten, dann wäre das eben genau das »Fanal«, das Fate vor Augen hatte.

Fates Plan: Anlegen im Hafen, kein Landgang. Der Bürgermeister von Brindisi kommt an Bord, der BM und der ZK zeigen sich an der Reling, kurze Ansprache über Albanien als Teil Europas. Eine begeisterte, unüberschaubare Menschenmenge auf dem Pier. Auf den Freidecks der Skanderbeg wer-

den die Spitzenpolitiker und Spitzenbeamten Europas sowie die akkreditierten Journalisten europäischer Medien zu Zeugen des Ereignisses.
Danach erst, gemäß Time Schedule, unter dem Eindruck des Jubels am Hafen, in der Schiffslobby die feierliche Enthüllung des »prächtigen, originalgetreuen Helms des *europäischen Helden* und Namensgebers des Schiffs Skanderbeg«, wie es in der offiziellen Ankündigung hieß. Weiterfahrt in nördliche Adria, Ankunft Port Montenegro am 29. November um 09:30 Uhr.

3

Adam Prawdower saß in der Raucherlounge, alleine, rauchte eine Selbstgedrehte, warf sie in den Aschenbecher, lehnte sich zurück und machte seine Übung, so wie er es seinerzeit als Junger im Untergrund gelernt hatte, wenn eine Aufgabe bevorstand, die höchste Konzentration erforderte und gefährlich werden könnte. Er suchte mit der rechten Hand den Puls an seinem linken Handgelenk, öffnete so weit wie möglich die Augen und atmete ganz langsam tief ein und aus. Ein und aus. Ein und aus. Nie mit geschlossenen Augen! Ein Kämpfer war kein Yogi, der sich vor der Welt in irgendein Nirwana flüchten will, im Gegenteil. Die weit geöffneten Augen sollten den Anspruch des Kämpfers manifestieren, alles im Auge zu behalten, kein Detail der Realität zu übersehen, es war gleichsam der Wechsel vom Standardobjektiv auf Weitwinkel. Die Augen rollen, wandern lassen von links nach rechts nach links und tief ein- und ausatmen. Dabei musste der Ruhepuls sinken, von durchschnittlich siebzig Schlägen in der Minute möglichst auf unter sechzig, das war der Punkt, wo Kälte und Klarheit eintraten. Ein und aus, Augen rechts und links, Puls

kontrollieren – Adam wurde unsicher. Er kämpfte dagegen an, dass ihm die Augen zufielen, und der Puls wollte nicht unter achtzig sinken. Er hatte das Gefühl, eine heiße Stirn zu haben. Was war los? Weil er geraucht hatte? Das konnte nicht sein. Er rauchte nicht viel, aber wenn, dann beförderte es doch immer seine innere Ruhe und seine Konzentration.
Er musste sich eingestehen, dass er verunsichert war, was seinen Plan betraf. Er hatte vorgehabt, um 18 Uhr, das war bereits in weniger als zwei Stunden, wenn sich ganz Europa zur Enthüllung dieses seltsamen Staatsheiligtums versammelte, von der Brüstung auf Deck 5 die faksimilierten Flugblätter von Piotr Szczęsny in die Lobby auf Deck 4 hinunterzuwerfen. Dazu hatte er eine Inszenierung geplant, die diesen Akt in der Wirkung noch dramatischer machen sollte: Er wollte an der Brüstung Wunderkerzen anzünden und eine Rauchbombe in die Lobby fallen lassen, damit die Menschen, die das Flugblatt lasen, zugleich eine Ahnung, symbolisch einen Eindruck von der verzweifelten Selbstverbrennung Piotrs bekamen, einen gelinden Schock, ein Empathieangebot. Dann hatte er allerdings nach reiflicher Überlegung selbst von der Rauchbombe Abstand genommen, sie würde wohl Panik auslösen, die Menschen würden in alle Richtungen davonlaufen, die Staatschefs würden von ihren Security-Männern weggerissen, abgedeckt und in Sicherheit gebracht werden, und keiner würde mehr das Flugblatt lesen. Und die Wunderkerzen sind ihm beim Einchecken aus dem Koffer genommen worden, es sei verboten, brennbares Material an Bord zu nehmen. Er benötige das für die Geburtstagsfeier eines Kollegen an Bord, für die Torte. Der Mann sagte, die Küche werde alles Erforderliche für eine Geburtstagstorte bereitstellen.
Jetzt hatte Adam also nur noch die Flugblätter. Aber das sollte okay sein, die Erinnerung an Piotrs Kritik, und auf der Rückseite des Originalflugblatts die Zusammenfassung der anti-

europäischen Verbrechen der polnischen Regierung, die die schlimmsten Befürchtungen des Mannes, der sich aus Protest selbst verbrannt hatte, übertrafen – das sollte doch eindrücklich genug sein. Er hatte ja noch viele andere Ideen gehabt und sie dann wieder verworfen. Zum Beispiel einen Sack mit Lego-Steinen in die Lobby hinunterzukippen, zur Erinnerung an den seltsamerweise unbeachteten Skandal, dass die polnische Regierung das mit Lego-Steinen nachgebaute Vernichtungslager Auschwitz als Kunstwerk angekauft und dann einen Satz Auschwitz-Lego an das deutsche Kanzleramt geschickt hatte. Adam wollte Lego-Steine hinunterwerfen und rufen: Ist es das, worauf der polnische Antisemitismus hinauswill? Auschwitz nachbauen?
Aber er hatte auch diese Idee verworfen. Das Flugblatt von Piotr sollte im Zentrum stehen, das war das Entscheidende, das Schockierende, nichts sollte davon ablenken. Das Flugblatt des Mannes, der sich selbst verbrannt hatte, aus Protest gegen eine Entwicklung, die heute zu einer Krise der Union insgesamt geführt hatte – und da glühte niemand mehr für Europa? Niemand fand brennende Worte? Nicht einmal mehr die Glut der europäischen Idee wurde angebetet?
Andererseits. Er versuchte es noch einmal. Weit geöffnete Augen, Hand an den Puls, tief ein- und ausatmen. Nun war sein Puls auf fünfundneunzig. Wie konnte das sein? Andererseits war es auch nicht so einfach, die Flugblätter über die Brüstung hinunter in die Lobby segeln zu lassen. Im Moment der Enthüllung dieses nationalen Dings, Denkmals oder Heiligtums oder was das auch war. Diesen albanischen Staatsakt zu stören wäre ein Skandal, der auf ihn zurückfallen würde, er wäre der Bösewicht, und nicht Mateusz, wieso hatte er sich das nicht schon früher überlegt? Weil er nur den Moment vor Augen hatte, da sie alle an einem Ort versammelt wären. Würde es eine vergleichbar günstige Möglichkeit geben? Viel-

leicht zwei Tage später im Theater, wenn der albanische Startenor Saimir Pirgu Arien aus Vivaldis Scanderbeg-Oper zum Besten geben wird. Aber werden da alle, wirklich alle anwesend sein? Wie er Mateusz kannte, der sich nicht einmal zu einer Feier der polnischen Literaturnobelpreisträgerin Olga Tokarczuk bequemen wollte, wird er wohl auch diesem Event fernbleiben.

Wenn er alle auf einem Fleck versammelt haben wollte, dann musste es heute passieren. Aber war es ratsam, einen albanischen Staatsakt zu stören? Anders als der polnische Ministerpräsident war der albanische ja total pro-europäisch und beschwor die europäischen Werte, also auch die von Piotr Szczęsny. Adam wollte, dass mit seinem Fanal vor den politischen Eliten Europas sein treuebrüchiger Blutsbruder Mateusz in Frage gestellt werde, und nicht die albanischen Beitrittsambitionen. Die Idee war: Mateusz sollte der Auseinandersetzung mit seinen Verbrechen nicht entkommen, jeden Tag darauf angesprochen werden, an einem Ort, den er nicht verlassen konnte, nämlich diesem Schiff. Aber, wiederum andererseits – so grübelte Adam vor sich hin, in der Raucherlounge, in einem Clubfauteuil, den linken Arm hatte er auf die Lehne gestützt, mit der linken Hand strich er immer wieder über sein vernarbtes Ohr. Er wollte noch eine Zigarette rauchen und stand auf.

Da kam eine Frau in die Raucherlounge, war es eine Frau? Adam war kurz unsicher. Sie war sehr burschikos, die Haare extrem kurz geschnitten, aber ja, sie war eine Frau, Adam nickte zur Begrüßung, sie nickte lächelnd zurück und setzte sich in einen Clubfauteuil. Sie hielt ein Smartphone ans Ohr, aber sie sagte nichts, sie hielt das Telefon ans Ohr und wartete und wartete, schließlich steckte sie es ein und zündete sich eine Zigarette an.

Ylbere verstand nicht, warum sie Ismail nicht erreichte. Sie hatte ihm die Schlüssel für die Wohnung gegeben, als er zurück nach Tirana wollte. Als sie heimkehrte, war er nicht da. Sie erreichte ihn telefonisch nicht. Sie saß stundenlang im Stiegenhaus, bis sie sich dazu durchrang, einen Mann kommen zu lassen, der die Wohnungstür öffnete und das Schloss austauschte. In der Wohnung fand sie keine Spur, kein Anzeichen, dass Ismail inzwischen hier gewesen war. Sie fuhr zu seiner alten Adresse. Das Haus existierte nicht mehr. Lastwagen transportierten Container mit dem Schutt des Abbruchs ab. Auch die straßenseitige Mauer war abgerissen worden, ein Bagger biss in Geröll und spuckte es in Container. Es war klar, dass es sinnlos war zu fragen, ob man hier etwas von Ismail wusste. Wo war er? Was machte er? Sie zündete sich eine Zigarette an und sah – mit Erstaunen und sofort in Alarmbereitschaft, wie der Mann in der Mitte des Raums stand und in seiner Hosentasche wühlte, Ylbere dachte: umrührte. Das war das gelindeste Wort, das ihr einfiel.
Da bemerkte Adam, welch Missverständnis er dabei war zu produzieren, und beeilte sich, sein Verhalten zu erklären. Sprechen Sie Englisch? Ja? Okay. Ich war gedankenverloren, sagte er, und habe –
Er zog eine Zigarette aus der Hosentasche.
Hier! Sehen Sie! Sagte er. Es ist so, ich hatte in den Jahren im Widerstand, als sehr junger Mann, von den älteren gelernt, eine Zigarette im Stehen in der Hosentasche zu drehen. Es gab so viele Rituale, das war eines, wenn man das beherrschte, war man ein Mann, der dazugehörte. Ich habe gerade an diese Zeiten gedacht und –
Widerstand? Wo?
Ylbere bemerkte das verstümmelte Ohr, die Narbe darunter.

Ylbere fragte, ob er bereit wäre, ein Interview zu geben.
Ja, gerne, sagte Adam. Morgen. Wenn Sie dann noch wollen. Heute – wird es knapp.
Keinen Stress, sagte Ylbere, wir sind noch drei Tage hier in Klausur.

Adam nickte, lehnte sich zurück. Er war sich noch immer nicht klar, ja immer weniger klar, was er nun tun sollte. Die Versammlung in der Lobby zur Enthüllung des Helms würde in eineinhalb Stunden stattfinden. Es werden, wie dann vielleicht nie wieder, alle in der Lobby versammelt sein. Danach werden sie in der Exklusivität von Deck 8 verschwinden. Andererseits.
Damit hatte er nicht gerechnet: im letzten Moment so viele Andererseits.
Wie auch immer, er sollte in seine Kabine gehen, sich umziehen. Und die Tasche mit den Flugblättern holen, so er sie dann – andererseits.
Da kam die Durchsage: Wir erreichen den Hafen von Brindisi. Alle Passagiere werden gebeten, auf ihr jeweiliges Außendeck Backbordseite zu kommen. Kein Landgang. Es gibt eine Ansprache des Herrn Ministerpräsidenten. Ich wiederhole: Bitte alle Passagiere backbordseitig auf das Außendeck.

Ylbere sah, wie diese Durchsage den Mann, Adam, er hatte sich als Adam vorgestellt, überraschte und nervös machte. Er sprang auf, sagte: Warum? Ich dachte …
Er winkte kurz und lief hinaus. Ylbere war befremdet, zugleich dachte sie, dass sie das auch gerne können würde: eine Zigarette in der Hosentasche zu drehen. Sie zündete sich eine Zigarette an, rief noch einmal Ismail an, sofort sagte eine Computerstimme, dass der Teilnehmer nicht erreichbar sei, versuchen Sie es zu einem späteren Zeitpunkt erneut.

Die Ankunft in Brindisi war tatsächlich ein Triumph. Der ZK winkte von der Reling auf Deck 4 einem Meer von albanischen Flaggen zu, die hin und her wogten – waren es fünftausend Menschen, waren es zehntausend?
Wir schreiben in der Pressemeldung dreißigtausend, sagte Fate.

Die mitreisenden Journalisten und Pressefotografen machten Fotos, fast jeder an Bord, ausgenommen auf Deck 8, nahm sein Smartphone heraus, hielt es hoch, schwenkte es, suchte eine Perspektive, mit der die Größe dieser Szene einigermaßen eingefangen werden konnte, es war unmöglich. Am ehesten gelang es mit der Video-Funktion. Ein Fotograf aus Fates Team machte die so genannten offiziellen Bilder.
Die Gangway wurde angelegt. Die Polizia Municipale, verstärkt durch einen Ordnerdienst, Männer in schwarzen Hemden mit roten Armbinden, teilte die Menschenmenge auf dem Pier, um die Durchfahrt einer schwarzen Limousine zu ermöglichen, die sich im Schritttempo näherte, wobei sich hinter ihr die Menschenmenge wieder schloss.
Was für ein Chaos, sagte der ZK, warum haben sie die Zufahrt für den Bürgermeister nicht vorher gesperrt?
Dann hätten wir nicht diese Bilder, sagte Fate.
Ein bisschen wie Moses teilt das Rote Meer.
Rotes Meer ist gut, sagte Fate und blickte genießerisch auf das Meer der roten albanischen Flaggen. Er lächelte und sagte aus dem Mundwinkel: Vergiss nicht zu winken!

Mittlerweile war die Gangway fixiert. Da sah Fate, wie ein Mann hinunterlief. Was – was soll das? Er fluchte, rief: Kein Landgang! Keiner sollte das Schiff verlassen!
Da war der Mann schon unten am Pier, und Fate sah, dass es Gino Trashi war, der verdammte Gino Trashi.

He, Trashi, was soll das!
Aber Trashi hörte ihn nicht, er blickte seelenruhig hinauf zum winkenden ZK, suchte dann in seiner Tasche ein bestimmtes Objektiv, das er an seiner Kamera fixierte, er stand breitbeinig da, unbeirrt von Gedränge und Rempeleien, machte zwei drei Fotos, kontrollierte sie auf dem Display. Dann ging er ein paar Schritte zurück, hinein in die Menge, schaute, suchte seinen idealen Blickwinkel.
Das war wieder typisch für ihn. Alle akkreditierten Fotojournalisten an Bord werden mehr oder weniger das gleiche Foto haben: von oben herab. Aber die Zeitungsleser haben die umgekehrte Perspektive: von unten hinauf, und da muss man sie abholen. Er wird das einzige Foto haben, das den ZK dort oben ganz klein hinter der Reling zeigt, im Vordergrund groß einige Hinterköpfe, über die er hinweg fotografierte.
Fate war wütend. Zugleich nervös, sein Herz klopfte stärker, er holte tief Luft, es klang wie ein Seufzer. Er spürte einen Druck hinter seiner Stirn, sein Gesicht wurde heiß, dazu dieses Flimmern vor den Augen, wie schon vorhin, als er in der Kabine war. Ein Flimmern mit Rotstich, es machte ihm Angst. Er hatte Erfahrung, um nicht zu sagen Routine mit immer wiederkehrenden Momenten des Kränkelns, seit seiner Kindheit, aber das hier war anders: Es kam in Wellen. Ganz leicht in der Früh, dann vorhin in der Kabine, dann war es plötzlich wieder weg, und jetzt war es wieder da. Unsinn, dachte er, ich stehe da in der prallen Sonne. Das war alles. Er ging ein paar Schritte zur Seite, in den Schatten des Eingangs in die Lobby und rief Endrit an, den Polizeichef, der hier an Bord alle Maßnahmen zur Sicherheit des ZK koordinierte.
Hallo, Endrit, ich brauche dich, der Chef braucht dich, zwei oder drei Männer von dir. Du kennst doch Gino Trashi, ja? Er hat unerlaubterweise das Schiff verlassen, er führt etwas im Schilde. Ja. Also. Die Bitte vom Chef: Sorge dafür, dass er

nicht mehr auf das Schiff zurückkehrt. Das muss verhindert werden. Ich verstehe nicht, was hast du gesagt?
Fate hatte wieder seinen Tinnitus. Die Sirenen im Ohr.
Was hast du gesagt?
Er ging ein paar Schritte vor zur Reling, sah, dass der Wagen des Bürgermeisters das Schiff fast erreicht hatte, aber noch stand eine große Menschengruppe zwischen der Limousine und der Gangway im Weg, ein Polizist setzte die Sirene seines Motorrads ein, um die Menschen auseinanderzutreiben.
Okay, sagte Fate, ich verlasse mich auf dich. Der Kerl kommt nicht mehr an Bord. Und wenn es nicht anders geht, dann stoßt ihn ins Hafenbecken, er wird ja schwimmen können. Dann kann er sich überlegen, wohin er schwimmen will. Was? Ich verstehe dich nicht. Also. Der Chef verlässt sich auf dich!

Dann stand er wieder neben dem Chef an der Reling, wischte sich den Schweiß von der Stirn, beobachtete, wie zwei Reihen von Polizisten, die sich an den Händen hielten, ein Spalier bildeten, um den kurzen Weg von der Limousine zur Gangway zu sichern. Der Bürgermeister von Brindisi schritt zwischen ihnen durch, die Gangway herauf, wo er am Eingang zur Lobby vom Kapitän begrüßt wurde. Fate gab einem Mitarbeiter ein Zeichen, der herbeieilte und ein Mikrophon brachte, dann nahm er ein Blatt aus seiner Jackentasche, gab es dem Chef: Ein paar Sätze für die Ewigkeit!

Da kam der Bürgermeister auf das Außendeck, schritt auf den ZK zu, sie schüttelten einander die Hände, dann umarmte er den ZK, klopfte ihm auf den Rücken, noch einmal und noch einmal, der Bürgermeister wollte mit der Liebe der Arberësh zu ihrem neuen Skanderbeg verschmelzen, vier Monate vor der Lokalwahl.
Sie stellten sich nebeneinander auf und winkten. Man reichte

dem ZK das Mikrophon, er reichte es an den Bürgermeister weiter.

Zum Glück sind die Zeiten des stalinistischen Personenkults vorbei, sagte Starek.
Max-Otto grinste. Es gibt einen großen Unterschied, sagte er, und der ist für dich sehr bedeutsam. Du wirst nicht verhaftet und getötet, wenn du dich darüber lustig machst!
Das ist richtig. Ich werde nicht getötet. Aber man könnte aus Scham sterben.

Das wäre jetzt eine Gelegenheit, die Ziege wieder an Land zu bringen, meinen Sie nicht auch?
Excuse me. I didn't understand.
Oh, sorry, I said: the goat! We have a goat on board, you know? Now would be a good time to bring it ashore.
A goat?
Yes, sir.
You mean the helmet? There's a goat sitting on it. You can see that in the photo, can't you? But the helmet is not to be brought ashore, I suppose.
The goat is sitting on a helmet? I didn't know that. That's very strange.
I heard it's an old tradition.
Oh!

Vous voyez ce chinois là, à quelques mètres du Premier ministre?
Oui.
Qui est-ce ? Vous le savez?
Non, je ne sais pas.
Est-ce que c'est un envoyé du gouvernement chinois?
Je ne sais pas.

Ylbere machte ein paar Fotos und schickte sie mit WhatsApp an Ismail. Sie schrieb dazu: Schau, was hier los ist. Dein Chef lässt sich feiern. Aber ich warte nur auf die Enthüllung des Helms. Haben sie deine Warnung ernst genommen? Was ist mit dir? Warum meldest du dich nicht? Habe ich dir etwas getan? Bitte melde dich!
Und eine Minute später schrieb sie, zu ihrer eigenen Überraschung: Ich liebe dich!
Sie zögerte und zögerte, und als sie Nein! dachte, war es ihr Finger, der wie verselbständigt auf das Senden-Symbol drückte. Ganz leicht. Die Nachricht flog davon wie eine Feder.

Endlich hatten sich Baia Muniq und Karl Auer gefunden, auf Deck 6, als sie zur Reling auf der Backbordseite gingen, um das Spektakel zu verfolgen.
Immer wenn er an sie gedacht hatte, war ihm dieses Bild vor Augen gestanden: sie im kleinen Schwarzen, wie damals, als sie ihn am Mutter-Teresa-Flughafen Tirana abgeholt hatte. Er war verblüfft, wie sie ihm jetzt gegenüberstand: in einem burschikosen Hosenanzug, die Haare streng nach hinten gezurrt, ohne Lippenstift, überhaupt so dezent geschminkt, dass man es auch ungeschminkt nennen konnte. Karl Auer hatte den Eindruck, dass sie verstecken wollte, was sie war: eine Frau mit starker erotischer Ausstrahlung. Aber das Strahlende, das Beglückende ihres Blicks – er breitete seine Arme aus, nur ein bisschen, irgendwo zwischen Impuls und Bedenken, Sehnsucht und Unsicherheit, da umarmte sie ihn fest, drückte seinen Kopf an ihre Schulter und flüsterte ihm ins Ohr: Ich bin schwanger.
Sie hielt ihn fest, ein harter Klammergriff, sagte: Ich habe lange darüber nachgedacht. Es spricht alles dagegen.
Tosender Jubel. Sie hielt ihn ganz fest.

Wieder brandete Jubel auf, als der Bürgermeister das Mikro dem ZK übergab. Dieser aber war jetzt irritiert. Während der Rede des Bürgermeisters
(Italienisch-albanische Freundschaft, die Bedeutung der Verbindung zwischen den Bruderhäfen Brindisi und Durrës, eine Reihe solcher Phrasen) hatte der ZK das Blatt mit der Rede überflogen, die Fate für ihn vorbereitet hatte. Das war völlig unverständliches Zeug. Er fragte sich, ob Fate krank war und delirierte. Manch blumige Formulierung, ein lyrischer Ton, ungewöhnliche Metaphern, das alles war er ja von ihm gewohnt, und das war es auch, was aus seinen politischen Reden und Slogans so oft etwas Außergewöhnliches machte, aber dieser Text hier war völlig verrückt, jedenfalls unbrauchbar. Der Hirschkopf und der Ziegenkopf, und über den beiden Köpfen schwebt der doppelköpfige Adler – bitte, was sollte das heißen? Brindisi hieß unter den Römern Brundisium, das leitet sich ab von Brunda, dem Hirschkopf, wegen der geweihähnlichen Form der V-förmigen Hafenanlage *I mallkuar!* Man schreibt nicht Geschichte, wenn man eine Geschichtsstunde gibt! Der Hirschkopf steht für die Hoheit auf See und den Austausch zwischen den beiden Seiten der Adria. Der Ziegenkopf auf dem Helm des Skanderbeg wiederum steht für die Einheit des Festlands, die Verteidigung des europäischen Territoriums. Und beides ist aufgehoben in den zwei Köpfen des albanischen Adlers, der – nein, das ist völlig verrückt! So eine Rede kann man vielleicht bei einem Verein zur Legalisierung von Cannabis halten, aber doch nicht hier. Der ZK schnaubte – und hielt plötzlich das Mikrophon in der Hand, und Fate sagte: Jetzt!

Alle Albaner vereint in einem vereinten Europa! Das war der Satz, der ihm jetzt auf die Schnelle einfiel und der, nach den Phrasen des Bürgermeisters, wahrlich hier genüg-

te. Er knüllte Fates Papier in seine Sakko-Tasche und rief: Alle …
Aber er konnte sich gegen die Chöre der Menschen auf dem Pier nicht durchsetzen, sie skandierten seinen Namen, und dann Skan!-der!-beg! Skan!-der!-beg! Der ZK rief Bitte! Rief ununterbrochen Ju lutem! Ju lutem! Und dann endlich den Satz: Alle Albaner vereint in einem vereinten Europa! Das ist unsere Zukunft und –
Skan!-der!-beg!-Skan!-der!-beg!
Er zog sich winkend zurück.

4

Ylbere teilte ihre Kabine mit Edita Manaj, einer jungen Journalistin von *Albania Today,* einer englischsprachigen Zeitung, die in allen besseren Hotels in den albanischen Städten für Touristen gratis auflag, aber auch von Diplomaten und Auslandskorrespondenten gelesen wurde. In der Branche wurde *Albania Today* auch »Albanian Prawda« genannt, aber das war ungerecht. Die Zeitung war kein Regierungsorgan, sie war ein Versuchsballon der Regierung. Ein Mann aus der zweiten oder dritten Reihe gibt zu einer außenpolitischen Frage ein Interview. Folgen besorgte oder kritische Reaktionen von Seiten der diplomatischen Vertretungen oder der internationalen Presse, war es eine unerhebliche Privatmeinung von einer unwichtigen Person, aber wenn alles ruhig bleibt, wird von Seiten der Regierung in dieser Richtung weitergearbeitet.
»*That's the way how it works today*« war sinnigerweise das Motto von *Albania Today.*

Edita war jung und naiv. Es gab wohl niemanden, der bestritten hätte: Sie war lieb. Ylbere war es egal, welchem Onkel sie

den Job zu verdanken hatte, sie saßen – Ylbere stutzte kurz, als sie hier auf dem Schiff diesen Gedanken hatte –, sie saßen im selben Boot. Für wie unbedeutend letztlich die Gratiszeitung für Hotelgäste, aber gleichermaßen auch das Kulturradio angesehen wurde, sah man alleine daran, dass sie sich eine Kabine teilen mussten.
Ylbere stand vor dem Spiegel, nackt bis auf ein Höschen und eine Bandage um ihre Brust.
Hinter ihr stand Edita. Ylbere sah im Spiegel Editas große Augen.
Zuerst stieg Ylbere in eine Tirq, zerrte sie hoch, hüpfte ein paar Mal, bis sie diese hautenge Hose an der Taille zuknöpfen konnte.
Ist das nicht komisch, sagte Edita, eine Tirq ist in Nordalbanien eine traditionelle Hose für Männer, in Westeuropa wären das Leggings für Frauen.
Nun zog Ylbere das klassische grobe Leinenhemd der Bauern an, das nicht in die Hose gesteckt wurde. Dann schlug sie die Brez um die Hüften, eine Schärpe, die die Kleidung zusammenhielt und vor allem die Funktion hatte, Taschen zu ersetzen. In die Schärpe wurden Taschenuhren, Zigaretten, Löffel, Waffen und Patronen gesteckt. Aber nicht mehr in Albania today, scherzte Edita.
Jetzt musst du mir helfen, sagte Ylbere.
Edita nahm den Mintan, eine steife Jacke, vom Kleiderständer und half Ylbere hinein.
Es ist unglaublich, sagte Edita. Wenn du diese alten Männerklamotten anziehst, schaut es aus wie der letzte Schrei, wie Designerstücke, coole Mode.
Jetzt noch die schwarze Binde. Bitte hilf mir.
Edita legte den breiten schwarzen Stoffstreifen um Ylberes linken Oberarm und fixierte ihn mit drei Heftstichen.
Warum die Trauerbinde? Wer ist denn gestorben?, fragte Edita.

Heute ist der Todestag von meinem Großonkel.
Ausgerechnet heute. Am Nationalfeiertag!
Ja. Ausgerechnet heute.
Hast du ihn sehr geliebt, deinen Großonkel?
Ich habe ihn nie kennengelernt. Aber er war für meine Familie, für mich sehr wichtig.
Edita hatte sofort drei oder vier Fragewörter im Kopf, aber, wie sie sich eingestehen musste, keinen Fragesatz dazu. Also nickte sie nur, zupfte an Ylberes Trauerbinde und sagte: Das Leben möge dir viele tröstliche Stunden schenken.
Danke, sagte Ylbere, nahm ihr Smartphone, drückte auf Wahlwiederholung, noch einmal und noch einmal. Der Gesprächspartner ist nicht erreichbar.

5

Adam Prawdower zog sein Dinnerjacket an und befestigte am rechten Revers sein altes rot-weißes Solidarność-Mitgliedsabzeichen.
Dann die Fliege. Er wusste, dass Dresscode-Orthodoxe bei einem Dinner Jacket eine schwarze Fliege für zwingend hielten, aber er lehnte das ab. Er fand, schwarze Fliegen gehörten zur Berufskleidung von Straßburger Kellnern oder Wiener Oberkellnern. Er hatte vor einiger Zeit im Souvenirshop der Kommission in der Rue Archimede eine Fliege im Blau der Europafahne gefunden, mit einem dezenten kleinen goldenen Sternenkranz auf dem rechten Flügel der Fliege. Und man musste sie nicht mühsam binden, sie war schon gebunden, man musste nur ein Gummiband hinten am Hals schließen, das dann vom Hemdkragen verdeckt wurde. Das Blau passte gut zum weißen Jacket, das in seinem Fall natürlich ein gebrochenes Weiß war, der Verkäufer hatte es »eierschalen« ge-

nannt, und dazu eine schwarze Hose, in seinem Fall allerdings schwarze Jeans. Das war sein Kompromiss mit dem geforderten Dresscode. Man konnte nicht sagen, dass Adam nicht kompromissbereit war. Zugleich erinnerte ihn dieser Moment jetzt an den Abend, als er zum ersten Mal einen Tarnanzug anprobiert hatte.

Seltsam, wie Assoziationen funktionierten, wie das Hirn Verbindungen herstellte.

Für eine Übung im Wald – wie aufgeregt Mateusz und er gewesen sind! Piotr, der Ältere und erfahrene Kämpfer, hatte das gestoppt, hatte damit Schluss gemacht, er hat gesagt: Lasst die Kinder in Ruhe, sie sollen schlafen gehen, zieht das aus, Kinder, das ist kein Karneval! Enttäuscht waren sie ins Stift zurückgeschlichen. Später haben sie erfahren: Die Übung ist verraten worden. Drei Tote. Und von den fünf Festgenommenen starb einer in der Untersuchungshaft, wahrscheinlich durch Folter. Es ist völlig sinnlos gewesen, es war wenige Wochen vor dem Einlenken des Regimes und dem Beginn der Verhandlungen am Runden Tisch. Aber man musste sagen, Piotr hat damals wahrscheinlich ihr Leben gerettet.

Jetzt war Mateusz das Regime, und Adam stand vor dem Spiegel im Tarnanzug: Dinnerjacket, Fliege und schwarze Hose.

6

Gerade noch hatte Franz Starek das Leben genossen. Minutenlang. Unter dem heißen Wasserstrahl in der Dusche. Er hatte von »Regular« auf »Massage« und dann auf »Gentle Rain« gewechselt, schließlich auch die seitlichen Spritzdüsen aktiviert. Er probierte alles aus und dachte, gehörig selbstironisch: Ich bin ein Kind.

Nach der Dusche schlüpfte er in den flauschigen roten Frottee-Bademantel, auf dessen Brust ein stilisierter Helm des Skanderbeg und darunter der Name des Schiffs aufgestickt war. So stilvoll, so luxuriös, so wohlig!
Dann nahm er den Föhn und schaute in den Spiegel. Er erschrak.
Er sah den Tod.
Er hatte den Eindruck, die Totenmaske eines Greises zu sehen.
Ein gips-fahles, faltiges Gesicht.

Als er das Bad verließ, stand Max-Otto Hagenbeck vor ihm, mit dem er die Kabine teilte, ganz in Schwarz, wie ein Trauerredner.

Max-Otto trug einen Smoking. Er sagte, warum soll ich mir ein Dinnerjacket kaufen, wenn ich einen Smoking habe. Außerdem steht mir Weiß nicht. Ich bin ja froh, dass man Tennis nicht mehr in Weiß spielen muss. Beeil dich, in zwanzig Minuten geht es los.

Franz Starek hatte sich natürlich extra ein Dinnerjacket besorgt, dazu die schwarze Hose, die schwarze Fliege, bei »Teller auf der Landstraße« dem großen Bekleidungskaufhaus, das preisgünstig »zeitlose Mode« anbot, für Menschen wie ihn, die nicht an Mode interessiert waren, sondern an Zeitlosigkeit, womit Langlebigkeit gemeint war. Lieblingsbegriffe der Überzeugungsarbeit der Verkäufer waren daher »strapazierfähig« oder »dankbar«. Ein Stoff konnte dankbar sein, das hatte Franz schon als Kind fasziniert. Man kaufte eine Hose, und sie dankte es damit, dass sie unverwüstlich war. Für ein Kind am besten zwei Nummern zu groß, damit es »hineinwachsen« konnte, weshalb sie erst recht ihre Dankbarkeit durch Langlebigkeit beweisen musste. Dort hatte Franz seine erste lange Hose bekommen, ein Einkauf, für den sein Vater – »Wir gehen zum Teller!« – damals extra seinen Sonntagsanzug angezogen hatte. Das ist ihm wieder eingefallen, als er sich mit dem blöden Dinnerjacket bei Teller in dem schönen altmodischen Triptychon-Spiegel betrachtete. Denn bei »Teller« kaufte man auch Kleidung, deren Erwerb einen schmerzte, weil man sie nur einmal oder sehr selten brauchte. Aber wenn, dann bei Teller. Jedenfalls würde Franz Starek nie zu Knize am Graben gehen, aber auch nicht zu diesem neumodischen Peek&Cloppenburg auf der Mariahilferstraße, er hat das Teil bei Teller gekauft und vor dem Spiegel rührende und bedrückende Erinnerungen gehabt.

Schnell zog er seine »Verkleidung« an, dabei wieder eine Erinnerung: wie er vor vielen Jahren, als er noch im Außeneinsatz war, bei einer Undercoveraktion als Rauchfangkehrer in die Villa eines Hehlers … – jetzt musste er lachen. Wenn ich dich im Smoking anschaue, muss ich an einen Rauchfangkehrer denken, sagte er.

Was ist das, ach so, Schornsteinfeger. Bitte, mach weiter, jetzt kommt die Stunde der Wahrheit!

Kurz standen beide nebeneinander vor dem Spiegel. Schwarz und weiß. Max-Otto Hagenbeck bestens gelaunt, Franz Starek immerhin jetzt in Bereitschaft, aufgeheitert zu werden. Er lächelte, als ihm einfiel, was Bessa vor seiner Abreise gesagt hatte: Hat Schwager gemacht Kreuzfahrt, Adria, hat gesagt ehrlich zum Sagen war eine Erfahrung, aber fad. Viel schauen. Lustig war Zauberer.

7

Während Adam eine Kabine für sich alleine hatte, mussten Karl Auer und David Charlton, in der Hierarchie eine Stufe darunter, eine Kabine teilen.
David nervte. Aber Karl ließ sich nichts anmerken. Er würde, wahrscheinlich schon in dieser Nacht, in die Kabine von Baia Muniq übersiedeln. Er fragte sich, ob und, wenn ja, wie er das David erklären sollte. Aber war er ihm Rechenschaft schuldig? Er wird es schon merken, und dann soll er denken, was er will. Natürlich war die Situation jetzt durch Baias Schwangerschaft eine andere. Er wird wohl diese Beziehung offiziell machen müssen. Wirklich? Hatte sie nicht gesagt, es spreche alles dagegen? Und er wird sich fragen müssen, ob er das Kind wollte. Mit ihr. Ob sie es war, mit der – wenn nicht, wird die Zeit knapp, ja, er wollte, zum ersten Mal war er überzeugt, dass … Fast. Ja. Aber. Darüber wird erst noch zu reden sein. Mit ihr. Allerdings hatte er keine Veranlassung, mit David darüber oder über sie zu reden.
David legte den Dresscode für das Galadinner sehr frei aus. Er zog einen grünen Blazer an, mit einem Wappen an der Brusttasche, das Club-Jacket des Cork Golf-Clubs, wie er erklärte. Seit er dank seines irischen Urgroßvater zum Iren werden und so EU-Citizen bleiben konnte, demonstrierte er bei jeder Gelegenheit seine »Irishness«. Karl dachte, dass David ein Zyniker war, aber Nathalie hatte einmal bei einer Rauchpause auf der Feuertreppe gemeint, *le pauvre cochon souffre de suradaptation*. Aber Karl glaubte nicht, dass der arme Kerl an zwanghafter Überanpassung litt, dazu war er viel zu unernst. *Have a look*, sagte David lachend, hier, siehst du? Das Wappen! Was siehst du? Das ist das Jacket meines Golf-Clubs, aber auf dem Wappen des Clubs ist ein Schiff! Ist das nicht wunderbar?

Warum hat ein Golf-Club auf seinem Wappen ein Schiff?
Der Cork Golf-Club befindet sich auf einer kleinen Insel vor Cork City, sagte David. War früher nur mit Schiffen zu erreichen. Daher dieses Wappen. Ein sehr alter Club. Nicht leicht, dort Mitglied zu werden.
Karl zog seinen mausgrauen Anzug aus und die schwarze Hose an, schlüpfte in das Dinnerjacket, er trug es mit der verdrießlichen Indifferenz eines Mannes, dem egal war, was er anhatte, solange er sich nicht im Spiegel sah.

8

Karl Auer hatte sich nicht wohl gefühlt, als er an Bord gegangen war, er hatte gedacht, dass er eben überarbeitet sei und unausgeschlafen, weshalb er sich sofort in der Kabine hingelegt hatte, für einen Powernap, wie er dachte, aus dem dann aber fast drei Stunden geworden sind, bis er verschwitzt aufwachte. So hatte er die Rettungsübung versäumt, und deshalb hatte er Baia erst getroffen, als sie in Brindisi ankamen, und seinen Cousin Franz Starek hatte er noch immer nicht gesehen. Jetzt schrieb er ihm eine WhatsApp-Nachricht, bekam sofort Antwort. Wo steckst Du? Komm in die Bar Deck 6.
Sofort noch eine Nachricht: Achtung! Da sind zwei Bars. Ich bin in der »Ismail-Qemali-Bar«. Wenn du raufkommst, Richtung Heck.

Franz Starek umarmte den Cousin, dann machte er ihn mit Max-Otto Hagenbeck bekannt, Kollege von Europol.
Europol? Sind Sie hier auf der Jagd nach dem Helm?
Max-Otto Hagenbeck lächelte.
Es soll jetzt ja ein Helm enthüllt werden. Ist das womöglich der gestohlene?

Nein, mein Lieber, sagte Franz. Natürlich nicht. Aber da sich jetzt gleich alles um den Helm drehen wird, seine Geschichte, seine Bedeutung, schnappen wir vielleicht doch einen Hinweis auf, eine Information, irgendetwas, das wir noch nicht wissen, irgendeinen Aspekt, der uns weiterbringt. Das ist – er zuckte kurz mit den Achseln – zumindest die Hoffnung von Max.

Das Interesse an dem Helm ist sehr groß, sagte Max-Otto, aber wir wissen noch nicht genau, wer ein besonders großes Interesse daran hat, und warum. Das wird jetzt vielleicht zur Sprache kommen.

Apropos, sagte Franz, wir müssen gleich runter in die Lobby. Aber trinken wir noch schnell ein Glas Wein.

Er winkte dem Barman.

Die Bar ist sensationell, sagte Franz, sie haben hier sogar österreichischen Wein, sie haben Wein aus jedem Land, aus dem ein Passagier heute an Bord ist.

Kann nicht sein, sagte Karl. Ich teile die Kabine mit einem Kollegen aus Irland, und –

Und? Haben Sie irischen Wein?

Yes, Sir, sagte der Barman. Vom Vineyard Thomas Walk, Südirland. Ich habe einen sehr gehaltvollen, komplexen Roten von der Amurensis-Rebe, wünschen Sie ein Glas? Geruch und Geschmack erinnern an dunkle Kirschen und Brombeeren und –

Stop! Okay! Nein, nein, bringen Sie uns den Grünen Veltliner, den ich schon vorhin hatte.

Und zu Karl: Na, was sagst du? Aber sag, wie geht es dir? Was gibt es Neues? Du wirst Vater?

Karl sah Franz fassungslos an. Woher wusste er? Er war der geborene Polizist, besser gesagt Ermittler, das war ihm klar, seit der Geschichte mit dem Foto von Omas Vater, aber dass

er ihm auf den Kopf zusagte, was er selbst gerade erst erfahren hatte, verblüffte ihn. Wie machte Franz das? Was hatte er für Quellen?
Woher weißt du –
Franz lachte. Schuss ins Blaue, sagte er. Meine Tochter ist erwachsen. Also fast. Und du wolltest ja auch immer ein Kind. Aber wenn du jetzt nicht bald Vater wirst, dann hast du's versäumt. Also habe ich recht?
Nein, nein.
Aber du hast gesagt: Woher weißt du das?
Nein. Ich wollte sagen, wie kommst du darauf?

Meine Herren, sagte Max-Otto, der Helm wartet unten, unser Baby. Wenn ich so sagen darf. Wir sollten – ich fürchte, für den Wein reicht die Zeit nicht mehr.

Beim Dinner sitzt du bei uns am Tisch, verstanden? Und dann erzählst du –
Ja, klar, sagte Karl Auer.

Beim Lift wartete ein Mann, ein Chinese, was Karl Auer verwunderte. Es sollte doch in den nächsten Tagen um den Westbalkan gehen, und auch wenn er wusste, dass China hier Interessen hatte, so konnte er sich doch nicht vorstellen, dass der albanische Ministerpräsident zu Gesprächen mit Repräsentanten und Vertretern der EU auch einen Vertreter Chinas einladen würde. Andererseits: vielleicht ebendeshalb? Oder aber, dachte Karl, es ist kein Chinese, sondern ein Europäer mit Migrationshintergrund. Wenn er an die Buntheit Brüssels dachte … man wusste nie … und es war auch egal … er hatte Inder kennengelernt, die waren Engländer, Japaner, die Schotten waren, oder schwarze Portugiesen mit Großeltern aus Angola, also was soll's. Das war doch selbstverständlich.

Aber hier. Hier hatte die Anwesenheit eines Chinesen eine andere Bedeutung. Besser gesagt: eine Bedeutung.
Als die Aufzugtür sich öffnete, ließ der Chinese ihnen höflich den Vortritt, mit leicht gesenktem Kopf und ausgestreckter Hand.
Karl Auer sah ihn an, wollte erkennen, ob es in seiner Physiognomie Anzeichen einer Mischung gab, einen europäischen Anteil, einen europäischen Elternteil, aber das konnte er nicht erkennen. Also kein Mischling – und sofort dachte er: Ich erlaube mir nicht, diesen Gedanken gehabt zu haben. Nicht einmal, wenn es eine korrekte Formulierung dafür geben würde. Er ging gerne chinesisch essen, in die neuen schicken Lokale ohne diese kindische rot-goldene Drachen-und-Lampion-Folklore bei der Einrichtung. Sein Lieblingschinese in Brüssel war Koreaner. Also wirklich, was soll's? Dennoch: Hier fand er es seltsam, ein Chinese!
Du hast ein rotes Gesicht, sagte Franz, und du fühst dich heiß an, Bruder, das ist mir schon aufgefallen, als ich dich umarmt habe. Geht es dir gut?
Es ging abwärts.
Alles gut, sagte Karl Auer und schämte sich.
Sie kamen unten in der Lobby an, die Lifttür öffnete sich, da war so viel Unruhe, Bewegung, da waren wieder diese Ordner, und Mitglieder der Crew, die etwas riefen, Karl Auer blieb unschlüssig stehen, sah, dass der Chinese auf einen Mann zuging, ihn begrüßte, etwas sagte – wer war dieser Mann? Das war doch …?
Wer ist das?
Wer?
Mit dem der Chinese dort redet.
Wo? Wer?, sagte Starek.
Karl Auer wollte sagen: Dort! – Aber da sah er den Chinesen nicht mehr.

Gentlemen, ich darf Sie bitten, sagte ein Ordner, hier weiterzugehen, hier entlang, vielen Dank.

9

Adam hatte noch rasch eine Spotify-Playlist angelegt. Mit nur zwei Liedern: »*Kocham wolność*«, (»Ich liebe die Freiheit«), das Lied, das Piotr mit dem Ghettoblaster gespielt hatte, als er sich verbrannte, und »*Mury*«, (»Mauern«), die inoffizielle Hymne der Solidarność. Diese beiden Songs wollte er abspielen, so laut es mit dem Smartphone möglich war, wenn er die Flugblätter in die Lobby flattern ließ.
Er machte einen Test, da klingelte es.
Es war Dorota.

Wie geht es dir?
Gut.
Und?
Was und?
Willst du nicht wissen, wie es uns geht?
Wie geht es euch?
Hör zu. Ich will dich an eines erinnern. Du hast einen Eid geschworen.
Ja. Das ist mir bewusst.
Ich meine den Eid als Beamter.
?
Wenn du den Buben-Eid von deinen Untergrundspielen jetzt wichtiger nimmst, dann musst du zwei Dinge tun.
Was?
Bei der Kommission kündigen. Und in die Scheidung einwilligen.
?

Warum sagst du nichts?
Was soll ich sagen?
Wie ernst es dir ist.
Was?
Das will ich ja wissen.
Kocham wolność!
Anche io. Ich habe den Job bei der Klima-NGO bekommen. Ich beginne bereits in zehn Tagen. Und Romek kommt in den Kindergarten.
Gut. Sehr gut.
Es kann sein, dass das Haus kalt ist, wenn du heimkommst.

Adam starrte das Telefon an, da gab es nichts mehr zu sagen. Zumindest nicht jetzt. Er wird seine Aufgabe erfüllen. Und dann wird man reden.

Er sah auf die Uhr. Jetzt. Er nahm die Tasche mit den Flugblättern, ging zum Lift und fuhr auf Deck 5. Er ging zur Brüstung, sah hinunter auf die Lobby – und war verblüfft. Irritiert. Völlig verunsichert. Das hatte er nicht erwartet.

10

Die Menschen, die nach und nach aus den Liften kamen oder, weil die Lifte natürlich dauernd besetzt waren, über die Treppen in die Lobby strömten, versammelten sich da unten nicht um den roten Quader (die albanische Kaaba – Wer hat diesen Witz gemacht? Egal, Adam fand jetzt nichts lustig), sondern wurden von Crew-Mitgliedern und Ordnern weitergeleitet, viele ausgestreckte und viele weiterwinkende Hände wiesen den Weg ins Theater. Ins Theater!
Die Lobby wurde zum Durchhaus, was war da los? Adam

stellte die Tasche mit den Flugblättern ab. Hatte die Security von seinem Plan Wind bekommen? Das konnte nicht sein. Adam beugte sich weit über die Brüstung, sah suchend hinunter, versuchte herauszufinden, was da los war, aber er sah nichts anderes als Menschen, die in die Lobby kamen, weitergeleitet wurden und im Eingang zum Theater verschwanden.
Von Deck 8, mit ihrem exklusiven Aufzug, kamen nach und nach die VIPs, da! Der französische Außenminister. Da! Das war jetzt Mateusz! Fünf Männer in schwarzen Anzügen um ihn, seine Bodyguards? Und noch zwei Männer in Dinnerjackets – aus seinem Kabinett? Sie bewegten sich vom Lift zum Theater wie eine wandernde Traube. Adam wollte schon rufen: Mateusz! Ich habe hier für dich … – aber da waren sie schon wieder verschwunden, im Theater, wieso gingen alle ins Theater, obwohl doch der Helm in der Lobby enthüllt werden sollte?
Wenige Minuten später war die Lobby menschenleer.

Adam atmete tief ein und aus. Was tun? Da er den Grund nicht wusste, warum die Situation ganz anders war, als er sie erwartet hatte, hatte er auch keine Vorstellung, wie es nun weiterging. Sollte er warten, bis alle wieder aus dem Theater kamen? Aber er wusste ja nicht, was im Theater gerade passierte und wie lange das dauern werde. Und ob man sich dann in der Lobby versammeln oder gleich ins Restaurant zum Dinner wechseln werde. Warten? Warten heißt nichts wissen. Oder auf eine andere Gelegenheit an einem anderen Tag warten? Warten heißt nichts wissen. In der Schulung der *Kämpfenden Solidarność* hatte er gelernt: Wenn man mit einer Aktion in eine unvorhergesehene Situation kommt, die den Plan hinfällig macht, muss man sich sofort zurückziehen. Wobei man, wenn möglich, eine symbolische Handlung setzen kann, ein Zeichen, dass man bereit gewesen wäre.

Er nahm sein Smartphone, drückte auf play und spielte so laut es ging *Kocham wolność,* aber in diesem Atrium, das nach oben drei Decks offen war, verlor sich die energische Stimme der Freiheitsliebe. Er nahm die Tasche mit den Flugblättern und kippte sie über die Brüstung hinunter, er tat das, ohne groß zu überlegen, wie ferngesteuert. Er wunderte sich, dass die Blätter nicht wie erwartet hin und her schaukelnd hinunterschwebten, sondern als Packen hinunterstürzten, nur wenige Blätter segelten, einmal ein- und ausgeatmet, und schon lag alles unten auf dem Boden.
Er schaute hinunter, die Flugblätter hatten sich einigermaßen auf dem Boden der Lobby verteilt, na gut, vielleicht werden doch manche, wenn sie aus dem Theater kommen, sich fragen, was da herumliegt, ein Blatt aufheben, es lesen. Konnte er darauf hoffen?
Jetzt spielte *Mury,* das Kampflied der Solidarność, und da bekam Adam feuchte Augen, aber nicht aus Sentimentalität. Ihm fiel der Nachmittag in Warschau ein, als er mit Mateusz am Fenster stand und unten auf der Straße eine Massendemonstration vorbeizog. Und Mateusz sagte: Vergiss deine Ideale (er konnte sich nicht mehr erinnern, was er wörtlich gesagt hatte, so ungefähr:) Jetzt schreien sie, dass sie Pressefreiheit wollen, und dann sind sie glücklich mit blöder Boulevardpresse und Pornoheften.
Das Lied war vorbei. Er sah sein Smartphone an, Spotify interpretierte seinen Musikgeschmack und machte einen neuen Vorschlag, und da stand tatsächlich *No Nations.* Und *Easy Living.*
Er schloss die Augen. Er suchte einen Gedanken. Er brauchte jetzt einen Gedanken, der gleichsam die Schirmherrschaft über sein Handeln übernehmen konnte. Aber es blieb schwarz hinter seiner Stirn. Und schwarz auf schwarz: Der Weg in die Zukunft führt nicht über die Rückkehr zu alten Idealen.

Sonst wären sie nicht alt. Und er hörte im Dunkeln Mateusz lachen: Wofür wir gekämpft haben, hätte am Ende politisch und gesellschaftlich diese oder jene Gestalt annehmen können. Denn was wir als Ziel formulierten, bestand nur aus abstrakten Begriffen. Jetzt ist es so, wie es ist. Du kannst es Verrat nennen. Ich nenne es ein konkretes Ergebnis. Du verwechselst Traum mit Treue. Ich bin dem Machbaren treu.

Er riss die Augen auf, es war wie die Flucht aus einem Albtraum. Was machte er hier. Es war lächerlich. Er ging zurück in seine Kabine, rief Dorota an. Sie hob nicht ab. Er schrieb ihr eine Nachricht: Beim nächsten Hafen steige ich aus und komme nach Hause. Ich liebe dich.

Was Adam nicht mehr sah: Fünf Männer, dirigiert vom Direktor, der für Reinigungs- und Instandhaltungsarbeiten an Bord verantwortlich war, schoben mit breiten Besen die Flugblätter, die auf dem Boden der Lobby lagen, zusammen und entsorgten sie in großen roten Müllsäcken. Das dauerte keine drei Minuten, und die Unschuld war wiederhergestellt.

11

Es war eine höchst ungewöhnliche Situation. So viele europäische Spitzenpolitiker, hochrangige Funktionäre und Beamte an einem Ort versammelt, in einem Theater, an Bord eines Schiffs. Ylbere, die in der letzten Reihe ganz außen saß, überblickte diese Szene und dachte, dass dies völlig verrückt sei, wie ein Fiebertraum, der ein Theaterstück phantasierte, in dem die Hauptfiguren im Zuschauerraum saßen, noch dazu auf schwankenden Brettern auf See. Und sie sagten Texte auf, die man nicht verstand, weil sie flüsterten und tuschelten. Auf

der Bühne stand der albanische Ministerpräsident, noch sagte er nichts, wodurch er wie der einzige Zuschauer dieses Stücks wirkte. Es schien ihm zu gefallen. Er lächelte.
Tatsächlich war der Bühnenraum verschwunden, denn hinter dem ZK war die Filmleinwand heruntergelassen worden. Darauf war ein Standbild projiziert, eine Zeichnung des ZK, die einen muskulösen Mann zeigte, im Stil sozialistischer Soldaten- und Heldendenkmäler, einen Titanen, der auf seinen Schultern den Globus in Form eines riesigen Basketballs trug. Das Bild hieß, so man den Titel rechts unten entziffern konnte, »Albanischer Atlas«.

Ich hatte immer schon den Eindruck, dass dieser Mann einen Hang zum Unernst hat.
Vous avez absolument raison, mon président, flüsterte Gustave du Bois-Veretout.

Meravigliosa quest'ironia.
È vero. Aber hinter seinem Witz versteckt er knallharte Interessen.
Finden Sie, dass er sie versteckt? Vorhin, *lo spettacolo nel porto*, das war kein Versteckspiel!

Ich denke, dass der Herr Ministerpräsident nicht wirklich vertraut ist mit der europäischen Mythologie, nicht wahr?
Gewiss. Erlaube mir aber den Hinweis, dass er darüber entscheidet, wer die Schürfrechte am albanischen Kupfer bekommt.

Er wird sich doch jetzt nicht zum Kasperl machen wollen, oder? Was meinen Sie, Herr Ministerialrat?
Ich glaube eher, Herr Minister, er will uns zu Kasperl machen, wenn ich das so frei sagen darf.

Na ja. Warten wir ab. Ich red dann mit den Deutschen, was die davon halten.

Velünk, magyarokkal bármit megtehetsz!
Wir werden das dann mit der polnischen Delegation besprechen.

Was soll das?, fragte Max-Otto.
Ich glaube, ich ahne, was das soll, sagte Franz Starek und reichte ihm sein Telefon. Schau, welche Nachricht ich gerade aus Wien bekommen habe!
Max-Otto las, sagte kopfschüttelnd: Das ist … wirklich? … Wie …?
Wie? Das werden wir, glaube ich, gleich erfahren.

Jetzt kam noch ein Mann auf die Bühne, stellte sich neben den ZK, der um Ruhe bat, sich räusperte und sagte: Exzellenzen, sehr geehrte Damen und Herren! Polizeipräsident Endrit Cufaj – er deutete mit ausgestreckter Hand auf den Mann – und ich wollen Ihnen gerne einen kurzen Film vorführen, bevor Sie im Anschluss die Vitrine mit dem Helm unseres Nationalhelden Skanderbeg zu sehen bekommen. Sie haben sicherlich eine rasche Zeremonie erwartet, das bloße Wegziehen eines Tuchs, begleitet von Ihrem höflichen Applaus, und dann endlich das Galadinner mit einem vorzüglichen Menü unseres Meisterkochs Bledar Kola. Ich bitte Sie um Verständnis dafür, dass wir Ihre Geduld noch ein wenig strapazieren müssen, aber Sie werden nach nur wenigen Minuten verstehen, dass wir einen triftigen Grund dafür haben, eine Sensation von internationaler Bedeutung, das ist nicht zu viel gesagt, und ich wage es zu prophezeien, dass Ihr Applaus kräftiger, mehr als nur höflich sein wird. Ich werde den Film begleitend kommentieren und Verschiedenes erläutern. Also, Film ab!

Es wurde dunkel, und der ZK drückte theatralisch auf sein Smartphone.

Der Mann in Uniform, den Sie hier im Foyer sehen, sagte er, ist der für Sicherheit zuständige Offizier, der gestern Nacht Dienst hatte. Und jetzt kommt ein Mann aus dem Lift und wird vom Offizier begrüßt. Sie sehen im Film der Überwachungskamera die Zeit eingeblendet. Es ist ein Uhr zweiunddreißig in der Nacht. Beachten Sie das Paket, das er unter dem linken Arm trägt. Halb zwei in der Nacht. Um diese Zeit konnte niemand an Bord kommen, die Gangway war eingezogen. So. Und jetzt –
Er stoppte den Film –
Müssen Sie Folgendes wissen: Dieser Mann ist bereits gestern Nachmittag an Bord gekommen, hier, sehen Sie –
Der Film lief nach einem Schnitt weiter –
Wir springen zurück auf den Nachmittag, hier sehen Sie wieder diesen Mann, ein einfacher Arbeiter, sollte man meinen, hier sehen Sie, wie er mit einer Sackkarre zur Laderampe kommt, er lieferte fünftausend Eier der Firma Afex. Zu dieser Firma kann ich später noch einiges erzählen. Hier sehen Sie, wie seine Papiere überprüft werden, die Lieferung bestätigt wird, wie er in den Laderaum fährt. Alles gut. So weit. Nur:
Er stoppte den Film.
Es gibt keine Aufnahme, die zeigt, dass er das Schiff danach verlassen hat. Er taucht erst um halb zwei in der Nacht wieder auf. Also hat er sich im Laderaum oder in einer freien Kabine, die ihm der Sicherheitsoffizier zur Verfügung gestellt hat, versteckt, bis er eben in der Nacht wieder von unseren Kameras erfasst wurde.
Gehen wir weiter. Zurück in die Lobby nach halb zwei in der Nacht. Sie sehen jetzt, wie die beiden Männer das Tuch wegziehen, die Glasvitrine öffnen. Das Interessante dabei ist, dass

die Vitrine nicht nur aus Panzerglas besteht, sondern auch in Hinblick auf Öffnungsversuche durch einen Code gesichert ist. Dieser Code war dem Sicherheitsoffizier bekannt. Hier sehen Sie, wie im Licht der Stirnlampe des vorgeblichen Eierlieferanten der Helm in der Vitrine aufblitzt, er nimmt ihn heraus, stellt ihn auf dem Boden ab, und jetzt, Achtung! Gleich! Jetzt! Sehen Sie!
Er stoppte den Film.
Was sehen Sie hier, was hat er aus der Box genommen, die er mitgebracht hatte?
Er zappte Bild für Bild weiter, bis er mit dem Standbild zufrieden war.
Jetzt sehen Sie es ganz deutlich: Noch ein Helm! Er hält ihn hoch, geradezu triumphierend, im Licht seiner Stirnlampe, was mag das für ein Helm sein? Gehen wir jetzt weiter. Hier, er legt den mitgebrachten Helm in die Vitrine, der Offizier schließt sie, der Mann verstaut den anderen Helm in seiner Box, und jetzt –
Er stoppte den Film. Sagte: Meine Damen und Herren, ich bin sehr stolz auf die Arbeit meines Polizeichefs Endrit Cufaj, der durch seine unbestechliche und konsequente Ermittlungsarbeit genau auf diesen Moment vorbereitet war. Sehen Sie: die Festnahme der beiden. Und jetzt, sehr geehrte Damen und Herren, zeigen wir Ihnen –
Schnitt.
Was ich hier in Händen habe und in die Vitrine zurücklege, ist der aufwendig geschmiedete, in jedem Detail originalgetreue Helm des Skanderbeg, den ich für dieses Schiff in Auftrag gegeben habe, das seinen Namen trägt. Und hier, dieser Helm in der Box, die Polizeipräsident Cufaj da vor die Kamera hält, das ist – die Überraschung. Das ist – die Sensation. Das ist der Helm, der in Wien gestohlen wurde.
Standbild.

Wenn wir morgen in Montenegro anlegen, werden die beiden Männer an Land gebracht und nach Tirana geflogen, wo sie in Untersuchungshaft kommen. Inzwischen sind sie an Bord in einer Binnenkabine in Gewahrsam. Der Wiener Helm wird in Begleitung von zwei albanischen Elitesoldaten und des österreichischen Botschafters nach Wien geflogen. Exzellenzen, meine Damen und Herren, wir haben einen Kriminalfall aufgeklärt und das Herzstück dieses Schiffs gerettet, und –

Fate Vasa, der in der ersten Reihe saß, sprang auf und applaudierte, albanische Parlamentarier und Beamte taten es ihm gleich, und nach und nach standen alle und klatschten, fast alle, der ZK machte beschwichtigende Handbewegungen und sagte in den abklingenden Applaus hinein: dass nun alle den Helm, nicht den gestohlenen, sondern den originalgetreuen, beim Verlassen des Theaters im Foyer bewundern können. Er habe eine Helm-Enthüllung angekündigt – das war sie. Und er bitte, auch im Namen des Kapitäns, jetzt zum Galadinner ins Restaurant »Valët e detit«, gleich gegenüber auf demselben Deck.

Hat er gerade gesagt, die albanische Polizei hat ermittelt?

Ja.

Und wir sind unfähig, oder?

Ja.

Und hat er gesagt, aufgeklärt? Sie hätten den Fall aufgeklärt?

Ja. Hat er gesagt.

Aber hat er gesagt, wer den Helm in Wien gestohlen hat? Und was sein Motiv war?

Nein.

Aber im Grunde hast du recht gehabt.

Aber ganz anders, als ich dachte.

Na dann. Guten Appetit.

12

Die Enthüllung war natürlich das große Gesprächsthema während des Dinners, zumindest während der ersten zwei Gänge. Dabei zeigte sich allerdings fast mehr Verwirrung als Bewunderung. Denn sehr viele Beamte und Politiker aus verschiedenen Ländern hatten vom Diebstahl des Skanderbeg-Helms in Wien gar nichts gewusst. Was in österreichischen und albanischen Medien für größte Aufregung gesorgt hatte, war in den Niederlanden oder in Griechenland, Frankreich und anderen Ländern höchstens kurz berichtet worden und daher der Aufmerksamkeit vieler entgangen. Für sie hatte die Geschichte von den beiden Helmen, wie sie eben vom ZK präsentiert worden war, etwas höchst Surreales. Der eine war gestohlen, wurde aber rätselhafterweise in der Nacht an Bord dieses Schiffes gebracht und sollte gegen einen anderen Helm ausgetauscht werden, der genauso aussah und als originalgetreu bezeichnet wurde. Der gestohlene war also nicht originalgetreu? Warum ist er dann gestohlen worden, und warum sollte er gegen den originalgetreuen ausgetauscht werden? Der Mann, der den gestohlenen Helm zurückbrachte, wird wohl nicht der Dieb des Helms gewesen sein, denn warum sollte er den Helm stehlen und ihn dann wieder zurückbringen? Wenn er den Helm dem Dieb abgeknöpft hat, warum bringt er ihn heimlich mitten in der Nacht, statt im Licht von Scheinwerfern, als Held, der wahrscheinlich noch eine Belohnung dafür bekommen hätte. Aber wie auch immer, warum wird der Mann verhaftet, der den gestohlenen Helm zurückbringt?

Diejenigen, die Bescheid wussten, erklärten, welch große symbolische Bedeutung der Helm für die Albaner hatte.

Es geht sozusagen um Windmühlen, sagte Ewout Van Langen,

ein hochrangiger Beamter des niederländischen Außenministeriums.
Nein, es geht um Skanderbeg, nicht um Don Quixote, wie kommen Sie auf Windmühlen?
Sie sagten doch Symbol! Wie Windmühlen für Holland, oder?
Das haben Sie falsch verstanden. Windmühlen sind ein holländisches Klischeebild, aber kein Symbol für Freiheitskampf und nationale Einigung.
Oh doch, mijnheer, Windmühlen haben im Freiheitskampf der Niederlande gegen die Spanier eine wichtige Rolle gespielt: der Stand ihrer Flügel vermittelte eine Botschaft.

Ich verstehe das alles nicht wirklich. Sie sagten, Skanderbeg hat das christliche Europa gegen die Osmanen verteidigt. Dann müsste er doch für die christlichen Europäer eine größere Bedeutung haben als für die albanischen Moslems.
Er war der Erste, der die albanischen Stämme geeint hat. Daher die große symbolische Bedeutung seines Helms, verstehen Sie?

Ich fand den Helm sehr interessant. Der Ziegenkopf, der oben auf dem Helm sitzt! Haben Ziegen eine besondere symbolische Bedeutung in Albanien? Wissen Sie das zufällig? Ist deshalb eine Ziege an Bord gebracht worden?
Was meinen Sie mit Ziege an Bord gebracht? Wo ist eine Ziege an Bord?
Haben Sie das nicht gesehen? Wie die Ziege an Bord gebracht worden ist?
Nein, ich habe keine Ziege gesehen. Hat jemand eine Ziege gesehen? Nein, niemand hat eine Ziege gesehen.
Sie ist mit der großen Trommel gekommen.
Mit der Trommel. Na klar.

Ich habe im Büro einen Abrisskalender. Auf jedem Blatt gibt es den Sinnspruch des Tages. Weißt du, was seltsam ist? Gestern, bevor ich abgereist bin, stand da ein Satz, der rätselhaft ist, aber irgendwie, als wäre es eine Fügung, doch dazu passte, dass ich an Bord eines Schiffes gehen und dich wiedersehen sollte.
Was?
Da stand: *Bei Sturm hält das geblähte Segel sich für die Ursache selbst.*
Warum erzählst du mir das?
Weil wir doch darüber reden wollten, ob wir die Sache richtig einschätzen. Das Kind und –

Sehr charmant, der Kapitän. Das Spiel, das am Kapitänstisch gespielt wurde – haben Sie das mitbekommen?
Nein. Erzählen Sie!
Er hat Zettel verteilt und vorgeschlagen, dass jeder am Tisch aufschreiben soll, welche Besitztümer ihm wichtig sind, wovon er sich auf keinen Fall trennen möchte. Einer fragte, ob es ein Limit gebe, nur die drei wichtigsten Sachen, oder fünf, und der Kapitän sagte, nein, keine Begrenzung, wer sich von zwanzig oder fünfzig Sachen nicht trennen könne, der schreibe eben zwanzig oder fünfzig auf die Liste. Es gebe auch noch Papier.
Und? Was ist da so interessant daran? Ich kann mir schon vorstellen, was da alle aufgeschrieben haben. Haus, Auto, Schmuck, wer will sich davon trennen, und dann immer so weiter bis zum Fotoalbum, und vielleicht noch die Uhr vom Großvater und so weiter. Ich verstehe nicht, was daran jetzt ein Spiel ist.
Der Kapitän hat so charmant und vergnügt gelächelt, ich wusste gleich, da gibt es eine Pointe. Und wirklich. Jeder hat dann vorgelesen, was er aufgelistet hat und –

Ich bin immer wieder fassungslos, dass es Menschen gibt, die bei so blöden Spielen mitmachen, geborene Opfer von Animateuren. Blöd nur, wenn die Opfer Politiker sind –

Nein, warten Sie, Sie sind ungerecht. Es war wirklich lehrreich. Der Kapitän hat sich das alles angehört, es waren lange Listen, dann hat er gesagt: Aber auf einem Schiff lernt man ganz anders zu denken, nämlich: dass nur solche Besitztümer wichtig sind, die man bei einem Schiffbruch retten kann. Schlau, nicht wahr? Und dann sagte er, wir sollen uns überlegen, was wir in diesem Sinne von unseren Listen streichen müssten. Ist das nicht lehrreich? Das gab mir wirklich zu denken. Wir hängen an viel zu viel und –

Sie entschuldigen mich.

Wissen Sie, Signore, was mich wahnsinnig macht? Ab morgen gibt es ja die Gespräche über die Zukunft der EU und die Arbeitskreise über die Westbalkanstaaten, wegen der Erweiterung. Und da drüben, sehen Sie, zwei Tische weiter, der Mann mit dem nachtblauen Anzug, nicht einmal an den Dresscode hält er sich, Sie wissen, wer das ist? Der polnische Ministerpräsident. Er kommt zu einem EU-Kongress, okay, hier auf diesem Schiff sehr informell, aber trotzdem, und gestern sagte er in einem Interview: Die EU hat vollbracht, was Adolf Hitler nicht geschafft hat. Weil die Deutschen die EU in ein Viertes Reich umwandeln! Ist das nicht verrückt?

Verrückt? Sie sprechen sehr gut Italienisch, Signore.

Meine Frau ist Italienerin.

Va bene. Dann werden Sie verstehen, was ich Ihnen jetzt sage. *Ci sono paesi che hanno la loro mafia, ma in Polonia la mafia ha il suo paese.* Das ist so lange nicht verrückt, solange die Realpolitik das als Realität anerkennt und davon ausgeht.

Wollen Sie das wirklich wissen? Ich könnte stundenlang erzählen.
Wir sind noch nicht einmal beim Dessert.
Ich wollte in die Partei, und ich wollte Abgeordneter werden, weil ich das Land umkrempeln wollte. Jedes korrupte Schwein hinter Gittern, das wollte ich. Ich bin aufgewachsen in Nordalbanien, im Loch, das ist noch hinter Tropoje. Mein Onkel hat in Deutschland gearbeitet, er kam auf Heimaturlaub, und er brachte mir einen Fußball, einen echten deutschen offiziellen Fußball. Ich hatte den einzigen echten Fußball in meinem Dorf, und auch im Nachbardorf gab es keinen. Die Kinder von beiden Dörfern hatten nur diesen einen Ball. Wir haben gespielt, da kam die Polizei. Wir mussten uns in einer Reihe aufstellen und die Arme nach vorn strecken. Das war nicht in der Hoxha-Zeit. Schaue ich so alt aus? Nein, das war nach dem Ende des Kommunismus. Ein Polizist ging die Reihe ab und schlug jedem Kind mit dem Schlagstock auf die Hände. Dann fuhren sie wieder ab. Und den Ball haben sie mitgenommen. Dieses Albanien wollte ich verändern. Das Albanien, in dem die Polizei Kindern einen Ball stiehlt und das zugleich Mitglied der EU werden will. Verstehen Sie? Der gestohlene Helm ist mir egal, aber der geraubte Ball ist mir bis heute nicht egal.

Ist es nicht völlig verrückt? Polen ist Mitglied der EU und bricht systematisch europäisches Recht, und Albanien ist nicht Mitglied und macht eine Justizreform genau so, wie die EU es will.
Ich frage mich manchmal, ob die EU der Nicht-Mitglieder nicht die bessere EU wäre.
Was können wir tun?
Ich werde das morgen ansprechen.
Manchmal will ich, dass die EU zerbricht.

Sie sind verrückt! Warum?
Dann gäbe es eine so große Misere in Europa, dass die Menschen sagen würden: Das soll nie wieder geschehen. Und dann würde alles von vorn beginnen, aber besser und dankbar.
Sie sind verrückt! Aber ihr Engländer –
Nein, nicht Engländer! Ire, bitte!

Diese Demo hier im Hafen von Brindisi hat mich sehr überrascht. Das war unglaublich. Ich hätte nicht geglaubt, dass so viele Menschen in Italien dem albanischen Ministerpräsidenten –
Was glauben Sie? Italiener sind doch im Grunde nichts anderes als Albaner in Versace-Klamotten.

Wen kann ich fragen, ob die Ziege noch an Bord ist? Es muss doch jemand die Verantwortung dafür haben?

Wissen Sie, ob der Chinese dort ein Vertreter Chinas ist oder ob er für eine europäische Institution –
Welcher Chinese?
Dort! Also. Warten Sie! Seltsam. Jetzt sehe ich ihn nicht mehr. Aber gerade noch hat er dort – egal.

Da kam mitten in das Tratschen und Schlürfen und Mauscheln schrill über die Lautsprecher: Achtung Code Alpha. Code Alpha.
Und dazu noch ein paar verschlüsselte Worte.
Code Alpha!
Zwei Männer und eine Frau sprangen auf und liefen aus dem Speisesaal. Aber alle anderen blieben ruhig, sahen nur kurz auf, fuhren mit Essen und Tratschen fort. Das hatten sie sich gemerkt. Eine Durchsage mit »Code« ging sie nichts an.

13

Code Alpha bedeutete: Medizinischer Notfall. Verschlüsselt angefügt wird, wo der Notfall eintrat, auf welchem Deck und wo genau dort, ob in einer Kabine, am Pool oder wo auch immer. Das alarmiert den Schiffsarzt, der sich schnell dorthin begibt, und setzt die Krankenstation an Bord in Bereitschaft, Assistenzarzt, Schwestern.

Bei dem Notfall handelte es sich um den deutschen Botschafter, Herrn Sontheimer, der auf der Toilette seiner Suite einen Kollaps erlitten hatte. Gefunden wurde er vom Butler des Suiten-Decks, der, während die Passagiere beim Dinner waren, den Turn-down-Service erledigte: Vorhänge zuziehen, das Bett für die Nachtruhe aufdecken, Bad und Zimmer noch einmal ordnen, ein Betthupferl auf dem Kopfkissen platzieren.

Es habe schlimm ausgeschaut im Bad, erzählte er später beim Mannschaftsessen, mehr könne er nicht sagen, er sei zu absoluter Diskretion verpflichtet.

Inzwischen wurde das Dessert serviert, Oshaf, ein Feigen-und-Schafsmilch-Pudding, eine typische Süßspeise aus Gjirokastra, »neu interpretiert« von Küchenchef Bledar Kola, wie im Menü vermerkt war. Man genoss das Essen, allerdings ohne besondere Bewunderung für die Neuinterpretation, da niemandem die alte Version bekannt war. Wobei »niemandem« nicht ganz stimmt. Ein Parlamentsabgeordneter der sozialistischen Partei Albaniens, Mitglied des Justizausschusses, er hieß Jonas oder Junus oder Jonuz, so genau hatte Karl Auer seinen Namen nicht verstanden, bemühte sich engagiert, die Bedeutung dieser Neuinterpretation zu erklären. Wissen Sie, sagte er, Enver Hoxha stammte aus Gjiokastra, und in seiner

Autobiographie schrieb er, dass Oshaf seine Lieblingsspeise war, vor allem wenn er Trost brauchte, aber auch wenn er Kraft brauchte, hat ihm seine Mutter immer Oshaf zubereitet. Hat er geschrieben. Das führte zu einem Dilemma: Altkommunisten posten in den sozialen Netzwerken immer am 16. Oktober, dem Geburtstag von Enver Hoxha, ohne seinen Namen und den Geburtstag zu erwähnen: Heute gibt es Oshaf. Und so ist dieser Pudding mit Enver Hoxha verbunden und eigentlich diskreditiert. Aber er ist so typisch, so traditionell, so köstlich, man kann doch nicht aus politischer Korrektheit beschließen, das nie wieder zu essen. Das wäre so, als würde in Deutschland niemand mehr Sauerkraut essen, weil Hitler Sauerkraut geliebt hat.
Hat Hitler Sauerkraut geliebt?
Meines Wissens hat er Eiernockerln geliebt.
Und? Essen Sie Eiernockerln?
Ich mag keine Eiernockerl, aber nicht aus politischen Gründen.
Jedenfalls, es war eine große Leistung von Bledar Kola, uns durch seine Neuinterpretation den Oshaf zurückzugeben, ihn uns wieder schmackhaft zu machen, wenn Sie so wollen.
Ja, schmeckt sehr gut. Sehr interessant. Danke!
Sie sprechen übrigens ausgezeichnet Deutsch. Haben Sie Deutsch studiert?
Ja. Und ich hatte auch ein Stipendium in Deutschland. 1986, nach Hoxhas Tod. War eine spannende Zeit. Da könnte ich viel erzählen. Aber wissen Sie, was witzig ist? Als ich zurückkam nach Tirana, hat mir niemand geglaubt, was ich erzählt habe.
Wieso?
Ja, es war unglaublich. Zum Beispiel, dass es in Deutschland keine Bananen gab. Das konnte sich niemand in Tirana vorstellen. Hier gab und gibt es ja Bananen an jeder Ecke.

Wo haben Sie studiert?
In Leipzig.

Ich muss sagen, das ist mir auch aufgefallen, sagte Karl Auer. Diese vielen Bananenverkäufer in Tirana. Und billiger als in den Supermärkten.
So kommt das Koks ins Land, sagte Max-Otto, versteckt in Bananen-Kisten. Die Drogenbarone brauchen ja die Bananen nicht, Sie holen das Kokain aus der Lieferung und verschenken die Bananen an arme Männer, die mit dem Verkauf etwas Geld verdienen. Die Bananen sind deshalb billiger als im Supermarkt, weil sie sie ja geschenkt bekommen haben. Von hier aus wird das Koks in ganz Osteuropa verteilt, während die Albaner sich an Bananen überessen.

Ich gehe ins Bett, sagte Baia Muniq.
Sie stand hinter ihrem Stuhl, sagte: Einen schönen Abend noch, Karl Auer erschrak, sollte er jetzt, vor den anderen, sagen: Ich komme mit? Er sah zu ihr auf, in demonstrativer Sehnsucht, dass sie ihm ein Zeichen gebe – ob er, nach einem gebotenen zeitlichen Abstand, nachkommen solle oder ob sie in eine Bar auf ihrem Deck gehen und dort auf ihn warten werde, aber er konnte ihrem Gesicht keinen Hinweis ablesen, sie sah ihn nicht einmal an. Wie er sie liebte – dieses Gefühl, in Worte gefasst, war ein Stakkato von Stichen in seinem Zwerchfell. Ihr kess geschnittenes schwarzes Haar, die dunklen Augen, ihre markanten Wangenknochen, die vollen Lippen, so gesehen eine Orgie an Klischees, aber in seinen Augen einzigartig. Er hatte etwas falsch gemacht. Was? Er sah ihr nach. Er hatte mit ihr an diesem Tisch nicht intim reden können, er hatte gedacht, später, in einer Bar oder gar bei ihr in der Kabine. Hatte sie das gelangweilt, der Pudding, und die Bananen? Aber da hätte sie doch ein Zeichen geben können.

14

Am Morgen des nächsten Tages erreichte die Skanderbeg Montenegro. Dort lag das Schiff zwei Stunden auf Reede. In einem Tenderboot wurden die beiden verhafteten Männer in Begleitung von vier Polizisten an Land gebracht, in einem anderen Boot der sorgfältig verpackte Originalhelm, begleitet von zwei Elitesoldaten. Nur wenige Passagiere standen an der Reling und schauten zu, wie die beiden rot-schwarzen Tenderboote zu Wasser gelassen wurden und zum Port Montenegro schaukelten. In allen Restaurants und Cafés auf den verschiedenen Decks an Bord wurde gefrühstückt, um zehn Uhr sollten die Meetings der Arbeitsgruppen beginnen. Die VIPs, zusammen mit ihren engsten Beratern und Dolmetschern, blieben auf Deck 8 unter sich. Ob sie auch formale Verhandlungsrunden hatten oder einfach informelle Gespräche im Restaurant, in einer Bar oder auf Deckchairs führten, wusste niemand. Erst am frühen Nachmittag gab es Gerüchte und Vermutungen, abgeleitet von den Papieren und Informationen, die sie von ihren Mitarbeitern auf den Arbeitsebenen Deck 5 und 6 anforderten.

Auf Deck 4 war ein Pressezentrum eingerichtet. Hier konnten die mitreisenden Journalistinnen und Journalisten – *embedded journalists*, sagte Ylbere – Infomappen der verschiedenen Delegationen bekommen, falls man Lust hatte, Phrasenexegese und Worthülsenhermeneutik zu betreiben. Man konnte aber auch Antwort auf bestimmte Fragen anfordern und, am wichtigsten: Interviewanfragen stellen. Man meldete an, wen man interviewen wollte, und bekam später eine Bestätigung, mit Ort und Uhrzeit.

Oder eben nicht.

Ylbere hatte um ein Interview mit dem französischen Prä-

sidenten gebeten. Es wurde abgelehnt. Ein Mitarbeiter des Präsidenten schlug freundlich vor, ihre Fragen schriftlich einzureichen, sie werde dann schriftlich Antworten bekommen.
Schriftliche Antworten sind ein sehr interessantes Angebot für eine Radiojournalistin, sagte Ylbere. Dann dachte sie, okay, schriftliche Antworten könne sie kommentieren und daraus zitieren und jedes Zitat belegen. Sie könnte die hohlen Phrasen, die sie schriftlich bekommen würde, in der Luft zerreißen, sich darüber lustig machen, sie mit Informationen aus anderen Quellen konfrontieren, und würde alles belegen können, alles schwarz auf weiß auf offiziellem Papier mit der Goldprägung des Élysée-Palasts. Sie wird die wahren Gründe für das Veto Frankreichs gegen Beitrittsverhandlungen mit Albanien nicht erfahren, und sie wird auch keinen Klartext bekommen, warum das Veto so schnell zurückgezogen wurde, was einmalig in der Geschichte der EU war. Aber sie wird auf diese Phrasen klopfen, bis sie Sprünge bekommen und dahinter das System sichtbar wird, ach was, System! Es besteht im Grunde aus zwei Spielkarten, die aneinandergelehnt sind, und beide glauben, dass man darauf aufbauend ein Kartenhaus errichten kann, in dem man dann Hausherr ist. Da ist die Karte der romanischen Länder, die kein Interesse an einer Osterweiterung haben, sie ist teuer und der Süden ist pleite, und mit den Förderungen für jedes neue Mitglied oder gar den ganzen Balkan vermindern sich die Förderungen für die Länder im Süden mit ihren Finanzproblemen. Das sehen Länder mit wachsenden Begehrlichkeiten natürlich anders, unterstützt von den Mitgliedstaaten, die, im Gegensatz zum Süden, massive ökonomische Interessen im Osten haben, wie die deutsche Industrie oder die österreichischen Banken. Dazu eigentümliche psychologische Gründe: Frankreich sieht sich in seiner Herrlichkeit als Haupt einer Mittelmeerunion größer, wäh-

rend Österreich sich wichtiger fühlt, wenn es sich für den Balkan einsetzt, aus Nostalgie, im Glauben, aus historischen Gründen am Balkan besonders beliebt zu sein. Die österreichischen SPAR-Supermärkte sind in Albanien allerdings wirklich beliebt.

Dort, wo die Karten aneinanderlehnen, befinden sich die Bodenschätze. Alles andere, soweit es die öffentliche Debatte betrifft, ist Gequatsche, Populismus da, Populismus dort. Inzwischen sitzt die Kommissionspräsidentin im Berlaymont in Brüssel und sprüht Drei Wetter Taft auf ihren goldenen Helm, denn sie braucht die romanischen Länder, sie braucht die mitteleuropäischen Länder und zur Sicherheit auch noch die nationalen Populisten, um wieder bestätigt zu werden.

Die inneren Widersprüche werden die EU, so wie sie jetzt aufgestellt ist, nicht zerreißen. Denn die Widersprüche lehnen aneinander, geben sich wechselseitig Halt. Jetzt kann man sagen, das ist das Neue, das Innovative, das ist doch gut. Man kann aber auch sagen: Wenn man eine Karte bewegt, bricht das Haus zusammen.

Ja, Ylbere hätte viele Fragen, die Monsieur le Président und auch andere, die sie auf der Liste hatte, wohl noch nie gehört haben. Jetzt hatte sie aber nur die Möglichkeit, ihre Fragen schriftlich einzureichen. Also gut. Aber sie wollte gleich klarmachen, dass sie nicht bereit war, auf die üblichen Phrasen mit Fragezeichen um die üblichen Phrasen mit Punkt zu bitten. Sie schrieb daher in den Anhang an das Antragformular beim Punkt *Explanatory note*: Ich akzeptiere die Vorgangsweise, meine Fragen nur schriftlich stellen zu können, und bitte Sie, zu akzeptieren, dass ich zunächst nur eine Frage stelle, damit ich dann mit meiner nächsten Frage auf die erste Antwort reagieren kann. Ein gutes Interview lebt nicht nur von Fragen und Antworten, sondern von Nachfragen auf Antworten. Ich hoffe, dass wir in diesem Sinne dieses Formular einige Male

hin- und herschicken können. Avec mes salutations distinguées, Ylbere Lenz.
Dann trug sie im Formular ihre erste Frage und nur diese ein:
Monsieur le Président, Sie haben Ihre Doktorarbeit über Machiavelli geschrieben. Welche Lehren haben Sie aus der intensiven Beschäftigung mit Machiavelli in Hinblick auf Ihre europapolitischen Ambitionen gezogen?

Während sie das alles im Pressezentrum erledigte und auf Antwort vom Deck 8 wartete, kam sie mit einem Mann mittleren Alters ins Gespräch, früh ergraut, leicht aufgedunsen, aber mit breitem Lächeln, das etwas Gewinnendes hatte, zumindest, wie Ylbere wenig später dachte, die Gewissheit ausstrahlte, damit immer wieder etwas gewinnen zu können.
Von welchem Medium sind Sie, fragte er auf Englisch, mit einem starken Akzent, der eigentümlich melodiös und Ylbere sofort sympathisch war.
Vom albanischen Kulturradio. Und Sie?
Ich arbeite für *Metropol*, ist ungarische Tageszeitung.
Haben Sie auch Probleme damit, dass Interviews bewilligt werden?
Nein, ich habe gerade Information bekommen, dass Interview bestätigt ist.
Haben Sie die Fragen vorab einreichen müssen?
Nein.
Der Mann lachte. Nein. Mein Ministerpräsident spricht mir auf Band, und die Fragen füge ich dann für den Print ein.
Ylbere sah ihn fassungslos an.
Was sollte sie sagen? Da bekam sie vom Service Agent des Pressezentrums die Bestätigung, dass ihre Anfrage beschieden sei.

Das heißt?
Sie werden Antwort bekommen.

Sie dankte und sagte, sie möchte auch gleich eine Interviewanfrage an den polnischen Ministerpräsidenten stellen. Sie füllte das Formular aus, würdigte den ungarischen Kollegen keines Blicks mehr und war froh, als er ging.
Sie formulierte ihre Frage: Warum der polnische Ministerpräsident eine Woche vor diesen Gesprächen über eine Westbalkan-Erweiterung der EU hochrangige Vertreterinnen und Vertreter rechter europäischer Parteien nach Warschau eingeladen habe, vom französischen Rassemblement National über die spanische Vox bis zur rechtsextremen belgischen Partei Vlaams Belang, und natürlich auch den ungarischen Ministerpräsidenten mit seiner Fidesz, der jeden Streit Polens mit der EU unterstützt. Alle diese Parteien seien gegen eine Erweiterung. Warum er sich also unmittelbar vor Gesprächen über eine Erweiterung mit Gegnern der Erweiterung abstimme?
Sie unterschrieb, und in diesem Moment tönte durch die Lautsprecher: Code Alpha! Code Alpha!

Wenn sie Bescheid gewusst hätte, wenn Karl Auer verstanden hätte und Baia Muniq, wenn Franz und Max-Otto und Adam begriffen hätten, dann wären sie alle in Montenegro von Bord gegangen. Aber woher hätten sie wissen können, dass.
Tragisch der Fall von Adam. Er hatte ja vorgehabt, von Bord zu gehen und nach Brüssel zurückzufliegen, aber er hatte gefrühstückt und den Moment versäumt. Dann waren die Tenderboote zurück und das Schiff wieder auf Kurs.

Code Alpha! Achtung, Code Alpha!

15

Einige wenige hoben bei der Durchsage den Kopf und gingen gleich wieder ihren Geschäften nach. Das Gesumme und Gebrumme und Stimmengewirr im Pressezentrum war nur ganz kurz übertönt worden.

In der Lobby fiel Ylberes Blick auf die Vitrine mit Skanderbegs Helm. Sie stutzte, hatte einen Gedanken und ging zurück ins Pressezentrum. Es dauerte eine Zeit lang, bis sie wieder an die Reihe kam, sie hörte zu, was vor ihr gefragt, was um sie herum diskutiert wurde, und sie wurde traurig. Ein Anflug von Traurigkeit, weil es ihr nicht gegeben war, zynisch zu sein. Da waren lauter Menschen von internationalen Medien, die sich darin gefielen, realpolitisch zu denken, Realpolitik zu verstehen, stolz darauf, über Informationen zu verfügen oder Zugang zu Informationen zu haben, die sie dann wie Puzzleteile für ihre Medien zu Bildern zusammensetzten. So verschieden die Bilder je nach Interessenlage der Medien und der Länder, wo sie erschienen, auch waren – immer passten die Puzzleteilchen gut zusammen! Aber nur deshalb, weil jedes Teil ein kleines Quadrat war. So konnte man ein Bild immer leicht zusammensetzen, allerdings entstanden nur surreale Bilder. Das war das Mögliche. Realpolitik! Wenn die Gründerväter der europäischen Einigung Realpolitiker gewesen wären, gäbe es keine EU.

Als sie an der Reihe war, fragte sie, ob es möglich wäre, mit nur einem Formular eine Frage gleich an alle politischen Repräsentanten auf Deck 8 zu stellen.

Das sei ihres Wissens nicht möglich, sagte die junge Frau am Desk, weil man ja im Formular immer den Namen der Persönlichkeit einsetzen müsse, der die Frage gestellt werde.

Und wenn ich in das Namensfeld einfach An alle! eintrage?

Die Frau erschrak, jedenfalls riss sie die Augen weit auf.
Ylbere sah sie an, diese zweifellos gebildete, polyglotte Frau, die fünf oder sechs Sprachen beherrschte und Angst hatte, einen Fehler zu machen, und sagte: Niemand wird Ihnen einen Vorwurf machen können, wenn ich es versuche.
Sie nahm das Formular, trug ein: An alle! Die Frage: Der Helm des Skanderbeg ist das Symbol für ein geeintes Albanien. Was ist das Symbol für ein geeintes Europa?

Keine Angst, sagte sie. Warten wir ab, was passiert.

Code Alpha! Achtung, Code Alpha!

War das die Wiederholung der vorigen Durchsage? Oder eine neue? Ylbere sah sich um, es schien niemanden zu kümmern.

16

Baia Muniq in der ersten Gesprächsrunde ihres Arbeitskreises.
Zu ihrer Überraschung stand »Marokko« als Punkt 1 auf der Tagesordnung.
Marokko!?
Auf der TO, die sie in ihrer Mappe hatte, stand nichts von Marokko, da war als Punkt 1 »Perspektiven Westbalkan« angeführt.
Ich verstehe nicht ..., sagte sie.
Wir haben kurzfristig beschlossen –
Wer ist wir?
Auf Wunsch der Franzosen haben wir uns darauf geeinigt, dass wir ... well, die Sache ist doch die: Marokko hat offiziell um Beitritt in die EU angesucht, sagte David Charlton, und

das ist natürlich in großem Interesse jener Mitgliedstaaten, die eine Mittelmeer-Union bilden wollen, oder nicht? Bei Erweiterung geht es ja nicht nur um den Balkan. Wir müssen daher auch –

Aber, pardon, besteht in absehbarer Zeit auch nur der Funken einer Chance, dass Marokko einen Kandidatenstatus bekommt?

Natürlich nicht.

Also ist dieser Punkt erledigt!?

So einfach ist das nicht. Wir müssen uns schon damit auseinandersetzen, wie wir politisch damit umgehen. Wie gesagt, es gibt Interessen, und die sind Ihnen bekannt, nehme ich an.

Ich bin vorbereitet zu Fragen betreffend EU-Beitritt Albaniens und nicht zu den Gelüsten einiger EU-Mitglieder, einen Club im Club, eine Union in der Union zu gründen.

Liebe Frau Doktor, das mit einer Union in der Union oder neben der Union ist so eine Sache. Wenn es Ihr Ministerpräsident für förderlich hält, mit anderen Balkanstaaten eine Balkan-Union zu bilden, dann kann er doch gewiss Verständnis dafür aufbringen, wenn im Süden einige Länder auch eine Interessengemeinschaft anstreben, oder nicht?

Die Open Balkans Union ist der Versuch von Beitrittswerbern, sich gemeinsam auf einen EU-Beitritt vorzubereiten und gemeinsam bereits Vorleistungen zu erbringen, wie zum Beispiel Abschaffung von Roaming-Gebühren, wechselseitige Anerkennung von Zeugnissen, Visa-Freiheit und so weiter, und es ist sicherlich nicht der Plan, dann in der Europäischen Union eine eigene kleine Union zu bilden, die im Widerspruch zum Ganzen steht.

Ach, lächelte David Charlton, wer steht nicht im Widerspruch zum Ganzen? Ich als Ire zum Beispiel –

Hören Sie! Ich muss Sie bitten, sich an die offizielle Tagesordnung zu halten und –

Schwierig, sehr schwierig, sagte David. Wie Sie wissen, ist der Hohe Beauftragte für die Europäische Außenpolitik jetzt ein Spanier. Das ist nicht gut für die Balkan-Länder, ist mir klar. Was wissen Spanier vom Balkan? Die glauben, der beginnt in Wien.
Er lächelte.
Jedenfalls, ich muss da eine gewisse Balance herstellen, wir müssen jetzt in unseren Gesprächen eine Position finden, die ich dann in dieser komplexen Situation vermitteln kann, und –
Baia, die taffe korrekte Baia, ertappte sich dabei, dass sie gar nicht mehr zuhörte. Sie gab sich einen Ruck, sagte: Haben Sie gerade unsere Position gesagt? Die kennen Sie nicht? Fünf Balkanländer wollen in die EU eintreten. Ich vertrete Albanien, konkret den parlamentarischen Justizausschuss, der alle Justizreformen durchführt, die von der EU gewünscht werden. Ich weiß nicht, welche Anforderungen Frankreich oder Spanien an Marokko stellen, aber ich meine, dass wir dazu nicht auch noch das haben müssen, was Sie Position nennen.
Sie betrachte erschrocken ihre linke Hand. Sie hatte vor Erregung immer wieder mit dem Kugelschreiber auf den Handrücken getippt, tiefe blaue Punkte auf der Haut gemacht, es tat weh. Und es war ihr speiübel. Sie sprang auf, fürchtete, kotzen zu müssen, sagte: Entschuldigen Sie mich bitte, und lief hinaus.

Vor dem Lift traf sie Karl. Er sah sie starr an – war er böse wegen des gestrigen Abends? Es geht mir schlecht, sagte sie, es geht mir so schlecht.
Mir auch, sagte Karl.
Das war nicht die Antwort, die sie hören wollte. Warum mussten Frauen mit Schwangerschaftsbeschwerden Mitleid mit den

Wehwehchen der Männer haben? Aber da sah sie, wie bleich er war und dass Schweißtropfen auf seiner Stirn standen und dass er wankte, als die Aufzugtür sich öffnete und er einen Schritt zurück machte.
Komm! Sagte sie.
Sie wusste, dass er eine Kabine mit diesem David Charlton teilte, und den hatte sie soeben kennengelernt. Sie nahm Karl mit in ihre Kabine, wo er sofort auf das Bett fiel.
Willst du schlafen?
Er murmelte etwas.
Ohne dich auszuziehen?
Sie verstand nicht, was er murmelte.
Sie ging ins Bad, schlug sich Wasser ins Gesicht, spülte den Mund, stützte sich auf dem Waschbecken auf und betrachtete sich im Spiegel.
Sie dachte, dass sie zu jung sei, um sich nicht mehr zu erkennen. Aber sie wusste, egal wie sie sich entscheiden würde, es wird alles anders werden und sie eine andere.
Sie wird sich jetzt nicht übergeben, dieser Reiz war vorbei.
Sie ging zurück zum Bett, betrachte Karl. Sollte sie den Schiffsarzt rufen? Sie legte sich bekleidet neben ihn. Was murmelte er? Er atmete schwer, seufzte, stöhnte immer wieder auf.

Oma konnte Hühner hypnotisieren. Das zeigte sie ihm. Wie abenteuerlich, aufregend und dennoch vertraut, denn es war seine Welt, seine Oma. Sie streckte den Zeigefinger aus, machte Locklaute, bückte sich und führte den Zeigefinger zum Schnabel des Huhns, das sie ausgesucht hatte. Locklaute, beruhigend, sanft, langsam näherte sich der Finger dem Schnabel, das Huhn starrte auf den Finger, der nun über den Schnabel hinweg langsam zu den Augen ging, und das Huhn begann zu schielen und stand unbeweglich da. Oma nahm

das Huhn mit einem energischen Griff an den Füßen, es wollte flattern, aber beruhigte sich sofort, als Oma es an ihren Bauch drückte und dann wieder den Finger auf seinen Schnabel legte. Wenn sie schielen, werden sie starr und man kann sie gut beruhigen, weißt du. Er bewunderte Oma, er war sicher, dass das nicht alle konnten, aber sie war eine Hexe, sie konnte mit Pflanzen reden und mit Tieren. Besprechen nannte sie das, man muss Tiere und Pflanzen besprechen.
Aber dann. Auf dem Hackstock Kopf ab, und da schrie er auf, erschrocken ließ Oma das Huhn los, das dann kopflos durch den Garten flatterte und sie beide hinterher. Er fing es ein! Er hielt es fest, reichte es Oma. Schockiert. Keuchend. Kann man leben ohne Kopf?
Viele können das, aber unsere Hendln nicht.
Dann saß er auf einem Schemel neben der Oma, die das Huhn in einen Weidling mit fast kochend heißem Wasser tauchte, es im Wasser schwenkte, herauszog und mit spitzen Fingern rupfte, immer wieder das Huhn eintauchend, immer wieder die Finger schlenkernd, wegen des heißen Wassers, und die Federn flogen und wirbelten herum, schwarze Federn, sie flogen hoch und verdunkelten den Himmel, und er saß neben der Oma, gebannt, ein Kind im größten Glück, nämlich staunend, und sie sagte Zaubersprüche, jedenfalls Sätze, die er nicht verstand, dann doch: sie hat nicht mehr gelegt, aber sie war brav, wir sind dankbar, aber der Teufel will's haben, drum ist das Wasser so heiß, und die Stifteln, sie stecken so fest, Teufel Teufel gib d'Pratzen weg, und das Wasser so heiß …

Das Wasser so heiß, das Wasser … so heiß …
Baia schmiegte sich an ihn, strich ihm den Schweiß von der Stirn.
Teufel gib d'Pratzen weg!

Sie drückte sich an ihn, sie verstand nicht, was er sagte, sie wusste nicht, was er träumte, aber sie wollte seinen Traum teilen, sie drückte, als könnte sie damit einen gemeinsamen Traum ausdrücken.

17

Nicht viele kamen zum Mittagsbuffet ins zentrale Restaurant auf Deck 4. Aber es wunderte sich niemand, denn es gab ja mehrere Restaurants an Bord und auch die Bars, die Snacks anboten. Das schien sich also zu verteilen.
Als Ylbere ins Restaurant kam, waren sehr viele Tische frei, aber sie wollte nicht alleine an einer Tafel sitzen und war daher dankbar, als sie die einladend ausgestreckte Hand eines Offiziers sah, der sie an einen Tisch bat, an dem bereits einige Passagiere saßen.
Der Offizier stellte sich als Dr. Schumann, Schiffsarzt, vor. Ich hoffe, sagte er, dass ich in Ruhe noch ein Glas trinken kann, ohne gleich wieder weggerufen zu werden.
Gibt es so viele Kranke an Bord?
Er lächelte schwermütig, sagte nichts. Dann stellte er die Gäste vor, die am Tisch saßen, Ylbere merkte sich keinen Namen, sie war fasziniert von der weichen, melodiösen Art, wie der Arzt Englisch sprach.
Sie heißen Schumann? Sprechen Sie Deutsch? Aber – Sie sind kein Deutscher, oder?
Ich bin aus Wien, sagte der Arzt.

Dr. Schumann hatte jahrzehntelang auf Kreuzfahrtschiffen gearbeitet, zuletzt viele Jahre auf der MS Europa, er war in der Branche als erfahrener Schiffsarzt bekannt, und er hatte die Einladung auf die vergleichsweise kleine SS Skanderbeg

angenommen, um in Ruhe sein letztes Berufsjahr hinter sich zu bringen. Ylbere fiel auf, wie schnell er trank, aber er wirkte nicht unkontrolliert, nur chronisch melancholisch.
Sie wollte nicht zum Buffet gehen und bat den Kellner, ihr einen Vorspeisenteller zusammenzustellen, dazu ein kleines Bier. Dr. Schumann nutzte die Gelegenheit, gleich auch noch eine Flasche Rotwein zu bestellen – die werden wir hier wohl noch gemeinsam schaffen, sagte er und blickte in die Runde der Wasser-, Cola- und Biertrinker.
Es gab offenbar noch einen Österreicher am Tisch, er gab sich zu erkennen, indem er anmerkte, dass Dr. Schumann so ein schönes Schönbrunner Deutsch spreche, dieses melodiöse Näseln – nicht falsch verstehen, bitte! – jedenfalls sehr schön, er habe das schon lange nicht mehr gehört …
Dr. Schumann lächelte, hob das Glas. Auf Ihr Wohl, ich hoffe, Sie können diese Fahrt genießen.

Ein Mann im dreiteiligen Anzug, die Anzugweste prall gespannt, und mit einem grauen Haarkranz von Ohr zu Ohr meldete sich zu Wort. Wir können also Deutsch reden, wunderbar. Wissen Sie, was mich mal interessiert? Wie das möglich ist, dass ein Christ der Nationalheld eines muslimischen Landes sein kann. Sehr eigenartig. Dieses Albanien ist sehr seltsam. Ich habe auch gehört, dass im Krieg viele Juden hier gerettet wurden. Sehr seltsam.
Was finden Sie seltsam?
Na, dass Moslems Juden retten.
Vielleicht haben nicht Moslems Juden gerettet, sondern Menschen haben Menschen gerettet, sagte Dr. Schumann.
Wollen Sie damit sagen, dass einer kein Mensch ist, wenn er nicht Juden rettet? Ich habe als Handelsdelegierter immer wieder mit Juden zu tun, und da habe ich das Gefühl, ich muss mich selbst retten.

Wenn Sie ärztliche Hilfe benötigen, sagte Dr. Schumann, ich stehe zu Ihrer Verfügung.

I did not understand, I do not speak German.

Da kam schon wieder die Durchsage: Code Alpha! Code Alpha!

Dr. Schumann stand auf, sagte: Ich bitte um Verständnis, ich muss gehen. Dienstliche Gründe.
Er lächelte und machte die Andeutung einer Verbeugung.

I did not understand. What is the problem?

Ylbere sah Dr. Schumann nach, eigentümlich berührt von seiner melancholischen Ausstrahlung, und es dämmerte ihr, dass es einen Zusammenhang geben musste zwischen Code Alpha und den dienstlichen Gründen des Schiffsarztes.

18

Dr. Schumann war unfähig zu schreien, gar zu brüllen. Er hätte es tun müssen. Aber er sagte alles, was er zu sagen hatte, so höflich, als beantwortete er die Frage nach der Uhrzeit, und dabei so traurig, als bedauerte er, dass es später war als gedacht.
Wir haben jetzt vier Fälle, sagte er, und wir haben an Bord eine Krankenstation mit vier Betten. Es handelt sich zweifellos um ein Virus, und es muss hoch ansteckend und aggressiv sein. Die Symptome würden auf ein Norovirus hinweisen, aber sie sind stärker, als ich sie je erlebt habe, und es kommen Symptome dazu, die eigentlich nicht zum Norovirus passen,

nämlich Befall der Lunge, Atemnot, Erstickungsangst und viel höheres Fieber. Ich muss gestehen, dass ich nicht weiß, womit wir es zu tun haben. Aber selbst wenn es nichts anderes als eine Norovirus-Infektion ist, wissen Sie, was jetzt zu tun ist.

Der Kapitän sah den Arzt mit versteinerter Miene an. Das ist ausgeschlossen, sagte er.

Wir sind dazu verpflichtet, das Schiff sofort unter Quarantäne zu setzen und die Behörden der Häfen, die wir anlaufen, zu informieren.

Es sind vier unklare Krankheitsfälle, sagte der Kapitän, schwere Fälle offenbar, aber nur vier. Und ich kann deshalb doch nicht die politischen Eliten Europas in Quarantäne –

Da läutete das Telefon des Kapitäns. Er nahm den Anruf an, hörte dem Anrufer schweigend zu, nickte und sagte: Nur noch drei Fälle. Und ein Toter.

19

Adam wusste nicht, dass er fliegen kann. Er stand mit Piotr an der Brüstung, sie sahen hinunter in die Lobby, da war die Vitrine mit der originalgetreuen Kopie von Auschwitz, nachgebaut aus Lego-Steinen, und Mateusz erklärte unter Beifall, dass das Original ihm gestohlen bleiben könne, das können sich die Juden behalten, Applaus.

Piotr legte seine Hand an Adams vernarbtes Ohr, Adam legte einen Finger auf Piotrs Mund, der in diesem Moment zu Asche zerfiel. Da stieg Adam über die Brüstung, die Menschen da unten mussten erfahren, dass … sie mussten erfahren, dass … und er fiel nicht, er segelte wie ein Blatt Papier hinunter, schaukelnd im Wind, im Aufwind, nach rechts und nach links, es war kein Fallen, es war ein Fliegen, ein Segeln, da unten sah man zu ihm hoch und sang *Kocham wolność*. Und Mateusz sah auf einmal aus wie Piotr, er verstellte sich, er war eine Fälschung, aber originalgetreu, da wachte Adam kurz auf, zuckend, so dass er auf der Boxspringmatratze schaukelte, als würde er immer noch fliegen.

20

Zwei Tote.

Herr Kapitän, wir sind auf der Höhe von Korfu. Wir müssen die Hafenbehörde verständigen und –

Wir haben nicht geplant, in Korfu anzulegen. Bei diesem Hafen ginge es auch nur auf Reede. Und wenn wir Tote auf die Insel tendern, dann haben wir einen Skandal. Die Krankheitsfälle sind bedauerlich, aber wir kreuzen weiter. Hier an Bord wird Geschichte geschrieben. Ich will nicht in die Geschichte eingehen als der Mann, der aus der Europapolitik ein Lazarett gemacht hat.

Herr Kapitän, mit Verlaub, Sie sind dabei, aus der Europapolitik einen fliegenden Holländer zu machen.

Herr Doktor! Ich habe mit dem ersten Offizier gesprochen, er ist ganz meiner Meinung. Wir kreuzen weiter.

21

Dr. Schumann betreute Kranke in ihren Kabinen. Das war kompliziert, denn die meisten brauchten Infusionen oder Sauerstoff, wozu sie besser in die Station müssten, die aber voll belegt war, ihnen mussten regelmäßig die Windeln gewechselt werden, wofür es nicht ausreichend Pfleger und Pflegerinnen gab.

Die massiven Durchfälle, unter denen mittlerweile die Mehrzahl der Passagiere litt, führten zu einem Verbrauch von Klopapier, der nicht einkalkuliert gewesen war.
Wie viele Rollen sie bei der Abfahrt so fröhlich über Bord geworfen hatten, dachte Dr. Schumann, jetzt fehlen sie.
Sechs Tote. Jetzt war auch der für Todesfälle vorgesehene Kühlraum des Schiffs voll belegt.

Natürlich wusste der Kapitän, dass er Hasard spielte. Aber er hatte keine Information, geschweige Anweisung von Deck 8.
Nichts sickerte von Deck 8 durch.
Wurde da oben Europa neu geordnet, während im Kühlraum Leichen lagen?
Der Kapitän sah Dr. Schumann an, sagte: Sie haben eine morbide Phantasie.
Ich bitte Sie noch einmal, zu verfügen, dass niemand mehr seine Kabine verlassen soll und –
Und wie stellen Sie sich das vor? Dass wir drei Mal am Tag vor jede Kabinentür das Essen stellen? Haben Sie eine Vorstellung von diesem logistischen Aufwand? Und haben Sie etwas von Deck 8 gehört? Dort wird gearbeitet!

22

Noch ein Toter. Der Kühlraum war belegt. Wohin mit ihm? Es gab noch einen Kühlraum. Den für Lebensmittel. Können wir ihn da hineinlegen?
Das war der Moment, in dem der Kapitän nachgab. Wir steuern den nächsten Hafen an! Das war auf der Höhe von Crotone. Als die SS Skanderbeg funkte, sieben Leichen an Bord zu haben, wahrscheinlich Opfer einer Epidemie an

Bord, erhielt sie Anlandeverbot. Das Schiff möge zu seinem Heimathafen zurückkehren.
Nächste Möglichkeit, schon im Morgengrauen des nächsten Tages, Catania. Ebenfalls Anlandeverbot. Das Schiff in Quarantäne möge zu seinem Heimathafen zurückkehren.
Und da geschah die größte Katastrophe, die in diesem Moment denkbar war: Code Echo.

23

Code Echo bedeutete, dass das Schiff unsteuerbar im Meer trieb.
Der krankheitsbedingte Ausfall von Offizieren, Technikern, Bereichsverantwortlichen hatte zu einem Kollaps der modernen Antriebstechnologie geführt, der elektrische Strom fiel aus, nichts funktionierte mehr, kein Wasser, kein Licht, keine Toiletten, Leute steckten in den Aufzügen fest, der Motor fiel aus und das Schiff begann ohne Antrieb einfach zu treiben.
Code Echo rief alle Männer zusammen, die irgendwie an der Behebung des Schadens arbeiten konnten, sie arbeiteten fieberhaft, es war ein kleines Team schwitzender Männer.
Keine Reaktion von Deck 8.
Das Schiff trudelte. In den Pools schwappte das Wasser hin und her.

24

Die Skanderbeg trieb jetzt im ionischen Meer. Als die Turbinen wieder ansprangen, beschloss der Kapitän, Kurs auf Malta zu nehmen. Das war näher als zurück nach Durrës.
Es gab wieder Elektrizität, das heißt: Licht. Und was da zu

sehen war, stank zum Himmel. Wer vom Personal noch einsatzfähig war, lief von Kabine zu Kabine, sammelte Windeln ein, Bettwäsche, verteilte eine rationierte Menge Klopapier. Lebensmittel wurden über Bord gekippt, um im Kühlraum Platz zu schaffen für die Leichen.
Malta verweigerte die Anlandung.

25

Dr. Schumann saß alleine im Restaurant, das nur noch von einem Kellner betreut wurde, einem älteren Herrn, der ebenfalls gedacht hatte, er könne hier sein letztes Arbeitsjahr stressfrei und routiniert abdienen, Monsieur Henry, ebenfalls abgeworben von der MS Europa.
Monsieur Henry, sagte Dr. Schumann, haben Sie Familie?
War mir nicht vergönnt, Herr Doktor.
Wir sind also im selben Klub. Wir lassen nichts zurück.
Schaut ganz so aus, Herr Doktor.
Aber wenn Sie ein Kind hätten, was würden Sie ihm jetzt mitgeben wollen?
Ich würde einem fiktiven Kind sagen: Komm nicht zur Welt.
Noch ein Glas Rotwein, Herr Doktor?
Sie können sich nicht vorstellen, dass eine neue Generation –
Oh, ich kann mir viel vorstellen. Wissen Sie, wie viel man sich vorstellen kann, wenn man über vierzig Jahre hört, was Menschen reden, wenn sie essen und trinken? Wohl bekomm's, Herr Doktor.
Was?
Henry zuckte mit den Achseln. Wissen Sie, mein Vater hat mir auch etwas mitgegeben, und ich erlaube mir zu sagen, dass es falsch war.

Was hat er gesagt?
Er hat gesagt: Wenn du versuchst, einen Stein bergauf zu rollen, dann kommt er auf dich zurück. Ich glaube, mein Leben wäre anders verlaufen, wenn er gesagt hätte: Wenn auf deinem Weg ein Stein liegt, musst du ihn zertrümmern.
Ja, sagte Dr. Schumann, zertrümmern. Ich glaube allerdings, man muss nur warten, dann zerfällt alles von selbst. Und zuerst das, was versteinert schien. Setzen Sie sich zu mir, trinken wir ein Glas, Sie dürfen, es ist kein Gast hier.

Code Alpha. Achtung, Code Alpha!

26

Catania verweigerte die Anlandung. Ein Schiff in Quarantäne ist angehalten, zum Heimathafen zurückzukehren. Aber das frei treibende Schiff war in die Straße von Sizilien gezogen worden, und jetzt, da die Turbinen wieder ansprangen, war es näherliegend, Tunis anzusteuern, als den weiten Weg zurück nach Durrës zu versuchen.
Dritter Tag. Was war auf Deck 8 los? Keine Information.
Doch. Baia Muniq bekam Nachricht vom Büro des ZK. Wieso sie über Marokko diskutiere?
Und Ylbere bekam eine erste Antwort auf ihre An-alle-Frage, was das Symbol für die Europäische Einheit sei. Vom deutschen Kabinett. Die Antwort: Die europäischen Werte.

27

Nun befand sich das Schiff vor Tunis. Keine Anlandeerlaubnis. Algier, keine Erlaubnis.
Kein Klopapier mehr an Bord. Zwölf Leichen im Lebensmittelkühlraum.
Und plötzlich ein neues Problem.
Es ist eine Ziege an Bord, Herr Kapitän.
Doktor Schumann sagt, er sei kein Tierarzt.
Die Techniker im Maschinenraum füttern sie, auf Minus 2.
Aber die vielen Krankheitsfälle, es gibt keine Kontrolle mehr, jetzt läuft das Tier frei herum.
Wie frei?
Es ist jetzt mit dem Lift in die Lobby gekommen.
Was macht es dort?
Es frisst Papier.
Ich kümmere mich, sagte der Kapitän und schloss die Augen.

Algier. Keine Anlandeerlaubnis.

28

Karl Auer schlief nun so ruhig, dass Baia sich aufrichtete, aufstand, sie hatte Hunger. Sie war zwei, musste auch das Kind in ihrem Bauch ernähren. Sie wankte, atmete tief durch und ging ins Restaurant. An den Tischen saß niemand, aber einige Passagiere saßen auf dem Boden, vor ihnen standen Weinflaschen, lagen leere Flaschen, Brot und Käse lagen da, sie hatten den Käse selbst geholt, aus dem Regal im Kühlraum, gleich hinter den Leichen, und da waren auch noch Austern

gelagert, aber sie hatten kein Austernmesser, und wer weiß, ob sie den Stromausfall überstanden hatten. Der Käse war okay.
Sie setzte sich auf den Boden, was sonst hätte sie machen können, brach ein Stück Brot ab und biss gierig in einen Käse, sie ertappte sich dabei, wie sie Brot und Käse festhielt, als müsste sie diese Ration gegen andere verteidigen.

Im Grunde ist der Körper eine Hülle voll von Scheiße. Die Scheiße im Darm und die Scheiße in der Seele.

Du vergisst die Scheiße im Kopf.

Ja, genau, und die Scheiße im Kopf.

Das ist sehr hart, das ist ungerecht. Ich habe Männer gesehen, die ihr Leben aushauchten und nach ihrer Mutter riefen.

Und?

Das ist nicht Scheiße. Es gibt einen Geist der Liebe, der das, was du Hülle nennst, völlig ausfüllt, Sehnsucht, Verzweiflung, Trauer, das ist nicht Scheiße. Scheiße ist der Tod.

Hören Sie auf! Diese Männer, die sterbend nach der Mutter rufen, hätten zwanzig oder dreißig Jahre später, wenn sie nicht gestorben wären, ihre Mütter in Alters- und Pflegeheime abgeschoben. Und wenn die Mütter dann nach ihren Söhnen rufen, kommen sie nicht, weil sie so unabkömmlich im Leben stecken.

Und wenn die Mutter mehrere Kinder hat, dann bricht der Krieg ums Erbe aus, noch bevor sie tot ist.

Wenn es was zu erben gibt.

Es gibt immer was zu erben.

Man kann ein Erbe auch nicht antreten.

Ach, kommen Sie mir jetzt nicht mit Politik! Das reden wir uns ein: dass wir das Erbe nicht angetreten haben. Aber wir haben davon profitiert. Nicht angetreten, aber profitiert.

Wir sollten uns verabschieden, bevor wir sterben.

Wovon?

Von dieser Scheiße!

Wir sollten uns verabschieden von den vielen verschiedenen Menschen, die jeder von uns gewesen ist.

Das ist mir zu hoch.

Wir müssten verzeihen können.

Ich kann mir nicht verzeihen.

Anderen!

Ich kann auch den anderen nicht verzeihen, die ich gewesen bin. So wie auch andere den anderen nicht verzeihen können, die ich früher war.

Sie sind betrunken.

Hört zu! Ein Verwandter von mir wurde schwer krank. Zwanzig Jahre her. Er war noch jung. Seine Symptome passten irgendwie nicht zusammen, ergaben nicht das Bild einer bestimmten Krankheit. Einige Symptome passten zu einer, andere Symptome zu einer anderen Krankheit. Man behandelte Symptome, aber das half nicht, weil die Behandlung der einen Symptome andere Symptome verstärkte. Was da stabilisiert wurde, löste dort eine größere Krise aus. Das Rätselhafte war, dass er durchgecheckt wurde, auf Herz und Nieren, von oben bis unten, und kein Detailbefund irgendwelche Hinweise gegeben hatte. Herz, Lunge, Leber und so weiter, alle Organe hatten einigermaßen normale Werte. Man fand auch kein Karzinom, das irgendwo versteckt war und seine Lebensenergie fraß. Dieser entfernte Verwandte, Adrian, war ein einigermaßen berühmter Maler. New Tate und Guggenheim haben Bilder von ihm. Er hatte ein ungemein symbiotisches Verständnis von Leben und Welt. Ich glaube, er hat nie etwas anderes gemalt als Symbiosen, Vereinigungen, Verschmelzungen, in Abstraktionen, die aber diese Gegenständlichkeit erahnen oder assoziieren ließen: Sind das kopulierende Körper, oder ist das Natur, die über Steine wuchert, menschliche Zivilisation umschlingt, oder schlagen Wellen um Liebende, oder umhüllt die Nacht eine Seele und wir erkennen die Dunkelheit nur durch ihre Verschmelzung mit dem Lichtkern. Kurz: Adrian war besessen davon, von der Einheit des Lebens. Es sollte alles mit allem sich umfangen und verschmelzen. Als er krank wurde, aber noch gar nicht wusste, wie krank er war, begann er ganz andere Bilder zu malen, er verblüffte, er irritierte seine Sammler und die Kuratoren der an ihm interessierten Museen. Er malte plötzlich in geradezu fotorealistischer Gegenständlichkeit Menschenkörper, die sich öffneten, und die inneren Organe flogen in alle Richtungen davon, er malte einen Abendhimmel, in dem statt

der Sterne Menschenorgane glimmen, Herz, Leber, Niere, Lunge und so weiter, ohne dass sie verbunden wären, im Gegenteil, sie schienen wie nach einem Urknall auseinanderzustreben. Sein Mann fragte ihn, warum er das mache, wie er darauf komme, er breche mit allem, was er bisher gemalt und wofür er Anerkennung erhalten habe. Er soll gesagt haben, er wisse es nicht. Es will so sein.
Dann eben seine schwere Krankheit, die Ratlosigkeit der Ärzte, sein schneller Tod. Weil das alles so rätselhaft war, wurde eine Obduktion angeordnet, zu der schließlich die größten Koryphäen hinzugezogen wurden. War ein seltenes Gift die Todesursache? Die Pathologen und Prosekturgehilfen kamen aus dem Staunen nicht heraus, als sie Adrians Körper öffneten. Der Tote war ein einigermaßen gesunder Mann.

Das ist doch Scheiße!

Hör zu. Leber, Niere, Herz, Pankreas und so weiter, alles in altersgemäß gutem Zustand. Und da erkannte ein Professor, was die Todesursache war, er hatte in einem Fachmagazin darüber gelesen, eine extrem seltene Krankheit, und in diesem Fachartikel wurde sie zum ersten Mal beschrieben. Eigentlich gesunde Organe beenden die Kommunikation untereinander. Jedes Organ hat »normale Werte«, aber es stellt die Zusammenarbeit mit den anderen ein. Ganz kurz geht das gut, das Herz pumpt, die Leber entgiftet, die Lunge versucht Sauerstoff ins Blut zu transportieren, aber plötzlich weigert sich jedes Organ, seine Funktion in Hinblick auf die anderen zu erfüllen. Man schwächelt, bricht zusammen, kommt ins Spital, die Checks finden bei keinem Organ einen Fehler, und das ist der Tod. Man muss sich das so vorstellen: Durch irgendeine ungeheure Rotationskraft fliegen alle Organe in verschiedene Richtungen davon und verlieren den Kontakt zueinander. Die Ärzte erkannten das erst bei der Obduktion, aber Adrian hatte das bereits großformatig gemalt, in den letzten Wochen, bevor er ins Spital kam. Diese Krankheit haben weltweit so wenige Menschen, dass kein Pharmakonzern in deren Erforschung investiert. Alles was wir an Anschauungsmaterial haben, sind Adrians Bilder.

Was wollen Sie damit sagen? Dass es exklusiver ist, an einer verdammt seltenen Krankheit zu sterben, als in einer Epidemie?

Das habe ich nicht gemeint.

Ich will nicht sterben.

Dieser Wunsch ist nicht selten.

Sie sind ein scheiß Zyniker.

Ich habe Durst.

Ich auch.

So weit sind wir jetzt. Wir kreuzen vor Afrika und betteln um Wasser.

29

Was träumen Matrosen?
Franz Starek saß in der Ismail-Quemali-Bar, wartete auf Max-Otto. Er war alleine, kein anderer Gast und auch keine Bedie-

nung. Er rief Max-Otto an. Nicht erreichbar. Versuchen Sie es später noch einmal. Er wartete. Schließlich ging er hinter die Theke und nahm eine Flasche Veltliner aus dem Weinkühlschrank. Da war auch ein Display zur Steuerung der Berieselungsmusik. Er tippte drauf und hörte leise eine tiefe Stimme, den tragischen Ton aus einer Welt, die noch in Ordnung war: *Was träumen Matrosen auf hoher See? Sie träumen von Mädchen seit eh und je, und …*

Es war verrückt. Was machte er hier? Die größte Wasserfläche, die er je gesehen hatte, war daheim in Wien die Alte Donau im 22. Bezirk. Den Antrag hatte er ihr dort gemacht, in der »Alten Kaisermühle«, direkt am Ufer, Ripperl und Pommes haben sie gegessen. Schön is da, so direkt am Wasser, hat sie gesagt, und er hat einen abgenagten Knochen weggelegt und gefragt, ob sie seine Frau werden und es immer schön haben möchte mit ihm. Dann haben sie ein Ruderboot genommen, er hat sich tüchtig ins Zeug gelegt, ein kräftiger junger Mann ist er gewesen, aber gedacht hat er sich schon, dass das nicht seins ist, das Rudern. Aber es war wegen der Romantik. Dann das Kind, sein Binchen. Viel geweint hat sie, ganz leicht sind ihr die Tränen gekommen. Wir haben sie zu nah am Wasser gebaut, hat seine Frau gesagt, aber nein, stimmt nicht, hat er gesagt, da waren wir schon wieder zu Hause, in Simmering. Da hat sie gelacht, und aus dem Binchen ist eine starke junge Frau geworden, mit einem großen Herzen. Es war schon eine gute Zeit, schad, dass die Zeit nicht wie eine Sanduhr funktioniert, dass man sie einfach umdrehen kann. *Das ist die Liebe der Matrosen,* wo bleibt Max-Otto, er sollte ihn vielleicht noch einmal anrufen, sollte. Noch ein Glas Wein. Alles tanzte. Vor seinen Augen. Wurde Karli jetzt Vater? Ein Schuss ins Blaue. Ins blaue Meer. Schwierig, gerade jetzt, ein Kind. Romantisch, fröhlich und korrekt, so sollte das Leben sein, aber jetzt?

Ein Chinese kam herein, sah sich um und zog sich wieder zurück.

Das kann doch einen Seemann nicht erschüttern.

Wo bleibt –

30

Ylbere ging ins Pressezentrum. Es war sehr still dort, eine Handvoll Journalisten saß herum, wartete, einige lagen mehr in den Sesseln, als dass sie saßen.
Die junge Frau am Desk schwitzte stark. Es war stickig heiß in diesem Raum. Kein Klima mehr, ausgefallen, no air, sagte sie, no air condition.
Gibt es neue Informationen von Deck 8?, fragte Ylbere.
Das Letzte, was von oben kam, sagte sie, war das da, das habe ich Ihnen schon gegeben: Die europäischen Werte.
Die Luft war unerträglich. Ylbere ging hinaus aufs Außendeck.

31

Der Hafen von Nador. Für die Einfahrt in diesen Hafen bräuchte die SS Skanderbeg Lotsen.
Wir schicken keinen Lotsen!
Keine Anlandeerlaubnis.
Die Hafenbehörde erklärte sich aber bereit, Medikamente und Lebensmittel zu bringen.
Eine Seemeile Distanz zum Hafen unbedingt einhalten! Over.

Bitte kommen! Bitte kommen! Dringend benötigt Klopapier und Windeln. Klopapier und Windeln! Over.
Verstanden. Over.

32

Ylbere mit Dr. Schumann an der Reling. Am Horizont ein dünner Strich. Afrika.
Ist das ein Sehnsuchtsort?
Casablanca.
Werden wir anlegen können?
Am letzten Stand der Informationen: Nein. Aber wir werden Medikamente bekommen. Nador wird verwaltet von der Hafenbehörde Casablanca. Von dort kam die Bestätigung. Wir bekommen Windeln und Opiate.
Für die Scheiße und für die Träume, sagte Ylbere. Entschuldigen Sie.
Schon gut.
Erzählen Sie mir von sich. Sie haben sicher viel Erfahrung.
Ich habe nur zwei Erfahrungen. Mit der Welt, in der ich aufwuchs, und dann, wie es sich anfühlt, wenn man aus der Welt fällt. Ich komme aus einer Familie, in der man noch Hausmusik gemacht hat. Und in der einem der Vater selbstverständlich helfen konnte, wenn man im Gymnasium einen altgriechischen Text als Hausaufgabe hatte.
Sie sahen, wie sich zwei Boote näherten.
Da kommen die Träume, sagte Dr. Schumann.
Jedenfalls, sagte er, das war die Welt. Man könnte da viel erzählen.

?

Wissen Sie, mir ist das erst viel später aufgefallen: Ich wurde nie dazu angehalten, ein guter Mensch zu sein.

?

Ja. Ein guter Mensch. Seltsam. Ich sollte ein guter Arzt werden. Und wenn ich geheiratet hätte, ein guter Familienvater. Aber was ist ein guter Mensch? Anstand war wichtig. Ich habe oft gehört, ich müsse anständig sein. Ich habe nie gehört, ich müsse ein guter Mensch sein. Na ja, dann bin ich irgendwie aus der Welt gefallen. Wenn man in meinem Milieu heute verächtlich von Gutmenschen spricht, dann ist gemeint, man selbst sei etwas Besseres. Und die Linken meinen mit Gut-Sein, dass Moral gut genug ist. Aber es regt mich nicht auf.
Was regt Sie auf?
Dr. Schumann zuckte die Achseln. Meine Lethargie? Aber wenn man lethargisch ist – kann man sich dann über seine Lethargie aufregen? Schiffsarzt war der ideale Beruf für mich. Ausnahmesituation als Routine. Und man hat keinen Zielhafen, den haben nur die Passagiere.
Es kam schon lange keine Code-Alpha-Durchsage mehr.
Weil man sie alle zehn Minuten machen müsste. Ich mache wieder meinen Rundgang. Bitte höflichst, mich zu entschuldigen.

33

Sofort die Geschwindigkeit drosseln! Ein Schlauchboot weniger als eine halbe Seemeile vor dem Bug in Fahrtrichtung!
Was sehen Sie, Herr Offizier?
Schätze zirka hundert Menschen. Männer, Frauen, Kinder in einem kleinen Schlauchboot.

Der Kapitän nahm sein Fernglas.
Ein Flüchtlingsboot.
In Seenot. Bei diesem Wellengang wird es – Oh Nein! Jetzt!
Das Boot ist gekentert.

Sehen Sie nur! Einige wenige Männer können sich noch am Boot festhalten, aber die meisten treiben im Meer. Frauen stemmen ihre Kinder in die Höhe, während sie untergehen.
Wir müssen sofort –
Warten Sie! Wir müssen? Wir können nicht. Wir dürfen nicht Menschen an Bord holen, wenn auf dem Schiff eine Epidemie herrscht.
Aber hier sind Menschen in Seenot. Wir sind verpflichtet –
Ja, wir sind verpflichtet und zugleich ist es uns verboten! Wie wollen Sie das auflösen? Und ich sage Ihnen in aller Klarheit noch etwas: Diese Menschen werden sterben, egal wie wir jetzt entscheiden. Wir haben laut Dr. Schumann ein hochinfektiöses Virus an Bord, wir haben wenig Lebensmittel, wir haben alle Decken an die Kranken verteilt, wir bekommen nirgends eine Landeerlaubnis. Die Flüchtlinge sind völlig entkräftet. Sie sind wehrlos gegen das Virus. Wir haben keine Medikamente für sie. Was wir haben, geht hinauf auf Deck 8. Im Grunde müssen wir jetzt entscheiden, ob diese Menschen im Meer sterben oder an Bord. Und auf jeden Fall haben wir Recht gebrochen.
Wir können sie isolieren, wir haben freie Kabinen.
Hundert?
Nein.

Der Kapitän nickte, und der erste Offizier interpretierte dieses Nicken als Befehl. Seenotrettung. Er salutierte und gab sofort die Anweisungen durch. Der Kapitän ließ alles zu. Sein Gesicht war starr wie eine Maske. Er hätte für jede Entscheidung die Verantwortung übernommen. Was soll das sein, das wahre Gesicht, dachte der erste Offizier, manchmal zeigt sich die wahre Maske.

34

Ylbere sah zu, wie die Rettungsboote zu Wasser gelassen wurden, auf dem Wasser schaukelten, es war gespenstisch: Rettungsboote ohne Besatzung.
Man hatte sie automatisch hinuntergelassen, ohne zu überprüfen, ob genügend Matrosen zur Verfügung stehen. Nur zwei Boote waren bemannt. Sie sah zu, wie die Männer in diesen beiden Booten versuchten, Menschen ins Boot zu ziehen, während drei leere Rettungsboote abtrieben, sie sah zu, wie Schiffbrüchige über Strickleitern an Bord kamen, sie sah eine schreiende Frau, die aus dem Rettungsboot sprang, ein Mann sprang ihr nach, versuchte, sie zurückzuziehen, sie schrie und schlug um sich. Sie sah Dr. Schumann, der in Ermangelung einer Decke ein Baby in sein Sakko wickelte. Sie sah den fetten Mann mit dem dreiteiligen Anzug, er kam mit einer Thermoskanne, aber er hatte keine Becher, er stand da und schwenkte hilflos die Kanne. Sie sah Monsieur Henry mit einem Korb voll Brot, sie sah einen Offizier, der vor einem Kind kniete und immer wieder auf dessen Brustkorb drückte, sie sah einen jungen Mann, der nur noch einen Schuh anhatte, diesen auszog und in hohem Bogen ins Meer warf, sie sah einen Mann und eine Frau, die sich umarmten und zu Boden sanken und dalagen wie eine Skulptur aus Mondstein, braun und glitzernd, sie sah Menschen im Wasser treiben und untergehen, sie sah brüllende Kinder und apathische Männer, und sie sah eine Frau mit einer Rettungsweste, die wütend ihre Faust hochstieß, zum Himmel, so interpretierte es Ylbere,

zum gütigen Gott, der nicht herschauen, nicht antworten wollte.

35

Ylbere ging ins Pressezentrum.
Gibt es eine Nachricht von Deck 8?
Nein. Das Letzte war: Die europäischen Werte.

36

Land! Sehen Sie? Land!
Das ist Gibraltar. Aber Tanger gibt keine Landeerlaubnis.

Über dem Schiff flatterten und brummten drei Helikopter.

Die Sonne ging blutrot unter. Und aus allen Lautsprechern an Deck erklang die Arie *S'a voi penso, o Luci belle* aus Vivaldis Scanderbeg-Oper.

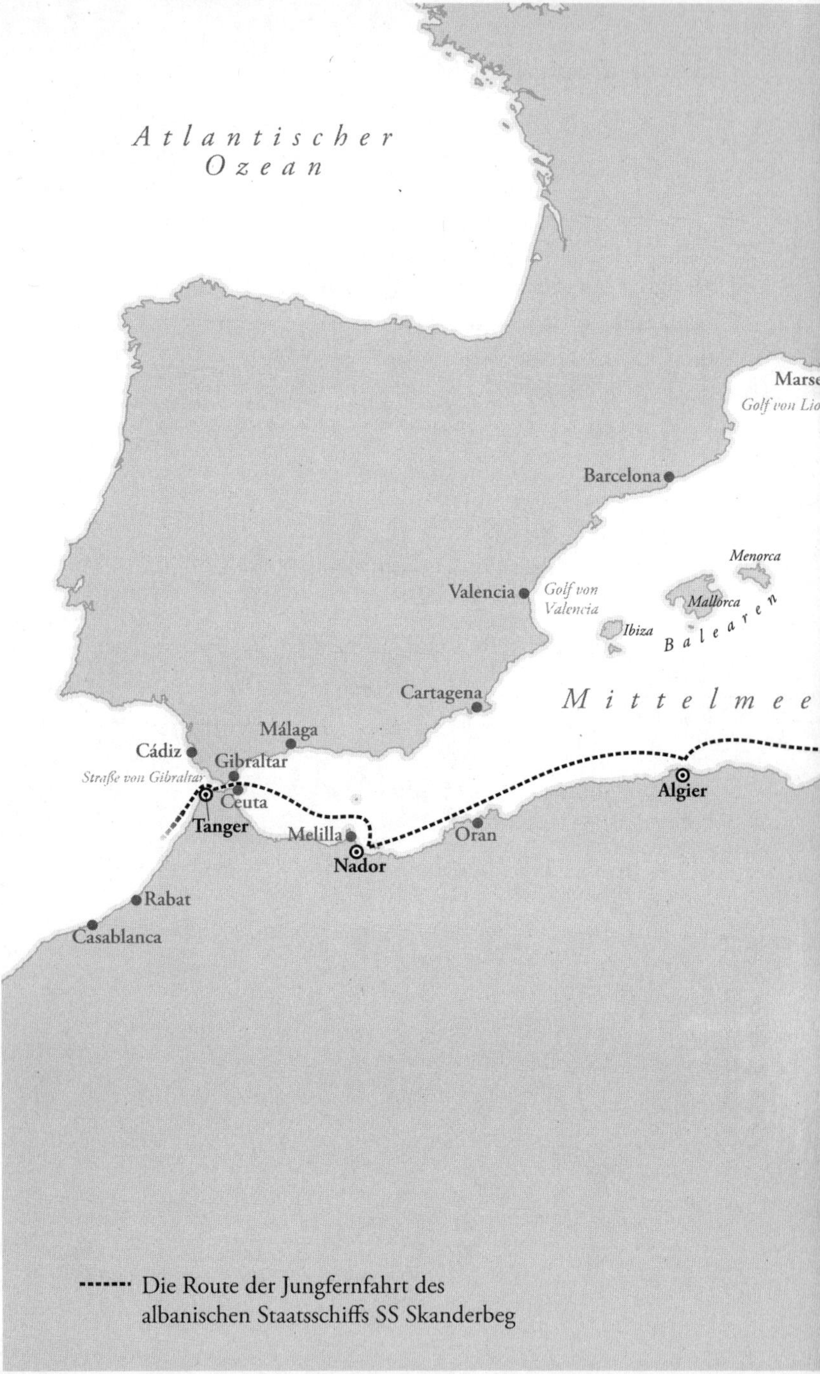
Atlantischer Ozean
Marse
Golf von Lio
Barcelona
Menorca
Valencia
Golf von Valencia
Mallorca
Ibiza
Balearen
Cartagena
Mittelmee
Málaga
Cádiz
Gibraltar
Straße von Gibraltar
Ceuta
Tanger
Melilla
Nador
Oran
Algier
Rabat
Casablanca
Die Route der Jungfernfahrt des albanischen Staatsschiffs SS Skanderbeg

N
O
S
W
Triest
Venedig
Golf von Triest
Genua
Monaco
Golf von Genua
Nizza
Ligurisches Meer
Korsika
Elba
Split
Dubrovnik
Adria
Porto Montenegro
Rom
Dringolf
Durrës
Bari
Neapel
Brindisi
ALBANIEN
Sardinien
Tyrrhenisches Meer
Cagliari
Korfu
Crotone
Ionisches Meer
Palermo
Messina
Kefalonia
Catania
Sizilien
Zakynthos
Tunis
Sizilisches Meer
Malta
Mittelmeer
Golf von Gabès (Kleine Syrte)
Tripolis
Bengasi
Golf von Sidra (Große Syrte)
0
100
200
300 km

Piano Regolatore di Tirana
(Gherardo Bosio, 1939-41)